那时关中月

张琳栋 著

陕西新华出版

太白文艺出版社·西安

图书在版编目（CIP）数据

那时关中月 / 张琳栋著. -- 西安 ： 太白文艺出版
社，2025.1. -- ISBN 978-7-5513-2641-4

Ⅰ. I247.5

中国国家版本馆CIP数据核字第2024X1T971号

那时关中月

NASHI GUANZHONGYUE

作　　者	张琳栋
责任编辑	蒋成龙
封面设计	刘柏宸
版式设计	新纪元文化传播
出版发行	太白文艺出版社
经　　销	新华书店
印　　刷	河北文盛印刷有限公司
开　　本	787mm×1092mm 1/16
字　　数	426千字
印　　张	27
版　　次	2025年1月第1版
印　　次	2025年1月第1次印刷
书　　号	ISBN 978-7-5513-2641-4
定　　价	78.00元

第一章

　　每年过忙罢会的时候，杨老四就心慌得坐不住了。

　　龙口夺食那几天，杨老四生病了在炕上躺着。儿子领着麦客开了镰，杨老四的跛子老婆和儿媳妇忙着给地里送水送饭，连孙儿们都挎着笼筐跟在大人后面捡拾麦穗儿，杨老四怎么也躺不住了，他挣扎着下了炕走出屋子，拿了把镰刀来到地里。一搭手割麦，他就觉得浑身的筋骨一下子舒展开来，病似乎好了，佝偻着的腰好像也能直起来了。

　　跛子老婆和儿子都来劝杨老四，让他撂下镰刀回去歇着。他甩脱跛子老婆的手，推开儿子，只管割他的麦。直到汗水把衣褛浸透，四肢百骸都酥软得没有了力气，他才走到地头圪蹴下来。老话说"云往南水漂船，云往北晒干麦"，杨老四点燃烟锅吐出一口浓烟，看一看天色喃喃自语："天不亏人哩！"

　　杨老四每年都只种红麦，他家地里的红麦明显要比别人家地里的白麦矮了许多，红麦打下的麦粒也要比白麦略小一些。整个槐里县都种白麦，红麦只有在相邻的乾州旱塬上才被广为种植。白麦虽然产量高却不如红麦抗旱，红麦磨出来的面粉擀成面条吃起来也要比白麦更为筋道。杨老四年少时从乾州逃荒出来落户到槐里县后，就一直坚持在自家地里播种乾州的红麦。

　　杨老四从小就没有了母亲，跟他大相依为命。他十三岁那年，东府闹起了土匪，很快就聚起了数万的匪众，土匪们心狠手辣残暴无比，四处杀人放火劫掠钱粮，甚至一度杀到了西安府高大的城墙外。陕西巡抚胆战心惊，上折子请求朝廷派兵剿匪，朝廷随即派了一位姓左的将军率军入陕。在领教了左将军残酷的镇压手段之后，土匪很快就想出对策，化整为零成为一股股流匪，于是关中大地很快被匪祸所席卷。

杨老四的堂弟杨老五跟着他大他妈到梁子镇去走亲戚时，正好碰上一帮流匪来镇子上劫掠钱粮。镇上的房子被土匪点燃烧成了一片火海，杨老五他大随着梁子镇的男人们在抵抗时被土匪砍掉了脑袋。杨老五跟着他妈和一群女人、娃娃下到地窖子里躲了起来，结果被土匪发现后推倒墙堵死了窖子口。等到流匪撤走后，人们挖开窖子口，把人都刨出来时，只剩下杨老五还活着。

从那以后，杨老四家里就多了一个杨老五。家里没有女人，粮食也不够吃，每顿饭都是稀汤寡水地凑合。杨老四他大会擀面，可是只有在过年的时候他大才会把攒了一年的一点儿红麦磨成面，和好后在案板上揉搓。不大的一团面擀得厚薄匀称后切成一条条半拃宽的裤带面，接着又被他大扯长拉细甩进翻滚的开水锅里。煮熟的面匀一匀捞到两个粗瓷大碗里，没有油泼辣子也没有臊子，他大就把辣面儿和着醋水儿拌进面里，然后圪蹴下吧嗒着烟锅，满脸笑容地看着他和杨老五咥面。那碗面的味道杨老四怎么也忘不了，不管什么时候回味起来，他的嘴角都会不由自主地流出口水。

有一年夏收过后，老天爷就再也没有下过一滴雨，地里的秋粮全部都干死枯死了。杨老四整个冬天都没有吃饱过肚子，到了翻过年的春荒时节，他大不得不领着他和杨老五四处去讨饭，可是根本就讨不来任何可以充饥的东西。杨老四再也不能忍受饥饿，一天晌午，他撇下他大，领着杨老五偷跑出了村子，跟着逃荒的人流跑下马嵬坡去了……

一想起年少时的这些往事，杨老四心里就涌上酸楚。他搓开麦穗儿看着手心里那油光红亮的麦粒发愣怔，"堆场石榴籽，赛过桃花米"，说的就是乾州的红麦。他想乾州，想他的字落坊村，想他大了。

麦子收割完，颗粒都进了仓，在十里八村陆续开始过忙罢会的时候，杨老四又心慌得坐不住了。每年的这个时候，就他这个村子冷冷清清，冷清得连个蓝娃的吱哇声都没有。这个在槐里县渭河边只有十来户人家的小村庄，住的全都是在土匪覆灭后被官府安置在这里的外乡流民，男人女人在本地都没根没底，更没有亲戚提着礼当来看望走动。唯有嫁入这个村里的本地媳妇，在麦子收割完之后，就急匆匆领着自家男人和娃娃回娘家去过忙罢会了。

村里的狗都跑不见了，只剩下几只鸡在村街上缩头缩脑地转悠。杨老四心慌意乱地从短狭的村街上转回到庭院里，索性走进屋里上炕躺下。可是他一闭上眼睛，他大就会出现在他的眼前，他大用眼睛瞪着他，用手指着他，忽然一口鲜血从他大的嘴里喷出来……杨老四猛地睁开眼睛，却什么都没有，只有他的跛子老婆坐在炕边轻轻给他抚着胸口。杨老四坐起来，眼角挂着泪珠儿，拿起烟锅叹息说："我老了。"

杨老四领着杨老五从马嵬坡上跑下来的时候，流匪都往甘肃那边逃窜了，清兵一路紧跟着向西追剿，才经历过匪祸的村庄大多是墙倒屋塌、荒芜凄凉的景象。杨老四和杨老五跟着逃荒的人流一路向东，不知走了多少路也不知走到了什么地方，两个人饿得再也没有力气往前走，杨老五一屁股瘫坐在地上哇哇地哭起来。哭声招引来了一个身材瘦高的过路人，那人从褡裢里拿出一个馍馍掰成两半递给他俩说："想吃饭就跟我走。"

那人把杨老四和杨老五领到了一个叫桑镇的地方，在镇子里的舍饭棚里吃上了舍饭。杨老四后来才知道那人叫李大昌，是槐里县桑镇的大财东。土匪打西安府的时候，李大昌丢下城里的铺子跑了回来。他一回到桑镇就联络有钱的财东人家出银子出粮建起了民团，还请来几个红拳把式当教头，又让乡人把桑镇破损的寨墙修牢加高。没过多久，果然有一股流匪来桑镇劫掠钱粮，结果在桑镇的寨门外打了两天两夜都没有打进桑镇，清军紧跟着追剿过来，流匪不得不逃走了。匪祸过去之后，李大昌在桑镇搭起棚子摆下粥场，给流亡讨饭的人施粥舍饭，乡人们都叫他李善人。

李善人救了杨老四和杨老五的命，杨老四就领着杨老五一起跪倒在李善人家门口不起来，非要给李善人家熬活当长工。李善人也不拒绝，把他和杨老五领到后院马号里，给一个四十来岁的汉子说："六哥，你把这两个娃娃照看下，让他们给你帮手务养头牯。"六哥给骡子刷着鬃毛，头都不抬地嘟囔："两个娃娃家能干个啥嘛！都是来吃你的，又不是吃我，你说行就行咯！"

杨老四和杨老五在马号里安顿下来，两个人把六哥叫六叔。六叔不大爱说话，是个慢性子，干活的时候想让杨老四搭手拿东西时，六叔就会噘起嘴巴朝着放东西的地方努一努嘴，然后只说后半句："拿过来。"马号里务养着两头骡子和四五头牛，骡子拉车牛耕地。每次要给骡子套车的时候，六叔就会从衣兜里摸出一把豌豆，一手摊开豌豆让骡子吃，一手在骡子头上抚摸着说："叫你走你就走，叫你跑你就跑，受怜蹶子才能少挨鞭子。"

六叔有个女子叫巧娃，时不时到马号里来。巧娃每次来都先去炕上把被子叠了，把炕拾掇干净，然后抱着所有的脏衣裳去洗。巧娃长得很是心疼，辫子梢上绑个红头绳儿，在后腰上晃来晃去。可巧娃却是个跛子，走路时两条腿一高一低。杨老四看着巧娃的背影悄悄给杨老五说："你看巧娃要是坐到兀搭不动弹，简直就是个杨贵妃哩！"杨老五问："杨贵妃是谁？我没见过。"杨老四在杨老五头上打一巴掌说："你是个瓜子。"

有一天，杨老四吆着骡车跟李善人去了一趟槐里县城，大开眼界。他回来后正给骡子卸车，六叔过来说骡子卸车不进槽，让他牵着骡子遛一遛，去河边饮了水再回来。杨老四牵着骡子来到河边时，看见巧娃坐在石头上洗衣裳，就一脸兴奋地跑过去，圪蹴在河边给巧娃学说县城里如何如何热闹，城里的洋楼如何如何好。还说他将来要是娶了媳妇有了娃，就给他娃取名叫楼娃，希望他娃将来能进县城住洋楼。

巧娃听着听着就忽然红了脸，收起衣裳一跛一跛地跑了。杨老四不知道咋咧，赶忙骑上骡子去撵巧娃。刚好六叔来饮牛，一把将他从骡子上拽下来，扬手就扇了他个耳光。六叔变了脸色厉声说："今后再敢撵巧娃，我就打断你的腿！"杨老四从没有见过六叔发这么大的脾气，吓得他几天都不敢抬头看六叔。从那以后他每次见到巧娃时，就只是偷偷地拿眼睛瞄巧娃却不敢说话，巧娃也总是低着头，有时偷偷瞄一眼杨老四，有时偷偷笑。

这年入夏后的一天，李善人从外面收账回来，把杨老四叫去问他想不想有自己的营生，杨老四说："想！"李善人又问他愿不愿意落户到桑镇，杨老四不明白原委就没敢接话吭声。李善人告诉他，土匪已经被彻底剿灭了，衙门出了榜，要安置流民去耕种那些没有了主家的土地，桑镇周边就有很多这样的土地。李善人说："你要是愿意落户到这里，我出面给你作保，在渭河边给你选上几亩上好的水浇地，你娃这一辈子也就有指望了。"

　　杨老四回到马号，把在桑镇落户的事情说给六叔听。六叔圪蹴着抽烟，难得咧开嘴现出笑脸说："这是个好事情嘛！"第二天一早，李善人就催杨老四回原籍去办户籍印票，又让人装了两袋麦给他和杨老五背上，两个人出了桑镇往马嵬坡去了。

　　马嵬坡是朝北向的陡坡，一条尽是硬轱辘车碾轧出车辙印的路向塬上延伸。半塬上往东一里就是杨贵妃墓，举目望去，那只是一个不大的墓冢，周边生长着几棵粗壮高大的槐树。不知哪朝哪代的文人墨客们在墓旁刻立了一方方石碑，都已经被蒿草枯枝缠绕遮挡得半隐半现了，一条年久失修的石头阶梯从坡底直通至墓前。站在马嵬坡顶往南眺望，良田沃野尽显眼前，渭河像是一条展开的缠腰带拐着弯向东流去。目光所及的终南山清晰可见，山峦连着山峦，高低不一，无边无际，与蓝天白云连成了一线。

　　上了马嵬坡就进入了乾州地界，再走五里路过了南上官村，日头西斜时的暮色苍茫中，杨老四望见了字落坊村的东城门楼。字落坊村有东西两个堡子，西堡子七十来户人家全是张姓，东堡子四十来户人家全是杨姓。围着村子一圈儿，是夯土打起的一丈多高的寨墙，村子中间是一洼绿水的涝池，池岸上散落生长着柳树、杨树、椿树、皂角树，涝池北边是张杨两姓共有的祠堂。村子开有东西两个城门，城门楼上建有值更的土屋，城门不是很宽大，刚好容得下一辆硬轱辘车进出，杨老四家就在东城门进去第二家。

　　正是晚饭时分，圪蹴在村街上端碗吃饭的乡人看见杨老四和杨老五走进东城门，惊得下巴差点儿掉到了碗里。杨老四快步走到自家门口，眼前所见已不是以前的模样。半人高的院墙塌了半截，墙根下的蒿草高过了墙头，头门只剩下门框，两间土屋塌了一间，紧挨着没塌的那间土屋旁边搭了个窝棚盘着锅灶，杨老四他大圪蹴在窝棚底下正端碗吃饭。杨老四走进庭院扑通跪倒喊了声："大！"而后便泣不成声。他大撂下碗紧走过来，柴火棍似的两只手抓住杨老四的肩膀，胡子和下巴一起颤抖着，满是褶皱的脸颊上挂满了眼泪……

　　掌灯的时候，杨老四家土屋里挤满了人，乡人们唏嘘感叹，听杨老四讲述他和杨老五逃荒的经历。有人叹息说："出门尽是遭罪哩！"有人责怪说："都以为你和老五死在外边了，你大的眼睛都快哭瞎了。"也有人庆幸地说："得亏没有出去逃荒，金屋银屋哪搭都不如自家的土屋好。"

众人散去后，杨老四他大舍不得再点灯，便吹灭了油灯。杨老四给他大说："大，我谋划了个好事情想给你说。"他大嘿嘿笑了笑说："你个穷汉娃，有啥好事情还能轮到你？"杨老四说："我不哄你，咱真的该走运了。"接着他就兴奋地给他大叙说李善人讲给他的事情，然后又一再描述渭河边的水浇地是咋样的水土肥沃能打粮食，一亩上好的水浇地能抵得上乾州两三亩的旱地，感叹眼下这样的机会真是千载难逢。他大抽着烟静静听着，默不作声。黑咕隆咚的土屋里，他大把烟锅抽得吱吱响，火星儿一闪一灭，浓烈的旱烟味儿在屋里弥漫。

连着好几天，杨老四费尽口舌劝说他大一起到槐里县桑镇去落户，可是他大却丝毫没有动心的意思。他大走进屋子，杨老四跟到屋子里劝说；他大圪蹴在庭院里抽烟，杨老四就在庭院里扳着指头给他大数说落户到桑镇的好处。他大终于开口问杨老四："那里真像你说的那么好？去了那里真的就不会再饿肚子？"杨老四说："反正比咱这旱塬好，肯定不会再饿肚子。"他大又问杨老五："你跟你四哥是不是一心？"杨老五说："我听我四哥的。"他大收了烟锅站起来，一言不发走出门去了。

后响的时候，有乡人来叫杨老四去见十老爷。十老爷是孛落坊村最有名望的人，家境殷实，为人耿直，待人接物很讲礼仪，从来都不随意轻佻地直呼乡人的小名，一律都是尊称官名，所以总是给人以斯文持重的感觉。因他排行老十，又是孛落坊村张杨两姓的族长，村里的男人女人见到他时都尊称他十老爷。

十老爷端坐在自家堂屋里一把黑漆雕花的太师椅上，看见杨老四走进庭院在堂屋门口站下了脚，却并不急着说话，慢悠悠地拿起桌上的黄铜水烟壶，拈着黄亮绵软的烟丝装入烟嘴，然后噗的一声吹着火纸，鼻孔里喷出两股浓烟，这才直呼杨老四的官名开口说："宣奇呀！几年不见，你可长成人了。"

杨老四从小一见到十老爷就不由得紧张，如今更是手足无措得不知说什么话才好。十老爷冷着脸说："这几年你连个音信都没有，还都以为你死在了外头。撇下你大一个人不管不顾，你这是不孝哇！"杨老四唯唯诺诺应着，不敢回一句话。十老爷接着又说："你大来寻过我了，你的事情我都知道了。多的话不说，销籍出户这事情你想清白了没有？"

杨老四咽下一口唾沫壮起胆子说："想清白了。"十老爷沉默不语，抽完烟撮着嘴，噗的一声吹出烟灰，问了一句："你非走不可呀？"杨老四嗫嗫嚅嚅地说："那边都已经说好了。"十老爷皱起眉头说："那好！既然你已经想清白了，而今你也成了人，能够自己做主，那就等今儿个天黑了，开祠堂请过先人后，明儿个我给你出文书，你到衙门里去倒换印票。"

杨老四回到屋里没有看见他大，他心里督乱，也没有心思吃饭，一头倒在炕上不想动弹。到了掌灯的时候，有人来叫他去祠堂。杨老五也要跟着，却被乡人挡着说不满十六不能进祠堂，杨老四低头耷脑地相跟着乡人往祠堂去了。

祠堂是青砖青瓦砌的门楼，门楼正中镶着一块青石，刻着"张杨宗祠"四个大字。两扇黑漆铜钉的大门两边挂着一副木刻的对联"祖德流芳思木本；宗功浩大想水源"。走进祠堂是宽敞的正殿，中间是天井，再过去是享堂。享堂的香案食案后面立着一层层神龛，供奉着先人的牌位。在享堂屋顶的大梁上，悬吊着一丈多长卷着的牛皮族谱。正殿和享堂的柱子上都挂着盛满清油的粗瓷大碗，碗口上筷子粗细的灯捻子呼呼扯着火苗儿冒着黑烟，香案两边点燃着两根牛腿大蜡，祠堂里被照得一片通明，全村的成年男丁都在正殿上站着。

杨老四头一回进祠堂，站在人堆里不敢说话，只顾左右乱看地寻他大，可就是寻不见他大的身影。这时只见东堡子的老秀才九先生走上享堂，在香案旁垂手而立高声喊道："今上御极，同治九年，六月十二，乾州孛落坊村张杨众男不孝子告请先人。"九先生喊罢，十老爷便撩起长袍走到香案前，先是深深一揖，接着就从乡人端来的红漆木盘里把祭品食果碟子一一恭敬地摆放到食案上。

九先生拉长了声调高喊了一声："跪！"十老爷屈膝跪在蒲团上。紧接着九先生就像是念经一般朗声诵唱起来："祭祀祖宗，务在孝敬。恭伸报本，恪遵追远。琴瑟在御，钟鼓在悬。唯我祖考，绥我思成……"十老爷随着九先生的诵唱声磕头作揖，然后点燃紫香把香敬在香炉里。九先生再次高喊了一声："跪！"同时扬起手往下一落，站在正殿上的乡人们就都跟着十老爷一齐跪下磕头。

一切典礼仪式进行完毕，十老爷整了整衣袍走到天井边，用威严的目光扫视着乡人们朗声说："孛落坊张杨本是一姓，而今年少后生多有不知。逆子杨宣奇要销籍出户，在告请先人祖宗行族法之前，我想让他先知道祖宗的德业。"

十老爷说罢一挥手，九先生便捧起一本《宗族律要》高声诵读起来：

"吾族远祖，唐将张巡，平禄山乱，厥功尽瘁，后人迁隐，归于凤州。至宋末年，子嗣有二，长兄志远，次为君玉，志远好文，君玉喜武。为抗元乱，君玉从戎，血战无数，屡败元兵，元相楚材（元朝丞相耶律楚材），嫉恨君玉，诏令四海，捕杀欲尽。字落坊者，吾祖志远，避祸至此，开荒建堡。君玉兵败，流落他乡，假以杨姓，终日惶惶，及至暮年，终携子归。呜呼幸哉，磬书记之，张杨一脉，永不相背。"

九先生摇头晃脑地诵读完，怕乡人们不明白又再解说了一遍。众乡人不管以前是否听过，此时皆两眼亮出精神，个个充满豪气，都流露出对先人的追思和敬重之情。接着十老爷就叫杨老四上前祭祖，杨老四走上享堂，又走到香案前，慌手慌脚不知所措。十老爷说："你这会儿改主意还来得及，要是拜完先人你可就不再是字落坊的子孙了。"杨老四慌得六神无主，始终不敢说话。九先生冷眼瞅着他，扬起手往下一落，杨老四就不由得两腿一软跪倒在蒲团上。"一叩首！再叩首！三叩首！"九先生开始为杨老四主持祭祀先人的典礼仪式。所有人的脸上都显出鄙夷的表情，都冷眼观望着拜倒在先人牌位下的杨老四。

典礼将将完毕，十老爷就断喝一声："逆子！"接着就有乡人将一把明晃晃的刀子当啷一声撂到杨老四身旁。十老爷直眉瞪眼地说："既然你铁了心要销籍出户，那就断去一根手指，算是你还回了先人精血，从今往后字落坊与你再也没有干系！"杨老四的心弦早已紧绷到了极致，可是水已泼出，墙已推倒，事情已然至此，杨老四反倒一下子松泛下来。他仰起头问十老爷："那我大咋办？"十老爷皱着眉头说："你大再也没有你这个儿了。"

祠堂里鸦雀无声。杨老四再看一看十老爷，十老爷皱眉抿嘴一脸愠色，他又回头看一看正殿上站着的乡人们，乡人们都木头一般悄无声息地冷眼瞅着他。杨老四浑身的血都涌到了头上，脑子里嗡嗡地轰响起来，他一咬牙猛然抓起刀子朝着自己的手指剁了下去……

让杨老四一直愧疚和抱憾终生的是，从那以后他就再也没有见到过他大。他回到桑镇后将销籍的经过说给李善人听，李善人摇头叹息："活人难呀！"随后李善人写了保书，引着他寻里长报了籍。里长当即就指派人领着他和杨老五上了渭河滩，那人指着渭河滩一大片荒芜的水浇地对杨老四说："你能种多少就种多少。"然后那人又走到一个慢坡上面，指着坡底下十余户倒塌荒废的宅院说："这些个烂房子你想住哪间就住哪间。"杨老四问那人："原先的主家呢？"那人撂下一句："都被土匪杀了。"就背着手走了。

晚霞越来越红，残阳发出几缕微光，杨老四心里涌上一种孤苦伶仃的感觉。不过心喜有了上好的水浇地，庄稼人有了土地，日子就有了盼头。没有过多久，又陆续有几户流民被安置到这里续耕无主荒地。新来的流民中有一个叫南俊文的人，识文断字，为人豪爽，与杨老四甚是投缘，二人遂结拜为义兄义弟。此地原先就户少人稀未成村落，虽距桑镇甚远却附属于桑镇。杨老四见已经有了七八户人家，就思量再三，此地在乾州以南，恰好义弟南俊文姓氏为南，他虽姓杨却实为张氏，遂称该地为南张村。

杨老四落户在南张村后没根没底没有亲戚，他唯一能走动拜望的人就只有李善人。每年忙罢会的时候，他总要提上礼当和杨老五一起去看望李善人，他觉得李善人不但是他的恩人，更是他在槐里县唯一的亲人。有一年他又去看望李善人，李善人待他甚是亲热。吃罢饭后，杨老四信步走进马号里去看望六叔时，却发现马号里换了个生面孔的老汉。杨老四问老汉："我六叔呢？"老汉一脸惋惜地说："死了，得心疼病死的，忙前还没有开镰人就已经埋了。"杨老四大吃一惊，想一想去年他来时六叔还在，转眼六叔就殁了。

杨老四伤感地走回到前面庭院。李善人在玉兰树下坐着纳凉，见他在一边独自垂泪，就劝他说："人死了也就不用劳心活命了，你也不必伤心，人各有命哩！"杨老四抹了把眼泪问："巧娃呢？"李善人叹息着说："巧娃是个可怜娃，闹土匪的时候被土匪撵着要糟蹋，她性子烈，一着急就跳了壕摔断了腿。如今剩下她孤苦伶仃，又是个跛子，她的命苦哇！"

杨老四这才知道巧娃为啥是个跛子，他也突然明白过来他骑着骡子撵巧娃的时候，六叔为啥狠狠扇了他一个耳光。杨老四给李善人鞠了一躬说："求东家做主，我要娶巧娃。"李善人愣怔了下，猛一拍腿惊喜地说："哎呀呀！我咋把你这一茬给忘了。"李善人随即问了杨老四八字，又想了想巧娃的生辰，然后扳着指头掐算着说："红马黄羊两相随，子孙福禄更夺魁。好姻缘，好姻缘！"李善人露出笑脸又说："巧娃是我看着长大的，论起门子辈分来，她要管我叫七叔，这个主我能做的。换帖看屋就免了，纳彩嘛，意思一下也就行。不过媒人得要有，你到镇上去寻李瓜婆，让她到我这里来把媒说了，你把巧娃婆回去。"

一个月以后，巧娃嫁给了南张村的杨老四。两个人没有其他亲人，就到李善人家去回门。杨老四对李善人千恩万谢，说他不管到啥时候都会记着李善人的恩情，他要让他的儿子、孙子都记着李善人，也给李善人还情报恩。婚后不久，杨老四拆旧翻新盖了一院新房，他觉得日子称心如意得很，剁指之痛也慢慢淡忘了。第二年，巧娃生下了头胎儿子。杨老四抱着儿子想起了槐里县里的洋楼，他给儿子起名叫杨楼娃，他期盼着儿子将来能进县城住洋楼。

杨楼娃两岁的时候，杨老四终于鼓起勇气，做出了回乾州探望他大的决定。他用自己种的红麦磨了上好的白面，让巧娃给他大缝制了新衣裳和新的炕单被褥，又到桑镇割了肉灌了酒，在一切都精心准备妥当之后，他借来李善人家的骡车，带着巧娃和儿子上了马嵬坡。可是当骡车走进字落坊东城门的时候，眼前的景象却让杨老四一下惊呆了。他家庭院里长满了蒿草，土屋里挂满了蛛网，落满了灰尘，盘着锅灶的窝棚也已经坍塌。邻家的乡人告诉他，他大殁了。杨老四不相信乡人的话，惊慌失措地跑进了十老爷家的庭院。十老爷见到他，动情伤心落下眼泪，说："宣奇呀！你大是想你想死的！你走的第二年冬里，你大就殁了。你大躺在炕上不停地吐血，瞪着眼睛，用手指着你屋子的门断的气。"

杨老四一屁股跌坐在地上，脑子里转不过弯来。他大还没有吃上他磨的白面，还没有穿上儿媳妇亲手缝制的新衣裳，也还不知道他有了儿子杨家有了后人。杨老四只觉得天旋地转跟做梦一样，他攥紧拳头在自己的头上使劲地捶打，他想站起来却又腿软摔倒，摔倒了又挣扎着想站起来。他终于清醒过来，明白他大真的殁了，他发疯似的跑到了村外的坟地，寻见他大那座长满了干草枯枝的土坟，一头扑倒在坟头上撕心裂肺地哭号起来。他把剩了四根指头的那只手在地上使劲地拍打，恨不得把自己的胳膊卸了，把自己的手剁了，他心里疼得腔子都要炸裂开来，两只手把胸脯抓出了血。这时候他才明白，为什么十老爷在祠堂里称自己为逆子。

光阴像是四季里的风一样，吹过田野便也吹走了岁月。杨楼娃长大成人娶了媳妇有了自己的儿子，可是杨楼娃并没能进得了县城，更没能住得上洋楼。

杨老四的二儿子、三儿子也相继娶妻成家，一大家子都住在一个庭院里，妯娌之间难免磕碰，杨老四跟跛子老婆商量之后就决定分家。他给儿子们立了分家契约，重新分拨了家里的土地。一切安排利落之后，他拿出多年的积蓄，又卖了粮食，新房一盖好就让老二、老三出门立户了。杨老四最喜欢大儿子楼娃，就把楼娃留在了身边。楼娃最乖最听话也最勤快，他说往东，楼娃绝不会往西，他经常看着楼娃担粪拉土忙活的身影，就会想起自己年轻的时候。

一年一度的忙罢会又使得杨老四心慌起来，他终于忍不住做出了再回一趟乾州的重要决定。他到后院来寻儿子楼娃，想告诉儿子他的决定，楼娃这时刚拉回来一车干土，正在牛圈里起圈。杨老四不想打断儿子干活，就圪蹴下点燃烟锅，默不作声地欣赏儿子干活时矫健的身影。楼娃掂着锨，扎着马步，一锨一锨把牛粪铲装到蚂蚱车上，等到粪堆在蚂蚱车里冒了尖尖，楼娃用锨背把粪堆拍打瓷实，就又一锨一锨地把干土扬撒到牛圈里。直到把铲过牛粪后凹下去的牛圈用干土垫平，楼娃这才撂下铁锨，拌好草料，把黄牛重新牵回到圈里。看着牛头伸进了槽，楼娃也不歇气，开了后院门，推着蚂蚱车往地里去了。

天色擦黑时楼娃从地里回来，楼娃媳妇用掸子掸净丈夫身上的灰土，端过一盆水让丈夫洗手洗脸，又拧身把饭端出来摆放在庭院当中的饭桌上，然后才走到堂屋门口轻声唤自己的公婆吃饭。杨老四一走出屋门就先张口喊他的两个孙儿，大孙儿杨念南十六岁，小孙儿杨念北十二岁，都在桑镇私塾里念书，十天半月才回来背一回口粮。全家人都等杨老四端起碗后，这才都端起了碗。

杨老四端着碗给儿子吩咐说："明儿个一大早你去一趟桑镇，替我去看望一下你东家爷。"杨老四一直称呼李善人为东家，虽说跛子老婆跟李善人沾亲带故，把李善人叫七叔，可是杨老四却怎么样都改不了口。接着他又给儿子说："你回来的时候把骡车借回来。"楼娃扑闪着眼睛问："借骡车干啥？"杨老四说："我决定了，我要再回一趟孛落坊。"

吃罢晚饭，杨老四让楼娃把义弟南俊文和杨老五请到了家里。南张村能识文断字的人就只有南俊文，他要让南俊文随他到孛落坊去临抄族谱；然后他又吩咐杨老五去槐里县城里割几张牛皮，让匠人打磨好后缝成丈二的尺寸，他要把临抄的族谱弄成跟孛落坊祠堂里一样的牛皮族谱。一切都安排好之后，杨老四说出了他最想说的话："咱们都是流落到这里的外乡人，没根没底就像是没大没妈的可怜娃娃。我要给南张村也建一座祠堂，让各家各户都把先人祖宗的牌位供到祠堂里去，不管是姓杨姓南还是姓王姓李，南张村的后人娃娃们都不该忘了自家的先人祖宗。"

节令已进入最热的三伏天，田野里没有一丝风，天地就像是一个大蒸笼，滚滚热浪蒸烤着世间万物。杨楼娃坐在车辕上甩着响鞭："嗻儿驾！驾驾！"吆赶着拉车的骡子。硬轱辘车的车棚里，杨念南跟三个老汉挤在一搭。他本来昨天晚上吃完晚饭后就背了口粮跟弟弟到桑镇私塾去了，可是他在吃饭时听到他爷说要回原籍字落坊，就好奇得心痒起来。第二天杨楼娃到桑镇去看望李善人时，杨念南在桑镇街道上截住了他大。他大熬不过他的死缠硬磨，只得替他去给先生告假。先生摇头晃脑地说："长不辍耕，幼不辍读，不准假！"杨念南就又缠着他大去请李善人来说情。李善人来了，先生方才摆摆手叫去了。

骡子打着响鼻儿通身是汗地拉着硬轱辘车上到了马嵬坡的坡顶，杨念南跳下车驻足眺望，只见渭水绕良田，白云遮南山，顿时就心潮澎湃起来。他学犊初出，哪曾见过这等景致，竟出口成章吟诗一首：

> 学为登高似此时，
> 山川良田尽我收。
> 他日出得桑麻镇，
> 定然一语惊破天！

杨老五击掌叫好，南俊文也夸后生可畏。杨楼娃没有念过书，见儿子能出口成章，心下很是宽慰。唯独杨老四默不作声，他虽然目不识丁，不懂得舞文弄墨，但是听话听音，他隐隐听出诗中有一种狂傲之气。一个庄户人家的子弟，这样的心性让杨老四很不舒服。

太阳西斜时骡车进到了字落坊东城门里，再看杨老四家老宅时，已然改了门楼换了人家，乡人竟也陌不相识了。杨老四感慨万千，他仰起头一脸激动地向围看的乡人们自报家门："我是杨宣奇，我大杨福生！上了年纪的人应该都知道我。"村里来了外乡人，很快有人叫来了族长。杨老四仔细打量了一番三十出头的年轻族长，却想不出是谁家的后人。年轻的族长显得很是沉稳地说："我知道你，我爷在过世前曾给我说过你的事情。"杨老四惊讶地问："你是十老爷的后人？"族长说："我是十老爷的孙子张敬亭！"

张敬亭热情地邀请杨老四一行人到自家堂屋里坐下，又让人请来村里的几位长者相陪，接着就安排自己的女人烧锅燎灶准备汤饭。堂屋里很快摆下一桌家常的饭菜，无非就是炒鸡蛋、炒豆角、烩粉条、烙锅盔，最后上了一碗油泼辣子。杨老四让楼娃拿出自己带来的酒和肉，张敬亭也不客气，把肉切好端上桌，又斟好了酒，然后礼让众人入席就座时，杨老四却把杨念南支了出去，说是小辈儿的娃娃咋能上得了这样的席面，让杨念南自己到灶间去吃。

杨念南气哼哼地从堂屋里出来，走过庭院时听见西厢房里有童声在诵读念书，他站下脚听了几耳朵。屋里有个小孩在诵读《三字经》，在念到"三纲者，君臣义"时，却忽然住声不念了。杨念南在门外接口念了出来："父子亲，夫妇顺。"小孩一撩门帘走出来说："我认得字，不用你教我。"杨念南说："你认得字你咋不念了？"小孩噘起嘴说："我只是想起我家的事情不是书上说的这样子，我就不想念了。"

杨念南见小孩只有六七岁的模样，就无心闲谝，转身要去灶间。小孩却在他身后说："我知道你姓杨，你家原本是字落坊的人。"杨念南好奇地回过身问："你咋知道？"小孩不回答他的话，接着又说："我大伯说树高千丈叶落归根，是不是你家现在又想回来了？"杨念南问："谁是你大伯？"小孩一指堂屋说："族长是我大伯，我每天都要来我大伯这里念书。"

杨念南来了兴致，问小孩叫什么名字，小孩爽快地说他小名叫小宝，官名叫张文博。杨念南问小宝刚才说什么事情不是书上说的那样子，小宝很是老成地叹口气说："我大殁了，父子咋亲？夫妇咋顺？"杨念南见小宝聪明伶俐，小小年纪就满腹惆怅，不由得生出几分喜欢。他搂住小宝的肩膀介绍了自己，然后一脸亲热地说："你今后就叫我念南哥好了。"

堂屋里酒喝得正酣，杨老四提及旧事就不断地唏嘘哀叹。几位长者一边说着劝慰的话，一边不停筷子地大口吃肉。眼见盘子老碗都见了底，一位清瘦长者吱的一声呷下一口酒放下酒盅，瞅一瞅其他几位长者，然后朝门口努一努

13

嘴，几位长者就都站起来一溜串地走出去了。不一会儿，张敬亭也被叫了出去，几个人在庭院里嘀嘀咕咕说了好一阵子。

张敬亭再回到屋里时，面露尴尬地对杨老四说："四叔，今儿黑你们就在祠堂官仓的空屋里将就着歇下，明天可以让你临抄族谱，只是——"张敬亭沉吟着似乎不好再往下说。杨老四听见允了他临抄族谱满心高兴，借着酒劲大方地挥挥手说："有啥话你只管说，用不着扭扭捏捏。"张敬亭说："只是你得给祠堂官仓里捐上十石麦子，算是你对先人祖宗尽心尽意了。"张敬亭说完就红了脸。按他的心思不能张这个口，但是几位长者却异口同声地说："凭啥不要？他现在是外乡人，不要白不要。"张敬亭碍着几位长者的脸面，虽然心下觉得很不美气，却也不好再多言多语地跟长辈们争执。

临抄族谱的事情敲定下来，杨楼娃和杨老五连夜返回了南张村。第二天傍晚时分，骡车载着十石麦子回到了宰落坊村，张敬亭让人把骡车带到祠堂后门过斗进仓忙活起来。杨念南在村里闲转，看见他大吆着骡车回来就跟到祠堂后面来。他站在骡车旁看着自家的麦子被抬进宰落坊的祠仓里，心里就涌起愤愤不平的怨气。只是临抄族谱就能值十石麦吗？"张杨一脉永不相背"，杨念南想起白天上坟时他爷讲过的话，冷笑着从鼻孔里哼了一声转身走了。

杨念南信步走到祠堂前面时，迎面撞见了南俊文。南俊文刚临抄完族谱，急着要出恭，急慌慌地交代让杨念南拾掇东西就跑去寻茅厕了。杨念南抬脚迈进祠堂门槛，里面空无一人，天色将黑不黑，祠堂里显得幽暗而又神秘。杨念南走上享堂收拾好笔墨，瞧了瞧用十石麦子才换来临抄的牛皮族谱到底是个什么样子，然后就将新旧两卷牛皮族谱都卷了起来。他消磨时光地闲转着四处看了看，背着手再走回到享堂上站住脚时，昏暗不清的光线里，那两卷牛皮族谱看上去几乎别无二致。杨念南心里忽然一动，脸上马上显出紧张的神色，他跑到祠堂门口向外面瞅了瞅，然后就又快步跑进祠堂里去了。

杨老四看着卸完了十石麦子，便向张敬亭告辞要走。张敬亭看看天色已经黑了下来，便挽留他再住一宿天亮了再走。杨老四坚持说夜间凉爽正好赶路，让楼娃将牛皮族谱装了车，然后感叹着给张敬亭说："故乡变他乡，他乡反倒成了故乡。而今我也老了，我的儿孙后人们怕是不会再回到我这个故乡来了。"

　　张敬亭送走杨老四一行人回到祠堂里，乡人二愣才将牛皮族谱重新悬吊在房梁上。张敬亭心里不踏实，让二愣和几个乡人点亮了油灯，然后解开绳索放下牛皮族谱展开看时，顿时大吃一惊，脸色都白了，牛皮族谱竟然被调换了！被人日弄的感觉一下子让张敬亭怒不可遏，他大声训斥二愣："今儿个一天都让你招呼着，咋能让人把咱给日弄了？"二愣吓得结结巴巴地辩解："卸粮的时候我去帮忙了。"张敬亭说："卸完粮你咋不看一眼就让他们走了？"二愣红了脸说："我又不识字，我看不出来个啥。"张敬亭跺脚大喊了一声："还不快撵！"

　　二愣被族长日谝得憋了一肚子气，听族长喊了声快撵，他跑去祠堂东墙上取下一把刀子握在手里，大吼了一声："今儿个非弄死你个贼娃不可！"撒开腿就撵了出去。其他乡人们也都灵醒过来，一窝蜂地拥出祠堂跟着撵去了。

　　二愣一口气撵出去七八里路，眼见骡车就在前面了，便扯开嗓子连叫带骂地让停车。这当儿，杨念南猛地从车厢里挤到车辕上，一把从他大手里抢过鞭子猛甩了几鞭，那骡子吃疼迈开四蹄狂奔起来。二愣眼见就要够到骡车了，骡车却忽然又快了起来，他一着急乱了脚步，扑通一声摔倒在地。他爬起来气哼哼地将手里的刀子朝着骡车使劲撇飞了出去。待到他喘息了几口再看骡车时，骡车已冲出乾州界向马嵬坡冲下去了。

　　骡车一冲下马嵬坡的陡坡就再也收拢不住，骡子往前跑，车往下冲，车轱辘离地腾空颠簸得左摇右晃。眼见骡车即将被颠翻倾倒，杨念南吓得丢了鞭子不知所措，杨楼娃赶忙抓紧缰绳，拼尽全力收紧笼头。那骡子嗯啊嗯啊嘶鸣着，仰起头挺直前腿屈着后腿，四只蹄子不断在地上踢踏着，收着冲劲儿。骡车顺着陡坡直冲下去一里多路，终于在半坡上一处较为平坦的地方收住了车。车上的人才都缓过一口气，却见杨楼娃一头从车辕上栽了下去。几个人急忙跳下车把楼娃扶起来看时，这才发现楼娃后心上扎着一把刀子。骡车拉粮时卸去了席棚没有任何遮挡，二愣撇出的刀子正扎在楼娃后心上。马嵬坡的黄土地上留下一大摊血水，楼娃被抬上车，在回家的半道上就断了气。

　　办完楼娃的丧事以后，杨老五和南俊文按照杨老四的吩咐，领着人把紧挨村边一座不大的破庙翻修一新，挂上了南张村祠堂的牌匾，把牛皮族谱供奉到了祠堂里，各家各户也都把先人祖宗的牌位供奉到了祠堂里。忽然有一夜，祠堂燃起了大火，等到人们被惊醒后都从屋里跑出来时，南张村已经被大火映照得一片通红。火焰呼啸着在夜空里翻滚，滚滚浓烟呛得人睁不开眼睛，担着水桶救火的人全都无法靠近，火焰炙烤得人脸皮疼痛，人们的衣裳都被噼啪响着弹蹦起来的火星儿燎着烧着了，那火已经无法扑救。

祠堂大火烧了整整一夜，天亮时才逐渐熄灭了。南张村的村街上和各家各户的屋瓦上庭院里都落下了一层白色的灰末，整个村子里弥漫着一股焦煳的气味儿。大火熄灭后的当天晚上，杨老四独自在烧成灰烬的祠堂前圪蹴了一夜。清早时人们发现，杨老四原本花白的头发全都变得雪白雪白的了，连剩了一小撮的辫子梢梢都变成雪白的了。

第二章

　　节令已是立秋，虽说白天还是暑热难耐，早晚却凉爽了许多。可是张敬亭却凉爽不下来，他近日来一直心气不顺。先人祖宗从康熙时期建起的祠堂，每十年修订一次的牛皮族谱传了二百多年都完好无损，没有想到在他接任族长后却落入他人之手。他也曾先后两次指派人到南张村索要族谱，第一拨人去后回来告诉他，杨楼娃死了正在办丧事，让缓一缓再说。为牛皮族谱竟然还死了人，这样的消息让张敬亭心里更加不安。过了一段时日以后，第二拨人再去后却回来告诉他，牛皮族谱已经被焚毁了。张敬亭顿时杀人的心都有了，他对二愣恨得咬牙切齿，可是杀了二愣又有什么用？二愣的命也换不回族谱。

　　村上那几位有威望的长者在仔细地看过临抄的族谱之后，异口同声地说祖上的名讳和五服内的关系都没有出入，跟原先的牛皮族谱并无二致，就当作原先的族谱一样供奉起来好了。张敬亭乍一听到这样的话，心里觉得宽慰了许多，可是转过身再一回味，又觉得不是那么回事。假的能跟真的一样吗？可是不把假的当作真的一样供着又能怎么办？张敬亭思来想去搁不下这件事情，一口气在他心头堵着就是撒不出来。

　　天黑的时候，侄儿小宝照常到张敬亭屋里来念书，张敬亭看见小宝心里就又督乱起来。不是他不喜欢小宝，自从他兄弟病亡之后，他就把小宝当作自己的亲生儿子一样看待。他的女人名字叫秋满，可是并未给他带来圆满，只给他生养了大凤、二凤两个女子，小宝是唯一可以继承张家家业的根苗。他爷十老爷那一辈有弟兄十人，虽然夭折了四个只活了六个，可依然算得上是人丁兴旺。但是到了他大那一辈时，十老爷却只守了他大一个单蹦儿，而且他大还没有活过三十岁就病死了。到了他这一辈时，虽说不再是个单蹦儿，可他兄弟却在分家之后没有多久也病亡了，到底还是只剩下了他一个单蹦儿。到了他的下一辈，他竟然连一个儿子都没有，孛落坊家业最大的张家也只有侄儿小宝这一个可以继承家业的男丁了。

让张敬亭心里瞀乱的是，虽然他和他妈张宁氏都把小宝爱着宠着，可是小宝他妈打去年开始就整天闹着要改嫁，还要带着小宝走出去，这是张敬亭和他妈张宁氏万万不能接受的。张宁氏一看见小宝他妈就骂："你个不要脸的贱女人，我瞎了眼给我儿娶下你这么个害人货，把我的儿子祸祸死了，又来祸祸我的孙子！"每遇这时，小宝他妈就低下头默不作声，只是拉上小宝回她自己屋里去了。张宁氏骂得多了，婆媳之间彻底僵冷了下来，小宝他妈甚至都不允许小宝再到大伯家里去念书。可是小宝偏要到大伯家里去念书，他妈骂他打他把他圈了几天，还是管教不下，也只能由着他去了。

一事不顺事事不顺，让张敬亭更加气恼的是，他族长的威严竟然受到了挑衅。前几天，西堡子张承让骑驴外出，在村东的大路上碰见个熟人说话时，疏于看管的驴子钻进了东堡子杨狗娃家的地里，连踩带吃把即将成熟的糜子糟蹋了一溜子。杨狗娃正在地里锄草，一看驴把糜子糟蹋了，那还能行？和张承让争执了几句便厮打起来，两个人一路厮抓着来寻族长。

张敬亭让张承让给杨狗娃赔一斗麦了事，可是杨狗娃既不要赔麦也不要赔钱，非要张承让家的驴子到秋忙时给他出工拉活儿用上十天。张承让说："族长，你看你看，这是个不讲理的麻迷儿嘛！谁家不收秋咧？他倒会捡便宜。"张承让气不过，就又骂杨狗娃："你那么想要驴，回去叫你媳妇给你下个驴去！"杨狗娃说："你咋骂人呢？"张承让瞪着眼睛说："我就骂你这个死狗赖娃了，咋咧？"两个人就又厮抓起来。

张敬亭哭笑不得，把二人拉开后都数落一通劝回去了。第二天一早，杨狗娃又来寻张敬亭，站在张敬亭家头门外面高喊："族长，驴的事情咋弄哩嘛，你是族长，你可不能向着西堡子人说话！"张敬亭走出来说："人家给你赔钱赔麦你都不要嘛！"杨狗娃说："是驴糟蹋了我的糜子，我就要他的驴。"说着竟然坐在门槛上不起来了。

乡人们都在看笑话，没有人来劝解。连着好几天，杨狗娃不是躺倒在张承让家门口装死狗，就是坐在张敬亭家门槛上不走，天天有一堆乡人围在那里看热闹。有乡人拱火说："狗娃，你要驴子是拉活呢，还是耕地呢？只见过骡马牛犋子耕地，还没有见过驴能耕地，你这回就把驴子要来耕下地，让大家也开眼见识下驴是咋样耕地的！"杨狗娃还嘴说："你管我要驴干啥呢！我就是黑了搂着驴睡跟你有啥相干的？"乡人们嘻嘻哈哈地哄笑起来。

张敬亭看着乱哄哄的场面心里明白，这是他族长的威严还没有立起来，孛落坊的乡人们并不惧怕他，更没有把他这个族长放在眼里。他当族长，是靠着他爷十老爷在村上的威望，更主要的是从十老爷手里开始，祠堂每年用度的一半都由十老爷包了下来，剩余的一半才让族人们分摊，这也是十老爷为了能让自己的孙儿张敬亭坐上族长的位子而预先做的铺路之举。

杨狗娃这件事情从表面上看是村上的一个泼皮赖娃在要泼讹人，实质上暴露出的是整个村子的人对族长的一种态度。连泼皮赖娃都敢对族长大呼小叫使泼耍赖，那其他乡人还不更是轻看了族长？张敬亭想起了他爷十老爷说过的话，十老爷一手带着他长大，供他念书给他讲人心。十老爷说世上没有糊涂人，糊涂人都是灵醒的人装出来的。世人吵吵闹闹乱乱纷纷，说到底都是为了一个利字，无非是为争一个利多利少而已。该让人得的利一定要让人得着，如果不是他该得的他还偏要抢偏要得，那就要下一回狠手整治得他再也不敢了，然后再把不该他得的利还给他得着，这就是你的威，让人怕你但又敬你。张敬亭这个时候觉得他爷说过的话太对了，他爷活着的时候，孛落坊村谁敢拧趾？张敬亭想到这里，走过去心平气和地对杨狗娃说："你先回去，今儿个黑了你到祠堂里来，我给你头驴。"

到了晚上，祠堂里灯火通明，一阵铜锣在村街上敲过之后，村里的成年男丁齐聚到了祠堂里。张敬亭站在享堂上大声说："今儿个一不敬香二不祭祖，我要在这儿当着众乡亲的面断一出驴官司。"站在正殿上的乡人们都闹哄哄地笑起来。张敬亭也笑了笑说："其实大家也都知道，我说的这个驴官司是个啥事情。这几天人人都在私下里议论，也都在看着笑话，看我身为族长却连一个泼皮赖娃都治不了的笑话。"说到这里，张敬亭停顿下来，皱起眉头变了脸色，换了严厉的口气说："其实你们笑话的不是我，你们笑话的是你们自己的先人祖宗！孛落坊能出这样的一个泼皮赖娃，也就能出两个、三个甚至更多的泼皮赖娃，等到孛落坊人人都把使泼要赖当本事的时候，到那时就不是你们笑了，那就该旁村的人看咱村的笑话了。人家会笑话咱的先人笑话咱的后人，笑话孛落坊尽都是些泼皮赖娃。啥叫羞先人？那才叫羞先人羞到家了！"

张敬亭涨红了脸，直眉瞪眼的神情姿态像极了十老爷。乡人们从没有见到过张敬亭这样的神情气色，都被他愤怒的表情和刺耳的话震慑住了，没有人说话，更没有人笑了。张敬亭瞅了一眼站在人堆里的杨狗娃，一脸怒气地又说："杨狗娃要泼讹人看起来是个笑话，却干系着乡里风气，干系着祖宗名声，干系着教养后人。今儿个我要动用族法，对泼皮无赖之风予以惩戒！"说罢他走下享堂走过天井，端直走到几位长者面前躬身一揖，说："我年轻无知掂不来轻重，还望几位叔伯指教。"几位长者心知张敬亭是想借此立威，同时也找回丢失族谱的脸面，可又都觉着他的话句句在理。世风日下，现在的年轻后生确实是少了许多庄稼人该有的纯朴厚道，十老爷在世时断不会如此，是该好好整治整治，张敬亭确有十老爷遗风。

几位长者齐声夸赞了张敬亭几句。有位长者朗声说："使泼要赖之风确实不可助长，依照祖宗族法整治乡风，我们别无二话，全凭敬亭处置！"张敬亭得了几位长者的话转身走上享堂，面冷如铁地高声宣布："张承让对自家驴子疏于看管，虽愿出钱出麦赔补，但跟杨狗娃互相辱骂厮打，违了和睦乡邻不得与人相争斗狠的祖训，除了给杨狗娃赔补外，另外罚麦两斗，张承让你服不服？"张承让站在人堆里忙不迭地喊："我服我服！认罚认罚！"张敬亭接着又大声说："杨狗娃想讹了张承让家的驴子给他收秋出力，可是一溜儿糜子咋能抵得上一头驴子十天的工费？明知价不相等却使泼要赖存心讹人，丢人背德，败坏乡里风气，辱没先人名声，今儿个就请出族法来抽他二十鞭子以示惩戒！"

张敬亭说完并不问杨狗娃服不服，给二愣挥一挥手，二愣便领着几个年轻后生，把杨狗娃从人堆里拽到天井里，反扭住杨狗娃的胳膊摁倒在地上。二愣从东墙上取来牛皮鞭子，几个后生扒下杨狗娃的裤子露出精光的尻子，二愣扬起鞭子就狠抽了下去，杨狗娃顿时吱哇一声惨叫起来。乡人们一个个面露惧色，有人吓得闭住了眼睛，有人低下头捂住耳朵，等到二十鞭子抽完时，杨狗娃已然昏死过去了。张敬亭再一次大声宣布："杨狗娃他大腿脚残疾，儿子幼小，家里缺少劳力，实有难场，收秋时由我家出人出工，助他转运秋粮再助他秋播，他买药疗伤的花费也算我的。"说罢让人架起杨狗娃送回家里去了。

秋分时节，乾州的糜子和玉米成熟了。田间地头弥漫着沁人肺腑的甜丝丝的清香味儿，糜子穗儿沉甸甸地垂下来，被风吹得沙沙作响。雀儿成群结队地钻进糜子地里偷食，轻巧的身子在糜子秆上来回跳跃，啄得地上落下一层金黄色的糜子衣。大人、小孩在田间地头奔跑呐喊，甩出一块块的土疙瘩，撵走偷食的雀儿。地里的玉米因为雨水不足，明显都长得比较矮小，普遍都只结了一个半拃不到的玉米棒。可是即便如此，站在高处放眼望去，无边无际的田野里依然呈现出一派丰收的景象。

乡人们开始忙碌起来，大人在前面收割糜子，小孩跟在后面捡拾遗掉在地上的糜子穗儿。掰下来的玉米棒被剥去嫩绿的皮衣，堆积在家家户户的庭院里晾晒，到处是金黄的颜色。砍收回来的玉米秆子被码在房前屋后，冬天就有了可烧的柴火。忙完收割的活儿，就该翻耕犁地下种冬麦了。

张敬亭穿着短褂，高挽起裤腿，赤脚在地里行走，一手扶着犁铧，一手拿着鞭子，吆喝着黄牛翻耕犁地。日头依然炙热灼烤，黄牛喘着粗气打着沉重的响鼻儿，牛眼睛瞪圆睁大使劲往前拉着犁铧。被犁开的泥土快速地向两边翻卷开来，长工刘蛇儿左胳膊上挎着斗，右手捏一把麦种子，紧跟在张敬亭后面，将种子均匀地撒入翻耕开的犁沟里。张敬亭言出必行，他翻耕的不是他家的地，他是在给杨狗娃家一亩亩翻地犁沟下种冬麦。

杨狗娃尻子上的鞭伤还未愈合，走路时弯着腰，两只手捂住两边的尻蛋子，龇牙咧嘴忍着疼，在家里干一点儿力所能及的活儿。杨狗娃他大拄着拐站在地头，不住地用手拍打那条独腿，给过来过去在地里干活的乡人们一脸无奈地说："咋能让族长给我家耕地哩嘛！这是咋个子说的嘛！"乡人们在田间地头瞅着看着，偷偷地议论着，纷纷夸赞族长能分得清是非，夸赞族长说话算话，夸赞族长的气量和仁义。

张敬亭家的土地几乎全租给了村上的佃户们耕种，他在留下自耕自种的十几亩地里，除了种粮食以外，还种豌豆，种苜蓿，甚至还换着花样儿种菜。整个乾州只有在州城跟前才有为数不多种菜的农户，在字落坊这方圆几十里占着地种菜的人家几乎没有。乡人们吃菜大多是在犄角旮旯撒一点儿种子，种一把青菜或是栽几根葱，吃饭时碗里有一星半点儿的绿菜叶子就已经心满意足了。粮食都不够吃，哪里有空闲的土地种菜？

张敬亭不抽烟，也不像其他乡人那样喜欢圪蹴着扎堆闲谝。他闲了的时候喜欢坐在他爷十老爷常坐的那把太师椅上，熬一壶泾新茯茶，时不时端起兰花花釉面的茶杯品茗一口，然后静静地聆听家里女人摇转纺车时的嗡嗡声。有时候他跟谁都不打招呼，拿一把短把锄头一个人到地里去，脱了鞋光着脚在菜地里锄草支架扶苗。他喜欢光着脚在地里干活儿，他觉得这样才能实实在在地感受到土地的存在，这种感觉让他浑身舒畅，让他充实无比，任何烦心的事情都会在这时被冲淡和淹没。吃饭的时候要是找不到他，他妈张宁氏便会让长工刘蛇儿来地里寻他。刘蛇儿寻到地里看见他时却并不上前打扰他，而是独自在地头圪蹴下来，点燃烟锅，吐着浓烟静静地候着。直到张敬亭提着短把锄头自己从地里出来，刘蛇儿才相跟着一同回来。

晚上喝罢汤（吃过晚饭），张敬亭跟他妈张宁氏在堂屋里坐着说话。小宝今天念书来得早了些，跟张敬亭的两个女子大凤、二凤在庭院里跳来跳去地耍丢方（一种乡村游戏）。张宁氏盘着腿坐在椅子上，端着阿公十老爷留下的那只黄铜水烟壶，吸得咕噜噜地响，嘴里鼻子里喷着浓烟，对儿子絮叨娶二房的事情。张宁氏挨个叙说媒婆来提说的几户人家的境况，谁家女子模样儿心疼招人喜爱，谁家女子心灵手巧会过日子，谁家女子茶饭手艺数一数二。媒婆瞅准的又是哪家女子，这家女子的身段儿媒婆都已仔细地端详过审视过，生辰八字也都已让人掐算过，保准娶回来后能生出带把儿的牛牛娃，只要多给一点儿彩礼，人家她大她妈不嫌自家女子当个小的。

张敬亭心不在焉地往庭院里瞅，看着几个娃娃耍丢方，半天不吭声。张宁氏说了一阵儿，看见儿子漫不经心的样子，气呼呼地把水烟壶在桌子上磕得当当响地号叫起来："你真个要气死我呀！"说着立时就呼天喊地哭号起来。张敬亭不耐烦地劝他妈："妈呀！你再甭闹咧好不？这不是有小宝哩嘛！娶二房的事情往后不要再提说了。"张宁氏止了哭声，瞪起眼睛说："小宝他妈要带小宝走出去呢！你能留得住？你媳妇又没有个生牛牛娃的本事，你再不娶个二房没有个后人，你爷你大攒了几辈子的家业就要在你手里丢干丢净咧！"张敬亭扭过脸不再理他妈。张宁氏见儿子无动于衷，就又气得拍着腿干号起来。

　　几个娃娃在庭院里听见张宁氏哭号，大凤就埋怨小宝说："都是你把咱婆气的来，你是张家的娃，不能跟你妈走出去。"小宝静静看着堂屋没有说话。大凤又上来拉他说："你咋不说话？你说你说，你妈要是走出去了，你跟不跟她走？"二凤走过来护住小宝说："这事又不怪小宝，你说他拉他干啥？"张敬亭见几个娃娃在庭院里拌起嘴来，赶忙走出来喝止住大凤。张宁氏也不再哭号，跟出来把小宝搂在怀里说："谁都甭难为我的狗蛋蛋娃，看我娃还不够可怜？"张宁氏搂住小宝哄了一会儿，知道小宝该念书了，就拉了大凤、二凤回二堂屋里去了。

　　庭院里安静下来，张敬亭长吁了一口气，叫小宝进屋里去念书。小宝却仰起头问他："大伯，书上说孝子之至，莫大乎尊亲，我该尊奉我妈对不对？"张敬亭说："孝为人之本，尊奉父母是天经地义的事情。"小宝紧接着又问他："那我妈要是再嫁人了，你说我是跟我妈走，还是不走？"张敬亭心里咯噔一下，竟不知咋样回答了。

　　没过几天，小宝他舅走进张敬亭家庭院。他舅穿得扑稀赖害（衣服破旧不整洁），满脸的胡茬子，肩膀上搭着烟锅，背着手进了门。他舅一走进庭院里就高喊："哎呀！亲家哥！把人也招呼下嘛！咋说着还算是亲戚嘛！"张敬亭从堂屋里走出来，把小宝他舅礼让到屋里坐下，秋满也赶忙出来端茶倒水。小宝他舅也不客气，端起茶碗晃一晃吹了吹，咕咚一口喝完，说："都秋里天了咋还热？把人还渴得不行。倒上，再给倒上。"张敬亭对小宝他舅很是反感，去年冬里时，小宝他舅就来给张敬亭提说过小宝他妈改嫁的事情，两下里都说得不好，最后不欢而散。临走的时候，小宝他舅撂下狠话："我妹子一天不改嫁，这事情一天不得毕。"

　　如今小宝他舅再次登门，张敬亭心有不悦，便定平了脸默不作声，等着小宝他舅先开口。小宝他舅喝过了两碗茶水，从肩上取下烟锅，摸出火石火镰啪啪打着火纸，点燃烟锅，长长地吐出一口浓烟，这才开口说："亲家哥！我今儿个来也不跟你绕弯弯，我把我妹子已经许给武功县皇甫村死了婆娘的财东皇甫家了，事情已然是说好咧！你也不要再打绊子，顺顺当当地让我妹子走出去，咱两家啥都好说。"张敬亭冷声说："好马不备二鞍，烈女不嫁二男，况且还有我张家的子嗣。其他事情都好说，这事是万万不可能的。"小宝他舅腾的一下从椅子上站起来变了脸，说："咋？你是非要咱两家掰扯开闹哩？"张敬亭冷笑着说："闹不闹都由你，我也没有怕过谁咯！"

小宝他舅一看事儿不对，心想，事情要是说僵了倒是麻缠，他妹子如果走不出去，那十几两银子的彩礼可就得不着了。张敬亭是个吃软不吃硬的人，咋能跟他来硬的？也是自己太心急了。这样一想，小宝他舅又换了一副笑脸说："亲家哥！我知道你是舍不得小宝，这话我给我妹子也提说过，可娃娃都是为娘的身上掉下来的肉，我妹子死活不愿意留下小宝呀！你屋里有的是金元宝银子，这东西南北谁家的女子不想嫁到你屋里来？你就娶个二房再生个男娃算了，就甭再为难我咧！"说完这话，小宝他舅又抓起茶碗咕咚一口喝完茶水，把茶碗往桌子上一蹾，似是下了决心地说："你看是这，我妹子啥啥都不要了，房子和地都给你张家留下，你看得行？"张敬亭依然冷笑着说："虽说我兄弟和我分家另过了，可房子和地本来就是我张家的，你得能拿得走呢！"小宝他舅背着手在屋里转了两圈儿，把脚在地上一跺说："不说了，我也豁出去咧！皇甫家许了五两银子的彩礼，咱俩一人二两半，你看咋样……"

事情说到最后依然是不欢而散，小宝他舅气呼呼地从张敬亭家走出来，又端直走进了小宝家的屋门。小宝正在庭院里玩耍，他舅说："我娃乖，出去到外头耍去，我跟你妈有话说呢！"小宝妈一看娘家哥来了，赶忙招呼她哥坐下，然后就要进灶间去给她哥做饭。小宝他舅没好气地说："我这心里的事情不搁下，你就是给我吃天上的龙肉我都觉不着香。"接着小宝他舅就把刚才张敬亭说的话给小宝妈学说了一回，然后劝小宝妈说："虽说皇甫家不弹嫌你带个娃，可是不把娃撂下，这边张家不放你走呀！你就听哥的话把娃给他留下，明儿个我就让人给皇甫家回话，把日子一定。"小宝妈听完就流下眼泪说："我啥都不要，我就要我娃，要是小宝不能跟我一搭儿走，那我就不嫁咧！"小宝他舅耐着性子又劝说了一阵儿，小宝妈死活不松口，小宝他舅跺脚骂了几句气哼哼地走了。

第二天晌午，小宝他舅领着老娘来到小宝家里。老太太走进门啥话都不说，往地上一坐就哭号起来，一边哭一边骂小宝妈没良心，不管她哥和老娘的死活。两个人闹腾得小宝妈实在受不了，小宝妈也哭着说还不如让自己死了算咧！小宝他舅听见妹子说出要死要活的话，马上就暴跳如雷地发起了脾气："好！咱都死！你先死我再跳壕，让咱妈跳井也去寻死，咱一家死干死净算尿咧！"发过了脾气，小宝他舅又死缠硬磨地劝小宝妈说："皇甫家有钱有势，还能少了你的吃穿？这是祖上积德才给你寻下这么个好人家，你不要晴干不肯走等到雨淋头。"小宝他舅和老娘一直折腾到后半晌，小宝妈实在熬不住，只得点头答应了，小宝他舅这才领着老娘走了。

小宝妈伤心欲绝，想一想丈夫在世时只会读书不会理家，日子过得一天不如一天，丈夫故去后日子就越发艰难。婆婆对她冷若冰霜，如今连娘家人也来以死相逼，全无一点儿母女兄妹的情分，这世间的人咋都是这样的薄情寡义心冷如铁？傍晚时分，小宝妈走进灶间把面缸里剩下的一碗白面全和着擀了，炒了小宝爱吃的葱花臊子，把面煮熟拌上葱花臊子，脸上强带着笑容伺候小宝吃完了饭，接着把吊篮里剩下的鸡蛋全部煮熟后，拾到碗里放在屋里的柜盖上，然后烧了一盆热水，端到屋里放下，走出来给小宝说："你到你大伯那里好好念书，一定要听你大伯的话，你要记着这世上只有你婆和你大伯是真心待你好的。啥时候饿了，柜盖上有煮熟的鸡蛋，你甭忘了吃。"小宝应了一声就出门去张敬亭家念书了。

张敬亭让小宝背了几首千家诗，又让他诵读《幼学琼林》，正在朗声诵读时，小宝忽然停下不念了。张敬亭问他："你咋咧？"小宝说："我妈今黑儿个咋怪怪的？"张敬亭问："咋怪了？"小宝说："屋里的白面我妈原先说留着过年吃，可是今黑儿个全给我擀面吃了。鸡蛋也是隔几天才给我吃一个，可是今黑儿个也全煮熟了放在柜盖上，还说这世上只有你和我婆是真心待我好的。"张敬亭听完略一迟疑，喊声不好，撂了书跑出门去了。

小宝妈看着小宝走出门往大伯家去了，回身把头门闭上，进到屋里把里屋的门闩好。洗了头净了身子，又去柜子里把小宝的四季衣裳搜罗出来一件件叠整齐码摆在炕头上。她坐在炕上伤心了一阵儿，流着眼泪用剪子把没有织完的查花布（自织的土布）剪成几长溜缀在一起，然后从炕上站起来跨到炕边的柜盖上，把那一长溜查花布撂过房梁系上死结。布条离柜盖有些距离，小宝妈把布条斜拉过来套到脖颈上，哭喊了一声："我可怜的小宝呀！"身子猛然往前一扑双脚离了柜盖。不一会儿，小宝妈悬吊在空中的身子抽搐起来，三魂七魄正在离身散去时，张敬亭一脚踢开了屋门。

秋末的一天晚上，小宝他舅领着媒婆和皇甫家迎亲的人来了。两个迎亲婆子进到屋里，帮着小宝妈梳洗打扮更换衣裳。小宝他舅端了几盆水把后院的土墙泼湿，掂起镢头吭哧吭哧挖了起来，媒婆在他身后一个劲地埋怨他咋能把开后门这么重要的事情给忘了，然后就不断地催促说路远时辰紧让他快一点儿。工夫不大，土墙被挖开半人高的豁口。两个婆子帮小宝妈收拾齐整了，又给小宝换了新衣裳，提上包袱要了件小宝妈的旧衣裳拿在手里，急急火火催着要走。

小宝他舅在屋里院里前后转了一圈儿，把一些能用的东西扛到肩上，手里又提了些零碎，几个人从后墙豁口处钻出去了。东城门专意给留了一条缝隙，城楼上值更的乡人早躲不见了。几个人相跟着出了城门走到大路口时，迎亲婆子把小宝妈的旧衣裳往地上一撇，嘴里叽叽咕咕念叨了几句，便急慌慌地走了。往前走了一段路，有个老汉牵着驴在路边候着。媒婆让小宝妈抱着小宝骑上驴，小宝他舅假惺惺地挤出来几滴眼泪，给妹子和外甥说了几句告别的话，扛着东西提着零碎回家去了。媒婆打着灯笼在前头引路，老汉牵着驴和两个迎亲婆子紧随其后，一行人摸着黑急匆匆往武功县皇甫村去了，小宝妈终究还是带着小宝改嫁了。

入了冬，天气出奇地冷，又落了一场大雪，乡人们都窝在热炕上不愿出门，除了吃饭睡觉，再没有什么事情好做。这个时候，张宁氏害上了咳嗽的毛病，有时咳得整夜都睡不成觉，全家人都在炕跟前伺候着。张敬亭请来郎中给他妈把了脉，郎中说不打紧，是内火肺热引起的咳嗽，让张宁氏把烟戒了，抓几服药吃吃就好。可张宁氏还是水烟壶不丢手地抽烟，她足不出屋，更懒得过问任何事情，吃饭都是秋满端着红漆木盘把热饭送到炕头。两个孙女也殷勤地伺候她，进进出出端药倒水添柴烧炕。可是张宁氏谁都不搭理，一天到晚拉着个脸，坐在炕上把水烟壶抽得咕噜噜响，屋子里从早到晚都是烟雾缭绕的样子。

张宁氏一边抽烟一边咳嗽，有时咳得喘不上气，憋得脸色发紫嘴唇发黑，秋满就赶忙给她捶背顺气，然后再把熬好的汤药端来让她喝。张宁氏推开药碗转过身扭过脸，又拿起水烟壶给烟嘴里填装烟丝，还不断地嘟嘟囔囔发泄心里的怨气："你要是个好人，咋能看着我张家断了后？！"她嘟囔的声音不大却又清晰可闻，她就是要让儿媳妇知道她心里的不满。秋满装作没有听见的样子，把汤药碗搁到炕桌上拧身走出去了，接着就会听到张宁氏在炕上号叫的声音："咋不把我死了呀！"一会儿又喊："我可怜的小宝娃呀！"张宁氏每天都这样折腾，她用这种折腾发泄着她对于没有后人、家业无法传承的焦虑和恐惧。

每日早晚，张敬亭都会恪守孝道地到二堂屋里来给他妈问安，张宁氏就又死呀活呀再给儿子哭号一回。张敬亭知道他妈的心病，他妈一直盘算着给他娶个二房，或者把小宝过继给他，可是这两样都没有遂了他妈的心思。对于再娶二房的事情，张敬亭断然不肯，周边村堡有娶了二房的财东人家闹得鸡犬不宁的样子让他心生畏惧。他也没有觉得自己的女人秋满有什么不好的地方，反倒觉得秋满烧锅燎灶地伺候着一大家子很是贤惠，虽说没有给他生养个男娃，却也生养了两个聪明伶俐招人喜爱的女儿，他不想因娶了二房而伤了一家人的和气。

对于家业继承的事情，张敬亭更是三番五次地仔细斟酌过，每一回他在想到这个问题时就会思念起早早病亡的兄弟。他兄弟只会读书不善理家，为考取功名日夜苦读，竟然熬坏了身子，最终撇下孤儿寡母撒手人寰了。他兄弟正当青春却积病而亡，一直让张敬亭伤心不已，他也因此把小宝当作自己的亲生儿子一样看待，只要有小宝在，张家的家业一定是要让小宝来继承的。他把小宝从小调教着，就像十老爷当年调教他一样，虽然他最终同意小宝跟着他妈走出去了，可那也是没有办法的事情。如果小宝他妈真的悬梁自尽了，那小宝还会跟他亲吗？张敬亭的心里有一种预感，小宝是孛落坊张家的娃，迟早会回到张家来的。

从张宁氏屋里出来，张敬亭来到后院马号。刘蛇儿正在给青花骡子的槽里拌着草料，对面槽头的黄牛急得在地上踢踏着蹄子，青花骡子也不住地把嘴往槽里蹭。张敬亭让刘蛇儿拽住青花骡子，他走过去把小半桶豌豆掺进槽里的麸皮里，又抓了几把油渣撒一点儿粗盐，然后泼上几瓢浆水，拿起棍把草料拌匀。刘蛇儿一松手，青花骡子着急地把头伸进了槽。张敬亭又给对面槽头的黄牛拌好了草料，这才撂下棍背着手，看青花骡子和黄牛嚼吃草料。

刘蛇儿一边拾掇东西，一边给张敬亭说："我今儿个听了个闲话，不知道该不该给东家说。"张敬亭漫不经心地问："啥闲话？"刘蛇儿说："我晌午去薛录镇给青花骡子换嚼口时，碰见个从武功县皇甫村过来的骡马贩子跟一帮子人在那里闲谝，我从跟前过听了一耳朵，好像是说皇甫村一个财东把新娶进门的寡妇给折腾死咧！"张敬亭猛然一惊，回过身问："你听真了没有？是不是小宝他妈？"刘蛇儿说："我就听了这么一耳朵，其他的话我没听下。"

张敬亭抬脚就朝外走，走出几步又拧身回来，吩咐刘蛇儿骑上青花骡子赶紧到小宝妈的娘家去打探消息。刘蛇儿见东家急了，他也着急发慌起来，赶忙到槽头解开缰绳硬把青花骡子拽出了马号。正在绑鞍子的时候，张敬亭冷静下来拦住刘蛇儿说："小宝妈娘家肯定也不知道这件事情，要不然小宝他舅早都来了。"张敬亭抬头看了看黑漆漆的夜空，又给刘蛇儿说："明儿个你天不亮就走，直接到皇甫村去把事情弄清白。"

第二天鸡刚叫过头遍，张敬亭就穿好衣裳走出屋子。他先来到二堂屋门外站下脚，听了听他妈再没咳嗽还正睡着，就往后院马号里来。刘蛇儿早已给青花骡子鞴好了鞍，正圪蹴着抽烟。张敬亭走进来说："你这就起程，路上要耽搁，把事情打问清白了就赶紧回来。回来了先要声张，到我屋里先给我说。"刘蛇儿收了烟锅，牵着青花骡子出了后院门，张敬亭跟出来将一串铜钱塞到刘蛇儿手里。刘蛇儿把铜钱又塞了回来，憨声憨气地说："东家你这是弄啥？你当我不是咱屋人？"张敬亭说："打问事情行方便时用得上，路上饿了你也好填一填肚子。"刘蛇儿这才接过铜钱揣到怀里，翻身骑上青花骡子，走到东城门底下，喊叫值更的乡人开了城门，急匆匆往武功县去了。

张敬亭一整天都心慌得坐不住，他心里惦记着小宝也没有心思吃饭，一个人几次走出东城门顺着大路走一程，站着看一会儿又走回来。到了后晌的时候，他又出去站在大路上向远处眺望，眼看着日头快要落下去了，可还是不见刘蛇儿的身影，他一直站到手脚都冻麻木了，才又无奈地转身回去了。

天刚擦黑的时候，刘蛇儿终于大踏步地走进庭院里。张敬亭听见脚步声，赶忙从堂屋里迎出来。刘蛇儿喘着粗气涨红着脸走过来，先把那串铜钱交回张敬亭手里，然后就气呼呼地大声骂起来："小宝他舅狗日的就不是个人！"张敬亭急忙让刘蛇儿止住声，拉住他往后院走，一直走到马号里才松开手。刘蛇儿喘息不定地说："皇甫村兀个财东已经死过四房婆娘了，那地方的人都说那货是个瞎锤子货，整天在女人身上打转转，前头那几房婆娘都是被他糟蹋死的。"刘蛇儿喘了口气又接着骂小宝他舅："小宝他舅个狗日的，人家媒婆都把话挑明了，可他还是要了人家十六两银子，睁着眼睛把他妹子往火坑里推！"

刘蛇儿奔波了一天，饭也没有顾得上吃，又窝了一肚子的火气，此时一股脑儿地发泄出来，竟使得他浑身都战抖起来。张敬亭倒来一碗热水，刘蛇儿接过碗一口气喝完，一屁股坐在炕沿上，取出烟锅想抽烟，却咋都打不着火，张敬亭接过火镰一下就打着了火纸。刘蛇儿点燃烟锅，哆嗦着嘴唇，吐出几口浓烟，逐渐平复了下来。张敬亭着急地问："小宝妈到底咋样了？"刘蛇儿叹口气一歪脑袋说："死咧！"张敬亭紧接着问："小宝呢？"刘蛇儿咽下几口唾沫，喉结滑动了几下，颤声颤气地说："听人说小宝放火烧了皇甫家房子后就跑不见了。"张敬亭愣了好一阵子才回过神说："不管谁问，你就说小宝他妈是得病死的，小宝在回来的路上走丢了，其他啥话都甭再说。"

第二天一早，张敬亭叫来本门子一大群人，按不同路径分了几拨，出字落坊寻找小宝去了。

小宝一把火点着皇甫家房子跑出来，一口气跑出了四五里路。他害怕皇甫家来人撵他，就离了大路顺着田间的小路走。他也不辨方向，见路就走，脚不停步一直走到了天黑，也不知道走了多少里路，实在走不动了才一屁股坐在了地上。四周旷野看不到村庄，浑身的关节酸胀疼痛，腹中又饥肠辘辘，汗水打湿了棉衣，像冰块一样冰凉。小宝寻思得寻个地方安身过夜，等到天亮找人问清方向路径再回字落坊去。他站起来又往前走了一程，依稀看见有一座高大门楼，走到跟前才发现是一座破败寺庙的山门。小宝进到庙里走上大殿，大殿的屋顶早已坍塌，借着月光他看见神台后面平坦宽敞，有泥胎神像挡风遮寒正好可以躺下睡觉，就在大殿柱子底下尿了泡尿，爬到神台后面躺倒睡了。

也不知睡了多久，有人说话的声音把小宝惊醒了。他悄悄爬起来偷看，只见大殿上站着三个人，手里都举着清油火把。一个瘦高个儿问另外两个人："咋才来你两个人？"一个矮子说："二哥你甭急，都说好了，估摸一会儿就都来了。"有个胖子在大殿上转了一圈儿，突然失声惊叫起来："二哥，这儿有人呢！"

瘦高个儿走过来，看见柱子底下的一摊尿水，狐疑地四处瞅了瞅，然后一挥手，三个人就举着火把在大殿里搜寻起来。

小宝看见那个瘦高个儿向着神台走过来，知道藏不住了，干脆站起来扑通一声从神台上跳了下来。那几个人吓了一跳，看清楚了是个七八岁的娃娃，正要问话时，大殿外面传来嘈杂的脚步声，接着就陆续有人走了进来。不一会儿，大殿上聚了有四五十人，手里都掂着斧锯绳索。瘦高个儿数了数人头说："差不多了就起程，还有一段远路要走呢！"胖子问："把这娃娃咋办？"瘦高个儿说："先把他带上，省得坏事。"胖子就拉着小宝一起走出破庙去了。

约莫走了一个时辰，到了乾州城外的西北驿路，官道上闹哄哄的早已聚集了一群群乡民，一支支清油火把刺破黑夜宛如白昼。一个粗壮的汉子从人堆里走上高处，扯开嗓子大声说："我就是魏省娃，大家可能都知道我，前段时间打洋人砸教堂的那个人就是我。"人群被他的喊声震慑住，渐渐安静下来，一双双眼睛都瞅向了魏省娃。魏省娃继续高喊着说："而今洋人祸害百姓，在乾州地界上栽植火龙，民谣都传'火龙到遭年馑，洋人就是阎大王'。咸阳那里自栽上火龙，天旱无雨，连一粒粮食的收成都没有，咱们不能眼看着乾州也跟着遭灾，今儿个黑咧咱们就替乾州的乡党们做一件大事，先剪线后拔杆，然后进城杀洋人！"魏省娃从高处跳下来挥一挥手大吼了一声，数百人立时就四散开来，各执斧锯绳索顺着官道东西两向剪线拔杆。一夜之间，栽植在乾州境内的电线电杆被毁坏殆尽。

天色大亮时，魏省娃带领剪线拔杆的几百人往乾州城来。守城门的丁勇看见黑压压的人群，知道大事不好，想关闭城门时却已然来不及了。魏省娃大吼一声："有脏腑（胆量）的就跟我冲进城去杀洋人哇！"几百人齐声呐喊着拥进城门，直奔北街的洋人教堂，冲进教堂后四下里搜寻洋人不见，就开始乱打乱砸起来，有人把桌椅板凳擦在一堆放起了火。不一会儿，整个教堂都被引燃烧着，浓烟翻滚，火势冲天。正在叫嚷闹腾的时候，有人慌张地跑进教堂喊了一声："清兵马队来了，快跑！"数百人顿时呼啦一下作鸟兽散了。

瘦高个儿揪着小宝往外跑时，却跟魏省娃撞了个满怀。魏省娃问："王二！你领娃娃来干啥？"王二说："我也知不道这是谁家娃娃，在庙里偷听，我怕他坏事就拉来了。"魏省娃说："快跑！先跑出去再说。"魏省娃跑了几步回头一看，王二不见了，只剩下小宝在那里站着。魏省娃回身拉了小宝就跑，刚跑过北街口，老远看见清兵马队从南街迎面冲杀过来，亮闪闪的马刀闪着寒光。魏省娃嫌小宝跑得慢，背上小宝又折向东，快跑到紫菜巷时，却从紫菜巷里冲出来一队绿营兵。魏省娃又反身向后跑，后面也冲过来一队绿营兵，魏省娃和小宝被绿营兵抓住后五花大绑捆了起来。

乾州乡民剪线拔杆火烧教堂，震动了省上。陕西巡抚王吉甫震怒，下令把乾州知州革职查办，擢升耀州同知王存章为乾州知州，要王存章追查祸首肃清地方。王存章一到任，不辞劳苦连夜升堂，把抓来的人挨个过堂之后，就认定魏省娃为祸首。王存章即刻亲审魏省娃，不想魏省娃毫不胆怯推脱，很是痛快地一概招认。王存章大喜，马上就安排书吏写了斩立决的文书往省上呈报。未出半个月，省上按察院回复让把魏省娃就地正法，不必等刑部会审，州衙随即将杀人的告示贴满了各个村堡以震慑乡里。

杀人的法场设在了乾州北门里的校军场。到了问斩的这一天，城里城外以及远近村堡爱看热闹的人都掐着时辰早早地赶了来，黑压压的人群将法场围得水泄不通，挤不到前面去的人就踮起脚抻长脖子，争先恐后地往法场里瞅，一个个都像是被人捏提着脖颈的鸭子一样。

魏省娃光着脚赤裸着上身披枷戴锁，被狱卒拉到法场中间跪倒在地。监斩官走过来验明了正身，然后命人给他取掉枷锁，把他的双手反绑在背后。紧接着刽子手端来了三大碗迷魂酒，一碗碗灌着让魏省娃喝。同案的几十个人也被狱卒绑成一串押进了法场，全部都让跪倒在法场一侧观刑陪斩。到了午时三刻，监斩官朗声宣布："剪线拔杆火烧教堂一案，现将祸首魏省娃一人斩杀结案。时辰已到，开斩！"三个刽子手走上前，一个人抓住魏省娃的辫子往前拽，另一个人抓住他反绑的双手往后拽，魏省娃的脖子一下子抻出老长，杀人的刽子手举起明晃晃的大头刀斩了下去……

这一天是冬至。

杀了魏省娃收了法场，几个狱卒对陪斩的囚犯连踢带打，驱赶着囚犯们站起来收监回牢。囚犯们一个个脸色煞白战战兢兢，有人瘫倒在地上站不起来，有人浑身僵硬迈不开腿，还有人将屎尿都拉在了裤裆里……有从孛落坊赶来看热闹的乡人忽然一眼看见了囚犯队列里的小宝，乡人大吃一惊，瞪着眼睛

31

看着一溜儿囚犯走过去之后，便急匆匆回字落坊报信去了。

张敬亭寻小宝寻了半个多月，连一点儿踪影都没有。全家人都着急得吃不下饭睡不着觉，张宁氏已经哭干了眼泪，哭哑了喉咙，再也没有力气号叫。天寒地冻滴水成冰，出去寻找的人都灰心丧气得已经没有了心思再去寻找。张敬亭干脆不再让其他人耗费精力，他每天独自骑着青花骡子早早地出门，逢村便进，逢人便问，仍然毫不松懈地四处寻找小宝。

冬至这一天，张敬亭在天快黑时回到村里。早已在村街上等候得心急火燎的乡人们看见他就一下子围上来，七嘴八舌地告诉他小宝寻见咧！随即那个去看热闹的乡人就把在州城里看见小宝的情形叙说了一遍，张敬亭拽着骡子转身就要上乾州城。乡人们拉住他说："你这会儿去城门早都关了。"有经过世事的乡人说："这样的案子想把人要回来那肯定得打官司，要打官司就得有状子，还是先到赵和里找书办写状子要紧。"张敬亭翻身跨上青花骡子，那青花骡子奔波了一天已经疲惫不堪，咋都不肯再迈蹄子。张敬亭跳下来狠抽了青花骡子一鞭，把缰绳甩给乡人急慌慌地抬腿就走，几个热心的乡人相跟着，黑夜里深一脚浅一脚地往赵和里寻书办写状子去了。

张敬亭寻亲要娃的案子审过了一堂，知州王存章回到后堂歇息，刚让人泡了茶喝了一口，一个干瘦的书吏走进来躬身施礼抱拳说："恭喜老爷咧！"王存章一脸诧异地说："我才来乾州，连日劳顿不堪，哪里来的喜事？"书吏笑着说："老爷今儿个堂审寻亲要娃一案就是喜事，所以恭喜老爷。"王存章疑惑地问："他人寻亲要娃，于我有何喜事？"书吏弓着腰放低了声音说："老爷由同知擢升乾州正堂想必是破费了的，老爷是久经世故的人，定然知道窍道。魏省娃一案是刑案，刑案自当要精心，谁也不敢有个差错。可这寻亲要娃就另当别论了。这种事情嘛，他要他想要的，咱要咱想要的。"

说到这里，书吏偷瞄了王存章一眼，见王存章默然不语低头思量，书吏便不再往下说，弓腰等着王存章问他。王存章果然问："你且说咋个要法？"书吏不慌不忙地说："大堂上不能让原告把娃娃认下领走，况且那娃娃自进到监牢里后就一直不开口说话，谁也不知道那娃娃到底是谁家的娃娃。老爷再审时给原告定个谎冒认亲，把他撵出去，剩下的事情就不劳老爷操心了，我掂弄着给老爷办好。"

王存章默不作声，端起茶碗喝了两口，抬起头说："都已上报那娃娃是魏省娃背负而获，若是把原告撵走，没有了认亲要娃的诉状，文书咋又能更改变通？"书吏笑了说："文书嘛！我就是吃这碗饭的，只要老爷想变，我自然就能给老爷变得通。"王存章又说："有里长和一干乡人为原告做证，说那娃娃确是他家子侄，咋能定他个谎冒认亲？"书吏说："明儿个再审时咱给他来个合血法。"王存章问："血要是相融了如何是好？"书吏嘿嘿一笑，凑近了身子说："能让它相融，也能不让它相融，老爷只管放心！"

从后堂出来，书吏叫来两个衙役，吩咐衙役去外面挖一些冰块回来，然后又让衙役拿来一个青花瓷碗，用麻布包裹后埋于冰块之中。书吏给衙役交代说："明儿个州老爷要在堂上行合血法，到时候就用这个碗盛满水端上来。"安排好这一切事情，书吏回馆舍歇息去了。

次日王存章升堂，把张敬亭传来跪在堂上。王存章沉下脸说："你花费了多少银钱？竟敢唆使一众乡人给你弄虚作假谎冒认亲拐带人口！"张敬亭莫名其妙，仰起头问："老爷这样说是啥意思？"这时候书吏走过来说："昨儿个堂审时那娃娃一言不发并没有认你，你可不就是谎冒认亲？"张敬亭争辩说："我侄儿肯定是看见杀人被吓傻了，你让他再来当堂对质一回。"书吏笑着摇了摇头，随即朝衙役挥了挥手。

小宝被衙役带到堂上时，任凭张敬亭咋样叫他仍然是一言不发。书吏得意地问张敬亭："你还有啥不服的？"张敬亭情急发慌喊起冤来，大堂底下观审的人也乱哄哄地喊起来。书吏往堂上堂下都瞅一瞅，一拍手说："好！那咱今儿个就来个合血法，让你们所有人都心服口服。"书吏瞅一瞅王存章，王存章不言语，只挥了挥手。书吏拧身就给衙役使了个眼色，衙役很快用那个青花瓷碗盛满水端了上来。有人走过去用针刺破张敬亭和小宝的中指，从两个人的手指上各挤出一滴血滴到了碗里，只见那两滴血颜色发黑，在水里并不扩散，很快凝成了两个血团儿，并没有相融在一起。

书吏叫衙役端着碗到堂下让观审的乡人挨个验看，人们瞅着碗里的两滴血团儿面面相觑，都为之惊奇。人群里忽然有人朗声高喊："荒唐！真是荒唐！人证俱在，小娃一时蒙呆，怎可行此愚昧之举？"书吏认得那人是乾州名士岳先生，就干笑了两声说："合血法自古就有，先贤宋慈《洗冤集录》早有记述，现老爷效仿先贤之法有何不可？先生不可在公堂之上辱没先贤圣名，免得先生面子上也不好看。"岳先生知道再说任何话都无济于事，便长叹一声拧身离了人群，仰头吟了一句"天公本难测，人说妖精遣"，扬长而去。

张敬亭被衙役们乱棍打出了州衙，他只觉得一口气憋在胸膛里胀痛难忍，心里似翻江倒海一般，猛然一口血水从张敬亭嘴里喷涌出来，随即他就软绵绵地倒了下去。从孛落坊跟来观审的乡人们慌了神，揉胸口掐人中可就是弄不醒张敬亭，只得七手八脚地抬起张敬亭急慌慌地回孛落坊去了。

到了晚间，张敬亭醒了过来，却躺在炕上一动不动，全家人都围在炕边哭哭啼啼。这时候，东城门值更的乡人跑来说里长领着个生人要见族长，问族长让不让进来。张敬亭挣扎着坐起来，挥挥手让他妈和媳妇、女子都到二堂回避。不一会儿，里长撩起门帘走进屋里，跟在身后的那人竟然是白天堂审时的书吏。张敬亭勃然大怒，里长见他变了脸色，赶忙走到炕边摁住他说："人家是来给咱衡事（办事）的，你先听他咋说嘛！"

书吏不慌不忙地哈哈一笑，对里长说："不怨他生气，这号事情搁到谁身上都受不住。"接着书吏又对张敬亭说："你老兄也不好好想一下，我一个小小的书吏能行得了这样的事情？那全都是州老爷的意思，我受着人家管，能不听人家招呼嘛！"张敬亭瞪起眼睛问："他到底想干啥？"书吏又哈哈一笑，毫不隐讳地说："还能干啥？州老爷想要银子哩嘛！官字两个口，上说有理下说也有理，现在哪个官不是向着银子说话哩！"

张敬亭低下头沉默不语。里长把半个尻子坐到炕沿上，拍一拍张敬亭的胳膊说："咱娃要紧，钱算个啥嘛！"书吏走到炕边在椅子上坐下，一撩袍子跷起二郎腿表白说："州老爷是外乡人，可咱都是本乡本土的乡党，人不亲地亲嘛！今儿个要不是我替乡党你说话，州老爷非打你个半死不可。"张敬亭抬起头问书吏："他想要多少银子？"书吏一看火候差不多该吐核了，便翻着眼睛瞅了瞅里长。里长知趣地说："你们先说着，我去上个茅房。"书吏看里长走出去了并不开口说话，伸出了五根指头。张敬亭问："五十两？"书吏说："五百两！"

里长上完茅房回来的时候，书吏从屋子里走出来，张敬亭竟然相跟着出来相送。走过庭院出了头门，张敬亭忽然拉住书吏问："那碗里的血真不相融吗？"

书吏嘿嘿一笑说："衙门里的窍道，你也不必问咧！娃娃肯定是你家的娃娃。"张敬亭还在狐疑时，里长已经领着书吏走得远了。

张敬亭闩好头门直接来到二堂他妈屋里，给他妈把事情学说了一遍。张宁氏听完眼睛往上一翻，"嗷"地叫了一声便昏死过去。张敬亭和秋满急忙掐人中灌凉水，折腾了一阵子，张宁氏"哎哟哟"叫唤着醒过来。她看一看儿子，又瞅一瞅儿媳妇，顿时呼天喊地哭号起来。张敬亭劝了一阵，张宁氏只是不理。张敬亭心烦意乱猛然甩开手说："好了好了，不给银子了，叫小宝死到牢里算咧！"张宁氏听见这话立时止了哭声。

张敬亭忙了几天，把自家仓里的存粮清点一番，留了些过春荒的，其余的全都让刘蛇儿拉到薛录镇去粜卖。小宝家的空房子也被拆光卖尽，秋满把自己的几件首饰都换了银子，一算账还差着近乎一半。张宁氏见儿子愁得饭都吃不下，不吭声回到自己屋里，抱着炕上的青瓷枕头走出来。张敬亭问他妈："你抱来个瓷枕头干啥？这能值几个钱？"张宁氏也不说话，举起青瓷枕头使劲往地上一摔，青瓷枕头哗啦一声碎了一地，滚出来三个黄灿灿的金锭子。张敬亭惊讶地喊了起来："妈呀！你咋还藏着这私货呢？"张宁氏说："这是你爷下世前给我的，你爷说五年一急十年一荒，不到紧要关头不能动用。咱家就小宝这一个血脉，再没小宝了，咱还要这家当干啥？"

凑足了五百两银子，张敬亭急忙让刘蛇儿套车上了乾州。他按照书吏交代的，在钱庄里把现银全部兑成一百两一张的银票，然后才到州衙里找到了书吏。书吏把张敬亭领到僻静处，张敬亭掏出银票给了书吏问："我侄儿啥时候能回来？"书吏说："三天后你到乾州大牢去接人，保准给你办妥！"书吏看着张敬亭的背影走远了，满脸喜色地抖一抖手里的银票，给自己怀里揣了三张，手里捏了两张，扬扬得意地到后堂寻知州王存章表功去了。

第三章

　　小宝终于回到了家里，张敬亭心情爽朗地忙着招呼前来探望的乡人。男人们都圪蹴在庭院里说说笑笑扯着闲话，女人们则都挤在二堂里屋，叽叽喳喳争先恐后地说一些恭维张宁氏的话。张敬亭让秋满熬了一大锅茯茶，用老碗盛着一碗碗端给乡人品尝。有人喝了一口就吐了，说："族长，你咋给人喝药呢？"其他乡人哄地笑起来。有人嘲笑那人说："这瓜娃就是喝刷锅水的命，不会受活。"大家又哄笑着说了几句，接着就有人问张敬亭："族长，小宝灵醒过来没有？会说话了不？"张敬亭说："小宝不说话那全是魏省娃教唆的，为的是不让他连累家里人。后来魏省娃被杀了头，小宝害怕连累我也被杀头，所以才在大堂上咬死了不说话。"

　　乡人们听张敬亭这样一说，才恍然大悟，就都夸赞了小宝一番，接着就又夸赞魏省娃。那个去看过热闹的乡人绘声绘色地说："魏省娃的脑袋大得像个斗，掉到地上滚了几个蛋蛋还眨眼睛哩！血喷了有一丈多远。"又有人说："像魏省娃这样有脏腑的人，乾州多的是。"还有人说："我看那些人就是些二屄货，这样的二屄货走到哪里都会招祸惹事。"不知谁突然插了一嘴："那碗里的血最后到底相融了没有？"听见这样的话，乡人们忽然没有人言语了，都把嘴咂得啧啧响地喝茶，不再吭声。

　　吃完晚饭以后，张宁氏把张敬亭单独叫到了二堂里屋，阴沉着脸说："今儿个跟村上的婆子媳妇们说笑，有人私下里给我说，村里有人嚼舌根说小宝不是咱张家的血亲。"张敬亭说："谁爱说啥让他说去，听那些个闲话干啥？你要理识。"到了该吹灯上炕的时候，张宁氏说小宝今后就跟她睡，把小宝叫到二堂里屋哄着睡觉去了。

张敬亭闩好头门前后院转一转，看着刘蛇儿喂完牲口，回到屋里刚上炕睡下，张宁氏又在屋外喊他。张敬亭披上衣裳出来问他妈："咋咧？"张宁氏说："小宝睡着了，我咋样端详都像是你兄弟的模样儿，咋能说不是咱张家的血亲？"张敬亭不耐烦地说："那些个嚼舌根的话你也信？"张宁氏说："我看这事情得要弄清白，不能让你死去的兄弟在地底下还被人戳指头。"张敬亭低下头沉默不语。张宁氏又说："你跟你兄弟都是从我肚子里爬出来的，小宝要是咱张家的血脉，咋能跟你血不相融？咱再试一回，你去把蛇儿叫来让他做个见证。"张敬亭有些犹豫地问他妈："万一真的不相融那可咋办？"张宁氏说："万一不相融，咱心里也好有个底数，往后的事情就要另当别说。蛇儿在咱屋里多年了，咱也能把他管住，让他把事情烂到肚子里。要是血相融了，蛇儿就是个见证，让他出去专意说给别人知道，也好堵住那些嚼舌根的烂舌头。"

张敬亭不再作声，到后院马号里去叫刘蛇儿。刘蛇儿不知道是什么事情，来到二堂里屋门口站下不敢进去。小宝睡得正香，张宁氏挑亮油灯，从炕头笸篮里捏起缝衣针，在小宝指头上猛然扎了一针，小宝翻了个身竟然又睡过去了。张宁氏捏住小宝的手指头轻轻一挤，张敬亭端着一碗水在底下接着，一滴血便滴在了碗里的清水中。张敬亭放下碗伸出手，张宁氏又刺破儿子的指头挤出一滴血滴到碗里，两个人屏住呼吸，气都不敢出，瞪着眼睛瞅着碗里的两滴血。

刘蛇儿灵醒了过来，走过去抻长了脖子也往碗里瞅。只见碗里的两滴血像烟雾般在水中慢慢散开，逐渐融合在了一起。张宁氏鼻子一酸，瞬间就掉下了泪珠儿，她怕把小宝吵醒，赶忙抹去眼泪，双手把碗端到刘蛇儿眼皮儿底下，专意让刘蛇儿看。刘蛇儿揉一揉眼睛，凑到碗边又看了一眼，便咧开嘴一脸憨厚地笑起来。张宁氏把碗递给儿子挥挥手，示意儿子和刘蛇儿都回去睡觉。她闭上屋门，爬上炕吹熄了灯，小声嘟囔着："我亲亲的狗蛋蛋娃呀！"把小宝紧紧搂在怀里睡了。

小宝终于成了张敬亭家里的娃，一切又都恢复到了往常的日子。张宁氏每天都早早起来，静静坐在自己屋门口守着，不让任何人打搅她的孙儿睡觉，即便是张敬亭到二堂来问安时，张宁氏也会摆摆手不让他进来。每天早饭后，大凤会熬一壶茯茶端进堂屋，然后回到自己屋里去纺线。纺车被摇转得嗡嗡响，那嗡嗡声忽强忽弱连绵不绝，很有些韵味儿，像是一个女人在委婉吟唱，回荡在庭院里。张敬亭坐在堂屋里跷着二郎腿，时不时端起兰花花釉面的茶杯品茗一口，静静地欣赏那纺车的吟唱声。每当这个时候，张敬亭心里就很受活，这种轻松舒心的日子已经很长时间没有了。他有时也会信步走进大凤屋里，看一看大凤炕头纺好的棉线锭子，然后会一脸笑容地夸赞大凤："我娃纺线越来越灵巧了，真个已经长成大女子咧！"

腊月十八这一天，离年关还有些日子，张敬亭一吃罢早饭就让刘蛇儿套好了骡车，然后叫二凤和小宝坐上骡车，一起到薛录镇去跟会赶集。薛录镇有着古老而悠久的历史，是乾州南乡的一处要冲之地，平川之中四通八达，相传唐代名将薛仁贵征西时就曾在这里屯兵驻守。镇上人口众多，商铺林立，贸易繁荣，每逢二、五、八的日子均有集市，各类商贩都会到这里来摆摊设点。

乾州向来不产棉花，但乾地妇女均善纺织，自织之布叫作查花布，织工精细，远近闻名。本地妇女常常起早贪黑织布换棉，积有盈余时卖出补贴家用。外地客商到此以棉花换取查花布，顺便把一些洋货洋布贩运来卖。女人们一到集市上就先去拿查花布换了棉花，然后才会东转西转地买一些日用杂物；男人们则大多聚在旱烟摊子前，咂巴着烟锅，交流点评烟叶的粗细好坏。薛录镇街道上人流拥挤嘈杂热闹，秦人独有的大嗓门满街道地呼来喊去。

在镇子东北角薛录寺外的空场地上，有用草席围起来的简易的戏园子可以看秦腔戏，里面从早到晚拉二胡敲梆子，吼唱着秦腔，撂几个麻钱儿就能看一整天的折子戏。忙碌了一年的戏迷们来跟会赶集时，往往都会大方地甩出几个麻钱儿，三三两两地圪蹴在贵宾席位后面的角落里，吧嗒吧嗒抽着烟锅，看上几段折子戏，议论指点一下台上戏子们的扮相和唱腔，痛快地过一过秦腔戏的瘾，然后才去集市上买一点儿年货回去。

刘蛇儿在熟人那里寄放了骡车，跟着张敬亭和两个娃娃一起挤进了薛录镇狭长的街道里。张敬亭把屋里女人们织的查花布换了棉花，给二凤和小宝买了油糕，在烟摊上给他妈称了上好的烟丝，又到调和铺里买了他媳妇让捎的调和，再割了两大块肉让刘蛇儿提着。正逛得起劲时，刘蛇儿忽然说他不想逛了想去看戏，让东家跟娃娃逛完回去时到戏园子里喊他。张敬亭知道刘蛇儿是个戏迷，听刘蛇儿说想去看戏，他也来了兴致，把买的年货全都放在一位熟人的铺子里，几个人挤出街道往戏园子去了。

张敬亭大方地甩出一串麻钱儿，专意要了靠前的一个贵宾席位坐下，堂倌摆上了瓜子、花生，又端来一壶酽茶，絮絮叨叨介绍了一番今天的主角，便去忙活了。戏台上的《长坂坡》正演到紧要处，那武生扯着嗓子不要命地吼唱，板胡、锣鼓敲得石破天惊地响。几个人正看得出神时，忽然有人走过来冲着张敬亭一抱拳叫了一声："老哥！"那人穿一身圆领蓝袍，上身套着黑色缎面的棉马褂，头顶的六合帽上镶着一块银色帽正，白净清秀的四方面孔，一双犀利有神的眼睛不怒自威。张敬亭赶忙站起来还礼，那人扶住小宝的肩头说："看来你寻亲要娃的官司打赢了。"张敬亭愣了片刻，猛一拍额头惊呼："原来是岳先生呀！"

那日在乾州大堂上行合血法时，堂下看客众多，却都为那血不相融的一碗水惊诧不已而无人说话，唯独岳先生在人堆里高喊荒唐，替张敬亭鸣冤。事后张敬亭专门向人打问高喊荒唐的那人是什么人，有人告诉他，替他鸣冤的人是乾州名士岳先生！

岳先生自幼聪颖过人，五岁识字，八九岁就能写出明通的诗文。十五岁时，五言诗已斐然成章。诗文不拘一格，时标新义，不蹈恒蹊，人皆夸他必成大器，一时有才子之称。岳先生十九岁的时候，陕西学政使亲自前来乾州主持西府七县童试会考，岳先生以榜首中秀才。次年，朝廷里有人向皇上建议说京城距海太近，急宜迁都。陕西巡抚王吉甫听到这样的消息后极不赞成，便在全省发榜征文，命题为"迁都之利弊说"。

征文的告示一经贴出，全省的文人才子便各陈谠论，不乏真知灼见的文章如雪片般被送至省上。岳先生援古论今，以洋洋千余言痛陈："汉唐以前，国之外患在西北，故京师在长安，即雄踞西北也。元明以后，国之外患在东北，故京师在北京，亦扈东北也。都城一迁，则夺中华之气，示人以弱，恐我退一步，人将进一步矣。呜呼！周不捐弃丰镐，则犬戎何能深入内地？宋若死守汴梁，则女真何至长驱中原？世或有献迁都之议者，吾恐后之视今，亦犹今之视昔也！"

王吉甫看罢岳先生的文章大加赞赏，在卷首批写："洞悉时势，深明大局，非关心国事者不能道出只字！"遂取列超等第一名，并将文中精髓的文句具折上奏朝廷，竟然平息了迁都之议。岳先生一时名震三秦，文人才子争相传习岳先生文墨。王吉甫厚爱其才，欲邀至省上委以重任，不料岳先生却婉言谢绝。王吉甫使人往返乾州好几回，岳先生仍坚辞不受，乾州知州也来游说，岳先生不胜其烦，竟然约了几个友人出门游学去了。

岳先生桀骜不羁不受拘束，性情倔强为人清高。虽迫于生计也愿就馆于私塾，但往往与主家一言不合便扬长而去，乾州各私塾馆院都知他才高，却都惧于他的性情不好相处，愿聘者无几。槐里县有一杨姓大财东，生养了一对双胞胎儿子。杨财东一心想要后人取得功名光宗耀祖，便慕名到乾州来，欲重金聘请岳先生就馆家塾。岳先生给杨财东伸出一根手指头说："我只有一条，应得就去，应不得就不去。"杨财东说："只要不是让我摘天上的星星月亮，你说啥就是啥。"岳先生说："我虽就馆你家私塾，但教授学生是我分内之事，无论我教或不教咋样教，学生学或不学咋样学，东家不得过问一句。"杨财东大度地说："你就是把我娃带到爪哇国去我也不管，交与你就是咧！"

岳先生于是动身去了槐里县。杨财东专意腾出个独院来让岳先生教授学生，每日让人好酒好菜伺候着，他却不敢去打扰。杨财东有时也隔墙听一听，却听不见诵读之声。岳先生还时常带着两个学生去出门游学，一连几天不知去向。

有一日，杨财东实在忍不住便走进独院佯装嘘寒问暖。当他推开屋门时，惊得眼珠子差一点儿掉到了地上。只见岳先生和杨财东的两个儿子同桌而坐，三个人均一手执笔一手端着酒杯，正在以诗文行酒令。岳先生和学生轮换着给出题目，吟不出诗句者不给酒喝，还要在脸上描墨一道，吟出诗句者才可饮酒一杯。杨财东的两个双胞胎儿子都已被涂成了黑脸包公，分不出谁是老大谁是老二，岳先生额头上竟然也被抹了一道黑墨。杨财东因有约在先不敢说啥，呆愣了一会儿便退了出来。他一走出独院就仰头喊叫："天哪！这到底是个啥先生呀？"捶胸顿足后悔不迭，可也无可奈何。

次年童试，杨财东两个儿子竟然列一二名榜首双中秀才。杨财东喜得眉开眼笑，又仰头喊叫："天哪！多亏我请的好先生呀！"到了第三年，陕西开了新学，设立宏道高等学堂，乃为官办最高学府。杨财东两个儿子在西府七县秀才会考中又名列前茅，双双考入了宏道高等学堂。这个时候，杨财东对岳先生佩服得五体投地敬为神人，他拿出一堆金银珠宝答谢岳先生，岳先生也不推辞，尽数收了。乾州各馆院闻听这样的事情后便纷纷拥来，争先恐后重金聘请岳先生，却都被岳先生一一辞绝。岳先生自行回到乾州，把自家的旧宅院翻新扩建，取名"槐香书院"，每日里与三五好友以酒论诗文，坐讲槐香书院，本地及外埠闻其名来求学听讲者络绎不绝。

岳先生有三大爱好，喝酒、作诗、看戏。每有文人才子来交流文墨，必定先以诗文行酒令，酒喝得酣畅淋漓时更是佳句迭出为人传诵。有一日，武功县几个雅士来访，时下乾州地界频发狼患，岳先生就以狼为题目行酒令，雅士们抓耳挠腮不能成章。岳先生酒兴正浓意气风发，在连饮了几杯之后出口吟道：

也曾伏爪锐利，
腹中自有良谋。
待到横行百川，
必是血染千里。

众雅士皆赞叹不已传诵吟咏。适逢南方正闹革命党声势颇大，有好事的人就以此诗为证，告到知州那里说是反诗，尤其是末尾两句"待到横行百川，必是血染千里"，这不就是要造反吗？知州老爷知道巡抚王吉甫厚爱岳先生之才，不敢造次，便修书一封附了诗句，让人呈报王吉甫定夺。王吉甫回书把乾州知州训斥一番，称是无稽之谈。但又另给岳先生修书一封，虽无责备之言，却有警醒之意，此事也就不了了之，此后岳先生诗文却也少了。

岳先生爱看戏，一点儿不亚于对诗文的痴迷。他对秦腔的戏文唱腔均有研究，与戏班名角也来往颇多。但是岳先生却时常批评当下的戏剧多为迷信荒诞之作，甚至有些纯粹为猥亵淫秽之词，媚人耳目，误导民人，实在不堪一顾。岳先生认为戏剧应像诗文一样，"警醒世人，提振精神，革新旧俗，倡导正义"，但是民人多未读书识字，以再好的诗文教化于人也实在有限。然

41

而秦腔戏剧则与诗文不同，无论官绅民人大多都有看戏的嗜好，传播广泛易于接受，许多偏僻闭塞的地方，民人往往以秦腔戏文为例处世行事。而今国弱民贫愚昧之风盛行，岳先生觉得自己空有一肚子学问却无从施展抱负，于是他就有了编写戏文教化人心的想法。

那一日，岳先生在州衙见到知州王存章用滴血认亲来断案定审，一时气愤至极却又无可奈何。他回来后遍查古籍，觉得这种愚昧之事害人不浅，但历代多有官吏民人沉迷其中，他就思谋着写一出这样的戏剧来警醒世人。

今儿个岳先生应戏班好友之邀，到薛录镇来看戏捧场，不想正碰见张敬亭。岳先生向张敬亭详细询问小宝如何回来的，在得知知州老爷敲诈了五百两银子的经过后，他一拍桌子满腔愤慨地说："借滴血认亲这样的手段来盘剥百姓，官吏如此黑心，国真将不国也！"张敬亭忽然对岳先生深躬一揖说："若不是滴血认亲机缘巧合，哪里能与先生相识？这也是遇祸遭难得来的福报，就恳请先生收了小宝这个学生吧！"岳先生笑一笑并不作假谦让，一口豪爽地应承下来，让过罢年送小宝去槐香书院。张敬亭喜出望外，赶忙让小宝给岳先生行礼，岳先生摆手说免了，起身拱手告辞去了。

看完戏回来的路上，张敬亭心情舒畅一身轻松。他觉得自己和侄儿虽然都受了些难场，但是侄儿却也因此机缘才拜得名师。想一想自己的兄弟为考取功名日夜熬读，却到死也未能如愿。而今侄儿有名师教授，将来定能扬眉吐气光宗耀祖，他兄弟在地下若有知也能瞑目了。

刘蛇儿的戏瘾还没有过够，将鞭子插在车帮上，任由青花骡子迈着蹄子，他坐在车辕上挥舞烟锅，扯开嗓子学唱《长坂坡》里那武生的唱腔。几个人说说笑笑兴致正浓时，硬轱辘车忽然咔嚓一声炸响，车辕猛地往下一沉，差一点儿将刘蛇儿闪了下去。刘蛇儿跳下车，弯腰钻到车厢底下看了一眼，然后露出半个脑袋给张敬亭说："车坐不成了，车轴大梁日塌咧！得请匠人来修才行。"

第二天一早，西留村的老木匠被请了来。老木匠带着儿子小木匠走进门，一撩下褡裢就钻到硬轱辘车底下去了。刘蛇儿圪蹴下问老木匠："能拾掇好不？"老木匠钻出来嘿嘿笑着说："我是弄啥的？还把这再弄不了，我就不吃这碗饭咧！"老木匠张口要了两斗麦的工钱，只管吃不管住，西留村离得近，晚上回去早上再来，五六天便完工交活儿。刘蛇儿去前院把张敬亭喊来时，硬轱辘车已被翻了个过，车轴大梁连着车辕炸开了个通透的口子。张敬亭对工价不打绊子，只告诉老木匠年后要用车上乾州，让他把活儿做得结实细发一些。老木匠指着靠墙的两根檩条说："得要称手的好木料哩！"檩条是拆小宝家房子时剩下的，张敬亭挥挥手就转身走了。

老木匠让儿子放下背着的小木箱，把锤子、锛子、铁锯、铁钻一一从箱子里拿出来摆开场面，然后指挥儿子把后院的一些零碎木板钉了个木马台面儿。两个人抬过来一根檩条，老木匠站在一旁咂着烟锅，看着儿子抄起锛子，锛掉檩条上的圪节，又用刨子把檩条的黑皮面儿全部推掉刨平后，老木匠圪蹴下眯住一只眼睛在檩条一端瞄了瞄，然后便拿起浸满墨汁的墨斗让儿子扯出墨斗里的黑绳儿。小木匠扯着黑绳儿走到檩条另一端，也眯住一只眼睛瞄了瞄，接着就提起绷紧的黑绳儿松开手指嘭的一声弹下去，被推掉外皮后白茬茬的檩条上就留下一条笔直的黑线。老木匠再次眯住一只眼睛瞄了瞄，皱起眉头哼了一声，让小木匠重新来弹。小木匠扯着黑绳儿连续弹了四五回，大小头的尺寸始终弹不到向上。老木匠瞪起眼睛教训儿子："你就是个吃白饭的！你还能干啥？"小木匠急得冒出一脑门汗水，用沾满墨汁的手不停擦抹，涂了一脸的黑墨。老木匠气呼呼地站起来收了墨斗，让儿子重新拿上刨子，把弹得不着调的黑线刨掉重来。

屋里来了干活的木匠，在后院里折腾得咚咚作响，二凤和小宝就好奇地跑来看热闹，瞅见小木匠一脸的黑墨，活像戏里的黑包公，两个娃娃嘻嘻哈哈地笑起来。大凤循着笑声来到后院，看见小木匠滑稽窘迫的样儿，也忍不住捂着嘴哧哧地笑起来。小木匠停下手里的活儿，痴愣愣地瞅着大凤，忽然开口露出白牙说："你个蕞女子长大了，会拿哥寻开心了。"大凤收了笑脸怼小木匠："谁把你叫哥呢？你是谁的哥？"小木匠说："你让我把脸洗干净，你就认得我了。"大凤让小宝端来了半盆水。小木匠圪蹴下洗净脸站起来，只见他面皮儿细嫩鼻梁儿挺直，双眼皮儿的眼睛眼仁儿又黑又亮，俊秀之中带着一股刚毅之气。大凤发出一声惊呼："瓜蛋儿哥，原来是你呀！"

那是在多年前十老爷主持修缮祠堂的时候，精雕细刻的木工活儿最多也最为繁杂，老木匠自然被邀请来了。老木匠想早早地传给儿子手艺，就整日把儿子带在身边，可是小木匠正是顽皮贪耍的年龄，干活时只要一得空儿，他就溜出去跟村上的蓑娃们一起玩耍。大凤也时常从家里跑出去玩耍，看着一群娃娃们上树逮雀儿、和泥摔宝，一个个折腾得跟泥猴一样，逗得她很是开心。有一回，小木匠不知从哪里弄来炮仗，领着一群娃娃跑到城壕里放炮仗。他将炮仗插到地上的干屎撅撅上，点燃了捻子，他还没有跑利，炮仗就响了，崩了他一脸的屎疙瘩。大凤站在城壕上哧哧地嘲笑他，小木匠仰起沾满屎疙瘩的一张脸问大凤："蓑女子你笑啥呢？"大凤说："你是个瓜蛋儿，你回去你大肯定要打你哩！"小木匠咧嘴笑了说："瓜蛋儿就瓜蛋儿，那你今后就叫我瓜蛋儿哥好咧！"

如今大凤和小木匠都已到了及笄束发之年，再次相遇，惊喜之余都多了一点儿腼腆。老木匠见几个娃娃取笑他儿子，心里不高兴可又不好说啥，就冷着脸喊叫小木匠赶紧干活儿。小木匠回身去捡地上的刨子，却一脚踩到了铜脸盆上，铜脸盆翻扣过来，小半盆水全浇到了他的棉窝窝上。二凤和小宝又哈哈嬉笑起来。老木匠气得骂儿子："你瞎眯日眼的，能干啥？"

大凤见老木匠真生气了，瞪了二凤和小宝一眼，两个娃娃就不敢再笑了。大凤走到小木匠跟前说："你把棉窝窝脱下来，我给你拿到灶间火上去烤一烤。"小木匠面红耳赤地说："不用了不用了，我穿着就暖干了。"大凤不理睬小木匠的话，拧身到前院拿了他大的一双布鞋走回来，把布鞋扔到小木匠脚旁，说："你先穿上我大这鞋，我给你把棉窝窝烤干了你再换回来。"小木匠不知道该不该换那双棉窝窝，扭扭捏捏地没有动弹，回头瞅老木匠。大凤说："你的棉窝窝湿了，你看你大干啥？"老木匠没好气地接话说："你看你这女子，他都给你说了他自己能暖干，你咋还不得行了？"

大凤不言语，上前拉住小木匠一屁股坐到了木马台面上，弯腰伸手抹下了小木匠的棉窝窝，然后回过头给老木匠说："湿的不是你的棉窝窝，挨冷受冻的不是你。他还是你儿呢，你倒忍心！"说完提着小木匠的棉窝窝拧身走了。老木匠气得从鼻孔里哼哼了两声，看大凤走出后院去了，这才伸出手指指点点地扭过头，对圪蹴在一旁抽烟的刘蛇儿说："这女子，这女子！这要是我的女子我早一巴掌上去咧！没大没小的，也只有财东家才把娃惯成这个样样。"刘蛇儿没接话，头都没抬继续抽着他的烟锅。

腊月二十三，张敬亭打发刘蛇儿回家过年。刘蛇儿说："我不急咯！等木匠活儿毕了我再走。"张敬亭执意让刘蛇儿按约定好的工期下工回去，刘蛇儿这才开始磨磨蹭蹭地收拾东西。刘蛇儿家在北田果村，距离字落坊村也只有八九里地的路程。张敬亭家不知从哪一辈儿传下来的规矩，不得雇用本村乡人拉长工干活儿。十老爷在世时，刘蛇儿他大就是张敬亭家的长工，两家虽是主仆关系却也有些交情。张敬亭大了刘蛇儿几岁，自从刘蛇儿顶替了他大之后，张敬亭从来没有跟刘蛇儿红过脸，也从来没有跟在刘蛇儿屁股后面催着他干活儿。刘蛇儿知道这是东家看得起他，干活儿就越发谨慎自觉不用催促，他觉得这是当长工的本分，十老爷在世时就没有亏待过他大，张敬亭也没有亏待过他。他本打算盯着老木匠把活儿做完，这样他才能放心回家，可是张敬亭一再催促，他也不得不跟所有给财东家熬活儿的长工一样，跟东家算过账灌了麦，在腊月二十三这一天下工回家了。

刘蛇儿走后，后院里只剩下了老木匠和小木匠。大小头的新的车辕已经成形，打磨得光滑溜手没有毛刺儿，炸裂了口子的车轴大梁也已经换下，新的车梁搂的铆口跟车体严丝合缝。每天饭口时，大凤把饭菜放在红漆木盘里，再把滴洒在盘边的汤汁擦抹干净，然后才端起木盘脚步轻快地走进后院，催促正在干活儿的小木匠停下手趁热吃饭，直到看着小木匠端起了碗，她才舒心一笑拧身离开。老木匠常年在外习惯了吃百家饭，咸了淡了吃饱就行从不挑剔。小木匠端着碗吃得狼吞虎咽，额头上冒出汗水，嘴里发出吸溜吸溜的响声。老木匠看不顺眼，皱起眉头教训儿子："你也稳当一点儿，搡眼哱哒没出息的样子，财东家的饭就那么好吃？"

吃罢饭，大凤来把碗盘收了端回去。不一会儿，她又把她大的茯茶熬一壶端到后院来。大凤倒上一碗茶水走到小木匠跟前，却扭头给老木匠说："叔，你自己也倒着喝。"她把茶碗递到小木匠眼皮儿底下。小木匠不停手地推着刨子，低着头有些拘谨地说："你喝你喝！我不渴。"大凤说："牛马还要饮哩！人干活咋能不渴？"小木匠直起腰接过茶碗，抬头看见大凤正在看他，腾的一下脸红了耳朵根。大凤等着接回空碗，却见小木匠红了脸，她心里忽然一热，自己也红了脸，赶忙拧身低头走出后院去了。

半夜时分，张敬亭起来到马号里给头牯加了一回草料。回到屋里时，秋满也醒来了，正在炕上坐着。张敬亭问秋满："你起来干啥？"秋满把身子凑过来说："你有没有觉得大凤这几天怪怪的？"张敬亭问："大凤咋咧？"秋满说："平日在灶间帮我烧火，她就像个猴儿一样坐不住。这几天却坐在风箱跟前光发呆愣神呢！让她甭烧火了她还往灶里添柴，锅都给我烧干了。"张敬亭问："是不是哪里不美气？"秋满抿嘴一笑说："你女子是心病，我看她八成是对那个小木匠动了心思了。"张敬亭说："你胡说啥哩！"秋满更加肯定地说："我的女子我还能看不出来？你看她有事没事就往后院里钻。昨儿个晌午做油泼面，她能把满满一勺油都泼进一碗面里，那一碗面肯定是给小木匠的。今儿个她还把你的茯茶熬了一壶端到后院去了，你女子对你都没有这么上心过。"张敬亭说："好咧好咧不说了，明儿个木匠活就毕咧！人家也就再不来了。过罢年给姜村镇那边回个话，尽快把高家这门亲定下来。"秋满说："你不是说还要再打问下高家的家底，你打问了没有？"张敬亭钻进被窝说："打问清白了，都是厚道人家，跟咱也算是门当户对，就一个独子在西安府学堂里念书。"秋满还想再说时，张敬亭已吹熄了油灯。

木匠活儿圆满完工，硬轱辘车被翻修一新。张敬亭验看了一回，对老木匠的手艺赞不绝口，盛情邀请老木匠到前院堂屋里坐一坐喝了茶再走。被人夸赞手艺好是老木匠最爱听的话，他满脸堆笑地做了做谦让的姿态后，便吩咐小木匠留下拾掇工具，他随张敬亭到前院堂屋喝茶去了。

小木匠圪蹴下把铁锤、铁锯、铁钻擦拭干净，一一往箱子里码摆。这当儿，有人从背后猛一下捂住了他的眼睛。小木匠以为是小宝，就没精打采地说："好咧好咧！你快放开手，我要收拾东西该走咧！"身后的人仍不吭声，也不松手。小木匠反手在背后那人的腰里挠抓了一把，不料却听到一声清脆的女人的惊叫。小木匠回过头看见是大凤，腾的一下又红了脸。大凤却不在意地说："瓜蛋儿哥！你的活儿还没有干完你就想走？"小木匠说："活儿干完了，你大都验看过了。"大凤说："我这儿还有活儿你没有干哩！"小木匠问："你能有啥活儿？"大凤说："我想让你给我做一个女儿家用的镜匣子，你啥时候给我做？"小木匠笑了笑说："这是个啥事呀！我回去了给你做个精致好看的，做好了给你送来。"

这时候，二凤和小宝跑进后院来找小木匠。二凤问小木匠会不会吃车，小木匠说："吆车谁不会？又不是没吆过车。"二凤和小宝就闹着让小木匠吆车出去耍一回。小木匠说："车是你家的，我说了又不算，你两个蓊娃说了也不算。"说着话，他又瞅了瞅大凤。大凤说："我大只是验看了可还没有试，你吆车拉我们几个出去转一回，只当是把车试了。"小木匠说："那能行，我听你的。"小木匠走进马号牵出青花骡子，很是利落地套好了车。二凤和小宝一人一边推开后院门，然后跟着大凤一起上了骡车。小木匠坐在车辕上回过头瞅了大凤一眼，举起鞭子在空中旋了一个圈儿，甩出一声清脆的响鞭，骡车驶出后院驶出孛落坊东城门往大路上去了。

大凤坐在最后面，一直看着小木匠吆车的背影，那浓密且黑的发辫在后背上摆动，扬手挥鞭的姿势煞是好看，还时不时回过头看她一眼，眉眼间带着炽热，四目相对时，大凤心里就咚咚直跳。小木匠也禁不住心潮汹涌，他高昂起头挥舞着鞭子，放开喉咙唱起了秦腔戏。他不唱武生也不唱老旦，却学唱《花亭相会》里女旦的唱腔，他的嗓音忽然没有了男人的粗声大气，变得优柔甜美清脆悦耳，竟然真的像是女人在吟唱一般。大凤听得如痴如醉，见他还摇头晃脑挤眉弄眼地回过头来看着她唱，脸上就泛出滚烫的红晕。

二凤想撒欢儿，催着小木匠把骡车吆快一点儿。小木匠舞个鞭花，一记响鞭抽在青花骡子背上。青花骡子欺生，并不撒开四蹄来跑。小木匠又甩出一记更重的响鞭，青花骡子仰头嘶鸣了一声，猛然往前一蹿疯跑起来。硬轱辘车越来越快，冷风迎面扑来，让人呼吸困难，车身也颠簸得不断抖动。大凤吓得惊叫起来，让小木匠收慢骡车。小木匠赶忙收住缰绳拉紧笼头，可是青花骡子却不听他使唤，依然迈开四蹄狂奔。小木匠急得额头上沁出汗水，身子后仰着死死拽住缰绳，一只手都被缰绳勒破了皮流出了血，青花骡子终于收住了蹄子。大凤跳下车，掏出绣花手绢，把小木匠破皮流血的手紧紧包裹住。小木匠笑着说："你家这青花骡子性子咋烈得很！"

骡车回到张敬亭家后院时，老木匠和张敬亭都在院子里站着。老木匠嫌儿子不懂规矩，没有经主家同意就随便吆走了骡车，扬起手就要教训儿子，却被张敬亭拉着劝住了。老木匠替儿子说了些赔罪的话，嘟嘛埋怨着让儿子背了木箱子，把装着两斗麦的口袋扛到肩上告辞走了。

整个年关里，除了吃饭，小木匠都窝在炕上不出门，跟丢了魂儿似的整天提不起精神。家里来了拜年的亲戚，小木匠走出来礼节性地问候两句，就又钻到屋里不再出来。老木匠进到屋里把他拉出来让他端茶倒水招呼客人，他跟个木头人一样，拨一下动一下，不拨就不动了。不管谁跟小木匠说话，他都是木讷地笑一笑就再不作声。老木匠气得骂儿子："你像是个死人！"小木匠也不回嘴，拧身回屋躺炕上去了。

小木匠喜欢一个人静静地躺着想他的心事，他的心事就是大凤。他满脑子全都是大凤的身影，大凤白嫩的脸蛋儿，好听悦耳的话音，含情脉脉的眼神，走路时窈窕的身姿，大凤的一切都让他深深痴迷不能自拔。那条给他裹伤口的绣花手绢已经被他洗得干干净净光滑柔软，他闭上眼睛闻手绢上那淡淡的胭脂香味儿，想象着那绣花手绢就是大凤柔软光滑的脸蛋儿，然后把手绢贴到自己的脸上轻轻厮磨。小木匠每天都沉浸在这样的想象当中，他不想因为别人打扰而使得大凤的身影在他的脑海里突然中断或者消失，屋外的一切似乎跟他没有任何关系，他越来越心事重重魂不守舍，也越来越感到孤独难耐了。

正月十五还没有过，小木匠就实在按捺不住了。他把早已做好的镜匣子拿出来观看，镜匣子被打磨得光滑溜手，刷了跟镜面儿一样亮堂的红漆，描着一条条金色的花线。匣子第一层小抽斗是用来装胭脂、香粉、头油、镜子的，底下一层小抽斗用来放手镯、耳环、梳子以及发簪，这样做工精致的镜匣子任哪个女子看见定然会爱不释手。小木匠把镜匣子用包袱包好背在背上，鼓起勇气出了门往孛落坊去。他走在路上忽然想到了大凤家高房大瓦的大户庭院，热腾腾的心就一下子凉了下来。他停下脚步犹豫起来，这时候大凤窈窕的身姿在他的脑子里再一次闪现，那热辣辣的眼神让他耳热心跳，那柔美悦耳的话音让他头脑发昏，他就又继续往前走。七八里的路程，小木匠走走停停一直到晌午饭口时才走进了孛落坊。

张敬亭家的两扇大门半开半掩，紧张和兴奋混杂的心绪让小木匠手脚僵硬，他鼓足勇气走上前叩响门环，等了一会儿不见有人出来，他就再也没有勇气叩响门环了。他转身想走可又挪不动脚步，心里咚咚直跳徘徊犹豫地站在门口。这当儿，庭院里传来轻盈的脚步声，半扇门板被人拉开，大凤悦耳的声音在门里响起："是你呀！瓜蛋儿哥，你快进来。"

小木匠脑子里一片空白地走进庭院，脚底下软得像是踩在了棉花包上。他相跟着大凤走进堂屋里才灵醒过来，赶忙取出镜匣子递到大凤手里。大凤欣喜地看了又看，满脸笑容地说："瓜蛋儿哥，你饿了吧？你想吃啥？我给你做去。"小木匠东看西看没有说话。大凤说："你嫑看了，屋里就剩下我和我婆了，其他人都去走亲戚了，我留着给我婆做饭。"小木匠回过神来说："吃你做的油泼面，你做的面香得很。"大凤爽快地说："行！那你先坐着，我给你擀面去。"大凤走到门口又回过头说："我先把面擀好，下面的时候你得来给我拉二尺五。"小木匠说："拉风箱烧锅我是老把式，到时候你喊我就行了。"

小木匠一个人在堂屋里坐了一会儿就坐不住了，堂屋里弥漫着一缕神秘的气息，整个庭院里也极其清静安谧。他四处瞅了瞅，看见张敬亭常坐的那把太师椅，就有些紧张起来。小木匠站起来走出堂屋，穿过庭院走到了灶间门口。大凤看见他就问："你爱吃盐出头还是醋出头？"小木匠说："都好！我都爱吃。"大凤咔咔地笑着说："你真是个瓜蛋儿，咸了酸了都不知道。"小木匠也咧嘴笑了，说："你做啥我都爱吃。"大凤又捂住嘴笑他。小木匠有些不好意思地岔开话说："你这会儿才和面呢，烧锅拉风箱还得等一会儿，我给你背些柴火去。"大凤把两根葱扔到他怀里说："柴火还够烧，你坐下先给我剥葱，剥完葱再把灶灰一掏。"小木匠听话地坐在锅台前的小凳子上剥葱，完了就又去掏灶灰。

大凤拿起擀杖擀面，刚擀了两下，回过头给小木匠说："我围裙带儿开了，你过来给我系一下，我手上沾的全是面。"小木匠走到大凤身后轻轻把松开了的围裙带儿系好。大凤用手捂了捂说："你系得太松了，解开重系，系紧些。"小木匠就又解开围裙带儿重新拉住往紧勒。大凤喊起来说："我的瓜蛋儿哥呀！你把我的腰都快勒断咧！"小木匠停住手问："那该咋样系才合适？"大凤说："你用手试一试，不松不紧就合适咧！"小木匠重新系好围裙带儿，伸出手却不敢触及大凤后腰，满脸绯红地站在那里不知该咋办才好。面擀得差不多了，大凤说："好咧好咧！你坐下给我烧锅。"小木匠红着脸走到锅台前坐下，生着火呱嗒呱嗒拉起了风箱。

烧开锅煮好了面，大凤用笊篱把面捞到碗里，给面上撒一点儿辣面儿，再把切好的葱花撒在面上，然后把油倒在长把铁勺里，递给小木匠说："你拿好，嫑把自己烫着了。"小木匠把长把铁勺伸进灶膛里，把油烧煎了拿出来，瞅着大凤不知道咋办。大凤说:"你咋笨得很!你看我弄啥?油一会儿凉了,你快把油泼到碗里。"小木匠吱啦一声把热油泼到面碗里。大凤一边给碗里放着调和面一边说:"看你笨手笨脚的,等你日后娶了媳妇,人家不弹嫌你才怪咧!"小木匠一下急了说:"我不娶媳妇,我一辈子打光棍。"大凤笑着问他:"你真的不娶媳妇?再好的女子你都不要?"小木匠急得憋红了脸却说不出话来。大凤把一碗面放在红漆木盘里,又盛了一碗面汤,端起木盘跟小木匠说:"我把面给我婆送去,让我婆先吃,一会儿回来给你下面。"

大凤再回到灶间时让小木匠把火烧旺,又下了一碗面,依然把油倒在长把铁勺里递给小木匠。小木匠这回不等大凤再说,把烧煎的油吱啦一声泼到碗里。大凤尖叫了一声扔了笊篱捂住手呻唤起来。小木匠慌忙问:"咋咧?"大凤满脸痛楚地说:"你这个瓜子,你把煎油溅到我手背上了!"大凤伸出手,小木匠看见她手背上被煎油烫下一片红印,就焦急地问:"疼得很吧?"大凤带着哭腔说:"快疼死我咧!"小木匠惊慌失措,抓住大凤的手放在嘴边噗噗地吹起来。大凤红了脸低下头,却任由小木匠抓着她的手。大凤忽然抬起头说:"瓜蛋儿哥,你喜欢我不?"小木匠直勾勾瞅着大凤,胸口上像是被铁锤重重锤了一下憋得透不过气。他忍不住掉了眼泪说:"喜欢!"大凤往前挪了一步,身子几乎贴在了小木匠的胸膛上,说:"那你赶紧让你大寻人来提亲,再晚我大就把我许给别家了。"小木匠已情不自禁地把大凤搂抱在怀里,两只胳膊紧紧地箍住大凤的后腰,像是要把大凤的躯体纳入自己的躯体。他将自己的脸紧挨在大凤的脸上,哆嗦着嘴唇在大凤耳朵边说:"我这一辈子只喜欢你一个,只娶你!"

接下来的事情却让小木匠痛不欲生。他一回到家里就给老木匠摊了牌,说了自己和大凤的事情,央求老木匠寻媒人前去提亲。老木匠不容儿子把话说完,扬手就给了儿子一记耳光,接着就暴跳如雷地大骂起来:"你咋干下这样丢人的事情!还敢给我说让我去提亲,你也不看看你自己是个弄啥的?大户人家的女子也是你想的?要说彩礼钱得多少,那样没皮没脸的女子倒贴白给都不能要!"老木匠不解气,还要再打儿子,被小木匠他妈死活拉住了。

到了晚间,小木匠又走进老木匠屋里,扑通跪在地上央求说:"大!你要打要骂都行,反正我是铁了心要娶大凤,别家的女子我谁都不要!"老木匠从炕上跳下来抬脚就将儿子踢倒在地，然后抓起鸡毛掸子劈头盖脸往儿子身上乱抽。小木匠他妈又死活抱住老木匠，老木匠够不到儿子，气得抓起东西乱摔，最后还是小木匠他妈硬把儿子拽出去了。

第二天晚间，小木匠再次跪倒在老木匠屋里。老木匠此时已经没有了脾气，盘腿坐在炕上低头不语。小木匠他妈哭哭啼啼地劝老木匠，让他顺着儿子的心思去提亲试一试。老木匠闷头坐了一会儿，叹口气说："都是前世欠下的，先人都是为了后人，可后人却羞先人呢！"老木匠抬起头看着儿子又说："你去睡吧！明儿个我就去寻媒人提亲，为了我的儿，我豁出去这张脸咧！"

一大早，老木匠背上褡裢出门去了。他买了礼当寻到一个有名的媒婆家里，磨破了嘴皮说尽了好话，央求媒婆把自己的儿子去给张敬亭说道说道，吹一吹风探一探张敬亭的口气。媒婆扛不住老木匠死缠硬磨，打扮一番换了衣裳往字落坊去了，老木匠在媒婆家里坐等消息。结果完全不出老木匠所料，媒婆在张敬亭那里碰了一鼻子灰，回来后冷着脸不停地数落老木匠，说了一堆尖酸刻薄的话，狠狠把老木匠挖苦了一回。老木匠气哼哼地回到家里，一走进门就把褡裢往桌子上一摔，暴跳如雷地号叫："今后你娘儿俩谁再提字落坊这事情，我就拿矛子把谁戳咧！"小木匠在屋外听着他大号叫，心里冰凉冰凉的，圪蹴在地上不动弹了。

随后的几个月里，小木匠隔三岔五往字落坊去。他装作揽活儿的样子，背着木箱子在村街上转悠。他不敢靠近张敬亭家门口，就站得远远地瞅着，期盼着大凤能从头门里面走出来，可每一回他都是失望而归。夏忙开始了，夏忙也是木匠活儿最多的时候，尤其是在天黑以后，龙口夺食的乡人们大多是趁着歇息时才来找老木匠修补农具，好赶在天亮以前修好再用。老木匠给院子里点上了清油火把，让儿子一起搭手熬夜干活儿。忙到天明时，老木匠和儿子就又到自家的几亩地里再去忙活。忙碌使得小木匠暂时忘记了心里的痛楚，老木匠也不再乱发脾气，重活儿累活儿老木匠都抢着干，他其实也心疼他的儿子。

过完忙罢，闲下来的小木匠又心烦起来，被劳作和疲惫暂时抑制住的心思又开始在心里翻腾潮涌。一天晌午，他终于按捺不住地走出了家门。他走进字落坊东城门时，竟然意外地撞见了二凤。二凤乍看见小木匠先是一阵高兴，接着就拉下脸说："你可把我姐害惨了！"小木匠吃惊地问："你姐咋咧？"二风说："我姐在屋里要死要活地闹腾，死都不嫁给别人，就要跟你！"小木匠央求说："你帮我跟你姐见一面。"二凤说："我姐被我大关在屋里，我婆我妈天天守着看着，你咋能见得上嘛！"小木匠一阵心酸红了眼睛。二凤又说："你快走吧！要是被我大撞见，连我都要挨骂了。"小木匠咬着牙说："撞见才好了，我当面求他答应我和你姐的亲事。"二凤说："你就甭再想我姐了，我大已经把我姐许给了姜村镇高家，亲都定了，秋后就要起发我姐出门。我姐都已经认命不再闹腾了，你也就认命了吧！"

小木匠已记不清自己是咋样回到家里的了，他脚底下似踩着棉花，身体的任何部位都已麻木得没有了知觉，跌了一身泥土他也浑然不知，他一走进自己屋里就一头栽倒在炕上放声大哭。他妈吓得失急发慌，抚着儿子的脊背连连追问，却一句话也问不出来，只能跟着儿子一起痛哭流涕。老木匠已经猜到了八九分，圪蹴在屋门口不住地唉声叹气。

小木匠一连在炕上躺了两天，第三天他跳下炕走进老木匠屋里，给他大他妈说他不想在家里闲着，他要独自出门去揽活儿散心。他妈见儿子终于开口说话，赶忙顺着儿子说："出门经见世事也好，那就到乾州你舅那里住上一阵子，只当是给我娃换换心气儿。"小木匠一刻也不停留，背了木箱子就上了乾州。他舅在乾州大正街卖豆腐脑，小木匠就住在他舅的铺子里。他每天天不亮就起来帮着他舅磨豆子、拉风箱、蒸豆腐脑。他舅卸了门板开了铺子时，他就背上木箱子，到街上四处转悠去寻揽活计。城里的繁华热闹逐渐使小木匠忧伤的心境平静下来。

秋里的一天，小木匠清早走出铺子走过街道时，看见三三两两的人聚在一起交头接耳，脸上都显出惊慌的神色。他走过去听了一耳朵，从那些人嘴里听到"革命""反正"这样的话。他没有听出什么名堂，更猜摸不透这些话的意思。他转悠到州署衙门的大门外面时，发现州衙大门紧闭，连一个衙役的身影都没有，这才意识到是出了什么大事。他急忙折身返回铺子，他舅见他回来了赶忙拉住他说："反正了！马上就要打仗了，你快回西留村去避一避！"小木匠问："啥反正了？"他舅说："反正就是造反了，反了皇上咧！"小木匠说："怪不得我看见州衙门口没有衙役。"他舅说："知州老爷都跑了，谁还管有没有衙役？"他舅催着他收拾行李。小木匠却一屁股坐在凳子上说："谁爱走谁走，反正我不走。"

过了有十来天，忽然有一支军队进了乾州城。这是一支与清兵截然不同的军队，士兵都戴着大檐帽，穿着灰色的制式军服，最为显眼的是一律都剪去了脑后的辫子。这支军队的武器五花八门，大刀长矛混杂着快枪，甚至还抬着笨重的劈山枪。士兵们像是打了败仗的溃军，队形混乱地拥进城里，很快就把州署衙门和所有的学堂都变作了军营。到了天黑以后，有几户人家的财物遭到了抢劫，紧接着东门里又燃起了大火，还响起了震耳的枪声。民人们胆战心惊关严门窗，都窝在家里不敢出去。

第二天后响的时候，又有一支队伍进城了。这支队伍虽然与昨日进城的队伍穿着同样的军服，但是士兵们都精神昂然，队列也比昨日进城的士兵整齐很多。到了傍晚时分，城内的各个街道上忽然都响起了锣声，敲锣的人来回走动着不断地大声吆喝："秦陇复汉军张都督要给乾州民人训话，大家都到北门校军场去哇……"很快有人从屋里走出来站在街道上看一看，然后就往北门去了，接着就有更多的人陆续走出屋子往北门走去。

北门校军场里黑压压地站满了人。一个身穿青色军服、头戴高顶大檐帽、腰间挎着腰刀的军人走上阅兵台，相跟在军人身后又走上来一人，却是乾州名士岳先生。岳先生一袭长袍，已然剪去了辫子，齐肩的短发散乱地垂在脑后。岳先生抱拳施礼后，首先开口讲话："清廷腐朽，实在不可用矣！国人渐醒，推行革命。而今武昌首义，陕西随之，拥护孙先生成立共和。现有秦陇复汉军张都督率军来乾，就是为击退清兵维护共和，我乾州民人当拥护之……"

岳先生慷慨激昂地陈词一番后便退到了一边。张都督上前两步，双手叉腰，扯开喉咙大声说："我要说的革命，岳先生都已经说了，我就不再说了。我只说昨日晚间兵痞扰民之事，今儿个我给乾州民人一个交代。"张都督侧过身冲着台下高喊了一声："邓标统何在？"阅兵台下有名军官立正应声道："标下在！"张都督喊道："把扰民的兵痞带上来！"邓标统一挥手，一队士兵押着五六个被反绑着双手的军人走到阅兵台下一溜儿站好。张都督挺起胸脯大声对台下说："昨日从长武撤退下来的秦陇复汉军初进乾州，有兵痞趁乱抢夺民人财物，开枪伤人，还放火烧了民人房屋。我秦陇复汉军是来维护共和保护民人的，此等害民的兵痞决不姑息，今后若再有这样的事情，这几个人就是下场！"

一阵枪声响过，几名兵痞被当场枪毙在校军场，乾州民人人心稍定。

第四章

陕西巡抚王吉甫在陕主政多年，因其生得头颅硕大又官至巡抚，百姓皆称他为陕西大头。西安兵变反正当日，王吉甫正好外出巡察不在城里，在得知反正的消息后，他只带了几个亲随连夜逃往甘肃平凉去了。王吉甫一到平凉就立即给朝廷致电，表示誓死效命于朝廷。朝廷回电对他好言抚慰，并擢升他为陕甘总督，命他即刻调集甘肃清军入陕平乱。王吉甫整肃军备，调集各路人马十几万人，浩浩荡荡杀奔陕西而来。

陕西与甘肃交界的长武县地处要冲，历来为兵家必争之地，谁拿下了长武谁就掐住了入陕的咽喉。急急忙忙赶来长武驻守的秦陇复汉军长途行军疲惫不堪，甘肃清军多为回民骑兵，彪悍异常且又数倍于复汉军。清军首当其冲向长武县猛烈进攻，守城的复汉军抵挡不住只得丢弃长武撤退至乾州。此时张都督率领一支复汉军从西安赶来增援，在乾州与溃兵会合后准备再一次迎击清军。可是张都督一到乾州就听到了兵痞扰民的事情，随即便下令整肃溃兵军纪，枪毙了抢夺民人财物的几个兵痞，并邀请乾州名士岳先生和其他开明绅士出面安抚民众，接着又让人四处张贴告示宣讲共和，乾州城很快恢复到了往日的正常秩序。

小木匠跟平日一样出门寻揽活计，他在城隍庙看见有军人在征集匠人和民夫，声称管吃管住一天五个铜板的工钱，有报名的人登记完姓名当即就领到了五个铜板。小木匠心动了，他在他舅铺子里白吃白住，天天受着他舅叨叨，心里早已泼烦眷乱，他驻足观望了一阵儿，便上前报了名。军人将征集来的匠人和民夫带到了北门校军场，这里已经成为复汉军辎重营的临时驻地，营区里堆满了辎重粮草，还不断有一车车武器弹药被运送进来。

小木匠和其他匠人在赶修损坏的硬轱辘车时，结识了一个叫猴娃的少年。猴娃无父无母到处流浪，穿得破破烂烂矮小瘦弱。可是猴娃聪明伶俐嘴甜勤快，每日都到辎重营来帮着匠人们捎木头拉锯子，军人和匠人们看他可怜，就在吃饭时舍他一碗饭吃。给匠人们提供的伙食很是一般，顿顿是粗面馍馍就咸菜，偶尔能吃上一碗热汤面片儿。猴娃虽然瘦弱但饭量惊人，一顿吃五六个馍馍还说他没有吃饱。匠人们就拿猴娃打趣说：“你咋能叫个猴娃？你该叫个猪娃才对！”猴娃马上就趴在地上学猪哼哼的声音，惹得匠人们哈哈笑起来，就有人把自己的馍馍分给猴娃吃。

猴娃虽然没有匠人们靠着吃饭的手艺，只能干些拉锯扛料的粗活儿，可是猴娃勤快卖力很有眼色，给匠人们端水点烟扶板子递工具，很是讨匠人们的喜欢。猴娃也因此常被匠人们呼来唤去，一会儿这个叫他说：“猴娃！把凿子递给我。”一会儿那个喊他说：“猴娃！去给我端碗水喝。”猴娃最喜欢跟小木匠说话，小木匠从来不轻视他嘲笑他，而且常常把自己的一碗饭分一半给他吃，把他当兄弟一样看待。小木匠还用自己的工钱给猴娃买来一身新衣裳，晚上让猴娃跟自己挤在一个铺上睡觉，盖一床被子睡在一个被窝里。猴娃亲热地对小木匠说：“我自小就没大没妈，今后我就认你是我亲哥！”

过了七八天，张都督亲率大军开拔，准备一举夺回长武。辎重营被安排走在队伍末尾，数十辆骡马大车装载着粮草辎重，跟随着一二百名民夫，由粮台官带领几十名士兵押送护卫。长蛇一般的队伍缓慢地向前行进，车轮滚滚尘土飞扬。已是秋末冬初的天气，太阳却晒得人浑身燥热，猴娃在队伍里跑前跑后，提着瓦罐给众人分水解渴。有民夫拿猴娃打趣说：“猴娃是个勤快的好娃，等打完仗给猴娃寻个碎媳妇。”另有个民夫说：“猴娃你拜我给你当个干大，将来干大给你娶媳妇。”猴娃做个鬼脸说：“我有我哥呢！不要你们管。”民夫们一路说说笑笑倒也不觉得行路辛苦。路过的村庄鸡犬之声相闻，人们都扎堆站在村口观望过路的队伍，一切都显得平和宁静，丝毫感觉不到兵祸即将降临。

行军两日，复汉军过境邠州进入到长武境内。王吉甫占了长武后，一直在等从甘肃各地抽调来的清军，等到一支支清军都集结完备，他正筹划着要进军时，忽然接报说复汉军到了长武境内，他当即命令清军先锋营先行迎击，他率领大队人马随后就到。清军先锋营在冉店桥与复汉军遭遇时天色已黑，双方便隔桥对阵，在冉店桥东西两边各自宿营。

冉店桥古称阴陵关，地形险要，沟壑纵横，一条深十余丈、宽三四十丈、长四五里的深沟南北横陈在长武和邠州之间的大路上。所谓冉店桥，其实就是用黄土从沟底垫起来的一座狭窄的土桥，时不时被雨水冲垮，长年不断修补，坑坑洼洼，通行不便。到了午夜时分，复汉军组织起一支敢死队，趁清军人困马乏熟睡之际，摸到桥西突然袭击杀进清军营内，杀死清军先锋营标统，毙伤清军百余名，清军先锋营四散溃逃败走了。复汉军士气大增，天色大亮后张都督率领大军直奔长武。

王吉甫得知先锋营兵败并不急躁，命人将溃兵收拢重新编队，然后让先锋营充当诱饵，再去迎击复汉军，诱其深入，他亲自率领清军大队人马埋伏在大路两侧的沟壑当中，静等着复汉军掉入陷阱。复汉军一路赶来时又遇清军先锋营阻击，双方激战了一阵儿，清军先锋营放了一通乱枪就败退走了。张都督催促复汉军紧跟着追击，等复汉军进入到清军的伏击圈时，隐蔽在高地之上的清军炮兵率先开炮，紧接着清军骑兵从正面发起进攻，埋伏在大路两边沟壑里的清军也一齐出击。复汉军遭到突袭，三面受敌，立时就陷入被动，虽然奋力迎战但仓促之间伤亡惨重，张都督眼见战局不利无可挽回，只得下令撤退了。

兵败如山倒，复汉军呼兄唤弟混乱不堪地往冉店桥以东撤退。因武器笨拙行动迟缓而掉队的复汉军劈山枪营才过到桥西正在整队，紧随其后的辎重营几百号人牵骡子拽马连抬带拉也才艰难地将辎重车辆往桥西转运，此时败军如潮水般涌了过来，狭窄的桥面上拥挤堵塞，瞬间就乱成了一锅粥。

清军骑兵很快气势汹汹地率先追击过来，复汉军劈山枪营虽然武器笨重但训练有素，见形势不妙迅即抢占了一处有利地形阻击清军。一排劈山枪响过如山崩地裂，冲在最前面的几十名清军骑兵连人带马被射倒在地，后面再冲过来的清军骑兵又被射倒了一大片，清军骑兵被震慑住暂时退去了。没有多大工夫，清军大队人马追击而来，漫山遍野地杀向冉店桥，清军的大炮也开始向冉店桥猛烈轰击。冉店桥上人喊马嘶混乱不堪，溃兵争先恐后地拥向桥东，清军的炮弹不断在桥上炸响，士兵民夫辎重车辆以及骡马牲畜跌入沟中摔死损毁者不计其数。

小木匠和猴娃在桥上被乱军冲散，他耳中听见猴娃在人流中不断唤他："木匠哥！木匠哥！"可他被人流推挤着无法回转身。到了冉店桥东，小木匠奔上高处向桥上张望，看见猴娃竟然还在桥上牵拉一匹惊马的缰绳，这时一排炮弹呼啸着飞来在桥上炸响，猴娃顿时被淹没在了硝烟尘雾之中。桥面上到处都是复汉军士兵的断肢残体，血水把黄土都染成了红色。

忽然有民夫惊呼："那不是猴娃吗？猴娃还活着！"猴娃从死人堆里坐起来向桥东望了望，便扑下身子艰难地向桥东爬来。猴娃被炸断了一条腿，那条断腿连着皮肉血淋淋地拖在身后。桥面上不断有炮弹炸响，那个打趣要猴娃当干儿子的民夫突然撒腿往桥上跑去，他快速跑到猴娃身边，背起猴娃转身往桥东跑来时，一连串的炮弹又落了下来，震耳欲聋的巨响过后，民夫和猴娃一起被炸成了肉泥血雨……什么都没有了。

在桥西阻击清军的劈山枪营的士兵全部战死，王吉甫指挥清军穷追不舍，竟将复汉军战死士兵的尸体填入桥面弹坑之中踩踏而过，冉店桥上血肉横飞惨不忍睹。这场战事过后，当地百姓从此称冉店桥为"人垫桥"，并有民谣曰："人垫桥，命不牢，尸满血流无处逃。"冉店桥之战，惨烈程度亘古罕见。

张都督收拢了溃败的复汉军，在永寿县境内的监军镇又与清军激战了一回，但是依然抵挡不住十几万清军的猛烈进攻，不得不率部退回了乾州。王吉甫随即率领清军长驱直入，因冉店桥一战清军也死伤惨重，加之怨恨陕西民众拥戴复汉军，清军报复性地烧杀劫掠，每过一村都鸡犬不留，兵祸所到之处，百姓流离失所，号哭于野，哀声连天。

十几万清军兵临乾州城下，安营扎寨连绵二十余里，王吉甫命清军不停歇地攻城。乾州军民痛恨清兵残暴，全力死战日夜固守，远则炮轰近则枪击，加之乾州城城墙坚固壕沟极深，清军连续攻城十余日却始终不能攀上城头半步。王吉甫气急败坏，命清军用大炮朝着城楼城墙轮番轰击日夜不停。连续炮轰了四五日，城墙终于被轰塌了三四丈宽的一个豁口。王吉甫喜出望外，立即让人传令，凡攻进城者赏银一两，破城之后放假三日不行军律，清兵闻听有赏便死命地从豁口处往城里冲击。

城破危急的消息迅速传遍了乾州城，让人意想不到的是，城里的民众无人闭门躲祸，街坊四邻沿街奔走遥相呼唤，全城的青壮男丁手持棍棒菜刀从各个街口奔来，喊杀声震天，人人奋勇向破城处赶杀清兵。守城的复汉军看见这样的情形士气大振，军民协力拼死反击，清兵终被击溃，从豁口处退出城外去了。清兵退去后，城里的民众连夜用土袋石条堆砌修补城墙，及至天明时，城墙豁口被堵塞填充得坚固如初。

清军又攻了月余，依然没有丝毫进展。王吉甫苦思一番后得了一计，他挑选了几十名汉兵许以重赏，佯装对这些人不满而辱骂鞭挞，然后让这些人到城下去诉苦诈降，想出其不意夺下城门。不想这样的计策被复汉军识破，城内的军民都在城头上讥笑王吉甫无能。王吉甫恼羞成怒，命令清军再一次死命硬攻。清军士兵连月苦战已疲惫不堪，一个个都开始厌战惧死抗命不前。王吉甫命人连杀了十余名畏战后退的士兵，强逼着各营清军轮番攻城。清军士兵们不得已就到处搜集来铁锅顶在头上攀墙攻城，城头上炸弹夹杂着石块如下雨般倾泻下来，攀墙的清兵被炸得血肉模糊锅破人亡，后面的清兵再也无人愿意向前。乾州城久攻不下，清军全军都人心浮动，各营标统均有不满。王吉甫恐生兵变，不敢再逼迫清军强攻，便改用大炮整日不停对城内轰击。复汉军也在城头上以炮对炮予以回击，城上城下炮声隆隆鏖战不断。

小木匠和民夫们连日往城墙上运送弹药，这一日他送弹药到一处炮位上时，发现炮手们都已横七竖八躺倒在了血泊中。一名还未断气的炮手肚腹被炸裂，以手指炮口不能言。小木匠左右看看，大炮跟前只剩下了自己，他每日运送炮弹，眼见士兵装填操作已经很是熟悉，此时他也来不及多想，走过去装填好炮弹，半蹲身子，眯住一只眼睛，顺着炮筒向清军大炮的位置瞄了瞄，然后凭着感觉将炮口调高了些，便拽了拉火的绳儿。炮弹带着呼啸声飞了出去，轰隆一声巨响，不偏不斜，那枚炮弹竟然直接打进了清军主炮的炮筒之中。紧接着剧烈的爆炸引发了其他弹药，连片地炸响起来，清军的几门主炮瞬间就被炸成一堆废铁。

这样神奇的事情让城上城下所有的人都瞠目结舌，清军更是人人惊骇以为神助。王吉甫也大为震惊，他见几门主炮已被炸毁，军心涣散毫无战意，不得不下令全军后撤到漠谷河以西扎营去了。双方又僵持了一月有余，皇上退位的消息传来，王吉甫痛哭一番，哀叹已无君可事，遂引清军退回甘肃去了，历时百余日的乾州战事终告结束。纵观时事，辛亥革命之成功，陕西反正至关重要，而论及陕西革命，乾州守卫战当推首功。

小木匠在他舅的铺子里歇息了几日，整日都昏睡不起。他为猴娃的死而伤心不已，情绪低迷已无心再上街揽活儿，正欲返回西留村时，却有昔日辎重营的同伴来寻他，邀他一同去秦声剧社干一桩活计。小木匠寻思左右无事，迟几日回家也无妨，便应邀往秦声剧社干活儿去了。

秦声剧社在墩台庙一处空院子里，小木匠抄着手走进大门，见院子里空荡荡的，连一张桌椅都没有。戏台上有人在咿咿呀呀发声练功，台柱两边挂着一副对联："世上事本就是戏；世上人何必当真。"他和同伴随着管事先生穿过偏门，走到另一个小宅院里。管事先生指着码放着的一堆杂七杂八的木料说："十张方桌，每张桌配四把椅子，然后再打二十个条凳，要一月内完工，工钱活儿干完了就结算，你二人干了干不了？"同伴将活儿应承了下来。管事先生又说："院里的空屋子可以睡觉，吃饭到剧社的大灶上去吃，要是没麻达当下就动手干活儿。"吩咐完活计，管事先生拧身走了，小木匠和同伴随即便铺开场子，不分昼夜地忙活起来。干活的空当，小木匠喜欢圪蹴在戏台底下，看戏子们在台上走马灯似的排戏唱戏。有时看得入了迷，忘记了手里的活计，同伴直埋怨他耍滑偷懒。

小木匠自幼就喜欢看秦腔戏，可是难得看上一两回。在西留村时只有遇到大的丰收，在过忙罢会的时候，村上的长辈们才会张罗着每家分摊几个麻钱儿，请戏班子来唱上一天戏。只是乾州地处旱塬，靠天吃饭，三五年也难得碰到一个丰收年。有时在田间地头干活儿的间歇，有会唱戏的乡人唱上几段戏文，小木匠只要听过一回便也能学唱得字正腔圆有模有样儿。这回在剧社里干活儿，小木匠正好过了秦腔戏的瘾。他听同伴说秦声剧社得岳先生资助才重新开张，可他从没有见过岳先生到剧社里来。

这一天，同伴家中有事要回去一两日。小木匠把同伴送到门口打趣说："你不用着急回来，我把你的那份活儿也替你做完，算是把我耍滑偷懒欠你的给你补回来。"同伴走后，小木匠果然锯凿刨钉地忙活起来，不再到戏台前去看戏听戏。吃罢晚饭，剧社里的人都散去回家了，偌大的院子里只剩下小木匠一个人，戏台上空空荡荡静寂冷清。小木匠忽然黯然神伤起来，大凤的身影再一次浮现在他的脑海里，想一想他与大凤两情相悦，可如今自己心爱的女人已另许他人不能相见，小木匠心里就涌上凄凉悲痛的感觉。他转念又想起了猴娃，猴娃亲热地叫他木匠哥，跟他说笑跟他睡在一个被窝里，给他捶背给他挠痒痒，可转眼间猴娃就被炸成了肉泥血雨。

人生无常不能由己，小木匠脑子里思绪翻腾，失落悲愤之情溢满胸间。他信步走上空荡荡的戏台，情不自禁地张口唱起了《五典坡》里王宝钏悲凉的唱腔。那哀怨惆怅的唱腔一会儿如三九冰雪寒彻肺腑，一会儿又激昂得似恨还怨血脉偾张。小木匠将胸中郁闷之气尽情吐出，直唱了个酣畅淋漓方才罢声。忽然戏台底下有人大声喝彩，岳先生和管事先生竟然已在那里站立许久。岳先生大步走上戏台高声感慨地说："哎呀呀！没想到没想到，真正把秦腔唱好的竟然是个木匠。"第二日待到同伴回来时，小木匠已经不再做木匠活儿，被岳先生招到秦声剧社学唱秦腔去了。

张敬亭本想到秋末时就起发大凤出门，正要跟姜村镇高家商定娶亲的吉日，可是偏在这个时候小宝忽然被岳先生送了回来，紧接着陕西反正的消息就传遍了乾州。十里八村都人心惶惶起来，乡人们到处打听最新消息，每天都扎堆议论："新皇上是谁？登基没有？新国号叫个啥？是不是反清复明的朱家后人把皇位又夺回去了？"有乡人说："对着哩！就是要叫明（民）国咧！"

过了几天，又有消息说"陕西大头"带领清兵打了回来，把乾州城围了个水泄不通，还到处杀人放火抢夺财物。接着就真的有清兵竟然跑到了姜村镇，抢了大户财东家的财物还杀了人。这样的消息传到宇落坊时，乡人们都被吓得不敢出门。虽说宇落坊村距离乾州还有着五六十里的路程，清兵不一定到这里来，可是兵荒马乱正是盗匪横生的时候，为了保险起见，张敬亭让人把靠近大路的东城门关闭，只留西城门进出，然后又让二愣领着年轻后生轮班夜巡，以防盗匪翻墙溜门祸害本村。

兵祸已经闹到了姜村镇，像高家这样的大户人家不知能不能躲得过？张敬亭忧心忡忡地替姜村镇高家捏着一把汗。大凤对这些事情很是冷淡，高家遭难不遭难她没觉得跟自己有什么关系，她依然整天都是面无表情沉默寡言的样子。自从张敬亭拒绝了来为小木匠提亲的媒婆，大凤就开始闹腾起来，寻死觅活地给她大她妈表示她非小木匠不嫁的决心和态度。

有一天，大凤佯装上茅厕，偷偷从后院门跑出了孛落坊。她一路小跑着要到西留村去寻小木匠，可是没有跑出几里路就被张敬亭骑着骡子撵上来拽了回去。张敬亭气得浑身发抖，急得直跺脚，孛落坊不管是穷户人家还是富户人家，哪家的女子不是凭父母之命媒妁之言起发嫁人？从没有见过谁家的女子没脸没皮地胆敢私定终身，可是这样丢人的事情竟然就落到了他的头上。张敬亭火冒三丈地把大凤关到屋里再也不许出来，让他妈和他老婆日夜不离地守着大凤。

大凤每天都在屋子里哭闹不止，踹门砸窗搅闹得全家人不得安生。折腾了半个多月，张敬亭实在忍不下了，开了门走进大凤屋里，从炕头拿起小木匠做的镜匣子猛摔在地上，抬脚踩了个粉碎，然后扬手扇了大凤一个耳光。大凤被一巴掌扇得呆愣下来，她大从来没有动手打过她，她从小在她大跟前想咋就咋，她大都由着她。大凤一时不相信她大真的扇了她耳光，全家人都被张敬亭粗暴的举动吓得不敢出声。

从那天开始，大凤不再哭泣也不再闹腾，每天都是面无表情沉默寡言地坐在炕上，她对这个家一下子产生了厌恶，对她大有了一种想恨可恨不起来的怨气。没过多久，跟高家的亲事被正式确定下来，高家送来了丰厚的彩礼，她婆她妈欢天喜地地着手给她准备嫁妆。她妈把高家送来的绸缎布料拿进屋里让她挑选花色，要给她做几身喜庆的新衣裳，大凤却连看都不看一眼，一股脑儿地把绸缎布料扔到屋外，又把她妈推了出去。

夏忙过后的一天，二凤溜进大凤屋里，给大凤把见到小木匠的情形学说了一遍。大凤着急地问小木匠让捎什么话没有，二凤说："什么话都没有，他听我说你跟高家的亲事定了，啥话都没有说就走了。"大凤的心一下子冰凉下来，她一直在期待着小木匠能豁出去地来寻她，可这么长时间都没有等来小木匠。如今小木匠既然来了，怎么能连一句贴心暖人的话都没有？他的心里就不念着她吗？他不是说这一辈子只喜欢她一个非她不娶吗？可他竟然就这样没名堂地走了！大凤浑身瘫软地倒在炕上，她对小木匠和她的事情彻底地死心绝望了。

过罢年的春月，高家终于来迎娶大凤了。新郎高马驹头戴插着雁翎的礼帽，穿着一身大红的衣袍，胸前缩着红花，骑在高头大马上，身后跟着一群打锣的、扛雁牌的、夹拜匣的，簇拥着花轿，放着炮仗，喜庆欢快的唢呐吹得震天响，浩浩荡荡地穿过村街，来到了张敬亭家门口。娘家人出来给高马驹披了红，引进庭院走到堂上，拜了先人祖宗。在把一切礼仪规矩都进行完之后，按照习俗该是张敬亭抱起大凤将女子送入花轿。不料大凤却一把推开她大，将蒙头的红盖头掀起一角，迈步自己从屋里走出来径直走上花轿去了。

新娘出嫁脚不挨地的习俗由来已久，所有的人都被大凤的举动惊得张大了嘴巴，唢呐、锣鼓、炮仗、响乐都停了下来，院里院外的人都往张敬亭脸上瞅。张敬亭正不知如何下台时，执事先生灵醒了过来，赶忙挥手让人点燃炮仗重新起乐，然后让娘家人给大凤换了新鞋。尴尬难堪的场面被执事先生遮掩了过去，一连串震耳欲聋的炮仗响过之后，新郎上马花轿抬起，婆家所有来迎娶的人按顺序排列好，抬了女方的陪嫁礼担，吹吹打打拥簇着花轿，将大凤娶回姜村镇去了。

到了姜村镇高家，一条红毡从门口一直铺到了花堂之上。几个接轿的婆子将新娘迎下花轿，嘴里哼唱着："一撒金二撒银三撒新人进了门。"往新娘身上撒了五谷，然后相扶着新娘穿过庭院送至花堂。花堂里的桌子上点着香烛摆着供品，供奉着天地君亲师的牌位，又摆放着斗秤尺剪以及镜子和算盘六样东西，意为三媒六证公平合理，表示婆家对这门亲事很是满意。

执事先生让高马驹揭去新娘的盖头，先行了夫妻相认之礼，接着让夫妻二人一拜天地二拜父母三拜来宾，又按辈分大小依次给姑舅姨妈参拜行礼。花堂外面围满了前来贺喜的客人和帮忙打杂看热闹的男人女人，人们拥着挤着都想看一看新娘子漂亮的容貌。有人喊叫说："执事先生，你也让小夫妻出来给干活儿打杂的人见个面行个礼，热闹一下嘛！"围在门外的人就都闹哄哄地嚷着要看新娘子。

执事先生把一对新人请到了花堂门口，笑呵呵地说："大家都看好哇！给谁的礼数都少不了。"只见执事先生挽起袖子，拉长声调高喊了一声："新人再拜！"接着他就一口气地吆喝起来："迎亲的，抬轿的，牵马的，扶女的，看客的，收礼的，外来的，知己的，四面八方贺喜的，摆席的，铺毡的，还有人窝乱钻的，切菜的，揉面的，烧锅揽柴砸炭的，择葱的，剥蒜的，担水赶驴磨面的，扫地的，看院的，提茶倒水抹案的，抱娃的，收蛋的，割肉灌酒跑腿的，停到门口站立的，趴到窗口偷看的，没有事情要干的，出来进去胡转的，端盘的，递馍的，专门招呼看座的，一干众人大家辛苦，新人这厢行礼咧！"执事先生跟说快板似的一口气吆喝完，让新郎新娘给众人鞠了一躬，然后又拉长了声调放开了喉咙高喊："拜毕礼成，入洞房咧！"

第三天回门的时候，大凤还是一副面无表情寡言少语的样子，给她婆她妈勉强问了安，却跟张敬亭一声不搭就进到自己屋里去了。张敬亭也不在意女子对他的态度，很是热情地摆了酒席，招待女婿高马驹。高马驹头脑灵活很是健谈，口若悬河地给岳父讲他在省城学堂里的见识，讲他知道的这个学派那个主义，又讲那些稀奇古怪的西洋技术。

张敬亭听得高兴不已，暗自庆幸自己决定的英明。女婿高马驹高谈阔论侃侃而谈，透着聪明和干练，儒雅之中又带着几分关中人刚强的性格。张敬亭觉得选择跟高家结亲没有任何不当之处，女婿高马驹志向高远前途无量，没有辜负大凤，更没有辱没张家的门楣。可是张敬亭听到最后却隐隐地有了一丝担忧，高马驹志在四方又何以顾家呢？张敬亭的担忧很快成为现实。立秋的时候，高马驹告别了他大、他妈和大凤，又专意来辞别了岳父，怀着男儿志在四方的抱负，跟几个同窗好友到保定投考军官学校去了。

高马驹撇下大凤远走高飞，让张敬亭对一些事情改变了看法。他原先一心想让小宝拜师求学取得功名，好给张家光宗耀祖光耀门楣，也好弥补他兄弟秉灯夜读却屡试不中的遗憾。他和他兄弟还在年少时，十老爷就给他弟兄两个早早定了秤，张敬亭是持家守业的坯子，他兄弟天生就是读书的材料。十老爷花费巨资把他兄弟送到省城有名的私塾里去念书，却让他跟着村上的老秀才九先生读书识字。十老爷本指望张敬亭兄弟能博取功名出人头地，谁承想他兄弟竟然连个秀才都没有考中就早早病死了。十老爷一度悲痛难当，哀叹张家再也出不了可以光耀门楣的文人才子了。

十老爷没有完成的心愿，张敬亭一直想在小宝身上弥补回来。可是高马驹的远走高飞忽然让张敬亭觉得求取功名不是个好事情，他觉得不能让小宝去现在的新学堂里念书，念到最后就学成高马驹的样子扑棱着翅膀飞走了。世上的事情变换得太快了，皇上的龙椅都坐不稳，说下台就下台了，在这样的乱世里舍弃家业去求取功名，无异于火中取栗得不偿失。可是不管外面的世事咋样变化，孛落坊这方土地不会变，祠堂里的先人祖宗不会变，只要把小宝留在屋里留在身边，张家的家业就永远都不会变。皇上把皇上的位子坐稳就是好皇上，百姓人家把家业守好就是出息。

小宝在听高马驹讲了省城里的新学堂不但学国文，还学算术、地理之后，就开始一天天不安分起来，三番五次地给张敬亭提说他要去新学堂里念书。高马驹临走前来拜别时，还专门写了一封书信交给张敬亭，让张敬亭去省城寻找与他相熟的先生安排小宝去新学堂里念书。张敬亭把信压在柜子里不让小宝知道，他琢磨着得给小宝安排个别的事情，不能让小宝有闲心思，一天光想着去新学堂的事情。他抽空上了一趟乾州去寻岳先生，不想岳先生却已离开乾州到省城去了。他回来时又到薛录镇的私塾里去找教书先生，可是教书先生也因学生都去了新学堂而辞馆回家去了。张敬亭一筹莫展，到二堂里屋给他妈提说他的心事。

张宁氏把水烟壶抽得咕噜噜响，鼻子嘴里都喷着烟，肯定着儿子的想法说："我早给你说过，识得一箩筐的字守不住家业屁都不顶。小宝将来要是跟大凤女婿一样扑棱棱飞走了，那咱不是白费心咧！"张敬亭一时没有了主意，低头不语。张宁氏抽了一阵子烟，噗的一声吹掉烟嘴里的烟灰，坐直了身子斩钉截铁地说："干脆送小宝去当相公！"看着儿子疑惑不解的表情，张宁氏又说："你和你大都被你爷送去粮食行里当过相公，小宝也该历练历练，得有人管教着他，把他的性子磨一磨。"张敬亭想了想说："这也好，我明天就去找粮食行的掌柜去说。"张宁氏说："我看还是换个地方的好，你明天下马嵬坡去槐里县走一趟。"张敬亭猛然一下反应过来，露出笑脸说："妈呀！你说的是王家药铺呀！"堵在张敬亭心里的疙瘩一下子被他妈化解开来，他打心底佩服他妈会思量有主意。

王家药铺是槐里县城里的一家老店，药铺掌柜每年都要到乾州以北的五凤山去收购药材。五凤山山势险峻毗邻泾水，因其半土半石独特的山质结构而盛产各种名贵药材，柴胡、远志、防风、全虫等药材更是质地上等远近驰名。几十年前的一天，王家药铺老掌柜按惯例去收购药材，途经马嵬坡的时候却遭遇了土匪，收药的本钱被洗劫一空，土匪还把老掌柜推下了一条深沟。老掌柜摔得浑身是伤动弹不得，在沟底躺着呻唤救命。恰巧刘蛇儿他大吆着骡车和十老爷从马嵬坡上路过，十老爷听到深沟里有人不断呻唤救命，就急忙和刘蛇儿他大下到沟底，把王家老掌柜救了上来。王家老掌柜连伤痛带惊吓一时昏死了过去，十老爷见四周荒野没有人家，救人救到底，就把王家老掌柜拉回了字落坊救治。老掌柜将养了十余日渐渐恢复，十老爷又让刘蛇儿他大吆着骡车把老掌柜送回了槐里县。

从那以后，王家老掌柜每年上马嵬坡往五凤山去收购药材时，都要来字落坊看望十老爷，两家自此有了交情来往。有一年，老掌柜带着孙子王希元来到十老爷家。张敬亭当时也正是好动贪耍的孩童，领着王希元在村里四处玩耍不舍得分开。十老爷跟老掌柜也甚是投缘，便让两家孙辈结拜为义兄义弟，张敬亭大王希元两岁为兄。如今十老爷跟王家老掌柜都已下世不在了，王希元他大也已年迈，便将药铺交由王希元打理，让他做了掌柜。王希元依然保持着两家的交情来往，年年往五凤山收购药材时都要到字落坊来探望义兄张敬亭。只是这几年兵荒马乱道路不宁，王希元已经有两年没有来字落坊了。

这天一吃罢早饭，刘蛇儿便吆着骡车和张敬亭往马嵬坡去了。深秋季节不冷不热，从马嵬坡顶往南望去，晴空万里白云悠悠，马嵬坡下的一马平川安静祥和色彩斑斓。渭河变得翠绿如玉，潺湲流淌，没有了雨季里裹着黄沙滚滚奔腾的气势。极目远眺，秋日阳光下的终南山矗立在天地之间，山峦上黑色的线条跌宕起伏，与明亮的天际接壤，忽明忽暗，像是淋了黑墨的水墨画一样意境悠远。

张敬亭无心欣赏这样的田园景致，他斜倚在车帮上跟刘蛇儿扯着闲话："蛇儿，你说世上的事情咋都是逆着人心来哩？"刘蛇儿问："咋逆着来？"张敬亭感叹道："哎呀你看！我想让大凤嫁个好人家，可大凤偏偏看上个小木匠，虽说还是嫁了高家，可是闹腾得让人不畅快。我想把小宝留在身边，可小宝偏要到省城的新学堂里去念书。这天底下哪个娃他大不都是为着娃好哩！可娃到头来还都埋怨他大，你说这是不是都是逆着人心来？"刘蛇儿说："照你这样说，世事还就是这个样子。"刘蛇儿点燃烟锅，吐出一口浓烟，憨声憨气地又说："可我觉着也不全是，我觉着世事就跟咱务弄庄稼是一样的，地好人也要勤快，人勤快了地不好也不行，人和地都好，能铆到一块儿了这才能打下粮食。"张敬亭说："你是说我跟娃没有铆到一搭里，是我这当大的不好？"刘蛇儿说："你没错，你都对着哩！"张敬亭笑了说："那到底是谁不对嘛！"刘蛇儿也咧嘴笑了说："其实都对，也都不对。让我说，世事就跟咱种地一样，你越想让下雨的时候天就越旱，到割麦你不想让下雨的时候，那大白雨可就来咧！世事其实就是人跟老天爷较劲哩！"

后响的时候，骡车在王家药铺门口停了下来，张敬亭跳下车直接走进药铺。王家药铺是五间门面的大铺子，大堂里青砖铺地白灰粉墙，柜台后面是一长溜盛放药材的百眼柜，大堂正中立着一幅黑漆木雕仙鹤古松图的影屏，上边镶嵌着一副对联："鹤随仙去寻芝草；龙化人来问宝丹。"影屏后面便是通向后宅的木门。影屏前面一张八仙桌上摆放着九只琉璃大碗，用琉璃罩密封着的碗里盛放着中华"九大仙草"：铁皮石斛、天山雪莲、深山野灵芝、海底珍珠、冬虫夏草、沙漠苁蓉、三两重的人参、六十年的茯苓、一百二十年的何首乌。大堂一边的诊案后面有一位坐堂先生在端坐读书，坐堂先生穿一身黑色缎面的衣袍，整洁素雅，下颌一缕长须显出清爽飘逸的神态。张敬亭认得那是三剂先生，之前他从义弟王希元那里听到过三剂先生传奇的经历。

三剂先生自幼家贫，家中弟兄六人，他为老小。他大早早逝去后，他的五个兄长都各顾各地过日子，剩下母亲和年幼的他相依为命无人问津。不久母亲劳碌成疾也病死了，几个兄长都嫌他年幼不会干活儿只会吃饭，无人收养他，他便离家出走了。有一年，王希元他大到南方去寻购名贵药材，在一家药铺里忽然听到坐堂先生竟然是秦人口音，他大好奇之余便留心观察了几天。操秦人口音的坐堂先生医术精湛，开方用药常出人意料。王希元他大跟坐堂先生交谈后更是惊讶万分，坐堂先生竟然也是槐里县人氏。千里之外见到乡党，两个人很快就相熟亲切起来，王希元他大盛情邀请坐堂先生回转家乡悬壶济世造福桑梓。可是坐堂先生说起他儿时的往事，不愿意再回伤心之地，王希元他大一片诚心再三相劝，最终说动坐堂先生一起回到了槐里县。

坐堂先生回来时已过而立之年，他常年醉心于研究医理药方，一直孑然一身不曾婚娶，就把王家药铺当作自己的家。坐堂先生诊脉断病有一个讲究，无论何种病症，同一病人一律都是诊脉不过三回，用药不过三剂，若诊过三回药过三剂，依然不能使病人好转或是治愈，坐堂先生不但分文不取，反而倒贴路资让病人去另寻名医。有这样的讲究便会有过人的手段，坐堂先生果然是药到病除无一不愈，逐渐成为槐里县的名医，人皆称他为三剂先生。

更为神奇的是，三剂先生有时一不用药二不扎针也能治愈顽疾。有一回，三剂先生空闲时与王希元在诊案上对弈，正在黑白棋子斗得难解难分的当儿，有几个人用门板抬着一名孕妇急火火地闯进药铺。跟在后面的接生婆心急火燎地说孕妇疼痛难产已然两日，求三剂先生救命保胎。三剂先生见那孕妇躺在门板上，手捂肚腹，不断地呻唤哎哟，忽然将棋盘哗啦一下推落在地上，然后板起脸对孕妇说："打搅我下棋真是扫兴，救你倒是不难，你先给我把棋子捡起来我再给你医治。"看着散落一地的黑白棋子，孕妇家人有一些恼怒，可又急着救人不敢发作，便想要代捡棋子，三剂先生却非要孕妇自己来捡不可。孕妇无奈，只得强忍疼痛爬起来，躬身弯腰捡拾满地的黑白棋子。

等到孕妇一头汗水好不容易将棋子全部捡完站起来时，顿时就觉得疼痛缓解了许多。三剂先生一扫刚才生气的神色，满脸笑容地对孕妇说："好好好！你的病已经治好咧！你回去必将顺产。"众人全都瞅着三剂先生惊诧不已。三剂先生解释说："妇人一进来我便看出她是捧心胎，故此难产，我让她捡拾棋子弯腰俯身，就是要她靠自己肚腹的运动之力，将胎儿捧心之手剥离开来，此为滚动之石不长苔藓之理，回去顺产无疑。"孕妇家人半信半疑将孕妇抬回去之后，果然在后晌时顺产一子。孕妇家人感激不尽，第二日敲锣打鼓给三剂先生送来牌匾。三剂先生神奇的医术传遍了槐里县。

又有一回，槐里县城一个出了名的混混头顶长了烂疮来到王家药铺。三剂先生看了一眼混混头顶的烂疮，摇头说："你这个烂疮治不了，不但治不了，不久你双足也会生出烂疮，将会双足烂掉终身残疾。"那混混生得身如铁塔，满脸横肉，一副凶狠唬人的样子，听三剂先生这样一说，竟然吓得脸色惨白，带着哭腔说，失去双足还不如死了的好，再三央求三剂先生救他。三剂先生说："你这个病倒也不是绝对治不了，只是你须静养数月，千万不可动气，待双足的烂疮都生出来时，我想法一并为你医治。"混混回去后便每日在家中静养，再也不出门与人争强斗狠。

过了数月，混混头顶的烂疮逐渐好了，但双足却迟迟不烂，他心里更是恐慌，就又来寻三剂先生。三剂先生却笑着说："你的病已然治好咧！"他见混混疑惑不解，就又解释说："《黄帝内经》有云，怒则气上，恐则气下。

你头顶的烂疮是因你脾气暴躁，常与人斗狠，邪火怒气攻于头部瘀结所致。我用惊恐之法让你静养，就是让你气行于下，待以时日，你头顶瘀结的气血慢慢消散，自然也就好了。”三剂先生最后又诚恳地对混混说：“至于说你双足烂掉，那是惊吓于你，不再让你动气而已。你往后要做个好人，再不要与人争强斗狠了。”混混恍然大悟，从此不再游手好闲，也不再与人争强斗狠。这样的事情一经人传扬，人们对三剂先生的医德医术都赞不绝口，从那时开始人们都称他为神医。

张敬亭的到来让王希元很是欢喜，专意摆下一桌酒菜招待义兄，又邀请三剂先生作陪。张敬亭心情很好，多贪了几杯，酒酣微醉时叙说了自己的心事，随之就提出让小宝在王家药铺做个相公以图历练，王希元很是爽快地应承下来。张敬亭就又捏着酒盅给三剂先生敬酒，带着酒意非要三剂先生把小宝收下做个徒弟，一会儿又要三剂先生给小宝当干大，三剂先生只是微笑喝酒却不言语。

第二天早晨张敬亭睡起来时，对昨晚喝酒时说过的话已记不太清。王希元进到屋里叫他吃饭，他问王希元昨晚自己是不是酒醉失态了，王希元笑笑说：“请三剂先生喝酒收徒的事情常有，三剂先生已经不当事了。三剂先生是个奇人，县里县外登门拜师的人不少，个个都是聪慧过人的少年后生，可他都看不上眼，就连我的两个儿子他也看不上眼，他到底想要收个啥样子的徒弟，我也说不清。这样的事情我也不好问他，只能等小宝来了再看有无机缘。”

张敬亭从王家药铺一回到家里，先给他妈张宁氏说事情他已给义弟说妥了，随后才把小宝叫到张宁氏屋里说了他的安排。小宝噘嘴吊脸不想去，张敬亭还想用好话再哄小宝，张宁氏却一改往日偏袒和疼爱孙儿的态度，板起脸说：“你去也得去，不去也得去，啥事还都由了你咧！”

家里的几个女人忙活了几天，给小宝缝了新被褥，做了新衣裳。临出门时，张敬亭叮嘱小宝说：“当了相公你就算成人了，往后不能再叫你的小名了。打今儿起，得称呼你的官名张文博。”张文博眼泪汪汪地上了刘蛇儿的骡车，很不情愿地下了马嵬坡，到槐里县王家药铺当相公去了。

第五章

张文博到王家药铺的第一年，除了做一些端茶倒水、扫地抹桌的零碎活儿以外，王希元还特意安排他侍奉三剂先生起居。三剂先生不抽烟但喜喝酒，每日晚饭时，无论厨房里做什么饭，总是要先炒一盘菜给三剂先生端去下酒。三剂先生喝酒从未醉过，他到底是什么样的酒量谁也不清楚。有一年王希元他大过寿，王希元遍邀亲朋好友摆下家宴，可是寿翁和儿子却都不胜酒力，宾客们就轮番与三剂先生对饮，喝到最后宾客们一个个醉得东倒西歪，但是三剂先生却依然面不改色毫无醉意。宴席散去时有人专意数了数喝空的酒坛，三斤装坛的柳林西凤仅三剂先生一个人就喝空了三坛，三剂先生的酒量跟他的医术一样深不可测。

一日晚间，三剂先生喝过了酒吃罢了饭，坐在椅子上喝茶，张文博进到屋里收拾碗筷。三剂先生忽然问他："你大伯让你来当相公学本事，我却让你每日这样伺候我，你心里是不是觉得委屈很不情愿？"张文博不假思索地说："刚来时不情愿，现在情愿了！"三剂先生笑了笑说："你倒是实诚率直得很。那既然来时不情愿，现在为啥又情愿了？"张文博一脸认真地说："治病救人是莫大的善事，我把你伺候好不让你分心，你就可以医治更多的病人。刚来时我不明白这个道理，现在明白了也就情愿了。"

第二天，王希元告诉张文博，他不用再干零碎杂活儿了，除了依然要侍奉三剂先生起居以外，让他到柜上跟着其他相公去学"挑簸晾晒和背药"。"挑簸晾晒"是在药铺里当相公所要具备的基本技能，第一步是挑，就是要把药铺购进的药材一一过手，细加辨别，剔除次品和杂草；第二步是簸，用簸箕慢慢簸出尘土和细小杂物后，再去掉泥土清洗干净，整个过程不能使药材有任何破皮损伤；第三步是晾，见过水清洗过的药材绝不能直接在日头下曝晒，得在背风阴凉处逐渐风干阴干；最后一步是晒，药材阴干一段时日后，又需在日头下连续曝晒，直到彻底去除潮气水分后，才能上柜入药。所谓"背药"就是要先记熟百眼柜上每一样药材的存放处，然后再把常用的几百种药材名称以及特性、作用背得滚瓜烂熟。"背药"最重要也最难的是，要学会辨认各种药材的气味、形状以及颜色和口感，学成的相公要被蒙住双眼，仅凭气味就能报出药名，方有资格上柜台照方抓药。刚入行的相公没有两三年踏踏实实的学习难以做到。

　　第二年入夏后的一天晚上，三剂先生跟往常一样喝罢了酒吃罢了饭，然后漫不经心地问张文博："你背药能背过多少了？"张文博说："柜上有的药我全都背过了。"三剂先生有些不悦，觉得张文博年少轻浮不知谦虚，却又不动声色地说："你到百眼柜上给我抓一把当归来。"张文博伸手要端油灯。三剂先生拦住说："你把灯端走我屋里不就黑了，不许点灯，你摸黑去。"张文博摸黑抓了一把当归回来时，看见桌子上摆着五六个包好的小药包。三剂先生用眼神示意并不说话，张文博走过去挨个拿起药包闻一闻，便一口报出了药名，到最后一包时却怎么样也报不出来。三剂先生沉下脸说："你不是能得很吗？你不是全都背过了吗？怎么说不上来了？"张文博红了脸，低着头不敢说话。三剂先生训斥了一句："满瓶子不响半瓶子咣当，娃你还差得远哩！"然后便挥挥手让张文博收拾碗筷出去了。见张文博走得远了，三剂先生走出屋门展开最后那个药包，将一包面面土扬手撒在了庭院里，拍拍手回屋喝茶去了。

　　药铺大堂里供奉着药王神位，每个月的初一，三剂先生都要领着柜上的相公们焚香礼拜。有一回，三剂先生问张文博："你可知道为啥要敬药王？"张文博摇摇头。三剂先生说："树医难树德更难，医者仁心，必以治病活人为唯一，其他则无欲无求。华夷愚智普同一等，药王德行为医者楷模，故当敬之学之，时时警醒自己不忘医者本心。"张文博问他："先生说医者仁心，无论何人都要普同一等吗？"三剂先生说："那是当然，万不能有贫富贵贱之分。"张文博想起他妈被皇甫村财东害死的往事，就又问："那要是碰上没有德行的恶人，该医还是不该医？"三剂先生捋着胡须说："医者当治病活人自行医者的本分，恶人恶事嘛，自有天谴！不是医者所能管得了的。"张文博说："圣人说要分是非辨善恶，还说要是以善助恶其善也恶，以恶助善虽恶也善。如若医治好无德的恶人，他再干害人的坏事，那当不就是以善助恶其善也恶吗？"三剂先生沉默不语。张文博又说："昔日三国时神医华佗为熄战火拯救苍生，不惜以行医为名欲戕害曹操，可华佗既为医者，做此戕害他人之事难道是无德吗？"张文博小小年纪，一番引古论今的见识竟然使得三剂先生一时语塞。

十来天以后，张敬亭和刘蛇儿满载着一车礼品突然来到王家药铺。在跟王希元说话的空当儿，张敬亭把侄儿叫到僻静处，一脸喜色地告诉侄儿，三剂先生要收他为徒了。张文博挠挠头很是意外，三剂先生要收他为徒，他自己竟然浑然不知。

第二天一早，王希元便开始筹办安排收徒拜师的仪式。张敬亭独自到药铺前堂寻见三剂先生，小声说："我有一件事情想求先生哩！"三剂先生说："收徒的事情昨儿个晚间都与你商量好了，你还有啥事？"张敬亭笑一笑说："咱到先生屋里去说，先生屋里僻静好说话。"三剂先生满腹疑惑，领着张敬亭回到后宅屋里。张敬亭一走进屋门就直言相告："我想请先生替我说合一门亲事。"三剂先生眨巴着眼睛问他："给谁家娃娃说合亲事？"张敬亭说："我想让我义弟把他的女子许给我的侄儿，先生看这事办得办不得？"三剂先生哑然失笑，马上毫不含糊地说："这是好事，这有啥说的？只要八字合。"张敬亭说："我上次来时就已经问过他家女子的八字，暗里让人掐过了，倒是合的。先生若觉得是好事，那就得请先生出马，这媒得由先生来撮合。"三剂先生忙摆手推辞说："有专事说媒联姻的媒婆媒汉，我可没弄过这号事情，你让我诊脉断病可以，这号事情我弄不来。"张敬亭执意说："媒婆媒汉的溜溜嘴，我嫌烦，再说我两家是世交，两家的实底儿各家都清白，用不着媒婆媒汉来回掰扯。先生如今要收文博为徒，先生说这个媒最为合适。"三剂先生捻须微笑说："你要是这样说，那我就先试着问一问你义弟，看他情愿不情愿。"两个人都笑起来，张敬亭满心欢喜地去了。

吃罢晚饭，三剂先生把王希元叫到屋里，直言不讳地把张敬亭想定亲的意思学说了一遍。王希元满脸惊喜地当即表态说："这样亲上加亲的事情，我哪里有不情愿的！"三剂先生说："你要不要先跟你屋里的商量一下？"王希元说："不瞒先生，我跟我屋里的也有这个意思，我原本也想请先生出面做这个媒，不想我义兄先走到头里咧！"三剂先生哈哈大笑起来说："合着我里外都跑不了。"

这一天，王希元遍邀同行名士亲朋好友，在后宅堂屋设了香案摆了供桌，亲自主持拜师仪式。三剂先生换了一身新做的缎蓝衣袍，在铜盆里净过手，燃烛上香参拜了药王，然后居中坐于椅上。张文博拜过药王和来宾之后，跪倒在三剂先生面前，双手捧着投师帖子以及六礼束脩礼单一起奉上。王希元接过帖子和礼单一一朗声诵读完毕，便让张文博行拜师礼。张文博三拜九叩行过大礼，跪伏于地聆听三剂先生训讲。三剂先生朗声说："用药如用兵，用兵在于良将，用药在于良医，良医必有德行。俗话说，医者进的是绣女房，坐的是阁老床；庸医动手亏心治死活人，良医妙手回春济世活人。你一定要谨慎自律良心放正，万勿忘乎所以轻忽人命，更不可贪图钱财，无论贫富贵贱定要普同一等。医乃仁术，以济世活人为唯一根本，你可记下了？"张文博应诺说："先生教诲，我都记下了！"然后又磕下头去。

一切拜师礼仪进行完毕，王希元在庭院里摆下酒席招待来宾。酒过三巡之后，王希元一脸喜色地站起来，向众多来宾大声宣布将自己的女子正式许给张文博，与义兄张敬亭亲上加亲，再结为儿女亲家。两兄弟当场交换了结亲的帖子，又一起给三剂先生施礼敬酒答谢媒人，庭院里一派喜庆的氛围。遇着双喜临门，宾客们纷纷与三剂先生贺喜对饮。三剂先生心里高兴，换了人碗痛饮，平生第一次喝得酩酊大醉。

节令进入到冬季，天气特别寒冷却不见下雪，来诊病抓药的人逐渐多了起来。王希元让人生了盆炭火，放到三剂先生的诊案前面。炭火是用来给看病抓药的人驱寒取暖的，柜上的相公是不允许到炭火前去烤火的，但是不管咋样药铺里总算有了一些暖意。三剂先生一边给病人诊脉断病，一边给徒弟张文博讲解各种不同的脉象："如木沉水底时有时无，是为沉脉，如木漂水面游浮不定，是为浮脉……"

师徒二人一直忙到了天黑才把最后一个病人送走。三剂先生站起来伸展下胳膊腿，走到铺子门口往街上瞅了瞅，街道上黑漆漆空荡荡的，已经没有了行人。忽然不远处传来几声枪响，黑夜中那清脆的枪声显得特别响亮。王希元立时就惊慌起来，赶忙让相公上门板关铺门。这时有人从街口飞奔过来，那人慌慌张张跑到药铺门口，左右看看再无去处，便猛然从门板缝里闯进药铺里来。闯进来的人胳膊上带着伤，血水已经浸透了棉衣。药铺里的人都吓了一跳，王希元马上意识到闯进来的人肯定跟枪声有关，急忙让几个相公把那人往门外推搡，那人一脸惊慌地扒住门板，苦苦哀求救命。张文博忽然惊讶地叫起来："念南哥！怎么会是你呀？！"那人竟然是杨念南。杨念南也认出了张文博，立时就像是看见了救命稻草一样，失急发慌地惊呼："好兄弟，快救哥！"

杨念南是被警察追捕慌不择路闯进王家药铺的。几年前，他随他爷杨老四回孛落坊临抄族谱时，因他偷换族谱而害得他大杨楼娃命丧马嵬坡，偷换回来的牛皮族谱最终又被一场大火烧为了灰烬。他爷杨老四一夜之间白了头。

杨念南咽不下这口气，他纠集起叔伯弟兄们，嚷嚷着要去找张敬亭讨还血债。杨老四怎么样也劝说不下，一着急抄起一根顶门杠，挡在门口大吼一声："谁敢走出这个门，我就打断他的腿！"年轻后生们都被震慑住站下不动了。杨念南很不服气地顶撞说："我大不能就这样白白死了！"杨老四没好气地指着孙儿说："都是你心术不正，做下了没德行的事情，还怪人家？打小就送你去念圣人书，你把书都念到狗肚子里去了！"杨念南忍不住再一次顶撞说："杀父之仇不能就这样毕咧！你是孛落坊的人，向着他们说话，可我们不是。"孙儿的话像刀子般狠戳在杨老四的心窝，杨老四脸色铁青地怒吼："孛落坊埋着你的先人祖宗，你竟敢说出这样大逆不道的话，说到底你大就是被你害死的！"

杨念南像是当头挨了一棒，他从来都没有把他大死的根由往自己身上想过。偷换族谱完全是因为孛落坊的人占了他家的便宜，怎么能把这一切的过错都算到他的头上？他大是被张敬亭害死的，可是他爷竟然当着这么多人的面说是他害死了他大，他爷到底是跟张敬亭亲还是跟他亲？杨念南心里腾起一种被轻视甚至是被侮辱了的感觉，委屈和怒火混杂的情绪在他身上蔓延，他的胸脯激烈地起伏，愤怒的眼神与杨老四的眼神对峙着。

杨老四看到自己孙儿凶狠的目光，像是被蝎子蜇了一般全身都抖动起来。他突然歇斯底里地大吼了一声："杨家不能再有逆子！"抡起手里的顶门杠就要教训孙儿，一旁的杨老五和南俊文赶忙将他死死抱住。杨老五急得冲杨念南直喊：

"你还等啥呢？还不快跑！"杨念南气哼哼地瞪了杨老四一眼转身跑出门去了。

杨念南一口气跑到了渭河边，漫无目的地在河边胡乱溜达。这个家他是不能再回去了，他如今背负了心术不正害死他大这样的名声，这让他在村里还咋样见人？他忽然想起了南俊文的孙子南林轩，他家和南林轩家是三辈的世交，南林轩是孙儿辈里的娃娃头儿，他们从小就把南林轩叫大哥，南大哥凡事都是护着小兄弟们。南大哥先是在西安府的学堂里念书，后来跟人合伙办了一家报社，杨念南听南大哥说过那家报社的名字叫《秦镜日报》。南大哥是个重情重义一腔热血的人，他要是去找南大哥，南大哥绝不会不管他的。杨念南拿定了主意抬脚就走，头也不回地往西安府寻南林轩去了。

杨念南在傍晚时分进到西安城里，他到处打问，好不容易找到秦镜日报社，南林轩却没有在报社里。报社里一个管事的人告诉他，南林轩回槐里县老家去了，今日才走，两日后回来。杨念南想想在路上错过了南大哥，立时就失望发愁起来，眼见天黑了，身上连一个铜板都没有，到哪里去吃饭睡觉？那个管事的人看出了他的窘迫，笑一笑对他说："报社里的条件艰苦些，不回家的同人晚上都是在桌子上睡觉，你要是不嫌弃，也就在桌子上将就两个晚上。吃饭嘛，管你两个馍馍还是管得起的！"杨念南赶忙说了一堆感谢的话。那人大度地摆摆手说："你是南林轩的兄弟，也就是我的兄弟。我姓李，你叫我李大哥就好。"

杨念南在等待南林轩的两天里无所事事，除了睡觉就是看报纸。杨念南是头一次看到报纸这种神奇的印有文字的纸张，天文、地理、国内、国外，无所不登，大清天朝和西洋各国的大事都登载在报纸上。他在看完第一张报纸后，立刻就被报纸这种神奇的文刊吸引住了。他在废纸堆里搜集来厚厚一沓可看的报纸，贪婪入神地阅读报纸上登载的各种文章，一些他从未听过见过的事情让他眼花缭乱。原来报社是印报纸的，原来报纸是这样神奇。他在报纸上看到了孙中山这个名字，看到了革命党同盟会这样的字眼，他隐约地听到过这些事情，清廷把这些人称为乱党，抓住是一律要杀头的。

两天的时间里，杨念南忘记了身处的环境，忘记了饥饿。他完全沉迷在报纸当中，如饥似渴地阅读着搜集到的每一张报纸，他随之也就有了一肚子的后悔和疑问。他后悔自己咋不早一点儿到西安府来寻南大哥。在桑镇私塾里念书的那几年真正是白白浪费了时光，尽读了些没用的书，世上有这么多奇妙有趣的事情，他竟然一无所知，这跟个白痴傻子有什么区别？他又对报纸上登载的各种事情都充满了疑问，啥是共和？啥是铁路？报纸上说美利坚合众国有人把飞机降落到了军舰上，还说电影在大清国首次放映。飞机是什么东西？电影又是什么玩意儿？杨念南一下子觉得自己原来是这样愚昧无知，世界原来不是自己想象的那个样子，他突然有一种前十几年白活了的感觉。

南林轩回来的时候，杨念南依然在专注地看着报纸，根本没有觉察到南大哥从他身边走过。南林轩并没有打扰他，而是直接走进李大哥的办公室，关上了门。到了吃晌午饭的时候，南林轩从办公室里走出来，拍一拍正在沉迷看报的杨念南。杨念南抬起头乍看见南大哥亲切的笑脸，一时竟激动得哽咽起来，在这偌大的西安城里，只有南大哥是他唯一的亲人了。

南林轩热情地犒劳杨念南，领着他到回坊咥了一碗热腾腾的羊肉泡馍。南林轩显然已经知道了南张村杨念南家里发生的一切，但是他并没有数落杨念南，依然像小时候一样安抚和劝导他。快吃完饭时，南林轩拿出两块银圆放到饭桌上说："既然来了就在西安城里逛一逛散散心，等你心气平顺了再回去。"杨念南固执地坚持说再也不回去了，南林轩却一再地劝说让他回去。

杨念南将筷子啪的一声放到碗口上，一脸生气地站起来，说："既然大哥嫌我是累赘，那我走就是了，就算饿死街头我也不会再叨扰大哥了。"杨念南做出要走的样子，可脚底下却并没有挪动半步。他太了解南大哥了，从小一起耍大的兄弟，他知道南大哥的秉性，只有这样，南大哥才会让他留下来。果然，南林轩把他摁坐在椅子上，以家长的口吻训斥他感情用事极不成熟，然后又解释说："不是嫌你是累赘，是担心有些事情会连累你。"杨念南不假思索地立即表态说他什么都不怕。南林轩笑一笑小声说："杀头的事情你怕不怕？"杨念南吃惊地往两边瞅一瞅，压低声音问南林轩："你是革命党？"

在随后的一段时间里，杨念南很快就熟悉了报社里的一切事务，他总是能圆满地完成南大哥和李大哥交办的所有事情，他的聪明能干很快得到了两位大哥的共同赏识。有一回，两位大哥都有事外出，南大哥匆忙间将审阅好的稿件锁在抽屉里忘记了，负责编稿的编辑因报纸版面排不满而焦急万分。杨念南及时地建议将其他旧报的几篇文章予以转载来填补空白的版面，编辑采纳了他的建议，报纸最终得以正常排版按时印刷。南大哥回来后，对杨念南随机应变的能力大加赞赏，逐渐将一些更为重要的事情交给他办。

杨念南自此常常穿梭在西安府的大街小巷，学会了咋样应对背着快枪在街上巡查的衙门捕快，及时地把南大哥交给他的东西送到指定的地方交给指定的人。南林轩还时常出去参加聚会，有时也会让杨念南跟着一块儿去，让他化装成小贩在不远处望风，看到衙门的捕快走过来时，杨念南就会大声吆喝叫卖以传递消息。聚会有时候也会在报社的办公室里举行，杨念南由此结识了更多的大哥，这些大哥里有商人，有文人，有军人，个个都是义薄云天响当当的人物。杨念南知道南大哥准备秘密干一件惊天动地的大事情，跟南大哥在一起的人都是革命党，是同盟会的人。杨念南兴奋不已，他结识了这么多干大事的大哥，他跟着大哥们肯定也能大干一番。他也曾一度担心自己会不会被衙门抓住杀了头，可是他并没有见过法场上人头落地时的血腥场面，无法感受杀头带给人的是一种什么样的恐惧。他的担心很快就被他想干大事的欲望淹没了。

农历八月初的时候，西安府的形势陡然紧张起来。街头巷尾纷纷流传着八月十五驱除鞑虏的风声，紧接着武昌府起事的消息传来，伴随着连日的阴雨，西安府有了黑云压城城欲摧的压抑气氛。城内驻扎着八旗兵的满营繁忙起来，一队队八旗骑兵不停地进进出出，在各条街道上巡逻。每个城门都加派了满人的八旗兵监督绿营的汉兵，盘查进出的路人，街上的捕快也明显多了起来，时不时截住路人搜身盘问。

南林轩在报社里焦急地等待消息，几个秘密联络点已经全部失去了联系，他让杨念南反复跑了几趟都没有任何收获。形势急剧发生着变化，偏偏在这紧要的关头，传递消息的渠道却都失去了作用。南林轩已经不再顾忌可能发生的危险，他让杨念南去西关的新军军营里找一位姓杜的大哥直接接头。后晌的时候，杨念南回到了报社，终于带回来了最新的消息。两日后，所有参与起事的大哥在大雁塔聚首议事。

到了议事这一天，南林轩和杨念南一前一后保持距离，相跟着走出南门往大雁塔去了。绵绵阴雨取代了秋收的繁忙景象，村庄和田野都被遮隐在了蒙蒙雨雾当中。道路泥泞路人稀少，走了一个多时辰，老远看见孤零零矗立在荒野中的大雁塔。过了遇仙桥，大慈恩寺破旧的山门出现在眼前。进入寺庙里面，分列两旁的钟楼、鼓楼已破败不堪，院中众多的题名碑碣东倒西歪，被荒草缠绕覆盖着。放眼看去，大慈恩寺殿宇陵夷，庙堂残破，一派荒凉的景象。

正午时分，共有三十六位大哥到齐聚首，分别代表着新军、哥老会、同盟会、通统山堂、梁山水堂、桃源香堂等各个渴望革命的派别。三十六位大哥在香案上供奉了黄帝神位，摆放了祭品，点燃了香蜡纸表。领头大哥在前，其他大哥在后，一起跪倒礼拜了华夏先祖。领头大哥神情肃穆地站起来，炯炯有神的目光扫视了一遍所有的大哥，然后朗声诵读祭文：

前明甲申之岁，国运凌迟。建州虏夷，乘我丧乱，驱其胡骑，入我燕京，窃据我神器，变乱我衣冠，侵占我版图，奴役我民众。神州到处，遍染腥膻；文化同胞，备受压迫。剃发令下，虽圣裔犹莫逃；骑兵驻防，遍禹迹而皆满。又无论扬州十日，嘉定三屠，二百年之惨痛犹存，十八省奇耻未湔已也。且近年以来，欧美民族，对我环伺，各欲脔割大好河山。而清政府恣其荒淫，不恤国耻；殷忧之士，义愤填膺。近有执义帜而起者，均矢志盟天，力图恢复。某等生逢艰巨，何敢后人，乃集合同志，密筹方略，誓共驱除鞑虏，光复故物，扫除专制政权，建立共和国体，共赴国难，艰巨不辞。伏望我皇祖在天之灵，鉴此愚衷，威神扶佑，以纾生民之苦，以复汉族之业。某等不自量力，竭诚奉告，不胜惶愧煎灼郁结悲祷之至。

尚飨。

诵读完祭文，领头大哥一挥手，有人抱过来酒坛酒碗，倒满了三十六碗酒，然后当场宰杀一只花翎公鸡，将鸡血滴入三十六个酒碗之中。三十六位大哥各自端了酒碗，领头大哥声如洪钟，领着众位大哥齐声宣誓："同心同德，驱除鞑虏，如有违背，神灵鉴察！"三十六位大哥齐声共鸣的宣誓声，在倾废的大殿里嗡嗡作响绕梁不绝，震得房梁上柱子上的积尘灰土扬起尘烟四散飘落。宣完誓，三十六位大哥将鸡血酒一饮而尽，歃血结盟。

杨念南和其他随行人员都守在殿外，看着大殿里三十六位大哥义薄云天的壮举，不由得热血沸腾。他庆幸自己跟了南大哥，也参与了大哥们所做的惊天动地的大事。他想象着有一天自己也能成为大哥，威风八面让人仰慕。他脑海里浮现出他爷杨老四轻视他的眼神，那种刺激着他的尊严，使他感到羞辱的眼神一直让他耿耿于怀。有朝一日，他一定要扬眉吐气地让他爷杨老四看一看，他不是一般人，他一定也会跟三十六位大哥一样，成为响当当的人物！到那时，他要让张敬亭加倍还回他大杨楼娃的血债。他爷杨老四是孛落坊的人，他不是。

八月下旬的一天，随着午时一声惊天动地的炮声，反正的消息传遍了全城。密集的枪炮声从四面八方响起，南院的巡抚衙门随即燃起大火，全城都能看得到浓烟裹着火苗儿在半空里翻滚。大批剪掉辫子的新军和民军迅速往城内云集，到处都是震耳欲聋的喊杀声、枪炮声。天快黑的时候，钟楼、鼓楼的最高处插上了秦陇复汉军的旗帜，站满了举着刀枪的士兵。到了后半夜，复汉军向八旗兵盘踞的最后堡垒——满营发起了进攻。

满营是八旗兵驻防和满人家眷居住的地方，满营借西安城东北两面城墙为外墙，西南两面在城内另外筑有城墙的一座城中城，城墙坚固易守难攻。复汉军血战至第二日黄昏满营告破，士兵们举着刀枪像洪水般涌进满营。满营内房屋倾塌满目疮痍，已经被轰为一片废墟，到处是八旗兵的尸体，大清王朝最后一个西安将军投井自尽了。天亮以后，全城的大街小巷贴满了布告："各省起义，驱逐满人，上应天命，下顺人心……"布告末尾盖着张大统领的大红印章，西安府遂宣告光复。

连着几日不见南大哥和李大哥的身影，报社外面的街道上，一拨接着一拨的人群拥向钟楼、鼓楼，兴高采烈地爆发出欢呼光复的浪潮，杨念南却只能待在报社里哪里都去不了。南大哥和李大哥在反正前就离开了报社，临走时吩咐杨念南不要外出，留在报社里等待消息，南大哥还一再叮嘱万一自己有什么不测，就让他迅速回南张村老家去。如今眼见光复成功革命胜利了，可南大哥依然不见人影，杨念南心急火燎坐立不安。

天色渐黑的时候，南大哥、李大哥终于回到了报社。两位大哥几乎同时伸出手和杨念南的两只手分别握在一起，激动地说出了同样的话："革命成功了！"南林轩的辫子已经剪掉，一头短发垂在脑后，眼睛里充满了血丝和倦意，但他却精神饱满浑身洋溢着亢奋的劲头。他让杨念南把报社里的人全都叫到了一起，然后用剪刀齐茬剪掉了所有人脑后的辫子，接着就拿出他已经写好的稿纸，让全报社的人都紧急行动起来，开动机器，印刷登载着革命成功西安光复这惊天大事的报纸。

第二天后响的时候，复汉军的杜大哥来到报社。杜大哥也是槐里县人氏，一进门就兴奋地和南林轩紧紧拥抱在一起。杜大哥领受了张大统领指派他去光复槐里县的命令，特意来向南林轩辞行。南林轩把杨念南叫过来，让他与杜大哥同行，回南张村老家去禀告平安。杜大哥问杨念南会不会骑马，杨念南说小时候在家里骑过骡子。杜大哥哈哈大笑着说："只要你不从马背上跌下来，我就把你这个蕞乡党一同带上。"

天色微明时，杨念南来到西关军营门口，七个骑着高头大马的军人从军营里鱼贯而出。七个人都是一茬的青色军服，戴着大檐帽，腰里都别着短枪挎着腰刀，背上背着新式快枪，一个个都显得威武雄壮。杜大哥让杨念南跨上一匹马，八人八骑向西而行，过了咸阳桥，八个人快马加鞭一路狂奔，像一团青色的火焰往槐里县驰骋而去。午时将过，已然能看见槐里县东城门时，杜大哥把大家叫停下来，让人马都喝水歇息稍作休整。杜大哥一脸严肃地给杨念南叮嘱说："一会儿我七人在前，你远一点儿跟在后面，若情势有变我七人被打死了，你立即回转西安报信，让大军前来为我们复仇。"杜大哥说完便一声令下，众人都上了马，往县城东门策马徐行。

杨念南陡然紧张起来，放慢了速度远远跟在后面。到了东城门时，城门大开并无兵勇把守。杜大哥从背上取下快枪朝空中放了一枪，接着就朗声高喊："奉秦陇复汉军张大统领军令前来光复槐里县，请知县出来答话。"等了一会儿，东门内外依然不见一个人影，七个人策马进城往县衙驰去。

西安府反正的消息早已传遍了槐里县，杜大哥的枪声一响，民人们都躲回了自己屋里，街道上空无一人，两边的房屋、店铺都已关门闭户，人们从门缝窗缝里向外观望，提心吊胆地关注着即将发生的大事。到了县衙门口，县衙照样是大门敞开无人值守。杜大哥又朝空中放了一枪，把刚才喊过的话重复喊了一遍。一个书吏模样儿的人从衙门里走出来，径直走到杜大哥马前躬身一揖，卑恭谦顺地问了问西安府的情形，然后说稍等片刻，又转身回去了。过了一会儿，槐里县知县穿着官袍戴着顶子，身后跟着一群衙役走出县衙，知县口称拥护革命，双手将官印捧过头顶，俯首跪倒在地。杜大哥立时就接管了县衙，宣告槐里县光复。有民谣夸赞这七个人的脏腑曰："七条汉子七条枪，七匹大马进槐里，清家完了蛋，知县交了印，兵勇吓得拉了一裤裆。"

杨念南在天色擦黑时回到南张村。他立马在村口的慢坡上面，俯视被炊烟和暮色笼罩着的村庄，心里有了一种荣归故里的感觉。他策马从慢坡上缓缓走下来，仔细审视村里每一个角落，想象他的兄弟们会用什么样的眼光来欣赏他骑着高头大马的威武雄姿，南张村还从来没有人骑着高头大马回来过。杨念南骑马进到村里，不长的村街上却没有一个人，清油灯微弱的灯光从每家每户的门缝里投射到村街上，隔着院墙传来男人女人在庭院里吃饭时说说笑笑的声音。人们跟往常一样，过着日出而耕日落而息的日子，仿佛外面发生的翻天覆地的大事跟这座宁静的村庄没有任何关系，杨念南满怀遗憾地骑着马走过了村街。

杨念南的意外归来，让沉寂已久的庭院立时嘈杂起来。他婆抱住他呜呜哭起来，他妈抹着眼泪用手捶他，数落他离家出走带给为娘的无尽的牵挂和担心，弟弟杨念北站在母亲身后默不作声地瞅着他。他婆收了哭声推了他一下，指一指他爷杨老四居住的堂屋，流露出担忧的神情。杨念南忐忑不安地走进堂屋，杨老四正坐在炕上抽烟。杨念南说了声："爷！我回来咧！"便扑通跪倒在炕前，杨老四眼皮都没抬一下。杨念南提高了声音又说："爷！你的孙儿念南回来咧！"杨老四吐出一口浓烟，当当几下在炕沿上磕掉烟灰，一声不吭地溜下炕，趿拉着鞋走到柜子跟前，拿起鸡毛掸子猛然往孙儿身上抽打起来。"你还知道回来？你还知道你姓杨不？给你大连孝都不守你就跑了，我让你跑，我让你跑！哎呀呀！你竟然把辫子都弄没有了……"杨老四挥舞着鸡毛掸子暴跳如雷地教训孙儿，谁都劝不下他。直到南俊文和杨老五被念南他妈喊来相劝时，杨老四这才撇了鸡毛掸子，用他素有的冷峻口气说："真个还由了你咧！"

一场风波暂时过去，杨念南骑着高头大马进村时的威武神气已经荡然无存。见他从堂屋里退出来，他的兄弟们便围拢过来，七嘴八舌地问他西安府反正的事情。有人拿来凳子放在堂屋门口让他坐下讲，兄弟们都围住他圪蹴下来，他妈给他热了饭端过来，杨念南边吃边叙说西安府发生的大事。三十六位大哥如何歃血为盟，八人八骑如何光复槐里县，他眉飞色舞神采飞扬地神气起来。

三个老汉在屋里听见槐里知县交了大印，吃了一惊都迟疑不信。杨老五走到门口问杨念南："县太爷真个交了大印？"杨念南说："交了交了，县太爷也革命了。"杨老五又问："新老爷是谁？"杨念南提高了声音说："现在县上管事的是跟我一搭来的杜大哥。"他扬起眉头补充说："谁要是不信，明儿个可以跟我到县上衙门去看。"三个老汉面面相觑。南俊文知道了孙子南林轩干的大事，有些惊慌地对杨老四说："革命不就是造反吗？清家能饶得过咱吗？"杨老四吧嗒着烟锅，鼻子嘴里喷着浓烟说："这回怕是革命饶不过清家咧！"杨老五倒是听得兴奋不已，大声喊叫着说："好！好着哩！咱娃把事弄大咧！"

杨念南在家住了些日子。他再回到省城的时候，南林轩已经到军政府担任要职去了，李大哥也有了新的安排，两个人共同留了话，报社里的一切事务交由杨念南打理。当杨念南走进报社，同人告知他这突如其来的消息时，他心里立即就升腾起一种压抑了很久突然得到释放的喜悦。这是不是意味着他已经升格成为大哥式的人物了？事情来得有点儿突然，杨念南有些惶恐不安不知所措，不敢肯定自己的判断，但他很快就在同人面前表现出宠辱不惊的镇定，他现在已经能很好地把控自己的情绪，他已经不再是以前南张村那个孤陋寡闻遇事惊慌冲动的杨念南了。

南林轩和李大哥都已搬离了报社，同人把办公室钥匙跟杨念南做了交接。杨念南走进办公室，重新审视自己曾经每天进出的地方，他尽力做出一副若无其事的样子，但心脏却狂跳不止，兴奋得都快要跳将出来。杨念南在桌案后面的椅子上坐下来，有编辑拿来一沓稿件让他审定，又有人拿来一张急需购买的原料清单让他过目。这些事情对他来说并不陌生也不难做，他对报纸早已有了非常深刻和到位的认知。杨念南仔细地一一审阅稿件和清单，甚至还用毛笔改掉了稿件上几处他认为不合适的字句，然后把杨念南三个字签在稿件和清单上。看着报社的人像是拿到圣旨一样急匆匆去办理了，他把身子缓缓地靠倒在椅子靠背上，他第一次对权力这个词有了具体实际的感受。

杨念南没有辜负南大哥和李大哥的托付，很快把报社打理得有声有色。他将通过在政府任要职的南大哥那儿得到的一些新消息、新动向登载在报纸上，还经常有南大哥的朋友和同志主动来报社给他提供一些内幕消息，撰写一些让人看后便热血沸腾的革命文章。大量拥护共和反对帝制的激进文章在《秦镜日报》上出现，有南大哥以及他的朋友、同志的支持和庇护，《秦镜日报》很快就成为省城里最有影响、最革命、最前卫的报纸。在其他报纸因登载抨击时政的文章或激进的言辞而被新任督军下令查封的时候，《秦镜日报》越发显得独树一帜。

杨念南趁机拓展了广告业务，使报社的收入增加了许多，他又更新了设备和机器，提升印刷质量，一系列的措施使得报纸销量成倍增长。他对自己的成绩也颇为满意和自得，他现在很肯定地认为自己已经成为大哥式的人物了。他把原先简陋的办公室装饰一新，购置了流行的西洋家具和牛皮沙发。他开始注重自己的形象和着装，梳着时髦的中分发型，穿一身笔挺的西装，在办公室里会见各种激进文人和社会名流。南大哥偶尔也会来视察一番，李大哥和杜大哥自然也会常来，他们无一不夸赞杨念南头脑灵活和具有才干。

杨念南有些陶醉，可他觉得还有些不够，现在的一切都是靠他的能力得来的，可他的本事并没有完全得到施展，他常常有一种壮志未酬的感叹。他闲暇时常坐在椅子上浮想联翩，把他熟知的每一位大哥一一跟自己做比较：李大哥文人气太浓优柔寡断，杜大哥胆量过人却少了些谋略，他有时甚至想象自己如果能和南大哥打个颠倒，让他坐在南大哥政府要职的位置上，那他将会比南大哥有更大的作为。他想起自己曾在马嵬坡上作的那首诗的末尾两句："他日出得桑麻镇，定然一语惊破天。"他已经走出了桑麻镇，他现在就差一语惊天了。

形势不断在发生着变化，不是变好就是变坏，南林轩突然辞职了。杨念南在得到这个消息的时候，先是吃惊，接着很快就平静下来。风声早都有了，南林轩跟现任陆督军主张的不是一个主义，走的不是一条路线。他了解南林轩宁折不屈的秉性，只是没有想到这样突然。南林轩辞职后一直没有露面，看来处境不妙，不过杨念南对南林轩的辞职并没有放在心上，他觉得凭着自己几年来打下的根基，凭着他现在的声望和《秦镜日报》的影响力，南林轩的辞职对报社不会有太大影响。

杨念南把事情想得过于简单，也高估了自己。很快就有督军府的官员把他叫了去，态度很不友好，先是警告了他一番，话里话外都透着威胁和敲打，接着就直截了当地对《秦镜日报》今后登载的文章提出了要求。杨念南这才意识到了形势的不利和严峻性，他回到报社后立即把所有带有革命色彩的激进文章全部撤了下来，换成了温文尔雅的诗词歌赋和游山玩水的地理介绍。

没过多久，督军府的官员又给他提出报纸发行减半的要求，杨念南不敢违抗，只得照办。报社门外还时常有不三不四的人探头探脑，李大哥、杜大哥和南大哥的朋友、同志也都不再往报社里来了。杨念南感觉到了一种危机，从高处跌落到低谷的落差让他忧心忡忡。他整日焦躁不安，夜不能眠。他期盼着南大哥出现，给他指点迷津。失去靠山后的束手无策让杨念南从飘飘然的自我膨胀中清醒了许多。他明白了过来，他现在的一切不管好坏，全都是因为跟南大哥有关系，没有了南大哥，他也就什么本事都没有了。

　　一个月后的一天晚上，南林轩突然来到了报社，黑色礼帽压得很低，厚实的围巾遮住了半张脸。南大哥对报社面临的境况了如指掌，依然像小时候一样安抚和鼓励了杨念南一番，接着就目光冷峻地盯着他，问他敢不敢跟反正时一样再干一场革命？杨念南当即拿出反正时那种无畏的劲头，表达了对南大哥的忠贞不贰。南大哥将一张文字底稿交给他，让他连夜印好后送到指定的地方交给指定的人。

　　第二天，省城的大街小巷里，到处都张贴着揭露袁大总统想当皇帝的野心和号召民众驱逐被称为陆屠户的现任督军的传单。这样的传单在街上张贴过几次之后，就有一群荷枪实弹的警察突然闯进报社，把杨念南和报社同人赶到角落里，黑洞洞的枪口指着杨念南的鼻子。警察仔细搜查了每一个角落，甚至还掀翻了杨念南办公室里的牛皮沙发，毁坏了西洋家具。杨念南站在角落里默不作声，任由警察胡乱翻腾，他虽然知道警察要找的东西早已销毁，可心里还是打鼓似的突突直跳。他额头上冒出冷汗，双手因为紧张而攥成了拳头，恐惧使得他浑身的关节都有些僵硬。在没有找到任何有价值的东西后，领头的警察把杨念南训斥警告一番就领着那帮警察走了。

　　报社同人接二连三辞职，剩下的几个人勉强能维持内容简单、版面不多的报纸印发，《秦镜日报》彻底没落了。杨念南灰心丧气地坐在办公室里，工人来向他请示事情时，他随意地挥挥手，任由工人自己去做。他已经无心说话，更无心去管任何事情了。

　　过了几天，南林轩再一次在天黑时来到报社。南大哥的出现让萎靡不振的杨念南陡然有了精神，他满心期待地向南大哥请示下一步该怎么办。南大哥告诉他一个令人震惊的消息，昔日的大哥们准备再一次武装起事，驱逐陆屠户讨伐袁世凯，燃眉之急是急需筹款购买武器。南大哥让他拿来报社的账本一一核对，然后指示他把能动用的钱款分批分次全部送到指定的地方交给指定的人。杨念南有些不舍，但报社并不属于他，再说不舍哪会有所得？他心底又燃起一种充满希望的躁动，他现在终于悟出了一个道理：想一语惊天，没有靠山是不行的。

　　腊月初的一天，有人到报社给杨念南送来一张新风剧社的戏票，送票的人只说是南林轩让送来的，多余话没说便急匆匆走了。天黑以后，杨念南提早来到了关岳庙街。他并没有直接进到新风剧社里，而是先在街道上转了两个来回，看了看没有任何异常，这才疾步走进了剧社。海报上写着今晚是名旦木九红主演《五典坡》，堂倌验过戏票后把他领到雅座位置上坐下，上了盘瓜子，泡了壶茶，便不再管他了。靠前排的雅座上坐着的，大多是些夫人小姐姨太太，几乎全都是冲着木九红前来献媚捧场的，男男女女嗑着瓜子肆无忌惮地大声说笑。

　　杨念南没有看到南林轩的身影，也没有看到一张熟悉的面孔，他惴惴不安如坐针毡。开场的锣鼓响过之后，伴着委婉凄凉的二胡旋律，木九红柔美的身姿出现在戏台上。木九红轻盈地舞动长袖，迈着碎步，在台上一个回身亮相，台下立时就爆发出一片掌声。夫人小姐太太们马上窃窃私语评头论足起来，时不时捂着嘴，笑得花枝乱颤。这当儿，有人拍了拍杨念南的肩膀，那人向他一示意，便转身朝一个偏门走去。杨念南急忙相跟着出来，走过一个不长的过道，走到剧社后面的院子里时，那人向他指一指一间亮灯的屋子，便回身走了。

　　杨念南敲响屋门，开门的正是南林轩。南林轩看见他，马上伸出手示意他不要说话，然后指了指椅子让他坐下。屋内有一位先生正在伏案疾书，南林轩重新走过去，在一旁静静地研墨观看。过了一会儿，文章写就，先生放下毛笔去盆里洗手。南林轩小心翼翼地捧起墨迹未干的文章，先睹为快地小声诵读起来。读罢一遍，南林轩一脸兴奋，竟然更加激昂地朗声将文中精髓的文句再一次复诵出来：

　　　　自袁为总统，野有饿莩，而都下之笙歌不彻；国多忧患，而郊祀之典礼未忘。万户涕泪，一人冠冕，解除国会，改毁约法，停罢自治，裁并司法，生杀由己，予夺唯私，其心尚有共和二字存耶？既忘共和，是为民贼！吾等誓死戮此民贼，以立共和，以护约法。檄文所至，万望共赴。

　　南林轩朗声读罢，神情激动地对那位写文章的先生深深一揖，口称岳先生一篇檄文真当得十万雄兵。杨念南吃了一惊，原来这位写文章的先生就是大名鼎鼎的岳先生。南大哥请岳先生写了讨袁檄文，看来是真的要起事了。

第六章

　　岳先生在乾州资助秦声剧社准备重新开张，并做了箱主，一边教授学生招揽人才，一边倾注心血创作秦腔戏剧《滴血认亲》。他夜夜秉灯激扬文字，几易其稿终完成巨著。《滴血认亲》在排演过几回之后，剧社里的行家名角都赞不绝口，异口同声推定为剧社开张时的压轴主戏。岳先生却沉默不语，他左思右想，戏文和生角、旦角的唱腔都无可挑剔，可他总是觉得缺了某一种说不上来的味道。

　　一天晚上，岳先生已上炕睡下，脑海里却忽然浮现出小木匠唱的《五典坡》里王宝钏的唱腔来。他闭着眼睛把小木匠的身姿、表情以及嗓音、唱腔在心里来回咀嚼品味了几番，猛然跳下炕去寻管事先生。

　　第二天，《滴血认亲》的主要旦角换成了刚入行不久正在打杂练基本功的小木匠。才进剧社没几天就要登台唱戏，不仅是主要旦角，而且还是剧社开张的压轴主戏，小木匠有些心慌发虚，不敢上台。岳先生一再鼓励亲自调教，小木匠方才勉强答应一试。旁人都一脸不屑地冷眼观望，觉得岳先生看错了人，一个才入行的小木匠咋可能唱得了这样的大戏？果然，小木匠一上台就演砸了场子。他在台上手足无措左顾右盼，紧张得连戏文都忘记了，最后狼狈不堪地逃下了戏台。台下观望的其他戏子们笑得前仰后合，泼冷水撒凉话地嘲笑小木匠。岳先生却一点儿也不急躁，他耐心地反复宽慰和鼓励小木匠，可小木匠却羞得满脸通红，任凭岳先生怎么劝慰就是不敢再上台了。

　　到了晚上掌灯的时候，岳先生要了酒菜在屋中独酌。小木匠蔫头耷脑地来寻他，说自己不是唱戏的材料，准备回去还做他的木匠，特意来向岳先生辞行。岳先生微微一笑，既不责怪他，也不说挽留的话，却端起酒盅邀请小木匠喝几盅酒再走。小木匠天性率直，又遇着心绪不佳，见岳先生邀请也不推辞，坐下就与岳先生对饮起来。

岳先生是性情中人，遇酒豪放，喝了一阵儿有了些酒意，就给小木匠叙说他年少求学时的艰难困苦，又说到他写过的几篇得意文章时，便自顾自地吟诗感叹起来。小木匠灌下去几盅酒，额头上沁出汗水，被岳先生性情所感，也絮絮叨叨话多起来，他给岳先生提说起大凤，又讲到猴娃，说到伤心时不由得流下眼泪。岳先生有些微醺地训斥他："我听你说来说去，尽是些不顺心不畅快的事情，你倒是也争上一口气，做上一件光彩赢人让人畅快的事情！"小木匠叹息说："我能做啥光彩赢人的事嘛！我就是个没用的人，我娶不了大凤，救不了猴娃，上台唱戏都丢人现眼让人笑话，我就是这样一个人，我又能咋样嘛！"岳先生哈哈一笑说："自己想咋样活，旁人说了可不算，难怪你不想唱戏了，原来是你自己先认定了你是个没用的人。你要是这样的心性，我看就算你重新做个木匠也不会是个好木匠。"小木匠红了脸默不作声。岳先生又灌下去一盅酒，带着些醉意斜倚在炕头摆摆手说："好了好了，说再多也是没用，你给我再唱上一段，也不枉我教了你一场，毕咧你就做你那没用的木匠去。"

小木匠被岳先生一顿训斥，满腹的辛酸委屈堵在心里，憋得他胸腹胀满。自己娶不了大凤，救不了猴娃，唱不了戏，甚至连个木匠都做不好，自己真的是个没有用的人。岳先生可以吟诗感叹抒发情怀，他一腔的苦情闷在心里向谁诉说？他跟《滴血认亲》里那个流落他乡无依无靠的女子有何区别？小木匠发狠端起酒壶连灌下去四五盅酒，周身灼热烦躁不堪。他猛地站起身一个亮相起势，酒意蒙眬旁若无人地吟唱起《滴血认亲》里旦角的唱腔。岳先生懒散地斜倚在炕头听了一会儿，忽然坐起来一拍桌子，大喊一声："就是这个味道！"

小木匠再一次登上了戏台，岳先生亲自给他穿戏服扮脸子，在排演的开场锣鼓敲响之前，岳先生端着酒壶、酒盅走过来，啥话都不说，连斟了三盅酒，让小木匠一饮而尽。剧社里的人都惊奇无比，只见过唱戏时喝茶润嗓子的，谁也没有见过上台前要喝酒的旦角，所有的人都挤到戏台底下来看稀奇。随着板胡锣鼓节击有声，小木匠在戏台上脚步轻盈地走完过场，猛然间一个回身亮相，台下众人便齐声惊呼起来："这哪里是小木匠？这个比女人还女人的旦角怎么可能是小木匠呀？"小木匠唱腔一开，嗓音清亮甜美，四声分明字正腔圆，容貌身姿更是无可挑剔，直演得情真意切如诉如泣……

一场《滴血认亲》排演完，戏台底下的人都看得如痴如醉鸦雀无声。行家名角自愧技虽娴熟，情却无如此境界，唱腔更不及小木匠甜润动听，扮相也远不如小木匠娇美可人，所有的人无不心服口服。没有多久，秦声剧社以《滴血认亲》为主戏重新开张而大获成功。岳先生声名远播，小木匠更是一鸣惊人，迅速红遍了乾州，因他每上台前都要饮酒三盅，又是木匠出身，人都叫他木酒红，后来岳先生给他改为了木九红。

《滴血认亲》在乾州上演了一段时日，岳先生又依木九红的唱腔特点，特意将传统剧目《五典坡》《玉堂春》《白蛇传》稍加改进相继推出，均是场场爆满反响热烈，木九红在乾州越发红得发紫了。

不久，岳先生应好友相邀去了省城，一番商榷之后，他与几位志同道合的好友以"移风易俗，启迪民智，改良社会"为宗旨，在省城关岳庙街创办了新风剧社。岳先生将秦声剧社原班人员连带价值不菲的十几副戏箱全部并入了新风剧社，在新风剧社开张时又将《滴血认亲》推出上演。连着演过几场之后，这部情节曲折、寓意深刻，有别于传统风格的秦腔新戏迅速引起了省城各界的关注。木九红情真意切的表演和入耳动人的唱腔更是让观者无不共鸣与动容。省城戏剧界为之耳目一新，一时间反响强烈，竟至一票难求。

省城里的各大报纸随即紧跟社会热点，争相在头版显著位置突出报道。在省城里独树一帜的《秦镜日报》自然不甘落于人后，也在头版头条登载了标题为《从〈滴血认亲〉看革命之需要》的评论，将这部戏上升到了倡导革命、破除封建迷信的高度，震动了省城。舆论影响波及政府，新到任不久的陆督军亲往观看，并现场发表演讲大加赞扬，还当即给新风剧社拨款三千银圆以示奖励。各大报纸又是一番激烈报道，瞬间就树立了新任督军的亲民形象。

南林轩对《秦镜日报》报道的有革命精神的新戏自然很感兴趣，他在年少求学时就曾听闻过岳先生的大名。当初岳先生一篇《迁都之利弊说》平了清廷迁都之议，从而名扬关中，文人学子均争相传阅岳先生的文章。如今岳先生又以新戏巨著再一次名满省城，南林轩就禁不住想会一会岳先生。

南林轩一直等到一个月以后，舆论热潮逐渐退去时才独自一人去观看了这部新戏。他在看完之后颇为激动，散场出来便乘兴去拜望岳先生，不想却被剧社的看门老汉堵在了门口。老汉上下打量了一番南林轩笔挺新潮的洋装，在得知他政府要员的身份后，便一脸鄙弃地告诉他，岳先生不在剧社有事外出了。过了几天，南林轩再去时还是如此，第三次去依然不得见。南林轩心生疑惑，怎么每一次岳先生都恰巧不在？他故作生气地向看门老汉追问缘由，那老汉被他一再追问得急了，方才吞吞吐吐地告诉他，岳先生说他只结交朋友不结交权贵，专意给门房交代过，若是政府官员来时，便一律称他外出不在。南林轩听罢哑然失笑，心下倒越发佩服岳先生的风骨，他甩脱看门老汉的纠缠径直闯了进去。

岳先生正在屋里跟几名学员推敲戏文，见有人自称南林轩推门而入，心下很是不悦。他知道南林轩已来过几回，如今硬闯了进来，也只能勉强接待了。落座之后一番交谈，岳先生的态度逐渐发生了变化，他对这位身居要职的政府官员有了另一番全新的认识。他觉得南林轩谈吐不凡，性情豪爽，气度儒雅，身上只有平民之风却没有官僚之气，跟其他老爷般的官员完全不同。两个人意气相投，自此开始结交，时常品茗饮酒谈古论今，大有相见恨晚之意，遂越发来往密切了。

有一日，陆督军忽然派人给岳先生送来请柬，相邀赴宴一聚。陆督军自上一次到新风剧社欣赏过秦腔新戏之后，并不曾与岳先生再有过交集。岳先生心下迟疑不决，便问南林轩该去不该去，南林轩告诉岳先生，陆督军并非善类，轻易不要得罪，去去无妨，敬而远之也就是了。

岳先生按时赴宴，被邀请的还有各个知名报社的负责人。众人议论纷纷，不知督军宴请所为何事。有人笑说陆督军无非就是要报纸夸他捧他，吃了喝了顺着他的意思捧他夸他也就是了。还有人摇头晃脑地说自古宴无好宴，怕是个鸿门宴。

众人正在说笑猜测时，陆督军一身戎装快步走了进来。一番不冷不热的开场白过后，陆督军端起一杯酒，简单明了直抒用意："现今各省均一再请求大总统早登皇位，民间呼声也很高哇！咱们陕西不能落于人后，各家报纸均要出力疾呼引导民意，以使大总统顺从天时，万勿推辞。"

陆督军此言一出，杯盘之声皆停，满场瞬间鸦雀无声。陆督军见场面冷落下来，没有一人搭话表态，立时就面露愠色。他背着手在宴席间踱步转了一圈儿，回到座椅前双手叉腰站下脚，突然摆出军人做派，从腰间掏出手枪，啪的一声往桌上一拍，直截了当地大喊："从者有奖，不从严办！"

酒宴散去的时候，陆督军唯独请岳先生留步。他换了一副笑脸走到岳先生身旁，很是客气地说："陆某适才莽撞了些，惊吓到先生了，还望先生不要见怪呀！"岳先生并不言语。陆督军接着又夸赞了一番岳先生的才气与文章，随即直入正题，要岳先生写一出为袁大总统歌功颂德拥护袁大总统登基皇位的大戏，并在新风剧社上演。岳先生笑一笑，不温不火地说："陆督军你有所不知，我求学时拜的先生不是个好先生。"陆督军疑惑不解地问："我要你做的事情跟你拜什么样的先生有啥关系？"岳先生说："我拜的那个先生他只教会了我写骂人的文章，可没有教会我写夸人的文章。"陆督军闻听此话马上就变了脸色，冷笑了两声说："先生可不要把气节当饭吃，刚才的话我权当是先生说笑，还望先生三思而行呀！"岳先生一脸正经，依然用调侃的口气说："待我回去重新拜个名师，啥时候学会写夸人的文章时再来给督军效力。"说罢便朝外走。陆督军勃然大怒，立时就翻了脸，挥一挥手命令士兵拦住了岳先生，走过来咬着牙说："既然先生不识抬举，那我只得给先生寻一个清静的地方，让先生好好想一想！"岳先生哈哈一笑，不慌不忙捋了捋衣袍，摇头自嘲地说了句："真个是好吃难克化！"面不改色随士兵去了。

岳先生被扣押期间，对外面发生的事情一概不知。他每日吃饱就睡，睡醒就坐在椅子上一动不动苦思冥想。他竟然在这样的境况里，又构思着一部反对帝制的新戏。十余日后，陆督军将他释放。他这才知道南林轩一直在联合各界人士多方奔走，并将陆督军假造民意扶袁称帝的野心揭露于世。陆督军虽然迫于舆论压力将岳先生释放，但自此对南林轩怀恨在心，跟南林轩的路线之争日渐尖锐。岳先生回到新风剧社，一头扎进他那间青砖瓦房里闭门不出。一段时日之后，一部借古讽今、忧国忧民、反对帝制的大型秦腔戏《玉屏春晓》轰然问世。

杨念南对秦腔戏没有多大兴趣，在《滴血认亲》相继成为各大报纸热点的时候，他让一个编辑去享受了一番看戏的待遇。编辑回来之后写了一篇评论，杨念南看过评论稿件很不满意，批评编辑没有政治头脑，泛泛之词跟小报何异？于是他亲自执笔修改，将这部戏上升到倡导革命、破除封建迷信的高度大肆报道。后来陆督军宴请各个报社负责人时，他恰巧外出不在，报社其他人替他去了，故此他并不认得岳先生。

随着南林轩的辞职，《秦镜日报》也日渐没落，终于悟出了没有靠山就难以一语惊天的杨念南，不得不跟随南林轩准备再一次武装起事讨袁驱陆。在印发了几次传单之后，南林轩安排他到新风剧社看戏，不想竟然见到了大名鼎鼎的岳先生。

杨念南兴奋不已，不等南林轩介绍就站起来自报家门，随着南林轩一起夸赞岳先生写就的讨袁檄文。南林轩谢过岳先生将檄文折叠好揣在怀里，另外拿出一封密信交给杨念南说："乾州五凤山已经聚集了一支讨袁驱陆的人马，领头的人是我昔日反正时的好友，密信里写着起事的计划和时间，他们见了信自然会呼应配合。时间紧迫，你明日一早就动身去五凤山。"杨念南心里虽不情愿，但南大哥吩咐的事情他又不敢不遵从，只得应承下来。南林轩又告诉他一个地址，让他送信回来后寻他回话。一切安排停当，两个人辞别岳先生各自去了。

第二天，杨念南扮作教书先生的模样儿，包袱里除了衣服又放了几本书，把密信贴身揣在怀里，胳膊下夹着一把油布雨伞走出了报社。天黑的时候，杨念南走进槐里县城。他打算寻一家客栈歇息一夜，天亮后再上马嵬坡到乾州去。他正在街上转悠着东张西望时，迎面碰见几个巡夜的警察。杨念南心里发虚，不由得低下头加快了脚步。跟他擦肩而过的警察看见他慌张的模样儿心生疑窦，站在他身后喊了他一声，杨念南佯装没有听见，脚底下走得越发快了。警察随即跟过来高声唤他站住，他立时就惊慌失措地撒腿就跑。警察紧跟着追了一阵就开了枪，枪弹击中了他的臂膀，情急之下他顾不了许多，看见有家药铺正在上门板关铺门，便一头从门缝里闯了进去……

街道上杂乱急促的脚步声渐渐远去，药铺里的众人都长出一口气。张文博把杨念南领到后宅屋里给他查看伤口，好在子弹只是在臂膀上钻了个眼儿，并无大碍，清洗完伤口上了药包扎好，杨念南疲惫不堪地在炕上躺倒下来。他心里腾起一种后怕的恐惧感，刚才那一枪要是打在头上或是心窝上，这世上就再也没有他杨念南这个人了。杨念南对这次冒险深感后悔，觉得自己如果就这样白白死掉，就算南大哥再一次革命成功了，对他来说又有什么意义呢？

杨念南瞅了一眼正在收拾药罐的张文博，满怀感激地说："文博兄弟，今天要不是碰见你，那我可就——"张文博笑着打断他的话："念南哥，说起来你也算是孛落坊的人，你无须说这些客套话。"杨念南坐起来说："孛落坊的人都记恨我偷换族谱的事情，难道你不记恨我？"张文博说："过去的事情都不要再记恨才好。"杨念南沉默了一阵儿，仰头盯着屋顶的房梁，喃喃自语道："等我出人头地干成大事的那一天，我会记着你今天救我的情分。"

天色微明城门大开的时候，杨念南相跟着张文博走出王家药铺，一直走到离城门不远的一个僻静处站下脚。张文博先去城门里外转了一个来回，起早赶路的行人进进出出并没有什么异常，他便站在城门洞里向杨念南招一招手。杨念南快步走过来冲张文博笑一笑，又在他肩头拍了拍，拧身出城往马嵬坡去了。

已是深冬腊月的季节，马嵬坡上行人稀少一片荒凉。杨念南在他大杨楼娃栽下车的地方停下脚步，仇恨再一次在他心里翻滚起来。他不会忘记张文博的救命之恩，但他也无法消除张敬亭讹了他家十石麦子，又害得他大血洒马嵬坡的杀父之仇。一码事归一码事，两件事情不能折抵扯平。杨念南咬牙切齿地发誓，终有一天，他一定要让张敬亭生不如死！

上了马嵬坡一路走到天黑，杨念南在乾州城里又歇了一宿，第三天终于将密信送到了五凤山。南大哥交办的大事圆满完成，杨念南如释重负，眼看还有十来天就要过年，他归心似箭，只用了两天便从西北驿路直接回到了省城。他在黄昏时分走进城里，打算先回到报社洗漱换衣，然后再到南大哥告诉他的地址去与南大哥会合。意想不到的事情总是在不经意的时候发生，当杨念南走进报社的一瞬间，三四个人影突然从暗处蹿出来，将他打翻在地，然后用黑布蒙住他的头，把他押上了囚车，杨念南被捕了……

当天晚上，督军府的人带领士兵包围了一处很不起眼的宅院，正聚在一起秘密开会的南林轩和杜大哥、李大哥等二十多位大哥尽数被逮捕。大年三十的头天晚上，省城里落下一场大雪，天亮后到处白晃晃的，刺人眼睛。大年三十这一天傍晚，在城里响起的爆竹声中，南林轩和杜大哥、李大哥等二十多位大哥被集体枪杀在北门外的荒野里。

有督军府内部的人给岳先生的一位好友透露了消息，好友急急忙忙找到岳先生，告诉他陆督军要追究他撰写讨袁檄文的事情。好友催促他尽快外出避祸，岳先生连夜带着秦声剧社的原班人员离开省城去了北京。秦镜日报社被查封，不久后杨念南被释放出来，他在走出监牢大门后便不知所终。

开了春，被严寒封冻了一个冬天的土地渐渐苏醒，田间地头和大路小路的塄坎边上，淡黄色的迎春花早已开放，布满车辙印的路面也没有了寒冬时的冰冷坚硬，逐渐变得松软潮湿。春分时节，下了一场难得的透雨，芓落坊涝池的水面猛涨了一大截，散落生长在涝池边的槐树、皂角树、柳树都已开始泛出绿意，可还是比祠堂门口的枣树绿得慢了一些。枣树的嫩芽已抽出寸许，树冠已然被绿色完全覆盖，遮掩住了粗糙的枝枝丫丫。年轻后生们耐不住性子，脱下了厚实笨重的棉袄棉裤，换上了轻便的单衣单裤。上了年纪的人，笃守着开春捂一捂的老话，迟迟不肯脱下穿了一冬的棉衣。

张敬亭换了单衣单裤，一身清爽地坐在堂屋里品茗。刚吃罢早饭，他老婆给他熬了一壶泾新茯砖茶，他跷起二郎腿，把双手合成掌放在腿上，时不时端起兰花花釉面的茶杯品一口。西厢房里原先主要是由大凤摇转的纺车，现在被二凤摇转得嗡嗡直响。二堂里屋，他妈张宁氏自从孙儿走后也把一架纺车搬到了自己炕上。两架纺车嗡嗡吱吱的声音互相衔接互相重合，此声间歇彼声响起，像是两个女人用不同的嗓音哼唱着相同的曲调，悠悠扬扬地回荡在庭院里。全家人都各自忙着各自的事情，张敬亭满心安宁地享受着此刻的心境，他喜欢这种庄户人家生活的氛围，他大、他爷，几辈子的先人都是过着这样的日子。固有的传统和生活习惯已经沁入他的骨子里，沁入他浑身的血液里，滋养着他的身体，滋润着他的心性和情感。在他看来，再也没有比这样的日子更让人惬意的生活了。芓落坊就是他生活的全部，他的生活就是过芓落坊这样的日子。

长工刘蛇儿把犁铧和套绳收拾齐备，从马号里牵出黄牛拴在门口后，便扯开大步走进庭院。他走到堂屋外的青砖台阶上一声不吭地圪蹴下，候着张敬亭随时招呼他一起下地。刘蛇儿拿出烟锅点燃，狠狠吸了一口，浓烟随着饱饭后的打嗝声从他嘴里一起喷出来。张敬亭另倒了一杯茶，从堂屋里踱步出来，将茶杯递给刘蛇儿说："先喝口茶歇一歇，等一会儿咱再下地。"刘蛇儿站起来接过茶杯问："今年咱真个要种棉花呀？"张敬亭说："种！一定要种！我就不信咱乾州的地里长不出来棉花！"刘蛇儿不再说啥，又圪蹴下来抽一口烟喝一口茶，茶水吞咽下去的时候，发出咕咚的响声。

张敬亭让秋满从灶间端来一盆热水放在台阶上，他回身进到屋里拿了一包种子出来，解开扎口的细麻绳儿，将花生米大小毛茸茸的黑色种子全部倒进铜盆里。刘蛇儿好奇地看了一阵儿，咧嘴笑了说："这种子咋还要用热水泡哩？泡熟了还能出来芽儿不？"张敬亭说："我买种子时专门问了人家的，棉花种子就得拿热水泡了才能出芽儿。"刘蛇儿吧嗒着烟锅不再作声，两个人端着茶杯围着铜盆看种子浸泡时的变化。估摸时间差不多了，张敬亭仰脖喝完剩下的半杯茶水，让刘蛇儿把攒下的一大口袋草木灰扛出去，驮放在黄牛背上。他把铜盆里的水倒掉一些，一手端起铜盆卡在腰间，一手抄起锄头扛在肩上，招呼刘蛇儿说声了走，就率先往村街上走去。

清晨的冷空气沁人心脾，使人头脑清醒，一望无际的田野已经褪去冬季的肃穆，红彤彤的朝阳普照着大地，庄稼人在地里劳作的身影伴随着悠扬的乱弹腔，使田野变得生机勃勃。刚刚翻耕过的田地裸露着湿漉漉的泥土，散发出湿润清凉的气息，闻着让人精神抖擞。

刘蛇儿肩上掮着沉重的犁杖，牵着黄牛走到地头，给黄牛套好犁杖踏进地里，回过头问张敬亭："东家，棉花我可没种过，你说咋种？"张敬亭告诉他，还是像种麦子一样要细耕，先把地翻耕一遍，再耙耱一遍，把翻起的死泥硬块打烂耱碎，间隔一大犁或者两小犁开沟下种，溜沟的种子不能太密，然后要在种子上均匀地撒上草木灰。

刘蛇儿吆喝黄牛开始翻耕土地，一犁紧靠一犁，耕得比麦子的垄沟更为精细。经过一场透雨的浸润，黄土地被犁铧翻出大块大块的死泥硬块。张敬亭赤脚跟在犁铧后面，用锄头将泥块一块一块敲开打碎，太阳升上一竿子高时，已翻耕完一亩土地。刘蛇儿卸下犁铧，再套上铁齿耙，张敬亭在前面牵着黄牛，刘蛇儿在牛尻子后面扯着两条套绳，掌控着铁齿耙，又把地耙耱一遍，土地变得平整而又疏松。刘蛇儿禁不住又问："这咋比种麦还麻缠？"张敬亭说："要弄咱就要把事弄成哩！不要到最后让人笑话咱。"刘蛇儿不再说啥，解下铁齿耙，再一次套上犁铧，在翻耕耙耱过的土地上犁出播种的垄沟。张敬亭把草木灰倒满提篮，挎在肘弯，又把铜盆卡在腰间，跟在刘蛇儿后面，给垄沟里溜下棉花种子，然后把草木灰均匀地覆盖在种子上。

乡人们对种田的事情兴味十足，纷纷走过来圪蹴在地畔上，观望张敬亭和刘蛇儿的奇怪举动。往年张敬亭在地里种菜已经是很稀罕的事情了，可今年这样精耕细作显然不是种菜。有人好奇地问张敬亭："族长，你种的啥庄稼？"张敬亭弯腰下种，头都不抬地说："棉花。""啥？你种的是棉花？"乡人们吃惊地开始七嘴八舌议论起来："咱这乾州旱塬咋可能种出棉花？从来也没有见谁种过呀！咱这里的地可比不得咸阳和槐里的水浇地，粮食都不够吃的，谁还种棉花？"

过了十多天，一垄垄犁沟里冒出小小的绿色嫩芽儿，一副弱不禁风的样子。又过了十来天，一棵棵嫩芽长高长粗一点儿后，又长出了几片叶子。乡人们下地时都要好奇地绕道过来看几眼，每个人都会发出惊奇的感叹："唔！棉花苗就是这样子呀！"有人说像辣子苗，也有人说像菜籽苗。乡人们站在地头议论一番后，都不住地点头："嗯！反正字落坊地里真的长出棉花苗了。"

清明过后，天气开始燥热起来。地里的庄稼正是拔节孕果需要灌浆的时候，老天爷不失时机地又下了一场透雨。这一场及时雨免去了乡人们肩挑车拉给地里浇灌的劳苦，同时也奠定了丰收的基础。棉花苗开始拔节、抽秆，分出枝杈，更像是辣子或者油菜的株形了。只是几片叶子越长越大，像是一张张椭圆形的蒲扇，逐渐与其他苗禾区别开来。到了七月末，棉花枝秆已经长有半人多高，开出乳白色或者淡黄色的花朵。每个花朵在八月花谢之后，就渐渐长成一个墨绿色的圆形的果实，果实慢慢地变成了深褐色，并逐渐成熟裂开，吐出雪白柔软的棉絮。张敬亭和刘蛇儿在地里满心欢喜地一株一株往过瞅，铲去棉花根旁边争夺水分的杂草。张敬亭盘算着棉花的收成，思量着在种棉花之前就开始谋划的事情。

后晌的时候，张敬亭心里揣着在本村推广棉花种植，同时借机在村里和地里打井的周密计划，走进了东堡子杨成业家的庭院。这是字落坊唯一能与张敬亭家相比肩的一座宅院，青砖青瓦盖就的门楼，甚至要比张敬亭家的门楼高出一尺，黑漆的两扇头门也更高更宽，这座庭院是杨成业他爷九先生的杰作。

　　九先生年轻时苦熬寒窗，一心要考取功名，年近四十才中了秀才，可往后再考举人时却屡试不中，后来终于放弃学业一心打理家业。九先生本就家底殷实，他又识文断字颇会算计。村上把日子过烂包的人家，债台高筑无力偿还时，只得变卖田产沦为佃户。九先生不失时机地不断置买田地，家里的田产没有几年便翻了一番，很快成为字落坊东堡子杨姓中最拔尖的大户人家。

　　在张敬亭的老太爷担任族长时，九先生对族里和村上的事情都非常热心。不管是东堡子的杨姓人家还是西堡子的张姓人家，谁家有难处向他张口想周济个三斗五斗时，九先生从不推托无不应允。他总是把张杨两姓是一个血脉先人理应互助的话挂在嘴边，甚至有时张杨两姓的乡人之间发生纠纷，他也总是能及时出现调解，在纠纷还没有闹到族长那里之前，九先生往往就已经把纠纷大事化小小事化了了。

　　老族长殁了后，九先生一心想和张敬亭他爷十老爷争当族长，张杨两姓的乡人们私下里也都给他打气鼓劲，九先生自以为万无一失志在必得，谁知在开祠堂议事的时候，与老族长生前一起弄事的几位长者搬出了老族长的遗嘱，往后每年祠堂所有用度的一半由十老爷家承担，另一半才由乡人们分摊。每年的大年初一，清明和忙罢，或者有大事发生时都要开祠堂祭祖，另外还要七年修缮一次祠堂，十年修订一次族谱，祠堂用度分摊的数目对普通人家来说并不是一笔小的开支。再说以老族长掌位几十年的威望，岂是九先生舍几斗麦积了些人缘可比的？十老爷为人处世又极稳妥，对乡人从来都是礼敬有加，老族长一殁，立时就显出十老爷的声望来。对于老族长的遗嘱，十老爷自然秉从，一口应诺。九先生虽然家底殷实，但毕竟赶十老爷家还差着一截。字落坊的乡人们都算计着自己的小账，最后纷纷倒向十老爷一边，九先生终于领略到了啥叫人心难测。他心里骂着乡人们都是唯利是图的货色，却也只能认了十老爷继任族长。

　　就在这一年，九先生拆了旧房，花费巨资盖了新的庭院，还特意让匠人将门楼超出常规加高一尺，两扇头门也随之加高加宽。乡人们私下里议论纷纷，都说这是九先生请了风水先生，按照要压十老爷一头的风水打造的门楼。十老爷听到这些闲话不但毫不在意，而且还在九先生上梁挂彩的这一天，手提礼当登门祝贺，与九先生说说笑笑甚是亲热。没过多久，十老爷请九先生担任祠堂执事先生，掌管祭祀时的仪式、礼仪，以及祠堂钱粮账目，九先生欣然应允。他又跟过去一样，常把张杨两姓是一个血脉先人理应互助的话挂在嘴边。

九先生临谢世的时候，把儿子杨进禄、孙子杨成业叫到跟前留下遗嘱，让儿子把门楼拆掉重新修盖，降低缩小恢复到常规人家的尺寸，并告诫后人任何时候都不得和族长家离心背德。九先生死后，儿子杨进禄几次想遵照遗嘱重新修盖门楼，但他左看右看都不觉得门楼有啥毛病。年久日深，超出常规尺寸的门楼已然看得顺眼并不觉得别扭，重新修盖又要花费钱粮，杨进禄几次动心可又罢手。如今杨进禄都已上了年纪有了孙儿，家里就更没有人再提及此事了。

张敬亭一走进杨成业家庭院就喊了一声："老叔呀！我看你来了。"杨进禄从堂屋里踱步出来，微笑着摆一摆手，让张敬亭进屋里坐。杨成业闻声也从厢房走过来站在门口。杨进禄对儿子说："你瓷愣着干啥？快去给你敬亭哥熬茶去啊！"杨成业转身去了。杨进禄又冲着门外高喊："你敬亭哥爱喝茯茶，把你给我新买的茯砖茶给熬一壶。"

张敬亭扯了几句闲话，问候了杨进禄近来的身体状况，然后说："老叔，我来是有一件事情想跟你商量。我想让咱村的每一户人家都能种上棉花，棉花价大收益高，一亩棉田能顶三亩麦田的收成。"杨进禄"哦"了一声，仰头捋着山羊胡子若有所思没有言语。杨成业端着茶壶进来接话说："敬亭哥，我知道你今年种的棉花成了，那是因为今年运气好，雨水足。不光是你种的棉花成了，今年地里的庄稼也都成了。可这样的顺当年能碰上几回？咱这旱塬缺水，麦都种不成还种棉花！"张敬亭说："我今儿个来就是想跟老叔和你商量水的事情，我想请人来打井。"杨成业吃了一惊，给他大和张敬亭都斟了茶，自己也倒了一杯茶端着，靠着堂屋门槛圪蹴下来就不再言语了。

张敬亭扭头看了看杨进禄。杨进禄捋着胡须说："你说！你说！你咋想的就咋说。"张敬亭接着说："我想给村里打一口吃水井，再给地里打几口能浇地的深井。"杨进禄沉默不语。杨成业听见这话又喊起来："我的妈呀！你咋想得大得很，咱祖上几辈人打了多少口井！光是填了的干井窟窿我知道的就有三口，可啥时候见过出水？你就能行得很，还要在村里和地里都打井。"张敬亭没有理睬杨成业，他扭头又给杨进禄说："老叔，咱村的人不能再受这个难场了，多少年了都是从南上官村里往回拉水，几辈人给人家的买水钱加起来能打多少口井？"杨进禄感叹着说："谁让咱这里不出水哇！你爷十老爷和先父九先生也曾动过打井的念头，可最终还是没敢动手，就是怕又打个干井白瞎钱粮。"张敬亭忙说："老叔，那是以往打井打得不够深，过去打到二十丈就停了，再往下打二十丈肯定能出水。"杨成业又抢话说："二十丈还往下打？嘿嘿！你倒是敢想，看你在咱这地界能寻下敢打这样深的井的匠人不！"张敬亭说："我在槐里县已经靠实了，有个在四川打过盐井回来的匠人专打深井，不要说二十丈，就是再往下三五十丈人家也能打，只是要的价码高了一些。"杨成业看着他大不作声了。

杨进禄从桌子上拿起水烟壶，细长的手指在烟壶里灵巧地捻弄金黄绵柔的烟丝，然后噗的一声吹着了纸媒，摁在烟嘴上咕噜噜地吸起来。沉默了一会儿，杨进禄抽完烟，又噗的一声吹掉烟嘴里的白色烟灰，这才慢声慢调地说："按你说的兴许能成。"张敬亭马上就兴奋起来，立即说出打井的具体方案和筹集粮款的办法。杨进禄听了几句就挥手打断他的话说："打井的事情你和成业看着办吧！我已经老了，弄不了事了。"张敬亭说："跑腿自然有我和成业，老叔你得出面坐镇啊！"杨进禄笑一笑："你爷十老爷在世时，啥事情不都是跟先父九先生搭手弄的？现在也该是你们兄弟搭手弄事的时候了。"他随之又对儿子杨成业说："打井的事情，你跟你敬亭哥商量着办吧！"张敬亭还想再说种棉花的事情，杨进禄一摆手说："后面的事情先放一放，先打井出了水再说。"

秋忙过后，玉米和糜子收割完毕，冬麦也下了种，孛落坊家家户户飘出喜庆的笑声，每家每户的粮囤里都比往年多了三成的存粮。穷户人家欣喜地扳起指头掐算着年底和明年初的日子，除过租子和要缴的官粮，今年冬里和明年春荒不至于再饿肚子了。整个村子洋溢着和谐欢快的气氛，打井工程便也在此时开始了。张敬亭的提议得到杨成业爽快的响应，凡是字落坊张杨两姓的人家，凭自己的家底随意捐赠，一升不嫌少，一石不嫌多，实在拿不出一升一文的人家也不责怪。不管乡人们捐赠多少，打井所需粮款的不足部分，全都由张敬亭和杨成业两家包揽下来。杨成业把每家每户捐赠的粮款仔细记了账，用红纸抄写出名单张贴公布在祠堂的外墙上。

张敬亭去槐里县请来了在四川打过盐井的匠人，又和杨成业商量后决定，打井工程由他们两个人分头负责。张敬亭负责每天按户派工配合匠人打井，杨成业负责收支钱粮、记录账目，并组织人在祠堂外的枣树下临时搭起席棚，盘了锅台支了案板。除了给匠人们管饭以外，凡是轮流被派来做小工打下手的人，也一律在祠堂外的官灶上吃饭。村里最干净最利落的几个婆子媳妇承担起烧锅燎灶做饭的活儿。男人们一边圪蹴在地上吃饭，一边和锅台边的女人调笑打诨，欢乐喜庆的气氛把字落坊张杨两姓的人融合到了一起。

打过盐井的匠人确实有些本事，领着人在村里转过几个来回之后，用白灰在不同的方位画了几个圆圈儿，然后让人在画圈儿的地方往下挖了六尺深的坑，在坑底放一块两三寸厚的木板，将一个铜盘用清油微微擦拭一遍后，放置在坑内的木板上，再用树枝干草封住坑口，用土掩埋严实。隔了一日，匠人挨个刨开深坑进行验看。在距离祠堂后墙十余丈远的一个深坑里，铜盘上吸附着一溜溜儿清凉晶莹的水珠，其他坑里的铜盘都没有水珠。匠人对张敬亭说："我不会让你白白瞎了钱粮，十拿九稳我才会下手。"随后匠人又让人在几处深坑里各拢了一堆干柴点燃。天气晴朗没有一丝风，其他几处深坑里的火苗儿夹杂着浓烟直溜溜地朝上冒，唯独在铜盘吸附水珠的坑里，火苗儿浓烟忽左忽右蜿蜒着往上冒。匠人一跺脚，对他的几个徒弟说："就是这里，动手！"然后又扭头给身后的张敬亭说："不出水，我把头割了给你！"

往下才挖了一丈多深，井底下干活的人喊叫说好像挖到了一个石碑，便停了下来。乡人们争先恐后地围过来，看井底下是不是还埋着金银财宝。杨成业听见乡人们的惊呼声，忙从祠堂前面跑过来，趴在井沿上冲底下高喊："不管是啥，先弄上来再说！"乡人们甩下去几股绳子，绑在井底的石碑上，使劲往上拽。折腾了好一阵儿，石碑纹丝不动，杨成业就忍不住亲自下到井底去看。

六棱形的石碑糊满了黄土泥巴，依稀能看到碑首圆形的石球上雕刻着四条盘龙，碑身的文字被泥土覆盖模糊不清。杨成业仔细察看了一番，依然弄不清是做什么用的石碑。他从井底爬上来，乡人们围住他七嘴八舌地乱问，杨成业这了那了地比画了一番，却说不出任何名堂。有人猜测说："这该不会是李落坊先祖的墓碑吧？"这样的话一说出口，乡人们立时就躁动起来。马上有人用肯定的语气附和说："这搭肯定就是李落坊最早开荒建堡的先祖坟墓，要不然咋能有这么大的石碑？还离祠堂这么近？"杨成业听大家这样说，就也用惊奇的口气附和说："呀呀呀！就是呀！只见过二龙戏珠，谁见过四龙戏珠？这肯定就是李落坊的贵人先祖哩！"杨成业的话进一步感染了所有的人，似乎这块地方真的就是李落坊第一代先祖的坟墓了。乡人们纷纷撂下铁锨和镢头，乱哄哄地嚷嚷起来："这井不能再打了，刨先人的祖坟是大逆不道！"井才打了一丈多深，不得不暂时停了下来。

张敬亭思量了一夜，第二天他早早来到井边。早已聚集在此的乡人们见族长来了，纷纷围过来问他是否现在动手把井填了。有人已掮起锨走到井边，只等族长一声令下即刻铲土填埋。但是张敬亭的态度却出乎所有人的意料，他竟然语出惊人地说要把石碑起出来一看究竟。乡人们又躁动起来，有几位长者把张敬亭叫到一边人少的地方进行劝说，一再申明要恢复原状，以免破了风水给全村人招灾惹祸。张敬亭倔强地坚持着自己的看法，李落坊宗谱上并未记载有先人祖宗埋葬在村中，也从未听见过上几辈的老人有这样的说法，他断定这只是其他石碑而不是墓碑，他坚持把石碑起出来继续打井。

在几番争辩之后，张敬亭不再听从几位长者的劝说，态度坚决地走到井边，让二愣去多叫些身强力壮的年轻后生来准备起出石碑。族长不听劝阻一意孤行，乡人们全都惊慌失措，刨先人祖坟的事情万万做不得！几位长者急匆匆跑去找杨成业，现在只有杨成业或者杨进禄才有可能劝阻族长。但是非常不巧的是，杨成业却在这个时候病倒了。

杨成业躺在炕上哼哼唧唧，一副重病不起的样子。几位长者看了杨成业一眼，从厢房里出来就要去找杨进禄，却被杨成业的老婆堵在了庭院里。杨成业老婆很是客气地说，阿公年纪大了，糊涂了许多，身子沉得不爱动弹，吃罢早饭才又睡下，已经管不了事了。几位长者无可奈何，只能摇头叹息地走出头门去了。

　　杨成业老婆看几位长者走远了，进到屋里拍了拍杨成业，杨成业一下子从炕上坐了起来。他昨天回来左右思量都觉得不能掺和今天的事情，他了解张敬亭的秉性，他断定张敬亭定是要把石碑起上来一看究竟。他若不加阻拦，万一真是老先人的祖坟，破了风水，那他不是要跟张敬亭一起遭到乡人们的责难和刨祖坟的报应吗？他如若阻拦了，万一不是先人的祖坟而只是一块普通的石碑，那张敬亭肯定又会责怪他阻拦打井，说他对商量好的事情心口不一。杨成业想来想去决定装病不出门，好坏都让张敬亭一个人担着去，如不是先人的祖坟，他继续帮着张敬亭打井就是了。

　　打井的场地上，乡人们还在议论纷纷悄声埋怨着族长，但是不管说什么话都是徒劳无用。张敬亭倔强地拒绝了任何人的劝说，也不理睬乡人们脸上露出的担忧和埋怨的表情，他让打井的匠人想办法一定要把石碑完好无损地起上来。族长发了话，匠人自然有的是办法。匠人让徒弟们把井底的虚土全部清理到井外，将原先搭建在井口上的井架全部拆除，抬来几根碗口粗的木椽衔接捆绑，重新搭建起一丈多高结实牢固的绞架，几条用水浸湿的粗麻绳儿从绞架顶端溜放到井底，缠绕捆绑在石碑上。一切准备妥当，匠人挥手一声令下，几匹骡马和十几个后生同时用劲拽拉绳索，一番人喊马嘶之后，终于将石碑从井底起了上来。

　　立放在井口边的石碑有一人多高，糊满碑身的黄土泥巴被人轻轻铲落，接着用清水将整个石碑冲洗干净之后，一方完整的六棱碑便呈现在人们眼前。这是一方质地上好的青石碑，碑首上雕刻着四条张牙舞爪的盘龙，雕工精细栩栩如生，四条龙活灵活现飞舞盘旋围绕着中间的石球。六个面的碑身有三面雕刻着日月山水的精美图案，另外三面密密麻麻刻满了文字，但大部分文字已被腐蚀得模糊不清了，四四方方一尺厚的青石碑座的四周分别雕刻着朱雀玄武青龙白虎，整方石碑透出一种庄重而又神秘的气息。

　　张敬亭绕着石碑仔细地看过两圈儿之后，发出一声惊呼："这碑可是个宝贝哩！"有人急不可耐地问："是啥宝贝？"张敬亭一脸惊喜地回过头说："这是清家皇上立的碑。"一句话让所有的人都震惊得张大了嘴巴，紧接着就都乱哄哄地问皇上立碑说的什么事情。张敬亭惋惜地说："可惜大部分碑文都看不清了，只能看出来一个意思，说的是咱村这地方是大清国的中心。"

乡人们不明白大清国的中心是啥意思，就又乱哄哄地胡问。张敬亭随即把碑文仔细地讲解了一遍。大意为：清太宗皇太极在入关之前，就决定要在华夏中心建立京都，以示天朝威仪，以固百年基业，但是皇太极还没有来得及入关就驾崩归天了。顺治皇帝即位以后，遵从了皇太极未了的心愿，命司天监在全国驱役数万以寸尺量沃野，最终测定乾州字落坊村为大清国的中心。虽然最后并未在此建立京都，但是顺治皇帝下旨在此立碑记载了这件事情。

整个早上弥漫的紧张气氛一扫而光，刚才人堆里还有人小声咒骂着族长，这时就又都变成了夸赞族长的话。有人大声说："看咋样？我早说咧，族长不会看错的，这里就不是先人的墓，你们还都不信，看看，看看！"又有人说："族长咋能错嘛！你们谁能比得了族长的见识？一个个都是白脖儿啥都不懂，光知道跟着瞎吵吵。"

原来字落坊是这样的风水宝地，是大清国的心窝窝，是天底下独一无二的地方。乡人们弄清白了碑文的意思，陡然间都有了一种身价百倍的感觉。不知谁说了一句："清家皇上立的碑，现在民国还认不认？"说这话的人立时就招来乡人们的一片嘲笑和责怪。有人大声说："改朝换代还能把土地爷也换了去？你说的是个瓜瓜话。"乡人们一阵哄笑。这时有人高声提议："一定要搞一个隆重的安放仪式，要有足够的影响，好让四邻八村的人都知道字落坊是这样的风水宝地！"这样的提议马上就得到了现场所有人的热烈响应。乡人们此刻对族长独到的眼光和胆魄都佩服得五体投地，如果不是族长力排众议一意孤行地坚持，字落坊这独一无二的宝贝就又要被埋于地下，永远没有人知道了。

经过几天充分的准备，字落坊开了祠堂，刚接任赵和里里长的赵书臣以及一里十村有名望的乡绅官人，都被邀请来参加了隆重的石碑安放仪式。族长张敬亭领着全族男丁在给先人祖宗焚香祷告之后，接着就鼓乐齐鸣敲锣放炮，六棱石碑披红挂彩被安放在祠堂与涝池之间的正中位置。历经岁月风雨侵蚀，六棱石碑现今仍立于字落坊村中。

第七章

祠堂后面水井位置的测定准确无误，地下确有一条东西走向的水脉。当深井打到二十几丈时，清水就涌冒上来，这比原先预计要打过四十丈才会有水的工程量小了许多，字落坊人从南上官村车拉肩挑吃水艰难的历史终告结束。

全村的人都高兴得近乎疯狂起来，人们打上来一桶桶清水亲口尝一尝，然后喧闹着互相用水泼湿了头发泼湿了衣裳，有人甚至喜极而泣。杨成业即兴提议再举办一次隆重的庆典，同时请乾州城里的戏班子来唱上三天三夜，这样的提议立刻就得到了乡人们的一致响应。接着又有人提议庆典所需的钱粮开支一律由乡人们分摊，绝对不能让族长家和杨成业家再来补窟窿，他两家既出钱粮又出力，这一次无论如何都该乡人们表一表心意。这个提议又得到大家一致赞同，乡人们马上推荐出几个做事干练的人来负责募集粮款和安排庆典的事情，张敬亭和杨成业只需在家中歇息，到庆典时出来主持大局就是了。

乡人们捐粮捐款踊跃而自觉，有些在打井前抱着观望的态度没有捐粮捐款的人，这一次都早早背了麦子交到祠堂。张敬亭本想趁热打铁，一鼓作气再给地里打几口浇地的深井，但是乡人们举办庆典的热情难以阻挡，他也只能暂停打井，顺从乡人们的决定。

庆典隆重而又简朴，除了请戏班子来唱三天大戏以外，最主要的仪式是告慰祖宗先人的在天之灵。杨成业承担了原先由他爷九先生承担的执事先生的职责，主持祭祀和告慰祖宗的一切礼仪。张敬亭以族长的身份担任主祭人，诵读祭文颂扬祖宗功德，告慰祖宗先人孛落坊村终于有了自己的水井，全村的男女老少再也不用受吃水用水的难场。

一切祭祀仪式即将完成的时候，几位长者端着两个红漆木盘走上享堂，木盘里摆放着两条红绸锦缎。仪式里没有这样的安排，张敬亭瞅一瞅杨成业，杨成业更是一头雾水。为首的一位长者走过来抱拳一揖，然后回过身激动难抑地向乡人们说："几辈子人受这吃水难的煎熬，受过的难场我就不说了。族长和成业这回做下的是功德无量的大好事哇！孛落坊的子孙后代都应该记着他两个人的功德。"两条红绸被分别披在了张敬亭和杨成业的身上。张敬亭还想推辞，长者大声说："这是民意！"祠堂外的鞭炮爆响起来。披红，是乡人们对张敬亭和杨成业的最高褒奖。

三天的庆典热闹非凡，十里八村的人都到孛落坊来看戏，孛落坊村街上每天都像是赶集过会一样，人们三五成群川流不息。来到村里的人们都先拥到祠堂后面来，羡慕地看一看新打成的水井，舀上一瓢冰凉爽口的井水亲口尝一尝，然后再去祠堂前面观赏一番清家皇上立的石碑，最后再过一把秦腔戏的瘾。人们指指点点专意认一认孛落坊的族长张敬亭，看一看给孛落坊村带来福气的是一个什么样的人。

这天后晌的时候，张敬亭回到家里，他脱去穿了一天的长袍马褂，换了一身单衣单裤，很是清爽地来到后院。这几天刘蛇儿和青花骡子都受了劳累，一天几趟地跑到薛录镇去置办庆典所需的东西。庆典管事的人还出于热情和礼节，不断安排刘蛇儿吆上骡车，一趟趟去送一送邻村上了年纪的老人。庆典已经接近尾声，终于闲下来的张敬亭想让刘蛇儿歇一歇，便想到马号里帮刘蛇儿铡草、拌料、喂牲口。

张敬亭走进后院的时候，青花骡子和黄牛都在马号外面的树上拴着，马号门口堆着一堆干土，显然是刚从村外的土壕里拉回来的新土。刘蛇儿并未歇息，正在马号里起圈，一锨一锨将干土扬到牲畜圈里，他的脸上、眉毛上和头发上都落满了黄土灰尘。见张敬亭走过来，刘蛇儿忙摆手示意，让东家站远一点儿，好避一避扬起的尘土。张敬亭却去墙根底下，抄起铁锨走进马号，跟刘蛇儿搭手一起把干土往牲畜圈里扬，完了两个人又去铡草。

铡草的时候，刘蛇儿不经意地说："官家要开始征粮了。"张敬亭"哦"

了一声，继续往铡口里塞着青草。刘蛇儿双手按着铡把，猫腰往下一压，嚓的一声，被铡断的青草散落下来，满院都是青草绿汁的清香味儿。刘蛇儿又说："薛录镇上新弄了个叫什么厘税所的衙门，还来了扛枪的差官。"张敬亭抬起头问："你咋知道？"刘蛇儿说："我晌午去镇上时，那几个扛枪的货在街道上胡尿转悠，我亲眼看见的。"

刘蛇儿的话很快得到应验，张敬亭接到通知到赵和里开会。清廷倒台时的行政机构依然沿用，只是改了名称叫法，乾州被改为了乾县，州衙被改为了县公署，知州的称谓被改为了县知事。乾县全境被分为东南西北四乡，总共统辖二十七个里，依然设里长，一里管十村的旧制并没有变化。名称叫法的更换并没有改变人们素有的习惯，各村各堡的乡人们依然习惯称乾县为乾州。

赵和里的新任里长赵书臣是赵和村人，从清家时赵和里的办事机构就一直设在赵和村，所以周边村堡的乡人们习惯把赵和村称为赵和里。赵书臣接任里长后，把议事的地方从原先里长的家里搬到了本村一座不大的宅院里。那是多年前外出逃荒的人家废弃的宅院，一直无人居住，院墙和房屋都已经破败不堪。赵书臣向所辖的几个邻近村子分别摊派了工料，把只有两间厢房的破旧院落翻修一新，然后又添置了桌椅板凳，虽然简陋了些，但收拾得倒也干净整齐。

前几天，四乡二十七里的里长全部被叫到县公署开会去了。县知事亲自传达了省上督军府的命令，要对本县的土地和人口进行一次彻底清查，逐村逐户核查造册后到县公署加盖官印。同时实行验契征税，对原先田赋税收止杂等项以及各种名目的捐税逐项清理，一概归入正项税收。在传达完一系列的政令之后，县知事接着就大声宣布了要征收赋税的数额："本县今年要增加税收到两万两，折合银圆十四万两千。"

县知事姓顾，梳着大背头，穿一身灰色洋装，脚下的皮鞋擦得锃亮，他一身洋气新潮的打扮，与会场里无一例外穿着长袍马褂的里长们显得格格不入。顾知事用小圆眼睛在会场里扫视了一圈儿，见各位里长脸上均流露出惊讶和为难的神色，便挥挥手说："各位也不用担心，县上准备在四乡成立厘税所，派驻税警协助各位征收赋税。"会场里依然鸦雀无声，里长们都用木讷的眼神瞅着顾知事。顾知事顿了顿，脸上露出一丝神秘的表情，伸出手竖起一根指头说："各里可以自行加收一成，作为各里办公的经费和酬劳，县上不加干涉。"这样的话一出口，会场里马上就响起了里长们交头接耳的嗡嗡声。

南乡的厘税所设在了薛录镇，十几个身穿黑色制服，歪戴着大檐帽，嘴上叼着烟卷，斜挎着长枪的税警进驻厘税所。没几天，税警们分头下到了各里，开始协助里长执行顾知事下达的征收田赋税收的命令。

赵书臣议事的小院里，两杆长枪斜靠在院里的树上，两个税警坐在庭院当中，跷着二郎腿抽着纸烟，斜头歪脑地瞅着一里十村的乡绅官人陆续进到屋里。人到齐后，赵书臣原文照搬宣布了顾知事的命令，只是隐去了他已经加收的一成。讲完正题，赵书臣还想再说几句乡土人情事不由己的话，但是不等他开口，乡绅官人们就已经炸开了锅。有人掐指一算账，马上就大声喊起来："这比去年翻了一番还要多！"有人一拍桌子大骂起来："这是个锤子命令，这是要明着抢人呢！"屋里乱糟糟地吵吵起来。赵书臣不再言语，任由各村的乡绅官人嚷嚷吵闹，他端起茶碗低头品起了茶。

激烈的吵闹声惊动了那两个税警，两个人撇了烟头，抄起枪，歪头晃脑地走到屋门口，把枪栓拉得哗啦哗啦地响，一脸凶狠地高喊："咋咧？咋咧？不想服从县公署的法令是不是？"屋里的乡绅官人们看见黑洞洞的枪口都安静下来。这时候，赵书臣放下茶碗，一副很生气的样子训斥税警："干啥？干啥？你两个想干啥？我们说话干你两个屎事？大家一时没弄清白，说一说问一问，怕啥？"赵书臣挥挥手，两个税警晃晃悠悠地坐回到院子里去了。

赵书臣摆出一副沉重的表情对屋里众人说："这是县上顾知事的命令，谁敢不服从！"他见大家都不再吵闹，就又换了为难委屈的语气说："你们当我愿意？我能掂不来个轻重？"说着他伸手指一指门外的两个税警又说："人家用家伙顶着，这也是没有办法的事情嘛！"会场陷入沉寂，没有人说话。赵书臣叹口气打破僵局说："这事也就是难捻弄，都是乡里乡亲沾亲带故的。你们不要以为我没有替大家说话，我把嘴皮子都快磨烂了，县上才额外开了恩。知道各位难场，县上也不让各位白受这个难场，各位可以自行加收半成作为酬劳，县上不加干涉。"又都沉默了一会儿，终于有人开口问："谁要是实在没钱缴咋办？"赵书臣说："拆房卖地也得让他自己想办法。"又有人问："要是有人硬顶着不缴咋办？"赵书臣发狠说："那就官事官办，让他知道喇叭是铜锅是铁。"他接着又补充说:"这事想要弄好,各位回村以后,牙口得放硬一点儿。"

张敬亭从头到尾一言没发,会议结束后他一回到屋里,就让刘蛇儿把盖有县公署大印征收赋税的布告张贴在了祠堂的外墙上。布告一张贴出来立时就在村里引起了恐慌,乡人们纷纷来寻族长,都想听族长说一个准话,却都被刘蛇儿挡在了门口。有人指着刘蛇儿的鼻子满脸怒气地说:"你挡在门口干啥?让族长出来给大家说个清白,还让不让人活了?"刘蛇儿坐在门槛上回怼说:"有本事你们到县上闹去!这又不是我东家弄下的事情,你们把火气都冲着我东家干啥?"有人觉得刘蛇儿说得对,就开始大声咒骂县公署:"这反正倒反了个锤子,县公署咋比清家还狠!"

这当儿,杨成业背着手走过来,乡人们立时就又围住杨成业七嘴八舌地诉苦。杨成业瞪起眼睛说:"这号事情谁能有个尿办法,自古官粮谁敢不缴?没看见薛录镇上背枪的差官呀?不缴就是寻死呢!"有人说:"你跟族长商量下,能不能让大家少缴一点儿?"乡人们都跟着嚷嚷起来。杨成业不耐烦地说:"我来干啥来了?不就是寻敬亭哥说这事来了,起开起开!都起开!"乡人们往两边一让,杨成业背着手走进庭院里去了。

张敬亭一个人在堂屋里坐着,见杨成业走进来,便挥挥手给杨成业让座。杨成业一屁股坐在椅子上,问:"敬亭哥,官粮这事情咋弄哩?"张敬亭默不作声。杨成业又说:"这阵子又是打井又是搞庆典,大家伙儿鼓着劲把家底都折腾得差不多了,拿啥缴官粮嘛!我家也没有钱粮可缴了。"张敬亭依然不吭声。杨成业有些焦躁地说:"敬亭哥!你倒是给个声气呀!"张敬亭这才扭过脸说:"赵书臣说了,可以加收半成算是酬劳,县上不加干涉,你干不干?"杨成业倾着身子问:"他真是这样说的?咱加收半成县上真的不管?"张敬亭说:"我啥时候给你说过虚话?"杨成业低头思量起来。张敬亭又说:"赵书臣还说了,让咱把牙口放硬一点儿。"杨成业一拍桌子,说:"那当然得把牙口放硬,要不然谁都不会缴。"

杨成业忽然看见张敬亭脸上现出冷笑,觉出了张敬亭的话味儿不对,便站起来问:"敬亭哥,你到底是说正经话呢,还是糊弄我呢?"张敬亭变了脸色说:"要干你去干,我干不了这样的事情!"杨成业这才明白过来张敬亭是在说反话，便有些恼怒地说："你把我当成啥人了？都是一个老先人，我咋能干祸害乡党的事情！"随即他又气呼呼地说："那你倒是说说现在该咋办。"张敬亭冷眼瞅着杨成业说："得让县公署知道百姓的难场。"

当天晚上，赵和里其他九个村子的乡绅官人都接到了张敬亭和杨成业的联名邀请，经过激烈的讨论商议，大家一致决定要向县公署提出申诉，要求县公署将税收恢复到往年的数额，并推举出五位乡绅作为民意代表到县公署去交涉。张敬亭取来笔墨纸张，白纸黑字写好了申诉书，乡绅们都一一签名画押，按了指印。

天色微明的时候，张敬亭和刘蛇儿吆着骡车早早来到约定的大路上等候。一直等到天色完全放亮，却只来了南上官村刘老大一位。又等了一时，刘老大不耐烦地说："都是些嘴硬尻子松的货！我看不用再等了。"朝阳初出，红色的霞光刺破灰白的天际，天空愈来愈明亮。刘蛇儿扬起鞭子在空中画了个漂亮的弧线，甩出一声清脆的响鞭，骡车往乾州城去了。

午夜时分，刘蛇儿吆着骡车火急火燎地奔回了孛落坊。他叫开东城门时，惊魂未定地给值更的乡人说："不好了，出事了，赶快敲锣！"急促的锣声骤然响起，在黑夜里传遍了孛落坊村的每一个角落。东城楼的锣声一响，西城楼的锣声也随之敲响。锣声报警定然是出了大事，被锣声惊醒的乡人们急速往祠堂里聚集，这是孛落坊早已约定俗成的规矩。

刘蛇儿把青花骡子的缰绳甩给值更的乡人，抬腿向祠堂跑去。祠堂大门已然大开，刚点亮的清油灯忽闪着火苗儿冒着黑烟。刘蛇儿喉咙里干得似要着火，他跑进祠堂直接跑到天井里的一口大瓮边，猛一下把脑袋扎进了瓮里。瓮里积满了雨水，那是备着失火时救急灭火用的。刘蛇儿也顾不了许多，一口气灌下一肚子雨水，然后回过身惊慌失措地大喊："不好了，出事咧！我东家被县上的官家绑走了！"刘蛇儿的话像是天上的炸雷一般，顿时在祠堂里引起了混乱。

那是在张敬亭和刘老大走进县公署以后发生的事情。他们半晌午时就到了县公署，却一直等到了后晌才得到顾知事的接见。顾知事接过申诉书瞥了一眼，翻起小圆眼睛问："这是谁写的？"张敬亭说："写是我写的，不过我们一里十村都是这个意思。"顾知事冷着脸说："既然一里十村都是这个意思，怎么只有你们两个人来？其他村子为啥没有派代表来？"张敬亭说："不在来的人多少，只要县公署能体察民意就好。"顾知事一脸不屑地说："民意不是你说代表就能代表得了的。"张敬亭还想说话，顾知事却不耐烦地挥挥手说："好了好了，你们退下回去吧！"随即撇下申诉书，埋头翻起了桌上的账本。

谋划了一夜，奔波了一上午，又等了大半天，事情就这样被顾知事轻飘飘地了结了。刘老大不满地顶撞了一句："难道要把全村的男女老少都叫到县公署来才算是民意？"听见这样的话，顾知事抬起头，瞪起小圆眼睛说："你敢威胁县公署？"刘老大也瞪起眼睛愤愤不平地说："革命把清家都革倒台了，新老爷总不能比清家还狠！"顾知事听罢勃然大怒，一拍桌子喊起来："好哇！你竟敢诋毁县公署，还敢对抗县公署的法令！"顾知事一声呼喊，随即跑进来几个人。顾知事伸出手，指指点点地下达命令说："今天就拿这两个人做个样子，叫警察局来几个人，给我把这两个人绑起来，押到各乡去游街。让他们都看一看，谁敢对抗县公署的法令，谁就是这样的下场！"

刘蛇儿在县公署外面等得心焦，猛乍看见张敬亭和刘老大被几个警察捆着拉了出来。刘蛇儿大吃一惊，接着就不顾一切地冲上去阻拦。几个警察怎么也推搡不开急了眼的刘蛇儿，有个警察一枪托砸在他的后脑勺上，刘蛇儿一头栽倒在地晕了过去。

叙说完事情的经过，刘蛇儿伸手在后脑勺上摸了下，尚未完全凝结的血迹染红了手。他伸出手说："你们看你们看，我头上的血还没有干呢！"乡人们看一眼刘蛇儿血红的手，然后就都把目光投向了杨成业。杨成业瞪起眼睛说："你们看我干啥？官家把人捆走了，我能有啥办法？"二愣急慌慌地说："咱去把族长抢回来！"有人怼二愣说："你能弄得过人家的枪杆子？"祠堂里安静下来，乡人们都没有了主意。杨成业忽然说："天底下的衙门都是见钱眼开，我看只能拿钱赎人了，要不大家先凑点儿钱去县上试试看？"一说到又要凑钱，祠堂里顿时乱哄哄地吵吵起来，有人支持凑钱赎人，有人则表态再也折腾不起了。

这时候，杨进禄被孙儿搀扶着迈进祠堂门槛。他吃力地走到享堂上站下，用拐棍在地上咚咚戳了几下，大声说："你们都吵吵够了没有？让我老汉也说几句。"祠堂里安静下来。杨进禄说："先不说敬亭出力出粮打井的事情，就说这一回敬亭为啥被人家抓去了？他得是吃饱了撑的没事寻事去了？"有人喊叫说:"族长是为民请命去了!"杨进禄说:"对呀!他还不是为了给大家伙儿的锅里碗里多留一点儿粮食才把自己搭进去了!"

祠堂里再一次吵吵起来,有人说一定要把族长搭救回来,有人说出钱没有出力可以,也有人一言不发冷眼看着。杨进禄提高了嗓门说:"你们谁要是觉得敬亭这事情跟你没关系,你现在就可以回家睡你的觉去,没人拦你。"说完这话,他用冷峻的目光扫视了一圈儿,然后再一次将拐棍在地上戳得咚咚响,动情感慨地继续说:"人要有良心哩!你们都凭自己的良心好好想一想,敬亭他到底是为了谁?"

杨进禄的话感染了所有的人。有人高声说:"老叔说得对着咧,人得有良心哩!咱豁出去也要保族长。"乡人们纷纷应声附和起来。有人问:"那到底咋保?"杨进禄回头瞪了儿子杨成业一眼,转过头对乡人们说:"拿钱赎人也不失为一个办法,可就算把敬亭赎回来了,这翻了番的官粮还一样得纳,那敬亭可就白白遭了一回罪。"有人说:"老叔,我们都听你的,你只说咋办才好?"杨进禄胸有成竹地说:"人得搭救回来,官粮也要少缴。"乡人们齐声问:"到底有啥办法?"杨进禄笑一笑并不说话,甩开孙儿走到天井里,伸出拐棍在地上划拉下一行字。

有识字的人念出了声:"庄稼汉,要活命,交农具,抗契税。"杨进禄看着乡人们惊异的表情解释说:"官府盘剥乡民,强征粮税,受祸害的也不只是字落坊一家,我就不信旁村的人就没有怨气,就都能乖乖地把官粮缴了?他们肯定也是憋着一肚子火气哩!只是没有人来点这把火。咱不是要造反,但不闹腾也不行,自古法不责众,闹的人越多,事闹得越大,敬亭才能回来,官粮也才能少缴。"

天刚蒙蒙亮的时候,字落坊的乡人们成群结队走出村子,每个人怀里都揣着交农抗税的帖子,脚步匆匆地分头奔向南乡所有的村堡。到了晌午饭口的时候,交农抗税的帖子已经传遍了整个南乡。不知是哪个村子的人在帖子上插上了鸡毛以示紧急,然后将插着鸡毛的帖子又传到了东乡的村堡。到了后晌,鸡毛传帖已然传遍了整个东乡,继续往北乡、西乡传去。

三天之后,按照传帖约定的时辰和地点,当字落坊的青壮男人们扛着农具来到薛录镇南边的空场地时,黑压压的人群让字落坊的乡人们大吃一惊,这样庞大壮观的人群阵势出乎所有人的意料。大路上和田间小道上，还不断有捎着各种农具的人流前来汇集，已经聚集在场地上的人们都一村一村地扎在一堆，像是无头的苍蝇般哄哄嚷嚷吵闹不堪。传帖上只说了起事交农的日子和聚集的时辰、地点，至于怎么样起事交农，谁又是领头的人，各村各堡的人都一概不知，人们嚷叫着、议论着都不知该咋办才好。

这时候，一个敦实精壮的中年汉子从人群里站出来。他跳上一个崂坎高处，扯开嗓门高喊起来："大家起事交农，总得有几个领头的人，这样乱哄哄地成不了事。"人群逐渐安静下来，接着就有人在人堆里高喊："我看你就行，你报个名号，好让大家都知道领头的是谁。"中年汉子朗声说："我叫王毛遂，我一个人孤掌难鸣，各位父老再举荐几个领头的人才好，有哪位好汉自告奋勇站出来更好。"人们嘻嘻哈哈地互相拉扯推搡，却始终没有一个人应声向前。

孛落坊的乡人们聚在一堆商议："是咱发的帖子，咱应该出一个人。"众人都说应该，却又互相推诿无人挑头。有人说："杨成业可以当领头的人。"众人都说好，可是在人堆里左右都寻不见杨成业。有跑去尿尿的乡人回来指着不远处齐腰高的蒿草说："我刚看见他说要拉屎，跑到蒿草后面去了。"等了一会儿，还不见杨成业回来。有人说："他是拉井绳呢？这半天不回来，不会是屎遁了吧？"乡人们哈哈笑了一阵儿，就支了几个人跑到蒿草后面去寻，可依然寻不见杨成业。有人出主意说："那就让刘蛇儿出头，族长是他东家，也应该是他。"众人都说对着咧。

刘蛇儿正圪蹴着抽烟，听见大家这样说就站起来问："我能行？"众人说："能行。"刘蛇儿又问："你们让我当领头的人，可都愿意听我的话都服我管？"众人齐声说："都服你管。"刘蛇儿不再作声，抬起脚在鞋底子上磕掉烟灰，把烟锅别在腰带里，掂起一杆铁叉，很是豪迈地从人堆里走了出去。

刘蛇儿径直走到崂坎底下，举起铁叉大叫一声："孛落坊刘蛇儿算一个！"话音未落，刘蛇儿立时就被身旁的人们抬了起来。刘蛇儿坐在陌生人的肩膀上，回头瞅见一片黑乎乎的人脑袋，头晕目眩地被人送上了崂坎高处。

有了刘蛇儿做榜样，人群里又有人大喊："南上官村刘五也算一个！"喊叫的人也立即被人抬起来拥簇着送上高处。紧接着王毛遂大吼一声："好咧！"

人们被他洪亮的嗓门震慑住，都安静下来瞅着他。王毛遂朗声说："官府不仁，欺负咱种田人，层层盘剥重税压身，种田人哪里还有活路？如今领头的人有了，咱们把农具都交给县上的狗官去，地，咱不种了！"王毛遂的话触到了所有人的痛处，人们纷纷咒骂和发泄起来："就是，这地咱不种了！"有人哭喊："我家的房都被拆了，这世道没法活了……"

高额的赋税开征以来，乡人们备受折磨，粮食都被搜刮得所剩无几，难以养活妻儿老小。缴不起赋税的人家，有的四处借贷，有的被人拆了房子，有的被逼变卖田产，人们苦不堪言却无处申诉，压抑在人们心里的怨气和怒火被王毛遂的话点燃起来。愤怒的人群把各式各样的农具举向空中，"庄稼汉，要活命，交农具，抗契税"的口号声响彻原野。

王毛遂扫视着黑压压的人群，挥舞锄头的手忽然停在半空，人群也随之安静下来。王毛遂朗声说："先砸了厘税所，再上县衙门，县上不收回多加赋税的命令，不放了为民请命的人，咱们誓不罢休！"

刘蛇儿站在高处瞅着沸腾的人群，脑海里就浮现出张敬亭被捆绑时的情景。他摸了摸自己被砸了一枪托的后脑勺，一腔怒火地大吼了一声："都跟我走！"随即从塄坎上跳下来，举起铁叉率先往薛录镇走去。

愤怒的人群像潮水般涌进薛录镇的街道，厘税所的税警早已闻风逃走，人们冲进空无一人的厘税所，挥舞起锄头、镢头和铁锨，带着怒火肆意地乱打乱砸。人往往都是这样，一个人的时候胆小怕事，许多人聚集在一起时，就又变得胆大无比。打砸厘税所使得发泄的兴奋感刺激着每一个人，税警的躲避和逃跑让所有交农的人更加怒不可遏，人们把厘税所门前的街道围得水泄不通，吼叫声混合着咒骂声混乱不堪。

王毛遂和刘蛇儿走出厘税所，向镇子北边走去，人们就相跟着走向北边，黑压压的人群在薛录镇狭窄的街道上汇成一股长长的洪流，然后从北边的街口滚滚而出，拥向镇外的大路。前面的人流已经走出去了三四里路，末尾的人流才从镇子里涌出来，途经的村庄还不断有成群结队的乡人加入进来，人们像是冲出拦坝的洪水一样涌向乾州城，大路上扬起遮天蔽日的滚滚黄尘。

当南乡交农的人们来到乾州城南门外时，才发现乾州城四门紧闭，东乡、北乡、西乡交农的人群拥堵住了其他三个城门，沉重的苛捐杂税激怒了所有的种田人，鸡毛传帖引发了整个乾州的种田人都来闹交农了。

刘蛇儿指派人寻来一根长长的粗壮的原木，十几个人抱住原木不断撞向城门，横在城门里厚实的门闩瞬间被拦腰撞断，人们怒吼着冲进城内，冲向县公署。其他三个城门也很快被撞开，交农具、抗契税的口号声在县城的每一个角落里响起。

县公署里早已空无一人，顾知事在乡人们蜂拥进城的时候，就已经换了一身农人的衣裳偷偷溜出了城，街道上的警察也躲得不见了人影。愤怒的人群冲进县公署，一阵肆无忌惮地发泄打砸之后，四乡交农领头的人集中到了一起。经过简单商议，四乡交农的领头人很快达成一致，就在县公署门口等待官府的人前来对话，官府不发话减去多加的赋税，不放回为民请命的人，各乡交农的人绝对不能散。

傍晚时分，从省城开来了一辆小汽车，后面跟着一群骑马的士兵。士兵们率先跳下马，在县公署门口清理出一块空场地后，坐在小汽车里面的人才挨个下了车走进县公署，随后就有人把王毛遂和刘蛇儿以及其他交农代表都请进了县公署。黑压压的人群被持枪的士兵堵在了警戒线以外，站在人群后面的人蹦着高想看清楚前面发生的事情，"咱的人进去见官了"的话，从前面的人群传到后面的人群。"庄稼汉，要活命，交农具，抗契税"的口号声再一次震响起来，无数的锄头、镢头、耙子、铁叉被高高举起，像是地里的麦浪一样，随着高亢的口号声一起一伏。这是乾州历史上从未有过的轰轰烈烈的壮举，是秦人骨子里的性格，是黄土地孕育出的一群好汉。

四乡二十七里的里长被陆续叫到了县公署，急急忙忙赶来的里长们一个个满脸惊慌小心翼翼地从人群中挤了过去。天黑以后，街道上点起无数的清油火把，人们擦抹着脸上的汗水，焦急地等待着谈判结果。也不知等了多久，就在人们都焦躁不安快要失去耐心的时候，王毛遂和刘蛇儿以及其他交农代表从县公署里走了出来，人群立时就响起热烈的欢呼声。

王毛遂跳到一块上马石上，伸出手做出要大家安静的姿势，人们屏住呼吸紧张地瞅向交农代表。王毛遂一脸激动地朗声高喊："新加税赋全部免除，官粮按往年惯例再减三成！"人们似乎不敢相信自己的耳朵，都鸦雀无声地静待着下文。王毛遂振臂高呼："咱赢咧！"

人群再一次迸发出震耳欲聋的欢呼声。前面的人一拥而上，将王毛遂、刘蛇儿和其他交农代表抬了起来，被高高抬起的人在人们的欢呼声中，被抛向空中，落下后再次被抛向空中……

在交农结束后的很长一段时间里，刘蛇儿一直都觉得很不自在。他跟往常一样，每天都从崒落坊东城门里进进出出，拉土、起圈、下地干活儿，但是崒落坊的乡人们对他的态度的变化让他很不适应，甚至让他感到很不自在。过去在田间地头与乡人相遇的时候，他不先说话不先打招呼，就不会有人主动跟他打招呼跟他说话。他已经习惯了独来独往，习惯了在干活儿歇息的时候一个人圪蹴着抽烟。他不是崒落坊的人，是外村人，他只是族长家的一个长工，他自己这样认为，崒落坊的乡人们也是这样认为的。

但是从在交农时杨成业屎遁之后，刘蛇儿豪迈地大喊一声"崒落坊刘蛇儿算一个"的那一刻起，崒落坊的乡人们对他的态度就发生了变化。在交农的人群被关闭的城门堵在外面时，刘蛇儿吩咐二愣领人到近处的村堡去寻一根粗壮的原木来撞开城门。这是刘蛇儿平生第一次对除过自己老婆、娃娃以外的人发号施令，他当时在心里都已经做好了如果指派不动二愣就自己去的打算，可是二愣竟然很是顺从地去了。

再往后的所有事情，崒落坊的乡人们都很听从刘蛇儿的指挥，刘蛇儿总是冲在最前面，崒落坊的乡人们就紧跟着他冲在最前面。当在谈判中官府首先答应了释放张敬亭和刘老大后，刘蛇儿急不可耐地从县公署里走出来，一口气连着点出了五六个人的名字，让这些人跟衙门的人一起到警察局去接张敬亭和刘老大。他故意没点二愣的名字，他担心二愣的二屎脾气会坏事，二愣竟然也按捺住了脾气没有作声。在王毛遂高呼赢了的时候，刘蛇儿被别村的人一拥而上抬了起来。崒落坊的乡人们虽然稍慢了一步，但是马上就毫不客气地从外村人的肩上硬生生地把刘蛇儿抢过来抬起来。那一刻，没有任何一个崒落坊人觉得刘蛇儿是外村人，刘蛇儿实实在在当了一回崒落坊的领头人。

现在刘蛇儿走在田间地头的时候，老远就会有人主动客气地跟他打招呼。年龄大些的，会主动招呼一声："蛇儿，你来了。"年龄小些的，离着老远都会叫他一声："蛇儿哥！"干活儿歇息时他在地头圪蹴下抽烟，很快就会有三三两两的乡人围拢过来，圪蹴在他旁边，跟他烟锅对烟锅借火点烟，然后就回味无穷地跟他扯交农的事情。每遇这时，刘蛇儿不知道该怎样回应乡人们对他的热情和尊敬，他只是咧开嘴笑一笑，便一声不吭地闷头抽烟，任由其他人不住地感慨和赞叹。在刘蛇儿看来，虽然他当了一回交农的领头人，但并没有什么了不起，种田人没有什么不一样的地方，都只是为了吃饱饭而已。

更让刘蛇儿感到不自在的，是张敬亭全家人对他的态度也发生了变化。他被张敬亭请进了堂屋，与张敬亭不分主仆同桌而食。张敬亭还给全家人郑重宣告："从今往后，刘蛇儿就是张家的一口人，谁也不许把刘蛇儿当外人看待！"刘蛇儿惶恐不安，他无论如何都无法接受这样的礼遇。他头一回勉强跟张敬亭坐在同一张饭桌上时，饭吃了一半他就别扭地挪了地方，端着碗圪蹴到堂屋门口去了。第二回张敬亭再邀请他时，他死活都不愿意再走进堂屋，硬是端着碗回马号里吃饭去了。刘蛇儿觉得规矩就是规矩，人要是不讲规矩了，那也就没脸没皮了，东家好归东家好，但是自己得清白自己是个干啥的，得守着自己的本分。

杨成业在张敬亭回来后的第二天来探望张敬亭。杨成业背着手一走进庭院里就喊："敬亭哥！敬亭哥！"喊哥的腔调显得特别有底气，让人听着有一种很是亲切气长的感觉。张敬亭从堂屋里迎出来。杨成业又高声地说："敬亭哥，你在警察局里没有受人欺负吧？你要是受他们欺负了，咱还跟他没完哩！"进到屋里坐下，杨成业大咧咧地抚慰了张敬亭几句，然后就转了话题一脸得意地说："敬亭哥，这老话还就是说得好哇，姜还就是老的辣，我都没有想到我大还有这一手哩！一纸传帖就把衙门给治住了。"张敬亭夸赞了杨进禄一番，并说一定要亲自登门去感谢杨进禄。杨成业大度地摆摆手说："不用了不用了！我大知道你要来，今儿个一早就到我姐家去了。他留了话让我说给你听，说是让你该干啥还干啥，交农这件事到此为止，往后谁也不要再提说了。"

杨成业坐了一会儿便起身告辞背着手走了。看着杨成业走出了头门，张敬亭不由得从心底佩服杨进禄。他一回来，有关杨成业在关键时刻屎遁的闲话就灌满了耳朵，但杨成业却依然趾高气扬地以恩人自居，真正发起交农的杨进禄却躲到女子家里去了。张敬亭完全领悟到了杨进禄的良苦用心：往后谁都不要再提说交农这件事情的真正用意，是要让张敬亭在心里永远都记着这件事情；杨进禄躲出去不接受张敬亭的感谢，就是要张敬亭一直承着这个人情，并且把这份人情还回到他的儿子杨成业身上。杨进禄也完全预料到了张敬亭一定能明白他的心思，所以才让自己的儿子来说这一番话，只是说这番话的杨成业未必明白他大的用心。杨成业看起来利利的，其实是迷迷的。

一系列的事情确实把人折腾得精疲力尽，给地里打井的工程只能暂时搁置待来年再说。可是张敬亭在家里没有歇几天，便又被不断上门来给二凤提亲的媒婆媒汉们打搅了清静。二凤已经出落成亭亭玉立的大姑娘，肤如凝脂明眸皓齿，恰如《诗经》里描述的巧笑倩兮、美目盼兮的美貌女子一般。随着张敬亭为民请命而声名远扬，字落坊张家二凤美貌赛过西施的话也开始到处盛传，随之而来的，就是踏破门槛能说会道的媒婆媒汉们。

来提亲的都是大户人家，薛录镇王家、西留村宁家、梁子镇李家、乾州城里的刘家等。在这些大户人家中，最有名望的当属乾州城里的刘家。刘家是乾州城里为数不多的官宦人家，祖上历代都有人在外为官，家中既有商号又有田产，家境可谓殷实富有。刘家掌柜的年轻时从南京讲武堂学成回来后便加入了陕西新军，陕西光复后他一直随复汉军驻守在潼关，如今已是陕军的一名团长。刘团长常年忙于军务不在家中，家里一切都由夫人和大公子操持。刘家二公子对生意和田产均不感兴趣，却喜欢咬文嚼字附庸风雅，尤其对古玩字画情有独钟，常常与好友饮酒赏画把玩古物。

有一日，刘二公子应邀到南乡会友，听好友说字落坊打井挖出了清家皇上立的石碑。刘二公子好奇心顿起，就和好友一起到字落坊来探寻古物。适逢字落坊打井出水请了戏班子唱戏，刘二公子品鉴了一番六棱石碑之后也到戏台底下凑热闹，却一眼瞅见了一张美貌非凡的面孔。这样漂亮的女子刘二公子从未见过，他顿时就倾心痴迷了。

戏台一侧聚集了许多后生，一个个都无心看戏，都偷偷把目光瞅向那张漂亮的面孔。那个漂亮女子坐在一堆女人当中，看戏看得十分入迷，乌黑的发辫垂在纤细的后腰上，甜美妩媚的笑容让人醉心，扑闪迷离的眼睛迷人心魄，白皙姣美的脸蛋儿更是让人不忍移目。刘二公子随即向好友打问这是哪个村谁家的女子，好友告诉他，这就是盛传美貌赛过西施的张家二凤。

回到家里之后，刘二公子给他妈下了一道通牒，他非张家二凤不要，别家无论啥样的女子都不要再给他提说了。刘夫人是一个开明的女人，使人打听之后觉得虽然张家只不过是普通的乡绅人家，跟刘家还算不上是门当户对，可她爱子心切，也就顺着儿子的意思请了媒人去提亲。

隔三岔五就有媒婆媒汉踏进门来提亲，二凤确实也到了该定婆家的时候，但是这么多的大户人家都来提亲，这倒让张敬亭有点儿拿不定主意。张敬亭和秋满一起来到二堂里屋，给他妈张宁氏扳着指头一一叙说来提亲的都是些什么样的人家，好让张宁氏帮着一起参详。可是张宁氏也听得头晕目眩，都是家境殷实的大户人家，到底哪一家家风好，规矩正统？哪一家娃娃最有出息？哪一家家产田产最多最富？这些都不甚清白没法比较，到底以什么样的标准来选择亲家？真是让人难以决断。

不过有一点张敬亭很是清楚，他从大凤身上已经吸取了教训，虽然这几年大凤逐渐恢复了跟娘家的正常往来，可张敬亭对曾经那一段难堪的往事始终难以忘怀。这一回他不但要自己满意，也要二凤满意才好。张宁氏抽着水烟，鼻子、嘴里喷出浓烟，也提醒儿子说："关键是不能给二凤再寻个像高马驹那样的女婿，撂下媳妇独个儿在屋里不管不顾，自己扑棱着翅膀飞得不见人影。"二凤她妈选择女婿的标准简单明了，她只是一句话："让我看亲家也不难选，谁家最财东就定谁家。"

陕西地方很是邪乎，头一天说话才提到高马驹，第二天晌午时，高马驹就一身戎装，和大凤同骑一马回到了孛落坊。高马驹离家数年，这是他头一次回家省亲。他从保定军官学校毕业之后，被编进陕军当了个排长。不久前，他所在的部队从潼关被调到省城驻防，他兴奋难耐地给长官告假想回家省亲，长官却告知他部队马上要征召新兵，让他缓一缓再说。随着一批新兵征召到位，有军事素养的军官严重缺乏，于是从正规军校毕业的高马驹被直接提拔当了连长。等到新兵训练结束之后，高马驹再一次向长官告假要回家省亲，这一次长官不但准了假，还额外批准他可以骑马回去。

高马驹安排好连队的事情，一路马不停蹄在天黑时回到了姜村镇。一别数年夫妻重逢，平日里牵肠挂肚的思念都汇聚成了夫妻团聚的甜蜜，大凤已经没有了刚嫁到高家时的生冷硬倔，变得成熟持重温顺暖心。高马驹他大他妈更是高兴得合不拢嘴，他大无时无刻不给他念叨："早一点儿给高家生养个后人才好。"

在逐家看望了姑姑舅舅这些重要的亲戚之后，高马驹和大凤同骑一马来拜望岳父张敬亭。高马驹的意外到来让全家人分外惊喜，屋里顿时洋溢起欢乐的气氛。张敬亭马上吩咐秋满去烧锅燎灶准备酒菜，他要跟多年未见的女婿好好喝几盅。秋满喜冲冲地问高马驹："马驹，你想吃啥饭你给我说！我也好下手去做。"高马驹毫不见外地说："我最想吃丈母姨做的一口香，我妈做的都赶不上丈母姨你做下的味道。"张敬亭说："那就喝过酒了再下面。"

一家人都忙活起来，刘蛇儿担水揽柴，大凤刷锅整碗，二凤拉风箱生火，张敬亭老婆切肉炒菜。不一会儿，酒菜都摆上了桌。高马驹斟好了酒率先敬张宁氏，然后敬张敬亭，言谈举止落落大方，礼节周到而又殷勤活泛。张敬亭忽然觉得女婿变得头脑开化，懂得了人情世故，已经不再是数年前那个只知高谈阔论的高马驹了。二凤的亲事便也在此时被张敬亭提起，并且在高马驹的劝说下初步敲定了下来。

高马驹十分肯定地告诉岳父，刘团长家这门亲是上上之选，别家都不用再考虑了。并说刘团长就是他的团长，刘家不但是乾州城里有名望的富户人家，而且刘团长的为人和品行在军队里也是有口皆碑，以刘团长为人正派的家教来说，刘二公子绝不会差。一席话说得张敬亭和张宁氏都心动起来，立时就都对刘家有所偏向了。张敬亭欣喜地走到堂屋门口，冲着庭院里高喊："可以下面了！"

一碗碗热气腾腾的一口香端进了屋里，整个屋子里马上就弥漫起酸溜溜混合着煎油的香味儿，那味道直接钻进人的鼻子里，刺激着人的嗅觉，勾引着人的食欲。一碗挨着一碗的一口香摆满了桌子，每个碗里的酸汤都满至碗口，汤面上漂浮着一团团淡黄色的油花花，绿白相间的葱花像是绿叶拱莲般围绕在一团团油花花的周边，淡淡的褐色酸汤一眼就能看到碗底，每个碗底只有一筷头的细面，汤多面少，香味扑鼻。高马驹连吃了三十来碗，抚着肚皮心满意足地感叹："这才是乾州的味道！"

第二天，给刘家说媒的人就得到了张敬亭的回话，接下来就是按照风俗去刘家看屋换帖。高马驹专意陪同岳父上了一趟乾州，刘夫人和大公子盛情接待，刘二公子更是彬彬有礼，处处彰显出读书人的气质。张敬亭十分满意，看屋换帖的气氛显得融洽而又愉悦，二凤的亲事就这样被正式确定下来。

　　刘家随后就将丰厚的彩礼送到了字落坊，同时还送来一块价值不菲的纯金怀表。媒人说金表是刘团长特意送给亲家张敬亭的，以表示他因军务繁忙未能抽身回来与亲家谋面的歉意，并说眼下已近年底，时间有些紧迫，等到来年再给儿子完婚，到时候他一定会亲自来拜望张敬亭。高马驹在促成亲事之后没有几天，就心情爽朗地回归队伍了。

　　打井、立碑、交农这一系列事情，经过乡人们百千次不厌其烦地议论过之后逐渐淡漠下来，张敬亭在二凤的亲事落定后也再没有什么可烦心的事情，字落坊又恢复到了原有的生活秩序。平静的日子溜走得快，翻过年的春夏两季很快过去，又到了该收秋的季节。由于缺水干旱，地里的糜子和玉米都长得很不让人满意，依然压弯了糜子秆的糜子穗里，多只是些空包的糜子壳，玉米秆也只长了有齐胸高，结出稀稀拉拉的玉米棒。可是即便如此，玉米地的绿色蔓叶也完全遮挡住了田野里所有的大路和小路，那一望无际的绿油油的田野依然显示出即将丰收的景象。

　　就在这样的季节里，忽然发生了有贼人打闷棍劫道的事情，被劫的既有过往的行人，也有本地村堡的乡人，人们沸沸扬扬地猜测议论着贼人的来路和劫道的手段。贼人在打劫时一律不伤及性命，只是突然从玉米地里蹿出来，从后面将过路的人一棍闷倒，抢了现银或是值钱的东西后，就又迅速钻进一望无际的玉米地里不见了踪影。贼人的脸上蒙着一块红布，无人看清他的面相，有被劫时没有彻底昏死过去的人，也只是隐约看见了一个高大壮实的背影。贼人似乎对周边的地形和道路非常熟悉，专在村与村之间人少的地方下手。有人据此推断，贼人肯定就是本地哪个村堡的人。

　　字落坊周边的村堡先后都有乡人遭到了打劫，可唯独字落坊没有发生过一起这样的事情，风言风语的矛头逐渐指向了字落坊村。邻村甚至有人公开扬言说："兔子不吃窝边草，贼人肯定就是字落坊的人！"

　　流言蜚语不断灌进张敬亭的耳朵里。俗话说，无风不起浪。这些闲话定然不会是空穴来风。可是张敬亭把全村的成年男人在脑海里逐个捋过一遍之后，实在想不出一个有嫌疑的人。劫道的事情依然在不断发生，流言蜚语也愈来愈盛，甚至连里长赵书臣都满腹怀疑地找到张敬亭，要他在本村明察暗访设法揪出贼人。张敬亭恼火不已，他决定不管贼人出自字落坊的流言是否属实，先在村里来个敲山震虎看看动静再说。他让二愣敲响了铜锣，把全村的成年男丁一个不落地都叫到了祠堂里来。

张敬亭专意让杨成业把宗族律要诵读了一遍，然后冷着脸问乡人们谁听到什么可疑的风声、见到什么可疑的事情没有，乡人们都摇头说不知道。张敬亭冷眼瞅了一会儿说："要是谁知道个影儿踪儿却又知情不报，那他可就是贼人的同伙，到时候可跟贼人是同样的下场！"乡人们乱哄哄地议论不休。有人张口骂起来："要真是咱村的人，不管是谁，大家一起捶死他个狗日的！"

张敬亭无意间扭过头的时候，忽然就瞥见站在他身旁的杨成业正一脸紧张地瞅着他，杨成业这样的表情跟他往常总是一副自得轻佻的神情完全不同。张敬亭回过头不动声色地又说："我今儿个先把话搁到这儿，纸里可从来都包不住火，事情迟早都有烂包的时候，到那时可不要怪我心狠，也不要怪整个字落坊的人对你心狠！"

从祠堂回来之后，张敬亭百思不解，他万没有想到敲山震虎的举动竟然把杨成业显了出来，可是杨成业怎么可能跟打闷棍的贼人有关联？但是看杨成业在祠堂里那紧张慌乱的神色，明显是一种心虚害怕的表情。张敬亭最后说的那一番话，就是专意在给杨成业亮耳朵，他相信杨成业一定会听得明明白白。

吃罢晚饭，张敬亭坐在堂屋里静静地等着杨成业。他太了解杨成业了，那是个胆小怕事还死要面子的人。如果杨成业心中有鬼，肯定会在晚上没人的时候来寻他。果然，在掌灯后不大的工夫，杨成业悄无声息地来到了张敬亭家。

第八章

　　孛落坊的夜晚宁静祥和，明月高照，银光泻地，时不时有野鹁鸽从屋檐下扑棱棱飞起又落下，惊得村里的狗吠叫几声。乡人们大多在天黑之后便无所事事，就都早早吹熄了灯上炕睡下，唯有勤快一点儿的婆子媳妇往往在这时才能静下心来，点上油灯纺线织布。纺车转动时的嗡嗡声隔着院墙飘送至村街上，在黑漆漆的夜里回荡不绝，犹如孤独的女人在哀唱着日子的艰难和不易。

　　杨成业来到张敬亭家门口，他想叩响门环，搭手却发现头门原本就虚掩着并未闩上。他推开一扇门板，先把头伸进去往庭院里观望。西边厢房的一间屋子亮着油灯，纺车摇转的嗡嗡声连绵不绝，那是二凤在秉灯纺线。正对着庭院的堂屋里也亮着油灯，堂屋里间的窗纸上映出秋满正在扫炕铺褥晃动的身影。

　　杨成业抬脚迈进门槛。黑暗中猛乍有人说："你来咧！"杨成业吓得一哆嗦，这才发现刘蛇儿圪蹴在门背后抽烟。杨成业有些不自然地打起了哈哈："啊——那个啥！噢呀！敬亭哥还没有睡呀？我也是睡不着闲逛闲遍哩！"他背起手走进庭院，故意放大嗓门喊了一声："敬亭哥，你还没有歇呀？"张敬亭从屋里走出来说："黑天半夜了你咋还到处游逛？"杨成业摆出一副无所事事的样子，晃一晃脑袋说："吃多了睡不下，出来闲转闲遍哩！"

　　进到屋里坐下，张敬亭喊秋满出来去熬茶。杨成业拦住说："黑了不敢喝茶了，再喝今儿黑一夜都睡不下。"张敬亭在椅子上坐下。杨成业故作轻松地说：“敬亭哥，你说这贼人要真是咱村的人那可咋办？”张敬亭说：“那就让全村的人一人抽他一鞭子，然后再把他送官治罪。”杨成业紧接着说："要是那样事情可就张扬开了，那还不把咱村人的脸都丢干丢净咧？"张敬亭故意瞪起眼睛说："咋！难道你还想包庇贼人？"杨成业赶忙摆手说："没有没有！我只是担心邻村的人会看咱村的笑话。"

杨成业心不在焉地胡乱谝了几句便起身告辞。张敬亭送走杨成业回到屋里坐下，想起杨成业一脸狼狈却还要故作轻松的样子，不由得哑然失笑。杨成业明显是来探口风，看一看张敬亭会不会因为顾及字落坊人的名节、脸面而息事宁人。看来杨成业是怀着犹豫不决的心思，从而并没有说出自己知道的事情。张敬亭思量了下便拿定主意，得给杨成业添一把火，非得让他说出来不可。

第二天一早，杨成业正在端碗吃饭，刘蛇儿大步流星地走进来说："我东家叫你去议事，让你快一点儿过去。"杨成业忐忑不安，再也没有心思吃饭，撂下碗，勾上鞋走出门去了。

张敬亭看见杨成业走进庭院，从屋里快步迎出来说："赵书臣刚才派人来说有人看清了贼人的面相，让我现在就到赵和里去，你跟我一搭去，凡事也好有个商量。"杨成业大吃一惊，一把拽住张敬亭的衣袖说："敬亭哥，咱先到屋里商议一下再说。"张敬亭反手抓住杨成业的手腕说："咱到赵书臣那里再商议。"杨成业乱了方寸，嘴里不断叫哥，硬是把张敬亭拽回到了堂屋里。

杨成业闭上屋门回过身，瞅着张敬亭却不说话。张敬亭故意沉下脸说："你咋回事嘛，你到底想说啥话？"杨成业耷拉下脑袋依然不言语。张敬亭看着杨成业熬煎的样子，倒有些于心不忍，便直接摊牌说："让你说你不说，等人家咬出你的时候可就晚了。"杨成业抬起头一脸惊慌地问："你都知道咧？谁给你说的？"张敬亭说："还用得着谁说？都在你自己脸上写着。"杨成业立时就哭丧着脸说："哥呀！这事可怪不得我呀……"

那是杨成业放高利贷引发的风波。借下高利贷的乡人也是杨姓，因他生得高大壮实力气又大，很像是秦腔戏里威风凛凛的武将，村里人就给他起了个诨号叫大将，天长日久倒无人称呼他的本名了。

大将时运不济，家里接二连三发生变故，先是他爷在年头里重病身亡，接着没有多久他大在村外的壕沟里挖壕取土打土坯时，被突然崩塌下来的壕土活埋闷死了。连着两场白事过后，大将他妈禁不住伤心也一病不起，本就是穷家小户的日子更是雪上加霜。一连串的祸事使得大将债台高筑，家里能变卖的东西都已经踢腾得干干净净，眼看着就要揭不开锅，全家老小都要饿肚子，大将着急上火，却又束手无策。跟他相邻的杨狗娃给他出主意，让他去寻杨成业借粮应急。

都是东堡子杨姓人家，彼此间并不陌生，大将也素闻杨成业常常给人借粮放贷，只是听乡人们说他收的利息高，就一直犹豫不定。自古都是穷帮穷富帮富，肯无偿借给大将粮食的人家他都已张口借遍，情急之下无路可走，又禁不住杨狗娃言语撺掇，大将无可奈何地找到了杨成业。杨成业很是爽快地一口应允，并由杨狗娃作保，讲好了利息，写下了借据文书。大将借到粮食先是把其他一家家的零碎账还清还完，只留下一点儿度春荒的粮食，然后把全部的心血都倾注到自家的三亩地里，指盼着在夏收时能有好的收成。

到了六月刚收过麦子，杨成业便来上门讨债。三亩地打下的粮食在缴过官粮之后一家人糊口都难，哪里还有余粮还债？大将就哀求杨成业延缓一年。杨成业很是大度地应承下来，却又提出要重新计算利息，还要大将拿三亩地作抵押，并另写一张借据文书。大将此时也别无他法，只能依了杨成业，大将不识字，只得又把杨狗娃叫来作保，重新写了文书，按了指印。

第二年收过麦后，杨成业再一次来按约讨债。他拨拉着算盘珠子一算账，本生息息生本本再生息，本息一下子翻了几番，立时就把大将吓得目瞪口呆，就算把三亩地全都抵账给杨成业，债息尚未还完。大将疑心杨成业欺负他不识字哄骗他，就把保人杨狗娃叫来。杨狗娃走进门从杨成业手里接过借据文书，放大声给大将念了一回，然后定平了脸给大将说："对着咧！白纸黑字就是这么写的，你要是还不了账，就得把三亩地顶给人家。"

杨成业跟杨狗娃一唱一和，连着三五日天天都来大将家里逼债。大将实在没有办法，不得不把三亩地的地契给了杨成业。杨成业看着到手的地契，心里抑制不住地激动。大将家的三亩地有二亩在村东的大路边上，是上等的好地，浇水、送粪、收割都省时省力。虽说另外一亩地零散分散在村西，村西没有大路，尽是曲里拐弯的羊肠小道，连牛车都进不去，耕种、收割全靠人肩扛担挑，极为不便，收成要比村东的上等好地差了许多，但是只要能把那二亩上等好地弄到手，那一亩零散地就算不要也很值当。

杨成业将早已拟好的地契更名的文书在桌上铺展开，急不可耐地催促大将签字画押。庄稼人最惧怕的就是失去土地，没有了土地就只能沦为佃户，那意味着以后的日子再也走不出饥饿和贫穷。大将心有不甘地推开杨成业递来的毛笔说："地契你拿去先押下，再给我宽展些时日，到收秋时我要是再还不了账，地跟你姓我没二话。"

相邻的乡人听见吵吵声都来帮大将说话。杨成业心下思量，就算再宽展到收秋，依着大将家的穷劲儿无论如何他也还不了债，做个空头人情也未尝不可，既排除了乘人之危的坏名声，又显出自己宽宏大量仁至义尽。杨成业心里燃烧着贪婪的欲望，却摆出一副大度和充满人情味儿的面孔说："行呀行呀！再宽展几日也不算个啥事。不过嘛，事情总不能没完没了。咱今儿个当着乡党的面可把话说到头里，要是等到收秋时你还不了债，那三亩地铁定就得给我。"

玉米秆长到了齐胸高时，遮挡住了田野里的大路和小路，一望无际的青纱帐像是绿色的江河海洋般，深不可测透着神秘。就在秋收即将到来的时候，突然发生了贼人打闷棍劫道的事情，随着贼人越来越频繁地出没，风言风语也随之被传得沸沸扬扬。这个时候的大将跟往常一样，每日扛着打夯的夯锤，早早地走出村子，谁也不知道他到哪里去干活打土坯，只是见他总是在天黑透时才回到村里。

秋日的白天依然暑热难耐，早晚却凉爽许多。这天晚上，杨成业正在庭院里纳凉，大将脚步急促地走进来，端直走到杨成业面前一扬手，咣当一声，一包东西被扔在小桌上。大将冷着脸说："你看清白，这是一半的钱，剩下的到收秋时我一准还给你。"杨成业伸手摸揣了下，随即提手一抖，哗啦啦滚出一桌的银圆和铜板。

看着大将转身出门的背影，杨成业半天回不过神来。第二天，杨成业早早起来，溜达着走过村街，走上东门的城楼。他一夜都没有睡好，原本以为给大将宽展些时日只是做了个空头人情，谁承想大将却撂给他一堆白花花的银圆。

眼看他和杨狗娃设计好的事情就要落空，却还白白地给了杨狗娃好处。杨成业思来想去，怎么样也想不明白大将到底是从哪里弄来的钱。给人做工打土坯一天能挣下三五个铜板就很不错了，咋可能挣得来那么多银圆？难道大将走运发了什么横财不成？杨成业对发财的事情有着莫大的兴趣，他站在城楼上俯首观望每一个走出村子的人，他想趁大将出门时堵住大将，套一套大将的话，摸一摸大将发财的路子。

日头升到一竿子高时，仍然不见大将往东城门来，杨成业忍不住走下城楼，背着手直接走进了大将家的庭院。大将并不在家中，大将的女人告诉他，自家男人一早就出门干活去了。杨成业很是诧异，他没有看到大将从东城门出村，那大将肯定是从西城门出村去了。村西的羊肠小道虽说也都通向周边的村堡，但是哪有村东的大路平坦好走？乡人们出门去做小工干零活儿都走大路，除过种地收割外，极少有人往村西去。杨成业心里猛然一惊，他忽然从那一堆白花花的银圆联想到了贼人劫道的事情。

傍晚时分，杨成业独自来到西城门外。他断定大将依然会从西边回来，他倒要看一看，大将今儿黑会不会再提着银圆回来。杨成业顺着一条小道往前走了一段，又觉着不对，大将说不准从哪条小道上回来，他就又折转身走回到岔路口圪蹴下来。天色渐渐黑透，月亮洒下一片银光，一个人影从小道上渐行渐近，那人在离岔路口不远的地方停下脚步，然后就一头钻进了玉米地里。那人显然是没有看到杨成业，那片玉米地正是大将家的地。杨成业腿脚麻利地跟过去，一猫腰也钻进玉米地里去了。

杨成业一直钻到了玉米地尽头，才看见那人在地畔上的一棵树底下蹲着。杨成业蹑手蹑脚地走过去，在那人背上轻轻拍了下，阴阳怪气地说："原来是你呀，大将！"那人一哆嗦，拧过身子抬起头，果然是大将。大将看清了是杨成业，反倒安稳下来，一言不发站起来拍打身上的灰土。杨成业一脸狐疑地说："你在树坑里藏下啥宝贝了？"说着弯腰去扒那堆杂草。大将猛一下抓住他的衣领往后一拽，杨成业扑通一声摔了个仰面朝天。

大将平日在村里总是一副温和顺从的面孔，从未与乡人有过争执脸红的事情，杨成业从来都没有把大将放在眼里。但大将此时却像是变了个人，捏着拳头一脸凶狠地盯瞅着杨成业。黑漆漆的玉米地里再无旁人，杨成业有些心虚发毛，额头上冒出冷汗。他壮着胆子装腔作势地说："大将，你好大的胆子呀！打闷棍劫道的贼人就是你吧？我看你是不想要你的老婆娃娃，是不想活了！"大将咬牙发狠地说："你说对咧！那贼人就是我！我实话告诉你，不是我一个人做这活哩！你尽管去告官好了，我要是活不了，会有人来收拾你，你也要想活！"

杨成业万万没有料到，一向温顺平和的大将忽然间竟变得如此凶狠，他这才意识到自己过于鲁莽和草率了。大将回身从树坑里扒出一包东西，一抖手将包里的银圆和铜板像天女散花般散落在杨成业的头上，然后蹲下身子说："既然你看见了还省得我藏了，这些钱你数清白先拿上，剩下的一文都不会少你的，往后你不要再惹我！"杨成业坐在地上不敢动弹。大将站起身拿了夯锤，在杨成业头顶晃一晃，又威胁说："你拿的钱可都是贼赃，要是到了官府，我就咬死你是我的同伙，要死咱一起死！"说罢，大将头都不回地走出玉米地去了。

杨成业长出一口气定下神，摸见一块银圆在手里，犹豫不决不知该拿不该拿。他转念一想，他又不是劫道的贼人，再说欠债还钱是天经地义的事情，至于他拿的钱是不是贼赃，他没亲眼看见大将抢人他咋能知道？他不是族长，也不是里长，更不是官府的人，这号事情轮不到他来管。这样一想，杨成业放松下来。他翻身趴在地上，仔细摸索散落一地的银圆和铜板，来回在地上摸索过几遍之后，他把银圆和铜板都揣进怀里，站起来拍一拍身上的灰土走出玉米地，若无其事地回家去了。

张敬亭在祠堂里敲山震虎的一番话，使得杨成业害怕起来。张敬亭说得没错，纸里包不住火，事情肯定有烂包的一天。大将一旦被逮住了，真要是一口咬死他是同伙，那他可就百口莫辩了，何况他真的拿了大将的贼赃，到那时杨家的脸面和名节还不就此毁在了他的手里？杨成业心神不宁夜不能寐，第一次有了钱烫手的感觉。他思量了几次想给张敬亭摊牌，可他又担心张敬亭是个认死理不活泛的人，这样的事情张敬亭不一定会保着他替他遮掩，他也更担心大将的同伙会真的来要了他的命，他左右为难想说又不敢说。

讲述完事情的始末，杨成业如释重负地瘫倒在椅子上，张敬亭倒沉默不语了。张敬亭打心底就瞧不起杨成业，但他不得不为杨成业他大杨进禄考虑。杨进禄是村里有威望的长者，尤其是杨进禄一纸传帖就闹起了交农，不但为百姓免去了不堪重负的赋税，也把张敬亭搭救了回来。这件事情一旦张扬出去，杨进禄的晚节就要毁在自己儿子手里，说不定还会被气得一命呜呼，那张敬亭想在地里打井、种棉花的事情就更加难办了。毕竟在字落坊村地过百亩、骡马成群的大户人家只有他们两家，张敬亭想在村上做的任何事情都离不开像杨进禄这样的大户人家的支持。

张敬亭瞅一瞅杨成业垂头丧气的样子，不由得升起一肚子火气。做下这样烂事的尻人，竟然还不得不保他，他爷九先生、他大杨进禄都是精明一世的人，咋会有这么个烂尻后人？可是村上的许多事情还偏偏离不得这个烂尻人的支持。张敬亭思量这一回必须给杨成业教个乖（给个教训），并借机把他想办的事情办了。

张敬亭在屋里踱了几圈儿，站下脚问杨成业："你觉得该咋办才好？"杨成业可怜巴巴地说："哥啊！只要能把事情抹了，咋样办都行，我都听你的。"张敬亭说："你依我三件事情，你惹下的这个烂事也不是不能抹了。"杨成业马上干脆地说："十件事情我都依你！"张敬亭说："把地契还给大将，欠下的债一并勾销！"杨成业说："能成！"张敬亭又说："大将给你的贼赃必须还回去，这钱你不能要。"杨成业一咬牙说："能成！"张敬亭顿了顿，缓和了口气说："这第三件事情嘛，我要你跟我联手，再给地里打几口浇地的深井，你还要带头种棉花，给村里人做个样板，领个头儿。"随即他又补充说："种棉花的事情你要是应允了，我就去寻大将，想办法给你把这烂尻事情抹了。"

大将回到家里时天已昏黑，草草地吃罢了饭，他只顾闷头坐着抽烟。大将女人心疼灯油舍不得点灯，把纺车从炕上搬到了土屋门口，盘腿坐在蒲团上借着月色纺线，一边纺线一边不住地叹气。大将心里有事瞀乱，听见女人的叹气声就更加泼烦，他起身往头门外面来，走到门口时却迎面撞见了张敬亭。大将一慌神，失手掉了烟锅。张敬亭站下脚说："咋咧？你撞见鬼咧？"

大将女人见族长来了，慌得跑进屋里扯起大将的衫子穿在身上，以遮挡住烂了窟窿露着肉的贴身背心，两个娃娃也穿得破破烂烂地从屋里跑出来。张敬亭走到土屋门口瞅了瞅，黑咕隆咚什么都看不清。大将老娘病恹恹地躺在炕上问："是谁来咧？"张敬亭心软起来，憋着的火气暂时平息下来。他走进黑屋里安慰大将他妈："婶呀！没啥大事，我给大将寻下个活儿来叫他干。"然后他扭过脸又给大将说："到我屋里去说，我屋里敞亮。"

张敬亭回到家里在堂屋里坐下。大将跟到了堂屋门口却不进来，站在门槛外面小心翼翼地问："族长，你要我干啥活儿？"张敬亭冷声说："我想咱两个搭手做一桩活儿。"大将笑了说："啥活儿嘛，还用得着族长搭手？"张敬亭说："打闷棍抢人的活儿得要两个人搭手才好做。"大将浑身抖了个激灵，脸色顿时变得煞白，心里立时就明白事情已然烂包了。愣了一会儿，大将扑通跪倒，一口爽快地招认说："族长，事情就是我做下的，要杀要剐都由你！"张敬亭紧跟着追问："还有谁是你的同伙？"大将说："就我独一个儿，我说有同伙的话那是吓唬杨成业的。"

张敬亭心里松泛下来，他原本担心大将有同伙，牵扯到外村的人，或是大将极力狡辩咬住杨成业赖住杨成业，那事情将会变得棘手难抹。没想到大将竟然率直痛快地全部招认，这倒出乎他的意料，原本想好的整治大将抵赖狡辩的方法已然无用，事情一下子变得简单了。大将忽然呜呜哭起来，痛哭流涕地说："我做下的事情我担着，我死了也就死了，可我妈和女人、娃娃，她们可咋活呀！"

张敬亭顺了顺心气，一声不吭地走过去，把杨成业送还的地契给了大将，又展开借据文书让大将看了一眼，回手伸到油灯上面，白纸黑字的借据文书呼的一下腾起火苗儿，收缩抽卷燃成了灰烬。张敬亭扬手丢掉最后一星儿纸灰说："我替你写个悔过的字条，不写名字，后半夜没人的时候，你把杨成业退回来的钱，连带字条一并放到赵书臣家门口去……"

大将办完事回来鸡已叫过头遍，他毫无睡意，天色大亮了他还坐在土屋门口发呆。张敬亭走了进来，刘蛇儿紧跟在后面，从肩上卸下一袋粮食放在门口。张敬亭将几块银圆塞到大将手里说："你今儿个就去给婶子看病抓药，要再耽搁了。"随即转身出门。大将抢了几步挡在前面，低头弯腰深鞠了一躬说："族长，你仁义，我记着，往后我这条命就是你的！"

秋忙过后，打过盐井的匠人又被请回字落坊。张敬亭给全村人放了话，有愿意种棉花的人家一律由他提供种子，待来年收获了棉花后再还回种子钱，一应打井所需的粮款也都由他家和杨成业家先行垫付，等将来再由种了棉花受了益的人家分摊。张敬亭把愿意种棉花的人家计了数，在棉田集中的地方让匠人瞅准了打井。

杨成业没有弄到地，反倒折了一大笔钱，还不得不额外出粮出款，顺着张敬亭一块儿打井。他心里憋屈，窝了一肚子气，可又不敢给别人说，就整天在家里摔碟子绊碗，在他老婆身上寻事撒气。乡人们对张敬亭和杨成业打井种棉的善举都满怀感激，老远看见张敬亭或是遇到杨成业，都毕恭毕敬地立住脚打招呼。杨成业看到村里人对他恭敬的态度，又听到夸赞他的话语，感到脸上很是光彩，渐渐淡忘了赔本折钱的事情，慢慢地又趾高气扬起来。

大将不再外出打土坯，每天都不遗余力在地里帮着匠人打井。有乡人问他："大将，你种棉花不种？"大将说："我家三亩地全种。"乡人说："你留上一亩地种麦子，留条后路，万一棉花种不出来咋办？"大将说："我一亩都不留，族长让干啥我就干啥，我听族长的。"

浇地的深井拢共打了三口，打到三十丈或四十丈时都顺利出了水。乡人们私下里不断夸赞张敬亭："族长命真好，干啥成啥。"有人说："这是族长的见识好、脏腑好，旁村的官人都比不上咱族长的见识。"还有人说："对着咧！旁村的人都眼红咱村哩！说咱村干的这些事情他们村就弄不了。"乡人们都打心底佩服张敬亭，庆幸字落坊村有张敬亭这样的族长。

到了冬里，严寒封冻了土地，也封冻了一切可干的农活儿。乡人们在漫长的冬季里无所事事，除了吃饭睡觉串门子，就是在祠堂前的石碑底下扎堆闲谝、晒暖暖、逮虱子。腊月的时候，张文博回到了字落坊。他已经完全没有了孩童时的稚气，成长为一个英姿勃发的少年，言谈举止、待人接物都透着超出同龄人的成熟和干练，凡事也都表现得循规蹈矩。

张敬亭心里很是满意，看来义弟和三剂先生没少用心，已经把自己的侄儿调教得有些样样了。张宁氏看见孙儿更是喜笑颜开，她跟孙儿耍笑着说："你给婆号一号脉，试一试你的本事，看婆能活到你娶媳妇的那一天不？"张文博被张宁氏说红了脸，不好意思地说："三剂先生不准我独个儿给人号脉，他说我火候尚浅，还得再用心学个三五年才可以。"张宁氏听见这样的话，脸上立时就没有了笑容。

晚上全家人都已睡下，张宁氏翻来覆去睡不着。她索性坐起来摸黑抽烟，黑漆漆的屋里，唯有烟嘴上的火星儿忽明忽灭。孙儿都已交上了十六，去王家药铺也三年有余，她原本寻思过罢年就跟王家把婚娶的日子定下来，尽快把孙媳妇娶进门，也好早一天给张家生儿育女传宗接代。可是孙儿竟然说还得个三五年才能学成回来，这怎么能行？这还不把要娃传香火的大事耽搁到猴年马月去了？

张宁氏抽了一阵子烟，忍不住溜下炕来到前院。她隔着窗子小声唤自己的儿子："敬亭，你出来，妈有话给你说。"张敬亭披着衣裳出来。张宁氏问儿子："文博的婚事你打算啥时候办呢？"张敬亭说："我当是啥事呢，黑天半夜把人叫起来说这话。"张宁氏说："娶媳妇的日子不说好，我这心里搁不下，连觉都睡不着。"张敬亭笑了说："好了好了，你快回去睡觉，等过罢年开春把棉花种完，我就去王家商定婚娶的日子。"张宁氏说："你跟我想到一搭咧！得赶紧把媳妇娶回来，郎中那手艺学不学都成，给张家生娃要后人要紧。"说罢这话，张宁氏忽然动情伤心哽咽起来，又说："张家有了后人，妈的心就安了。再往后拖，还不知道妈能活到那一天不。"张敬亭安慰了他妈几句。张宁氏转身要走，却又回过身说："我差点儿忘了问你，二凤婆家咋一年了都没有音信？"张敬亭说："秋里人家托人捎来话了，说刘团长过年回来要亲自来商定日子。"张宁氏叹息一声："操不完的心。"转身回去了。

临近年关，张敬亭和侄儿一起到薛录镇逛会赶集，置办年货。张文博用攒下的零用钱，在一家银铺里为即将出嫁的二凤打下一对柳叶细花纹的银镯子，又让铺子里的匠人在镯子朝里的一面刻上"文博恭敬"的字样。逛完集回到家里，张文博拿出镯子给了二凤。二凤向来心大，凡事都显得不甚在意，接过镯子，她却呜呜地哭起来。全家人都笑着劝二凤，又都夸赞张文博有心，夸赞姐弟两个感情好。谁也想不到多年之后，二凤为了除掉祸害百姓的土匪头子三杆旗，惨遭土匪活埋。张文博正是凭着银镯子才辨认出二凤的尸骨，得以让二凤魂归故里。

大年初一，孛落坊开了祠堂。张敬亭净手整衣，点蜡上香，敬奉供品，跪行奠酒，唱诵祭文，焚烧明器，领着族人三拜九叩祭祀先人祖宗。所有的祭祀仪式完成之后，便是每年初一都要进行的拜年习俗，杨成业作为执事先生掌控和主持一切规程礼仪。他让人在享堂上排好座次，然后以悠扬的腔调高声吟诵："尊祖敬宗之道，报本追源之情，子弟当在幼时，即习跪拜礼仪，天纲人伦五常，长尊老幼有序，子拜父弟拜兄，子侄群拜叔伯，子孙群拜尊祖，一族如一家，一家如一人，祖宗之礼不可废也！"

祠堂里一片肃静，乡人们都垂手而立，静静地聆听杨成业诵读跪拜的礼仪规程："凡尊者受卑者拜，揖则答半，拜则直受，不止不扶。凡兄弟拜，最长者居西，以肩为比，次居稍西，三中央，四稍东，五极东，皆此向，揖则同揖，跪则同跪……"

有人搀扶着年纪最长的杨进禄和其他几位白发苍苍的长者走上享堂，杨进禄独自在最西边的椅子上坐下。杨成业拉长了声调高喊："弟拜兄！"几位白发苍苍的长者面向杨进禄拜了三拜，然后才依次在椅子上坐下来。杨成业又喊："子拜父！"喊罢，他快步走过去跟几位长者的儿子辈一起跪倒磕头三拜。他拜完站起接着喊："子侄辈群拜叔伯！"张敬亭和一群子侄辈的乡人上前跪倒拜了几位长者。杨成业声音洪亮，有条不紊，肃穆庄严地主持着拜年礼仪，按照辈分一茬一茬叫乡人们上前行礼："孙儿辈群拜之，叩首，退！曾孙辈群拜之，叩首，退！"……

张文博已年满十六，第一次进到祠堂里参加这样的仪式。除了好奇之外，他并没有什么特别的感受。祖祖辈辈如此，代代如此，人人如此。

正月十五过完没有几天，亲家刘团长忽然来拜访张敬亭。刘团长骑马而来，只带了一名随从，在村外就下了马，信步走进村里。刘团长并未穿军服，穿一深色棉袍，头戴礼帽，国字脸上两道剑眉，目光锐利，透着军人的威武，说话铿锵有力又不乏和气。他一见到张敬亭，便抱拳拱手自报家门，接着又主动去给张宁氏行礼问安，言谈举止之间丝毫没有行伍官长那种粗俗随意的做派，反倒显得凡事细心和礼节周到。

这样没有官威且平易近人的官长并不多见，张敬亭顿时对刘团长心生好感，赶忙让自己的女人炒菜热酒，殷勤地款待亲家。张敬亭和刘团长素未谋面，可是刘团长却对张敬亭为民请命的事情大加赞赏，声称即便做不了亲家，也愿意和他这样有豪气的人结为挚友。正在热烈交谈的时候，刘团长忽然一脸悲戚地转了话题，随之便告诉张敬亭一件令人震惊和伤心的事情，刘二公子因病亡故了。

那是在跟二凤的亲事敲定之后，刘二公子几次去信催促父亲尽快归家为自己主持婚礼，可是刘团长军务繁忙一直脱不开身。等到立秋的时候，刘团长给家里来信说过年时回来为儿子完婚。刘二公子满心欢喜，心热焦急地在家里待不住，便约了几个好友出门去游玩了一番，不想归来时却害上了咳喘的毛病。刘夫人起初以为儿子是偶染风寒，抓了几服药让儿子吃，并未在意。等到入了冬，刘二公子病情越发严重，竟然开始咯血，身体也日渐瘦弱，连走路的力气都没有了。刘夫人请了几个有名的郎中来给看了病，却仍然不见好转，有郎中建议说刘二公子这病只有到省城里找西医医治才能见效。刘夫人失急慌忙地和大公子一起把刘二公子送到省城里的医院，然后使人去寻刘团长，不想刘团长带着队伍开到渭北平乱去了。等到刘团长在临近腊月回到省城时，刘二公子已然病亡了。

刘团长刚叙说完这件令人伤心的事情，二凤她妈便哇的一声捂住脸跑出堂屋去了，悲伤的氛围顿时笼罩了整个庭院。刘团长叹息一声："这就是我小儿的命吧！"张敬亭愣了好一阵子才回过神。他站起来默默无语地走进里屋，出来时手里捧着那块纯金怀表。刘团长一脸惊讶地说："亲家，你这是干啥？"张敬亭面如死灰，把金表放在桌子一角，推到刘团长面前。刘团长断然地推了回来说："儿女无缘结亲，但我认你就是我的亲家！"

刘二公子病亡的消息不胫而走，二凤命硬克夫的闲言碎语也随之在字落坊流传开来。这样的闲话就像是当初传扬二凤的美貌一样，经过每个村子那些爱嚼舌根的长舌妇们千百次的窃窃私语和逢人便咬耳根的传扬之后，很快就传遍了周边的村堡，只不过是由原先赞叹二凤貌美的话，变成了"女人蛇精脸，杀夫不用刀"的流言。

张宁氏对于这样的闲言碎语最是不能忍受，轻易不出门的她在那段日子里经常会拄着拐棍，满脸怒气地走上村街去转悠，用充满挑衅的目光盯瞅她见到的每一个男人女人。在找不到发泄怒气的对象后，她常常会站在自家门口的村街上像泼妇般独自骂街,用最恶毒最肮脏的话咒骂那些嚼舌根传闲话的长舌妇,直到儿子张敬亭赶来劝她拉她拽她,她才会不情不愿地走回家里。她看到二凤她妈唉声叹气愁眉不展的模样儿时,也会毫不留情地大声训斥:"是他刘家娃命薄,凫不住深水,消受不了娶二凤的福气,你哭丧着脸给谁看呢?"

一天晚上,张宁氏走进儿子屋里,以不容商量的口气给儿子说:"文博的婚事不能等到种完棉花以后再说,你明天就下一趟马嵬坡,到王家去把婚娶的日子说倒靠死,婚事办得越早越快越好,得有喜事冲一冲屋里的晦气。"张敬亭看着他妈威严且不容辩驳的脸色,只能应承下来。张敬亭第二天便和刘蛇儿吆着骡车去了槐里县,可是当他回来告诉张宁氏娶亲的日子时,张宁氏却被气得大发雷霆。王希元坚决不同意当下就把未满十四岁的女子起发出门,只有穷家小户才把十三四岁的女子早早地起发出去扔给婆家去养。三剂先生更是不愿意让徒弟半途而废,并说他一向认为张敬亭是开明之士,怎么在侄儿的婚事上像是妇人般见识短浅。义弟和三剂先生的话让张敬亭羞愧难当,他实在再说不出一句坚持的话。三剂先生最后拍了板,三年之后,张文博出师之日,也就是他娶亲之时。

三年之后娶亲的决定气得张宁氏七窍生烟。她把水烟壶在炕桌上敲得当当响,怒不可遏地训斥儿子:"我就是不满十五岁嫁到了张家,他王家的女子是什么样的金枝玉叶?这号事情都该是婆家说了算才对,咋能容得娘家人来做决定?"张宁氏气得大口喘气咳嗽起来,张敬亭赶忙给他妈捶背顺气。张宁氏缓过一口气打开儿子的手,不依不饶地继续数落儿子:"你就是个尿包、软蛋,没出息的货,连个硬气话都不敢说,屁都不放一个,全都由着人家,张家的脸面都让你丢到槐里县去了……"张宁氏没完没了地发脾气,可是再大的脾气也无济于事,孙儿的婚事只能如此了。

春耕时节很快到来,张敬亭顾不上给自家种地,他和刘蛇儿分别忙着指导愿意种棉花的乡人翻耕土地。沉睡了一个冬天的土地必须先细耕一遍,再耙耱一遍,最后才能开沟播种。杨成业在浇地的深井成功出水之后就改变了主意,由原来计划播种十亩棉田扩大到了二十亩。他把一袋袋草木灰码摞在地头,然后亲自提着灰笼下到地里,跟在他家的长工后面,小心翼翼地将草木灰覆盖在溜了沟的棉花种子上。张敬亭家的佃户有一多半愿意耕种棉田,整个字落坊村有近四成的人家或多或少地耕种了棉田，一切都比原先计划的还要顺利。

在几处新打下的深井上，新割制的木斗水车已安装完毕，崭新的光溜溜的木头架子在春天的艳阳下格外耀眼。骡子被蒙上眼睛拉着木轮不停地转圈儿，水车哗哗出水的响声让乡人们欣慰不已。到了七月，大片的棉田开出乳白色的花朵，煞是好看，引得周边村堡的乡人们都来观赏。在孛落坊棉田的地头上塄坎上，每天都有走来走去观望的人流。

八月花谢之后，棉花枝头褐色的圆形果实慢慢地成熟裂开，吐出雪白柔软的棉絮。一亩棉田的收益大过了三亩麦田的收益，孛落坊的乡人们尝到了甜头。秋收过后，地畔相连的没有种棉花的人家，开始四家五家合起伙来在地里打深井。第二年，孛落坊村家家户户都或多或少地耕种了棉田。有了棉田丰厚的收益，村里翻盖新房的人家多了起来，整个村子呈现出兴旺发达的景象。

榜样的力量是无限的，大片大片的棉田逐渐从孛落坊村扩展到了周边的村堡，进而又扩展到了整个南乡的村堡。张敬亭成为乾州最早引种棉花的人，孛落坊村成为乾州耕种棉田的开端。

第九章

乾州种植罂粟要从军阀混战时说起。在清朝末年，陕西关中其他州县大规模种植罂粟时，乾州虽然也有人种植，但规模不大，并没有形成繁衍之势。陕西光复之后，张大统领更是不遗余力查禁烟毒。可是到了民国军阀混战的年代，充实军费扩充军队，是每一个当权的军阀都会倾心尽力去做的事情。

人称陆屠户的陆督军带着五百余车搜刮的民财被驱逐出陕西，陕军的创始人之一陈督军上台主政。陈督军主政之后急于扩军，以节约开支为由，不但裁撤了张大统领主政时设立的禁烟总局，并且反其道而行之，撤回派驻各地的禁烟委员，向各州各县派出了劝种委员，命令各州各县种植罂粟，以征收高额烟税来充实军费。

各种矛盾交织下兴起的靖国军与陈督军争战不断，乾州一会儿被陈督军所占，一会儿又被靖国军所占，真正将"你方唱罢我登场"这句话演绎得淋漓尽致。但是不管谁占据乾州，做的事情却都是一样，那就是充实军费扩充军队。种植粮食的耕地开始大片大片为罂粟所占据，关中从东到西、从南到北，所经之地满眼全是盛开的罂粟花。乾州大规模地种植罂粟，就从这个时候开始了。

芋落坊村种植罂粟是从杨狗娃家开始的。杨狗娃本就游手好闲，总喜欢东游西逛到处瞎胡混凑热闹。有一天，杨狗娃到乾州城里的城隍庙逛庙会看热闹的时候，碰见了曾经一起掀花花要钱的旧相识。许久不见，旧相识如今在县府里混上了差事，让人刮目相看。杨狗娃忙热情相邀，一起下到馆子里小酌一杯。几杯酒灌下肚之后，旧相识给杨狗娃透露了一个重要的消息，鸦片烟就要开禁了。原先派驻到乾州的禁烟委员被撤走，马上要派来劝种委员，整个乾州不久就要开始推广种植罂粟。

杨狗娃喝得晕晕乎乎的，起初没有反应过来。过了一会儿，他猛然琢磨出味儿来，马上意识到这是难得的发财机遇，谁都知道这东西的分量，谁先走一步自然就能抢得发财的先机。可是他并没有种过罂粟，也没有见别人种过，甚至连鸦片烟是什么样子都没有见过，无从下手，这让杨狗娃急得抓耳挠腮。旧相识打着饱嗝，满嘴喷着酒气给杨狗娃说："老哥你先甭着急，这是个蕞蕞的事情。我给你说一个人，你明儿个就去寻他买种子，寻到他提我的名字就行了，等你发了财可不要忘了兄弟呀！"

第二天，杨狗娃急急火火去了省城。当他寻见旧相识介绍的李老板并报上旧相识的名字时，李老板愣了半天也没有想起来是谁。李老板不耐烦地摆摆手说："不管是谁，你说啥事？"杨狗娃小心翼翼地说明来意。李老板立时就来了兴趣，马上换了一副笑脸，客气地接待了杨狗娃。李老板告诉杨狗娃，罂粟和麦子一样秋末播种，来年麦收前后收获，凡是能种麦子的地方就能种罂粟。李老板又非常耐心地教给杨狗娃种植、管护、采收，以及熬炼加工的方法，并且告诉他出货的时候，不用跑远路到省城来，到乾州的泰和药铺就可以了，种子也到泰和药铺去买，就说李老板让来的。

从省城回来，杨狗娃径直上了乾州。他寻到泰和药铺，泰和药铺的老板也姓李，只是比省城的李老板年轻许多。年轻的李老板告诉杨狗娃，鸦片烟马上开禁，种得越早获利越大，往后要是种的人多了，利自然就薄了。李老板问他："你打算种多少？"杨狗娃毕竟头一回弄这事，心里很不踏实，只是听李老板说，可是到底能挣下多少钱，他心里实在没底。杨狗娃伸出一根手指头说："我想先种一亩试试。"李老板的热情立时凉了下来。杨狗娃马上发誓说试种过一亩以后，只要能挣钱，来年保证种十亩以上。

杨狗娃是在孛落坊家家户户都大面积种植棉花，并取得丰厚收成的第一年秋播时，尝试着种植了一亩罂粟。来年开春之后，当杨狗娃家地里的烟苗在拔节抽秆显出与棉花苗不一样的株形时，整个南乡还没有任何一个人种植罂粟。到了四五月份，杨狗娃种的一亩罂粟开出红白黄紫各色鲜艳的花朵，五彩缤纷姹紫嫣红，吸引了孛落坊的乡人们。人们好奇地问杨狗娃："狗娃，你种的啥庄稼？"杨狗娃说："治病的药材。"乡人们又问："啥药材嘛，能有棉花价高？"杨狗娃不耐烦地说："我家的地，我想种啥就种啥，要你管！"乡人们嘻嘻哈哈笑着散去了。

进入六月之后，罂粟鲜艳的花朵逐渐凋谢，渐渐长成一个个墨绿色的椭圆形的果实。杨狗娃领上两个儿子在天色微明时分一齐来到地里，用刀片划破那些椭圆形的果实，把从破口处流淌出来的黏稠的浆液搜刮到瓷罐里。太阳出来的时候，便停止搜刮回到家中。杨狗娃按照李老板指点的要领，在铁锅里熬炼加工收割的罂粟浆液。

使人沉醉的罂粟的香味儿满院飘散。只有一条腿的杨狗娃他大灵醒过来，吃惊地质问儿子："这不是治病的药材吧？这怕是害人的鸦片烟吧！"杨狗娃说："你管它是啥，能换回来银圆就好。"独腿老汉劝儿子："这就是鸦片烟的味道，西堡子憨娃他爷就是抽鸦片烟把家当抽光了，当年十老爷还在祠堂里行族法抽过憨娃他爷鞭子，我年轻的时候见过。这号害人的事情咱不要弄了。"杨狗娃瞪起眼睛说："你回屋睡你的觉去，这家里又没少了你的吃穿，你少操那些闲心！"独腿老汉知道自己是个废人，这些年全靠着儿子养家，也不敢再说啥，拄着拐杖唉声叹气地回屋里去了。杨狗娃把炼制好的鸦片膏装进瓷罐，小心翼翼地把瓷罐放进褡裢里，出门往乾州城去了。

一亩罂粟的收益使得杨狗娃欣喜若狂。到了秋收之后，杨狗娃索性将自家十几亩地全都种植了罂粟。到了来年，十几亩罂粟带来的巨额收益使得杨狗娃迅速成为孛落坊村数得着的富户人家。杨狗娃拆掉旧房，扬眉吐气地新盖了二进的庭院。原先用土坯垒成的房屋，现在全部用青砖盖就，头门的门楣上也请匠人雕刻打磨了精美的图案。他还在后院加盖了马号，本想买一头骡子一头牛，可他想起当年为张承让家的驴子挨了鞭子的事情，便改变了主意，买了一头黄牛一头驴。黄牛用来耕地，驴子自然用来骑乘。杨狗娃给驴子脖项底下系上了一个拳头大的铜铃铛，每次外出回来，他总是要骑着驴多绕过两条村街，从张敬亭和张承让家门口过一回。叮当叮当的铃铛声，逐渐成为杨狗娃骑驴外出或者回村的标志。

杨狗娃的迅速发迹让孛落坊的乡人们眼红心热，种植罂粟获得巨额收益的诱惑已无法阻挡,刚刚兴起的种植棉花的热潮很快就被种植罂粟的热潮所取代。孛落坊村东西两边的土地大部分被罂粟所占据,麦田和棉田反倒变成了大片罂粟田中的点缀。杨成业自然不甘人后,他把种植棉花的土地全部种成了罂粟。整个孛落坊只有张敬亭没有种植罂粟,依然坚持在自家地里种植棉花和麦子,虽然他也力劝乡人们继续种植棉花,但是种植罂粟的高额收益使得乡人们无人再听他的话,罂粟种植在孛落坊村迅速扩散开来。

随着罂粟在乾州被大量推广和种植,接踵而来的,就是吸食鸦片蔚然成风。乃至老少奔波,走亲访友,接人待客皆用鸦片,男女竞相吸食。始从城镇,继而乡村,先是富豪,继而贫民,倚枕燃灯,吞云吐雾,时有斯癖者,竟十有六七。上自官员士绅,下至工商民众,以及僧尼道士,皆吸食成瘾。农好种烟,商好贩烟,军警各界均好吸食,种吸贩运已成为普遍之风俗。

孛落坊村吸食鸦片的乡人逐渐多了起来,周边的村堡大抵也都如此,薛录镇上甚至还开张了专供人吸食鸦片的烟馆。有乡人家的女人来寻张敬亭哭诉,要族长管一管因吸食鸦片而导致家境穷困的自家男人。张敬亭苦笑着摇摇头,说些安慰的话,把前来哭诉的女人打发回去。他知道种植罂粟和吸食鸦片烟都不是啥好事情,他爷十老爷那一辈人里,就有过因吸食鸦片烟而倾家荡产的事情。可如今是官府开了烟禁,谁又能有啥办法?想当年林则徐不就是因为禁烟而被罢了官,在发配新疆时,还在乾州住过一段时日。林则徐那么大的官都没有禁得了烟毒,他张敬亭算个啥?再说现在是官府鼓动弄这号事情,乡人们也愿意弄这号事情,一个愿打一个愿挨两相情愿的事情谁能管得了?各家过各家的日子,他管不了吸大烟的事情,他心里惦记着侄儿张文博的婚事,三剂先生敲定的三年之期就快到了。侄儿已经交上了十九,王家女子也已经满了十七,三剂先生说过出师之日就是娶亲之时。

秋忙过后,闲下来的张敬亭给他妈张宁氏说了他的想法。他想趁这阵农闲去一趟王家药铺,提前把娶亲的具体事宜跟义弟和三剂先生说好撂倒,好赶在腊月前把王家女子娶进张家的大门。张宁氏完全赞同儿子的想法,扳着指头盘算娶亲所需筹备的事情以及时间的紧短,她叮嘱儿子不能再拖延耽搁,要尽快把一切事情都敲定下来之后也好着手准备。一切计议商量停当,从张宁氏屋里出来,张敬亭到后院马号里看新近才买回来的枣红马。

前几天，张敬亭和刘蛇儿在薛录镇集市上卖掉了青花骡子和老黄牛，新买回来一头小黄牛和一匹枣红马。青花骡子和老黄牛都已经年老力衰，整天懒洋洋地卧圈不起，已逐渐拉不动车耕不了地了。翻过年就又要春忙，节令农时不等人，是不能耽误的。张敬亭和刘蛇儿一商量，狠下心牵着青花骡子和老黄牛上了薛录镇的牲口集市。在新主家连抽带拽硬拉着青花骡子走出老远的时候，刘蛇儿鼻子一酸，甩开脚步追了上去。他抚摸着青花骡子的鬃毛，从衣兜里抓出一把豌豆，掬在手里让青花骡子吃完，才恋恋不舍地让新主家拽走了。

新买回来的小黄牛和枣红马占据了马号里的槽头。刘蛇儿很是欢喜满意，不住地向张敬亭夸赞小黄牛的温顺听话和枣红马的脚力劲儿好。他一边给槽里拌着草料，一边给张敬亭大声憨气地絮叨："老话说买牛要买抓地虎，雇人要雇二百五。翻过年春忙时，东家就知道这小牛值当咧！"张敬亭却只顾着看枣红马嚼吃草料，然后不无惋惜地说："人都说上坡的骡子平川的马，这马脚力劲儿再好，可要是走马嵬坡，那可就不如青花骡子了。"

第二天吃罢早饭，张敬亭和刘蛇儿吆着马车出了门。硬轱辘车的车厢里装了多半车面粉，那是用今年新打下的红麦磨的面，是拉去给义弟和三剂先生尝鲜的。槐里县那里只出产白麦，白麦哪有乾州的红麦好吃。红麦擀出来的面光滑筋道麦香浓郁，这样上好的红麦面是给义弟和三剂先生最好的礼物。枣红马轻松地拉着硬轱辘车，脚力劲儿一点儿不比青花骡子差。青花骡子是一头犟骡子，犟起来时让它快跑它偏慢走，让它慢走时它却跑得收不住笼头，连熟知它脾性的刘蛇儿有时都不得不狠狠抽它几鞭子要它听话。枣红马则不然，四个蹄子匀称稳健，要快就快要慢就慢，听话温顺不尥蹶子。

枣红马一路平稳地下了马嵬坡，在走进马嵬镇街道的时候，一种与往日不同的奇怪氛围让张敬亭和刘蛇儿都惊异起来。往日的晌午时分，正是马嵬镇最为喧哗热闹的时候，东来西往的客商都会在马嵬镇歇足打尖，小商小贩也会在街道上大声叫卖，各家酒肆饭铺都是人声鼎沸嘈杂热闹。可是眼前的马嵬镇街道上却是空荡荡的，几乎没有人，连小商小贩的身影都没有，街道两边的店铺大多都关闭着铺门，整个镇子透着一种荒芜凄凉的感觉。

刘蛇儿在一家开着一扇门板的小铺门口叫停了枣红马，张敬亭跳下车走到铺子门口，先把头探进去看了看，然后侧身从门板缝里挤了进去。铺子里弥漫着浓烈的烧酒的味道，酒瓶酒罐被摔得满地都是碴片，一个佝偻着腰的老汉正在那里打扫收拾。见来了客人，佝偻老汉无精打采地问："你是吃哩还是住哩？"张敬亭说："我只吃饭不住店。"佝偻老汉说："你想住我也不敢留你。"不等张敬亭再搭话，佝偻老汉便自说自话地喋喋不休："要喝酒吃肉都没有，别的啥也都没有，只有面，你吃还是不吃？"——"帮灶的人跑了，也没人给我打下手，想吃面得等一时儿，你等还是不等？"——"没有肉臊子，只有素臊子，你看合你口味儿不合？"

吃面的当儿，张敬亭问佝偻老汉马嵬镇是不是闹土匪了，怎么连一个人影都见不到？佝偻老汉咬牙切齿地撂下一句："比土匪还狠！"接着就又自顾自地叨叨起来："一看你就不是常出门的人，连槐里县的贾司令你都不知道。"——"你看你看！这都是贾家兵干的好事，东西抢走咧！酒瓶酒罐也给我砸咧！"——"其实贾司令原本就是个土匪，我们这里的人都把他们叫假假兵。"

佝偻老汉说的贾司令确系土匪出身。在那个战乱不断的年代，各路军阀为抢夺地盘而打打杀杀的同时，也为土匪的滋生提供了绝好的机会，贾匪就是在那样的年代里孕育而生的。贾匪为人奸诈颇有心计，他不断收编小股土匪，四处流窜洗村劫寨，有钱抢钱无钱抢粮，拉畜劫物绑票勒索，很快便成了槐里县最有势力的一股土匪。

槐里县知事多次呈报省上要求派兵剿匪，但是陈督军却忙于东府战事无暇顾及。不久，忽然有一支靖国军攻占了武功县，陈督军想要出兵征讨，这才想起必经之路的槐里县还有声势较大的贾匪搅扰得地方不宁，陈督军当即就调派了一连兵前去剿匪。谁知贾匪消息灵通安排周密，就在这一连兵走了一天路人困马乏地进驻到县城的当天晚上，有贾匪的内应里应外合打开了城门。几百名土匪突然袭击杀进了县城，没放几枪就将这一连兵缴了械，连长领着十几个残兵冲出东门逃回省城去了。

陈督军闻讯大怒，下令枪毙了连长，又要派兵再行剿匪。这时候，有人给陈督军出了招安的主意，说是诱之以利再利用之，把贾匪招安收编之后，让贾匪先去攻打武功县的靖国军，等到贾匪和靖国军两败俱伤时再出兵，那岂不是坐享其成？陈督军大喜，以为妙计，遂派人前往槐里县对贾匪进行招安。贾匪老谋深算概不拒绝，欣然接受了招安，换上了陈督军送来的军服，领着队伍堂而皇之地进驻到了槐里县城。他摇身一变自称司令，竟然也成了割据一县的土军阀。

陈督军随后便命令贾司令进剿武功县的靖国军，贾司令一口应允，接着就向陈督军要枪要炮要军饷，待到枪炮军饷都到手之后，他又以训练队伍整兵备战为由按兵不动。贾司令心里明白，戏要陈督军是不会有好果子吃的，这种局面肯定维持不了多久。但他打定了主意绝不当炮灰，能跟陈督军周旋多久是多久，土皇上当一天算一天，等到事情烂包的时候，大不了重操旧业还当土匪罢了。贾司令一面加紧挨村挨寨派粮要款搜刮民财，一面招兵买马抓丁拉夫在县城整修工事准备对抗陈督军。

张敬亭对于佝偻老汉讲述的有关贾司令的种种传闻半信半疑，倔强地拒绝了佝偻老汉劝他原路返回的好意，催促刘蛇儿吃完了面便又急匆匆地起程赶路。马车驶出马嵬镇往前行了一程，老远看见前面的大路上有一群人影晃来晃去，及至走到近前才看清那是一队士兵押着一群民夫在赶路。

忽然有一个军官模样儿的人从队伍里跳出来，又开双腿伸展胳膊挡在了大路中间，紧接着就有几个士兵端起枪冲过来把马车团团围住。军官高喊："下来下来，你两个都给老子下来！"张敬亭和刘蛇儿不知所措，坐在马车上没有动弹。军官一歪脑袋"哎呀"了一声，从腰里拔出匣枪，砰地开了一枪，枪子嗖的一声从张敬亭头顶掠过。军官又喊："再不下来就让你们尝尝铁花生的味道！"张敬亭和刘蛇儿身子一软从车辕上溜了下来。一个士兵把枪挎到肩上走过来搜身，从张敬亭身上搜出了钱袋，转身递给了军官。

军官把匣枪重新插回到腰里的皮带上，枪把上的一绺红绸垂吊下来，在裤裆前面来回飘摆。军官将钱袋揣进衣兜里，问了问张敬亭是干啥的到哪儿去，缓和了口气说："本人姓刘，刘黑狗刘排长。你们到了槐里县的地界就要服从贾司令的命令，我们都是贾司令的兵，你们也要服从我的命令。"说罢，刘黑狗跳上马车，一屁股坐在面口袋上。士兵们也都跳上了马车，面口袋上和车帮上都坐满了士兵。刘蛇儿着急地说："老总，这要把马压日塌咧！"刘黑狗咧开嘴哈哈一笑说："心疼你的马了？那你来拉车好咧！"随即他又挥挥手说："快走快走！能搭你的车是老子看得起你。"

傍晚时分进到了槐里县城，刘黑狗让把马车吆到槐巷学堂门口。学堂早已变成了兵营，门口有持枪站岗的士兵。刘黑狗跳下车，提了提松弛的裤子然后一挥手，有两个士兵过来就要从刘蛇儿手里抢夺缰绳。刘蛇儿急得大喊："你这是弄啥哩？说好的只是捎个脚嘛！"张敬亭拦住士兵说："老总，有话好说——"话没说完，士兵一枪托砸在他胸口上吼叫："滚开！"张敬亭忍住疼又去求刘黑狗："我的钱袋你都拿去了，只当是我请弟兄们喝酒了，你不能再不讲理。"刘黑狗抬脚把张敬亭踢了个趔趄，瞪起眼睛说："贾司令要保境护民，马车和粮食都征用了。你再不走，就把你们都抓到民夫营去！"

天色已经黑透，灯光从王家药铺里投射到街道上。正在上门板关铺门的相公眼尖，看见张敬亭走过来，忙朝药铺里喊："亲家老爷来了！"三剂先生闻声走出来，看见张敬亭和刘蛇儿都是垂头丧气的模样儿，吃惊地问："你咋这个时候来了？"张敬亭苦笑一声，把马车和面粉都被抢去的事情学说了一遍。然后他左右看看，却看不见义弟和侄儿，又见三剂先生愁眉不展，心里立时就腾起不祥的预感。他问三剂先生王家药铺是不是也出了什么事情，三剂先生皱眉叹气地说："真个是祸不单行。"

自从贾司令掌管了槐里县之后，各种捐税徭役之多令人瞠目结舌。什么地丁款、烟苗款、厘税款，什么保护费、安民费、鞋袜衣服费，还有麸料麦草费、烧火的硬柴费等等，不一而足。名堂繁多，层出不穷，且一月一变逐月抬高，种田的庄户人家常常是旧款未清新款又派。由土匪被招安来的贾家兵更是穷凶极恶，烧房毁屋催粮要款，抓丁拉夫奸人妻女，样样坏事天天都在各村各堡发生，青壮的乡民和年轻的女人们都被吓得不敢归家。有乡民编了民谣曰："日日都熬煎，处处无雀鸟。夜来马蹄声，绑票知多少。四路都催款，一家齐哭倒。乡民难得好，天天有人找。不是要银子，便是要粮草。"

县城里的大小商号更是苦不堪言，贾司令像割韭菜一样，一茬一茬给各家商号摊派钱款，稍有迟缓就把掌柜的抓去牢里索要赎金，跟土匪绑票没有什么不同。城里有一家很有名望的富户，全家人都躲避去了省城，留下老管家照看门户。贾司令几次索要钱财却找不到主家，便让人把老管家抓起来严刑拷打，逼问主家藏匿家财的地方，老管家不开口竟被活活打死了。贾司令仍不罢休，竟然派人拆毁宅院挖地三尺，搜寻主家藏匿的黄货白货，一座很是考究的宅院

141

被拆挖成了废墟。另有一个商号掌柜因缴不出税款而被抓进牢里，限定家人三日内交款赎人，家人好不容易凑足了钱第四日赶去赎人时，贾司令嫌迟了一日，依然将那掌柜的杀了头。这样悲惨的事情不断发生，使得城里的大小商号和富户人家人人自危，有门道的人家纷纷外出避祸，一时间整个县城宅院荒芜，街市萧条。

王家药铺跟其他商号一样，被搜刮得家底渐空。三剂先生给王希元提议了好几回，干脆举家外出躲避不再受这个活罪。可是王希元对传了几代的药铺割舍不下，他担心人去屋空之后，也会遭到拆房毁屋搜挖钱财那样的后果，他坚持哪怕是砸锅卖铁也要保住王家的家业。张文博对于这样血腥恐怖的日子越来越无法忍受，可他又不能一走了之，闲暇得空的时候，他就会到药铺旁边的街巷里去寻魏老师，将一肚子的郁闷之气给魏老师一吐为快。

魏老师是槐巷学堂的教书先生，三十出头的年纪，一个人租住在街巷里一座很幽静的宅院里。在贾司令到来之前的那段日子里，魏老师每天清早都会出现在街巷里，一身很是整洁的青色长袍，胳肢窝下夹几本书，面带微笑风度翩翩地从药铺门口走过。魏老师有时也会在药铺门口驻足，给每天清早都会清扫门庭的张文博点头致意，然后便走上前闲聊几句，问一问某种药材的性味特点，告诉张文博给病人诊过病之后最好用盐水洗手消毒。

有一回，魏老师跟张文博聊起了西医，竟然把西医诊病的方法讲得头头是道，这让张文博惊诧不已。张文博好奇地问魏老师到底是教书的先生还是看病的先生，魏老师面带微笑地说："在我看来教书的先生和看病的先生没有什么不同。"他见张文博依然疑惑不解，就又说："看病的先生医的是人躯体的病，教书的先生医的是人心的病。"

张文博经常会从魏老师那里听到一些他从未听过见过的新鲜事物和名词。科学、民主、新文化、新青年，这些他从未听过的名词不断灌进耳朵里。他觉得自己的头脑被这样的新名词刺激得活跃起来，过去不知道也从未想过的事情，开始在他的脑子里发酵升腾，时而清晰又时而模糊。张文博越来越喜欢跟魏老师聊天说话，他觉得魏老师的身上有一种磁铁一般的吸引力。

魏老师在教书之外，还在学堂里创办了一个叫作"三新学会"的社团，要学生们读新书、做新人和学习新的思想。经常有三五成群的学生到魏老师的住处来，互相交流用白话文写成的诗歌和文章。一天晚饭后，魏老师指派一名学生到药铺来邀请张文博一起去参加"三新学会"的交流会。张文博到那里的时候，屋子里已经坐满了年轻学生，气氛热烈地讨论着白话文与文言文的区别。魏老师让大家安静下来，拿出几本新出版的书刊分给年轻学生们，然后充满激情地说："同学们，好好看一看，我说的能医治国人人心的'方子'就在这里面。我们就是要打倒孔家店，推倒贞节牌坊！"

不久，山东问题外交失败的消息使得举国震惊。各地的学子都开始上街游行以示抗议，槐里县仅有的两所公办学堂也沸腾起来。先生和学生都聚集在县公署门口，"外争主权，内除国贼"的口号声一浪高过一浪。魏老师跳上一张桌子，慷慨激昂地大声宣讲："山东亡矣，国将不国矣，愿合四万万众誓死图之，中国的土地可以征服而不可以断送！中国的人民可以杀戮而不可以低头……"最后，魏老师大吼一声咬破手指，在一张纸上写下血书，学生们也纷纷咬破手指在那张血书上写上自己的名字……

晚上掌灯的时候，张文博在药铺门口见到了疲惫归来的魏老师。魏老师的脸上没有了往日的微笑，站住脚问张文博："你知道不知道中国有个山东省？"张文博说："知道是知道，可我连省城都没有去过，更没有去过山东。"魏老师在张文博肩上用力地拍了拍，一脸悲愤地说："即便没有去过山东，你也应该知道这是国耻。"

几个月之后，那场轰轰烈烈的运动逐渐平息下来，魏老师又跟往常一样，在清早时出现在街巷里，风度翩翩地从药铺门口走过。

一天清早，被招安后的贾司令带着队伍大摇大摆地进了槐里县城。当天后晌，槐巷学堂的先生和学生都被赶了出来，学堂瞬间就变成了兵营。魏老师气愤不过，写了一纸诉状一个人跑到省上去告状。几天之后，魏老师垂头丧气地回到了槐里县。他摇摇晃晃地走进王家药铺，一屁股坐在诊椅上再也无力站起。魏老师大病了一场，每日都是张文博给他煎药调养。魏老师端着药碗发誓："不打倒军阀，不实现民主自由，我魏某人誓不罢休！"

魏老师康复之后就又开始忙碌起来，谁也不知道魏老师不再教书了又在忙什么事情。有一天，魏老师忽然来找张文博，把他叫到一个僻静处说："我要离开这里了。"张文博关切地问魏老师到底要去做什么事情，魏老师微笑着说："等我闹出动静来你就知道了。"魏老师把自己屋门的钥匙交给张文博，将屋里的书籍全部赠送给他，让他搬完书后把钥匙还给房东。临走时魏老师告诉张文博，要是有紧急的事情，可以到晁家庄去寻他。

夏忙过后的一天，十来个贾家兵在走出县城去例行催粮催款时，遭到了伏击，被全部杀死在荒野里。那是在去往晁家庄的路上，在一个叫土桥庙的地方，一支穿得破破烂烂既不是兵也不像匪的队伍，突然从大路两边的沟壑里冲了出来。十来个贾家兵还没有来得及做出反应，就被红缨枪戳倒在地，被铡刀片砍掉了脑袋。士兵戴的大檐帽被一把尖刀钉在了路旁的树上，垂吊在刀把的红布上写着"硬团"两个字。从那以后，这样的袭击就不断发生在村与村之间的大路上，"硬团"的名号也随之在槐里县叫响开来。硬团不是匪也不是兵，硬团专杀欺凌百姓的土匪和跟土匪一样的贾家兵。

王家药铺的药材已然断供，只能诊病无法用药，柜上的相公走得只剩下了一个，琉璃碗里的九大仙草也早已变卖换了现钱，财尽货干使得王希元再也无力承担贾司令新一茬的派款。贾家兵在留下三天之内交款赎人的话之后，王希元被抓去了大牢。张文博焦急地给三剂先生说："看来只能回字落坊找我大伯凑钱了。"三剂先生却连连摆手说："弄不成弄不成！那些钱你咋能拿得回来？怕是还没有进门就被搜光抢光了。"张文博寻思了一会儿，凑到三剂先生耳边小声说："干脆我去寻硬团想办法。"

张文博走进晁家庄时，村口的老槐树下圪蹴着三个老汉，他走上前打问有没有人认识魏老师。几个老汉无人搭理他，竟都站起各自散去了。张文博走进村街敲响一户人家的院门，院门从里面闩着却无人应声，他又去别家敲门也是如此。他站在村街上正不知所措时，忽然听见身后有脚步声，紧接着就被人按倒在地捆了个结实。有人在他耳边说："想见魏老师就不要乱动！"

张文博被绳子牵着七拐八拐走进一座宅院里，当蒙眼布被摘去的时候，魏老师微笑的面孔出现在眼前。才几个月的时间，魏老师完全变成了另外一番模样儿。原来一张白生生的面孔变得黝黑粗糙，两鬓到下巴长满了胡子，头发长得遮住了耳朵，一件不合体的蓝色对襟布衫遮住了前裆又盖住了屁股，黑色粗布的裤子短至小腿，脚上穿着烂了窟窿露出脚指头的布鞋。这哪里是魏老师？这完全是一个地地道道的庄稼汉。张文博发出一声惊呼。魏老师一

脸微笑地说："咋咧？你不认得我了？"张文博惊魂未定地说："你咋弄成
这个样子了？"魏老师说："这样子咋咧？你没见过种地的庄稼汉呀？我原
本就是个庄稼人嘛！"

张文博表明来意的话还没有讲完，魏老师就出乎意料地告诉他，就算他今
天不来，硬团也已经谋划好了要大干一场。张文博惊讶地问魏老师："城里的
事情你咋知道的？"魏老师笑一笑，神秘地说："硬团有的是千里眼顺风耳。"
紧接着魏老师问他："放火你敢不敢？"张文博说："只要是对付贾家兵，我
豁出去了！"魏老师拍一拍他的肩膀说："用不着你豁出去，到时候你只需放
一场火，其他的事情你就不用管了，放完火你直接到牢里去接王掌柜。"张文
博问："要烧啥地方？"魏老师说："槐巷学堂的军营。"

张文博回到县城时天色已黑，他一踏进三剂先生的屋门就看到了张敬亭。
张敬亭听侄儿讲述完跟魏老师商定好的事情，猛一拍桌子说："那就烧他狗
日的！"紧接着却又说："你不能一个人去。"不一会儿，刘蛇儿被叫到了三
剂先生屋里。张敬亭重复了一遍谋划好的事情后问刘蛇儿："你敢不敢和文博
一起去放火？"刘蛇儿嘿嘿一笑说："那有啥不敢的？"张敬亭瞅着刘蛇儿欲
言又止。刘蛇儿马上会意地说："东家你放心，放火这号事情我最在行，让少
东家跟在我后面把风就行。"张文博随即把魏老师讲的槐巷学堂的房屋布局给
刘蛇儿又讲了一遍。从哪里翻墙进去，哪里是存放军火的库房，咋样泼煤油咋
样点火，几个人在油灯底下把所有的事情都反复商量计议停当，然后才各自睡
觉去了。

第二天后半夜的时候，张文博和刘蛇儿按照跟魏老师约定好的时辰来到
槐巷学堂。大门口有站岗的卫兵，两个人按照魏老师说的绕到东边的土墙底下，
那里果然长着一棵歪脖树。刘蛇儿率先攀着树上了墙头，他骑在墙头上往院
里观望，看见库房门口有一个卫兵在来回转悠。刘蛇儿溜下墙头，在地上摸
了一块砖头，猫腰绕到卫兵身后朝卫兵脑袋上拍了一砖，那卫兵就软软地倒
了下去。张文博看见卫兵倒了，跑过去一砖头砸开库房的门锁。两个人进到
库房里面，从后腰取出煤油筒，拧开盖儿，分头把煤油泼在一摞摞的弹药箱上。
刘蛇儿划着洋火扔出手，噗的一声冒出一股蓝色火焰，泼上煤油的弹药箱就
腾起了火光。

两个人顺原路翻出墙的时候，身后就燃起了一场冲天大火，接着震耳欲聋的爆炸声接二连三地爆响起来，剧烈的爆炸震得脚下的地面都在抖动。与此同时，西门也燃起大火，西门外响起了枪声，紧接着西门里也响起激烈的枪声。张文博知道那是魏老师计划中的一部分，硬团的人把贾家兵全部吸引到西门方向去了。

东门里的牢房大门已被打开，看管牢房的警察在被硬团的内线偷开了牢门后都被缴了械，关在牢里的人全都被放了出来。东城门也已然大开，守城门的几个卫兵早在燃起大火之前就被先前混进城的硬团的人弄死了。紧挨东门的民夫营在槐巷学堂炸响的同时也举行暴动，提前混进来的硬团的人领着民夫们与外面的硬团的人里应外合，看管民夫营的贾家兵死的死跑的跑，排长刘黑狗翻墙逃走了。

张文博和刘蛇儿来到东门里的时候，张敬亭早已顺利地接到了王希元。西门的枪声愈发激烈，槐巷学堂的火势也越烧越旺，弹药库依然在不断炸响，张敬亭和刘蛇儿搀扶着王希元急匆匆出了东门，连夜回字落坊去了。张文博目送几个人安全离开，反身从背街小巷回转到王家药铺去了。

一夜之间，军营和弹药库均被烧毁炸毁。牢房被劫，抓来的民夫也跑了个精光，还死了十几个贾家兵。硬团这一周密计划的实施，彻底惹恼了贾司令。贾司令很快传下一道残酷的命令，一个硬团的人头换十块大洋。贾家兵的大队人马倾巢而出，像疯了一样挨村挨寨杀人放火，被杀乡民的人头装满了硬轱辘车，一车一车被拉回县城领赏，槐里县笼罩在前所未有的腥风血雨之中。

贾家兵的暴行激怒了硬团，魏老师率领所有的硬团成员不顾一切地跟贾家兵硬干了一场。结果可想而知，硬团几乎全团覆没，只有一小部分硬团人拼命护着魏老师冲出重围不知去向。

不久，被贾司令戏耍了一番的陈督军终于明白过来，随即派重兵包围了槐里县城。围城十余日，槐里县城被攻克，贾家兵作鸟兽散。贾司令在城破之后脱去军服，换上平民的衣裳，领着亲随带着十几箱搜刮来的钱财逃跑时被活捉，随后被公开处决于县城东门外，槐里县这段血腥的噩梦终于过去了。

第十章

临近腊月的一天，张文博离开了槐里县。天空开始下雪，漫天飘舞的雪花覆盖了村庄和道路。田野里尽是披麻戴孝送葬的人家，一座座新坟裸露在白茫茫的雪地里格外显眼，穿着孝衣孝服的人行走在雪地里，同白茫茫的大雪映成一色，若不是那悲伤凄惨的唢呐声刺风破雪而来，谁又能知道那是无辜可怜的人们在祭送冤死的亡魂。

马嵬坡上的积雪埋住了棉窝窝，张文博跌跌撞撞地上到坡顶，在天黑透时走进了自家庭院。正在屋外掏炕灰的二凤猛乍看见他激动地大喊起来，全家人都从屋里跑出来，庭院里立时就腾起喜悦惊叫的声音。在给家里人逐个问过安之后，张文博径直来到后院马号。刘蛇儿正在热炕上抽烟，见张文博走进来，慌得从炕上跳下来惊呼："我的天爷爷！少东家你可回来了！"张文博深鞠了一躬说："蛇儿叔，我现在知道了，你是个有脏腑的人。"

王希元在听到贾匪已经被处决的消息后就再也坐不住，当即给张敬亭说他明日一早便要回去。张敬亭一再挽留，让他等到雪停天晴了再走，王希元却归心似箭坚持天亮就非走不可。临了，王希元又提出要将女子的婚事再延缓一年，并一再解释说原本给女子备下的嫁妆都被贾匪搜刮一空，这样的境况起发女子出门让他脸上实在无光，容他缓上一年重新备下嫁妆一准儿风风光光地把女子嫁过来。说完这一番话，王希元态度坚决无可回旋地回屋睡觉去了。

张敬亭满心失落，每一次升腾起来的喜悦转瞬间又变成了空欢喜。侄儿的婚事一直是张敬亭心里面最重最大的事情，可是王家确实遇到了难处，王希元顾全脸面的要求并不过分，勉强而为反倒不美。世上的事情就是这样，总是由事不由人，也只能这样了。第二天一早，王希元起身告辞，顶风冒雪下马嵬坡回槐里县去了。

提心吊胆的日子总算过去，侄儿张文博也已平安归来，一家人在欢乐的氛围中准备过年。这个时候，村里却有两户人家的女人跑到杨狗娃家里哭哭啼啼寻死觅活闹得不可开交，把整个村子都搅和得没有了年味儿。起因是两家的男人把女人用来置办年货的钱全都吸食了鸦片烟，村里还出现了吸食鸦片烟的窝点，窝主就是东堡子的杨狗娃。

罂粟被大面积地推广种植之后，粮食产量便急剧下降，集市上的粮食价格逐年上涨，官府征收的烟税又逐年拔高，种植罂粟已经没有了原先那样的暴利。地少的小户人家种罂粟就没有地再种粮食，种了粮食又没有地种植罂粟，即使种了罂粟，在缴纳了高额的烟税之后，还要再去集市上购买粮食，家境反倒变得入不敷出。小户人家在算过账之后，觉得种植罂粟很不划算，就又都改种棉花和粮食了。罂粟种植在逐年减少，但是吸食鸦片烟成瘾的人却是有增无减。字落坊吸食鸦片烟的人也越来越多，其中有几个大烟鬼已经吸得倾家荡产，家里的地和值钱的家当都已被踢腾得干干净净。

有一个大烟鬼的女人负气领着娃娃回娘家去了，另一个大烟鬼的女人引着娃娃四处乞讨。临近年关，不忍舍家的女人又都领着娃娃回到家里，两个女人都把在外面攒下的一点儿钱给了丈夫，千叮咛万嘱咐让男人去置办年货。谁知两个大烟鬼一出门就径直走进杨狗娃家里，吞云吐雾转眼就把置办年货的钱吸了个精光。两家的女人闻讯寻到杨狗娃家里，寻死觅活吵闹得不可开交，乡人们都围在杨狗娃家门口看热闹。

杨狗娃毫不客气地将女人和娃娃从庭院里推搡出来，吹胡子瞪眼地吼叫："又不是我叫你家男人来的，是他们自己要来，我还能把人打出去不成！"有人实在看不过眼，就在人堆里数落杨狗娃："狗娃，这事情就是你不对，你明知道那两个大烟鬼日子都过烂包了，你还要挣这样的黑心钱，你叫人家咋过这个年？"杨成业因大将的事情被杨狗娃黑了钱，心里一直耿耿于怀，这时也趁机在人堆里煽风点火地说："一定要问杨狗娃把钱要回来，同宗同族的人他都能下得去手，他是爱钱爱得都不要脸了！"两家的女人被乡人们一鼓动，更是哭天喊地撒起泼来。杨狗娃挽起袖子指着看热闹的人破口大骂："你们也都不是啥好鸟，你们谁家没有大烟膏？甭光说我，我不偷不抢又不犯王法，跟你们有啥尿相干的？"围看的人越来越多，场面也越来越混乱。有人跑去叫张敬亭。张敬亭听了一半便不耐烦地挥挥手："而今是官家开了烟禁，一个愿打一个愿挨，这号事情让我咋管？管不了管不了。"

晚上，张敬亭将将上炕睡下。忽然自家头门被砸得咚咚响，有人火急火燎地高喊："族长，快救人啊！不好了，出人命了！"张敬亭跳下炕，趿拉着鞋跑出去，撤去门闩拉开半扇门板，竟然是杨狗娃一脸惊慌地站在门口。杨狗娃带着哭腔说："族长，不好了，我大——他——他吞了大烟膏了！"

独腿老汉在炕上直挺挺地躺着，杨狗娃的老婆和两个儿子都站在门口不敢进去。被惊动的乡人们跑来拥进屋里时，只见独腿老汉的脸色已经黑青，舌头伸到嘴外，口水顺着嘴角流到了炕席上，两只眼睛瞪圆睁大，眼珠儿却丝毫不见转动，屎尿浸湿了棉裤，散发出一股恶臭。众人瞅了一眼就都捂住鼻子退到门外去了。

张敬亭问侄儿："你看还有救没有？"张文博有些紧张地说："我一点儿把握都没有。"乡人们七嘴八舌地对张文博说："已经这样了，你试一试尽心就好，死活都有大家做见证，都不怨你。"张文博鼓起勇气跳上炕，解开独腿老汉的衣裳敞开怀，让人端来一碗凉水，他噙满一口凉水，噗的一声喷到独腿老汉脸上和胸脯上，独腿老汉却丝毫没有反应。张文博又把独腿老汉扶起来，想给他灌下那一碗凉水，可是灌进去的水全从嘴角流到了炕上。张文博额头上冒出虚汗，从药箱里取出几枚银针，放在油灯上烧了烧，便在独腿老汉喉咙两侧和胸口上扎了下去。

趁着侄儿施救的空当儿，张敬亭向杨狗娃追问独腿老汉吞食大烟膏的缘由。杨狗娃蹲在地上一言不发。杨狗娃家二儿子忍不住在一旁插话说："就是因为白天的事情，我爷气得把拐杖都摔了，骂我大亏了先人咧！晚上就吞了大烟膏。"杨狗娃老婆猛然在二儿子头上打了一巴掌。二儿子回过头怼他妈："你打我干啥？我大做事就是不对嘛！"杨成业在人堆里故意提高嗓门问杨狗娃家二儿子："除了烟窝子的事情，还有别的啥事没有？"杨狗娃家二儿子吭哧了半天说："反正我大对我爷就是不好。"乡人们开始乱哄哄地骂杨狗娃。这时张文博从屋里走出来，一脸气馁地说："断气了，没救过来。"杨成业依然高嗓门地说："这不怨你，吞了大烟膏的人本来就是救不活的，要怪就怪老汉没养下个好儿子。"

独腿老汉已死，乡人们摇头叹气地散去了。杨狗娃平日在村里使泼耍赖为人不好，他种植罂粟发迹之后更是不把任何人放在眼里，村里竟没有人来帮他办丧过事。最终还是张敬亭出面，让乡人们看在独腿老汉可怜了一辈子的份儿上，帮着杨狗娃搭灵堂，盘锅灶，四处报丧，又磨面买菜，招呼前来吊丧的各路亲戚。三天之后，按照阴阳先生选定的日子，独腿老汉被埋入了黄土。

办完独腿老汉的丧事，张敬亭心绪低沉地回到家里，临近年关喜庆的心气儿已然全部消失，自责和忧虑的心境让他闷闷不乐。吸食鸦片烟的恶习已使得世风日下，各村各堡的龌龊事情层出不穷，旁的村堡男盗女娼的事情虽然还没有出现在字落坊，但是顺手牵羊小偷小摸已是时有发生。乡人们之间也不再像过去那样亲近和睦，夫妻失和打捶闹仗的事情几乎天天都有。甚至还有因吸食鸦片烟而家境没落的乡人，竟然违背本村土地不得卖予外村人的祖训，私下把离村子较远一点儿的边角地卖给了外村的人。再这样下去如何得了？官府只管放开烟禁收税捞钱，却不管因此而引起的倾家荡产妻离子散的事情。再这样过上几年，字落坊还能有几户像样的人家？字落坊的土地还会不会再是字落坊的土地？还能有几个正常的人到祠堂里去祭祀先人？跪倒在先人牌位下的，总不能是一群大烟鬼吧！

罂粟的危害竟然到了如此严重的地步，这是张敬亭决然没有想到的，他对自己以前不闻不问袖手旁观的态度深感自责和懊悔。连着两个晚上，张敬亭都睡不踏实，独腿老汉满脸青黑的死相总是在他眼前晃悠，他爷十老爷紧眉瞪眼表情严厉的面孔也出现在他的梦里。他梦见自己一个人在田野里行走，金黄金黄的麦浪惹人喜爱。他走上高处，满怀喜悦地欣赏丰收的景象，突然从脚下传来一声巨响，接着就天崩地陷，他坠入一个深坑里。无数双干枯粗糙冰凉的手从地底下伸出来，抓他掐他拧他抠他，他大、他爷，还有他太爷爷、祖爷爷、祖祖爷爷怒目圆睁的面孔在半空里飘来飘去，厉声唤他的名字……张敬亭惊得一身冷汗地醒来，梦里被掐过拧过的地方似乎在隐隐作痛。

腊月二十九，张敬亭让二愣敲响了铜锣，所有的成年男人都走进祠堂，杨狗娃和那两个倾家荡产的大烟鬼也被专意叫了来。两个大烟鬼失魂落魄的丑态已无法掩饰，张着口流着涎水斜肩歪胯地站在人堆里。张敬亭点燃红蜡，插上紫香，拜了祖宗牌位，又让杨成业念了一段祖宗遗训和宗规族法，然后朗声说："按说到大年初一才是开祠堂拜祖宗的日子，可是今儿个再不说不管抽大烟这号事，我看这个年是过不成了。不知道谁他大还是谁他媳妇明儿个又要吞了大烟膏咧！"说罢，他点名道姓把那两个大烟鬼叫到享堂上站下，大声问："你两个的屋里人和娃娃呢？"两个大烟鬼低着头不敢作声。杨成业在香案旁大喊一声："跪下！"两个大烟鬼便都扑通跪倒在地。张敬亭提高了声音追问："说，你两个给我大声说！你屋里的婆娘和娃娃呢？"一个大烟鬼嗫嗫嚅嚅地说："又跑回娘家去了。"另一个说："又出门讨饭去了。"

张敬亭皱着眉头走到天井边，往人堆里扫了一眼，点了杨狗娃的名字。杨狗娃畏畏缩缩地走到天井里站下。张敬亭说："狗娃，你看你弄这号抽大烟的窝子好嘛不好？"杨狗娃拧着头说："他们不到我这里来，也是到薛录镇上的烟馆，还都不是一样地花钱？到我这里还省得跑路了。"张敬亭不再理杨狗娃，朗声给乡人们说："大家想一想，一个出嫁了的女人临过年呀，引着娃娃回娘家混饭吃，她心里得有多难受？另一个女人引着娃娃白天受人白眼四处讨饭要饭，夜里挨饿受冻睡在别人家的屋檐底下，这日子过的是个啥味气？"

张敬亭说到这里已经动情伤心，眼角润湿声音哽咽了。有心肠软的人开始抽泣抹泪，也有人耷拉着脑袋不敢抬头。张敬亭转过身又对那两个大烟鬼说："我已经差人把你们俩家的女人和娃娃都寻回来了，这会儿都在我屋里歇着，一会儿祠堂事毕了你两个去把人接回去。"这时人堆里有人大声喊叫："捶死这两个害货！"马上有人跟着一起喊起来。张敬亭说："抽大烟的人确实都是些害货，不光卖房子卖家当，还有人竟然把先人留下的地都卖给了外村的人！"这话一说出口，乡人们立时就炸开了锅。有人高喊："肉烂在锅里，要卖也得卖给咱村的人，是谁这么大胆子做下这挨刀的事情？"

杨成业听见这话从香案旁跑到天井边，伸出手指指点点地大声质问："是谁？是谁干下的这鳖厮事情，你给我站出来！"有乡人看见身旁的张承让浑身哆嗦起来，就诈唬地问了一句："承让，这鳖厮事情是不是你做下的？"张承让哆嗦得更加厉害，接着就两腿一软瘫坐在地上。乡人骂了一句："原来真是你狗日的做下的好事！"杨成业跑过来抬起脚就在张承让尻子上踢了一脚说："原来是你个吃里爬外的东西！"随即揪住张承让的衣领，把张承让拉上享堂跪在了祖宗牌位底下。张敬亭说："大家都看看这些大烟鬼干下的这些事情，这大烟土还能不能再抽？"

祠堂里安静下来，没有人再说话。张敬亭提高了声音说："官府开不开烟禁我管不了，可是咱字落坊得立个规矩，打今儿个起，谁都不许再碰大烟土！"接着他一口气叫出十几个人的名字，有姓张的，也有姓杨的，有年轻的，也有年龄大些的，十几个人都被叫到享堂上跪倒在祖宗牌位底下。张敬亭指着这些人的后脊梁给乡人们说："这些个都是咱村上摇了铃的大烟鬼，今儿个就让他们好好过一过瘾！"说罢他给二愣挥一挥手说："每人二十鞭子，给我狠狠地抽！"二愣和七八个年轻后生一拥而上，先按倒了四五个大烟鬼，扒下棉裤，抡起牛皮鞭子就抽打起来，几个大烟鬼粗的细的嗓门顿时就吱哇哭喊起来。

祠堂里的惨叫声此起彼伏，其他等着挨鞭子的大烟鬼浑身哆嗦地缩成一团，胆小的乡人吓得闭上了眼睛。待到把那十几个大烟鬼挨个打完，只剩下杨狗娃和那两个倾家荡产的大烟鬼时，张敬亭指着杨狗娃说："弄大烟窝子比抽大烟更可恨，把这害货给我往死里打！"杨狗娃被按倒在地，牛皮鞭子每一鞭抽下去都带着血水，打到四五十鞭子时，杨狗娃已没了声气昏死过去。杨成业拽一拽张敬亭的衣袖小声说："真个打死了，他婆娘娃娃咋办呢？"张敬亭这才挥手叫停了二愣，让人把杨狗娃背回家里去了。

那两个倾家荡产的大烟鬼看见杨狗娃的下场浑身抖个不停。张敬亭走过来说："你两个能把大烟戒了不？"两个大烟鬼瘫在地上都说不敢再抽了。张敬亭说："你两个说的话让人咋信呢？"一个大烟鬼说："族长说咋办就咋办，我真的不敢再抽了。"另一个大烟鬼也赶忙说："就是就是，族长说咋办就咋办。"张敬亭说："要是真下狠心不抽了，就自己断去一根指头对着老先人起誓，我和大家就都信咧！"

二愣去东墙上取来一把刀子，咣当一声摞到两个大烟鬼脚底下。两个大烟鬼战战兢兢地抬起头，看见张敬亭冷峻如铁的面孔，有一个大烟鬼就率先拿起了刀子。随着一声惨叫，一截小指留在了地上，那个大烟鬼捂住涌冒出血水的手倒在地上翻滚起来。另一个大烟鬼随即也拾起刀子，大叫一声切下一截小指，随之便也在地上翻滚起来。挨过鞭子不断呻唤的其他大烟鬼们，此时都已吓得丢了魂儿忘记了疼痛，暗暗庆幸自己仅仅是挨了鞭子。祠堂里的乡人们都被这血腥的场面吓得张大了嘴巴，悄没声息地看着那两个断了指头的大烟鬼抱着手在享堂上哀号翻滚。

祠堂禁烟之后，字落坊村果然再没有人抽大烟了。

整个年关，杨狗娃趴在炕上哼哼唧唧心气不顺。他老婆小心翼翼地伺候他，大儿子也时常来问安，二儿子却从不走进他的屋子。将养了十来天，杨狗娃勉强能下炕站一站走两步。他用两只手捂住两边的尻蛋子站在屋门口，冷眼瞅着二儿子担水扫院地进进出出，咋看都觉得二儿子不顺眼。

正月十五这天，杨狗娃老婆炒下几样菜烫了一壶酒，想缓和气氛让一家人吃一个团圆饭。二儿子倒了一盅酒却并没有敬杨狗娃，走过去将那盅酒敬在了独腿老汉灵位前。杨狗娃窝着火说："老二真是个懂事的娃呀！要下个这样的儿子多好。"二儿子跪在灵位前默不作声。他妈上前把他拉回到饭桌上坐下，他却低着头不动筷子。杨狗娃瞪起眼睛说："你哭丧着脸给谁看呢？你还想咋？"二儿子既不说话也不抬头。杨狗娃越发来气，开始不断地数落二儿子，嫌二儿子把家事说给了外人，导致他丢人现眼还挨了鞭子。二儿子不服气地猛然顶了一句："你自己做下的事情咋能怪我？"杨狗娃见二儿子竟敢顶嘴，立时就暴跳如雷地端起盛满热饭的老碗撇了过去。热饭糊了二儿子一身，二儿子怒目以对，杨狗娃踢开椅子走上前又扬手扇了二儿子一记耳光。

杨狗娃的粗暴举动终于激起了二儿子的激烈反抗，二儿子转身跑去庭院里抄起一块砖头冲进屋里。杨狗娃吓得跌坐在地上，杨狗娃老婆慌得抱住二儿子大喊："他可是你亲大！"二儿子愣了一下，大叫一声转身冲进灶间，将砖头砸向了铁锅。铁锅被砸漏了底，汤饭流满了灶膛，二儿子头都不回地跑出头门去了。一个月以后，消了气的杨狗娃禁不住老婆天天在耳边叨叨，便骑驴上了乾州，到二儿子上学的学堂里去寻二儿子。他在乾州城里转悠了两天，没有找到二儿子的任何踪影，就独自到馆子里喝了一回酒，然后骑驴回去了。

农历四月，是麦子扬花油菜干荚的时节，脱下棉衣棉裤换上单衣单裤的庄稼人仍然不堪燥热，只有在一天的早晚两头才觉着凉快清爽。吃罢晚饭，张宁氏盘腿坐在炕上，把水烟壶抽得咕噜噜响地过着烟瘾，又开始给儿子提说孙儿的婚事。张敬亭坐在炕桌的另一边，尽量做出专心听他妈说话的样子。张宁氏絮絮叨叨没完了，说完孙儿的婚事，又说大凤二凤的事情。大凤已经给高家生下一个女儿，可是高马驹却一年也回不了一次家，大凤一个人操心劳力在高家照顾一家老小。二凤的事情就更加让人烦恼，自从刘二公子病亡之后，一直给二凤寻不下合适的婆家，眼看都已二十出头了却还要娘家养着，真是让人心急如焚。

一连串不如意的事让张宁氏越说越来气，不住地训斥儿子："该娶的媳妇娶不回来，该嫁的女子也嫁不出去，我看你就是个只会喘气的死人！"张敬亭不作声，拧着头听他妈训斥。张宁氏叹一口气又说："你要是拉不下脸给人下话，我就自个儿张罗去给二凤寻婆家。"张敬亭不耐烦地说："好了好了，我知道了！得空了我就再去寻媒婆媒汉，张罗给二凤寻婆家的事情。"说过这话没有几天，张敬亭就陷入一桩土地买卖的纠纷当中，无暇再顾及给二凤寻婆家的事情了。

土地纠纷是张承让卖地引发的。张承让把自家的一亩地偷偷卖给了外村的人，虽说那是离字落坊最远的边角地，耕种和收割都极为不便，但是张杨两姓的先人早有遗训，不管是穷户还是富户，无论出于何种理由，字落坊的土地不得卖予外村的人。张承让在祠堂里挨过鞭子之后后悔不已，抽大烟抽得迷了心窍，竟然把先人的遗训都忘记了。结果不但挨了鞭子，族长还要他自己想办法把地咋样卖出去的再咋样买回来，要不然就不是挨鞭子那么简单了。可是墙已推倒水已泼出，白纸黑字的契约上都已按了指印，这地如何能收得回来？

掌灯时分，杨成业来到张承让家里。张承让一脸憔悴的神色让人怜悯，声音嘶哑可怜兮兮地向杨成业哀叹自己是一时糊涂，要是赎不回地，他跳井的心都有了。杨成业摆出一副与那天在祠堂里截然不同的面孔，先是满脸笑容地安慰了张承让一番，然后又换了口气说："赎地的事情你真要抓紧，违背祖训是不肖子孙啊！要是真赎不回来，族长那里你可要麻缠了。"张承让愁眉苦脸地告诉杨成业，买地的主家是南上官村的人，人家已经断然拒绝了他赎地的要求。他也去找过南上官村的官人刘老大，可是刘老大却避而不见，眼看这地是赎不回来了。说完这些话，张承让已然急得声音哽咽流下了眼泪。他站起来躬身作揖，央求杨成业替他去给族长说几句好话，让族长出面去交涉此事。

杨成业拿捏很稳地说："族长要是出面，这事当然好办，这个话我也不是不能替你去说，只是我也有个心事——"杨成业沉默下来不再叙说下文。张承让立即接话说："村里人都知道，族长就只听你的，只要你帮我给族长说这个话，你让我干啥都行。"杨成业说："既然你这样说，那我也就给你直说，我想跟你换地。"张承让一脸惊诧地问："换地？咋换？"杨成业说："用我家村西的三亩地换你家村东的那三亩地，我想把我家村东那片地连成一片。"张承让低下头默然不语。村东的地是一等好地，村西的地连三等都算不上，杨成业提这样的要求明显是乘人之危。张承让心里愤愤不平，脑袋一昂却说："这是个啥事嘛！就冲咱俩家这交情，你说咋弄就咋弄。"

没过几天，张敬亭果然亲自出面请来了南上官村的刘老大。张敬亭在堂屋里摆下几样菜，杨成业在一侧相陪。刘老大生性直爽，不见寒暄就率先举起酒盅一饮而尽，然后就大声豪气地给杨成业讲当初闹交农时他和张敬亭一起闯县公署的事情。酒过三巡之后，张敬亭还没好意思开口，刘老大却豪爽地直奔主题："客套话不必再说，敬亭兄弟你只说这件事情咋办才好。"张敬亭说："咋样卖的地还咋样买回来，给买地的主家一点儿补偿也是应该，算是我村的张承让毁约赔不是。"刘老大说："把地退回不难，只是得等到三年以后。"杨成业着急地说："为啥要等三年？这不是刁难人哩嘛！"刘老大说："兄弟你有所不知，买地的主家屋里刚死了人，才刚埋到那买来的地里，要退地就得迁坟，咱这儿的风俗你们也都知道，咋样子都得让人家过了三年才好说迁坟的话。"杨成业不高兴地说："那咱今儿个说这话还有啥意思嘛！"刘老大哈哈一笑说："兄弟还是个性急的人。要不你们自己找主家去说，只要今儿个把主家说动了，你们今儿个就把地收回去。如果实在说不下来这事，那就等人家过了三周年后，我做主把地还给你村。"杨成业心里寻思，有钱能使鬼推磨，只要给主家多赔一点儿钱财，定然能说得动主家，如若再等三年，还不把换地的事情也等黄了？杨成业马上爽快地表态说可以，然后问张敬亭啥意思，张敬亭点头说："那就按刘老兄说的办。"

送走了刘老大，杨成业一身酒气地走进张承让家里。他一进门就摆起架子说："今儿个的事情你也看见了，族长听了我的话把刘老大请来喝了酒，刘老大不会再打绊子，下来就要看你的了，你得抓紧去跟主家把话最后说好，这事就算我给你圆回来了。"张承让千恩万谢，接着又说买地的主家很难说话，央求杨成业再费心劳力跟他一起走一遭，替他出面去给主家说话交涉。张承让的话正中杨成业下怀，可他却佯装推托地说："该替你说的话我已经给敬亭哥和刘老大都说过了，主家那里怎么还要我去说呀？"张承让一再地央求，说他跟主家已经说翻了脸，再去的话主家肯定不会跟他松嘴，央求杨成业好人做到底，并说也只有杨成业才能说得了这事。杨成业故意端着架子沉思了一会儿说："好了好了，谁让咱两家有交情，看来主家那里还真得我去给你捻弄。"

事情果然不出杨成业所料，主家提出了让人无法接受的苛刻条件。买地的银圆要双倍返还，还要再承担所办丧事的一切费用，额外再赔十斗麦以示毁约赔偿。主家本以为这样的条件会让对方知难而退，谁知杨成业竟然替张承让一口应承下来。主家全然没有准备，一时惊愕得说不出话来。天上掉馅饼的事情实在难得，迁坟就能发一笔横财，主家愣了片刻灵醒过来，立时就不失时机地爽快答应，一月内迁坟还地。

从南上官村一出来，张承让一脸苦相地圪蹴在地上站不起来。杨成业是他自己请来说话的，在来的路上他也说过一切全凭杨成业替他做主，可是这样的结果让他实难接受。张承让可怜巴巴地给杨成业说："杨哥，这事恐怕弄不成，赔的钱实在太多了。"杨成业拉下脸说："还真是好人难当呀！那好，只当是我拿热脸贴了冷尻子，我这就去给刘老大和主家回话撤约，后面的事情你自己捻弄去。"说着装作要走的样子。张承让急忙站起来拉住杨成业哀求说："杨哥，不是我又要毁约，是我屋里实在拿不出那么多的钱粮！"杨成业站住脚，佯装埋怨说："你看你这个人，有难场就给我直说嘛！说那些伤人脸的话干啥？"随即他又摆出一副豪爽的姿态说："是这，好人做到底，粮款不够我借给你，利息就不给你算了，你看咋向？"事已至此，话也说到了这个地步，张承让心里叫苦不迭，却也不敢再次毁约。

一个月之后，到了约定收地的日子。杨成业一大早就来找张敬亭，不想张敬亭和刘蛇儿到薛录镇集上相骡马去了。杨成业心下思量，张敬亭在不在都是一样地如期收地，不在正好，正是展示自己威望的机会。杨成业又寻见二愣，让二愣多叫几个人去给张承让站脚助威，不能在南上官人面前输了字落坊人的气势。一行人来到那一亩边角地的时候，老远瞅见地里已经聚集了许多人。新坟已被挖开，棺木也已被吊上来停放在地里。

主家看见了张承让，便走过来说："你看，我如期履约了。"张承让说："好！南上官人就是守信用。"主家紧接着又说："谢客的酒席钱你得另出。"张承让说："该给的钱粮一文不少我都给过你了，你咋还要？"主家说："帮忙的人都是我临时叫来的，谢客的酒席钱就得临时再加。"张承让说："你这是讹人哩！"主家说："你不出这酒席钱，今儿个我就不迁坟了，地你也甭想了！"杨成业背着手走上前说："南上官人咋还不讲理了？写的有契约，这事可由不得你讹人。"主家白了杨成业一眼，撂下一句："你们看着办。"转身走回地里招呼那边的人要将棺木再埋回去。杨成业火冒三丈地大声说："今儿个你迁也得迁，不迁也得迁！"他拧身给二愣一挥手说："把棺材抬出去，给他撂到大路上去，他爱迁不迁！"二愣和几个后生走进地里就要搬移棺木。那边的人挡在棺木前面阻拦，两帮人推推搡搡，随之就厮打起来。杨成业给张承让高喊："动手了，快回去叫人！"张承让撒腿跑回村里去了。那边随即也派人跑回村里叫人去了。

两个村子的十几个男人在地里扭打成一团，满地都是撕破的布片和踩掉的布鞋。正打得不可开交的时候，张承让跑了回来，身后紧跟着跑来黑压压一大群人，挥舞着镢头棍棒踢腾得尘土飞扬。那边的人吃了一惊，纷纷松开手退到后面。这当儿，从南上官村也跑来一大群人，锄头顶门杠乱纷纷地举起，两群人在大路上迎头站下，虎视眈眈对峙起来。字落坊村的人高喊："叫刘老大出来说话！"南上官村的人也高喊："叫张敬亭出来说话！"互相嚷嚷了半天，两边的官人都不在场。字落坊村的人再找杨成业时，杨成业也不见了人影。不知哪边的人大叫了一声："先打！先出了气再说！"两边站在最前面的人就都挥舞着手里的家伙往前凑，双方随即混战在了一起。

忽然有人断喝了一声："住手！都快住手！"喊叫住手的人挤进人群里，伸展开双臂想把两边的人隔挡开来。混乱之中有人在那人头上闷了一棍，那人额头上立时就涌冒出鲜血。字落坊村的人堆里顿时就乱喊起来："族长被人打了，南上官人把族长打了！"字落坊村的乡人们随之便发了狠地都要再往上冲，却看见张敬亭软软地倒在了地上。孛落坊村的人都回身围了过来，南上官村的人也都惊呆下来，双方这才都罢了手。

孛落坊村和南上官村为一亩地聚众械斗的事情震动了县公署，新到任的王知事亲自过问。王知事骑着毛驴在田间地头实地考察，很快便弄清楚了事情的原委，随即亲往孛落坊村看望张敬亭，并对张敬亭制止乡民械斗的举动大加褒奖。王知事在张敬亭家堂屋里现场办公，传来了刘老大加以训斥，责怪刘老大治村无方，并当场拍板定案解决纠纷。一亩土地退还给孛落坊村，违背祖训卖地的乡民由本村自行处置。南上官村乡民毁约讹人实属可恶，双方械斗也因其贪财忘义而起，故罚麦五斗以示惩戒。同时责其将买卖本金之外多收之钱粮全部退还给孛落坊村乡民，然后迁坟另葬费用自理。械斗受伤的乡人由各村乡绅自行妥善处置，双方不得再寻仇报复。

王知事口若悬河滔滔不绝，有根有据以理服人，将一桩土地纠纷断了个清清白白。张敬亭深为折服，刘老大也无怨言。王知事意犹未尽，提议将此事立碑记之，随即挥笔疾书写就一纸碑文交与刘老大，命其刻好后立于南上官村中以警示后人诚信做人。碑文曰：

> 尝观为政者，私誉或能势要，公论必不能苟合，他事或可术致，民心必不可幸得。以正为政，以德报德，兹盛世事也。现有乾地孛落坊南上官地畔相连，乡民忘旧制，卖祖业……

此碑原立于南上官村庙中，后不知为何人所毁。

绿油油的麦田长势喜人，大路上和小道间，黄牛悠悠青骡匆匆，扛锨捎锄的农人往来不绝。哗哗响的水车从早到晚转个不停，乡人们忙着给地里引流浇水，田野里时不时飘忽起几句悠扬的"乱弹"腔。也只有在孛落坊村的地里，才会有清流浇地这般壮观的场景，不再靠天吃饭是孛落坊村的乡人们再高兴不过的事情。

杨成业如愿以偿地换到了张承让家村东的三亩地，使得他家在村东的土地连成了一片。他让长工重新修挖了沟渠，开通了水道，涓涓清流浇遍了他家的土地。张敬亭光着脚高挽起裤腿，脚上和腿上糊满了泥巴，手持铁锨站在水渠边看着清水灌进自家的地里。待到一亩地浇灌完毕，他铲起泥土封堵好挖开的分流口子，就又到前面去给下一亩地开口引流。刘蛇儿也光着脚，掂着锨在田间的水渠上来回走动，不断修补被水流冲毁垮塌的垄坎。

杨成业背着手走过来，叫了一声："敬亭哥。"然后在水渠的另一边圪蹴下，笑眯眯地给张敬亭说："我有个好事情要给你说哩！"张敬亭头都不抬地说："你能有啥好事？"杨成业说："你先停下手歇一歇，听我给你说嘛！真的是个好事情。"张敬亭直起腰抬起头，却张口说出了杨成业不爱听的话："你换了张承让家的地，你给人家补差价了没有？"杨成业收了笑脸说："我借给他钱粮连利息都没要，还要补啥差价？"张敬亭说："人家没有几天就还给你了，你有啥利息可收的？"杨成业站了起来，不高兴地说："一进一出咋能没有利息？你这个人咋是个这，没意思得很！我跟你不说了，我去给老婶子说这个好事情去。"杨成业背着手快快地走了。

张敬亭从地里回来一走进门，先是婆娘秋满喜盈盈地迎上来告诉他，杨成业来给二凤提说了一门亲事，接着张宁氏也走到前面堂屋里来给他说这个事情。张宁氏告诉儿子，杨成业前来提说的是北田果村王家他的表弟，是跟刘蛇儿同一个村的杨成业二姨家最小的那个把把娃，二十五六的年纪，刚死了婆娘，家境也还算好。张敬亭在盆里洗脸只顾听，猛乍问了一句："那婆娘死以前生的有娃娃没有？"秋满在一旁抢着说："没有娃娃，我都问过了。"张敬亭不再吭声，洗完了脸又把脚戳进盆里洗脚。张宁氏见儿子不吭声，急得把拐棍在地上戳得当当响地说："到底咋个向？你倒是给个声气呀！"张敬亭说："过个三五日再给他回话。他说归他说，咱自己先要打问清白，我不能再亏了我女子。"

第二天，张敬亭和刘蛇儿一起到北田果村刘蛇儿家里去了。张敬亭在刘蛇儿家里住了一夜，回来之后便应允了这门亲事。没过几天，由杨成业做媒，终于将二凤许给了北田果村的王家。定亲仪式办得很是顺利，张宁氏和张敬亭都很满意这门亲事，并与王家商定了等到忙罢过后，王家就来迎娶二凤。

北田果村王家夫妇有儿有女，在年近四十时又生养了这个儿子。夫妇二人对这个蔓儿子疼爱有加，就跟大儿子分家另过，把所有的家产田产都准备着让蔓儿子来继承。蔓儿子到了该娶亲的年龄时，长得相貌俊美仪表堂堂，夫妇俩左挑右选，竟然把蕞儿子耽搁到二十出头才给娶了媳妇。千挑万选娶回来的儿媳妇并不入公婆的眼，再加上婚后一直不见儿媳妇生养，婆婆就更加横挑鼻子竖挑眼，见天地冷言冷语给儿媳妇寻事。儿媳妇每日里都不言不语，郁郁寡欢，身体日渐瘦弱，后来竟一病不起，不久便不治而亡了。

王家蕞儿子死了媳妇，伤心了好一阵子。正月里走亲戚的时候，表哥杨成业无意间给他提说起了张敬亭家的二凤，他早就闻听过二凤的美貌，虽然有关二凤命硬克夫的流言蜚语传遍了十里八村，可他依然暗自欢喜。过罢年，王家蕞儿子隔三岔五来寻表哥杨成业，央求给他撮合这门亲事。杨成业起初不想揽这样的闲事，可是架不住表弟三番五次地央求，最终就答应说一说试一试，谁想亲事竟然真的说成了。

亲事一敲定，王家蕞儿子在狂喜之余却又熬煎起来。给死去的婆娘连治病带下葬花费不少，再次定亲又花费去一大笔钱财，家里的日子捉襟见肘日见紧张。他寻思趁着夏忙前的空闲时日，跟村上的商贩搭伙去宁夏贩一趟查花布，盈利些银钱回来，也好风风光光地娶回二凤。跟他大他妈商量好以后，王家蕞儿子粜了家里的存麦凑够了本钱，又走村过堡收齐了查花布，然后跟几个商贩在选定的吉日出了门。谁知清早出门时还是晴空万里，午时走到漠谷河时却乌云翻滚突降暴雨，从漠谷河上游猛然奔涌下来一股洪水，将驮货的骡子卷进河中。王家蕞儿子一时性急，顺着河堤去追在水里挣扎的骡子，不料脚下一滑跌进河里去了。天黑的时候，同去的商贩寻见王家蕞儿子的尸身，抬回了北田果村。

死讯传来，张敬亭一家人捶胸顿足后悔不已，二凤再一次成了没过门的寡妇。

第十一章

张文博娶亲的日子定在了春暖花开的四月，张敬亭和王希元对商定好的娶亲仪式都很满意，两家的关系再一次发生了重大变化。义兄义弟加上儿女亲家的关系，让张敬亭和王希元都有一种有了血缘关系的亲兄弟般的感觉，亲密无间不分彼此。三剂先生对商定好的一切自然没有异议，只是对张文博有些不舍，相处了数年，他对张文博倾尽心血，二人情同父子。

张敬亭商定完婚娶的大事从槐里县一回来，孛落坊全村便随之而动，前来帮忙和行情搭礼的乡人络绎不绝，张家庭院里显出一派嘈杂热闹喜气洋洋的氛围。杨成业自荐当了总管，进进出出前院后院地吆五喝六，安排人搭喜棚盘锅灶，又指派心细的乡人去薛录镇割肉买酒，忙得不亦乐乎。张宁氏心里的一桩重要心事眼看就要过手了却，她扬眉吐气精神焕发，三番五次到前面的新房里来察看指点，一遍一遍给儿子叮咛还需添置的东西，指指点点各种物件摆放的位置。

终于到了娶亲的这一天，由于路途较远，新娘必须在午时前就娶进婆家，凡是被确定下来前去娶亲的人，头天晚上都被杨成业叫来在庭院里候着。子时刚过，总管杨成业一声令下，七八辆硬轱辘车，二三十匹骡马，混合着娶亲的男男女女嘈杂喧闹的声音，浩浩荡荡地从孛落坊一拥而出，队头至队尾一直排了一里多路。黎明时分，娶亲的队伍一走进槐里县城，八对唢呐的响乐班子立时鼓乐齐鸣，十二杆轰天雷的铁铳轮番爆响，这样排场气派的娶亲队伍即便在县城里也不多见，惊动得男女老少齐来围观。在娘家举行的一切仪式也都非常顺利，娶亲的队伍在午时前准时返回，王海棠终于被娶进了孛落坊张家的大门。

婚礼隆重而又壮观，传统仪式有条不紊，全村除了杨进禄因年老体弱行动不便未能出席以外，其他男女老少都来参加了婚礼。南乡有名望的乡绅官人在里长赵书臣的带领下也都前来贺喜，筵席从庭院里摆到了村街上，流水席从晌午一直吃到了晚上，猜拳行令的声音喧闹了一天，喜庆热闹的场面超过了以往任何一次庆典。

天黑之后，嘻嘻哈哈闹洞房的后生们逐渐散去，点着红烛的新房里只剩下新郎和新娘。张文博感到一阵尴尬和窘迫，他初到王家药铺时还是个童心未泯的少年，经常跟小妹妹一般的王海棠一起玩耍。王希元对这个蓑女子最是喜爱，把女子宠惯得有些刁蛮霸道，张文博却从来也不与她计较，凡事总让着王海棠。成年之后由于家规所限，两个人见面的机会反倒少了很多，偶尔见面时便有了几分拘束和羞涩。现在骤然面对面坐在闪闪燃亮的红烛两边，张文博更是拘谨和不好意思起来。

王海棠见张文博坐在椅子上一动不动，便率先打破尴尬的气氛说："你是不是不情愿娶我？"张文博急忙说："我没有不情愿！"王海棠又说："那你是哪儿不滋润不舒服了？"张文博连忙摆手说："没有没有，我都好着呢！"王海棠噘起嘴嗔怪道："那你咋一脸陌生的样子，对我不闻不问，好像不认得我？"张文博有些紧张地说："我不是不理你，我只是不知道说啥话才好。"王海棠扑哧一笑，走过去弯腰脱鞋上了炕，把一对绣着鸳鸯荷花的枕头并排摆放好，又把大红缎面的被子铺展开，然后蜷着腿斜躺在炕上，面带羞涩地说："早点儿歇下吧，今儿个可把我劳累坏了。"张文博不好意思地往炕上瞅了一眼说："你累了你先睡。"王海棠绷起脸问："那你是咋，你是嫌啥？"

这当儿，拐棍戳地的当当声由远至近地在窗外响起，张宁氏走到新房门外站下了脚。她在屋门外侧耳听了听，又走到窗子底下听了听，没有听见任何动静，只看见屋内的红烛还未熄灭。张宁氏隔着窗子说："我娃累了就吹灯上炕，跟你媳妇早些歇下。"张文博在屋内答应了一声，然后跟王海棠相视一笑，吹熄了红烛。又停了一会儿，张宁氏拐棍戳地的当当声才由近至远地去了。

忙罢过后，天气到了最炎热的时候。日头灼烤得人酷热难当，孛落坊涝池里的水只剩下尺许深，成群结队的黑色蝌蚪在浅水里摇头摆尾地游动，村上的蔫娃们光着身子跳进水里，抓蝌蚪捕小鱼尽情地扑腾撒欢儿。这个时候，村里最有名望、年纪最大、辈分最长的人杨进禄，寿终正寝驾鹤西归了。

其实早在三五天以前，杨进禄就已经流露出了走到生命尽头的征兆。他在吃饭时突然放下碗，一脸郑重地给儿子杨成业说："改修门楼的事情还没有办，得抓紧办了。"杨成业茫然地看着父亲，几十年前他爷九先生临下世时交代的但几乎已经被遗忘了的事情，怎么这会儿突然想起来了？杨进禄临躺倒前的头一天晚上，儿子杨成业陪着他在庭院里下凉。杨进禄忽然从躺椅上坐起来问："今年是第几年了？是不是到了该增修族谱的时候了？"杨成业掐着指头算了算说："今年是第九个年头，明年就该增修族谱了。"杨进禄闭上眼睛，喃喃自语地说："那就好！不用等得太久，那我就安心了。"又躺了一会儿，杨进禄唤儿子把他扶起来，声音洪亮地说："我炕上铺的炕单有些脏了旧了，让你媳妇给我换个新织下的。"杨成业叫媳妇去换了炕单。杨进禄冲儿子笑一笑说："我走呀！"然后便推开儿子搀扶着他的手，身板挺直脚步稳健地独自走回屋里去了。

第二天，杨进禄就不能再起炕了。他四肢僵硬地躺在炕上，一直想张口说话，喉咙里却呼噜噜堵着痰液发不出声，只能艰难地伸出手做出简单的手势。杨成业从薛录镇请来了郎中，诊了脉开了药方。可是喂进杨进禄嘴里的汤药又全都从嘴角溢流到了枕头上。杨进禄两眼无神却睁得很大，不断地举起手伸出两根指头。杨成业和大儿子守在炕边六神无主，揣摩不透他大手势的含义，直到杨成业的二儿子被人从县上的学堂里叫回来后扑倒在炕前，杨进禄伸出的两根指头变成了一根。杨成业猛然开窍明白过来，他大这是还想再见一个人，他俯身在他大耳边报出了张敬亭的名字，他大的手便马上垂放了下来，杨成业随即跑出庭院去了。

张敬亭一边埋怨杨成业不尽早告诉他，一边快步走进屋里时，杨进禄已经两眼紧闭气若游丝。张敬亭走到炕边俯身问候，杨进禄突然睁开眼睛，一只手一把抓住张敬亭的手腕，那指甲一阵紧似一阵直往肉里抠，眼神里放出一股凶光，另一只手缓缓举起来指着儿子杨成业。张敬亭会意地点一点头，杨进禄眼里的活光倏忽退散，两手一软倒头气绝了。

　　村上年纪最大的长辈就这样去了，张敬亭心酸不已，忍不住流下眼泪。杨成业扑通跪倒号啕大哭起来，他老婆和儿子也都跪倒下来。乡人们闻讯都走进杨成业家里，哀伤悲痛的氛围使得在场的每一个人都禁不住唏嘘流泪。张敬亭对杨成业说："你不能再哭了，先安顿丧事要紧。"杨成业清醒过来，赶忙让一家人都动起来，给杨进禄擦脸净身换了老衣，蒙上了寿帘纸，然后他含泪哽咽地对张敬亭说："敬亭哥，我心乱如麻主不了事，一切全凭你给做主。"张敬亭也不推辞，将办理丧事的一切事务全都包揽下来，当即指派人分头去给亲朋好友报丧，然后安排人在庭院里搭起了灵堂，又差人请来风水先生看墓定穴，再请来阴阳先生算了下葬的日子，写了七斋表，让乐人班子在灵堂前敲敲打打不断弦索，整个丧事安排得井井有条，没有任何不周到的地方。

　　三天之后，在杨成业家祖坟地里，杨进禄占据了一个位置，湿漉漉的黄土攒成一个墓冢。这件悲凉的丧事就算是过去了。

　　翻过了年，刚进入秋季，张敬亭家厢房里的土炕上传来婴儿尖锐的啼哭，王海棠顺利地诞下了一个男娃。接生婆在屋里欣喜地喊叫："生了生了，是个娃子娃！"话音从厢房里传出来，一直紧张地守在门外的张宁氏激动得浑身战抖了起来。她老泪纵横地走到庭院中间，猛一下撂了拐棍扑倒在地，将额头在地上磕得咚咚响，进而又坐在地上号啕大哭。一会儿她止了哭声，忽然又仰头大笑，直笑得上不来气没了声音，儿子和孙子赶忙过来给她捶背顺气。

　　张宁氏喘息了一阵儿站起来，一把推开儿子和孙子，举起两只胳膊仰头大喊："张家有了后人了，是个娃子娃，是个娃子娃啊！张家有了后人咧！"随即她迈开小脚以从未有过的敏捷的脚步跑出头门跑上村街去了。张宁氏顺着村街往西跑了几步，忽然站定身回头看了看，又扭转身往东边祠堂的方向跑去。她一边跑一边不住地高喊："是个娃子娃啊！张家有了后人咧！"她在跑到能看见祠堂那两扇黑漆大门的地方时，忽然停了下来，接着就身子一软瘫倒在地。张宁氏喜得气短痰涌迷了心窍，晕了过去。

　　王海棠心安理得地享受了全家人无微不至的服侍，脸色红润容光焕发地坐满了月子。她知道丈夫家就盼着这个男娃，如今遂了丈夫一家人的心愿，母随子贵，王海棠在家里的地位悄然发生了变化。孩子满月的仪式隆重而又热闹，所有重要的亲戚朋友都接到了邀请，甚至连许多年很少往来的远房亲戚也闻讯赶来贺喜。

张敬亭让刘蛇儿到薛录镇集上买回来一头杀好的猪，满心欢喜地待承亲朋好友。张宁氏虽然大字不识，却毫不费心思地张口就给孩子取下乳名疙瘩。张敬亭和侄儿都觉得拗口，可谁也不敢违了张宁氏的意思，扫了她的兴致。反正是乳名，待到六岁时还要取官名，到那时再给孩子取个雅而不俗的名字也为时不晚。

张敬亭听着来客们不断重复着的夸赞侄孙儿的客套话，心里无比高兴，再也没有比人丁兴旺这样的客套话让人心里更快活的了。他更加殷勤地递烟让茶，对所有的亲朋好友不分彼此不管亲疏远近一律盛情招待。义弟王希元和疙瘩他大舅用骡子驮来满满两驮篓礼物，吃的穿的玩的一应俱全，还把一对精致的小银镯戴在疙瘩的小手腕上。三剂先生因为要照看药铺，未能前来喝满月酒，但是也托王希元带来了一个银锁项圈儿作为礼物。

欢庆的日子虽然热闹却短暂，更加真实的是日常平淡的生活。王海棠虽然自幼受着父亲的娇惯而有些刁蛮霸道，但也头脑灵活很会处事，又有着大户人家的家教，待人接物还算得体，不像有的大户人家的女子那样矫揉造作。只是王海棠不会纺线织布，这是一个重大缺陷。一个不会纺线织布的女人，在庄稼人的眼里是难以承担家庭主妇责任的。各村各堡的乡人在定亲之前，媒人向婆家首先夸奖的总是那个女子如何心灵手巧，纺线织布如何利落精致，甚至还会拿来女子纺下的线穗儿和织成的查花布供婆家人欣赏，以显示未来媳妇绝对是能持家过日子的好女人。

可是在跟王家定亲之前，王希元早就有言在先，说自己的女子自小被宠惯坏了，不但刁蛮霸道，更不会纺线织布和绣花。张敬亭当时只考虑到了两家亲上加亲和传宗接代的大事，至于会不会纺线织布和绣花，张敬亭倒未多想。自己家里也不缺吃穿，这些事情在他眼里并没有觉得有多重要。张宁氏也早在定亲前就听儿子讲过这些，心里明白跟传宗接代比起来这些也算不得什么大事，所以她对孙媳妇不会纺线织布这个重大缺陷表现得十分通达和包容。但是张宁氏还是要求孙媳妇在坐过月子之后，便开始学习家庭主妇应该掌握的纺线织布和茶饭手艺的技巧，学习如何勤俭持家和伺候丈夫的妇德。

张宁氏一面口头教授，一面给孙媳妇亲自示范：怎样把棉花搓成捻子，怎样把捻子接到锭子上纺成绫，怎样掌握纺车转动的快慢才能让纺出的线粗细均匀而且皮实，纺成的线又怎样浆了洗了再拉成经线，然后又怎样上机穿梭过线织成布……张宁氏教得十分耐心和细致，比当初给自己的孙女大凤、二凤教时还要耐心尽力。王海棠在刚开始学习织布的那几天表现得兴味十足，可是没过多久，新鲜劲儿一过，她就不愿意再学习这些枯燥乏味的女红了。每当张宁氏喊她上织布机的时候，王海棠总是会来事地从大妈怀里抱过疙瘩，然后到二堂里屋再把疙瘩交到张宁氏怀里。张宁氏看着怀里咿咿呀呀的重孙儿，就把什么都忘了。

每日早晚，张敬亭都要和侄儿一起到二堂里屋去给张宁氏问安。张宁氏对孙儿的循规蹈矩以及在待人接物方面表现出的持重和彬彬有礼很是满意，张敬亭则是对母亲当初做出让侄儿去王家药铺当相公的决定深为折服。若是没有王家药铺和三剂先生的管教，哪里会有现在的张文博？世事皆有因缘，一切自有天命。自从当年十老爷在马嵬坡上搭救王家药铺老掌柜的那一刻起，就注定了两家会有今日这样的交情，也注定了三剂先生跟张文博的这一场师徒缘分。

如今张文博也有了儿子，张宁氏和张敬亭都已不再担忧家业传承的事情，张敬亭还在处理祠堂和村上的事务时有意带上侄儿，好让侄儿耳濡目染祖宗遗训和家规族法。张敬亭经常不动声色地观察侄儿，觉得侄儿的一言一行乃至一举一动，都跟他爷十老爷简直太像了。到底是他张家的种，侄儿连眉宇间的那种神态都跟十老爷像极了。张敬亭心宽起来，在乡人们面前也时常显出从未有过的满面春风的样子，他心里有了底，字落坊再也找不出第二个像侄儿这样能胜任族长的人选了。

张文博在家中无所事事，偶尔也会应主动上门的乡人的要求，诊脉开方诊治些头疼脑热的小病。除了忙时跟张敬亭和刘蛇儿干些农活以外，闲下来的时候总是手不释卷地看书，他一直保持着诵读的良好习惯。薛录镇有家药铺听闻张文博是三剂先生的高徒，便主动上门热情相邀聘请他去坐堂，但是却被王海棠一口回绝了。张文博也不与王海棠争执，他不觉得到薛录镇去坐堂是件很重要的事情，他内心也不情愿去薛录镇这个离家这么近的地方。

可是这样一件小事却让张宁氏很不满意。去不去薛录镇药铺里坐堂并不重要，重要的是这件事情怎么能由王海棠说了算？一个妇道人家怎么能越过自家男人来决断事情？而且竟然还是当着一家之主张敬亭的面，由她做主把药铺来人的聘请给回绝了。张家是有家教有礼数的人家，连自己的儿媳妇都是在给客人端茶倒水之后便退回到里屋，没有在堂上说话的份儿，孙媳妇竟然这样胆大妄为目无尊长。如果现在不严加管教，那自己的孙儿张文博以后还咋样在村上立威？一个连家事都不能做主的男人能有什么出息？

张宁氏越想越生气，把儿子张敬亭叫来训斥了一番，然后告诉儿子说："现在不严加管教，将来还不上房揭瓦？你得给这个侄媳妇亮亮耳朵。"张敬亭一脸为难地给他妈说："这是侄媳妇，这话我不好说，不过这女子也就是有些太霸道了。这话得你来说，得你给你孙儿媳妇亮耳朵。"张宁氏撇一撇嘴，斜眼瞪了儿子一眼说："你是一家之主，该管事时你又不敢管了，怪不得文博在媳妇跟前这样软稀不敢说话，都是你把那媳妇惯的来。"张敬亭说："我不能为这样的小事伤了我义弟和三剂先生的脸面，折了两家的交情。妈你给她亮耳朵，话轻话重都不要紧，谁都说不上你的不是。"

张宁氏接受了儿子要她管教孙媳妇的话，按捺不住地把王海棠叫到二堂里屋给亮耳朵。张宁氏盘腿坐在炕上，把水烟壶抽得咕噜噜响。王海棠站在炕边，眨巴着眼睛问："婆呀！你喊我有啥事呢？"张宁氏鼻子和嘴一起喷出一阵浓烟说："婆叫你来是有话要给你说。"王海棠说："婆，你有啥话你只管说。"张宁氏板着脸说："婆说的话你听不听？"王海棠感觉到张宁氏脸色不对，立时露出笑脸说："婆呀！看你说的，我小辈人不懂事，婆多指教才好哩！我咋能不听婆的话？"张宁氏直截了当地说："自古女人就要三从四德，女人要处处抬协自己男人，凡事要男人出面做主才对，你听下了没有？"王海棠听出了张宁氏话里的意思，是嫌她在回绝药铺邀请时多嘴了，便马上顺着张宁氏的话说："婆你说得对着哩，我就是处处抬协我家文博呢！"张宁氏紧跟着问："那你给婆说，你是咋样抬协你男人的？"王海棠不慌不忙地说："我每天都伺候他吃了喝了，他跟我大伯下地时，我还叮咛他做活儿要可着力气做，做不动的活儿就甭硬做，小心伤了筋骨。"张宁氏又问："你还咋样抬协你男人了？"王海棠说："我家文博爱念书，我天天黑咧都劝他少念会儿书少熬点儿眼。"张宁氏仍然不动声色地问："还有啥呢？"王海棠说："我每日都问我家文博想吃啥饭，然后就跟我大妈一起给他做可口的饭。"张宁氏的脸色缓和了许多，可还是不依不饶地说："这些都是该着你做的，哪个女人都是这样子的。你在遇事时是咋样抬协你男人的？"王海棠故作亲热地上前拉住张宁氏的衣袖，摆出一副孩子气的娇态说："婆呀！你说该咋样抬协你的孙子？你说啥我都听哩！"张宁氏坐直了身子，语气严厉地说："今后屋里屋外的事情，要你男人说话才能算，你少在人面前显摆你自己！"王海棠听见这话，气得瞪大眼睛，丢脱了张宁氏的衣袖。她没有想到张宁氏说话又硬又直，可她又不敢顶撞，一时涨红了脸低下头。张宁氏又说："女人的名声就是男人的脸面，凡事你总想要压着你男人，你男人的脸面往哪里搁？还咋样在外面弄事情？你这样的名声传出去，你当旁人会夸你？旁人只会笑话你是个不明事理的麻迷儿。"王海棠低着头默不作声。张宁氏紧逼不放地追问："婆今儿个给你说的话，你记下记不下？"王海棠嘟嘟囔囔地应了一句："记下了。"

被张宁氏管教了一回，王海棠心里很不舒服，连着几天给张文博使脸色撒凉话。张文博一笑了之，并不与她计较，可是张文博却一日比一日显得闷闷不乐和少言寡语了。张敬亭起先发现侄儿心事重重的样子时，还以为侄儿是在跟王海棠怄气，可是他留意观察了一段时日，又觉得不像是跟王海棠怄气。张敬亭有意无意地拿话试探了几回，侄儿却避重就轻只说些闲话，并不袒露一点儿心事。张敬亭心下不安起来，他断定侄儿的心事跟王海棠无关，侄儿是不想在家这样无所事事，是动了出门谋事的心思，他那颗年轻躁动的心还远没有安宁下来。张敬亭思量了很久，又跟他妈张宁氏商量了几回，觉得干脆让侄儿就依着他自己的心思再出门去扑腾扑腾，以让他彻底地尽兴甘心，好让他将来能心安神宁地守在家里。张敬亭决定在办完增修族谱这件大事后，让张文博还回到王家药铺去坐堂。

立冬之后的农历十月，却呈现出暖融融的小阳春的气象。地里的麦苗眼看着噌噌地往上蹿，麦无二旺，冬旺春不旺，庄稼人便在此时用牲畜套上石碾子进行碾轧，以延缓麦苗生长的速度。俗话说十月行步不问路，这个时候的麦苗任人踩踏，也任由牲畜啃吃。

张敬亭双手叉腰站在地头，瞅着刘蛇儿吆着黄牛，拖着石碾子在地里转圈儿，石碾子碾过的地方，笔直的麦苗被压倒了头。他看见不远处杨成业也来到地里，便斜岔子从地里踩着麦苗走过去叫住了杨成业，两个人在地头圪蹴下来。张敬亭说："成业，这回我想让文博主办增修族谱的事情，你看这事使得使不得？"杨成业睁眼扬眉地说："敬亭哥，我是个直人，有啥说啥。这样的大事，除过你也只能是文博侄儿，掰手指头算一算，村上还有谁能扛得起这样的大事？"张敬亭说："那也得你这个当叔的肯抬举才行。"杨成业一口爽快地说："那还有啥说的？我没麻达！"经过一番商量，每十年增修一次族谱的事情便敲定下来。

张文博开始独当一面，接过了增修族谱的神圣使命。在张敬亭的指导下，他先是把增修族谱所需的各项开支清算出来，写出清单，并写清楚祠堂官仓开支多少，张敬亭家和杨成业家承担多少，各家各户再分担多少，然后将开支账目张贴在祠堂外墙上。接下来他和几个能识文断字的乡人每日端坐在祠堂里，将每家每户缴纳的粮食收进祠堂官仓，并记好账目予以公布，然后又仔细地将自上一次增修族谱之后新出生的男娃女娃姓名收录齐全，并挨家核准后抄写整齐公布在祠堂外墙上，最后为十年间死去的每一位男人记了生平，做了神牌。

一切所需筹备的事情都已就绪，在最后张榜公布了祭祀修谱的规矩条律之后，祭祀祖宗和增修族谱的仪式正式开始。全村十六岁以上的男丁聚齐在祠堂里，张敬亭也跟乡人们一起站在大殿上，主祭人换成了张文博。掌管和主持整个议程仪式以及礼仪的杨成业专意换了一件新的长衫，他精神饱满地走上享堂，抱拳一揖后便放声高喊："祖宗遗训，七年轮回修缮祠堂，十年轮回增修族谱，而今修谱轮回已满，先祭祖后修族谱……"杨成业伸手向张文博做出请的手势。张文博走到香案前，点燃红蜡，插上紫香，然后便跪倒在了蒲团上。祠堂外的鞭炮爆响起来，七八个乡人端着红漆木盘鱼贯而入，走上享堂。张文博站起身，接过乡人递来的祭品食果碟子，小心恭敬地摆放在食案上，接着就又跪倒在蒲团上磕下头去，然后起身再作揖再跪拜。

"祭祀祖宗，务在孝敬，恭伸报本，恪遵追远，琴瑟在御，钟鼓在悬……"一边是杨成业念经似的大声哼唱，一边是张文博起身复又跪倒的祭祀礼仪。张敬亭站在人堆里看着杨成业哼唱的神态，再看侄儿起身复又跪倒的背影，恍惚间似是看到了他爷十老爷和杨成业他爷九先生的身影。他心中不由得感慨生命繁衍生息的重要，由衷地钦佩古人立下了不孝有三无后为大的规矩。他庆幸自己多年的心血没有白费，培养了张文博这样令人满意的后人，而今又添了侄孙儿，张家的香火和家业可以生生不息繁衍不绝地传承下去了。

张文博跟随着杨成业的口令磕头作揖，唱诵祭文，焚烧明器……最后带领包括张敬亭在内的宇落坊村的子子孙孙三拜九叩完成了既定的祭祀程序。紧接着杨成业那悠扬的吟诵声混合着盘梁绕柱的嗡嗡声，在宁静的祠堂里再次响起："受禄于天，宜稼于田，有死有生，死生轮回，同祖同根，神灵归位，保佑子孙，眉寿永年……安请神位咧！"

按照辈分高低年龄长幼的次序，逝者的神牌被儿子或者孙子捧在胸前走上享堂，然后在燃香跪拜敬奉过之后，神牌被安放在神龛上指定的位置。那些游荡在天际或者荒野的灵魂在这一刻终于得到了永久的归宿和安息，活着的人们也终于在这一刻求得了自己的心安和寄托。乡人们不论辈分全部都双膝跪地，虔诚地向着祖宗牌位和逝者的神位磕下头去。杨成业朗声吟诵的神态在这一刻也显得更加肃穆和神圣："一叩首，神其来矣；二叩首，神其享矣；三叩首，神其欢矣！"

安放逝者神位的仪式完成之后，杨成业开始大声宣读增修族谱的戒词条律："祖宗在堂，各殚其诚，毕恭毕敬，敛容屏气，排列有序，礼仪恭顺……"四个年轻后生神情肃穆地走上享堂分站两边。杨成业高喊一声："请族谱，展神轴！"站在两边柱子前的后生解开绑在柱子上的绳索，悬挂在享堂大梁上的牛皮族谱被缓缓地吊放下来悬停在空中。张文博走上前解开系着的细绳儿，牛皮族谱哗的一下垂展开来，展现出一行一行排列整齐的先人名讳和五服图表。有乡人捧着砚台和毛笔走到张文博身旁，张文博拿起毛笔蘸满黑墨悬起手腕，仔细地将还未被载进族谱的新生后人的名字一一写在牛皮族谱上。他在心里忽然想起了魏老师，想起了魏老师慷慨激昂说过的"打倒孔家店，推倒贞节牌坊"的话……

在办完增修族谱这件大事之后的一天晚上，张敬亭把侄儿两口子都叫到了堂屋里，开门见山地宣布了他和他妈张宁氏商定好的事情——让侄儿回到王家药铺去坐堂。宣布完这样的决定后，张敬亭语重心长地给侄儿讲述了一段自己当相公时的往事。那是张敬亭被十老爷送去粮食行当相公时临走前的头一天晚上，十老爷问张敬亭清白不清白为啥送他去当相公，张敬亭说是为了让自己长见识长本事。十老爷又问他为啥要让他长见识长本事，张敬亭说是为了有一天能让他撑得起张家的门户。没想到十老爷很不满意地用水烟壶在张敬亭头上狠狠敲了一下说："你要在心里永远记着，你要撑起的是孛落坊这个大门户！"讲述完这一段往事，张敬亭回味似的在自己头上摸了摸，然后感叹着给自己的侄儿说："真个是世事轮流转，我现在的心境就和当年你太爷的一样。"

平静的日子总是过得很快，在张文博重新回到王家药铺后的第二年，王海棠又产下一子。人丁兴旺使得张敬亭和张宁氏都心情大爽。张宁氏吩咐儿子，只要是亲朋好友，一个不落一律邀请，定要热热闹闹办一场二小子的满月酒，好让所有的人都知道张家人丁兴旺。到了喝满月酒这一天，所有的亲朋好友都早早地赶来贺喜，让人意想不到的是，因为军务繁忙很少回家的高马驹，竟然也在这一天意外地归来了。

高马驹已经升为营长，随同高马驹一起到来的，还有一位相貌堂堂的年轻军官。年轻军官姓孙，万年县人氏，自幼父母双亡，是他的姐姐将他养大成人，后来他不忍心姐姐为他辛劳负担，便弃学从军。到了军队之后，他凭着自己的才干，没过几年便被提升到团部当了副官。孙副官平日里和高马驹最是要好，这一次随高马驹一同到乾州来，本意是想到乾陵游玩一番。两个人在几天前从省城骑马出发，到乾州后并没有先回高马驹家，而是在天黑时进到乾州城里歇了一宿，第二天一早便直奔乾陵。

乾陵位于乾州城以北数里的梁山之上，泔河环其东，漠水绕其西，风水绝佳，为唐高宗李治与武则天的合葬墓。据说武则天之所以选定梁山开建陵墓，全是因为有两位高人演绎出的一段传奇故事，那两位高人便是唐朝著名的方士袁天罡和李淳风。相传武则天为身后事考虑，给袁天罡和李淳风同时下了一道圣旨，命二人各自寻出一块风水宝地以供她作为陵寝之选。

袁天罡接旨后，先是寻遍了黄河两岸，却一直没有找到让他中意的地方。后来他从长安一路往西，在走到乾州时他夜宿荒野。凌晨子时，他忽然看见一处山峦之上紫气冲天，恰好与北斗相交。袁天罡大吃一惊，急忙奔上山峦找准方位，在进行了一番仔细的测算之后，他认定这是一块风水宝地。但是他却一时找不到东西来做标记，就将一枚铜钱埋于地下，然后便急匆匆下山回朝复命去了。

另一位方士李淳风接旨后，不问南北也不辨方向，只顾依着风水地势往前寻找。在一天正午太阳高照之时，李淳风忽然看见前面突兀出一座奇怪的石山。他停下脚步凝神观望，发现石山好似一位少妇裸睡在蓝天白云之下。那少妇五官齐全，一对乳房坚挺对称，连乳头和肚脐也都清晰可见。更为神奇的是，少妇双腿稍稍分开，中间竟有一淙清泉流淌不息。李淳风大为吃惊，急忙上到山顶，以身影取子午，以碎石摆八卦，然后从头顶拔出发簪插入土中作为标记后，也下山回朝复命去了。

武则天听二人复旨说都找到了吉地，而且都称是龙脉所在的风水宝地，便派出钦差前去察看。钦差马不停蹄来到乾州，找到二人所说的方位时惊奇地发现，李淳风的发簪竟然正插在袁天罡那枚铜钱的钱眼里。钦差回朝后如实复旨，武则天龙颜大悦，即刻下旨建造乾陵安葬唐高宗，后来她也随夫合葬于此。

乾为天为阳，坤为地为阴，阴阳交合，乃生万物。乾陵的地形地貌完全应合了阴阳二仪，是天地配合得最为绝妙的完美结合。武则天之后的唐朝历代皇帝都将乾陵视为大唐王朝的龙脉所在，另有一则传说似乎也完全验证了龙脉这样的说法：

唐朝末年，黄巢起兵后占据了长安。为了断绝大唐的龙脉，黄巢动用四十万大军前去盗掘乾陵。在梁山主峰的西侧，四十万大军挖出了一条数十丈深的深沟。就在即将挖到墓道入口的时候，忽然间天昏地暗狂风大作，从深沟中飞腾出两条黑龙。黑龙所到之处，盗挖乾陵的士兵皆七窍流血而亡，四十万大军被吓得屁滚尿流地逃窜回去了。那条遗留下的深沟至今仍然清晰可见，被当地人称为黄巢沟。

站在梁山顶端，顺着神道极目远眺，天长地远岁月沧桑的感觉便油然而生。在经历了上千年的风雨侵蚀之后，守护乾陵的石人石马雄姿健在栩栩如生，六十一个藩臣石像虽然已经没有了头颅，但那忠诚恭敬的身姿依旧显示着他们对那个王朝的臣服。即便如今乾陵已经变得荒芜破败杂草横生，神道上黄土漫漫风卷浮尘遮天蔽日，可依然无法掩盖大唐王朝曾经的威严。

高马驹和孙副官在乾陵顶端观望良久心潮澎湃，两个人恋恋不舍地在梁山上徘徊到天快黑时，才走下乾陵回姜村镇去了。

到了喝满月酒这一天，高马驹和孙副官一身戎装很是威武地走进庭院里时，立刻就招引来了所有人的目光，也顿时让张敬亭有了一种锦上添花的感觉。张敬亭热情地将女婿和孙副官礼让到头席就座，殷勤招待亲自陪酒。庭院里的酒席一桌挨着一桌，客人们猜拳行令的喧闹声不绝于耳，喜庆热闹的氛围让孙副官无法拒绝客人们敬来的每一盅酒。孙副官已经喝得脸红耳热，可是客人们仍然频频举杯，热情相邀，争相与他对饮，他在端着酒盅左右逢迎的一瞬间，就猛然看见了一个脸蛋儿白皙、眼眸儿水灵的漂亮女子。

那个漂亮女子随着一群端着曲莲馍馍的女人走至酒席间，给每一桌席面送上只有在娃娃过满月时才能吃到的曲莲馍馍。喝满月酒、吃曲莲馍馍的习俗由来已久，做工精细的龙形虎形的曲莲馍馍有着非凡的寓意，龙形曲莲寓意着龙腾九天光耀门楣，虎形曲莲寓意着猛虎驱邪百毒不侵。谁抢人之先吃到曲莲馍馍，那美好吉祥的寓意就会首先降临在谁的身上，满月酒最为喜庆的高潮便也在此时到来了。

客人们不等到端着曲莲馍馍的女人们走至桌前，便都迫不及待地呼啦一下围上去，嘻嘻哈哈推推搡搡，争先恐后地从女人们手中抢下一块曲莲馍馍送入口中。那个漂亮女子在酒席间左躲右闪，最终还是被客人们推挤得乱了脚步，随着她"哎哟"一声惊呼，手里的曲莲馍馍连同木盘一起飞到了空中，紧接着那窈窕的身姿便趔趄着往后栽倒下去。孙副官不及多想，丢了手里的酒盅，反应神速地张开双臂，那个漂亮女子仰身倒在了孙副官的怀里。孙副官的一只手揽在她软绵绵的腰上，另一只手抓住了她光滑温热的手腕，四目相对的那一瞬间，孙副官的心就猛烈地跳动起来。

孙副官一夜都没有睡好，天快亮时才眯了一会儿，他一醒来便披上军服走出屋门。昨日喧闹的场景已经不再，酒席桌椅也都已经撤去，灶间屋顶的烟囱上冒着炊烟，庭院里回响着咣当咣当拉风箱的声音。秋天清凉的空气让人浑身清爽，孙副官双手叉腰站在庭院里，仰头回想昨日那张脸蛋儿白皙、眼眸儿水灵的面孔。忽然他身后响起轻柔的脚步声，他回过身时，那张他正在回想的面孔就黯然出现在眼前。

那个漂亮女子款款而来，将一盆热水放在孙副官身旁的青砖台阶上，然后冲着孙副官嫣然一笑说："你起来了就先洗脸好了。"随后又说："清早还是凉了些，你要多穿件衣裳才好。"孙副官脑子里一片空白，叉在腰间的双手不自然地放了下来，连说话搭声都忘记了。恍惚中他听见一句："你咋咧？"孙副官猛一下灵醒过来，这才意识到自己走神失礼了。孙副官转身把脸扎进了铜盆里，以掩饰自己面红耳赤的窘态。

快乐的时光过得太快，总是让人沉浸其中难以忘怀，孙副官在返程的路上显得有些少言寡语。高马驹跟他闲谝聊天，问他习惯不习惯乾州的饮食起居，又问他乾州与万年县的风俗有什么不同，孙副官心不在焉地随口支应，一副魂不守舍的样子。高马驹起初以为是哪里失礼招待不周，以致孙副官心生不快，直到孙副官冷不丁地问高马驹摔倒在他怀里的那个女子是谁的时候，高马驹才恍然大悟，孙副官是对二凤心生爱慕一见钟情了。

回到省城之后，孙副官整个人都发生了变化，变得沉默寡言心事重重。可是只要他一回味起那紧张慌乱的一瞬间，他的心里就会无比兴奋，这种兴奋的感觉一天强似一天地充斥在他的心间，使得他每天都在孤寂与渴望中度过。终于在一天后晌的时候，孙副官再也按捺不住，他飞身上马一口气跑去了三原县的军营。那是高马驹营部的所在地，孙副官一身汗水地走进来，见到高马驹撂下马鞭张口就说出了"我要娶二凤"的话。高马驹一点也不意外，很是平静地说："我知道咧！"

第二天一早，刘团长在走进西关的团部时，被早早候在门外的孙副官迎面截住。孙副官站得笔直敬了一个军礼，然后就直言不讳地禀告了自己的心事，最后朗声干脆地请求刘团长为他保媒求亲。这样的安排自然都是高马驹的主意，高马驹了解刘团长喜欢直截了当的脾气，他也更加清楚刘团长和岳父张敬亭的关系底里，孙副官是刘团长欣赏和喜爱的部下，这样成人之美的事情刘团长断然不会拒绝。

果然，刘团长才听完孙副官的话就哈哈大笑起来，接着他拍一拍孙副官的肩膀感叹说："好呀好呀！这真是奇缘呀！好好好！这个媒我保定了。"刘团长仰头想了想，又对孙副官说："我跟岳先生有约，要回乾州筹办义学，到那时我专意为你走一趟宇落坊。"

第十二章

十多年以前，在南林轩反袁驱陆准备起事的时候，岳先生一纸檄文被南林轩赞为可抵十万雄兵。后来南林轩起事失败，被陆督军秘密枪杀在西安北门外。有督军府内部的人给岳先生通风报信，说陆督军要追究岳先生写檄文的事情，让岳先生外出避祸。岳先生带了木九红等一干人，连夜离开新风剧社到北京避祸去了。

岳先生对陕西秦腔的发展源流深有研究，自明清始就不断有秦腔艺人进京献艺，对现今北京的京戏影响颇深。他也常常揣摩和研究京戏，希望能取长补短补益于秦腔，不想这次到北京避祸倒遂了他的这个心愿。

岳先生一到北京，把领来的一干人在陕西会馆安顿好，就和木九红连着去了好几家戏园子，不动声色地对京戏观摩了一番。听说陕西新风剧社的秦腔班到了北京，就不断有业内的朋友来探望岳先生，同时向他推荐京城里有名的戏园子和大戏楼，也有戏园子的东家班主慕名到陕西会馆亲自来拜访岳先生。来者一律都是言恳意切盛情邀约，尤其对岳先生创作的秦腔新戏《滴血认亲》更是仰慕，希望能够交流沟通互补长短。后来经同乡好友从中撮合，岳先生应了广和楼的东家郝先生的邀请，带着他领来的一干人去了广和楼。岳先生还在西安时就对广和楼有所耳闻，知道那是京城里最有名的大戏楼，京戏名角多汇聚于此，如今到了广和楼，正是一开眼界互相补益的好时机。

岳先生在欣赏过广和楼的几场京戏演出之后心中颇为感慨，秦腔虽然较京戏更为古老且底蕴深厚，但却过于朴实粗犷，少了些柔和清丽，扮相脸谱也不及京戏精致细腻。岳先生和木九红一商量，想要将秦腔戏在京城里一炮打响，那就得拿出压箱底的本事来，遂决定首场就上演《滴血认亲》。广和楼专门为陕西的秦腔班开了专场，并早早将演出海报张贴宣传。

到了正式演出这一天，广和楼里座无虚席，新老票友以及慕名而来的戏迷们都想对陕西秦腔一探究竟。板胡锣鼓一响，伴随着慷慨激昂的曲调，还有秦音那高亢肃杀的唱腔，顿时让台下的戏迷们耳目一新，喝彩声一浪高过一浪，《滴血认亲》在京城里的首场演出大获成功。紧接着，岳先生为木九红量身改制的《五典坡》《玉堂春》《白蛇传》被相继推出，秦音秦戏和木九红的精彩演技一时间轰动京师。

北京《全民报》发表评论称："陕西新风剧社演剧京师，允称木九红与梅兰芳齐名。唯木九红能变化声音，迥然超出众员之外，诚百炼钢化为绕指柔也，观者无不赞赏。至于容貌身体，均恰到好处。其态度姿势神情，无一不出神入化！"北京《京报》也接连发表文章，赞誉木九红："面若满月，行若浮云，庄重而不呆板，活泼而不轻佻。"又说木九红："杏眼桃腮，身材合度，袅娜多姿，兰芳二十年后，不过如是也！"

新风剧社秦腔班在北京演了一段时间，郝先生在天津戏剧界的朋友闻讯后一再盛情邀请，郝先生就引荐岳先生和木九红到天津去演出。天津戏剧界为交流演技互相学习，便由天津的名角名旦亲自上演《霸王别姬》《打渔杀家》，与木九红演出的《滴血认亲》《黛玉葬花》同台联演，一时竟成为天津一大盛事，每日人山人海观者如潮，秦腔戏轰动天津。

天津《大公报》对岳先生创作的《滴血认亲》大加赞赏，发表评论称："该戏剧一观之后使人耳目一新，破旧立新向往民主，大有促进当今社会变革进步之寓意。全剧构思巧妙跌宕起伏，悲喜相映妙趣横生，且不落俗套，创写该戏剧之先生堪称有大家之风，诚可谓当代之关汉卿，东方之莎士比亚也！"又有天津《新报》连续发表文章称："木九红的细腻表演，不独拉住不少戏迷，且把许多素与戏剧无缘的人也都吸引住了，木九红堪称陕西梅兰芳。"有天津的文人墨客在观赏了木九红的演出之后大为感慨，竟为木九红赠诗一首，发表在报纸上。诗曰："生就只为上舞楼，窈窕身似女儿柔。轻吟一唱断肝肠，逢人都说木九红。"

　　一年之后，新风剧社派人来北京寻见岳先生，告知他陆督军已被驱离了陕西，檄文风波已然平息，请他和木九红一干人即刻回陕。岳先生与众人离乡日久，听到这样的消息后归心似箭，立时辞别了郝先生回归西安。平津之行使岳先生大开眼界受益匪浅，回到新风剧社之后，他深居简出潜心研究。数年之间，岳先生文思泉涌埋头耕耘，先后又创作出《边塞牧羊》《金兰知己》等秦腔大戏，越发名满关中了。

　　有一日，一位乾州的故旧好友忽然来拜访岳先生。寒暄几句之后，故旧好友开门见山直抒来意，称乾州的官宦名流刘团长要给母亲做寿，为表孝心想要好好热闹一番。刘团长一直对岳先生心怀仰慕，只是苦于与岳先生无缘相识，故此想借做寿之机邀请新风剧社的行家名角到乾州去添姿壮彩，也正好与岳先生结交。故旧好友的一番话将将说完，岳先生的一脸笑容却已消失不见。他拉下脸冷冰冰地说："我一生从不攀附权贵，这号献媚的事情你还是另寻他人吧！"故旧好友顿时涨红了脸，甚是尴尬地勉强坐了一会儿，知道再多说也是无益，便起身告辞满脸羞惭地去了。

　　故旧好友离了新风剧社直奔西关军营，见到刘团长便将岳先生的话如实相告。刘团长不满地说："都是乾州乡党，咋如此不拾脸（不给面子）！"故旧好友有负刘团长所托心有愧疚，说了几句告罪的话便要告辞。刘团长一把拉住他说："你先不要走，我偏要去会一会这个不近人情的乡党！"刘团长不容分说，拉着这位故旧好友一起往关岳庙街来。

　　已是晌午饭口的时辰，岳先生正要出门去吃饭，却见故旧好友又转了回来，便诧异地问："你又有何事？"故旧好友一脸难堪正不知如何回答，刘团长在一旁朗声说："是我想会一会你这个大名鼎鼎的先生。"岳先生把刘团长上下打量了一番，忽然发出一声惊呼："哎呀！怎么是你？"刘团长愣了一愣说："我与先生并无相交，先生为何这样说？"岳先生哈哈笑起来说："你我虽无相交，可我却认得你。"刘团长更是摸不着头脑。岳先生煞有介事地对刘团长说："前几日在八仙宫，你忘了你做下的好事情？"

　　八仙宫位于省城东门外的长乐坊，每逢初一和十五均有道场，有德的道长会在此时开坛讲道，各地修行的道士都会到这里来听讲悟道。每到这一天，八仙宫里香火缭绕热闹非凡，求签问卦的善男信女络绎不绝，闲逛游玩的人更是川流不息。紧挨八仙宫东边有一处较为开阔的空地，每当有道场时，小商小贩便云集于此，时日久了就自然成了集市。

十五这一天，刘团长一身便装来八仙宫闲逛。他先是挤到讲坛里听道长讲道，可是离得太远听不太清，他就又转身出来往东边的集市来转悠。忽然不远处有人大声争吵，集市上的人都纷纷围过去看热闹，刘团长也好奇地挤进了人堆里，却看见是几个地痞混混在欺负一个卖唱的老汉。老汉被一个地痞揪住衣领恶狠狠地逼问："地皮钱你倒是交不交？"老汉争辩说："这地方就没听说过是谁家的地皮！"地痞瞪着眼睛说："谁不知道这是我的地盘！旁人都乖乖交了，就你敢不交？"老汉说："我赶早到现在连饭钱都没挣够，哪有钱交什么地皮钱！"地痞猛的一拳戳在老汉胸口上，然后就在老汉身上强行摸索起来。忽然有人高喊了一声："还不快住手！光天化日怎么敢这样欺负人？"那人从人堆里挤出来欲上前阻止时，不想却被刘团长抢先了一步。

刘团长将老汉挡在了身后。几个地痞互相使个眼色，便将刘团长围了起来。一个地痞凶巴巴地问刘团长："你认得这个老汉？"刘团长说："不认得。"地痞说："那你是吃饱了来管闲事来了？"刘团长说："这话你说对咧！"地痞嘿嘿冷笑说："那好！那他的地皮钱今儿个就问你要。"说着伸手去揪刘团长的衣领。刘团长扬手一撩，将他的手撩开。地痞说："你还敢跟我动手？"随即大喊了一声："弟兄们，拾掇他！"刘团长哈哈一笑，将长衫挽起来掖在腰里说："好得很！老子今儿个正好过过瘾。"只见刘团长两只拳头上下翻飞，指东打西指南打北，四五个地痞顿时被打得跌翻在地。几个地痞见弄不过刘团长，便嘴硬尻子松地撂下一句："你等着，你要走！"然后灰溜溜地跑了。

刘团长想起这件事情，重新把岳先生端详了一番，两个人四目相对，一齐哈哈大笑起来。岳先生对刘团长的侠义之举很是钦佩，刘团长对岳先生的才气文章和创作的戏剧更是仰慕得紧，两个人惺惺相惜，自此开始结交成为挚友。到了刘母过寿的时候，岳先生亲自带木九红和新风剧社的一干名角回到乾州助兴演出。

连着三天喜庆的演出接近尾声时，刘团长拿出丰厚的酬金来答谢岳先生，岳先生却拒而不收。刘团长有些不悦地说："先生是嫌少了？"岳先生说："钱要用在当用的地方才好。"刘团长疑惑不解，问岳先生："咋样才算是当用的地方？"岳先生说："若是能在乾州创办义学，让更多的娃娃都有书念，才是用在了当用的地方。"刘团长恍然大悟地说："哎呀，先生！我早就有这样的想法，只是孤掌难鸣一直没有机会。"岳先生说："今儿个就是机会。"

岳先生在最后一场折子戏演罢时径直走上戏台，借着乾州名流士绅齐聚一堂的机会慷慨陈词，发出了创办义学的倡议。接着刘团长也走上戏台，把原本要给岳先生的酬金码摞在桌子上，然后宣布说："这些算是岳先生捐的首金，我个人先捐一年军俸，再把我家一座旧宅院捐出来，算作建校的地皮。"这样的倡议立时就得到了大部分名流士绅的响应，祝寿唱戏的戏园变成了商议创办义学的会场。最后大家一致商定，由岳先生和刘团长负责在省城筹集钱款购买图书，另外再推举几位牵头的人来谋划办学的具体事宜。

义学取名建业小学，很快在乾州高庙巷奠基开建。刘团长和岳先生从省城赶回来参加完建校仪式之后，便一同往苧落坊来探望张敬亭。两个人走进张敬亭家庭院里时，张敬亭既意外又惊喜，一时兴奋不已，马上指派刘蛇儿到薛录镇去买好酒好肉，随后在堂屋里摆下席面盛情款待刘团长和岳先生。

酒喝到酣畅尽兴的时候，刘团长不失时机地提说起孙副官，讲了孙副官的过往和身世，又一再地夸赞孙副官的才干和人品。话将将说过一半，张敬亭就打断刘团长说："刘兄的来意我已经听出来了，后面的话刘兄还是不要再提说的好。"刘团长愣了一下，直截了当地问："难道这样的青年才俊你还看不上眼？"张敬亭心里其实是不愿意再找下个像高马驹那样穿上军装便顾不了家的女婿，但又碍着刘团长的军人身份不好明说，就找了其他理由说："不是我要驳刘兄的面子，也不是孙副官不好，是万年县那地方实在太过遥远。我还没有听说过乾州这地方有谁家的女子外嫁到他乡的，我的女子那就更不用说了。"

张敬亭的理由似乎无可辩驳，刘团长提亲的话无法再往下说，气氛变得尴尬起来。岳先生打圆场说："万年县是远了些，不过现下不同过往，现下都倡导婚姻自由，我看还是要二凤自己拿主意才好。"岳先生的话正戳在了张敬亭的软肋上。二凤前面的两门亲事都是由他做的主，以至于使二凤如今陷入不堪的境地，他在心里一直觉得对不住自己的女子。岳先生又再劝说了几句。张敬

179

亭心动起来，仰起头说："也好！那就按岳先生说的，让二凤自己拿主意，这样就都心甘了。"

二凤正坐在炕上纺线。张敬亭走进来走到炕边，先捏起个线穗儿放在油灯底下看了看说："我娃这手越来越巧了。"二凤摇着纺车不停手地说："大，你不陪客人说话，到我屋里来做啥？是不是要添茶倒水？"张敬亭说："不用不用，茶有，酒也有。"随即他装作随意扯闲话的样子说："大问你个话，南山底下有个叫万年县的地方，你听说没听说过？"二凤听见她大问这样的话，心里瞬间就明白过来，便抬起头反问她大："是不是刘团长替那个孙副官来提亲了？"张敬亭不自在地说："嗯，啊！就是。"紧接着又说："愿意不愿意，这回你自己说了算。"二凤停下手里的活儿默不作声。张敬亭干咳了两声，自圆自话地说："那地方也就是太远了，隔山跨水有几百里路哩！我看就算了。"张敬亭转身要走，却听见二凤微微叹息了一声说："大，我愿意。"

二凤的第三门亲事就这样被敲定下来。刘团长兴奋得在屋里蹀了一个来回，站下脚高声爽朗地说："我看婚娶的日子不要拖得太久，就定在过罢年的三月如何？"岳先生说："三月怕三七，四月怕初一，我看还是定在四月末为好。"张敬亭惊奇地问岳先生："先生也知道种田人的闲忙？"岳先生笑了笑说："我年轻时可是种地的好把式哩！"几个人都笑起来。刘团长干脆地说："那好！那就定在四月末，到时候我亲自为孙副官主持婚礼。"

转眼到了过年的时候，张文博和王海棠都回到了家里，一家人准备着过一个团圆年，可是张敬亭却整日闷闷不乐的样子。张宁氏对二凤的第三门亲事很是满意，不管道路远与近，总算给二凤寻下了婆家。可是张宁氏却并没有因此而心情爽朗，整个过年期间，她也显得心烦意乱和焦躁不安。每当听到二凤她妈说一些路程远、回娘家难的牢骚话时，张宁氏就会很不高兴地大声训斥："嫁给杀猪的翻肠子，嫁给当官的做娘子。虽然路程远了一些，却也嫁的是个军官老爷，你有啥不高兴的？喜庆的事情都让你叨叨得人心里不好了。"张文博也舍不得二凤远嫁，他忍不住问二凤："嫁到万年县那么远的地方去，真的是你心甘情愿的呀？"二凤平静淡然地说："姐命苦，嫁得远一些才好重新活人。"

到了四月初，一应娘家所需准备的嫁妆都已齐备。四床大红缎面的棉被，春夏秋冬的四季衣裳，四双软底绣花的布鞋，四双厚实暖和的棉窝窝，两对粉红色的鸳鸯枕头，一对龙凤呈祥的面盆架，光滑如镜的胭脂首饰匣子，四只红漆雕花的樟木箱子，压箱底的黄货白货……张敬亭翘首以盼地等着刘团长派人来，以便最终敲定娶亲的吉日和具体细节。可是一直等到了四月底，刘团长却依然没有任何音信，张敬亭全家人都开始着急起来。就在这个时候，传来了一个令人震惊的消息：省城西安被兵困围城了。

那是在四月初的时候，觊觎陕西已久的河南军阀刘司令，突然带领十万镇嵩军打进了潼关。陕西的形势陡然紧张起来，驻守在省城里的国民军一面四处求援，一面调动部署准备迎击镇嵩军。正在万年县老家筹备婚事的孙副官在听到这样的消息后，不待刘团长派人前来通知他归队，他便马不停蹄地赶回了省城。

孙副官是在过年前回的万年县，他的老姐姐在得知他的婚事后直念阿弥陀佛，庆幸孙家一门终于有望添丁加人了。孙副官告诉老姐姐，他打算将新媳妇先安置在姐姐家中，平日他不在时也好与姐姐互相陪伴和照顾，待日后他有了积蓄时再搬去省城居住。姐姐和姐夫满心欢喜地腾出一间厢房给他做婚房，过年时一家人都没有闲着，请了匠人来将婚房翻修一新，接着又添置家具和准备待客的筵席。就在娶亲所需筹备的一切事情都快接近尾声时，镇嵩军打进潼关的消息传遍了万年县。见到匆匆归来的孙副官，刘团长沉默良久无言以对，最后无奈地拍一拍孙副官的肩膀说："枪炮一响，万事皆休，婚事只能延缓了。"

到了四月中旬，镇嵩军的前锋已经抵达了省城东郊的灞桥镇。刘团长接到命令，带领队伍出城去阻击镇嵩军，以便给赶来增援的国民军争取入城的时间。刘团长即刻将队伍开赴东关以外，开挖战壕整修工事等着迎击镇嵩军。这天后晌，前去侦察的士兵回来报告说："镇嵩军的前锋队伍已经到了韩森寨，正在往东关这边来。"刘团长和团部里的人一商量，决定先下手为强，先给镇嵩军来一个下马威再说。

此时的麦子将黄不黄，已长有二尺多高。一支镇嵩军的队伍悠悠达达逛景似的在麦地间的大路上缓慢行进，嬉笑耍闹的士兵们一个个吊儿郎当的尿式子显得轻佻而又可笑。忽然大路两边的麦地里响起刺耳的军号声，紧接着密集的枪声就爆响起来，随之麻辫子炸弹（土制炸弹）也满天飞地在镇嵩军的头顶上炸响。那些个吊儿郎当的士兵被打得措手不及晕头转向，一个接一个地倒了下去，大路上尽是哭爹喊娘的河南腔调，没有被打死的士兵狼狈不堪地逃回韩森寨去了。

镇嵩军多是一些兵痞土匪和死狗赖娃临时拼凑的乌合之众。临从河南进攻陕西之前，镇嵩军的刘司令挺着胸脯走上高处，撇着河南腔给这些个死狗赖娃们鼓劲打气说："西安城里遍地黄金美女如云，肉夹馍吃一口满嘴流油。只要打进西安城，人人都能分黄金抱美女，顿顿都吃肉夹馍！"

这些个乌合之众经刘司令一煽惑，都揣着美梦进了潼关。一路上镇嵩军并未遇到大的抵抗，显得死狗赖娃们势如破竹不可一世。可是到了西安东关，镇嵩军先是中了埋伏，接着反扑时再跟刘团长的队伍一交手，又被打了个人仰马翻屁滚尿流，镇嵩军的死狗赖娃们这才知道喇叭是铜锅是铁，碰上硬茬陕军了。镇嵩军的前锋队伍不敢再轻举妄动，待到他们的大队人马到来时，增援的国民军早已渡过渭河开进了西安城中，刘团长也奉命撤回到城里去了。

到了四月下旬，镇嵩军的刘司令亲抵西安东郊，设司令部于十里铺，并立即下令对西安城实行合围。至此，西安城陷入四面包围之中。紧接着刘司令下令攻城，连续激战了一月有余，西安城坚不可摧，镇嵩军死伤惨重却始终不能登上城墙。城内守军只有区区一两万人，可是十万镇嵩军就是打不进去，刘司令一肚子火气却毫无办法。

这个时候，有人给刘司令出主意说："挖地道，炸塌西安的城墙，那样我们就可以排着队轻而易举地走进去。"刘司令大喜，即刻下令挖掘地道。没有几日，地道挖掘成功，几口装满炸药的棺材被运进地道里。一切准备妥当之后，刘司令命人引爆了炸药。巨大的爆炸声震耳欲聋，天和地都剧烈地震颤起来。可是待到硝烟尘雾散去之后，所有的人都吃惊地发现，西安城的城墙岿然未动，倒是城墙外的镇嵩军被震死不少。

久攻西安不破，战局僵持不下，刘司令气急败坏却无计可施。他把手下的参谋智囊们挨个叫来骂了个狗血淋头，这时就又有人给刘司令出主意说："断了城里的粮食，困死饿死城里的人，到时候西安城不攻自破。"此时已近六月麦熟的季节，城外一望无际的麦子马上就到了收割的时候，刘司令下令封死所有的道路，接着就下令毁田烧麦。于是乎，白天浓烟滚滚遮天蔽日，晚上火光冲天亮如白昼。大火连续烧了半个多月，西安城外十万多亩即将成熟的麦田被焚毁殆尽。

城里边被掐断了供应粮食的通道，人们开始心慌起来，和谈的流言随之在城内到处传播，有几个名流士绅甚至公开提出了投降的主张。人心惶惶军心浮动，守城的杨将军和李将军感觉到形势严峻，两个人相约到城内的广仁寺排忧散心商议对策。

这一天，西安城笼罩在一片烟雨蒙蒙之中。广仁寺晨课的诵经声隐约可闻，杨将军和李将军在雨中边走边聊。李将军问杨将军："对点子（对志同道合者的称呼），没有粮食了咋办？"杨将军说："百姓吃啥，士兵就吃啥；士兵吃啥，你和我就吃啥。"李将军紧跟着问："实在没啥吃了咋办？"杨将军说："那就跟大家一同赴死！"李将军又问："弹药极缺又无来源，怎么办？"杨将军说："打完了再说。"李将军皱起眉头说："若是打完了咋办？"杨将军笑一笑说："城墙上的砖头多的是，那就用砖头砸。"李将军叹口气说："敌众我寡，砖头也有砸完了的时候。"杨将军沉默不语，仰头看一看烟雨中巍峨的城墙，回过身坚定地说："那咱两个人就上钟楼战死……"

离开广仁寺之后，杨将军立即召开了军民大会。杨将军冒雨走上钟楼高处，面对钟楼底下黑压压的军人和民众，态度坚决地发表了讲话："坚守西安是为陕西争人格，投降就是出卖陕西，我部官兵必与西安城共存亡！万一不幸西安城被敌攻破，我们将打完最后一颗子弹，流尽最后一滴鲜血！我不要大家战死而我独生，我已下定决心，城破之日就是我战死之时，幸存的人可以到钟楼上来寻我的尸首……"军人和民众听杨将军讲到这里，无不深受感动声泪俱下。大会结束的时候，那几个蛊惑人心主张投降的名流士绅被枪决在了钟楼底下。

入秋以后，粮食缺乏的问题逐渐严重起来。起初是价格不断上涨，接着是有价无市买不到粮食。进入冬季之后，饥饿导致的灾难开始在全城蔓延。城内的鸟雀鸡狗乃至猫鼠皆被捕食殆尽，树皮、草根也被剥光、挖完，百业凋敝民生艰难，每天都有人因饥饿而倒毙街头。或倚门而立，或坐于墙角，或躺于路上，均系濒临饿死之人。每到天黑之后，除了城墙上守军点燃的烟火之外，城内一片漆黑宛若一座死城。

　　此时的新风剧社已经闭门停演，大部分学员都各奔东西散去了。岳先生与妻儿居住在七贤庄，家中也逐渐到了无粮可吃的地步。岳先生无奈，只得想办法去给一家人搜罗吃食。他听人说有家商号在冰窖巷给饥民发放油渣，就试着去排队，真的领到了一些油渣后，他便每天都早早地背着口袋去排队。饥民如潮蜂拥而至，有些人等不到来领油渣就已经饿死路边。岳先生每天都目睹饥饿眼见死亡，情绪一天比一天消沉下来。

　　没有多久，连油渣也没有了。岳先生在冰窖巷一连守了几日一无所获，他一介文人又无其他办法，眼见得妻子幼儿就要断了吃食，他一时失急着慌，就沿街奔走，见门就入，讨要吃食。岳先生接连奔走了几条街巷，可是所到之处，尽是同他一样满脸菜色的饥民。他在走进甜水井狭长的街巷时，忽然看见了一座敞开着大门的奢华门楼，岳先生顾不得许多径直走了进去。偌大的庭院里空无一人，装饰考究的厅堂上也不见一个人影，桌子上和椅子上以及地上到处都堆放着古董字画翡翠珍宝，亮闪闪的银圆夹杂着金元宝银元宝在厅堂中间垒成了半人高的小山，整个厅堂里闪烁着金银财宝的耀眼光芒。

　　岳先生无心欣赏这样的奇观，他立在厅堂门口高声呼唤主人。随着哗啦啦的声响，半人高的金山银山垮塌了半截，一只软绵绵的手从金银堆里伸出来。那人躺在金银堆里眼皮儿都不抬一下地说："给一口吃食，这些钱财你想拿多少就拿多少。"岳先生苦笑着说："我是来向你讨饭的，你反倒问我要吃食。"说罢摇头叹气转身要走。那人气若游丝地说："我马上就要死了，你还能动弹，这些钱财就送给你，拿去换口吃的吧，能活一个算一个。"岳先生说："你的钱我咋能白白拿走？"那人不再说话几无声息。岳先生抬头看见墙上写着一首打油诗："没吃活不成，要钱有何用？粮食就是命，饿死是证明。"岳先生腹中无食心力交瘁，眼见得金银财宝就在眼前却救不了人活命，失意悲凉万念俱灰。他仰头大叫了一声："天下哪有这样的人间？"便晕厥在地。

　　天色渐黑的时候，岳先生失魂落魄地回到家中。他走进门也不与妻儿搭话，进到书房里独自坐在那里发呆。妻子揪心他奔波劳累，到灶间烧了开水端来书房时，却看见屋子里燃烧着熊熊火光。岳先生像是被什么东西迷了心窍一样，疯疯癫癫地将自己写就的一本本书稿扯得稀烂，然后扔到燃起的火堆里焚烧。妻子急得直哭，却怎么样也劝不下，眼看岳先生的一生心血就要被他自己全部焚毁。

正在紧要的当儿，刘团长忽然大步跨进来，一下子抱住岳先生说："先生这是何苦？"岳先生昏昏沉沉地说："人都要饿死了，还要这些书干啥？"刘团长说："饿不死饿不死，我就是给你送粮食来了。"岳先生奋拉下脑袋说："吃了这顿，下顿咋办？下一顿没有着落，这一顿吃了又有何用？"刘团长见岳先生如此意志消沉不听劝解，不由得勃然大怒嘶吼起来："粮食是孙副官拿命换来的，他用死来换你活，你就得好好活着！"岳先生猛然一惊，瞬间清醒了许多。他一把抓住刘团长问："孙副官他怎么了？"刘团长泪流满面悲痛地说："孙副官，牺牲了！"

孙副官是在镇嵩军的粮仓里抢粮时被子弹击中，被背回到城里后死在了刘团长的怀里。那是在前几天开始下雪的一天晚上，几个饿急了的士兵不顾死活，趁着雪夜偷偷出城，误打误撞地潜进了镇嵩军的粮仓，竟然有惊无险地偷了一点儿粮食回来。刘团长向来军纪严明，要对不经批准就偷偷出城的几个士兵进行处罚，却被孙副官劝住说："这不见得是件坏事。"刘团长问孙副官什么意思，孙副官说："与其被困死饿死，不如拼死去抢镇嵩军的粮食！"

鹅毛大雪在后半夜时已经积了快一尺厚，孙副官亲自带领一队士兵原路再来到粮仓时，看守粮仓的镇嵩军都还在酣睡，只有几个哨兵在院子里来回走动。大雪和黑夜遮掩了一切，那几个哨兵显然没有发觉已经有人潜入粮仓，仍大意懒散地来回转一转就又缩到拐角旮旯里去躲雪。孙副官挑了几个身手敏捷的士兵从墙头上溜了进去，很快就干净利落地干掉了那几个缩着脖子打盹的哨兵。

抢粮的队伍翻墙进入粮仓里，一袋袋粮食被悄无声息地搬运到了墙外，一切都显得非常顺利。在所有的人都扛着粮食安全地撤离之后，孙副官却站在墙根底下犹豫着不走。随他一起断后的士兵问他："咋还不走？"孙副官回过头反问士兵："你敢不敢跟我再回去一趟，把粮仓给他狗日的烧了？"士兵说："这有啥不敢的？烧了粮仓让这伙死狗赖娃也饿一饿肚子！"

两个人随即又翻墙进来，看见院子里堆放着一捆捆干透的玉米秆，那是在冬天用来喂牲口的饲料。玉米秆被打掉积雪抱进粮仓堆放在粮垛子上，孙副官和士兵摸一摸口袋这才发现都没有引火之物。孙副官灵机一动，把麻辫子炸弹拆开，把火药撒在玉米秆上，然后又拿出一枚麻辫子握在手里对士兵说："这玩意儿一响，咱两个可都跑不利了。"士兵说："死了也烧他狗日的！"随着一声巨响，粮食垛子燃起了大火，火焰呼的一下就蹿上房梁，被烧着的麦粒噼里啪啦四处弹蹦。在屋里睡觉的镇嵩军被惊醒，一窝蜂地跑出来，有人借着火光看见两个正在翻墙逃跑的身影，随即雨点般的子弹便向墙头上射去……

孙副官被子弹打穿了胸膛和肚腹，那名士兵背着他拼命跑回城里时，孙副官已经奄奄一息。刘团长从城墙上飞奔下来，紧紧地把孙副官抱在怀里。孙副官努力挤出一丝微笑，艰难地说出最后一句话："团长，我还没有谢你这个媒人哩！"血水从孙副官嘴里不断地涌流出来，眼泪从他已经闭上了眼睛的脸颊上流淌下来。

大雪终于停止，天气却愈加寒冷。就在全城的人都近乎绝望的时候，冯将军在五原誓师的消息传来，人们像是听到了春雷炸响一般又看到了生的希望。没有多久，革命联军解围西安的炮声在城外响起，镇嵩军节节败退土崩瓦解。刘司令眼见大势已去，垂头丧气地撤回河南去了，西安城被围困八个月的艰苦岁月终告结束。

为了纪念死难的人，西安各界人士十万余人从城北草滩负土筑冢，在皇城北面的空场地上建起男女墓冢各一座，将围城期间死难的四万多人的骸骨埋葬于此。两冢之间建八角飞檐高亭一座，冯将军亲笔题字为"革命亭"，杨将军题写了一副楹联："生也千古，死也千古；功满三秦，怨满三秦。"

第十三章

春天的时候，杨念南回到了槐里县。他到国民党县党部去接洽，县党部的负责人热情洋溢地接待了他，给他简单介绍了一番槐里县国民革命的形势，然后让人在县党部院子里给他腾出一间屋子安顿了住处。杨念南随后便请示什么时候开始工作，县党部负责人关怀备至地说："不急不急，我知道杨委员这些年为革命辗转奔波离家日久，而今既然回到了故乡，就先回家探望一家老小。革命形势这么好，也不急在这一两日嘛！"

日暮时分，杨念南回到了南张村。他穿一身半新不旧的灰色长衫，脚下的皮鞋虽然也半新不旧，但却彰显出他不同于常人的身份。浓密的头发齐茬往后梳着，显得额头饱满而又宽阔，脸上的皮肤因略显粗糙而透出几许沧桑，加上深邃的目光，杨念南已经完全没有了当初在报社时奶油小生的味道，浑身上下充满着成熟男人的沉稳气质。

杨念南兴致盎然地站在村口的慢坡上面，双手叉腰欣赏着暮色笼罩下的村庄。南张村家家户户的屋顶上都已升腾起炊烟，远处灰白相间的天际愈来愈暗淡，高昂激扬的乱弹腔从田野里飘飘忽忽传送至耳畔，那是扛锨捐锄日落而归的乡人在吼唱着人世间的喜怒哀乐。离家十余年，这种已经远离但却无法忘记的亲切熟悉的乡情乡音，一下子让杨念南激动起来。他快步走下慢坡，走进村街里，主动向碰到的每一位乡人打招呼，很有礼节地给叔伯婶娘长辈们鞠躬行礼，从衣兜里掏出水果糖散给围着他的娃娃们。

杨念南回村的消息瞬间传遍了只有二十来户人家的小村庄，乡人们都从屋里走出来向他问长问短，拥簇着他走到他家门口。他婆、他妈以及弟弟杨念北早已站在门外，一家人都激动不已，他妈在看见他走过来的一瞬间便捂住脸哭起来。杨念南眼睛湿润，放下手里的皮箱，跪在他婆、他妈身前。这种亲人团聚的场景感染了所有的人，有人嘘唏叹气，也有人抽泣抹泪。

走进庭院里，杨老四佝偻着身子站在堂屋门口。他那稀疏的白发依旧扎着羊尾巴似的短小发辫，垂至胸前的胡须也已完全变白。杨念南叫了一声："爷！"便扑通跪下。杨老四却一言不发转身走回屋里去了。杨念南不知所措，回头看看他婆、他妈，他婆、他妈不停地向他挥手，示意他进到屋里再一次去向杨老四请安问候。杨念南走进堂屋里，再一次跪在杨老四面前。杨老四依然不说话，走过去闭上屋门，回身坐在椅子上，这才开口说了一句："你回来了！"杨念南见他爷终于开口说话，就微笑着想站起来。杨老四却低沉着声音吼了一声："跪下！"杨念南就又跪下不敢动了。杨老四在椅子上弯下腰，把自己的脸凑到孙儿脸跟前，小声说："爷问你一句话，你要给爷说实话。"杨念南说："爷你要问啥话你只管问。"老杨四一字一顿地说："你南大哥南林轩，是不是被你害死的？"杨念南脑子里轰的一声响，顿时紧张起来。他怎么样也没有想到，他爷杨老四竟然问出这样一句让他胆战心惊的话。

那是在南林轩被陆督军秘密枪杀后的一天，南俊文家里忽然来了一个陌生人。来人自称姓侯，是南林轩生前的同僚好友。侯先生一脸悲痛地告诉南俊文，南林轩起事失败被秘密枪杀了。侯先生说他一直想来南张村报信，无奈当时风声太紧，所以才拖到过完年了才来。在说到事情的始末细节时，侯先生说他只知道和南林轩一同被捕的还有另外二十多位大哥，全部都被枪杀在省城北郊的一处土坑里，其他的事情他就一概不知了。

南俊文听罢这样的消息，扭过头看了一眼在一旁陪坐的杨老四，一头从椅子上栽了下去。侯先生惶恐不安，看着南俊文被儿子们抬进屋里去了，便起身告辞。杨老四一直将侯先生送至村口的慢坡上面，临分手时他向侯先生打问自己的孙儿杨念南的下落。侯先生反问他："我看南老先生称你为大哥，你两家是啥样子的关系？"杨老四说："我们是三辈人的义交，他管我叫大哥，我的孙儿杨念南把他的孙儿南林轩也叫大哥。"侯先生用异样的目光瞅着杨老四说：

"这样的义交还真是难得！"随即侯先生告诉杨老四，杨念南不知所终。

送罢侯先生回来，杨老四便安排孙儿杨念北到李善人那里去借骡车。杨念北不解地问："借骡车干啥？"杨老四伤心动情地流下眼泪说："不管咋样，都要把你南大哥的尸骨寻回来安葬，魂归故里了，死人活人才都能心安。"

一行人两天后来到西安城里，专意在靠近北门的地方寻下客栈歇了一宿，天一亮杨老四便独自到北院门督军府去寻侯先生。进出督军府的人络绎不绝，或是穿着洋装手提皮包，或是长袍马褂头戴礼帽，杨老四土里土气一身乡下人的打扮，自然被士兵挡在了门外。他圪蹴在督军府门口一直等到晌午饭口的时候，才看见侯先生走出来。侯先生见到他热情地问他有什么事情，杨老四说明来意后，侯先生却有些惭愧地说："我只知道人埋在北郊，具体在什么方位我并不知晓。"看着杨老四失望的神色，侯先生踌躇了一会儿又说："我去寻个知道的人来。"

午饭后侯先生领着一个军官来到客栈。军官义气深重地对杨老四和南俊文说："我最敬重的人就是南大哥，我和弟兄们去祭奠过一回，埋人的地方我最清楚。"随后军官骑着马在前面引路，骡车跟在后面出北门往北去了。走了有十来里路，拐上了一条荒野里的小道，又走了一会儿，一条深沟横在眼前。军官跳下马说："就是这地方。"军官顺着慢坡下到沟底，指着一个硕大的坟头说："二十几位大哥都埋在这里了，我和弟兄们来祭奠时才攒的这个坟头。"

侯先生点燃了香蜡烧纸，南俊文和儿子扑倒在坟堆上痛哭起来。杨老四抹着眼泪说："都不要再哭了，先起骨移灵要紧。"杨念北从骡车上取来铁锨时，却被军官拦住了。侯先生走过来，和军官一起把杨老四拉到一边说："都入土这么久了，怕是已经辨不清谁是谁了！"军官也说："不能把南大哥和他的兄弟们分开，他们生前是一起弄事的好兄弟，死后就让他们还聚在一起吧！"杨老四回头瞅一瞅哭得死去活来的南俊文沉默下来。军官冷不丁地撂出一句："要不是有人出卖了南大哥，这些大哥都不会死！"杨老四听见这话立时就瞪起眼睛追问："这个仇人是谁？"侯先生拽了拽军官的衣袖说："现在不是说这话的时候。"军官恼怒地说："这有啥不能说的？"随即他便气哼哼地对杨老四说："出卖南大哥的人就是秦镜日报社的杨念南！"

杨老四感觉被什么东西重重地敲在头上，接着就两眼一黑啥也不知道了，他醒来时已经躺在了返程的骡车上。杨老四大病了一场，在他生病期间，南俊文隔三岔五地来看他，反倒给他说一些宽慰的话，言语之间没有任何异常的地方。南俊文对义兄的关切和尊重一如既往，也许南俊文并没有听到那个军官的话。杨老四的病渐渐地好起来，但是在他的心里却从此压上了一块沉重的石头，身子骨也一天比一天衰弱下来。

此刻，面对突然归来的孙儿，杨老四尽量压制住心里的翻江倒海，凝神静气地等待着孙儿的回答。杨念南很快镇定下来，从容不迫地说："爷你咋问这样的话？这话你是从哪里听来的？是谁说的这话？叫他站出来跟我对证。就算是杀了我的头，我也不会害南大哥，说这话的人是想要我死呢！"

杨老四紧绷的心弦豁然松泛下来，感到全身都软绵绵的一阵眩晕。他靠倒在椅子上缓了缓，不依不饶地追问："你南大哥死了你咋没有死？你咋能跑得脱？"杨念南不假思索地说："我不知道南大哥起事的秘密，他们把我抓进去查清楚后就又把我放了。"杨老四紧跟着又问："那你咋不回家里来？这些年你跑到哪里去了？"杨念南一脸委屈地说："我是怕连累家里人，就一个人跑去南方了。"

杨老四沉默下来，半信半疑地紧盯着孙儿。过了好一阵子他才开口说："你今儿个要是有一句假话，你就不是我杨家的子孙！"杨念南猛然扯开衣裳，露出胸口清晰可见的伤痕，哽咽起来说："爷你要是还不信，你往这儿看。"杨老四往孙儿胸口瞅了一眼，吃惊地站起来，哗地流下了眼泪，将跪着的孙儿搀扶了起来。

一场风波暂时过去，杨念南在家里住了两天，登门去看望了南俊文和杨老五，又去他大杨楼娃的坟上祭扫过之后，便向杨老四辞别要回县上去。杨老四问他如今在衙门里谋了个什么样的差事，杨念南满面春风地说："我是省上派到县党部的委员，是专门来搞农民运动的。"杨老四又问他啥是农民运动，杨念南笑一笑说："爷，我说多了你也听不懂，简单地说就是要打倒土豪劣绅，完成民主革命。"杨老四依然没有听懂，但却很是不屑地摇摇头说："啥运动不运动我不懂，我也不知道啥党不啥党，我只知道人不能做亏心的事情。"杨老四点燃烟锅吐出一口浓烟又说："这些年槐里县的官家换了一茬又一茬，城头上今儿个挂个黄旗旗儿，明儿个又挂个绿旗旗儿。来了就都是官，不是摊派粮草就是抓人拉丁，尽干些祸害百姓的事情。"杨老四叮嘱孙儿："你要做个好人，不要到最后把自己弄成孤苦伶仃的样子。"

杨念南回到县党部不久，农会的风暴就席卷了槐里县。杨念南以共产党员的身份参加到了国民党县党部的工作中，他是专门负责农民运动的委员，县农会筹备处的人都尊敬地称呼他杨委员。杨委员白天奔忙于各个村堡，宣讲废除不合理的苛捐杂税和一切权力归农会的革命道理。晚上则忙于召开各种会议，安排全县农民运动的各项工作。完了他还要在油灯下撰写报告，将槐里县农民运动的形势和取得的成绩不断地报告给上级。

槐里县很快就召开了全县农民代表大会，县党部负责人和县府的李县长以及其他部门的头头脑脑都被邀请参加了大会，各个村堡推举来的农民代表黑压压地站满了会场。杨委员单手叉腰威武地站在主席台上，慷慨激昂地做了动员讲话。紧接着杨委员以大会主持人的身份，热情邀请县党部负责人和李县长发表讲话。县党部负责人只是热烈鼓掌，却很是谦虚地推掉了讲话。李县长则盛情难却，走上台高声表态说："我县国民革命的形势这么好，农民运动开展得这么红火，这都是杨委员的功劳。县府将全力支持国共合作，支持杨委员搞农民运动。"会场掌声雷动。农民代表们群情激昂，"打倒帝国主义、打倒封建军阀、一切权力归农会"的口号声一浪高过一浪。杨委员再一次走上台，扬手做出让会场安静的手势，然后大声庄严地宣布："槐里县农会总部正式挂牌成立了！"

在不到一个月的时间里，全县大部分村堡都相继挂出了农会的牌子，并开始对欺压盘剥乡民的土豪劣绅进行斗争。有的村堡对土豪劣绅开会批斗，有的把土豪劣绅五花大绑戴上尖尖头的高帽子拉去游街。还有的农会干脆对土豪劣绅进行拘押，要求清算和退还多年来盘剥乡民的银圆和粮食。加入了农会的乡民们个个都有一种扬眉吐气的感觉，谁都可以走上前去，对曾经欺负过自己的土豪劣绅吐唾沫扇耳光。

南张村农会的牌子，被一个叫丁德旺的人挂在了自家门口。几十年来，这个渭河边的小村庄虽然经过了三代人的繁衍，却始终只有二十来户人家，村小人少使得参加农会的人寥寥无几。丁德旺走东家串西户鼓动宣传，他把在县上讲习班里听下的革命道理一遍遍讲给各农户，却丝毫引发不起任何响应。眼看着其他村堡的农会都搞得红红火火，他却因为参加农会的人数太少而没有任何作为。

丁德旺有些着急上火，他把仅有的几名会员召集到一起开会说："既然有了农会，那咱就得办点儿大事。"可是到底要办什么样的大事，丁德旺自己却没有主意。他要求每一个会员都开动脑筋，想一想有什么大事可办。有个会员说："村上有人笑话咱农会，说咱农会只会哄着老汉剪辫子，哄着女人拆裹脚布，说咱尿都不顶。"丁德旺生气地说："这话是谁说的？皮松了欠收拾，明儿个就收拾说这话的人！"那个会员一听丁德旺要收拾人，就圪蹴下不言语了。有个会员接话说："咱这农会就是尿都不顶，村上就没有人怕咱们。"另一个会员说："咱村上又没有土豪劣绅，大家都差不多，人家为啥要怕咱？"丁德旺没好气地说："你们光说这些没用的干啥？都说说咋样才能干件大事，能让村上的人都服咱，把咱农会的威望立起来。"几个会员都没有主意，都沉默不语。

有一个会员忽然想起了一件事情，可又吃摸不准，便慢吞吞地问丁德旺："你说南家老二贵娃去年春荒时借给我两斗麦，结果要我还了三斗半，这算不算是剥削？"丁德旺想了想说："这应该算是剥削。"有个会员反对说："春荒时节的行情都是这个样子，这咋能算是剥削？"几个人看法不同，立时就争论起来。丁德旺听了几句就不耐烦地打断争论说："好了好了，你们都不要争了，明儿个我到县上去请示杨委员，让杨委员来定秤。"

第二天后晌，丁德旺急匆匆地从县上赶回来。他一走进家门水都顾不上喝一口，就让儿子去通知其他几个会员来家里开会。人到齐之后，丁德旺说："杨委员说了，这是典型的重利放债，就是剥削人的行为。不但要让贵娃退回剥削去的粮食，还要对他进行公开批判，好让大家都知道什么是剥削。"丁德旺扫视了一遍几个会员，一脸自得地又说："杨委员还夸我有觉悟，还说让咱放心大胆地放手干革命。"几个会员顿时来了兴致，叽叽喳喳议论起来。有人问："那咱下来咋个弄法？"丁德旺胸有成竹地说："今儿黑咱就去寻贵娃，先让他把剥削的粮食退回来，明儿个再批斗他。"

掌灯时分，丁德旺和几名会员来到南贵娃家里。南贵娃是南俊文的二儿子，早已搬出来单过。他吃罢晚饭正在庭院里坐着抽烟，见丁德旺几个人走进来，忙起身相迎热情让座。丁德旺和几个会员都站着不坐，互相瞅一瞅却不知道如何开口。丁德旺鼓起勇气说："南二哥，去年春荒时你是不是给他借过两斗麦？"说着他用手一拽身边的那个会员。那个会员往前迈了一步，有些紧张地说："就是他，就是他借给我两斗麦，却让我还了三斗半。"南贵娃不解地问："对呀！是有这样的事情，咋咧？"丁德旺说："咋咧？借两斗还三斗半，你这就是重利放债，就是剥削农民。农会禁止重利放债，你要把剥削的一斗半还给人家。"南贵娃说："我好心帮他，咋成了我剥削他？借两斗还三斗半，春荒时节的行情都是个这，再说也是他自愿还给我三斗半的。"那个会员急了说："不是我自愿的，是他硬逼着我要的！"南贵娃来了火气变了脸色说："你要是这样说，那就算是我逼你要的，你想咋？"

双方激烈争吵起来，吵闹声很快招来了南家的四五个子侄。有个子侄跟丁德旺争论了几句之后，就抄起板凳砸在了丁德旺的头上。丁德旺"哎哟"一声跌倒在地，爬起来一摸头，看见一手的血，便咬牙切齿地指着南贵娃说："好呀！你南家仗着人多门户大，敢跟农会作对，还敢打人？你等着，有你娃好看的！"说罢便气哼哼地捂住头走出门去了。

过了几天，南贵娃从地里干活回来，迎面撞见丁德旺截住了他。丁德旺给身后一群手持梭镖和大刀片的人说："就是他，他就是南贵娃。就是他跟农会作对，打我的人也是他！"那群人一下子将南贵娃团团围住。一个手提长枪的人上前揪住南贵娃的衣领说："你胆子大得很，敢跟农会作对，还敢打农会的人？"说罢便喊了一声："给我绑咧！"南贵娃反抗着不让绑，双方在村街上撕扯起来。这时就有南家的几个子侄跑过来，跟着南贵娃一起推推搡搡。那人一看南贵娃有了帮手，便哗啦一声将子弹推上膛，瞪起眼睛说："老子是农会总部的人，都给我起开，想吃枪子儿了得是？"

这当儿，杨老四气喘吁吁地赶过来。丁德旺看见杨老四，就贴在那人耳朵边嘀咕了几句。那人放下长枪换了笑脸，冲杨老四点点头说："啊呀！原来是老叔来了。"然后就又自我介绍说："我是农会总部自卫团的副团长刘黑狗，南贵娃对抗农会还打了人，我们是奉命来抓人的。"杨老四说："乡里人打锤闹仗不算个啥事，我看让贵娃给德旺赔个不是，就都不要再追究了。"刘黑狗嘿嘿一笑，压低声音对杨老四说："好我的老叔哩！这事情不是你说的这样简单，南贵娃犯下的可是破坏国民革命的罪，是县上的农会总部让来抓人的，老叔你就不要插手了。"南贵娃最终还是被捆了起来。临走的时候，刘黑狗赔着笑脸又给杨老四说："老叔你可婓怪我，有啥事你到县上去寻杨委员，现在一切权力归农会，都是杨委员说了算。"

刘黑狗早先在槐里县的土军阀贾司令的队伍里当排长，贾司令倒了台被枪毙之后，他便回到桑镇老家去了。刘黑狗父母早亡，他也没有婆娘、娃娃，回到家里后无以为生，先人留下的两亩薄田他又懒得耕种，干脆就把地卖了换钱度日，整日瞎胡转乱逛游不务正业。

一日晚间，桑镇的另一个破落户李二拐子来寻刘黑狗，煽惑着让他一起去偷些粮食换点儿钱花。李二拐子说："要说最好下手的那就是李善人家，他家是桑镇最有钱的财东家。老汉已经老糊涂了，儿孙们又都很少回来，李善人那里最好下手。"两个人一拍即合，在后半夜时来到李善人家后墙外面。李二拐子腿瘸翻不了墙，就给刘黑狗说："你进去偷，我在外边把风看人，要是有人过来我就给墙里撂个土疙瘩，你就赶紧停手。"刘黑狗说："你婓走远，一会儿我要是弄下粮食往外递，我也给墙外撂个土疙瘩，你就过来接。"两个人商量停当，刘黑狗踩着李二拐子的脊背攀上了墙头。

李善人家后院的粮囤一座挨着一座。刘黑狗跳下墙，借着月色摸到离墙最近的粮囤跟前，他摸揣着寻见囤口，用力把闸板往上一提，麦子就哗的一下从囤口里滚流出来。带来的两条口袋全都灌满了麦子，刘黑狗又在后院里寻见一个梯子，然后抓了块土疙瘩撂到墙外。墙外传来李二拐子细小的声音："得手了没有？"刘黑狗压着嗓子说："得手咧！你接货。"他扛起一袋麦子攀上梯子，一松手把麦口袋撂过了墙头。撂完另一袋麦子，刘黑狗骑在墙头上小声对李二拐子说："我看李善人家就是好弄，你再等一会儿，我去给咱弄点儿硬货。"李二拐子在墙底下说："还是那话，得手了就给墙外撂个土疙瘩，我就过来接货。"刘黑狗从梯子上又下到墙里摸黑往前院来。他猫着腰刚拐进一个拱门里，迎面撞见一个人影。那人喊了一声："谁？"刘黑狗吓得魂飞魄散转身就跑，却不想跌了一跤倒在地上。那人一下子扑上来把刘黑狗压在身下动弹不得，随即大喊起来："抓贼呀！抓贼咧！"

李善人已到了耄耋之年，时而糊涂时而清醒，儿孙们有的留洋，有的当官，有的经商，都不在家中，他的几个侄儿就每天晚上轮换着来陪他。当晚陪他的侄儿起夜到后院上茅房时，正好逮住了刘黑狗。侄儿和闻声赶来的几个长工劈头盖脸地打刘黑狗，李善人被惊醒也从屋里走出来。他走过来笑呵呵地说："好着哩，好着哩！"李善人看了一会儿，忽然问侄儿："打谁呢？"侄儿说："三大，你真个糊涂了，屋里招了贼娃子咧！打贼娃子呢！"李善人愣了一下，接着又笑呵呵地说："好着哩，好着哩！"

侄儿打得不解气，让几个长工把刘黑狗吊在树上，然后拿来一根牛皮鞭子继续抽打。李善人忽然又问："打谁呢？"侄儿不耐烦地说："打贼娃子呢！"李善人说："好了好了！让他走，教训教训就好咧！"侄儿见李善人又不糊涂了，就指着刘黑狗说："我三大心善，今儿个放你走，可是得给你长个记性，看你今后还敢再做贼不！"牛皮鞭子迎头抽了下来，刘黑狗的眉梢到脸颊上就裂开了一道血口子。李善人拽住侄儿说："好了好了！不让你打人你咋还打？"他从侄儿手里夺过鞭子撂在地上，训斥侄儿说："看你把人打成啥样子了，你得给人家赔补了再让人家走。"刘黑狗被放了下来，抱着一小袋赔补的麦子，被李善人的侄儿踢出了头门。他回到后墙来寻李二拐子，李二拐子早尥蹶子不见人影了。

刘黑狗时常摸着眉梢上的疤痕怀恨不已，可是李善人是桑镇最大的财东家，大家大户子侄众多，他心有怨恨却又不敢去招惹人家。这一年的春天，就在农会的风暴即将席卷槐里县的前夕，杨委员来到了桑镇。杨委员将桑镇树立为全县农民运动的开端，亲自指导全县第一个农民协会的筹备工作。他给穷苦的庄稼汉们宣讲国民革命，宣讲打倒土豪劣绅，宣讲一切权力归农会。他像是一团炽热的烈火，他走到哪里，哪里就会燃起革命的大火。此时的刘黑狗穷困潦倒无所事事，他在听过杨委员的几次宣讲之后，心里就潮涌起来，他感觉到自己出头的机会终于要来了。

刘黑狗开始天天在杨委员身边打转转，杨委员走到哪里，刘黑狗就跟到哪里。杨委员充满激情地宣讲到高潮时，刘黑狗总是不失时机地第一个鼓掌，第一个站起来高呼革命口号。他装作激动万分的样子给杨委员说："哎呀呀！你说的话句句都说到我心坎坎里去了，我就是真正的无产阶级，我决定革命咧！"

不久，桑镇率先挂出了全县第一块农会的牌子，而刘黑狗则被杨委员点名送去了县上的农民讲习班。为期半个月的学习很快结束，刘黑狗收拾好铺盖卷,满心躁动地想回桑镇大干一番时,却意外地被杨委员派人叫去了县党部。杨委员一见他就直白地告诉他说:"你不用回桑镇去了,现在的斗争形势需要我们成立农会自己的武装。你在旧军阀队伍里当过兵耍过枪杆子,就到自卫团去报到吧!"杨委员将写好的字条递给他,接着就拍一拍他的肩膀微笑着又说:"去自卫团当个副团长怎么样?你可要好好干呀!"

农民运动搞得翻天覆地,杨委员忙得不可开交。杨委员与生俱来的灵活头脑和富有激情的演讲才能,使他在这场轰轰烈烈的运动中显得游刃有余。杨委员不知疲倦地工作,每天都奔忙在各个农会之间,亲自督导,亲自演讲,演讲完之后就是开会,开会时就又演讲,晚上还要在昏暗的油灯底下及时地给上级撰写有关革命形势的汇报材料。

一天晚上,杨委员开完最后一场会议送走农会的骨干后,李县长推门走了进来。李县长一进门先很是关切地说:"杨委员真是太操劳了,要注意身体才好呀!"落座之后,李县长单刀直入地说:"这么晚打搅你也是不得已,我有一件事情想问一问你。农会的人把东乡宿仲里的里长给铡了,你知道不知道?"杨委员说:"这件事情我也是事后才知道,我刚才已经开会给各个农会的负责人打过招呼了,今后不能再随意拿铡刀铡人。"李县长这时已不再含蓄,一脸生气地质问说:"农会怎么能把矛头对准革命同志?现在各里的里长都吓得不敢出来了,县府安排的事情都没有人干了。"杨委员说:"我会让各个农会今后都注意工作的方法。"李县长态度坚决地说:"这件事情要深究,不能就这样毕了,要坚决刹住乱斗乱铡的风气。"杨委员有些不悦,绷着脸说:"随便铡人是不对,可是也不能因为这一件事情就影响农民革命的积极性。再说被铡的这个里长他也不是革命同志,他是个贪官污吏,是个恶贯满盈的劣绅。在他管辖的村堡,他想睡谁家女人就睡谁家女人,这样的里长只能败坏国民革命的名声,铡了他也不冤枉。"

李县长见杨委员有些上火生气,便稳了稳神,缓和了口气说:"咱两个可是同志加亲戚的关系,论私交你的爷爷杨老先生还要把家父叫三叔。暂且不论咱的这一层关系,就算咱是革命同志的关系,我也要向你进一言。县府近日不断收到各里乡绅联名具告的状子,告的可都是农会的头头。把人家五花大绑游街斗争不说,还奸污人家的女人,凭这些人能弄成国民革命?革命不是乱斗乱铡！"杨委员不服气地说："你说的那个睡人家女人的农会负责人，我已经把他撤职了。十个指头还不一般齐，不能因为这一个人就否定整个农民运动。"李县长终于忍不住一拍桌子说："总之农会不准再随便铡人，真的有罪恶严重的人，要交给县上的法庭审判。"杨委员马上针锋相对地说："罪大恶极的人可以按你说的办，但是县府绝不可以干涉农会的事情。"

气氛变得紧张起来，两个人都沉默不语了。李县长干咳了两声，率先开口换了话题说："听说杨委员委派刘黑狗去自卫团当了副团长，他可是在土匪军阀队伍里混过的人，我提醒你这样的人不能重用。"杨委员说："你说的这些我早都问过他了，他给军阀当兵那是被胁迫的。"李县长撇一撇嘴说："刘黑狗还是个贼娃子，他到我家里偷粮食该不会也是被人胁迫的吧？杨同志，你可要认清人呀！"杨委员冷笑起来说："认清人？你说得对，我们确实需要认清人。有的人家里有的是土地和粮食，有的人却一日三餐都没有着落。穷苦的无产阶级为了活命只能向土豪劣绅伸手，可是竟然惨遭毒打，这样的土豪劣绅现在再也没有随便打人的特权了。"李县长不再说话，脸色铁青地站起来告辞。他走到门口时又回过身，很不客气地说："一切权力归农会，那还要县府干啥？虽说现在是国共合作，可是共产党也不能砸了国民党的锅！"说罢，李县长摔门而去。

南贵娃被抓去县农会总部的当天后晌，杨念北急急火火寻到了县党部。他走进杨委员的屋子里时，刘黑狗正在给杨委员做着汇报。见弟弟走了进来，杨委员满脸笑容地迎上来说："我就知道咱屋里会来人，是咱爷让你来的吧？"杨念北瞪了刘黑狗一眼，气呼呼地说："咱爷让你赶天黑前回去。"杨委员给刘黑狗使了个眼色，刘黑狗知趣地退出去了。杨委员倒了一杯水递到弟弟手里说："你也看见了，我这里的事情实在太多走不开呀！你回去给咱爷说，贵娃叔的事情我心里有数，让他放心。"

第二天一早，南俊文放心不下二儿子，便指派大儿子背着烙好的锅盔馍到县上去看望二儿子。大儿子寻到自卫团团部，站岗的队员告诉他，南贵娃被带到槐巷学堂开批斗会去了。大儿子又寻到槐巷学堂，在走进操场的时候，就看见他兄弟南贵娃被五花大绑跪倒在主席台上。丁德旺和那个被剥削了一斗半麦子的会员也站在台上，正在激动地控诉着被南贵娃剥削的经过以及南贵娃对抗农会打人的事情。碎石子、碎瓦块不断从台下黑压压的人群里被扔飞到台上，打在南贵娃的身上和头上。刘黑狗把一个用牛皮纸糊成的喇叭搭在嘴上，冲着台下大声高喊："这就是跟农会作对的下场，这就是破坏国民革命的下场，今后谁再敢打农会的人，再敢跟农会作对，南张村的南贵娃就是娃样子！"南贵娃把头栽在地上跪在那里一动不动，血水顺着头发流到了地上。

南俊文的大儿子看到这样的场景，吓得丢了包袱惊慌失措地跑回南张村。进门看见南俊文就扑倒在地泣不成声："大啊！你的二儿怕是活不成咧！"南俊文听完大儿子哭诉，跨出屋门就要去寻义兄杨老四，走到庭院里时却又忽然站下了脚。南俊文捂住胸口弯下腰，鲜红的血从他嘴里流出来滴洒在了地上，接着他就一头栽倒在地。

杨老四和杨老五被南家的人叫来的时候，南俊文已经呼吸微弱昏迷不醒。杨老四伏在炕头呼唤了几声，不见南俊文动弹，眼泪便像泉涌一般流了下来。他突然举起手左右开弓扇自己的耳光，随后又扑通跪倒在炕前，失声悲痛地说："贤弟呀！都是我的不对，都是我的罪过，我先给你赔不是了！"屋里站着的人都吓得跪倒下来。

天黑严实的时候，杨委员才忙完开始吃饭。县党部门口有人跟看门老汉大声争吵起来，杨委员隐约听见像是弟弟杨念北的声音，便端着碗走出来。杨念北见他端着碗，一脸怒气地说："你还有心吃饭？咱爷快不行了，家里人让你赶紧回去！"杨委员大吃一惊，焦急地问："咋咧？咱爷咋咧？出啥事了？"杨念北没好气地说："你回去就知道了。"

杨委员不及多想，把没吃完的一碗饭递给看门老汉，又简单交代了几句话，便慌慌张张抬脚就走。两个人摸黑奔回了南张村，进到村街里的时候，杨念北却在南俊文家门口站住了脚。杨委员焦急地说："还不赶紧回家，你站在二爷家门口干啥？"杨念北说："都在二爷屋里等你哩！"随即拉住杨委员走进庭院里。南家的儿子、孙子们都瞪着通红的眼睛，冷冰冰地瞅着杨委员走进屋里。

南俊文直挺挺地躺在炕上，炕头的油灯忽闪着火苗儿，杨老四在炕边的椅子上低头坐着。杨委员明白过来，走过去有些胆怯地对杨老四说："爷，我回来了。"杨老四抬起头紧盯住孙儿，咬着牙说："我问你，是不是你让人逮走你南二叔的？"杨委员说："那是县农会总部开会决定的。"杨老四脸颊上的肌肉不断地抖动。他站起身又问："你南二叔如今是死是活？"杨委员紧张地说："人不要紧，只是头被打烂了，那都是那些看热闹的人——"他的话还没有说完，一记响亮的耳光重重地扇在他的脸上。杨老四暴跳如雷地吼叫："杨家咋要下个你这样没心没肺的东西！"又一记响亮的耳光扇在杨委员的脸上。杨委员被扇了一个趔趄，捂住脸惊慌失措地说："爷你不要打了，你听我说嘛！"杨老四不容分说再一次举起手时，却听见南俊文在炕上哼出了声。

南俊文睁开了眼睛，有气无力地抬起手指一指杨委员。杨委员慌忙走上前俯下身子，把耳朵贴近南俊文的脸庞。他听见南俊文气若游丝地说："你——害了我的孙子，就不要再害我的儿了，二爷——求你咧！"杨委员的身子猛然颤了一颤，脸上顿时没有了血色。他偷眼去看身后的杨老四，杨老四一脸焦急地瞅着炕上的南俊文，似乎并没有听到南俊文说什么。杨委员镇定下来，故意放大声对南俊文说："二爷你放心，明儿个我就把南二叔给你领回来。"南俊文的脸上现出一丝笑容后停滞下来一动不动了。杨委员伸出手探了探南俊文的气息，然后就放声大哭地回过头说："我二爷走咧！"

节令到了立夏，槐里县农会总部再一次召开了农民代表大会，全县的农民运动随着天气逐渐炎热也进入了高潮。这次大会讨论并通过了很多条议案，其中最重要的一条是清算政府财政。依据通过的议案，农会总部迅即成立了清算团，开始对县府各个部门的账目进行清算。可是清算工作才刚刚展开，县杂税局的局长却锁起账簿躲了起来。刘黑狗按照杨委员的指示，带领自卫团的人砸开了杂税局长办公室的门锁，撬开了柜子和抽屉，把账簿全部背到了农会总部。

账目被一年一年一笔一笔清算过之后，最后发现杂税局长侵吞贪污的数目令人吃惊。杨委员拍案震怒："这样的贪官蛀虫必须捉拿归案！"刘黑狗马上安排自卫团的人守住四个城门以防贪官外逃，然后在县城里四处打听仔细查访。几天之后，在一个年轻寡妇家里逮住了那个贪官。刘黑狗把他押到了自卫团团部，一进门就一脚将他踢倒在地，将一把大刀片抵在了他的脖子上。杂税局长脸无血色浑身哆嗦，立时就一股脑儿地做了交代："我说我说，我全部都说。我承认我贪了，我贪的我都退赔。可我只是拿了个小头，大头都给李县长了，我都是按照李县长的意思办的。"

这样意外的收获让刘黑狗大喜过望，他马上一路小跑到县党部给杨委员做了汇报。杨委员在获得这个重大突破的消息时，激动地从椅子上站起来，在屋子里来回转了几个圈儿，拍着手说："好啊好啊！刘副团长，我没有看错你，你没有辜负我对你的期望，终于把这个贪官蛀虫的后台连根挖出来了。"

李县长被自卫团的人请到了农会总部，县党部负责人和各位委员以及农会的重要骨干都被请到了会场里。李县长被安排独自坐在会场一角，接着杂税局长被自卫团的人押了进来。杂税局长双腿双手都抖个不停，捏着一张自写的清单一项一项地往下念。李县长闭着眼睛脸色铁青，坐在角落里一动不动，任由杂税局长一件一件地揭发。清单还没有念完，一位农会骨干就忍不住暴跳起来："用不着再念了，把这狗日的贪官现在就拉出去枪毙！"有几位农会骨干紧跟着拍桌子瞪眼睛乱吼乱骂起来。有人大声说："枪毙他太便宜他了，拿铡刀把他铡了。"随即有人冲着屋外高喊："刘黑狗，刘黑狗，现在就让人去抬铡刀！"会场秩序立时陷入混乱，国民党的几位委员都一声不吭冷眼旁观。

县党部负责人把杨委员叫到了会场外面，不满地说："不管咋说李县长都是国民政府任命的县长，千万不能铡。这可是牵扯国共合作的大事，把他交给省上去处置。"杨委员点头表示同意。随即杨委员走回到会场中间，扬起手让大家安静，然后命令刘黑狗先把李县长押到自卫团团部看管起来。紧接着杨委员大声宣布："两天之后再召开全县农民代表大会，揭露李县长的贪污罪行，让全县民人都知道李县长的罪恶后再把他交由省上惩处。"

掌灯时分，刘黑狗喝过酒回来走进团部大院。负责看管李县长的队员跑过来说："都快把人聒乱死咧！李县长一直嚷嚷着要见你，喊得人耳朵都疼了，你见还是不见？"刘黑狗摸一摸眉梢上的疤痕，心里一阵得意，脸上却做出严肃的表情说："那你去把他带过来，看他还有啥狗屁要放。"

李县长头发蓬乱，衣服上沾满灰土，被那个队员用梭镖押着走进刘黑狗屋里。刘黑狗一屁股坐在桌子上说："你有啥话就快说，有屁就赶紧放！"李县长回头看看身后的队员，为难地说："这么重要的事情我只能给你一个人说。"刘黑狗冷笑起来说："都啥时候了，还扎县长的势。你要说就说，不说了去屎，我还懒得听。"李县长一脸苦相地再次央求说："刘副团长，这件事情真的非常重要，只能给你一个人说。"刘黑狗从李县长那可怜巴巴的眼神里忽然意识到了什么，他挥挥手让那个队员出去了。李县长换了一副镇定自若的表情说："我知道你对我家打你的事情一直记恨在心，不过咱们也可以化敌为友嘛！"刘黑狗不耐烦地说："有话就直说，少绕弯弯。"李县长不慌不忙地说："我藏着一笔硬货，原本是准备送给省上的头头脑脑买官的钱。你把我放了，我藏的这些硬货就都是你的……"

后半夜的时候，刘黑狗跳下炕轻轻开了门走出来。他先站在院子里听了听，其他屋子里都响着熟睡打鼾的声音，然后他就蹑手蹑脚地来到后院。他搬来一把梯子搭上墙头，回头看了看没有人，便迅速翻过墙头跳了出去。他将身子隐在街边的黑影里穿过几条街巷，来到县府大院的后墙底下，从一个豁口处攀上墙头翻了进去。刘黑狗猫着腰来到李县长办公室窗外，从腰里拔出刀子伸进窗缝拨开窗闩，翻进去后径直走到办公桌后面，按照李县长说的方位蹲在地上摸索起来。

果然有几块青砖略微高出了地面，刘黑狗用刀子把青砖一块块撬起来搬开，底下露出一只小木箱子。他搬出箱子掀开箱盖，从衣兜里摸出洋火划着，呈现在眼前的，是一箱黄灿灿的"大黄鱼"。刘黑狗一阵狂喜，捏着洋火的手都哆嗦起来。他白天曾带人来搜查过李县长的办公室，根本就没有想到桌子底下竟然有这样的玄机。刘黑狗骂了一句："狗日的藏得真严实！"然后从怀里摸出一块包袱展开。刘黑狗数了数共有三十三根金条，全部用包袱包好背在身上，又把空箱子放回原处铺好青砖，再把椅子原样放好，然后退出屋外闭上窗子，从原路翻墙回去了。

天亮以后，给李县长送早饭的队员打开锁着的屋门时，立时就撂了碗惊慌失措地喊起来。屋内空无一人，封死的后窗被人从外面撬开，李县长已然逃走了。

李县长的逃跑让杨委员大为恼火，揭露李县长贪污罪行的大会显然无法再开。可是这件事情已经上报给了省上，影响也已波及全县。从李县长的办公室和住处都没有搜到一两银子的赃款，他的老婆和娃娃都住在省城里，没有人知道详细的住址，现在既跑了人又没有赃款，这让杨委员一下子陷入被动。

杨委员召开了农会总部的紧急会议商量对策，来开会的委员们七嘴八舌提出各种应对的办法，可是都无法让大家信服。有一位头脑灵活的委员在大家都沉默下来之后，提出了独到的建议："必须马上抄没李县长他大李善人的家产，他大的家也就是他的家。再说他大李善人本就是桑镇最大的财东豪绅，那些家产都是盘剥民脂民膏的赃财。把没收的赃财分给穷苦的百姓，既可以证明李县长贪污的罪行给省上交差，也可以给全县民人有个交代。"

这样的建议立即就得到了各位委员的一致赞同。这位委员兴致高昂地又深入说："农会下一步的工作就是要给穷苦农民分配土地，咱就从桑镇先行开始，没收李县长他大的田产和浮财分给穷苦的百姓，这岂不是一举两得的事情？"有委员兴奋地插话说："要是全县都这样的话，那就彻底把这些土豪劣绅打倒了，槐里县的革命就彻底胜利了。"会场里的气氛热烈起来，委员们情绪高昂地纷纷表示拥护，大家最终都把目光看向了一直沉默不语的杨委员。杨委员稍作思量后平淡地说："这件事情不能是哪一个人说了算，咱们进行表决。"会场里的人齐苍举起了手。

桑镇随之就出现了游街和抄家的双重景象，几个最富有的财东豪绅被牵牛拉羊似的在桑镇的街道上游了一圈儿又一圈儿。李善人因为年纪太大行动不便而被免于游街，但是清算田产和封分浮财先从他家开始。农会的人进进出出，把能搬得动的浮财都搬到庭院里堆积起来一一登记。花花绿绿各式各样的财物让围观的人大开眼界，人群中不断爆发出一阵阵惊呼。

一本本账簿被点燃后扔到地上，一张张收租放贷的欠条和一沓沓地契被摺到火堆里。熊熊燃起的大火让人群沸腾起来，人们争先恐后地拥过来抢夺堆积如山的浮财，农会的人怎么样也制止不住混乱的场面。刘黑狗举起长枪砰的一声朝空中放了一枪，人们才被震慑住停下来。桑镇的农会头头站在椅子上高喊："大家不要乱，先登记后分粮，头牲几家合分一头，衣裳和铺盖分给最穷的人家……"

李善人被一个侄儿搀扶着站在庭院一角，笑呵呵地观望着欢腾的人群，自言自语地嘟囔："好着哩，好着哩！"他忽然问侄儿："这些人干啥呢？"侄儿哭丧着脸说："分你的家财哩！"李善人愣了一会儿说："我从来没欠过谁的钱咯！"旋即他又咧着嘴呵呵笑起来，不停地嘟囔："好着哩！好着哩！"

后晌的时候，杨念北牵着黄牛，驮着脸色蜡黄的杨老四走进李善人家庭院里。李善人被抄家的消息是丁德旺带回南张村的，杨念北把听到的消息说给躺在炕上的杨老四时，杨老四一骨碌从炕上翻滚下来。义弟南俊文咽气之后，杨老四几天几夜守在灵堂前，在南俊文入殓的那一刻，他哭得死去活来直至背过气去。被抬回到家里后，杨老四就再也没有力气下炕。现在猛然听到李善人被抄家的消息，他急得想下炕，却力不从心地从炕上滚跌下来。

全家人都慌了手脚，把杨老四重新抬回到炕上，杨老四却又挣扎着跳下来。他推开跛子老婆和儿子孙子，鞋都不穿就往门外走。跛子老婆知道拦不住他，便让杨念北从后院牵来黄牛，给牛背上垫了褥子，然后圪蹴下给杨老四穿袜套鞋。杨老四用手抚住跛子老婆的肩头，忽然轻轻叫了一声："巧娃！"跛子老婆抬起头，杨老四愁苦的目光正盯瞅着她。自打儿子们分了家之后，杨老四一直叫她老婆子，巧娃这个名字已经很多年没有人叫过了。跛子老婆满是褶皱的脸上泛起红晕。杨老四说："巧娃！你和东家都是我的恩人。"杨老四一直称呼李善人为东家，他年少时逃荒到李善人家当了长工之后，就一直这样称呼李善人，即便他的跛子老婆跟李善人沾亲带故称李善人为三叔，可是他从来都没有改过口。杨老四一脸悲苦地给跛子老婆说："巧娃！我这一辈子过得恓惶得很。我是个罪人，我心里难受得受不得，我给你和东家还不了情报不了恩了。"

杨老四骑在牛背上被驮进李善人家庭院里的时候，庭院里一片狼藉，燃尽的纸灰满院翻滚，除了灶间和李善人居住的屋子，其他屋门上都被贴了封条。李善人独自在炕上和衣躺着，见有人走进屋里，李善人迟缓地坐起来，呆滞的目光瞅着杨老四默不作声。杨老四强打精神说："东家，是我来咧！"李善人咧嘴笑起来说："好着哩，好着哩！"杨老四在炕沿上坐下。李善人忽然认出了他，一把拉住他说："你吃了没？我让人给你下面去。"杨老四再也忍不住扑簌簌流下眼泪。

杨念北到前后院查看了一番，硬轱辘车还在，只是马号里已经空空如也。他把黄牛牵过去套好车，又把炕上的褥子铺在车厢里，然后进到屋里要背李善人下炕。李善人问："到哪搭去呀？"杨老四说："我接你回家。"李善人笑嘻嘻地趴在杨念北背上，不停地自言自语："好着哩，好着哩！"上了牛车出了门，李善人忽然又清醒过来，拉住杨老四说："我不想回家，我想去游逛看景哩！"

牛车穿过悠长狭窄的街道驶出了桑镇。到了岔路口，杨念北吆停车问："东家爷要逛景，咱到哪搭去逛？"杨老四挣扎着挪到车辕上，从杨念北手里接过鞭子说："来的路上我给你说的话，你记下没记下？"杨念北说："我记下咧！"杨老四说："你自个儿先回去，我要给我的恩人再吆一回车。"杨念北被撵了下来，牛车顺着大路往马嵬坡去了。

日落时分，牛车停在了马嵬坡的半坡上，那是杨楼娃当年栽下车的地方。晚霞像是一簇簇火苗儿在天空中燃烧，渭河载着被映成红色的波涛奔流不息，远处的终南山一片墨黑模糊不清，时不时有雀儿鸣叫着从天空飞过。东边半塬上的杨贵妃墓依然长满了杂草，墓旁那巍峨高大的树冠孤零零地矗立在落日余晖中。

李善人斜倚在车帮上不言不语，目光凝视着所能达到的远方。忽然间他的脸上浮现出一种无以言状的表情，似是对一切都不屑一顾的冷笑，又似是苦笑和自嘲的笑，抑或是轻松欢快的笑。接着他的嘴巴越张越大，最终那奇怪的表情变成了咧嘴傻笑。李善人凝视远方的目光逐渐混浊和暗淡下来，微弱的声音又开始喃喃自语："好着哩！好着哩！"太阳落尽的时候，李善人断了气。

杨老四平静地端详着李善人的遗容，他已经不再伤心，也没有了眼泪，一种灯枯油干的感觉蔓延他的全身。他把李善人放倒躺平，又把李善人的衣裳捋展拽直，然后慢慢地躺倒在李善人身旁。杨老四闭上眼睛，孛落坊东城门出现在他的眼前。他大杨福生从城门洞里走出来笑着向他招手，他看见十老爷也在向他招手。忽然有人在他身后叫了一声："大！"他转过身，儿子杨楼娃在他身后站着。杨老四喜极而泣上前去搂抱儿子，杨楼娃却忽然不见了。他左顾右盼四下里寻找，却看见李善人不慌不忙在马嵬坡上走着。他抬腿就撵，可是怎么也撵不上。他急得大喊："东家！你等一等我，我来还情报恩来了……"

后半夜的时候，杨老四的儿孙们寻到了马嵬坡上。杨老四和李善人相挨着躺在牛车里，身子都已经冰凉，两个人结伴去了。

杨委员没有接到家里任何人来报丧，丁德旺把杨老四的死讯报告给他之后，他只觉得天旋地转站立不稳，随后他就慌慌张张跑掉了一只鞋子跑回了南张村。他跌跌撞撞脚步踉跄地扑倒在自家门口，灵堂就设在自家庭院里，他看见灵堂前的一对牛腿大蜡忽闪忽闪跳动不止，跪着的孝子贤孙们却没有一个人按照礼仪出门来迎接他。

杨委员放声大哭抬脚进门时，却被一身孝衣的杨念北挡在了门口。杨委员流着眼泪说："我回来奔丧尽孝，你挡我干啥？"杨念北冷冰冰地说："先人留的有话，杨家没有你这样的子孙，以后不准你再踏进杨家的门槛。"杨委员说："我是你哥！"杨念北说："我没有你这样的哥！打今儿起你革你的命，我种我的地，咱谁也不认得谁。"杨委员急得跺脚，冲庭院里喊他婆喊他妈，却始终不见他婆他妈走出来。他又喊杨老五："五爷，你出来说句话呀！"杨老五跪在灵堂前头都不回地大声说："我只认得我四哥，我不认得你是谁！"

杨委员瘫坐在门口心胆俱裂放声痛哭。他忽然站起来冲着庭院里发狂似的大声吼叫："爷！这不是我的错！这是一场革命，是一场谁也挡不住的暴风骤雨！"随后他跪倒在门口，磕过头之后站起身，摇摇晃晃地走出南张村去了。

革命形势不断在发生着变化，变得越发险恶。六月初，关中平原开始由东向西进入小麦收割的季节。这个时候，国民党省党部突然公开发布了一道命令，要求各地农会暂停一切工作等待下一步指示。山雨欲来风满楼的氛围充斥在国民政府的各个部门，国共合作破裂的局面就差最后捅破窗户纸了。

杨委员被共产党陕西省委召到了省上去开会，他在开完会之后回到槐里县时，农会总部的各位委员正翘首以盼地等着他带回上级重新开展工作的最新指示。可是杨委员却心情沉重地躲开了一双双期待的眼睛，悲愤交加地说："国民党可能要对我们下手了！"满怀热情的委员们像是被人从头到脚浇了一盆凉水，瞬间都瓷愣起来。一位委员瞪着眼睛高声骂起来："我日他妈！咱们被国民党耍了，马上就要挨砖头了！"杨委员又说："省委要求我们要做好随时转移的准备，有条件隐蔽的党员先就地隐蔽起来。"有委员问："啥时候转移？"杨委员摇摇头说："这个我也不知道，国民党还没有最后翻脸，我们只能等待省委的下一步指示。"

时令进入到酷热难当的三伏天，县党部负责人突然被叫到省党部开会去了，其他国民党的委员也不见了踪影，县党部院子里空荡荡的，只剩下了杨委员一个人。杨委员一直坚守着等待省委的通知，可是已经过去快一个月了，省委依然没有任何消息。农会总部的其他党员都已回家去了，可他却哪里都去不了，弟弟杨念北已经当着全村人的面宣布跟他断绝关系，南张村他是不好再回去了。

　　杨委员忽然想起了张文博。想当年他在替南林轩送信时受伤躲进王家药铺，是张文博救了他并且给他治伤疗伤，从那以后他对张文博就一直怀有一种亲切的感觉，甚至是比弟弟杨念北还要亲的亲切感。他回到槐里县之后，没日没夜地忙于农会的事情，一直也没有抽出时间去看望张文博，现在整个槐里县也只有张文博让他一想起来就觉得暖心和亲切了。

　　后响暑气渐消的时候，杨委员走出县党部。他在点心铺里称了二斤白皮点心，拐过几条街道来到王家药铺。不巧的是张文博出诊未归，三剂先生一脸惊讶而又热情地接待了他。杨委员满心失落地勉强坐了一会儿，对当年救助他的事情说了几句感谢的话就告辞出来了。他心烦意乱地在街道上胡乱溜达，进到一家饭馆里要了一碗油泼面。正在吃面的时候，忽然见到一队荷枪实弹的警察从饭馆门口跑了过去。那队警察是往县府方向去的，从他们急匆匆的脚步和跑去的方向判断，杨委员马上有了一种不祥的预感。他感觉到他现在一刻也不能再停留，得马上离开槐里县。行李早已收拾好在屋里放着，随时都可以转移。

　　杨委员急匆匆走进县党部院子里时，才发现门里两边各站着一个人。杨委员瞬间就感到脊梁骨发冷，同时意识到事情不妙。他脚不停步地即刻转身想朝外走，那两个人的手枪却顶在了他的胸膛上，接着又有七八个人从不同角落里冲出来把他围在中间。这时候，杨委员听到一个熟悉的声音：“杨委员，别来无恙啊！这么快咱们就又见面了。”说话的人从他身后缓步走来。杨委员知道已经无法脱身，索性回转身一脸坦然地说：“原来是李县长回来了。”

　　李县长走到杨委员面前站住脚，仰起头开怀大笑了一番，感慨地说：“哎呀呀！世事就是个这，三十年河东，三十年河西。前些日子你把我逼得走麦城，今儿个我李某人可又回来了。”李县长拉长声调叫了一声：“杨委员！”然后又以嘲讽的口气说：“我一回来，第一件要紧的事情就是先来拜见你杨委员。”他见杨委员冷眼瞅着他一声不吭，就又仰起头哈哈大笑了几声，一脸得意地说：“哎呀！不对呀！你现在不是什么委员了，你现在是共产党的要犯，我是来抓你的。”

　　事情其实来得并不突然，先是主持陕政倾向国共合作的省府于主席被调回国民党中央去了，随后国民党省党部就发布了要求各地农会停止工作的命令。

紧接着驻陕的国民革命军冯司令在观望了一段时日之后，终于拿定主意投蒋反共了。杨念南被李县长逮捕是在冯司令正式发表反共声明之前，所以他并没有接到省委的任何通知，这样突然全是因为国民党里铁腕的头头脑脑早已等不得冯司令发表公开声明而提早动手清党了。

李县长从槐里县逃跑之后就回到了在省城的家里，他一边倾尽家财到省府上下打点关系，一边到处告状哭诉说是共产党对他栽赃陷害。在国民党里铁腕的头头脑脑决定提早动手清党的时候，他被突然叫到了红城里去开会。主持会议的国民党头头宣布了省上清党的决定，同时宣读了在各个县党部中任职的共党分子名单，要求务必将这些共党分子一网打尽。在会议结束时，国民党头头语气严厉地说："我们跟共产党分道扬镳了！从明天开始，省府所在的红城不准再叫红城，今后改叫新城。"

李县长在会后被留了下来。找他谈话的上司告诉他，他没有被免职，所以不用重新任职，让他继续履行槐里县县长的职责。随后上司将让他继续履职的公函和一份名单交给他，以强硬的口气给他说："槐里县的其他共党分子一律就地正法，但是杨念南必须押送到省上来，他是共党的省委委员，对我们有很大的用处。"最后上司要求他不能给共产党反应的时间，要他即刻动身回槐里县清党。

李县长扬眉吐气马不停蹄地回到槐里县，他回到县府后安排的第一件事情就是抓捕杨念南。在把杨念南戏耍嘲弄一番、看着杨念南成为他的阶下囚之后，李县长又连夜召集了县府各个部门的人召开了会议。李县长在会上不无痛心地说："诸位，我们先前一团和气地跟共产党合作，可是共产党却把我们铡的铡了、抓的抓了，还把我们的田产家产分光抄尽了。现在我们的领袖清醒了，我们也都清醒了，我们必须实行一个政党一个主义，坚决不能允许异党存在，我们失去的东西也要让他们加倍地还回来！"紧接着李县长就宣布了实施清党的具体方案。一切都安排就绪之后，李县长咬牙切齿地总结说："这回我们一定要把槐里县的共产党斩草除根！"

三天之后，腾出手来的李县长亲自押送杨念南到省上。囚车开出槐里县东城门的时候,坐在囚车里的杨念南看见一个个面孔熟悉的头颅被悬挂在城门上,杨念南的革命再一次失败了。

第十四章

  杨成业被土匪绑票了。那是忙罢会过后三伏天的一个晚上，杨成业同张敬亭一起到赵和里去看戏。在看完戏回来的半路上，一群手持刀枪的土匪突然从路边的壕沟里蹿出来，拦住了他们同坐的骡车。土匪未动其他人一丝一毫，却独独绑走了杨成业。

  土匪抢人绑票的传闻已不鲜见。在麦子已经泛黄、即将开始夏忙的时候，南乡田双村一户姓孙的财东家不但被土匪抢了钱财，还死了人。土匪在二半夜时从田双村破损的寨墙翻进了村里，又翻墙进到孙家庭院里，打开头门后一窝蜂地拥进去，把一家老小用刀逼在墙角，然后把枪口顶在了孙掌柜的脑袋上，逼问银圆在哪里藏着。孙掌柜说没有银圆，土匪就把他吊在堂屋的房梁上。他咬着牙还说没有，土匪从灶间寻来菜油浇在他的裤子和鞋上，然后就点着了火。

  烈火见油呼呼地往上蹿，孙掌柜在空中打着转，立时就成了火人。他实在熬不住了就喊叫饶命，直到土匪按他说的地方挖出了银圆，才把他放了下来，他的两只脚和小腿已经被烧煳烧化了。土匪又去马号里把骡马、牛犊子全部拉走，走到村街上时还故意放了几枪，全村的人都窝在屋里不敢出来。土匪开了寨门大摇大摆走出了村子，孙掌柜没过几天就死了。

  另一件土匪绑票的事情发生在离字落坊只有二十里路的罗家堡，罗家堡的首富大财东是罗举人，他是清家革新科举制度前最后的举人。罗举人家大业大，占有的土地是罗家堡最多最广的，家里骡马成群油拿瓮盛，雇用的长工就有三四个，还在乾州城里开有绸缎商号。田双村孙家被抢的事情发生之后，罗举人不知从哪里买回来十几杆快枪，然后出钱出粮在堡子里挑选身强力壮的后生成立了自卫团。土匪知道罗家堡人硬枪多打不进去，就在青天白日从乾州城的绸缎商号里绑走了罗举人的二儿子。

当天晚上，土匪把索要五千块银圆的帖子用刀子扎在了罗家堡的寨门上。罗举人的大儿子想借机除掉二儿子好独得家产，明里按照罗举人的吩咐筹措赎人的银圆，暗中却并未派人把赎金送去帖子中约定的地点。取钱的土匪空手而归，第二天清早开寨门的乡人就发现寨门上又扎着一把刀子，刀把上一条细绳儿系着一根手指头。

直到系着第五根手指头的刀子扎在罗家堡寨门上的时候，罗举人才知道了事情的真相。他把大儿子痛骂了一番，立即凑齐五千块银圆赎回了被剁去五根手指头的二儿子。二儿子回到家里得知了被剁去五根手指头的缘由后，马上就跟大儿子闹将起来，罗举人被气得一口气没上来撒手人寰了。二儿子既气恼又伤心，一时失了心智，一把火点着房子，抱着大儿子一起葬身火海，罗家堡最大的首富财东家就这样一忽儿地败完了。

这样恐怖的事情被人沸沸扬扬传到字落坊的时候，吓得杨成业围着村子转了几个来回，查看寨墙有无破损豁口，他甚至也给张敬亭提议买十几杆快枪以防土匪来洗劫村子。张敬亭冷笑着说："罗家堡倒是买来快枪了，挡住土匪了吗？救下罗举人了吗？"杨成业担心地问："土匪要是真的来了那可咋办？"张敬亭淡定地说："蟊贼绺娃子咱不怕，要是真来了大股的土匪，想挡也挡不住。到那时土匪要拿啥就让他拿去，保住人要紧。"

张敬亭不同意花费钱粮购买枪支，杨成业无可奈何。可是杨成业的心里总是不安，他忽然想起来东城门的城楼上有一门土炮。那是在十老爷手里置下的大家伙，土炮长约一丈，有碌碡那样粗，老榆木造就的炮身被七八道一寸厚半拃宽的铁箍紧紧箍住，那门炮置办回来之后就一直架在东城门的城楼上。杨成业记得他还是个娃娃时，亲眼见过十老爷和他爷九先生在城楼上试炮，土炮惊天动地的响声震得他头晕耳鸣，好半天听不清别人说话的声音。当初置下土炮也是用来防范土匪的，而今土炮放在那里却无人问津，炮架早已不见，只有炮身还躺在城楼垛口底下，已经被浮土掩埋了半截。

杨成业跑上东城楼，让人把土炮刨了出来，炮身完好无损，只是铁箍有一些锈蚀。他让人将土炮擦拭一新，重新架设好后，将炮口对着东城门外的大路，然后寻来火药和铁砂，装填好之后点燃捻子，试放了一炮。被闲置多年的土炮竟然又展现出巨大的威力，天崩地裂一样的炮声震得人耳朵里嗡嗡直响。城楼上土屋的砖瓦被震得稀里哗啦掉落一地，腾起一片灰尘土烟。土炮射出的铁砂打在十几丈开外的几棵大槐树上，胳膊粗细的树枝树叶像下雨般被打落一地。乡人们欢呼起来，杨成业更是欣喜不已，他觉得老先人真是英明，留下的东西到啥时候都能派上用场。

去赵和里看戏，是接到了里长赵书臣的邀请。赵书臣给他妈过三年祭，各村的乡绅官人都去搭礼行情祭奠了一番。在谢客的筵席上，赵书臣宣布为答谢乡亲的厚爱，他请了乾州城里八娃子的戏班子来赵和里连唱三天大戏，要各村的乡绅官人务必都来赏脸捧场。张敬亭本不是爱凑热闹的人，但是乡里的人情还是要有，他是定然要去的。

开戏的这一天，二凤跑进堂屋里给张敬亭说她也想去看戏。张敬亭板着脸说："你个女娃家家的，少往人堆里去凑热闹。"二凤噘着嘴又问她妈想不想去看戏，她妈说她看家她不去。二凤就又到二堂里屋问张宁氏。张宁氏对秦腔戏是最爱不过了，她咧嘴笑着说："婆想去呢！可婆这小脚走不动路，怕是走不到赵和里。"二凤说："不要你走路，你给我大说，让蛇儿叔套上车拉上咱去。"

半后晌的时候，张敬亭从张宁氏屋里走出来，给他的女人秋满吩咐说晚饭吃早一点儿，吃罢饭全家人一起去看戏。然后他又来到后院马号，让刘蛇儿早一点儿喂完牲口把车套好。他给刘蛇儿叮嘱："看戏的时候把车停在后面人少的地方，都是女眷，就都让坐在车里看戏，不下去乱蹭乱挤的好。"刘蛇儿趁着吃饭前的空当儿，给硬轱辘车的车厢里铺了厚厚一层麦草，然后又特意把大黑骡子的鬃毛捋刷了一遍。大黑骡子是在枣红马被刘黑狗抢去之后买回来的，硬轱辘车也是在那以后新打制的。

一家人刚吃罢饭撂下碗，杨成业站在门槛外面喊叫："敬亭哥，走嘛！再不走天就黑了。"张敬亭从堂屋里走出来问他："咋就你一个单蹦儿？"杨成业说："儿子和他媳妇跟村上相好的一搭走了，我那一口子从来都是个木头，啥都不爱，就剩我独一个儿咧！"张敬亭笑了笑说："那你跟我一搭走好了。"

　　戏台搭在赵和里的打麦场上，最前面一字儿摆排了几张八仙桌，那是给各村的乡绅官人们预留的席位。来得早的乡人们都自觉地跟前面的席位留出一点儿距离，然后才放下板凳坐下来。打麦场上密密麻麻坐满了人，人堆里浓烈的旱烟味儿混合着汗酸味儿令人透不过气，还不断有晚来的人呼兄唤弟往人堆里拥着挤着插着。戏台四角挂着四个盛满清油的大碗，碗沿上筷子粗细的捻子燃着火苗儿，冒着黑线线似的油烟，炽红的灯火把戏台照得通亮。

　　刘蛇儿按照张敬亭的吩咐，把骡车停在了打麦场后面人少的地方。他用两根丫杈杆儿支住车辕，把骡子卸了车拴在树上，然后寻见一个碌碡圪蹴上去，点燃了烟锅等着开戏。这当儿，打麦场后面的小路上响起嘚儿嘚儿的马蹄声，一匹红棕色的赤骝马走过来，在刘蛇儿的身后停下了蹄子。

　　那是一匹在关中道并不常见的马种，比普通的关中马健壮和高大了许多，四只蹄子像是反扣着的老碗，红棕色的鬃毛油光发亮，没有一点儿杂色。赤骝马停下时仰头嘶鸣了一声，不远处的大黑骡子便拽直了缰绳，踢踏着四蹄向后退却。刘蛇儿回头瞅了一眼，一个满脸络腮胡子的男人从马背上跳下来。那人穿一件白色丝绸的对襟单衫，下身也是丝绸的黑色大裆叠腰单裤，身材像他的马一样健壮，且比常人高出了很多。那人将赤骝马拴在树上，然后就在刘蛇儿身后圪蹴下来。

　　一阵暴风骤雨般打闹台的锣鼓敲过之后，首场演的是胡子老生戏《辕门斩子》。虽说是老生戏，但是八娃子饰演的旦角却是远近闻名。在演到杨延昭把儿子杨宗保绑在辕门要斩首，穆桂英来宋营搭救夫君时，八娃子饰演的穆桂英一出场，那娇柔甜润的嗓音一下子就博得台下一片喝彩声。穆桂英唱道："转来山东穆金花，来在辕门下了马。哎呀！我的将军呀！"穆桂英伸出一根手指在杨宗保头上一戳，被反绑双手跪在地上的杨宗保身子晃一晃就要往后摔倒。随着板胡锣鼓节击有声，穆桂英轻迈莲步伸手想扶杨宗保，却又有些娇嗔气恼地收回了手。眼看杨宗保真的要往后摔倒了，穆桂英又一脸娇羞地急忙上前搀扶住杨宗保，杨宗保刚好倒在穆桂英的怀里。八娃子把穆桂英既气恼又心疼杨宗保的表情演得惟妙惟肖，看戏的乡人们看得醉心痴迷忘记了拥挤，忘记了人堆里那令人窒息的各种味道。

　　三个女人在硬轱辘车里坐着，能听得见忽急忽慢的板胡锣鼓声，却听不太清穆桂英柔媚婉转的唱腔，更看不清楚戏台上穆桂英娇媚万千的表演。张宁氏和二凤她妈伸长脖子正看得专注时，二凤忽然从硬轱辘车上跳了下去。张宁氏急得直喊："蛇儿，蛇儿！"刘蛇儿听见喊声还未回过神，就看见那个络腮胡子的男人已跟在二凤身后挤进人堆里去了。刘蛇儿赶忙撵过去时，才发现黑压压的人群里根本分不清谁是谁。刘蛇儿无心再看戏，在人群边上来回绕圈儿蹦高地寻二凤。跟在二凤身后的那人让他感到惶恐不安，能骑着高头大马来看戏的绝不是一般的人。

直到戏演完散场的时候，二凤才从人堆里走回来。张宁氏"死女子""野女子"骂个不停，二凤低着头一言不发，黑夜里谁也没有看见二凤脸上泛起的红晕。张敬亭走回来上了骡车，杨成业跟在后面抬腿跳上一边的车辕，以主家的口吻对刘蛇儿说："走！咱回。"刘蛇儿白了杨成业一眼，抖一抖缰绳，大黑骡子拉着硬轱辘车出了打麦场。刘蛇儿心有余悸地回头瞅了一眼，赤骝马依然在树上拴着。

夜晚凉风习习，让人感觉清爽无比，月光映照下的路面成为一抹暗淡的白色，像是在漆黑的田野里铺了一条长长的白布。杨成业斜倚在车帮上扭过头说："敬亭哥，你说杨元帅会不会真的杀了儿子杨宗保？"张敬亭说："要是没有穆桂英，我看杨元帅真能大义灭亲把杨宗保杀了。"杨成业说："没有穆桂英，那这戏还有啥看头？自古都是英雄救美人，这戏看的就是美人救英雄咯！"张敬亭说："唱戏嘛，戏文就是那样编排下的。"杨成业哈哈一笑说："都知道那是演戏哩，可是看戏的人还都当了真了。"杨成业摇头晃脑地在腿上打起节拍，压细了嗓子学唱起穆桂英的唱腔来。

大路上没有行人，看完戏的乡人们都抄近道从田间小路上回各自的村堡去了，大黑骡子的四蹄在瓷实的疙瘩路上发出呱嗒呱嗒的响声。突然黑暗中响起一声呼哨，接着一群手持刀枪的人从路边的壕沟里蹿出来，明晃晃的大刀片在月光下闪着寒光，骡车被截停下来，杨成业和刘蛇儿分别被大刀片抵在了胸口上。杨成业惊叫了一声："土匪抢人咧！"车里的几个女人紧跟着也尖叫起来。有个土匪用刀背在车辕上磕得当当响地说："嫑怕嫑怕！我们今儿黑一不杀人二不抢钱。"说着他把刘蛇儿从车辕上拽下来，凑过身子往车厢里瞅了瞅。车厢里黑咕隆咚什么也看不清，土匪缩回头说："车上坐的谁我们都知道，跟旁人没有干系，我家脑系（首领）只要请杨成业杨先生一个人。"

杨成业吓得不敢吭声，把身子一点点儿往车厢里缩。张敬亭探出身子说："有话好说，千万不要伤人。"土匪问："你是杨成业？"张敬亭说："不是。"土匪把头转向杨成业说："那你就是杨成业了？"杨成业浑身都哆嗦起来，声音发抖地说："我没惹你——"他的话还没有说完，便被几个土匪拉着腿拽下了车。一个土匪卡住他的脖子，另一个土匪扭住他的双手，一块烂布塞进他的嘴里，双手随即被捆在背后。

土匪一系列的动作一气呵成，杨成业被绳子牵拉着走向田间的小道。张敬亭从车上跳下来，眼睁睁看着土匪即将消失在黑夜里，急忙放高声问了一句："能给留下个名号不？我们也好知道到哪里去赎人！"土匪的声音从黑漆漆的夜里传送过来："三杆旗！"

张敬亭回到家里才突然想起没有见到土匪要粮要钱的帖子。他快步来到马号，问刘蛇儿是否见到土匪留下了帖子，刘蛇儿摇摇头说他没看见。第二天天色微明时，张敬亭和刘蛇儿一起从昨晚走过的大路上又走了一回，一路寻找看是否遗失了土匪留下的帖子，可是什么也没有找到。

张敬亭有点儿摸不着向了，土匪绑票无非就是为了要钱要粮，可是为啥只绑杨成业却不绑他？而且既然绑了票又为何不留下索要赎金的帖子？难道杨成业跟这个叫作三杆旗的土匪有仇？或是杨成业结下的仇家花钱雇土匪来寻仇报复？杨成业平时也就是在本村放贷借粮挣一点儿利息钱，从没有听说过杨成业有什么仇家，更没有听到过他跟村外的人有什么过往纠葛，张敬亭怎么样也想不出一个合理的由头。

杨成业家里已经乱成了一锅粥，杨成业的老婆更是三番五次到张敬亭家里来哭闹要人。一连过去了两天，依然没有任何消息和动静，孛落坊的城门上也未见到有刀子扎着索要赎金的帖子。张敬亭心急火燎地来寻里长赵书臣，他走进赵书臣家庭院时，赵书臣正光着膀子把头埋在铜盆里呜呜哇哇擦洗一身一头的汗水。赵书臣眯着眼睛给张敬亭说："你来得正好，我也是刚从县上回来。"张敬亭着急地问："土匪绑票的事情县上到底管不管？"赵书臣不言语，擦了脸，穿上短裤，挥挥手把张敬亭让进堂屋里，然后一屁子坐在椅子上说："反正我是把该跑的路都跑过了，我只打听到三杆旗是从永寿县来的一股流匪，谁也摸不清他们的底细。乾州地界上现在土匪众多，县上根本管不过来这样的事情。"张敬亭焦躁地说："那到底咋办？到现在也没见土匪给个话，我还没有听过见过有这样弄事的土匪。"赵书臣无可奈何地说："你和我该尽的心都尽到了，杨成业是死是活也只能听天由命了。"

三杆旗确实是从永寿县来的一股流匪。三杆旗原来的名字叫平娃，他家原本是永寿县山沟沟里一户普通的穷苦人家。平娃从小就身板儿结实，比同龄的娃娃都要高出一头，十二三岁的时候就给财东家割草拾粪。

平娃十五岁的时候，长得魁梧壮实力大无比。有一天他年幼的妹妹在村口玩耍，突然从沟里钻出来一头豹子，一口叼住他妹妹的脖子拖进沟里去了。待到乡人们挥舞着镬头棍棒撵上的时候，他妹妹已经被咬断了脖子，豹子钻进深沟逃走了。家里人都伤心痛哭，平娃却一声都不哭，他往腰里别了一把砍柴刀，又提了一把斧头，给谁也不打招呼就走出门去了。过去了三天，就在他大他妈都快急疯了的时候，平娃浑身血迹地走进家门，肩上扛着一头被砍断了脖子的豹子。村上的老人吃惊地说："平娃是天煞星转世下凡了！"

平娃十六岁的时候，他大对他说："子长十五夺父志。你都快交上十六了，可以顶一个全套长工挣工钱了。"平娃却很干脆地说："我不在这山沟沟里当长工，我要出门去闯荡呀！"他大看了他两眼就不再说啥。平娃他妈却哭哭啼啼地拦着他不让他出远门，他大劝他妈说："我看这娃主意正、胆子大，不是个平地里卧的，让他出去闯荡闯荡也好。"

平娃走出了山沟沟，他一路向东，靠出力气打零工走走停停。一个月以后，他在乾州一个叫铁王村的地方落了脚。一家姓周的财东老汉看中了他高大壮实的身板，雇下他当了长工。周老汉算不上是大门大户的大财东，地不过四五十亩，头牯不过一头骡子，大儿子在省城里经商，二儿子在乾州学堂里教书。周老汉为人豪爽，对长工不拘小节，活儿由长工可着劲干，饭让长工吃饱管够，很少听见他盯在长工尻子后头喊叫嘟囔的声音。

周老汉家隔壁是他本门子的一个侄儿叫周拴牢，为人小气抠门，事事都要盘算计较。周拴牢在耗费力气给大儿子娶过媳妇之后，就再也拿不出彩礼给二儿子定亲，他就盘算着先给女子妮娃寻个婆家收了彩礼，才好给二儿子定亲。

妮娃生得模样儿俊俏眼睛水灵,上门提亲的媒婆倒是不少,可是都被周拴牢索要一岁一石麦的高额彩礼吓得不再登门。

日子过得紧巴,便也显得人穷志短,周拴牢常常让女子到周老汉家里去借东西。借面借油借醋借辣子面,虽然是借得多还得少,可是周老汉却从不计较,回回都不让落空。妮娃在周老汉家里常常会碰见平娃,每回从平娃身边走过时,她都会冲着平娃回眸一笑,平娃的心里马上就会跟打鼓一样躁动起来。

到了夏忙收麦的时候,周老汉却害了病躺在炕上没有一点儿力气。他老婆子熬药喂水不离身地伺候,地里的活儿只能由平娃一个人没黑没明地撑着干,给平娃送饭送水的事情自然也就由妮娃代劳了。妮娃到了地里先伺候他大他哥吃了喝了,然后再提上瓦罐到平娃干活儿的地里来。平娃每天都是光着膀子在地里忙活,瓷实的身板被晒得黝黑,挥镰割麦的麻利劲儿顶得上两三个好劳力。妮娃一走到地头便会放开声喊他:"平娃哥,你歇下过来吃饭了。"平娃每回听到那清脆悦耳的声音时,弯腰干活儿的身板还没有直起来,脸上就已经有了笑容。

地头大槐树的树荫底下,平娃吃饭狼吞虎咽,妮娃看着看着就咻咻地笑起来。平娃问她:"你笑啥呢?"妮娃说:"你吃饭的样子像是个饿死鬼。"平娃就不好意思地细嚼慢咽起来。妮娃接着说:"不过看你吃饭香得很。"平娃咧嘴一笑就又狼吞虎咽起来。妮娃又说:"村里没有劳力的人家都眼馋你哩!"平娃大口吃着饭问:"眼馋我啥?"妮娃说:"都眼馋你干活儿的麻利劲。"平娃停下筷子说:"那你知道我眼馋啥不?"妮娃眨一眨水灵灵的眼睛问:"你眼馋啥?"平娃说:"我眼馋一个叫妮娃的女子。"妮娃腾地红了脸起身跑了。

麦子收割完毕,家家户户都在打麦场上碾晒麦子,一个石碌碡被人不小心推滚到了垄沟里。几个乡人下到沟里一起搭手却怎么样都搬不动,有人就要去牵骡子过来拖拽。平娃不吭声走下垄沟,双手抱住碌碡一使劲,便直起腰抱着碌碡走了上来,围看的乡人们都瞪眼咋舌地夸赞他的神力。

晚上平娃一个人在打麦场上看场子,妮娃来给他送水。他端着碗刚喝了一口,妮娃忽然伸手在他胳膊上掐了一把。平娃惊得一哆嗦,失手将碗摔在了地上。妮娃捂住嘴笑起来说:"看把你吓的,我一个女娃家能把你咋?我只是想看看你这胳膊到底是不是肉长的,能有多大的劲?"平娃说:"你想不想试一试我有多大劲？"妮娃来了兴趣说："好呀好呀！你说咋样试？"平娃猛一下将她抱在怀里向上用力一抛，就将她抛向了空中。妮娃惊恐地尖叫着，两手乱舞两脚乱蹬，落下后再一次被平娃抱在怀里，转瞬又被平娃抛向空中。妮娃叫了几声就不再挣扎喊叫，她闭上眼睛感受耳边呼呼的风声，享受身心和魂魄都自由飞翔的感觉。平娃忽然将她抱在怀里不动了，接着就将自己的脸紧紧挨在了她的脸上。妮娃闭着眼睛任由平娃跟她耳鬓厮磨，心里涌起一股股热浪冲撞着她的心口，烫得她脸红耳热，她伸出两只胳膊勾住平娃的脖子，把滚烫的嘴唇贴在了平娃的嘴唇上……

　　一年就这样过去，又快到了过年的时候。腊月二十三的晚上，周老汉把平娃叫到堂屋里，拿出工钱放在桌子上大方地说："工钱是四块，我给你五块，粮食你能背多少就背多少。"平娃说："我不要粮食。"周老汉就又添了一块银圆放到桌子上。平娃说："银圆我也不要。"周老汉惊讶地问："那你想要啥？"平娃说："我想要你做主给我娶媳妇。"周老汉哑然失笑说："你看上谁家女子了？"平娃说："妮娃！"周老汉没有了笑容，停了一会儿说："这事怕是难办，一岁一石麦的彩礼你怕是出不起。"平娃说："我的工钱都给她家。"周老汉又笑了说："你这一点儿工钱要到猴年马月才能攒得够？"平娃不言语了。周老汉把桌上的银圆递到他手里说："你明天先回去过年，娶媳妇的事情要你大你妈做主才行。"

　　平娃回到马号里咋样也睡不着，自己家里的境况他自己最清白，他大是个胆小的人，一辈子从来没有走出过山沟沟，一岁一石麦的彩礼钱能吓得他大跳了崖。后半夜的时候，平娃听见院子里有响动，他以为是东家起夜来上茅房，就按捺不住想截住东家再说一说妮娃的事情。他走出马号看见个人影便抬脚跟过去时，却被人一闷棍打在了后脑勺上。

　　平娃醒来时发现自己被反绑双手躺在堂屋门口，有几个人在屋子里四处乱翻，周老汉只穿了短褂和短裤，也被反绑着双手。平娃明白过来，他是被土匪打了闷棍，他挣扎着想坐起来，却被站在门口的土匪一脚踩在脚下。土匪把刀架在他脖子上说："没你的事，你甭动弹。"平娃张口骂起来，土匪踢了他几脚，然后把一团破布塞进了他的嘴里。

　　土匪们折腾了一阵儿，什么也没有找到，就把刀架在周老汉脖子上逼问，却一句话也问不出来。土匪把周老汉的老婆拉过来，把她的一只手摁在凳子上。另一个土匪晃一晃手里的刀说："你再不说，我就把她的手指头一根一根剁下来！"周老汉哼了一声说："我的钱就是买肉喂了狗也不给土匪，你只管剁，最好把我两口子的人头一块儿都剁了去！"土匪举起刀做出要往下剁的架势。周老汉的老婆却再也受不住惊吓，浑身哆嗦着马上就如实招供了："我屋的硬货都在房梁上藏着，你们上去取去。"土匪们搬来梯子上了房梁，得手后又去马号里牵了骡子，然后嘻嘻哈哈说着笑着大摇大摆地从头门走出去了。

土匪是从铁王村的寨门径直进到村里的，寨门里原先两扇厚重的门板早已烂掉，在门洞外面斜倚着，围着村子打了一圈儿的寨墙多半也已倒塌垮掉。不知是哪一辈的先人给铁王村修建的屏障，也不知是在哪一辈的后人手里被废弃掉了。同时遭到抢劫的还有另外一户富裕人家，劫难发生的过程大同小异，土匪都是提前踩点摸清了底细，进村后熟门熟道直奔目标。周老汉的老婆在土匪走后就哀号起来，哭哭啼啼走过去给周老汉解开了绳子，周老汉又给平娃解开了绳子。平娃翻身起来扯掉嘴里的烂布，摸了摸后脑勺，看见一手的血红，抄起顶门杠就追出门去了。

平娃追到村外的路口时，却不知该往哪边追，他猛然想起土匪们出门时曾说割肉买酒回石牛山过个肥年的话。石牛山在铁王村的南边，他就顺着大路往南边追了过去。平娃追了一程，天色渐渐亮起来，他看见那群土匪就在前面，便扯开嗓子大骂起来。土匪们停下脚步齐茬转过身，平娃毫不畏惧地走上前索要周老汉的银圆和骡子。有个土匪认出他是周老汉家的长工，举起刀就上来剁他。平娃抡起顶门杠横扫过去，土匪哼了一声便斜着身子飞出去跌翻在地上。其他土匪见同伴被打倒了，都举起手里的家伙要动手，却被土匪脑系拦住了。

土匪脑系问平娃："你东家跟你是亲戚？"平娃说："不是亲戚。"土匪脑系说："我还没见过长工替东家出头的，你就不怕死？"平娃说："怕死我就不来撵你了。"土匪脑系哈哈笑起来，回过头给其他土匪说："这娃有些意思。"他笑罢又对平娃说："我看你是个讲义气的娃，我们也不欺负你，骡子和银圆都在这儿，你想要回去就得凭本事来要。"平娃问要凭啥本事，土匪脑系说："你刚才打了我的弟兄不能白打，咱两个比画下，你要是赢了，骡子和银圆你都拿走。我要是赢了，你是死是活就得听我的，你敢不敢？"

平娃见土匪脑系比自己矮了半头，一脸不屑地撂下一句："那有啥不敢的？"抢起顶门杠就动上了手。土匪脑系不停地左躲右闪并不还手，可是平娃手里的顶门杠却连人家的衣裳都挨不到。土匪脑系忽然喊了一声："小心咧！"紧接着平娃胸口上就挨了一掌，脚底下又被勾住了脚脖子。平娃扑通跌倒在地，土匪们都哈哈笑起来。

土匪脑系圪蹴下说："你输了。"平娃说："你就没有真本事，我不服你。"土匪脑系问他："咋样才算是真本事？"平娃说："你要是能扛得住我的拳头我就服你。"土匪脑系爽快地说："好！就让你打我一拳。"说着沉身扎了个马步向平娃招招手。平娃一骨碌挺起身子，憋足力气一拳打在土匪脑系的胸脯上，只听见砰的一声闷响，像是打在了一块石板上，震得平娃的胳膊都软了，土匪脑系却依然扎着马步纹丝未动。

土匪脑系被人称作锤万山，原本是甘肃秦州府清军巡防营的一名武官。有一年他奉命剿匪，在不到一个月的时间里，他连续剿灭了大小山头七八股土匪。知州老爷夸奖他是秦州府的铁拳，特意奖赏给他一把转轮手枪，要他锤遍秦州府山山水水的土匪。从此他声名大振，人们都把他称作锤万山。

锤万山父母都已亡故，有一个弟弟在老家务农。当地一户财东给儿子娶了媳妇急着抱孙子，可是儿媳妇怀上娃就小产，连续小产三次之后，财东心下生疑，就请了风水先生来看风水。风水先生在他家房前屋后转过一圈儿，问他先人的祖坟在哪里，财东把风水先生领到一片山坡地底下，说这里就是他家的祖坟。风水先生看过地形、方位之后，十分肯定地说："半山坡上那处果园遮挡了你家祖坟的阳气，故而对后人不利。"财东恍然大悟地说："先生你真神了，半坡上那二亩果园原先是麦地，不知啥时候栽成果树了。"

财东对风水先生的话深信不疑，就想把那二亩果园买过来全部伐倒。果园是锤万山弟弟家的地，先人的坟头墓碑都在那片地里，他弟弟如何肯卖？商谈不成财东家便强行下了手，锤万山的弟弟被打断一条腿，果树被全部伐倒，先人的墓碑也被推倒砸烂。锤万山得到消息赶回家中，将财东家告到了县里，谁知那县官却直言不讳地告诉他，财东家有亲戚在省上当官，县上管不了。

锤万山憋着一肚子气，直接去财东家讨要说法，哪知那财东不但蛮横无理对他恶语相向，还指使家奴要把他打出门外。锤万山怒不可遏，拔出转轮手枪连杀三人，出了一口恶气。秦州地界已无法立足，他告别弟弟逃到了陕西，四处漂泊无处落脚，最终不得不在乾州石牛山入伙当了土匪。锤万山不但枪法好且有一身好功夫，还为人豪爽又重义气，做过三五次活儿之后就深得弟兄们拥戴。不久，原先的土匪脑系在一次抢劫中被枪弹击伤，最后伤重而亡了。山寨里无人能及得上锤万山的本事，弟兄们便拥戴他做了脑系。

锤万山无家无室无儿无女，在平娃锲而不舍毫不畏惧地替东家讨还银圆和骡子的时候，锤万山对平娃的义举大为感动，土匪里就缺少这样忠肝义胆且有脏腑的人，他便有了把平娃收在身边做一个衣钵传人为自己养老送终的想法。平娃也已经完全被锤万山的功夫所折服，他听锤万山说要让他上山为匪，他就忽然想起了那一岁一石麦的彩礼钱。他问锤万山当一年土匪能挣下多少钱，锤万山哈哈一笑说："那要看你的胆量和运气，好的话半年一年弄下的钱就能置下四五亩地的家当，不好的话混上几年也还是两手空空。"平娃听完这番话犹豫不决。锤万山也不逼他，留下周老汉的银圆和骡子，撂下一句他在石牛山上等着他的话，领着土匪们扬长而去。

平娃回到铁王村时天已大亮，在村口迎面撞见了周老汉。周老汉想他必为土匪所害，叫了几个乡人正要去寻他的尸首，却见他提着银圆、牵着骡子回来了。大家吃惊地问他咋能浑全地活着回来，平娃敷衍地随口应付，乡人们却越发好奇，七嘴八舌问个没完没了。平娃被问得不耐烦了，把银圆塞给周老汉，一言不发牵了骡子回马号睡觉去了。

平娃睡醒时已到晌午饭口，周老汉亲自到马号里来请他去抄碟子喝酒。堂屋的桌子上摆了几样菜和一壶酒，周老汉率先端起酒盅，不无感慨地说："像你这样肯为主家豁出命的长工我没见过，你要我咋样感谢你才好？"平娃仰脖灌下一盅酒说："我不要东家谢我，我只想求东家一件事情。"周老汉挥手打断他的话说："啥话都不说了，你豁出命要回来的银圆，我权当是白拾下的，一岁一石麦的彩礼钱我替你出咧！"平娃说："我不白要，就当是我借东家的，一年为期，我先还你的银圆再娶妮娃。"

跟妮娃的亲事敲定了下来，周老汉既充当了媒人的角色，又以婆家人的身份将十五石麦的彩礼折成银圆给了周拴牢。能出得起这样高额彩礼的人家并不多，再加上平娃从土匪手里夺回财物的传奇故事已让他成了铁王村人人敬仰的好汉，名利双收的好事情，周拴牢自然一口应承下来。距离永寿县路途遥远，看屋的程序也就免去了。

平娃临走时告诉周老汉，说他已经想好了挣钱的路子，来年便不再来周老汉家扛活了，并约定好第二年冬里时来还钱和迎娶妮娃。所有的事情都说倒靠死，平娃称心如意地回永寿县过年去了。正月十五过后，他同样又给他大他妈说他寻下了能挣大钱的路子，不再去给财东家扛活当长工，还说到年底时他就能把媳妇娶回来，他大他妈喜滋滋地把他送出了山沟沟。平娃一路向东，到乾州石牛山入伙当土匪去了。

忙罢会过后，平娃回了一趟家，他把抢来后攒了大半年的赃款交给了他大，让他大翻盖新房，并说新房盖得越气派越好。他大他妈看着白花花的银圆惊恐得腿脚发软，几辈人积攒下的家当也够不上这一堆银圆的零头。他大反复追问他从哪里得来这么多钱。平娃眼睛都不眨一下，从容不迫地说他跟人合伙做贩卖粮食的生意，他现在有的是钱，让他大该花就花，千万不要像过去那样抠门小气。他大半信半疑，就问他贩卖粮食的细节，从哪里贩到哪里，啥价进啥价出，合伙的有几个人、都是谁，平娃一本正经地说："掌柜的叫锤万山，有几十号人入股哩！粮食都是从大村镇的大财东家里低价购进高价卖出，做一趟好的买卖就能分好些银圆。"他大一辈子没有走出过山沟沟，听儿子说得头头是道，高兴地给平娃他妈说："我早说过，咱娃就不是平地里卧的，你看咋样？"平娃在家停留了几天，亲自盯着让他大定了最好的砖瓦，叫了最好的匠人，看着翻盖新房所需的一应工料都齐备之后，他才离家回石牛山去了。

此时的乾州为靖国军所占，靖国军跟省上当权的陈督军争战不已，军阀混战的乱世成了土匪横行的乐园。众口相传着一个让人哭笑不得的笑话：一个财东家前一天晚上才被土匪抢过，第二天晚上又被另一拨土匪抢了个二遍，时隔不久再被一股流匪第三次打劫。财东无奈，每到天黑时，便干脆将头门屋门柜门乃至粮囤的仓门全部打开，每道门上都贴一张字条，上书：后续有人，请勿闭门。这样的事情虽是众口相传的笑话，但乾州匪患之烈也由此可见一斑。

平娃回到石牛山不久，锤万山准备洗劫梁子镇的贺家油坊。土匪二脑系主动请缨做这趟活儿，让锤万山坐镇守山。贺家油坊贺掌柜有一儿两女，大女儿的丈夫是陈督军队伍上的一名连长，乾州被靖国军占据后，大女婿已经半年多不曾回家，大女儿就隔三岔五回娘家居住。贺家二女儿嫁给了铁王村周老汉在乾州学堂里教书的二儿子，夫妻二人长年在乾州城里居住。

这一日，贺家二女儿在自己家里支起油锅炸了些麻花，为表孝心便让从学堂教书回来的丈夫提了麻花送回贺家油坊。从乾州城走到梁子镇时已到了后晌，二女婿被大舅哥硬留住喝酒没有回去。到了后半夜时，贺掌柜忽然听见外面有响动，他跳下炕扒着门缝向外查看，发现有人翻墙进到了庭院里，他立时就明白过来是土匪进屋了。贺掌柜不顾一切跑去敲开儿子的屋门，儿子衣裳都没有穿好就被他拉出了屋子，他拉着儿子直接跑到后院翻墙跑脱了。儿子惊慌失措地问他其他人咋办，贺掌柜说："只要你跟我跑脱了，就没人知道藏匿家财的地方，土匪就白来一趟。"儿子又问他，要是土匪对屋里的女人下手咋办，贺掌柜一咬牙说："攒下这些家当实在不容易，而今只有舍人保财了！"

土匪们一窝蜂地拥进贺家，贺掌柜和儿子都已跑脱，土匪们便把贺掌柜的老婆绑了起来。一阵毒打折腾之后，始终问不出银圆在哪里藏着，土匪们觉得贺掌柜的老婆确实不知情，就打着火把自己搜寻值钱的东西时，却在院里几十口大油缸的缝隙里搜见了二女婿。土匪把二女婿揪出来拉进堂屋里，让他趴在地上不准动弹。这时候，另一间屋里传来贺家大女儿失慌惊恐的尖叫声。土匪二脑系色迷心窍，把贺家大女儿扑倒在了炕上。正当二脑系得手得意的当儿，贺家大女儿从炕头的针线笸篮里摸到一把剪子。她手软不敢去扎土匪，却又不甘受辱，情急之下拿剪子扎到了自己的脖颈上。二脑系看看从脖颈处涌冒出鲜血的贺家大女儿，骂骂咧咧扫兴地从炕上跳下来。

贺掌柜的老婆听到女儿的惨叫，疯了一样往女儿屋里扑去，却被几个土匪死死按在地上。二女婿在堂屋脚地趴着不敢动弹，他偷偷抬眼去看时，却发现了一张熟悉的面孔。"平娃！"他失声叫出了口，随即便浑身筛糠似的哆嗦起来，他知道土匪碰见熟人是不留活口的。平娃万没有想到会碰到自己东家的二儿子，他急速转身退到屋外，对守在门口的一个土匪说："我撞到舅家门板了（碰见熟人）。"守门的土匪挥了挥手里的刀说："我去把他做了。"平娃说："这个人不能动。"然后就走出庭院，走出头门去了。

221

　　节令进入冬季，临近腊月时下起了大雪，落地即化的雪水使得道路泥泞难行。平娃和同伴来到铁王村，在破败的寨门里站定脚。临下山时，锤万山特意安排一个同伴跟平娃同行，一再叮嘱娶亲的日子一定下来即刻将消息送回山上，他要亲自带领弟兄们作为婆家人把新媳妇娶回永寿县。锤万山原本是要将妮娃抢上山来，说是土匪哪里还用得着花钱娶亲。可是平娃坚持即使当了土匪也要明媒正娶，锤万山甚是欣赏平娃，也就由着平娃的意思去还钱娶亲。平娃嫌同伴脸生，让同伴在寨门的门洞里等他的消息，他独自走进村里去了。

　　周老汉见到平娃的时候，没有显出任何惊喜的表情，反倒一改往日豪爽热情的面孔，冷冰冰的，连一句客套的话都没有。平娃从褡裢里拿出银圆放在桌子上，还钱的话还没有说完，周老汉便怪里怪气地说："还啥钱？你不欠我啥钱！"平娃说："你替我出的彩礼钱，去年冬里说好的，我先还你的银圆再娶妮娃。"周老汉从鼻孔里哼了一声说："噢！你说这事呀！这事已经没有了，我把亲事退了，人家把彩礼钱也退了，现在谁也不欠谁的。"平娃吃了一惊，着急忙慌地问："给我定的亲，你凭啥说退就退了？"周老汉不客气地说："我做的主，我出的钱，当然是由我退！"平娃心里明白周老汉变脸的原委，也就不再多说，转身出来往隔壁去寻妮娃。

　　周拴牢家的头门从里面闩着，咋样都叫不开，周老汉走过来把平娃放在桌上的银圆又塞回他的怀里，然后走回去哐当一声关了头门，上了门闩。平娃吃了两边的闭门羹，瓷愣愣站在雪地里不知咋办才好。雪落满了他的衣裳，落白了他的头发，他的脑海里浮现出妮娃俊俏的模样儿、水灵的眼睛，他周身的血液随之就沸腾起来。他走过去只一脚，周拴牢家的头门便应声而开。周拴牢上前抱住他，妮娃的两个哥哥也来拦他，他伸出胳膊只一划拉，就将所有的人都推倒在地。他走过庭院走进屋里，寻遍了每一间屋子，却又失望地走出来。他毫不客气地揪住周拴牢追问妮娃的下落，周拴牢"呸"了他一口，他像拎小鸡一样把周拴牢拎起来，周拴牢蹬着腿大叫大骂。正在闹得不可开交的时候，忽然有人在他头上拍了一砖，他眼前一黑就什么也不知道了。

　　同伴在村口等了好一阵子不见平娃出来，就忍不住走进村子里来寻他。村街上一户人家的门口围满了人，同伴好奇地走到人堆后面去看热闹，却一眼瞅见平娃被捆得像粽子一样倒在雪地里，同伴大惊失色转身就跑出铁王村去了。

半夜时分，一群手持火把和刀枪的土匪闯进铁王村。土匪们气势汹汹直接破门而入，周老汉和他老婆从被窝里被揪出来，紧接着周拴牢一家人也被赶到了周老汉家堂屋里。锤万山铁青着脸坐在椅子上，任由土匪们对周老汉拳打脚踢逼问平娃和妮娃的下落。周老汉被打得满嘴流血却咬着牙死活不开口，土匪们将他老婆拉过来，把刀架在他老婆脖子上。周老汉粗声硬气地说："欺负一个老婆子算啥本事？平娃是我让人绑了准备送官的，妮娃也是我藏起来的，要杀要剐都冲我来！"随即他"呸"的一口，将满嘴血水吐到了一个土匪的脸上，那个土匪恼怒至极，挥刀砍了下去，周老汉顿时倒在了血泊里。

血腥的场面让土匪们红了眼睛，土匪撇开瘫软如泥的周家老婆，把刀抵在了周拴牢儿媳妇的脖子上，然后向周拴牢追问平娃和妮娃的下落，周拴牢吓得闭上了眼睛却仍然咬着牙一声不吭。失去耐心的土匪再一次手起刀落，那个可怜的女人惨叫一声，也倒在了血泊里。周拴牢的大儿子被吓尿了裤子跪倒下来，再也顾不得他大叮嘱过死也不能让土匪抢走妮娃的话，立时就说出了平娃和妮娃被藏在啥地方。

平娃被五花大绑沉放在一口枯井里，妮娃则在村里一户人家的地窖子里被找到了。土匪们将妮娃强行驮上马背，走过村街的时候，妮娃看见她大站在那口枯井边上。她大目光呆滞地瞅了她一眼，纵身跳进了井里。回到石牛山之后，锤万山让人张灯结彩准备给平娃成亲时，妮娃却在点着红烛的新房里上吊了。

第十五章

　　陈督军的军队开始攻打乾州，靖国军失利撤去了泾阳县，乾州重新为陈督军所占据。腊月中旬的一天，黎明时分，贺家油坊的大女婿领兵打上了石牛山。土匪们在睡梦中被枪声惊醒，都还没有来得及穿上衣裳，就被冲进屋里的士兵乱枪打死，灵醒一点儿的土匪光着身子跳窗逃走，可是还没有跑出山寨就成为士兵的枪下之鬼。土匪们本就没有什么像样的武器，反抗的土匪拿着大刀片儿扑向荷枪实弹的士兵，结果可想而知。有的土匪被吓得跪伏下来举手投降，可还是被士兵毫不留情地开枪打死，士兵们接到的命令是杀光所有土匪，不留一个活口。剿匪变成了一场残酷的屠杀。

　　锤万山也未能幸免，他用转轮手枪连续打倒了四五个冲进屋里的士兵，却招来了更多士兵。他推开窗子向窗外扔出一把椅子想探路逃走，却被从窗外射来的子弹逼得缩回了身子。锤万山无奈地蜷缩在墙角打完了最后一颗子弹，最终被冲进来的士兵乱枪打成了蜂窝。贺家大女婿让人把搜出来的银圆和粮食都装上车之后，下令把土匪的尸体全都搬进屋子里，然后让人放火点燃了所有的房屋，石牛山的土匪和土匪山寨都被烧为了灰烬。

　　平娃侥幸躲过了屠杀，他在埋葬了妮娃之后就离开石牛山回永寿县去了。他心情不好一路上喝醉了就睡，睡醒了才又再走，三天的路程他走了五天还没有走到。他万没有想到他的这点伤心并不算什么，还有一件比妮娃的死更让他悲痛的事情正在等着他。

　　那是在石牛山的屠杀发生之前，陈督军在调动军队攻打乾州的同时，又派出另一支队伍去收复与乾州相邻的永寿县。盘踞在永寿县数年之久的土军阀，被人私下里称为张屠夫的张司令，他既不愿意加入靖国军，也不愿意归附陈督军。于是战端一开没有撑过两天，张屠夫便损兵折将败退到山沟沟里去了。

张屠夫打仗不行，但是欺负老百姓却是凶残无比。他领着残兵败将逃至平娃家所在的村子时，一眼就相中了平娃家新盖的大瓦房。新房变成了张屠夫的临时安乐窝，平娃他大、他妈沦为伺候官长和士兵的奴仆。张屠夫在村子里扎下脚，一面四处收拢溃兵，一面派人到附近的村堡去强征粮款。平娃家所在的村子首当其冲，被折腾得乌烟瘴气，抢劫财物奸污女人的事情天天都会发生。有遭受祸害的乡人背地里下手打死了一名士兵，结果张屠夫下令把村上的十几个青壮男人抓去后全部枪杀，以示对乡民的警告和报复。

张屠夫在山沟沟里窝了七八天，憋屈得实在受不了，最终还是派人向陈督军递交了降书。陈督军忙于对付靖国军，无暇对他赶尽杀绝，便顺水推舟命他改旗易帜后，还让他驻守在永寿县以防靖国军。张屠夫大喜过望，准备返回县城，但在临走时仍不忘搜刮民财。他把平娃他大叫来说："这几日吃你的住你的，你就送佛送到西，再捐些银圆权当是劳军。"平娃他大巴不得这伙瘟神赶紧离开，就把盖房剩下的银圆全都拿了出来。张屠夫嘿嘿一笑说："这山沟沟里就属你家这高房大瓦最好最气派，你拿这几块银圆日弄鬼呢？"张屠夫懒得再费口舌。他走出屋门跳上马，给手下的人吩咐说："再去问他要，他要是继续嘴硬说没有，那就连人带房给他一起烧了，让他揣着他的银圆到阴司花去！"

平娃回到村里站在自家门口的时候，眼前的景象顿时让他肝胆俱裂五脏俱焚。新盖的大瓦房墙倒屋塌，已经成为废墟，破砖烂瓦间到处是灰烬，满院焦煳的气味依然刺鼻不已。平娃撂了包袱，惊慌失措地喊他大喊他妈，听到喊声的乡人们从自家屋里走出来，把他领到了村外的坟地。十几座湿土未干的新坟上都用土疙瘩压着一张烧纸，那是活人祭奠死去的亲人时留下的标记。平娃他大、他妈的坟头上什么也没有，他们在入土的时候甚至连一口棺材都没有，乡人们用一张草席将两具烧焦的尸体裹在一起，就草草埋进了土坑里。平娃一屁股坐在他大、他妈的坟前再也起不来，他不哭也不叫，跟傻了一般一动不动。乡人们闻见他身上散发出臭味儿，发现他将屎尿都拉在了裤裆里。

张屠夫回到县城后，招兵买马，重整旗鼓，他深知自己盘踞永寿县这几年杀戮太重，唯恐有仇家对手来暗算和加害他，于是在县城关帝庙里摆下擂台，为自己招纳贴身的保镖侍卫。他让人在擂台上竖起花花绿绿的旗子，十人一局，胜出者便可得旗一杆，得旗的人一律给予赏金，并许以双倍的饷银编入自己的卫队，只有夺得三杆旗的人才有资格成为他贴身的保镖护卫。

布告张贴出去之后，关帝庙里每日都观者如潮，前来夺旗争赏的人络绎不绝，能夺得一杆旗甚或两杆旗赢得赏金的人并不鲜见，但是能连夺三杆旗的人却没有一个。场子摆了十余日，张屠夫连连叹息很不满意，偌大一个永寿县，竟然没有一个能夺得三杆旗的勇猛之士。

就在张屠夫大失所望的时候，忽然有人在赛局比拼中场场都赢，连夺三杆旗。关帝庙里炸开了锅，看热闹的人们不知连夺三杆旗的人姓啥叫啥，满场子里都在喊他"三杆旗"。张屠夫大喜，问连夺三杆旗的人会不会打枪，那人说他在山沟沟里打猎时放土枪。张屠夫掏出手枪，指着屋顶上的几只野鹁鸽说："你放几枪让我看看。"那人接过枪瞄都不瞄抬手就打。三声枪响过后，一只鹁鸽从房檐上滚落下来，一只受惊飞起时被击落，另一只飞至擂台上空时被打中直落在擂台上。张屠夫既惊又喜，在那人胸脯上拍一拍许诺说："往后跟着我，保你吃香的喝辣的！"三杆旗的名号在那一天叫响开来。

十来天后的一个晚上，张屠夫醉酒而眠时，在被窝里被人砍去了脑袋，三杆旗也随之消失不见。第二天，平娃回到了山沟沟里。有人看见他将一颗血淋淋的人头摆放在他大、他妈坟前，一张黄色的烧纸被土疙瘩压在了坟头上。从此世上少了一个叫平娃的人，却多了一个叫三杆旗的土匪。

三杆旗的名号很快成为永寿县妇孺皆知的一股悍匪，劫村掠寨杀人放火无恶不作。他任由手下的弟兄们杀人绑票从不约束，却唯独立下了一条规矩，欺负女人的剜心砍头，他自己就从来不欺负女人。

三杆旗在永寿县的势力如日中天，不断有大股小股的土匪归顺于他。有前来投奔他的土匪送给他一匹浑身红棕色没有一根杂毛的赤骝马，那马身形高大，四蹄矫健，跑起来迅疾如飞。三杆旗经常骑着赤骝马，明目张胆地进到县城里去吃饭喝酒，县城里的警察却不敢动他分毫。这样威风八面的日子过了几年之后，一次特殊的抢劫所招致的后果，终于使得三杆旗在永寿县的土匪生涯走到了尽头。

在那次抢劫中被抢的不是本地的土豪财东，也不是过路的客商，而是坐着小汽车途经永寿县的洋人。那几名洋人是国民政府请来勘探和设计西兰公路的技术人员，洋人乘坐的小汽车在官道上被土匪拦截下来，车上的财物被洗劫一空，几名洋人都被绑到了匪窝里，其中一名女洋人被几个想开洋荤的土匪所奸污。三杆旗在得知这件事情后并不在意抢的是谁，但是对于胆敢不守规矩奸污女人的土匪，他只从牙缝里蹦出来一个字："杀！"那几个奸污女洋人的土匪都被毫不留情地砍掉了脑袋。三杆旗随即又指派人将索要赎金的帖子送到了县府，他显然没有意识到这件事情可能导致的严重后果。

洋人的政府得到消息后立即向南京的国民政府提出了抗议，南京国民政府的头头大为恼火，将陕西的头头脑脑斥责了一番，然后要求根除匪患，救出洋人。省上当即派出了军队，下令一定要剿灭三杆旗。乌合之众的土匪怎么能敌得过训练有素的正规军？三杆旗带领匪众抵抗了几天之后就钻进了山沟沟。土匪们东躲西藏，军队却紧咬不放，在山沟沟里兜了一个多月的圈子后，土匪们最终被包围在一处深沟里。一千余匪众被消灭殆尽，却唯独没有发现三杆旗和他的坐骑赤骝马。

其实三杆旗和他的十几个铁杆兄弟早在被军队包围之前，便撇下一众土匪逃出了山沟沟。三杆旗感到大势已去，永寿县已经没有什么可留恋的了，他骑着赤骝马，大摇大摆地从县城里穿城而过，然后便一路向东跑上了乾州的石牛山。当年的山寨早已荒芜，残垣断壁里长满了蒿草，妮娃的坟头也被雨水冲刷得垮塌了半边。三杆旗在妮娃坟前睡了一夜，第二天他给十几个弟兄说："谁要走我不留，我哪里都不去了，以后我就在石牛山弄事了。"

三杆旗在原先的山寨里安顿下来，他遵循锤万山兔子不吃窝边草的规矩，越过石牛山附近的村镇，在做完田双村孙家和罗家堡罗举人两单活儿后，他信马由缰来到薛录镇游逛。在饭铺酒肆里吃饭喝酒的时候，以及在薛录寺外的戏园子里看戏的时候，三杆旗听到最多的，是孛落坊张家和张家二凤的种种传言，他随即将目标瞄向了孛落坊。

在一天吃晌午饭的当口，几个破衣烂衫的叫花子，走进孛落坊村里。有两个往杨成业家去乞讨了，剩下一个在张敬亭家门口的青砖台阶旁倚坐下来。张敬亭家的头门半开半掩，灶间的屋顶上冒着蓝烟，庭院里回响着哐当哐当拉风箱的声音。刘蛇儿挑水回来，斜瞅一眼草帽遮脸的叫花子，走进门里去了。庭院里传来男人女人说话的声音，接着一个年轻女人端着一碗刚起锅的热馍馍从门里走出来。

一双蓝色缎面的绣花鞋映入叫花子的眼里，叫花子仰起头时，看见了一张模样儿俊俏、眼睛水灵的面孔。年轻漂亮的女人莞尔一笑，将热馍馍递到叫花子手里，拧身走回门里去了。不一会儿，年轻女人又提着一瓦罐水走出来，蹲下身，拿起叫花子放在地上的破碗，倒一点儿水在碗里晃一晃泼出去，然后给破碗里倒满清水，轻声悦耳地说："你吃饱喝好了再走，不够了再问我要。"

刺眼的阳光从树叶的缝隙间投射下来，斑斓的光影让叫花子眼花缭乱。他恍惚觉得自己似是坐在铁王村麦子地边的槐树底下，出现在眼前的似是妮娃满脸带笑的面容。叫花子的头脑里一片空白，忘记了自己是来踩点探路的土匪。

回到石牛山之后，三杆旗改变了原本要洗劫字落坊张杨两家的计划。他告诉弟兄们，他相中了一个女人，他决定要寻媒人去说媒提亲。有个新入伙的弟兄拍着胸脯说："脑系只需给一句话，弟兄们马上把那女人抢上山来，哪里用得着这样劳神费心？"三杆旗对这个莽撞的弟兄显出包容的胸怀。他若有所思地仰头叹息说："你不懂女人呀！娶回来的才是媳妇，抢回来的那是仇人。"

三杆旗虽然明媒正娶过三房女人，女人对于他来说并不新鲜和神秘，可是他觉得女人跟女人却大不一样。有的女人就像是脚上的鞋子，穿过了穿旧了扔掉时让人毫不吝惜，有的女人却到死都让人魂牵梦萦。这一次他不仅仅是相中了那个女人的美貌，那个女人带给他的，就是那种恍如隔世的魂牵梦萦的感觉。

三杆旗指派人再一次到字落坊去仔细打听，在了解到张敬亭和杨成业两家关系的底里之后，他觉得杨成业是充当媒人的最佳人选。杨成业胆小怕事却又爱钱如命，这样的人最让人看不起也最好对付，只要拿住了他的短处，这种人是最听话不过的。但是三杆旗心里也很明白，请杨成业给土匪牵线做媒，那肯定是说不动请不来的，那只有把他绑上石牛山来。

在赵和里看戏的那天晚上，二凤跳下车挤进人群里的时候，三杆旗像是被磁石吸住的钉子般起身如飞地跟了过去。他站在二凤身后偷偷去闻那乌黑如丝的发辫，一缕奇异的女人的气息使得他心慌意乱，曾经妮娃身上弥漫着的就是这般让他痴迷的气息。二凤很快察觉到身后异样的喘息声，警惕地在人群中挪换了位置。三杆旗紧跟着挤了过去，二凤回过头恼怒地瞪了他一眼，再一次向前边的人群里斜岔子挤过去。这一次三杆旗再未挪脚，他不想惊吓到她。戏散场的时候，三杆旗站在原地，满目痴迷地盯瞅着二凤的身影。二凤瞟了他一眼，低下头匆匆离去了。

就在那天晚上，杨成业被破布塞嘴、黑布蒙眼，绑上了石牛山。他被带进一间屋子里后，有人给他松了绑。杨成业退缩到墙角，惊恐万状地看了看眼前的土匪，接着就身子一软，跪倒在地，土匪们却没有人理睬他，都转身出去了。杨成业逐渐回过了神，这才发觉自己的裤子冰凉潮湿，尿渍自裤裆漫延至裤腿，尿臊味儿直冲鼻腔。他扒着窗口向外观望，发现自己身处的地方竟然在一座山里。

每日除过有人送来两餐之外，再也没人搭理杨成业，更没有人来打他骂他恐吓他。屎尿都拉在木桶里，清早时土匪看着他自己去倒。一连过去了七八天，杨成业像是被土匪遗忘了一般，他能做的就是从炕上下到地上，再从地上躺回到炕上。这样的折磨让杨成业近乎崩溃，他主动跟前来送饭的土匪搭话，可是土匪却并不理他。他又扒在窗子上跟看守他的土匪搭话，土匪还是不理他。他甚至放开胆子大吼大叫，可依然没有人理他。

又过去了七八天，杨成业已不再主动跟任何一个土匪说话搭腔，也不再大吼大叫。除过吃饭以外，他跟个死人一样没黑没明在炕上躺着。一天晚上，突然有个土匪开了门走进来，对睡得昏昏沉沉的杨成业说："我家脑系请杨先生喝酒。"随即便揪住他走出了屋子。

杨成业被带到一间宽敞明亮的屋子里时，三杆旗正坐在当中的桌子旁自斟自饮。土匪把他揪到三杆旗对面，将他按坐在凳子上，接着有人端来盖着红绸的木盘放在他面前。杨成业在心里激烈地做着各种猜想，他甚至想到那红色的绸缎底下，是自己老婆或者儿子的断手断脚。他咽下一口唾沫，紧张地看向三杆旗，看到的却是威逼他揭去红绸的冷峻目光。杨成业战战兢兢地伸出手，一点点儿揭开红绸一角，出现在眼前的，是一把明晃晃的尖刀。他"啊"地惊叫了一声，像被芒刺扎到一样缩回了手，随即全身都哆嗦起来。三杆旗猛一下扯去红绸，又露出一摞摞白花花的银圆，然后用素有的冰冷口气说："这两样东西，你只能选一样。"

天还没有亮，杨成业被土匪黑布蒙眼送下了山。拐上大路后，土匪将包着银圆的包袱塞到他怀里，然后从后面给他摘掉蒙眼的黑布说："顺着大路一直走，前面就是临平镇。你甭忘了，一月后我们去寻你，到时候你得给我家脑系见个回话。"杨成业定定地站着不敢动弹，直到听不见脚步声了，他才回过头看了看，大路上空无一人。杨成业朝来时的方向猛跑了几步，咬牙发狠地将包袱摔在地上，银圆从包袱里滚出来散落一地。接着他就踩脚蹦高地大骂起来："三杆旗，我日你先人！你个烂尿土匪，还想要好人家的女子，你先人的祖坟被狗骑了，要下你这样的害货！你爷我就不伺候你，有本事你把爷的头砍了去！"

红彤彤的朝阳逐渐从田野尽头升起来，玉米苗细嫩的叶片上闪耀着湿漉漉的露珠，大路远处有了行路人的身影，田地里也有了扛着锄头下地锄草的乡人。杨成业弯腰捡起一枚银圆，用两根指尖轻轻掐住，朝银圆的圆边猛地吹出一口气，然后放到耳边，听银圆发出嗡嗡的响声，脸上就露出了欢喜高兴的神情。他快速将散落一地的银圆捡起来，擦去灰尘，重新包好，将包袱挎在肩上走了几步，又将包袱从肩上取下来抱在怀里。又走了几步，他干脆将包袱拴在腰里，用宽大的衣襟遮盖住，他挺着如孕妇般凸起的肚腹朝临平镇去了。

后晌的时候，杨成业回到了孛落坊。他一走进村子就马上引起了轰动，乡人们纷纷惊奇地围过来向他问长问短，然后都相跟簇拥着把他送回家中。自家庭院里空无一人，杨成业站在门口高喊了一声："人哩？我回来了！"他老婆以及儿子和儿媳妇听见喊声，都从屋里跑了出来。他老婆一双小脚捯着小碎步，跑过庭院时几乎栽倒，站在他跟前时已经泣不成声。

越来越多的乡人们都来探望杨成业，七嘴八舌地问他没见土匪要钱要粮咋就能把他放了回来？杨成业淡定诙谐地说："土匪没弄对人咯！他们不放我走，难道还要给我养老送终呀？"乡人们就又乱哄哄地问他土匪凶不凶，有没有见到那个叫三杆旗的土匪脑系，土匪的老窝在哪座山上，山叫什么山。张敬亭替杨成业一律挡了驾，把乡人们都劝回去了。

这种乡里乡亲的探望一直持续了好几天，包括杨成业家所有的亲戚和朋友，甚至连里长赵书臣都来探望了他。杨成业虽然已经很不耐烦，可是不得不一次又一次地向前来探望他的人复述自己被放回来的原因。

天气一天比一天酷热难耐，杨成业被绑票的事情逐渐淡漠下来。一天后晌，杨成业手持蒲扇走进张敬亭家庭院，一进门他就亲热气长地高喊："敬亭哥，敬亭哥！"二凤系着围裙，甩着湿手，从灶间走出来告诉他，她大和刘蛇儿下地去了。杨成业不解地问："日头把人能晒死，你大这会儿下地去干啥？"二凤说："叔呀！看你一天啥心都不操。地里浇不上水，玉米苗都快干死了，我大去查看那几口深井去了。"杨成业"哦"了一声，走到屋檐下阴凉处，抬头看一看渐渐西落但依然毒辣的日头，摇着蒲扇对二凤说："你大回来了你给他说，让他一回来就到我屋里来，今儿个叔请你大抄碟子喝酒。"

从张敬亭家里出来，杨成业举着蒲扇挡住日头往回走了几步，又折回身往东城门来等张敬亭。火球般的日头终于沉落下去，但炙热的空气依然烘烤难当，张敬亭和刘蛇儿一直到天快黑时才从地里回来。杨成业早已等得心焦，老远叫了一声："敬亭哥！"从城门洞里迎出来，拉住张敬亭说："走走走！敬亭哥，到我屋里坐下，我今儿个请你抄碟子喝酒。"张敬亭说："无缘无故你请我喝的啥酒？"杨成业满脸堆笑地说："前些日子让你操心劳神，做兄弟的该感谢你才对。走走走！你弟妹把酒席都备下了。"张敬亭一再推辞不去，却架不住杨成业连拉带推地盛情邀请，只得让刘蛇儿自己回去，他与杨成业相跟着去了。

杨成业一走进门便喊他老婆打来一盆清水，他和张敬亭都擦洗了一番，然后两个人一身清爽地在堂屋里坐下。杨成业斟满一杯茶递过来，殷勤地说："敬亭哥，这是我让儿子到薛录镇上专意为你买回来的茯砖老茶，你尝一尝咋个向。"张敬亭接过茶杯喝了一口，醇厚酽香的热茶咕噜噜滚下喉咙，顿觉回肠荡气浑身通畅。这当儿，杨成业老婆端着红漆木盘走进来，将四样菜、一壶酒摆放在桌子上，然后客气地说："敬亭哥，前些日子我急昏了头惹你烦心，你可甭见怪，今儿个你吃好喝好。"张敬亭说："你两口子这样专意费心，倒让我觉得生分见外了。"杨成业老婆将要张口再说话，却被杨成业挡住，挥挥手让她退出去了。

杨成业斟了两盅酒，自己端了一盅对张敬亭说："敬亭哥，咱两家从祖辈上就不是一般的交情，这头一盅咱喝个交情酒。"说着一仰脖率先干了，张敬亭也一饮而尽。杨成业斟满了酒感慨着又说："敬亭哥，我被土匪抓上山的时候，说实话，老婆、娃娃我都没有多想，我想得最多的人就是你。你这个人心善是心善，可就是太直太倔了，凡事都不会绕着弯走，有时候非要往南墙上撞不可。我要是真死了，今后遇事还真没人能拦得下拉得住你了。现在想一想有些事情真的没有必要较真儿，退一步让一点儿能咋嘛！来来来！咱这第二盅酒就喝个心宽气和的酒。"

杨成业不住地夹菜劝酒，显得格外热情和周到，这倒让张敬亭感到不适和别扭。张敬亭留心观察了一会儿，终于发现杨成业的眼睛里泛着一缕虚光，说话时的眼神也躲躲闪闪。又喝了一阵子，张敬亭放下酒盅说："酒我喝了，茶我也品了，成业你有啥话你就直说。"杨成业不自然地哑口坐了片刻，笑着说："敬亭哥，我后晌时去你屋里寻你，正好碰见二凤女子，这女子真是越来越乖巧懂事讨人喜欢了。"他顿了顿故意叹了口气说："唉！只是世道不济，害得咱娃命苦哇！"接着他又一拍桌子故作气愤地说："你知道不？敬亭哥，我被放下山在临平镇吃饭的时候，都听见有人在说二凤的闲话，说张家二凤这了那了的。这些个风言风语咋能传到那么远的地方去？我听见了都气得不行，差一点儿没忍住就想扇那人的耳刮子！"

张敬亭见杨成业说起了二凤就低头不语。杨成业却继续说："敬亭哥，这些撂耳根的闲话你也甭往心里去，我说这些不是想惹你生气，我是替咱二凤女子打抱不平哩！"张敬亭实在不想再听这样的话，就忍不住说："我不管别人说啥，二凤若是一辈子嫁不了人，我就养她一辈子！"杨成业马上顺着张敬亭的话说："对对对，自己的亲生女子嘛！咋样都不能叫娃受了委屈。"紧接着他话锋一转又说："不过二凤总归是个女娃娃家，说归说，还能真个一辈子不嫁人呀？"

张敬亭听出杨成业话里有话，就笑了说："听你这话的意思，是不是你替我家二凤盯识下人家了？"杨成业说："也倒不是我专意盯识下的，不过确实有人给我提过这么一档子。我说了你可自己掂量，这人不是种地的，也不是经商的，是个耍枪弄棒的。"张敬亭问："是扛枪杆子当兵的？"杨成业摇摇头。张敬亭又问："是哪个堂馆里耍拳的把式？"杨成业又摇摇头。

张敬亭不耐烦地说："那这人到底是个弄啥营生的？"杨成业张了张嘴却没有说出话来，竟然把脸都憋红了。他见张敬亭一脸疑惑地瞅着他，就支支吾吾地说："好像——反正——哎呀！我给你说了，只是有人给我提过这么一档子，我也吃不准！"

杨成业说了一番含糊其词的话之后就沉默不语了，刚才热情周到的氛围陷入一种尴尬的境地。张敬亭勉强坐了一会儿就起身告辞，杨成业也无心挽留。他把张敬亭送出门后才回到屋里，他老婆就急慌慌地走进来问："事情说了没有？说得咋样？"杨成业白了他老婆一眼，没好气地说："我啥话都没说！"他老婆立时就惊慌起来说："你不想活了？事情要是说不成，人家能饶得过你呀？"杨成业呼的一下站起来发火说："我能给敬亭哥说我拿了土匪的钱，我请他喝酒，是为了给三杆旗说媒提亲，这样的话我能说得出口不？"杨成业背着手，在屋里转了几个来回，气哼哼地又骂将起来："三杆旗，你羞你先人，你看上人家女子，你拉扯我干啥？还要明媒正娶，你当你是皇上他大？"

地里的庄稼已经到了抽穗灌浆的时节，正是需要浇水保墒的时候，可是酷热的高温却一天比一天难挨。玉米苗在刚出苗时浇过一遍蒙头水之后，老天爷就再也没有下过一滴雨，深井里的水位都下降得打不上来水了，水车已经停止了运转。张敬亭领着乡人们开始淘井，连着好几天都守在地里，脸上和胳膊上都被晒脱了皮。可是每口井都在淘下去了近一丈之后，依然不见有清水涌冒上来，井底下只有混浊不堪的一点儿泥水。

眼看大片大片的庄稼快要被毒辣的日头烤焦枯死，所有的人都束手无策。心焦火燎的乡人们支起辘轳，半桶半桶绞上来带着泥沙的井底水浇在地里，可是少得可怜的那一点儿水就像是小孩尿尿一样，只是在干裂成块的地皮上湿下一块水印，瞬间就被烘烤得无影无踪。秋粮怕是保不住了，乡人们焦灼不安地守在地里，却毫无办法，没有比粮食绝收更让人揪心的事情了。

杨成业无心过问地里的事情，秋粮绝收不绝收对他来说并不重要，给三杆旗回话的期限就要到了，他像是已经感受到了人头落地一样坐立不宁。他也曾几次想去给张敬亭摊牌，可是每一次走到张敬亭家门口时，他却又止步不前徘徊不定了，给土匪保媒提亲的话实在让他无颜启齿。杀人放火的土匪和循规蹈矩的百姓人家从来都是水火不容，更何况是像张敬亭那样眼里揉不得沙子的秉性。若是真的说出为土匪保媒提亲的话，那他不但会被张敬亭骂死，更会被乡人们的唾沫星子淹死，就算三杆旗不砍了他的人头，他杨成业也再没有脸面在孛落坊抬头活人了。

杨成业吃不下饭睡不着觉，心烦意乱惶惶不可终日，他实在想不出能使水火相容两全其美的对策来。眼看大限已近土匪将至，躲是躲不过去了，杨成业决定豁出去了。他给他老婆和儿子交代好了后事，索性每日都敞开头门，大门不出二门不迈，专意等着土匪来取他的人头。他不想辱没家门被人唾骂，不想被人戳脊梁骨，他更不想因自己失德而使得他的后人无地自容。杨成业用他最后的胆魄和勇气，做出了要留身后名的决定。他想起了他大杨进禄，如果他大还在，定然不会让他这样难做人。

终于熬到了收秋的时节，但是此时的田野却已改换成了另一种模样儿。庄稼秋禾全部都干死枯死，所有的树木都因干旱而掉光了叶子，光秃秃的树枝矗立在田野里，像是张牙舞爪的野兽一样让人感到恐惧。本该色彩斑斓开满野花的垄坎上和大路边，只剩下枯死扭曲的断枝残草，土地被暴烈的日头晒得炸裂开一道道口子，一切绿色的东西都荡然无存了。

秋粮已经绝收，播种冬麦更是无法下锄，犁铧插不进硬如铁块的土地，一镬头挖下去震得人手臂酸软。乡人们心有不甘，硬是一点儿一点儿挖开干裂的土地，把坚如石头的土块敲开研碎，撒入麦种。可是没过几天，有人刨开浮土，找到种下的麦种，用手一搓，麦种便成了粉末，随着尘土一起飘散了。

孛落坊的祠堂里燃起了香火，心慌焦急的乡人们虔诚地跪伏在先人牌位前，祈求先人祖宗的在天之灵能保佑下一场透雨。然而旱象却持续不断，村里的涝池只剩下池心一洼墨绿色的臭水，没有多久也完全干涸了。农历八月十五过后，播种冬麦已经彻底无望，人们全都陷入惶恐之中。杨成业没有等来土匪，乡人们也没有求来救命的透雨，一场异常的年馑降临人间。

第十六章

　　小麦无苗，冬天不用给地里拉粪施肥了，开春也不用锄草浇灌。在外熬活儿的长工汉们都早早回到了自家屋里，主家为省下一个人的口粮，提早清算过全年的工价，在秋粮绝收之后就都让长工汉们下工回家了。无地可耕无粮可吃，家里养的头牲也成了庄稼人的负担，一头牛或者一头骡子一年间吃下的精料豌豆和麸皮，此时都成了饥荒年间人们赖以果腹的口粮。薛录镇上牲畜的行情日渐下跌，除了粮食价格天天暴涨之外，其余百物都是见天地往下跌价。娶亲嫁女的花费也是一降再降，两斗麦甚或一斗麦就可以定亲娶到一房媳妇。乃至再往后，家无隔夜之粮却有待嫁之女的人家，免除一切彩礼甚至省去应有的风俗讲究，只求将女子早一天起发出门。可怕的年馑才刚刚开始，脆弱的人们就已经走投无路了。

　　张敬亭在刚入冬的时候，就狠心果断地卖掉了黄牛，只留下了那匹大黑骡子。大黑骡子在王海棠领着孩子回槐里县娘家时还能派上用场，可以免去两个宝贝侄孙儿的行路之苦。黄牛则无地可耕，不能白吃草料地闲养，只能卖掉了。

　　刘蛇儿在卖掉黄牛之后的大部分时间里，都是在炕上闲坐、抽烟，只务养一头骡子不是什么费时劳力的事情，担水扫院那更是提不上话茬的闲杂活儿，整天这样闲坐白吃让刘蛇儿心生愧疚和不安。当下的粮食是何等金贵，刘蛇儿心里清白明了，他了解张敬亭，知道张敬亭绝不会像其他主家那样，为省下一个人的口粮而打发他提早下工。东家仁义归东家仁义，可是他深知作为长工的本分，没有活儿可干就不能揣着明白装糊涂地赖着不走，这样厚脸皮不仗义的事情他刘蛇儿做不出来。

这天一早，刘蛇儿喂罢了大黑骡子，将前后庭院清扫干净，又将一些杂物码整齐，然后就挑了扁担去挑水。村里的那口井虽然还能打出清水，但是也只能半桶半桶地绞上来，而且在绞过几桶水之后还要停歇一阵儿，才能重新聚起只有尺许深的井底水。刘蛇儿一趟趟给所有的水缸都挑满了水，实在没有什么活儿可干之后，他走到堂屋门口，瓮声瓮气地对张敬亭说："东家，我今儿个回去呀！"张敬亭从堂屋里走出来，把棉袍撩起来掖在腰里说："走，给你灌麦去！"

两个人来到后院粮囤跟前，张敬亭刚撑开口袋，刘蛇儿说："等一下，我去拿斗来平。"张敬亭说："只管灌，拿斗干啥？"刘蛇儿愣了一下，又瓮声瓮气地说："东家的好心我领了，可一码归一码，是个啥就是个啥，我不能多占多拿。"张敬亭皱起眉头说："你想啥呢？我是让你送一点儿粮食回去安顿家里，你当我是让你下工呢？"刘蛇儿却倔强地说："我就是要下工结账哩！还要再少平上几斗，把后面一半个月的账都扣了，明儿个开始我就不再来咧！"张敬亭摞了口袋，生气地说："蛇儿你听着，打我爷和你大手里谁都没有说过再不来的话。到咱这一辈谁也不能说这样的话，有我一家人吃的，就有你一家人吃的。就算有一天真的揭不开锅了出门要饭，你和我也要搭个伙结个伴儿，谁也不能撂下谁不管。"刘蛇儿心里涌上酸楚，眨巴眨巴眼睛把憋到嗓子眼的话咽了回去。张敬亭又说："你今儿个送完粮食回来就在我屋里待着，有活儿干了你干活儿，没活儿干了你就是歇着睡着，我也不让你下工。"刘蛇儿再也忍不住哗地流下了眼泪。张敬亭拾起口袋，重新撑开说："麻利些！快点儿灌麦。"

在艰难的饥荒年月到来之后，一些断了口粮的人家只得贱卖家当去买高价的粮食。也有不情愿花冤枉钱买高价粮的人，他们开始结伴走进南边的秦岭山里，用自家能拿得出来的所有衣裳或者棉布被褥，去跟山民换取粮食而背粮自救了。南边的秦岭山区因水资源丰富并未受到干旱的影响，但是山里向来不产棉花，又因道路崎岖交通不便，山里人虽然能打下粮食，却常常缺少可用的棉布和衣裳、铺盖。因此，在很早以前的灾害年间，就已经有了关中道无粮可吃的人背着布匹和新旧衣裳，走进秦岭山中去跟山民换取粮食的先例。

刘蛇儿送完粮食再回到字落坊时，他推的蚂蚱车上载满了捆扎整齐的蓝色方格查花布和大人娃娃的新旧衣裳。刘蛇儿告诉张敬亭，他大说不能总是指靠着东家，眼看过罢年又是春荒，反正也是没有活儿可干，他大让他去进山背粮。张敬亭一眼看见了一件黑色的羊皮棉袄，问刘蛇儿："这是老叔穿的皮棉袄，你咋能拿去换粮？"刘蛇儿作难地说："我也说不拿这一件，冷天让他穿上，可我大非让拿上。他说秋粮没有了，明年夏粮也没指望了，穿烂一点儿破一点儿都不要紧，换回粮食保命要紧。"张敬亭从衣服堆里抽出羊皮棉袄，夹在胳膊底下说："这一件留下，回头我给老叔再送回去，其他的你拿去换粮。"

傍晚时分，张文博和王海棠领着两个娃娃回到了家里，一家人高兴地聚在张宁氏屋里说话。临睡觉的时候，张敬亭走进马号里对刘蛇儿说："我给文博说好了，让他跟你一搭里进山背粮。"刘蛇儿笑了说："少东家去背粮，你都不怕惹人笑话？"张敬亭说："又不是去偷人抢人，有啥笑的？谁爱笑由他笑去。"刘蛇儿见张敬亭不像是要笑的样子，赶忙说："少东家可是念书坐堂的先生，咋能让他下这样的苦？再说来回上百里路还不定有啥闪失，可不敢让少东家跟着冒这样的风险。"张敬亭背着手说："我就是要让他受点儿累吃点儿苦，让他知道凡事都艰难不易，更要让他知道啥才是庄稼人的命根子。"

第二天一大早，张敬亭和侄儿翻箱倒柜忙活起来，把家中凡是不穿的旧衣裳和几卷查花布都搜罗出来在堂屋里捆扎好。王海棠不情愿让丈夫进山背粮，可是一老一小都劝阻不下，她便把张宁氏请了出来。张宁氏拄着拐棍走到堂屋门口，满脸不高兴地数落张敬亭："饿死谁都饿不死你！你咋就忍心叫我的孙儿受这样的苦遭这样的罪？"张敬亭还未开口，张文博却抢先给全家所有人说："圣人都说要读万卷书行万里路哩！旁人能去我咋就不能去？我还没有出过这么远的门走过这么远的路，谁都不要挡我。"

后响的时候，有听到消息的乡人陆续来寻刘蛇儿打听背粮的事情。刘蛇儿圪蹴在马号门口抽着烟，总是拿一句话来回答所有的问题："我也是头一回背粮，路上有啥事情谁能说得清？只能是走着看着。"几个心里没底的乡人叽叽喳喳说个不停。刘蛇儿抽过几袋烟后，有些不耐烦地说："嘿呀呀！我东家都让少东家进山背粮哩！你们还有啥娇贵的不敢去？谁爱去不去！明儿个鸡叫了就走，可不等谁。"

鸡鸣时分，刘蛇儿领着张文博和十来个乡人，结伙搭帮地走出了孛落坊。每个人都背着沉重的塞满棉布和衣裳的口袋，一口气走了十几里地，天色微明时走到了马嵬坡。马嵬坡上的浮土埋住了人的脚脖子，每走一步都有黄土灌进棉窝窝里，一行人在马嵬坡上踩踏得尘土飞扬。下了马嵬坡拐上西行的大路，张文博逐渐落在了后面，灌进棉窝窝里的灰土被脚汗湿成了泥疙瘩，脚底板被磨出了水泡，水泡又被踩踏挤破，疼痛钻心。

好不容易熬到渡过渭河，太阳西斜的时候，在靠近秦岭山口的小村镇上寻见一家客栈，张文博一走进客栈就躺倒在土炕上再也无力站起。所谓的客栈其实是一间稀泥糊墙、简陋不堪的大屋子，靠着土墙两边盘了两溜大通炕，铺着一张张脏兮兮的破席。睡在大通炕上的，尽是灰头土脸进山背粮或者已经背了粮出山的背粮客，屋里充斥着刺鼻的酸臭味儿和呛人的旱烟味儿。好在屋子中间烧了一盆炭火，倒是让人不觉得寒冷。

天还没有亮，背粮客们就都早早起来，三两结伙陆续走出了客栈。一走进山里，冰凉阴冷的空气陡然袭来，穿着厚厚的棉衣都让人觉得寒彻肌骨。山里到处是水流积成的奇形怪状的冰柱和冰疙瘩，从高处流落的瀑布也被冻住，像是一面巨大的镜子一样悬挂在山涧里。一拨一拨的背粮客们在一条条山腰间的羊肠小道上分散开来，各自向着不同的方向翻山越岭去寻找散落在大山深处的山里人家。

山民大多居住得较为分散，往往都是一户人家独居一山一岗。白天能互见炊烟，夜晚也能看得见对面山腰里亮着的灯光，但是要走家串户到山对面的人家去，却要翻山涉水地走上大半天。要是能遇到有一条不长的石头村街，居住着十来户人家的地方，在道路崎岖的山里来说就算是大村镇了。山里的坡地远不如平原上的土地那样好耕易种，都是依山傍水层层叠叠，除了产出少量的稻米之外，收获最多的就是玉米了。山里人憨厚豪爽，在相中背粮客的棉布或者衣裳后，往往会在议定的数量上再加上一碗或者半碗玉米。交易完成之后，还会烧上一锅开水，让远道而来的背粮客解渴取暖，并耐心地指明到下一户人家的路径。

　　刘蛇儿一行人饿了吃自带的干粮，渴了抓一把山岩上的积雪，晚上就在山民的柴房草棚里挤堆睡觉。在山里转悠了五六天，终于把全部的衣裳和棉布都换成了玉米。每个人都归心似箭，背着百十斤重的粮食，急不可耐地往山外赶。可就在他们即将走出深山的时候，却在一道山梁上遭遇了一场突来的暴雪。

　　气温骤然下降，寒风裹着大雪迎面扑来，灌进了人的衣领，眯住了人的眼睛，让人张不开嘴说不了话。没有多大工夫，崎岖难行的山路上就积起了一拃厚的冰雪，背上的粮袋变得像铁块一样沉重，每个人都被冻得手脚僵硬直至快要失去知觉。张文博滑了一跤，背上的粮袋被锋利的冰碴划破一道口子，风急雪大谁也没有察觉，待到傍晚时分艰难地走出山口时，辛苦背出山的粮食只剩下了半袋。另一个后生不知什么时候走丢了一只棉窝窝，他浑然不觉地走出山口后，才感觉到五个脚趾已不能打弯屈伸，等到晚上还在那家客栈里暖和过来时，五个脚指头已然冻硬坏死了。

　　十来个背粮的人终于回到了孛落坊，一走进东城门，紧提着的一口气都松了下来，齐茬瘫软跌坐在城门洞里。乡人们围拢过来，吃惊地发现每一个人都已经不再是走时的模样儿。背粮的人一律蓬头垢面，棉衣棉裤上尽是被山石树枝蹭烂挂破的口子，线头和棉絮像是被开膛破肚了一般扯出在外面。每一个人都眼窝深陷，嘴唇干裂，脸上、耳朵上和手上尽是潮红的冻疮，都变得近乎让人认不出来了。庆幸的是，除了张文博以外，其他人都满载着粮食而归。

　　张文博脚底的水泡已溃烂化脓，心劲儿一松，立时就觉得疼痛难支，他用热水洗过脚后，饭都不吃便倒在炕上沉沉睡去了。第二天清早，张文博一睁眼醒来，就听见庭院里张宁氏数落张敬亭的声音。他挪下炕走出屋子，一家人都惊喜地叫起来。张宁氏拄着拐棍走过来，心疼地抚摸孙儿的脸庞，替张敬亭开脱说："你可要怨你大伯，你大伯让你吃苦受罪经见世事，都是为着你好，将来村上和家里可都指望着你，你要撑得起顶得住哩！"

　　翻过年的春天，依然干旱无雨。人们提着笼子在光秃秃的田野里寻找野菜和草根。土地干裂得炸开一道道口子，满眼望去看不到一点儿绿色，野菜几乎没有，能吃的树皮和草根也早都被人剥光、挖尽了。有人满地捡拾大雁和雀儿飞过时落下的粪便，回家后从粪便中淘洗出未被消化的粮食颗粒或者菜叶，拌着麸皮下到锅里。被饥饿折磨得心慌身软的人们已经顾不了许多，想尽一切办法找到能吃的东西，成为人们唯一能做的事情。

土地荒芜没有庄稼可种，出门也寻不下可干的短工活儿，穷汉人家想进山背粮可又拿不出多余的衣裳，孛落坊拆房卖地的无奈之举便也从此时开始了。断粮的人家先是拆了厢房再拆堂屋，而且拆下来的不管是新椽还是旧瓦，都只能一律贱卖尽快出手。薛录镇集市上的粮食价格见天地往上涨，头一天还是六块银圆一斗玉米、七块银圆一斗麦，到第二天时就又各涨了一块银圆。踢腾家当卖椽卖瓦换来的钱，在买来一点儿粮食挨过一段时日吃光吃净之后，乡人们为活命，接下来就只能变卖土地了。

孛落坊有族规祖制，可以从外村人手里买地，却不能把土地卖给外村的人。在这样的饥荒年月里，本村能买得起土地的人家并不多，有急着卖地换粮的乡人首先想到了张敬亭，可是当他寻到张敬亭时，却被张敬亭一口回绝了。张敬亭甚至还劝阻乡人说："家当卖了，房子拆了，那是没有办法的事情，等年景顺了再置再盖。可是把先人留下的地踢腾光了，万一下一场透雨，别人都能翻身，你没地了你可咋办呀？"卖地的乡人反问他："那啥时候能下一场透雨？"张敬亭顿时被问得哑口无言了。

卖地的人转而都来寻杨成业，杨成业既不一口回绝，也不一口应承。他摆出一副犹豫不决的态度说："虽说而今的日子都很艰难，不过买几亩地的钱我倒不是出不起，只是这个地价嘛——"他故意停一停，然后装作一脸为难地叹气说："唉！现在这地都种屎不成，买回来也是白白地摞荒了，这地价咋算？要不你再去问一问族长，族长说啥价我就出啥价。"杨成业把卖地的乡人又推回到了张敬亭那里。他心里明白，这个时候是低价买地置办家业的绝好时机，老天爷不可能一直旱着，总有下一场透雨可以种地打粮食的时候，到那时即便是自己不种反手卖出，那也有几倍的利润可图。可是张敬亭拒绝买地的态度让他很是担心，他太了解张敬亭了，这样乘人之危的事情张敬亭不但自己不会干，别人干时他也绝不会袖手旁观。杨成业不想去招惹张敬亭，毕竟很多时候他还要仰仗着张敬亭，他要等一等看一看张敬亭的态度再说。

这个时候，杨狗娃却不失时机地开始从乡人手里收购土地。他在庭院里摆放下一张方桌，把一摞摞白花花的银圆摊开放在桌上，凡是来寻他卖地的乡人，他概不拖欠赊账，全是现银给付。杨狗娃端着茶壶，跷起二郎腿，悠闲地坐在椅子上，从容不迫地给前来卖地的乡人们报出他收购土地的价码："二等三等的地一亩一块半，一等的好地两块银圆一亩。"前来卖地的乡人们一个个眉头紧锁犹豫不决。有人大声说："狗娃，你心也太黑了，就算砍一半的价，一亩地咋都要给到十块银圆，你出的价钱连半斗玉米都买不到，你这分明是趁机讹人哩嘛！"杨狗娃噙住壶嘴嗫一口茶水，然后哈哈一笑说："又不是我请你来的，自古买卖就是你情我愿的事情，也没有人把刀架在你脖颈上逼着你卖地！"一句话噎得乡人面红耳赤无言以对。杨狗娃又说："你们还都嫌少，这个时候肯出钱买地的人，字落坊也只有我杨狗娃了。人都快饿死了，谁还要这不打粮食的地干啥？愿卖不卖你们自己掂量。"

价钱实在太低，有舍不得卖地的乡人起身离去，也有无路可走等粮救命的乡人跺一跺脚，咬牙狠心地到桌子跟前去签约按印。杨狗娃的大儿子端坐在桌子一边，握笔书写买卖土地的契约，写完之后交给卖地的乡人看一遍，不识字的就由他朗声诵读一遍，然后把毛笔交到卖地的乡人手中，在契约底端写上自己的名字，不会写字则可画圈儿代替，最后用食指蘸了红色印泥在契约上按下手印。

签完契约的乡人接过递到手里的银圆，唉声叹气地转身离去，后面还不断有卖地的乡人走进杨狗娃家庭院里来。杨狗娃看着面前一张张低声下气满眼乞求的面孔，一种扬眉吐气的感觉让他陶醉其中而得意扬扬了。他早年间因比别人先一步种植罂粟而发了财，成为字落坊数得上的财东人家。虽然他新盖了大房，买了头牯，可是乡人们并没有因此而高看他，跟他说话打招呼时，依然是充满了奚落和鄙视的口吻。在字落坊人的眼里，杨狗娃什么时候都只是死狗赖娃。张敬亭还曾两次在祠堂里对他动鞭用刑，使得他颜面尽失，让全村人看足了笑话。杨狗娃心里一直憋着一口气，总有一天他一定要压倒张敬亭，成为字落坊拥有土地最多的首富财东。这样的机会现在终于来了。

掌灯时分，张敬亭走进杨成业家里。落座之后，张敬亭言简意赅直陈来意，两家联手拿出存粮来接济村里断粮的人家。杨成业惊得从椅子上跳起来，瞪大眼睛惊呼："你说啥？"他本以为张敬亭是来跟他商量买卖土地的事情，两人联手治一治低价收购土地的杨狗娃，然后以他和张敬亭商定的价码收购土地，谁知张敬亭说的却不是他费心思量的事情。杨成业一把捂住腮帮子，低下头哼哼了两声说："哎呀！我咋猛个牙疼了？"张敬亭并不理会他牙疼的话，一脸正色地继续说："老叔在世的时候，不是常说张杨两姓是一个先人，理应互帮互助嘛。我想他老人家要是还在世的话，出粮救人的事情肯定轮不到我来张罗。再说只要咱两家肯出粮接济，那些断粮的人家也就不会再低价卖地了。"

杨成业头上沁出一层细汗。他捂着腮帮子支支吾吾地说："我屋里也没剩下多少粮食了，我姑我姨我舅家也都来借粮了。"张敬亭笑了说："你家亲戚的境况我还能不知道？你舅你姨家还能问你借粮？你能拿出来多少就算多少，加上我家出的，再把祠堂官仓里的存粮也算上。家底厚实一点儿的人家咱不用管，剩下几十户断粮的人家靠咱接济的粮食估摸能撑到秋粮下来。"杨成业没好气地说："谁知道天要旱到啥时候？要是到忙罢再下不了雨，秋粮种不到地里咋办？"张敬亭忽地站起来，以手指天涨红了脸说："我就不信都快一年了，老天爷就下不了一场雨？要是真的今年的秋粮也没指望了，天要亡咱，那就先拆我屋的房卖我家的地！"杨成业低下头不言语了。张敬亭又动情地说："只要咱仓里有粮，就不能让字落坊饿死人。要是那样，你和我死了都没脸去见咱的先人。"杨成业依然低着头默不作声。张敬亭再不多言，撂下一句："明儿个晌午我在祠堂里分粮，来不来你自己看着办。"抬腿走出门去了。

杨成业一夜都没有睡踏实，天还没亮他就一骨碌翻身坐起。他老婆睡意正浓，打着哈欠嘟囔："要粮又不是要命，看把你愁的。"一句话激得杨成业火气大发吼叫起来："土匪要我的命，张敬亭要我的粮，还让我活不活？"他摸揣着穿好衣裳跳下炕。他老婆被他喊得睡意全无，转过身子说："黑天半夜的，你吃了枪药了？敬亭哥只是让你把粮借出去，谁借的粮谁还要还回来，我个女人家都能想清白，你咋还没有这一点儿见识？"杨成业气呼呼地说："你懂个屁！那些个穷尻人家要说利息，弄不好连本都收不回来！就算每年都能还一点儿，那也要等到猴年马月才能还得清！"他拉开屋门自言自语地嘟囔："真是撞见鬼了，啥倒霉事情都寻我。"说着走出屋门去了。

屋外清凉的空气让杨成业冷静了许多，他背着手，前院后院踱着步子，转了两圈儿之后，便拿定了主意。粮食他不借，祠堂他也不去，张敬亭爱咋折腾就咋折腾去。这样一想，杨成业心里顿时觉得放松下来。他又在院里转了一圈儿，忽然又觉着不对。张敬亭如果独自把这事情干了，那岂不是把他给亮出来比下去了？往后孛落坊人的眼里还能拾得进去他杨成业吗？他爷他大给杨家积下的威望也就荡然无存了。想到这一茬，杨成业又熬煎起来。

天渐渐亮起来，杨成业老婆和大儿媳从各自屋里走出来，走进灶间准备烧火做饭。大儿媳提了竹笼到后院揽柴，大儿子快步撵过来，从媳妇手里夺过竹笼说："你回屋里歇下去，我去给咱妈烧火。"大儿媳含羞一笑，拧身走回屋里去了。杨成业站在粮囤跟前看着，不由得火往上冒。他气呼呼地走过来教训儿子："你啥时候给你媳妇惯上这瞎瞎毛病了？咋，还不下灶了？还让你妈这老的伺候你这小的呀？"大儿子忙说："大，我不是那个意思！"杨成业板着脸说："那是啥意思？是害啥病呢？"大儿子有些紧张地小声说："我媳妇——她有喜了，怀上娃咧！"杨成业一愣，失口冒出一句："啥？我咋不知道呢？"大儿子不好意思地说："我也是昨儿个黑咧才知道的。"说罢揽了硬柴走进灶间去了。

杨成业站在原地捋了捋心思，忽然心里一阵狂喜，抑制不住激动，快步走到灶间门口，大声对他老婆说："你把饭做快一点儿，吃毕了我要去祠堂呀！"他老婆惊讶地问他："人家在祠堂分粮哩！你又不出粮，你去凑啥热闹？"杨成业背起手仰头看天，若有所思地说："我去给先人上香，给后人积德呀！"

到了忙天割麦的时节，布谷鸟"算黄算割——算黄算割"的鸣叫声回荡在空旷干旱的田野里。人们心灰意冷，躺在自家炕上无动于衷。割麦的镰刀锈迹斑斑落满灰尘，赤地千里，哪里还有麦子可割？更让人揪心的是，马上就到了秋粮下种的时候，可是老天爷依然把毒辣的日头挂在天上，灼烤着已经焦枯不堪的土地。没有一丝风，也没有一滴雨，人们再也无法忍受坐等饿死的折磨，各个村堡纷纷串联起来，所有的人都心甘情愿地从嘴里挤出救命的钱粮，来设坛祭神向天求雨了。

求雨的神坛盘在薛录寺外的空场地上，一只白羊在前，盘坛的顶神（所谓通神的人）在后，称之为神羊领路。身穿红白两色方格道袍的顶神，跟着神羊左跑三圈儿右跑三圈儿之后，便选定了神坛的中心。神坛占地三分九厘，用大旗十三杆，小旗九十三杆，分布坛内定住神坛。坛设东南西北四门，用碌碡为门柱，再由属龙的人身穿红衣盘腿坐于碌碡之上分守四门，闲杂人等一律不许入内。坛中的神台上以斗反扣设立神座，分别供奉着玉皇大帝、王母娘娘、雷神雨司的神位，坛内鼓乐齐鸣，香蜡不灭，烟雾缭绕，求雨的神符不断焚烧，震耳欲聋的火铳声不间歇地在坛外炸响。顶神带领各村各堡推选出来求雨的人跪伏在神台前，神坛外也密密麻麻跪满了各村各堡的成年男人。人们一律赤裸着上身在烈日下暴晒，不吃不喝，虔诚地向上天展示自己求雨的心愿。

顶神在神坛内不分昼夜，连续两日施法之后，接下来进行的是被称为洗碾子的仪式。一些会唱诵念经的女人婆子们，都穿着一身黑色衣裤，在神坛外面围成一圈儿，然后再由各村各堡选出的十二三岁未出嫁的漂亮女子，抬水桶执干草走入神坛。神坛内鼓乐齐鸣，神坛外火铳爆响。顶神挥舞着宽大的道袍衣袖，在神坛内跳来跳去，口中念念有词，一张接着一张点燃祈雨的神符表纸。在鞭炮与火铳齐声响过之后，那些在烟雾缭绕中忽隐忽现的女人婆子们，便如仙姑般诵经吟唱起来："洗洗洗，洗碾子，天上掉下水罐子。求玉皇，拜龙王，清风细雨下几场。天爷爷，地大大，下些雨来救娃娃……"

各村各堡早已抬来自己的石碾在神坛外等候，在以抽签排定次序之后，抽得头签的村堡像是得了头名状元一样，喜气洋洋敲锣打鼓，将抬着石碾的人送进神坛。那些漂亮女子便开始撩衣挽袖，用干草蘸水擦洗横放在神坛内的石碾。也有大村大堡为了展示村大人多的气势而以石狮代替石碾，由七八个赤裸着上身的精壮后生抬着石狮走进神坛。那些女人婆子们看见石狮，便又改了诵唱的词："洗洗洗，洗狮娃，洗来东风下场雨，洗得地里长青苗。先洗狮娃头，大雨下得满街流；再洗狮娃眼，河川沟渠都下满；后洗狮娃嘴，白雨白雨下个美。洗了狮娃尻蛋子，雨水下了满院子；洗了狮娃脚腕子，大雨淹上地畔子……"

连着盘坛了好几日，在一切仪式都进行完之后，若是还不见降雨，便只能到终南山里的深水龙潭中去请龙取水了。锣鼓震天，火铳齐鸣，在举行过老爷离位的仪式之后，神台斗座上供奉的玉皇大帝、王母娘娘、雷神雨司的神位被依次请出，然后每一座神位都黄袍加身绸带飘扬地被一一安放在方桌上，每一张方桌都由四名精壮的后生高高抬起。用来盛放神水的瓷罐被放入一顶四人抬着的小轿当中，抬轿的人须是龙的属相，而且要披红挂彩相跟在一溜神座之后。铜锣开道，龙旗随后，请龙取水的队伍浩浩荡荡向终南山进发，一路所经的村堡都必须在村口设神位摆香案，全村的男女老少都要跪伏恭送。

下了马嵬坡，从官道西行几十里渡过渭河，天色麻黑时走进秦岭峪口后，请龙取水的队伍便偃旗息鼓，沿一条山路行进。在天色完全黑透的时候，终于到达仙游寺外的深水潭边。潭宽二丈见方，号五龙潭，深不可测，蓝幽幽的潭水冰冷沁骨。相传自宋代始，历代朝廷每年都会投金龙入潭以示祭祀，旱时祈雨多有灵验。请龙取水的人们将抬来的神座摆放在水潭边，齐刷刷跪伏下来，点燃香蜡，焚烧纸表，清油火把照如白昼。

身穿道袍的顶神手敲小磬，口中念过一番咒语之后，高声喊道："禾苗枯黄，子民焦心，恳求龙来，降雨救民，太上老君急急如律令！"喊罢，顶神伸出两根手指往神座上一指，大喝一声："着！"只见那雷神雨司身披的黄袍绸带便呼啦啦抖动飘舞起来。顶神转过身对跪着的人们高喊："真龙归位，速速祈雨！"霎时间，虔诚的人们泪如雨下地向上天求告，哀号祈求的声音在山涧里嗡嗡回荡连绵不绝，锣鼓家伙再次敲响，火铳爆鸣惊天动地。

顶神从小轿中捧出用来盛放神水的瓷罐，又从腰间抽出一条细长的麻绳儿拴在罐饵上，轻轻将瓷罐吊放到潭水里。那瓷罐在水中漂来荡去，既不沉下去也无半滴水流进罐里。锣鼓家伙收场息声，求雨的人们也安静下来，一片肃穆地静跪等候。一直跪到夜半时分，有人保持着跪伏的姿态，已经疲惫不堪地昏睡过去。水潭里忽然传来"咕咚咚"水灌进瓷罐里的响声，跪伏在神座前的人一齐跳起来拥到潭边。顶神小心翼翼地拉动麻绳儿，将灌满神水的瓷罐轻提上来，几个披红挂彩的后生急忙上前，接住瓷罐护在怀里。

神水已经取到，锣鼓声、火铳声再一次响彻山谷，情绪高涨的人们忘记了疲惫，在一片欢呼声中，请龙取水的队伍开始返程。返程和来时不同，开道的铜锣换成了一面开山旗，紧随其后的是一面水旗。所谓水旗其实就是将一块黑布在水潭里浸湿后高高扬起，再把一撮撮蒿草绑扎在旗杆上，回程时每经一村，便解下一撮蒿草放于村口的供桌上，寓意这个村子将会得到上天的雨露恩泽。于是受到恩泽的村堡便舍水舍饭，锣鼓喧天，鞭炮齐鸣，迎接请龙取水的队伍凯旋。

取回来的神水被供奉在神坛中心的神台上，可是直到几天之后瓷罐里的神水完全干涸，雨却仍然没有下。人们开始失去耐心，愤怒地推搡辱骂请龙取水的顶神，身败名裂无地自容的顶神最后不得不逃之夭夭。雨没有求来，土地依然干旱，秋粮无法下种，人们收获粮食的最后一点儿希望也破灭了。本就是树皮草根做成的饭，两顿逐渐并成了一顿，一顿又逐渐变成了两天才吃一回，人们重新坠入毫无希望的困苦境地。

中秋节的前一天，张文博和王海棠领着两个娃娃从槐里县回到了屋里。这让沉闷已久的张敬亭高兴不已，他伸出胳膊一边一个搂住两个侄孙儿，用坚硬的胡茬在两只稚嫩的小手心里扎来扎去，两个侄孙儿嘻嘻哈哈笑闹不止，他也放开心怀地大笑起来。张宁氏在炕上急不可耐地叫两个重孙儿："我的狗蛋蛋娃，快！快到太婆跟前来。"两个重孙儿从张敬亭怀里挣脱出来，爬上炕扑进张宁氏怀里。张宁氏仰头咧嘴大笑，两片干瘪皱褶的嘴唇在笑开之后，便露出掉了门牙的光秃秃的牙床。

张文博和王海棠给长辈们一一问过安，连在后院马号里的刘蛇儿都给打过招呼问候过之后，王海棠才回到自己屋里，收拾久未居住的屋子去了。张文博对张宁氏说："海棠和娃娃住回屋里，就不再去槐里县了。"张宁氏逗着两个重孙儿玩耍，心不在焉地说："不去了好，我天天都能看见我的狗蛋蛋娃。"张文博又说："我也不再去王家药铺坐堂了。"

张宁氏惊诧地抬起头，看一看孙儿，又看一看坐在炕边的张敬亭，忧虑地问："是不是为啥事情跟你丈人家弄得不好了？"张文博说："好是好着呢，只是我岳父把柜上的事情都交给娃他大舅管了，他不太管事了。"张宁氏又问："那是不是跟你大舅哥吵嘴闹仗了？"张文博说："没有没有，是王家药铺的生意现在也不好，我整天闲坐没事。三剂先生怕我时间长了手生，让我到省城里的大药铺去坐堂。"说着从怀里取出一封信札递给张敬亭看。张宁氏却说："去省城干啥？回来了就不要再出门了，跟你大伯把屋里的事情经管好。"

张文博的脸上显出不情愿的神色，鼓起勇气争辩说："婆呀，我咋一回来你就想把我拴到屋里？我还是想去省城呢！"张宁氏立时就瞪起了眼睛。张敬亭赶忙给侄儿使了个眼色，把看过的信札还给侄儿，转身对张宁氏说："妈呀，我看三剂先生在帖子上说得都对，也该让文博到省城里去开开眼界历练历练。"张宁氏白了张敬亭一眼，抓起水烟壶装填烟丝不再言语了。张敬亭又给侄儿说："到了省城一定要记着到新风剧社去，看望你的启蒙恩师岳先生。"

张文博应承一声，满脸高兴地退出去了。

张宁氏见孙儿走出去了，伸出手对张敬亭指指点点地埋怨说："你就惯，你就惯！把他惯得心野了管不住了，总有一天你要受气着祸呢！"张敬亭笑一笑，转了话题说："妈呀，我看文博跟王家药铺肯定是有了啥事情了，只不过他不愿意说出来罢了。"张宁氏皱起眉头说："我也看出来了。这事你不要管，喝罢汤了我把海棠叫来一问便知。"

吃罢晚饭，张宁氏把王海棠叫到了二堂里屋。她盘腿坐在炕上，咕噜噜抽着水烟说："文博家媳妇，婆有话要问你，你可要给婆说实话。"王海棠说："婆呀，我啥时候说过假话哄过婆？你有啥话你只管问。"张宁氏问："你男人到底为着啥事不去你娘家药铺坐堂了？"王海棠一脸笑容地说："不为啥事，就是三剂先生说的那样，让他去省城里开眼界哩！"张宁氏显出不悦的神色说："我好好问你，你就好好地给我说实话。你婆我老是老了，可还没有老糊涂，还能辨得出瞎的好的香的臭的。"

王海棠收了笑脸，有些慌乱起来，这个屋里她最怵火的就是张宁氏。她低头扭捏了一会儿，小声说："是我家文博受不了一些闲话。"张宁氏紧逼着问："啥样子的闲话？"王海棠支支吾吾地说："是我大哥——我大哥说文博在我家白白地学了手艺，尽沾我家的光。"张宁氏瞪起眼睛问："你哥还说啥话？"王海棠说："还说——还说文博在我家白吃闲住。"说过这话，王海棠伤心地抽泣起来，抹着眼泪又说："我大哥还说我和我娃也都是白吃闲住。这样扎人心的话，我大哥都能说出口，往后还让我再咋样回娘家？"

王海棠伤心地呜呜哭起来。张宁氏不为所动，反倒一脸怒气地教训王海棠："叫你少往娘家跑，少往娘家跑，你就是不听。嫁出去的女人都以为娘家人贴心，可是自你起发出门的那天起，娘家人就再也不会把你当自家人看待了。女人嫁到谁家，谁家才是女人要贴心守一辈子的地方，你这下知道了没有？记下了没有？"王海棠止了哭声说："我现在知道了，记下了。"

王海棠走后，张宁氏又把张敬亭叫来将刚才的话学说了一番。张敬亭说："想必我义弟那里也是缺粮吃了，文博他大舅哥才会撇那样的凉话，等文博到省城去时顺道给我义弟捎一车粮食去。"张宁氏气呼呼地说："现在粮食比金子还金贵，谁家屋里不缺粮？你是想让咱一屋人都饿死呀！"张敬亭说："咱家还有粮，还能支撑得住，就算不念我义弟的情分，三剂先生是文博的恩师，咱也得知恩图报呀！"张宁氏白了儿子一眼，松了口气说："我也就是受不得海棠她哥说的那些闲话，要不咋都不能给她家粮食。"张敬亭说："他大舅哥那些闲话我也不爱听！给他送一点儿粮食，看谁白吃谁的！"

张文博在刚入冬时到了省城，他按照三剂先生交代的地址，寻到了五味什子。所谓五味什子其实并不是一个十字路口，实际上是一条东西走向狭长的街巷。五味什子的名称始于明代，这条街巷在那时就云集了许多知名的药铺。站在通往街巷的十字路口，就能闻到各种药材甘辛酸苦咸的味道，天长日久，人们便把这条街巷称为五味什子。

张文博在街巷里找到了藻露堂的招牌，他与藻露堂的胡掌柜曾有过几面之缘。胡掌柜在多年前初掌藻露堂时，曾遍访省内名医，盛情相邀有真才实学的先生到藻露堂去坐堂问诊，三剂先生就曾被胡掌柜三番五次重金相邀。能到有着几百年声誉的藻露堂坐堂问诊，那是医者求之不得的莫大荣幸。但是三剂先生是个性情中人，跟王家药铺又交情深厚，始终不为重金所动而频频婉言谢绝。胡掌柜对三剂先生的人品深为敬佩，也就不再强人所难，却一心要跟三剂先生结交，一两年间总要来槐里县向三剂先生讨教一回，故此与张文博也曾见过几面。只是这几年世道艰难琐事缠身，也就来得少了。

胡掌柜在看过三剂先生的荐帖之后，问了几句先生近况可好的客套话，便面露难色地说："按说你是三剂先生的高徒，能到我这里来我也是求之不得呀！可是省城里现在满是饥民，这饥荒年月连饭都吃不上，谁还顾得上来看病抓药？我这里现在也只是勉强维持罢了。"胡掌柜说完便沉默不语了。张文博一路上潮起的火热心劲儿瞬间冰凉下来，就这样回去他心有不甘，可胡掌柜把话说到这个份儿上，他焉有赖着不走的道理？

尴尬的气氛让张文博和胡掌柜都显得很不自在，张文博站起身作揖告辞。胡掌柜却拦住他说："你要是这样走了，倒让我无颜再见三剂先生。"旋即胡掌柜以商量的口吻说："要不这样，我有个远房亲戚正要新开一家药铺，让我给他推荐坐堂先生，只是他出的聘金低了一些，你要是不嫌弃的话，我就推荐你先到他那里坐堂，待我这里好转时再请你回来，你看如何？"张文博想一想也别无选择，只得拿了胡掌柜写的荐书，往他说的柳巷街口去了。

　　走到中山大街的时候，一种张文博从未见过的、让他感到震撼和心酸的景象出现在他的眼前。只见一拨接着一拨衣衫褴褛的饥民沿着街道向东拥去，一只只瘦骨嶙峋的手里端着抱着各种各样的盆盆瓦罐以及破了豁口的老碗，饥饿的人们扶老携幼奋力向前唯恐落于人后。路边驻足的人告诉张文博，马上到了省府在大差市施舍粥饭的时辰，有限的舍饭不是人人都有，抢不到这一碗舍饭，不知道谁又要饿死街头。街上的行人都停下了脚步，给一拨一拨的饥民们让出道路，连街心的汽车、骡车、人力车都停下不动了。张文博禁不住心酸眼湿，他没想到头一次来到省城，满眼看见的却是一个充满了饥饿的凄惨世界，刚才还对胡掌柜的薄情寡义心存不满，至此一瞬间就释怀了。

　　柳巷街口一家还未开张的药铺门楣上挂着善济堂的牌匾，掌柜的姓李，五十开外，矮胖的身材，嘴上留有两撇胡子。李掌柜在看完胡掌柜的荐书后，满脸堆笑客气地说："到我这里委屈你了，我这里只管一顿午饭，住的地方你也得另找。不过也好找，后面巷子里空宅院多的是，你要是觉得行的话，三天后开张你就来坐堂问诊。"

　　张文博很快就在巷子里租下一间屋子安顿了住处，第二天早起他在城里转了转，看看离晌午饭口的时辰还早，便称了二斤白皮点心一路打问往东岳庙街去看望岳先生。走到一处街口时，忽然迎面撞见一张熟悉的面孔。"魏老师！"张文博吃惊地喊了起来。魏老师穿一身灰色棉袍，戴一顶黑色呢子的礼帽，脖颈上淡蓝色的围巾垂在胸前，显得风度翩翩，依然是一副教书先生的模样儿。

　　意外的相逢使得两个人都激动得几乎要跳起来，但是魏老师马上镇静下来，小声对张文博说："这里不是说话的地方。"随即拉住张文博走进了街巷深处。魏老师在一个没人的地方站住脚，四下看看，然后才热情地握住张文博的双手惊喜地说："太意外了，简直太意外了！"张文博着急地问魏老师："这些年你到哪里去了？我还以为你——"魏老师抢过话说："你还以为我被槐里县那个土匪军阀打死了是吧？"张文博说："我真的以为你已经死了。"魏老师笑一笑说："我的命硬着呢！不到该死的时候，我是不会死的。"他不待张文博再说话，就又接着说："这会儿不是叙旧说话的时候，我要去办一件很重要的事情。你住在哪里？我改天专门去寻你。"张文博告诉魏老师自己在柳巷的住址，魏老师微笑着在他肩上拍一拍，便急匆匆走出街巷去了。

十来天之后的一天晚上，魏老师突然来到张文博租住的地方。魏老师走得通身热汗，见到张文博时张口先要水喝。张文博赶忙拿来暖壶，魏老师却看见了桌上的半碗凉水，端起碗一口气灌下去后才说："今儿黑我得在你这里蹭一夜。"魏老师将一个黑色公文包放在桌子上，然后接着说："这些东西非常重要，是有人冒着生命危险才弄到手的，我刚才绕了半个西安城才把追我的特务甩脱了。"张文博听见特务的字眼，惊讶地问："什么东西呀，这么重要？"

魏老师并没有马上回答张文博的话，而是掏出纸烟点燃深吸一口，在屋里来回踱了几步后，表情沉重地说："省城里的饥民想必你也看见了，可是整个陕西的灾情有多严重你知道吗？我告诉你，远比你看到的想到的还要严重得多。仅仅是在关中就有几百万的饥民在等着粮食救命，可是你知道各个州县粮仓里那些救命的粮食都到哪里去了？"张文博既吃惊又疑惑地摇摇头。魏老师满腔愤慨地说："那些粮食都被陕西的军阀黑了贪了！被他们拿去当作争权夺利的本钱，拿去争地盘、拿去打仗了。无耻！"魏老师一拳砸在桌子上。

张文博的脑海里浮现出中山大街上成千上万的饥民瘦骨嶙峋的身影。魏老师指着桌上的公文包继续说："你知道这里面装的是啥吗？这是从省府弄出来的黑文件黑账簿，是他们黑了心肠贪污挪用救灾粮款拿去充当军费的证据！我们要把这些黑文件黑账簿公之于世，要让全国的民众都知道陕西的灾情，都看清这些军阀的丑恶嘴脸。"

魏老师因激动而脸色通红呼吸急促，说完这一番话魏老师一屁股坐在椅子上沉默下来。张文博给魏老师倒了一碗水说："我能帮你做什么事情？"魏老师说："本来今天我要把这些文件送出去，明天我有重要的事情要去渭北，可是没有想到被特务盯上给耽误了。"张文博说："你要是信得过我，明天我替你去送。"魏老师用深邃的目光盯瞅着张文博，露出了微笑说："咱们在槐里县时一起弄过事情，你是个有进步思想的青年，我要是信不过你，我就不会来你这里了。不过现在送文件风险太大，过几天我会安排其他人来取。"

魏老师是在天还没亮时走的，临走时他再一次叮嘱张文博，一定要记住昨天晚上他说的接头暗号，必须先对上暗号，然后才能把公文包交给来取的人。张文博问魏老师去渭北是不是跟在槐里县时一样，又要闹一回"硬团"。魏老师笑一笑说："也一样也不一样，过去我们单凭自己的一腔热血，只顾自己家门口的事情。现在不一样了，现在我们有了组织，不再是单打独斗了。"张文博笑了笑说："你说的这个组织是共产党吧？"魏老师但笑不语。

过了有五六天，一位身穿长袍、头戴礼帽、鼻梁儿上架着一副眼镜的先生走进柳巷的宅院，彬彬有礼地向房东询问张文博的住处。张文博从屋里走出来问："你贵姓？"那位先生摘下礼帽向他致意后，不紧不慢地说："鄙人姓党。"张文博又问："你有什么事情？"党先生笑容可掬地说："我有一位亲戚把几本书遗忘在你这里了，我来代他取回去。"

魏老师交代的暗号一字不差全对上了，张文博将党先生让进屋里。党先生一走进屋门便一改彬彬有礼的姿态，像是久未谋面的朋友一般，热情地握住张文博的手说："文博兄弟，让你久等了。"张文博急切地向党先生打听魏老师的情况。党先生小声说："老魏组织饥民围住了渭北的几个县城，有的县府已经答应开仓放粮了。"张文博兴奋地说："渭北的饥民终于有救了！"党先生说："把那些重要的东西送出去后还能救更多的人。"张文博把裹在被子里的公文包拿出来交给了党先生。党先生再一次与张文博握一握手，便匆匆走出屋门去了。

不久，南方一家知名报纸率先披露了陕西的国民政府贪污挪用救灾粮款的内幕。紧接着全国的报纸都纷纷转载和跟进报道，一时间舆论哗然，铺天盖地谴责批骂的文章都将矛头对准了陕西的头头脑脑。可是这一切都无济于事，干旱和饥荒依然在蔓延，无数的百姓依然在饥饿和死亡线上挣扎。

第十七章

在所有能够用来充饥的东西都吃尽之后，被饥饿折磨得几近疯狂的人类，开始残忍地把魔爪伸向自己的同类。作为人的其他的欲望都已消失不见，只剩下了原始的生存的欲望，在张嘴闭嘴之间又倒回到了原始的起点。饥饿在这时主宰了一切，人类的道德观念和相互关系以及情感好恶都已丢失得干干净净，这一刻也许才是真正认清人性的时候。

陕西本地或者外埠的报刊陆续报道了人食人的惨剧，甚至有一家报纸的标题赫然大书"人肉充饥，烹食婴孩"的字样……时下，南京国民政府派出"西北灾情视察团"，来陕考察之后向全国各大报馆拍电通报灾情时，在电文中称："关中灾重各县，田地荒芜，满目焦赤，草丛中不时发现零乱骸骨，盖系未经掩埋已被禽兽啄食净尽之路毙者也！……灾情如此，中外善士若不设法救济，全陕将不免有绝人之患……"

这一年的冬天，下了一场多年未遇的大雪，积雪盈地三尺且积久不消，天寒地冻奇冷无比，连路边未枯死的树木也大多被冻死了。在乾州薛录镇的粮食集上，一斗麦的价格已经涨至二十块银圆。没有粮食吃的人家在卖完农具、牲畜、卖完房子、田地之后为活命，最后只能卖儿卖女了。在薛录镇自发兴起的人市上，尽是骨瘦如柴席地坐卧的男人、女人和孩子。男人们翘首以盼地等着有人来买走自己的女人或孩子，一张张木讷的面孔没有哭泣也没有离愁，只有刻骨铐心的饥饿，卖不出去就只有冻死饿死了。

外出逃荒的人们也无力走出方圆千里的饥饿圈，很多一辈子都未曾进过乾州城的人，此时却被逃荒的人流裹进了乾州城。乾州城里满街都是衣不蔽体、面黄肌瘦的饥民，白天乞食于街头，晚间投宿于街边门洞和破庙之内，饥寒交迫，时有死亡。县府起初为死者发一张芦席掩尸，后来一张芦席反复使用，直至烂了才换。原先一人一坑埋于城外，后来数人同葬一坑，再往后数百人数千人同葬一坑，乃至最后有了万人坑。

张敬亭的母亲张宁氏，也是在这样的时候撒手人寰了。张宁氏并不是寿终正寝，也不是因病而亡，而是自己把自己活活饿死了。母亲绝食而亡让张敬亭悲痛欲绝，他已哭干了眼泪，哭哑了嗓子，心胆俱碎地在母亲灵位前长跪不起。他万万没有想到，母亲为了不跟儿孙后人争一口饭食，竟然绝食而亡。

在张宁氏闭眼前的最后一刻，张敬亭顺着母亲手指的方向，从柜子里取出厚厚一沓房屋土地的契约和各种文书。这是张家的先人辛苦置下的家产家业，张宁氏从自己的公公十老爷手里接过这些契约和文书后，就一直锁在这个柜子里，从未交给过自己的儿子。这会儿，张宁氏看着儿子把地契、文书全都拿到了手，伸出一根手指头拼尽最后的力气说："真有一天，要是到了实在没啥吃的地步，卖房卖家当都行。地，一亩都不能卖！"随之便倒头咽气了。

其实早在入冬之初，张宁氏就有了结束自己生命的念头，这样的念头源于跟两个重孙儿的一次玩耍。那是在一天后晌，张宁氏在炕上拉着两只绵软的小手，给两个重孙儿教唱一首代代相传的童谣："箩箩罐罐你舅家吃啥饭？吃的猪肉整扇扇，吃的鸡蛋煮面面，吃的蜂糖蜜罐罐，吃的油饼一摞摞，吃的锅盔油花花，吃的白馍热腾腾，你舅是个钱串串，我娃是个福蛋蛋……"疙瘩说："太婆呀！你说得不对。我在我舅家就没有吃过肉，蜂糖我倒是吃过，那是柜上入药用的，被我偷吃了，我大还打我咧！"张宁氏心疼地抚摸着疙瘩的脸蛋说："看我娃可怜的，等你大回来了我打你大，给我娃出气。"二小子插话说："太婆呀！我听话我乖，我大没打过我。"张宁氏又搂住二小子龇牙笑着说："你是个乖蛋蛋娃嘛！"二小子又说："我舅家没有白面馍馍，只有在你屋里才能吃上白面馍馍。"张宁氏噘起嘴说："你舅是个啬皮小气的货，咋能跟咱屋人比？"

二小子说："我大爷也是个啬皮小气的货，他也不给我吃白面馍馍，只有太婆你让我吃哩！"张宁氏故作生气地举起手，想教训二小子不该对长辈不敬，却忽然回味过来二小子年幼无知的话味儿，瞬间呆愣下来。

到了吃晚饭的时候，儿媳妇秋满端着红漆木盘走进张宁氏屋里，把一碟萝卜咸菜、一碟炒豆芽、三碗金黄油亮的小米粥和几个热气腾腾的白面馍馍摆放在炕桌上。这是张敬亭专门交代自己女人，给母亲和两个侄孙儿单独另做的饭菜。儿媳妇放下饭菜转身出门，去叫正在玩耍的疙瘩和二小子。张宁氏随后下了炕，拄着拐棍往前面的庭院里来。她近半年来越发年老身重，已经很少下炕走出屋子，几乎整天都是或坐或睡地待在炕上。从二堂到前院这几步路已经让她气喘吁吁。

前院堂屋门口支着一张小饭桌，麸皮掺玉米面蒸成的馍馍已经摆在了桌子上。这种馍馍吃起来扎喉咙刺嗓子难以下咽，而且吃下去后肚腹胀满不好消化，但是也能顶饱耐饥，前院的晚饭便是这样的杂合面馍馍。正圪蹴在堂屋门口抽烟的刘蛇儿看见张宁氏颤颤巍巍地走过来，赶忙上前将张宁氏搀扶住，并故意放高声音说："姨呀！要弄啥你喊一声，你咋自己下炕来了？"

不让张宁氏知道给她的饭菜是单独另做的，是张敬亭给屋里每一个人都打过招呼的事情，刘蛇儿的喊声让正要从各自屋里出来吃饭的人都停下举动紧张起来。全家人都知道张宁氏的脾气，稍有不顺心常常就会大发雷霆，而且是话直口快，嘴下从来不饶人，除了张敬亭以外，再没有人敢去顶撞和招惹她。刘蛇儿故意用身子遮挡住张宁氏的视线，张宁氏却一把将刘蛇儿推到了一边，然后走到堂屋门口才站定了脚。

张宁氏的目光在小饭桌上稍作停留便一扫而过，若无其事地向两个重孙儿招手："我的狗蛋娃，快过来，快跟太婆吃饭去。"张敬亭走过来说："妈呀！有啥事你叫我，你下炕再把你摔了磕了可咋得了？"张宁氏并不理睬儿子，拉住二小子的手，又叫上疙瘩拧身往回走。张敬亭赶忙伸手去扶，张宁氏使劲晃一晃胳膊，甩脱儿子的手，把拐棍在地上戳得当当响地走回二堂屋里去了。

下雪的那一天，杨成业背着手走进张敬亭家庭院。他进门就喊："敬亭哥，敬亭哥，我来跟你借粮来了。"二凤从屋里出来告诉他，她大在后面她婆屋里。杨成业穿过前院走到二堂屋外时又喊："婶呀！我来看你来了。"张敬亭从屋里迎出来。杨成业不等张敬亭礼让，就径直走进里屋坐在炕边，嘘寒问暖地问候张宁氏。说了几句闲话，杨成业给张敬亭亮耳朵地给张宁氏说："婶呀！你给评评理，敬亭哥啥事都让我听他的。这下好了，彻底把我听到糜子地里去咧！"张宁氏笑着说："你是说祠堂分粮的事情呀！这件事情你两个做得对，你不要再为这件事情说气话了。"杨成业说："好我的婶子哩！当初敬亭哥要是听我的，只买地不借粮，也不至于这么快就没有粮食吃了。如今可好，咱两家都要弄到喝风屙屁的地步了。"张宁氏咧嘴笑着却一言不发。杨成业又卖好地说："不过婶子你放心，把谁饿下也不能把你老人家饿下。别人谁饿下了我不管，婶子你要是没粮吃了你只管给我说，侄儿就是不吃也要立马给婶子把粮送来。"张宁氏仰起头开怀大笑，连声夸赞杨成业。杨成业站起来说："婶子你歇着，我有几句话要给敬亭哥说。"他一拉张敬亭的衣袖，率先走出去了。

张敬亭跟出来，抄着手站在那里一声不吭。杨成业凑过身子小声说："敬亭哥！又有人开始卖地了，这回不能让杨狗娃再得了便宜。"张敬亭说："那依你的意思咋办才好？"杨成业说："咱两个给村上的地定个官价，一亩地比杨狗娃多给三块银圆，你看咋样？"张敬亭爽快地说："好呀！就照你的意思办。"杨成业高兴地才露出笑脸，张敬亭却又说："不过要在买卖契约上再多写一句话。"杨成业不解地问："要写一句啥话？"张敬亭说："啥价钱卖的地，等到年景顺当时，卖家可以再以啥价钱把地赎回去，不往回赎的地才归买家。"杨成业立时就没有了笑脸。张敬亭定平着脸又说："明儿个就到祠堂里把卖地的事情说清白，谁敢不按这个来，我就拿族法治他！"

杨成业一下子涨红了脸，气呼呼地说："那谁还买这地欻屎哩！"他见张敬亭一脸不屑地瞅着他，就更加生气地说："啥都要我听你的，那好！你不是说肯定会下一场透雨吗？你不是说秋粮一定能种到地里吗？雨呢？粮呢？"杨成业跺一跺脚，接着发狠地说："你说过的话你可要记着，真要等到没粮吃的时候，我就来先拆你家的房，卖你家的地！"杨成业发了一通脾气后气哼哼地走了。张敬亭再回到张宁氏屋里时，张宁氏淡定地对儿子说："你是族长，你不能做亏人的事情，他生气让他生气去！"

到了该吹灯睡觉的时候，张敬亭跟往常一样来给张宁氏问安。张宁氏忽然问儿子："家里的粮食还能支撑多久？"张敬亭宽慰他妈说："妈你放心，细粮粗粮都有，还都够吃，把谁都不会饿下。"张宁氏担忧地又问儿子："若是翻过年了天还旱，接济不上秋粮咋办？"张敬亭笑一笑说："咋能呢？啥事情肯定都有个尽头，咋还能没完没了？"张宁氏点燃水烟深吸了一口，鼻子嘴里都喷出浓烟说："你记着，把谁饿下，都不准把我的两个重孙儿饿下。"

后半夜时雪越下越大，张宁氏一直睡不踏实。她一闭上眼睛，脑海中便浮现出她十五岁时坐着花轿嫁到张家时的情景，她一睁开眼睛，一切就又遥远得无从想起。她实在躺不住了就坐起来抽烟，然后用手揉搓她那两只有些麻木的三寸小脚。她的那两只小脚早已变成了奇怪的形状，脚趾向下弯曲，紧扣在脚板底下，脚面高高拱起像是肿胀的肉瘤，两只脚都已萎缩成了不到半个巴掌大的肉块。可就是有着这样一双丑陋不堪的三寸小脚的女人，曾经是多么的年轻秀丽，从娘家金莲微步地走入花轿，走进了孛落坊张家，又一步一晃地从清朝走到了民国，这一双小脚完整地见证了张宁氏酸甜苦辣的一生。

张宁氏摸黑穿好衣裳挪到炕边，把裹脚布一圈儿一圈儿仔细地缠绑在小脚上，然后套上尖尖头的小棉窝窝，溜下炕走出了屋门。寒风和雪片儿迎面扑来，地上的积雪已埋住了脚面。张宁氏拄着拐棍走到前院，站在庭院中间静静地看一看每一间屋子，再抬头瞅一瞅堂屋屋顶上的积雪。屋脊两端的飞檐脊兽还没有完全被大雪覆盖，在白晃晃的雪中呈现出黑乎乎的轮廓。

张宁氏动作轻缓地开了头门，走出庭院，村街上静悄悄的，大雪将房屋和村街都覆盖成白晃晃的一片。她左瞅右看，脚步迟缓地从村街上走过，一直走到了祠堂门口才站住脚。祠堂的两扇黑漆大门紧闭无声，那宽大厚实的门板后面，有着跟她血肉相连的两个男人的神位。一个是娶她进门却又舍她而去的丈夫，另一个是她十月怀胎养大成人却又半道病亡的二儿子。这两个男人都无情地撇下了她，早早地走进祠堂里去了，可是她却永远也走不进那道黑漆铜钉的大门里面去。张宁氏瞅着那隔开阴阳的两扇门，默默地流下眼泪，哀怨自己的男人："你咋能这样狠心无情？撇下孤零零的我，让我一个女人家给你张家撑家守业。我恓惶得很，我枉累得很……"大雪落在张宁氏的头上，落在她的脸颊上，她静静地站在雪地里，忘记了寒冷。眼泪混合着雪水流湿了她的脸颊，她轻声叹息："该死的没有死，死的可都是不该死的……"

回到屋里之后，张宁氏便不再吃饭。张敬亭埋怨他妈不该在大雪天的夜里独自出门，问他妈是不是吸了冷风受了凉气，要不要请郎中来把脉。张宁氏躺在炕上，安详淡定地摆摆手说："你让我歇下，要叫郎中来折腾我，我只是吃得多了没有克化。"隔了一日，张宁氏依然如此。张敬亭不再听从他妈劝阻，从薛录镇请来了郎中。可是张宁氏却在炕上大发脾气，死活不让郎中走进她的屋子。又过了两天，张宁氏躺在炕上连翻身的力气都没有了。张敬亭慌了手脚，不容分说再一次请来郎中，硬是给张宁氏把脉开了药方。待到把汤药熬好端来时，却怎么样都灌不进去。全家人都开始着急发慌，可又都束手无策。张敬亭怀疑是那个郎中没有诊断清病因，可是汤药喂不进去又能怎么办？刘蛇儿在二堂屋外转了几个来回，忍不住走到门口对张敬亭说："东家，我把车套好了。"张敬亭心急泼烦地说："你套车弄啥？"刘蛇儿说："汤药灌不进去，得请三剂先生来扎针。"张敬亭猛然惊醒，抬腿就往马号跑，连夜和刘蛇儿下马嵬坡去了。

清早天色大亮的时候，大黑骡子通身是汗，拉着硬轱辘车回到村里。三剂先生从车上跳下来，脚不停步地走进张宁氏屋里。在仔细察看过张宁氏的脸色和眼瞳，又把过一回脉象后，三剂先生的脸上露出惊异的神色。他稍微沉吟了下，再一次伸出手给张宁氏诊脉。这时候，张宁氏悠悠地睁开眼睛说："要劳烦先生了，他医不了我。"张敬亭把头伸到张宁氏耳边说："妈呀！你看清白这是谁？这是三剂先生，是神医，我把神医请来了。"张宁氏的目光移到三剂先生脸上，露出一丝微笑说："先生你要费神了，我是自个儿活够了。"

三剂先生收回了手沉默不语，然后就站起来走出屋子去了。张敬亭紧跟出来心急火燎地问："我妈到底害的是啥病？先生赶紧施救啊！"三剂先生说："你妈没有病。"张敬亭大吃一惊喊了起来："啥？我妈没有病？没有病那咋会这样？"三剂先生说："你咋还没有明白，你妈这是自己把自己往死里饿呢！"这话一说出口，张敬亭就觉得头脑里嘎嘣响了一声，像是被人折断了脑子里的弦儿。呆愣了片刻，张敬亭浑身发抖颤声结舌地说："先生，你赶紧想办法施救啊！"三剂先生叹息一声，摇一摇头说："眼瞳无神，心力已衰，怕是来不及了。"这时候，秋满在里屋失急慌忙地大声喊张敬亭："她大！你快来，咱妈像是有话要说。"张敬亭转身奔进里屋。过了一会儿，里屋便传出一片哭声。三剂先生缓步走进里屋，对躺在炕上已然断了气的张宁氏躬身一揖说："不跟儿孙后人争食，你大义，你是个强人！"

　　张敬亭哭晕了过去，醒来时母亲已经穿上了老衣，蒙上了寿帘纸，堂屋里也已经支起了灵桌，点燃了香蜡。张敬亭再一次扑倒在他妈炕前失声痛哭。三剂先生过来劝他说："你不能再哭了，先安顿丧事要紧。"张敬亭充耳不闻，只顾痛哭，任谁都劝解不下。秋满突然发了脾气冲他喊叫："你个男人家这样不顾事体，叫屋里的女人们咋办？难不成咱妈白养了你这个儿子，要叫我们这些女人家去扶灵抬棺摔纸盆？"张敬亭惊醒过来这才止了哭声。他缓了一阵儿定了定神，便安排门子人分头去给亲戚朋友报丧，又让刘蛇儿赶快去请族里的几位长辈来商量丧事。张宁氏的丧事很快商定下来，在这样的年馑里，一切仪式都只能从简，只请阴阳先生来定了穴位，写了七斋表，停灵三天便可下葬。张敬亭又安排人送走了三剂先生，把所有治丧要办的事情都托付给了杨成业后，他便披麻戴孝在灵堂前长跪不起。一切丧葬的仪式虽然都不尽如人意，却也有条不紊地进行着。

　　后晌的时候，东城门上骤然传来急促的锣声。锣声报警定然是出了大事，张敬亭沉浸在悲痛中并未听到锣声。秋满对他说："敲锣了，出事咧！"张敬亭心神恍惚地问："谁敲锣？敲啥锣？"秋满急得直跺脚，叫二凤拿了毛巾，浸上冷水来给她大擦把脸。正在这个时候，突然传来一声惊天动地的炮声。张敬亭一下子清醒过来，他站起来快步走出灵堂，走到庭院中间，侧耳聆听外面的动静。几个乡人惊慌失措地跑进来喊："族长，不好了，不好了，土匪来咧！"

　　宇落坊东城门外确实来了十几个兵不像兵匪不像匪的人，这伙人有些戴着灰色军帽却穿着一身老百姓的衣裳，有些上身穿着灰色军服，下身却是黑色大裆的棉裤，一个个提刀扛枪从大路上游荡过来，后面还跟着一辆骡车。值日的乡人眼尖，老远看见一群拿着刀枪的人朝宇落坊来，急忙跑下城楼关闭了两扇厚重的城门，落下门闩，然后便拿起铜锣敲响起来。

　　杨成业和几个乡人正要去坟地里查看箍墓的进展，他才走到离东城门不远的村街上，就听见了骤然响起的锣声。他快步跑上了东城门楼时，那伙人正在城门外面挥舞着刀枪，乱喊乱叫地让缴粮缴款，还要让打开城门。杨成业给几个乡人说："就这十来个蟊贼也敢来抢粮？"乡人说："你没看见土匪有枪呢！"杨成业说："他有枪，咱还有炮哩！打他狗日的一炮，看他们还敢再来不！"

城楼上的那门土炮已经试放过好几回，平日里就灌满着火药、铁砂，用蜡水封口，用草席盖着。杨成业很是得意自己有备无患的远见卓识，重新启用的土炮正是到了耀武扬威的时候。他让人抬起炮架，用砖头把炮尾高高垫起，将炮口对准了城门底下，便让人点燃了炮捻子。一声震耳欲聋的巨响过后，城楼上所有的人都被震得腿软身麻，城楼底下的那伙人齐茬被轰倒在地上。过了一会儿，那伙人又都纷纷爬起来，看见有两个同伴一动不动，便慌手慌脚把同伴抬上骡车一窝蜂地跑了。张敬亭赶来城楼上时，一切都已恢复了平静。杨成业一脸自得地说："敬亭哥，就几个蝥贼绺娃子，让我一炮轰跑咧！"

第二天刚过了晌午饭口，东城门楼上再一次响起急促的锣声。张敬亭和杨成业领着乡人们跑上城楼时，眼前的景象让所有的人都大吃一惊。城楼底下黑压压排列着上百名衣裳混杂但却都荷枪实弹的人，最前面一匹红棕色的赤骝马上，端坐着一个高大威武、满脸络腮胡子的男人。那人仰头冲着城楼上高喊："杨成业杨先生，你别来无恙吧？"杨成业顿时就啊的一声惊叫，一屁股跌坐在了地上。张敬亭俯下身子问他："你认识这个人？"杨成业面如土色、声塞结巴地说："他，他就是三杆旗！"

三杆旗终于来找杨成业了，之所以拖延至了一年以后的今天才来，那全是因为石牛山发生了一场意想不到的变故。杨成业被放下山后不久，有人将一封请柬送上了石牛山。那是一封邀请三杆旗到临平镇赴宴的请柬，做东的是叫作王尊龙、王尊虎的兄弟二人。他们原是乾州北边五凤山一带的土匪，在跟其他土匪抢地盘火拼时遭遇惨败而失去了立足之地，只好领着剩下的百十号匪众到处流窜。

就在杨成业被放下山后的第二天，王尊龙、王尊虎占据了临平镇落下了脚。兄弟二人仗着有人有枪，在镇上强拉民夫，把破损的寨墙修缮一新，又派人守住四个寨门，对过往的客商以及镇上的人家收钱征税，然后大张旗鼓招兵买马，做着长期盘踞的打算。乾州保安团闻听消息后，也曾派人去招安收编这股土匪，却被王尊龙一口回绝了。乾州地界本来就匪股众多，保安团力量有限，疲于应付，根本无暇顾及临平镇，也只能听之任之。

王尊龙、王尊虎一占据临平镇，就听说了石牛山上的三杆旗。一地岂容二虎？要么三杆旗成为他们的人为他们所用，要么就灭了三杆旗扫除后患。兄弟二人商议之后，便定下了请三杆旗赴宴的计策。三杆旗若是真的来了，说得好，就是兄弟，说得不好，酒席就变鸿门宴；若是三杆旗不敢来，那就更说明他是一个夙包软蛋，就直接杀上石牛山灭了三杆旗。

看到请柬，三杆旗就召集弟兄们商议对策。有个弟兄说："脑系，这兄弟俩明摆着就是想黑咱哩！老话说宁做鸡头不做凤尾，咱不理识他。"另一个弟兄说："人家要是黑吃黑，给咱来硬的咋办？县上的保安团人家都不放在眼里，咱这二三十号人咋弄得过人家一百多号人？"又有个弟兄说："听说那个老二王尊虎枪打得好，指哪打哪，只要双枪在手，没人能近得了身。"弟兄们七嘴八舌说将开来，可是说了半天谁也说不出个道道。

三杆旗一直沉默不语，他见弟兄们都安静下来把目光瞅向了他，便淡淡地问了一句："你们谁怕死？"弟兄们不知道脑系是啥意思，都不敢搭话应声。三杆旗又说："谁要是胆怯了害怕了，现在走，我不难为他。"弟兄们听脑系说这样的话，就都把胸脯拍得咚咚响地齐声高喊："脑系，你就说咋弄？咱干他狗日的！"弟兄们的表态让三杆旗很是满意。他把身子靠回到椅背上，不紧不慢地说："都是不怕死的兄弟，那就好！"他顿了顿又接着说："他们请咱去吃酒，咱就去吃酒。"弟兄们齐声问："然后哩？"三杆旗说："他们要咱入伙，咱就入伙。"弟兄们互相看一看急得又问："再然后哩？"三杆旗冷笑着说："再然后咱在他的窝里面咬死他，占了他的窝，看谁黑了谁！"

三杆旗按时赴宴，一场和气酒喝罢，三杆旗成了临平镇土匪的二脑系，字落坊的亲事不得不暂时搁置下来。过年的时候，三杆旗专门把王尊虎请到自己屋里喝酒。他端着酒盅对王尊虎说："我入了伙，却让兄弟屈居老三，真是委屈兄弟了！"王尊虎摆摆手，不以为然地说："老二老三的位子对我来说还不都是一样？"酒酣耳热的时候，三杆旗说："老三，听说你打枪打得好。"他随即一指站在门口的一个护兵又说："我这个护兵枪也打得好，要不你两个要一要，咱只当是过年放炮仗热闹热闹。"王尊虎往门口瞅了一眼，一脸不屑地说："我听出来了，二哥是想试一下我的身手。那好！那我就要一要让二哥高兴高兴。"

一行人来到屋外的空场地，三杆旗让人把十个大瓷碗摆在了三十步开外的墙头上。王尊虎二话不说，拔出两把匣枪，左右开弓，甩手就打，爆竹般的枪声连珠响过之后，十个大瓷碗被打得渣片乱飞，一个不剩。有人重新在墙头上摆上了十个大瓷碗。三杆旗回身叫他的护兵："鸟儿，该你咧！"那个叫作鸟儿的护兵冲着王尊虎咧嘴一笑，畏畏缩缩地走到前面，从腰里拔出匣枪瞄了瞄，连着放了十枪之后，墙头上却还有三个瓷碗纹丝未动。三杆旗一脚踹在鸟儿屁股上，骂了一句："你能欻！"转身回屋里去了。

王尊虎和鸟儿也回到屋里。三杆旗一脸生气地指着鸟儿说："你不用给我当护兵了，你到灶上当个伙夫烧火去！"王尊虎赶忙劝三杆旗说："二哥，只是要一要你何必当真？"三杆旗冷着脸说："我跟前不要这号让人丢脸的货，你要你领走。"王尊虎哈哈一笑说："二哥你要是这样说，我真把他领走呀！"三杆旗不耐烦地挥挥手说："你领走，赶紧领走！"

鸟儿形影不离地给王尊虎当了护兵。他勤快听话从不多事，王尊虎说东，鸟儿就往东；王尊虎说西，鸟儿就往西。王尊虎一回到屋里歇下，鸟儿就端茶倒水地伺候他，然后再把王尊虎的两把匣枪拿出来，擦得光亮光亮的，就连弹夹里的子弹都要退下来，一一擦拭后再装回去。王尊虎对鸟儿的忠心很是满意，不管走到哪里，都要叫鸟儿背着他的两把匣枪跟着他。

夏天的时候，王尊虎相中了附近村堡的一个年轻女人，隔三岔五往那个女人家里去，吃的用的等凡是带给那个女人的好处都是由鸟儿背着。有一天，王尊虎再去找那个女人，走到半路时，鸟儿揉一揉肚子说他要拉屎，从身上取下那两把匣枪交给王尊虎，然后就跑到一个土堆堆后面去了。王尊虎独自往前溜达，突然从壕沟里钻出七八个人向他围过来。看见那些人手里明晃晃的刀子，王尊虎便知不妙。可是有两把匣枪在手，王尊虎一点儿也不惊慌。他冷笑着拔出双枪甩手就打，却没想到那枪怎么样也打不响。在他还没有明白过来匣枪为啥打不响的时候，就已经被围上来的人乱刀砍死了。

几乎在王尊虎走出临平镇的同时，三杆旗走进了大脑系王尊龙的屋里。他一进门就对王尊龙说："脑系，今儿个左右没事，咱一同出去要一要。"王尊龙问："要啥？"三杆旗说："我想跟你赛一回马，看一看是你的那匹白马快，还是我的赤骝马快。"王尊龙哈哈笑了说："你跟老三比枪输了，给人家赔了个护兵。要是跟我比马再输了，你给我赔个啥呀？"三杆旗说："还没有比，你咋知道就是我输？"王尊龙笑着摇摇头说："我看还是算了，就权当你赢了。"三杆旗沉下脸说："脑系这样不给人拾脸，原来是看不起我，没拿我当兄弟！"

三杆旗故作生气地转身要走。王尊龙抹不开面子，便在他身后叫住他说："那好那好！你想要咱就要一要，你定章程，咋样要法？"三杆旗又走回来说："乾州城里城隍庙旁有家苏记豆腐脑，谁的马先跑到城里，谁先吃上豆腐脑算谁赢。"王尊龙一听要进城，就有些犹豫不决。三杆旗说："脑系要是没有脏腑进城要一趟那就算了，那就等我回来时给你捎一碗豆腐脑。"王尊龙听三杆旗的话里带着轻视，就瞪起眼睛冷笑着喊了声："走！"率先走出门去了。

两个人骑着马一路狂飙，三杆旗的赤骝马总是落在王尊龙的白马后面。王尊龙先进乾州城里，他刚看到城隍庙门外的旗杆时，突然砰砰两声枪响，射来的子弹击中了他的后心，王尊龙一头栽下了马背。紧接着有人高喊："匪首王尊龙被保安团打死了！保安团打死王尊龙了……"等到保安团真的赶来关闭城门时，三杆旗早已牵着那匹白马出城去了。

王尊龙的头颅被保安团挂在了城门上示众，王尊虎又活不见人死不见尸，三杆旗自然做了临平镇土匪的大脑系，一下子成为拥有二三百人枪的大匪首。他从石牛山带下来的弟兄都升为了各队的头领，鸟儿也得到升赏，成了他的卫队长。王尊龙、王尊虎劳神费心建起的土匪窝，转眼间为他人做了嫁衣裳。

乾州保安团白得了杀死匪首王尊龙的功劳，从县府那里领到了一笔奖赏，保安团团长暗自欢喜。智囊马师爷趁机给团长建议说："此时正是招安的好时机，那个新匪首三杆旗是个外乡人，他在乾州没有根底。事情若是办成了，临平镇这杆子人枪可就都是团长你的势力了。"团长深以为然，笑眯眯地问马师爷谁能去办这件事情，马师爷手捋胡须微微一笑，当仁不让地说："除了我，还有谁能办得了这样的大事？"团长大喜，当即许诺说："要是把这件事情办成了，上好的大烟土我给你弄上二十两。"

第二天，马师爷一身长袍马褂，鼻梁儿上架一副石头镜，手拿折扇骑着毛驴，只身来到临平镇寨门外。他骑在驴上并不下来，手摇折扇对守门的土匪说：

"快去给你家脑系禀报，就说县府派代表来有重要的事情要跟他商谈。"守门的土匪一溜烟儿跑进镇子里去了。不一会儿，鸟儿从镇子里跑出来问："哪个是县府派来的代表？"马师爷坐在驴背上说："我就是。"鸟儿上前一脚踢在驴腔上。驴子受了惊吓，猛然往前一蹿，前蹄一扬，就把马师爷摔了下来。马师爷大怒，爬起来高喊："你敢对老爷我这样无礼？"鸟儿呸了一口说："你是谁的老爷？你到了我家脑系的地盘，你扎锤子势哩！"马师爷无可奈何，拍了拍身上的灰土说："我不跟你计较，我有大事要跟你家脑系商谈。"鸟儿说："有啥事你就在这儿对我说，你要是不想说了就哪儿来的滚回哪儿去。"马师爷着急起来，缓和了态度，把鸟儿拉到一边说："我代表县府来招安你家脑系，这样的大事给你说，你能定得了秤不？"鸟儿"哦呀"一声惊呼说："原来是这事呀！那你等着。"

鸟儿转身进镇子里去了。他一回到三杆旗住的宅院里就喊："脑系，脑系！还真让你说对了。"三杆旗从屋里走出来。鸟儿又说："脑系，你咋知道他是来招安咱的？"三杆旗背着手说："官府对土匪向来只会做两样事情，要么来灭了咱，要么来招安咱。"鸟儿说："我照你刚才交代的，给他来了个下马威，狗日的一下就蔫了。"三杆旗微微一笑，挥挥手说："好！你现在去叫他进来。"

招安的谈判在进行过两次之后，依然不能敲定说倒，三杆旗既不接受也不拒绝，事情就这样拖了下来。节令进入冬天，年馑也已到了最艰难的时期，大量的饥民涌入乾州城里，打捶闹仗偷人抢人杀人的事情越来越多。大大小小的匪股又搅得四乡不安，保安团穷于应付疲惫不堪，团长对招安三杆旗失去了耐心。他对马师爷亮出底牌说："你再去跟他商谈最后一回，要是不行就拉倒去个屁，我给省上打报告请军队来剿灭他。"

马师爷再见到三杆旗时，已经没有了前两次劝说的耐心，直截了当态度生硬地说："事情已说了几个来回，高官厚禄也都许给你了，行不行你今儿个痛快给个回话。"三杆旗也终于亮出底牌，提出了最后的条件："高官厚禄我不要，我只要我的人不挪窝不拆伙，南乡地面上的所有事情都得由我说了算，钱粮赋税也由我来收，该给县府的那一份我一文不少。"马师爷见三杆旗吐了核，事情有了转机，马上来了精神说："嗨呀！我实话给你说，只要你能按时给县府上缴钱粮税赋，其他的事情对县府来说都不重要。"

两个人终于尿到了一个壶里，招安也由此确定下来。临走的时候，马师爷压低声音，再一次给三杆旗吃定心丸："只要你受了招安，往后你弄啥事情都是名正言顺地弄。说句不好听的话，你就是继续干你土匪干的事情，那也是打着官家的旗号，谁还再敢说你是个土匪？"马师爷说罢便起身告辞，扬扬得意地回乾州交差去了。

县府很快颁发了任命状，临平镇的土匪有了乾州保安团南乡分团的番号，三杆旗也有了保安分团团长的头衔。保安分团开始名正言顺地在南乡征粮征款，集市商号首当其冲，凡是缴不上税赋的商号一律封铺抓人，本已萧条的集市越发冷清，粮食和民用百物更加稀缺，价格翻番地往上涨。各村各堡更是征不来粮款，保安分团就纵兵强抢，稍有不从便是刀砍枪杀，灭门屠户的事情时有发生，一时间匪祸更甚于天灾。

去字落坊征收粮款的团丁被土炮轰死两个抬了回来，事情报到了二脑系那里，二脑系当即就要带人去血洗字落坊。有个队长拦住他说："字落坊的事情还是报给脑系知道的好，你忘了脑系相中的那个女人了？"二脑系一巴掌拍在自己脑门上说："哎呀呀！我的妈呀！你再不说我还真的忘了。这要是真把那个女人给办了，我舅还不把我的头给砍咧！"

二脑系是三杆旗的一个远房外甥，在永寿县为匪时就跟着三杆旗。三杆旗除掉王尊龙、王尊虎成为大脑系之后，便让自己的表外甥坐了二脑系的位子。三杆旗听表外甥讲完字落坊打死团丁的事情，闭着眼睛坐了好一阵子，然后睁开眼睛慢悠悠地撇下一句："真是前世造下的冤家。"

第二天，三杆旗亲自来到字落坊。他看见站在城楼上的杨成业时，一句"别来无恙"把杨成业吓得跌坐在地上。三杆旗在城楼底下又高声说："杨先生，我的事情想必你已经办成了吧？我今儿个可是来感谢你这个媒人的。"他连喊了几声却不见杨成业再冒头，便回头朝身后挥了挥手，随即有几个团丁从队伍里推出来一门大炮，将炮口对准了城楼。那是一门真正的火炮，是王尊龙、王尊虎费尽心思才置下的家当，如今却成了三杆旗撑腰杆子的本钱。

张敬亭听见三杆旗谢媒人的话，猛然想起去年夏天杨成业请他喝酒时，曾给他提说过替二凤盯识下了一位耍枪弄棒的人，此刻他心里霍然明白过来。他扭头去看杨成业，杨成业正一脸惊恐地瞅着他。这当儿，张敬亭又听见三杆旗在城楼底下高喊："孛落坊的城楼太高太大，碍事得很。"然后他就看见三杆旗退到队伍后面去了。张敬亭灵醒过来，大喊了一声："快跑！"乡人们也都灵醒过来。城楼上的人才都一窝蜂地跑下去，接着就听见了一声惊天巨响。刚跑下城楼的人都被震得站立不稳，紧接着砖瓦土块就像是天女散花一般从天而降，噼里啪啦将跑下城楼的人全都砸倒在地上。震耳欲聋的炮声连着响过几声之后，孛落坊的东城门楼就轰隆一声垮塌下来。

张敬亭的耳朵里嗡嗡作响，灰尘土烟呛得他喘不过气，恍惚中他看见三杆旗骑着赤骝马从东城门的废墟上踩踏进来。赤骝马在张敬亭面前站住了蹄子，三杆旗对躺在地上的张敬亭说："你们打死了我的人，这个账该怎么算？"张敬亭晕晕乎乎半天张不开口。三杆旗就又催马来到杨成业面前，在马背上弯下腰说："我的人不能白死。不过今天我不算这个账，过几天我再来，到那时要是做了亲戚那就啥话都好说，可要是做了仇人那就一个都甭想活！"

赤骝马从废墟上踩踏出去，三杆旗和他的队伍全部退去了，可是孛落坊的乡人们却都陷入极度恐慌当中。村里的几位长者在杨成业家里商议过一番之后，就直接走进了张敬亭的家里。一位长者带着怨气给张敬亭说："我活了这么大年纪，从未见过孛落坊惹下过像今天这样天大的祸事，东城门楼都被人轰塌毁掉了，这样的祸事要怪只能是怪——"长者把后面的话咽了回去。其他几位长者就开始把三杆旗做亲戚还是做仇人的话搬出来，一再催促要张敬亭拿个决断。

张敬亭听完几位长者的叙说，不动声色地说："依几位叔伯看咋办才好？"有位长者鼓起勇气说："还能咋办？总不能为一个人让全村的人都丢了性命！"其他几位长者连忙齐声附和。张敬亭沉下脸说："那好！那我也把话摞到这儿，我的女子好也罢坏也罢，我咋样都不会让她嫁给一个土匪！"几位长者听见这话立时就慌乱起来，你一言我一语，乱哄哄地劝说张敬亭要为全村人着想。还说村上凡是能拿得出粮款的人家都愿意合力给二凤置办嫁妆，万事都不需张敬亭操心。张敬亭耐着性子听了一会儿，铁青着脸，打断几位长者的话说："好了好了！你们谁都不要再说了，我不会把先人的名节摞到地上拿脚踩，就算把我全家都灭门绝户了，我也不会这样做。你们都赶紧走吧！"

几位长者被张敬亭毫不客气地赶出了屋子，面面相觑唉声叹气地走了。张敬亭随后也从屋里走出来，从墙根底下抄起一把铁锨，站在庭院里叫刘蛇儿。秋满问他："你干啥去呀？"张敬亭说："不把塌豁的渣土铲出一条道儿，明天赶早咱妈下葬咋出去呀？"秋满说："蛇儿叫了二愣和大将已经在铲了。"张敬亭掭着锨就往外走，走到门外时，看见门口的村街上站着一大群男人女人。那几位长者又迎面走过来说："请族长再好好想一想，大家都给你跪下了！"

几位长者率先跪倒在地上，身后的男人女人们也都跪倒在村街上。张敬亭愣了一下，紧接着就一脸怒气地说："好呀好呀！李落坊人人都知道活命，就是不知道要脸了！"一位长者大声说："要不要脸已经顾不上了，不管咋样还是先活命要紧。"另一位长者用哀求的口吻说："敬亭呀！你就松松口，服一回软吧！"跪着的男人女人们也都纷纷乞求起来。张敬亭猛一下把手里的铁锨杵到地上大声说："你们都甭想，你们就是跪死到这里，我也不会把我的女子嫁给一个土匪！这号伤脸失节辱没先人的事情，就算把我张敬亭杀一千遍杀一万遍，我也决不会答应！"张敬亭撂了铁锨，从人缝中跨过去往祠堂去了。

几位长者见张敬亭软硬不吃，凑在一块商议了一阵儿，给跪着的男人女人们说："大家都不要走，就都在这里候着。"然后便急匆匆往杨成业家去了。候了一会儿，几位长者又急匆匆折返回来之后，有一位长者径直走进庭院里去寻二凤，另外几位长者领着男人女人们也往祠堂去了。

张敬亭一走进祠堂就跪倒在蒲团上放声痛哭。天干、地旱、粮食绝收，母亲自己把自己饿死了，土匪又来强行逼亲，还毁掉了先人建起的城门楼，乡人们都只顾自己苟活而毫无人情道义，张敬亭觉得自己的心就像是倒塌的城门楼一样碎成了渣渣。他心灰意冷地冲着祖宗牌位哭喊："大呀！爷呀！这天灾人祸的瞎瞎世事，你的儿孙后人活不成了，天要亡咱李落坊呀……"

张敬亭哭了一会儿就听见身后乱哄哄的脚步声，他回过头就看见那些男人们又都跪在了他的身后，女人们不能走进祠堂，就都跪在祠堂门外呜呜咽咽地抽泣。张敬亭抹了眼泪站起来说："你们都是人都想活，你们逼我做这背德失节的事情，逼我把我的女子嫁给土匪，那我算个啥？我的女子又算个啥？"男人女人们都低着头没有人吭声。张敬亭伤心失意地又说："我妈也饿死了，我这个当儿子的本来也就没有脸再活了，你们这会儿也不用逼我，等我把我妈下葬送走后，我就到祠堂里来吊死在这里，然后你们想咋就咋去！"男人女人们听族长说出这样伤心的话，又都呜呜地哭起来。

二凤不知什么时候来到了祠堂外面，她在跪着的那群女人后面静静地站了一会儿，然后就从女人堆里走过来，一直走到祠堂门槛前站定脚。二凤的脸上没有一点儿血色，脸色煞白得跟她身上穿的孝衣一样，一脸淡然平静地说："你们都不要再逼我大了，我愿意嫁给三杆旗。"祠堂里面和外面瞬间都没有了哭声，男人女人们都抬起头瞅着二凤。张敬亭走过来，扬手扇了二凤一记耳光。二凤白皙的脸上立时就泛起红红的掌印，她的眼里闪着泪花儿，站在那里一动不动，嘴角却现出一丝微笑。张敬亭再次举起的手停在了半空。

张宁氏的葬礼简朴却又隆重，天还没有亮时乡人们就自发地拥进张敬亭家庭院里。原先定好的由八个人抬棺起灵，此时却被肩并肩手挨手不知多少人将张宁氏的棺木高高抬起。张敬亭披麻戴孝，将纸盆摔碎在已经成了一堆废墟的东城门前，送葬的人群从砖头瓦砾中铲出的道路上走出了字落坊。张宁氏的棺木被安葬在丈夫的坟墓旁边，乡人们一锨一锨将粉末状的黄土铲入墓穴，最终将墓穴填平，堆起，攒成一座坟头。张宁氏再也不会恓惶，再也不用操心，在跟丈夫阴阳相隔几十年后，终于相随而去了。

响午过后，办完丧事疲惫不堪的张敬亭独自坐在堂屋里发呆。二凤走进来说："大，我要去一趟临平镇，你给蛇儿叔说让他套上车送我去。"张敬亭看着自己的女子，心里像是扎了一把刀子。他了解自己女子的秉性，知道她心里的想法，她跟她婆张宁氏一样，都是为旁人而舍了自己。可是即便如此，离头三尺便是祖宗先人的在天之灵，大义和名节怎么能容得下嫁了土匪这样的名声？张敬亭尽力克制住心里的悲伤，强作镇静地挥一挥手说："你爱上哪儿就上哪儿，你的事情往后不用再给我说。"

二凤转身自己去了后院马号。不一会儿，刘蛇儿快步走到堂屋门口，粗声粗气地埋怨自己的东家："你还真个让她去呀？她年轻无知，掂不来个轻重，不知道个名节，你怎么也——"后面的话刘蛇儿无法再说出口。张敬亭依然面无表情地挥挥手说："她爱干啥就干啥去，我管不了也不想管，往后我只当没有这个女子。"刘蛇儿一巴掌拍在自己腿上，嗐的一声走回马号里去了。

在去临平镇的路上，刘蛇儿心里已经明白过来。在赵和里看戏的那天晚上，跟在二凤身后的那个人就是三杆旗，二凤肯定就是在那天晚上跟三杆旗有了事情。他在心里替自己的东家叹息和不平，这样仁义的东家，咋要下这么个命硬不祥，还与土匪勾勾搭搭的女子？

刘蛇儿一言不发，脸色铁青地把骡车赶得飞快。到了临平镇寨门外，刘蛇儿冷漠地坐在车辕上一动不动，斜眼瞅着二凤自己从骡车上跳了下去。二凤依然是一脸平静，轻声对刘蛇儿说："蛇儿叔你候着我，一会儿不管出了什么事情，也不管我是死是活，你都要把我再拉回去。"

三杆旗正在庭院里伸展拳脚，鸟儿飞奔进来喊叫："脑系脑系！张家二凤来了。"三杆旗腿劲一松，竟然扑通跌坐在了地上。他仰起头惊讶地问鸟儿："你说啥？"鸟儿说："张家二凤来了，在寨门口候你呢！"三杆旗候的一下站起来问鸟儿："我的马呢？"鸟儿往门口一指说："刚遛回来，在门外头。"三杆旗跑出庭院飞身上马，一溜烟儿往寨门口去了。

二凤出门时依然穿着一身孝衣，头上绺着的三尺白布垂在脑后，跟乌黑的发辫交织在一起，更加显得素雅动人。三杆旗一跳下马就走了神，只顾着盯瞅二凤，却忘记了搭腔说话。二凤既不羞涩也不轻佻，端庄自然地率先开口说："我来是有些话要跟你说清白。"三杆旗"嗯"了一声。二凤又说："你愿意娶我，我也情愿跟你。"三杆旗点点头又"嗯"了一声。二凤忽然将手里反握着的一把剪刀抵在了自己的脖颈上，平静淡然地说："我知道你有的是粮食，我不要你的任何彩礼，我只要你带着粮食来娶我。要不然我今天就死在这里，然后你再去孛落坊杀人放火，我也就看不见管不着了。"

第十八章

二凤终于要起发出门了，可是嫁的却是一个土匪。虽然三杆旗已经有了保安分团团长的头衔，做的任何事情也都是打着官家的旗号，但是在老百姓的眼里，他就是一个地地道道的土匪。张敬亭对于这样的亲事概不认可，关着屋门躺在炕上不闻不问，一切有关出嫁的事情都是杨成业进进出出地操办。

十几辆骡车拉着作为彩礼的粮食送到了孛落坊，一半过秤上账后收进了祠堂的官仓里，另一半当即就分给了村里所有断了口粮的人家。那些濒临饿死的男人女人们再一次跪倒在张敬亭家门外的村街上，向那个被他们认为命硬不祥，又被他们逼着嫁给土匪的女人叩头感谢。分过粮食之后，二凤隔着门板给张敬亭说："大，粮食都在祠堂账目簿上记写清白了，后面再有急难的事情时，你就看着安排分派。"张敬亭躺在炕上一声不吭，眼皮儿都不抬一下。

出嫁的前一天是娘家待客的日子，持久的饥荒把婚丧嫁娶这样重大的事情都压迫得简便了，能给前来贺喜和帮忙的人管够咥饱吃上几碗酸汤面已经是最为奢侈的饭食了。前来贺喜的人也大多都是空着两手饿着肚皮走进庭院，然后给端坐在堂屋里的二凤她妈说几句道喜祝福的客套话，便急不可耐地到饭桌前去端碗捞面。张敬亭关着屋门始终不肯露面，杨成业只好代替主家招呼一拨又一拨前来贺喜吃面的客人，然后再代替主家作揖恭送吃毕面告辞的亲友。

后晌客人渐少的时候，杨成业走到张敬亭屋外，隔着门板小心翼翼地说："敬亭哥，明儿个女婿来了，你可不敢再这样躺着不动了。今儿个我能替你招呼人，明儿个我可替不了你呀！"屋里面一丝声音都没有。杨成业在门外站了一会儿，摇头叹气地走出去了。杨成业把秋满叫到二凤屋里商量对策,可是谁都没有把握能说得动张敬亭。杨成业圪蹴在脚地挠头叹气,发愁明天的娶亲仪式。如果老丈人不露面,三杆旗那里可咋样说得过去?最后二凤拿了主意说:"不为难我大了,磕头认亲的仪式就越过了吧!这个话我来给三杆旗说。"

第二天,三杆旗如愿以偿地来迎娶二凤。他很是顺从二凤的安排,在进行完简化了的仪式之后,娶亲的队伍就抬着花轿敲敲打打地离开了字落坊。乡人们站在村街上一直到看不见人影了才回转身时,发现张敬亭不知什么时候站在门口的台阶上。张敬亭对着所有的人抱起双拳,躬身一揖,然后就冷峻如铁地大声宣布:"从今往后,字落坊张家再也没有二凤这个人了!再修族谱的时候,我会把她的名字从族谱里抹黑去掉。"

二凤对婚后的日子依然是一副平静安然的态度,从她在祠堂外给那些男人女人们说她愿意嫁给三杆旗的那一刻起,她对人对事就一直是这样不温不火不悲不喜的样子。三杆旗变着花样儿逗她开心,想看她的笑脸,可是无论三杆旗说什么话做什么事,二凤始终是一副平静淡漠的表情。有一回,二凤正在往竹竿上晾衣裳,三杆旗猛一下从后面抱住她,就像是当年对妮娃那样将她抛飞起来再接到怀里。可是二凤既不挣扎也不乱蹬乱踢,更没有像妮娃那样用柔软的双手钩住三杆旗的脖子。三杆旗独自笑了几声便戛然而止,索然无味地放下了二凤。

一天早饭时,二凤问三杆旗:"你前面已经娶过三房女人,你还觉着不够,还要娶我,我后面你会不会再娶别的女人?"三杆旗把大手一挥说:"那些个女人我早已经都不要了,早都让她们另嫁他人了,你才是我真正喜欢的女人。"停了一会儿,二凤忽然又问他:"你是不是又想娶一个叫妮娃的女子?"三杆旗一脸惊讶地瞪起眼睛问:"你咋知道妮娃?谁给你说的?"二凤说:"还能有谁给我说?是你自己睡觉时老叫她的名字。"三杆旗沉默不语。二凤又说:"你想再娶哪个女人就娶哪个女人,我不管也不问,就算你不要我了我也不会怨你。"三杆旗放下碗筷的一下站起来,冲着屋外高喊:"鸟儿,给马鞴鞍,我要上山。再给那匹白马也鞴上鞍,让你姨骑。"

二凤不会骑马,鸟儿拉着白马的缰绳一路小跑,跟在赤骝马后面。到了石牛山上，三杆旗跳下马指着妮娃的坟堆对二凤说："这就是妮娃，你这下知道妮娃是谁了！"石牛山上的房屋都已翻修一新，屋里生了炭火没有一丝寒冷。三杆旗在山上住了几天，领着二凤山前山后到处游玩。二凤给三杆旗说她喜欢这里的山景，今后就想住到山上。三杆旗豪气地说："你是我的女人，只要是在乾州，你想住哪里就住哪里。"

刚住上石牛山的那段时日，三杆旗两三天才骑马下山一趟。渐渐地他每日都骑马下山，再往后两三天才回到山上住一夜。过完年以后，三杆旗回山的日子越来越少，有时竟然十天半月才回山一趟。

山里的日子平淡无味，除了几个洗衣做饭的婆子外，就只有留下来担任守卫的鸟儿和他手下的十几个团丁。二凤起初还四处游玩观赏山景，鸟儿就领着团丁们跟前跟后伺候护卫。时日一久，二凤便觉着索然无味，再也懒得出门，每天只是懒洋洋地坐在屋门前晒太阳。鸟儿和团丁们无所事事，不是满山转悠着放枪打猎，就是在屋里要钱喝酒。

有一日，二凤把鸟儿喊来说："我想骑马。"鸟儿二话不说牵来白马让二凤骑上去，他拽着缰绳，一路小跑在山寨里转圈儿，让二凤玩耍取乐。过了几天，二凤对骑马渐渐上手熟悉，就让鸟儿撒开了缰绳。二凤独自骑着白马在山寨里转过几圈儿之后，突然快马加鞭跑出寨门去了。鸟儿的一张黑脸都吓得变白了，撒开腿在后面追了出去。

山路弯曲坑洼不平，白马扬起一路尘土在山上乱跑。鸟儿直追得汗流浃背两腿发软，好不容易从一个陡坡上斜插下来拽住了缰绳后，气喘吁吁地说："好我的姨呀！你咋冷不丁跑哩？你要是摔了磕了，脑系责罚我不说，我也心疼哩！"二凤瞪起眼睛说："你是谁嘛，轮得到你心疼我？"鸟儿自知失口说走了嘴，一张黑脸又涨成了紫色，伸手在自己嘴上连抽了几下说："姨你甭跟我计较，我着急了我胡说呢！"二凤瞅着鸟儿一脸的憨相，忍不住笑了说："瓜不唧唧的。"

鸟儿不敢再说话，静静地跟在白马后面往回走。二凤在马背上忽然回过身问他："你为啥叫鸟儿？"鸟儿咧嘴一笑，有些显摆地说："我自小就跑得快，没有人能撵得上我，都说我跑起来像飞一样，就都把我叫鸟儿。"二凤又问："那你原先叫个啥名字？"鸟儿仰头想了好一阵子，皱起了眉头说："把他家的，我也忘了我本名叫个啥咧！"二凤咯咯地笑出了声。

过了几日，二凤又要学打枪。鸟儿让团丁在墙头上摆下十个大瓷碗，拿出一把匣枪递给二凤，讲了讲咋样搂火，就让二凤打墙头上的瓷碗。连着耍了好几天枪，每天乒乒乓乓打个不停，可是二凤连一个碗都打不到。二凤从屋里拿出来十块银圆，对一旁看热闹的鸟儿和团丁们说："一个碗一块银圆，谁打到就给谁。"团丁们嘻嘻哈哈说笑，可就是没有人上前。二凤奇怪地问："咋咧？难不成你们都不会打枪？还都不如我？"有个团丁说："姨呀！你是不知道。不是我们不会放枪，是没有人能耍得过鸟儿，这银圆指定是鸟儿的。"

二凤把脸转向了鸟儿。鸟儿一挽袖子，扬扬得意地走上前说："好！那我就给咱露一手，不过嘛——"二凤问："不过啥？"鸟儿说："不过我不要银圆。"二凤又问："那你想要啥？"鸟儿瞅了一眼二凤别在衣襟上的鸳鸯戏水的手绢，结结巴巴地说："我想，我想——"他冲着二凤龇牙咧嘴地一笑，后面的话没有再往下说。鸟儿从腰里拔出两把匣枪，突然纵身一跃，枪把上的红绸在半空中飘舞，双枪同时砰砰打响，墙头上的瓷碗随即被打得渣片乱飞没有剩下一个。团丁们齐声喝彩。二凤却说："这算啥本事？碗搁到那里是死的，当然好打。"鸟儿不服气地说："姨你说打啥？"二凤抬头看见许多雀儿受了惊吓在天上乱飞，便顺口说："你叫个鸟儿，你要是能把天上飞的鸟儿打下来，我才服你。"

鸟儿抬头往天上看了看，见那群雀儿飞过几圈儿后又落在了树上，就再一次举起双枪。二凤却又在他身后说："落在树上不飞的不算。"鸟儿回头冲二凤咧嘴一笑说："姨，我听你的。"随即空放了一枪，那群雀儿又扑棱棱全飞了起来。鸟儿仰着头双枪朝天，待那群雀儿飞到头顶上时，他左右开弓连开了四五枪，就有四五只雀儿垂着头摔落下来。团丁们也是头一回见鸟儿施展这样的本事，一个个都惊诧不已。鸟儿把双枪插回腰里，神采飞扬地给二凤身旁的婆子说："把雀儿拾回去炖了，给姨补一补身子。"

有天晚上，团丁们聚在屋里耍钱。耍了一会儿，几个输家就不愿意再耍，有个输家还赖账不给。赢钱的团丁说："不给也行，你去弄点儿酒回来给弟兄们喝，你输的钱我就不要了。"输钱的团丁便出门往寨子后面来。他到灶间寻见做饭的婆子，死缠硬磨要了一坛酒，又给衣兜里抓了几把花生米就出来往回走。寨子里一片漆黑，他看见二凤的屋门一开，灯光投射出来，那个伺候二凤的婆子将一盆水泼到外面又转身回去了。输钱的团丁心里一阵瘙痒，他左右看看没有人，便蹑手蹑脚往二凤屋子后面绕过来。四下里黑咕隆咚静寂无声，他已经能听到窗子里二凤的声音，这时他就忽然发现窗子外面已经有人在那里偷看。输钱的团丁大吃一惊，马上圪蹴下来不再动弹。借着窗子里透出的灯光，他隐约觉着那个偷看的人好像是鸟儿。

那人确实就是鸟儿。鸟儿站在那里将耳朵贴在墙上，听窗子里传出窸窸窣窣穿衣裳的声音。鸟儿心头发热不住地咽下口水，他忍不住从窗扇缝隙中往里偷看了一眼。二凤正坐在镜子前梳头，黑得像绸缎似的头发拢在胸前，宽大的衣袖中露出纤细雪亮的胳膊，未及穿好的衣裳低垂在脊背上，粉白圆润的肩头暴露无遗。鸟儿顿时就觉得气堵胸憋头晕眼花，他赶紧圪蹴下来大口喘息，这时他突然看见离他不远的地方有个人影站起来朝寨子前面去了。鸟儿惊出一身冷汗，慌忙起身跟了过去。

那个输钱的团丁回到屋里，把怀里的一坛酒放在桌子上。然后就一脸神秘地给其他团丁说："哎哎哎！你们猜我看见啥咧？"其他团丁围过来问："你看见啥咧？"输钱的团丁张了张嘴，又犹豫起来不吭声了。团丁们拿来碗挨个倒上酒，赢钱的团丁喝了一大口酒抹了抹嘴说："你该不是看见二凤的光尻子了吧？"团丁们嘻嘻哈哈大笑起来。有个团丁接口说："姨的尻蛋子，有我一半子。光看不解馋，要是能摸一下，那可就把人受活死了。"又有个团丁说："脑系把这么个美人儿撂到这荒山野岭上，他就能放心？就不怕被野狼叼了去？"赢钱的团丁说："你说的那个野狼怕就是你吧？是你想在二凤尻蛋子上咬一口吧？"团丁们一阵哄笑，就开始你一言我一语地说起了女人。

这当儿，鸟儿咣当一声踢开屋门走进来，上前就给那几个说话的团丁每人扇了一记耳光。团丁们被鸟儿突如其来的举动吓得不知所措。鸟儿一脸怒气地说："今后谁再敢私下里拿姨说荤话，我就把他的舌头割下来！"几个挨了打的团丁捂着脸一声不吭。鸟儿环视一圈儿屋里站着的团丁，问："刚才是谁出去到寨子后面去了？"有人指了下输了钱去拿酒的那个团丁。输钱的团丁慌忙摆手说："我只是去要酒，我哪里都没去，我也啥都没看见。"鸟儿阴沉着脸走过来，突然一抬手将手里反握着的一把刀子猛插进那个团丁的心窝里。那个团丁浑身痉挛着圪蹴下来，紧接着口中就吐出鲜血，然后就一头栽倒在地上。鸟儿弯腰拔下刀子，在死人衣服上擦净血水，站起来给其他团丁冷冰冰地说："他偷看姨换衣裳。今后谁再敢靠近姨的屋子，这就是娃样子！"

　　春寒料峭的一天，三杆旗回到了石牛山。他受了风寒害了病，忽冷忽热茶饭不思，不得不回到石牛山养病。二凤每天熬汤煎药辛勤伺候，三杆旗将养了十来天，渐渐好了起来。一天晌午，二脑系和一名队长来到山上，还领来了三个生人。那三人是两个乡绅和一个里长，两个乡绅的儿子都遭到绑票，可两家都实在凑不够赎金的数目，便一起寻到本地的里长那里想办法。里长推辞不过，就走门路求到了一个队长那里。队长得了好处，自然愿意从中周旋，他跟二脑系最是要好，就央求二脑系放人。交不够赎金放人的事情从未有过，二脑系知道规矩，不敢自作主张，可又磨不开情面，就领着几个人来寻三杆旗下话求情。

　　三杆旗坐在屋外的椅子上，指着那个队长问二脑系："你得了他多少好处？"二脑系慌忙摆手说："没有没有，我啥好处都没拿。我只是看在自家弟兄的面子上才来说个人情。"三杆旗又扭过头给那个队长说："你揽这些闲事干啥？你说我是答应你，还是不答应你？"队长猜不透三杆旗的话意，只是不住地咧嘴傻笑。三杆旗又说："我要是答应你了，大家都学你的样子那可咋办？那往后的事情就没法弄了。可我要是不答应你，你又要记恨我，说不定啥时候你就会在我背后打我的黑枪。"那个队长听出话味儿不对，赶忙摇头摆手说："不会不会，我不会——"三杆旗这时已握枪在手，打断队长说："你就不该来为难我。"话毕枪响，那个队长倒地毙命，血水流了一地。

　　二凤"哎呀"一声吓得转身跑进屋里去了，其他人也都吓得浑身哆嗦起来。三杆旗却并不罢休，指一指队长的尸体，给那个里长说："他出生入死给我立过功，今儿个是你把他害死了，你得给他偿命。"枪声再一次响起，里长被打得脑浆迸流倒在地上。紧接着三杆旗又瞅向了二脑系，面无表情地说："虽说你是我的表外甥，可人都有个三好两好，你是向着他还是向着我？"二脑系抹去一头的冷汗说："我当然是听舅的话，舅让我干啥我就干啥。"三杆旗说："那好！那就不要再有下一回咧！你记住了没有？"二脑系忙不迭地说："记住咧记住咧！"三杆旗挥一挥手说："该咋弄咋弄，该干啥干啥去。"二脑系叫来团丁架起那两个瘫软如泥的乡绅，头都不回地跑下山去了。

过了五六日，三杆旗的身体完全康复。临下山前的头一天晚上，三杆旗将一对绿莹莹的玉镯交到二凤手上，二凤却回手压在了枕头底下。三杆旗扳住二凤的肩头说："咋咧？这玉镯你不喜欢？"二凤不说话。三杆旗伸手抹下二凤手腕上的一对银镯子，将那一对玉镯戴在二凤手腕上说："只有这样的好东西才配得上我的女人。"三杆旗将二凤温热的身子揽进怀里，抚摸她的头发，抚摸她的脸庞，顺着她滑腻的脖颈往下摸揣。二凤闭着眼睛一动不动，任由三杆旗的双手在全身游走……

完事后三杆旗气喘吁吁地翻身躺倒，却听见二凤叹息了一声说："你往后能不能不要再杀人了？"三杆旗哈哈一笑，坐起身子说："我不杀别人，别人就要杀我。不杀人？不杀人我和弟兄们吃啥喝啥？"二凤低垂下眼帘不再言语。油灯闪烁忽明忽暗，二凤微有些桃红的脸蛋儿娇艳动人。三杆旗忍不住俯下身贴住二凤的耳边说："你这是不让我活了！"二凤无动于衷，任由三杆旗再一次爬到身上，忽然说："我想回娘家去看一看我大我妈。"三杆旗得手得意心不在焉地说："你想回就回，明儿咱一搭下山。"

第二天，三杆旗与二凤一起下了石牛山，回到临平镇后三杆旗吩咐鸟儿去仓里灌粮，让拉一车粮食给老丈人送去。然后就给二凤说他有重要的事情要去寻县长，让鸟儿护送着二凤从娘家回来后直接回石牛山等他。安排好这一切事情，三杆旗骑上赤骝马往乾州城去了。

二凤骑着白马回到孛落坊时已是后晌，村街上家家户户都关闭着头门，唯有自家门口吵吵嚷嚷围了不少人。那些人看见走过来一队扛枪的团丁，都闪在一边不说不动了。圪蹴在门口抽烟的刘蛇儿看见二凤，欣喜地喊了一句："我的天爷爷呀！"随即跑进庭院里去了。紧接着赵书臣和杨成业竟然急慌慌地从门里跑出来。杨成业扬一扬手一脸笑容地高喊："团长夫人回来了，我的好侄女回来了！"赵书臣却是哭丧着脸走过来，冲着二凤就是躬身一揖。二凤惊讶地说："赵伯呀！你这是干啥？"赵书臣一指门外的那群人，可怜巴巴地说："你家团长的人绑了我的儿子，也绑了这些人的子侄儿女。好侄女呀！你可要救一救我、救一救乡党们呀！"

二凤走进堂屋里时，张敬亭却躲进了里屋。张敬亭从里面闩死了屋门，任谁说话和叫门，他都不理不睬。自从埋葬了张宁氏，又被土匪逼亲之后，张敬亭就像是被人抽去了筋骨一样提振不起精神，村里的任何事情都是杨成业去问去管。杨成业一会儿来给张敬亭说："敬亭哥，该把村上的吃水井淘一下，水是越来越难打上来了。"张敬亭没精打采地说："要淘你就淘去。"过了些日子，杨成业又跑来说："敬亭哥，再分一些粮食吧！又有人家里揭不开锅了。"张敬亭还是没精打采地说："要分你就分去，不用来跟我说。"再过了些日子，杨成业又来说："敬亭哥，现在外村的人都死乞白赖地跑到咱村里来要饭，我看还是把东城门重新修起来吧！"张敬亭依然是没精打采地说："想修你就修去。"可是杨成业张罗了好一阵子，东城门也没有修起来。

赵书臣领着那群人来寻张敬亭时，一个个都气势汹汹，进门就像是债主要债一般，堵了堂屋的门，把张敬亭围在中间，然后都一股脑儿地把委屈和怒气发泄到张敬亭的身上。那群人声高声低，用尽了挖苦，耍尽了威风，出尽了恶气，张敬亭脸如死灰，一言不发地听着受着。刘蛇儿在屋外听得气炸了肺，忍不住站在门口大声说："三杆旗绑票不绑票跟我东家有啥相干？你们哪里是来求我东家，你们分明是跑来欺负人来了！"那群人就又将矛头对准了刘蛇儿。有人理直气壮地说："你东家是三杆旗的老丈人，我们不找他找谁？"还有人说出了更难听的话："你只不过是个铲屎倒尿拉磨扛活儿的长工，哪里有你说话的份儿？哪儿凉快你快滚到哪儿去！"刘蛇儿也气急大声地喊起来："你们这是不敢去惹叼娃的狼，可拿狗出气呢！"说完这话，他自知失口把张敬亭比作了狗，可一时又想不出其他话来说，急得喉结不停地滚动，把脸都憋红了。

杨成业闻讯赶来后，才制止住了那些人无礼的言行。杨成业绷着脸对那些人说反话："好呀好呀！你们还有啥难听的话尽管说，有啥受不得的气尽管出。等你们说够了，气也出够了，我敬亭哥也就高兴了，也就把你们的事情都应承下了。"杨成业的话堵住了那些人的嘴。接着他又在赵书臣耳朵边小声嘀咕了几句，赵书臣点点头挥一挥手，就让那些人都到外头等着去。

那些人都出去了以后，赵书臣缓和了语气，给张敬亭说："敬亭，大家倒不是有意要冲撞你，大家也是着急上火，实在没办法了才来寻你，你就下驾委屈一回，去给你女婿三杆旗说一说，让他高抬贵手，饶过咱这里的乡党吧！"张敬亭终于开了口说："我看你们是走错路入错门了，我早已当着族人的面说过，孛落坊张家再也没有二凤这个人了。我不是她大，她也不再是我的女子，你们还是另想办法吧！"赵书臣一听这话就又着急起来。正在纠缠的当儿，刘蛇儿在庭院里高喊了一声："二凤回来了！"杨成业率先跑了出去，赵书臣紧跟着也跑了出去，张敬亭却走进里屋闩上了屋门。

屋外男人女人的嚷嚷声让张敬亭烦躁不堪，他索性爬上炕把两扇窗子也闭紧闩牢，然后躺在炕上一动不动。二凤拍着门板叫他："大，你开门，是我回来了，你的凤儿娃回来了！"屋里一丝儿动静都没有，二凤回头看看她妈，眼泪连串地流下来。二凤她妈生气地把门板拍得啪啪响地高喊："你快开门呀！你是个死人呀？"张敬亭忽然在屋里大声说："我早已经说过了，张家再也没有二凤这个人了，让她赶紧走，往后不要再来了。"二凤她妈呜呜哭起来说："她大，你这是吃了啥迷魂药了？你的心肠咋比石头还硬？"

杨成业忍不住从堂屋外面走进来高喊："敬亭哥，你发啥魔怔呢？你咋连自己的亲女子都不认了？"张敬亭在屋里说："张家没有嫁给土匪的女子！"杨成业将脸贴在门板上说："敬亭哥，人家三杆旗现在不是匪，人家现在是官。"张敬亭在屋里吼了起来："他是不是匪，你让外头那些站着的人说。你认他是官，想抱他的粗腿，那你就跟土匪婆子一搭滚出孛落坊！"二凤再也忍不住哇的一声大哭起来，转身跑出门去了。

二凤回到临平镇时已是半夜，她心如刀割地独自坐到了天亮，没有等到三杆旗回来，就忍不住上了乾州。二凤先寻到了县府，让鸟儿进去打问。不一会鸟儿跑出来说："脑系昨儿个跟县长说过话就又走了，县府的人让咱到保安团去看一看。"二凤骑马拐到北街，寻到保安团团部。鸟儿进去了好一阵子，领着值日官走出来说："脑系没在这搭。"他一指值日官又说："他是团部的值日官，他知道脑系去哪搭了。"值日官咔嚓一个立正，大声说："报告夫人，团长不在，分团长也不在，马师爷也不在，他们都出去了。"鸟儿一脚踹在值日官屁股上说："我不管旁人在不在，你只说我家脑系到哪搭去了？"

值日官吭吭哧哧半天不说话。鸟儿又踹了值日官一脚，着急发火地说："让你出来就是让你说实话，你半天屁也不放一个。"他仰起头直截了当地给二凤说："姨，我给你直说了吧！脑系在城里置了宅院，又寻下女人了，今儿个在新宅里摆酒请客呢！"值日官马上跟着说："就是就是，长官们都去喝喜酒了。"二凤骑在马上沉默不语。鸟儿怯生生地问："咱要不要到新宅里去寻脑系？"值日官用手一指街口说："拐到西街就能看见，门口挂着红灯笼的就是。"二凤仍然不说话，掉转马头却往南街走了。鸟儿跟过来问："姨，咱到哪搭去？"二凤说："回！"鸟儿又问："咱回哪搭？"二凤猛抽了白马一鞭，头也不回地说："石牛山！"

回到石牛山天已擦黑，鸟儿叫开寨门，在前面一路小跑去叫那几个婆子烧水做饭。走了一天的路，团丁们都疲惫不堪，吃过饭便纷纷钻到屋里睡觉去了。鸟儿吃饭时喝了酒，浑身燥热，他端来几盆凉水，脱了衣裳从头到脚浇了个遍，然后穿着单衫，一身清爽地在山寨前后巡视了一圈儿后，来到二凤屋前。

鸟儿在黑影里站定脚，看见婆子端着一盆热水走进二凤屋里，心里马上就潮热起来。他快步绕到屋后的窗子外面，把耳朵贴在墙上偷听。窗子里传出撩水洗脸的声音，接着就是窸窸窣窣脱衣裳的声音。鸟儿攥紧拳头只用耳朵听着，竟然不敢往窗子里偷看。过了一会儿，鸟儿听见二凤对那个婆子说："好了好了，先不急着拾掇了，我困了想睡觉呀！"婆子应声走到门口说："你甭忘了把门闩上。"二凤说："你去歇下，你走了我就闩门。"婆子走出屋子回身闭上屋门，朝山寨后面去了，屋里的油灯也骤然熄灭。

鸟儿圪蹴下长喘了几口气，站起身刚想走，却听见二凤在屋里说："你想进来就进来，不用再躲躲闪闪。"鸟儿惊出一身冷汗，腿脚僵硬地站住不敢动了。二凤又直接叫出了他的名字说："鸟儿，你杵在窗子外面还在等谁呢？你再不进来我就闩了门睡觉呀！"鸟儿的心咚咚直跳，快要蹦出了胸腔。他两腿发软，脚步飘忽地走到屋门前，轻轻推开一扇门板，侧身进来，顺手插上了门闩。

屋子里黑得什么也看不见，一股淡淡甜甜的胭脂的香味儿直冲鼻腔。鸟儿闻见那香味儿就长长吸了一口，直吸到头晕眼花才又重新喘息。他摸黑往前走了几步，声音颤抖地说："姨，我啥也看不见。"二凤轻柔的声音从他的前面传来："姨在这儿，你直直往前走。"鸟儿像瞎子一样伸出双手，一步一摸揣地往前走。忽然他的两条腿碰在炕边绊了一下，鸟儿惊得"啊呀"一声就扑倒在炕沿上。二凤咯咯笑起来说："瓜不唧唧的。"

鸟儿心里已经潮起潮涌，双手双腿都控制不住地战栗起来。他用脚蹬掉鞋子，往上一蹿就扑到了炕上，正把二凤压在身下，二凤"哎呀"了一声，一巴掌打在鸟儿脊背上说："你压疼我咧！"鸟儿已经顾不了许多，三两下脱去自己的衣裳，把二凤赤裸的身子紧紧地裹进怀里。

接下来的日子，鸟儿每天都是耐着性子在期盼天黑。他对团丁们的态度也发生了变化，变得出奇地和蔼和关心，时常亲自去婆子那里要酒要菜，让团丁们在晚饭时大吃大喝。到了夜深人静的时候，他便轻轻推开二凤的屋门，轻车熟路地摸到炕边。他现在已不再像头一次那样紧张无序，他一上炕就会把光裸着身子的二凤揽进怀里，有恃无恐地欣赏抚摸亲吻那光滑温软的身体。每一次的终极欢乐之后，二凤都会枕在鸟儿肩头，用柔嫩纤细的手指在他结实的胸脯上划来划去，在他的耳朵根问他："你喜欢我不？"鸟儿抚摸着二凤柔软如丝的长发，信誓旦旦地说："姨呀！从今往后，你就是我的命，我的命就是你的！"

一天晚上完事之后，鸟儿忽然感觉到赤裸的胸脯上一片湿热。他伸手一摸，那竟然是二凤流下的眼泪。鸟儿坐起来惊讶地问："姨你咋咧？你哭啥呢？"二凤侧身躺过去并不理他。鸟儿扳住二凤的肩头，伸手抹去她一脸的泪水，心疼地又问："姨你到底咋了？"二凤哽咽着说："从明儿起，你就不要再来了，咱两个只当没有过这样的事情。"鸟儿浑身一哆嗦，像是谁一把攥住了他心头肉。他咬着牙问："你是不是嫌弃我了？"二凤呜呜哭起来只是不说话。鸟儿哀求说："到底是为啥嘛，你给我说清白呀！"二凤带着哭腔说："我是怕我离不开你了，那可咋办呀？"鸟儿激动得也流下眼泪。二凤又说："咱两个终究是好不了多久，三杆旗总有知道的时候，到那时可就——"二凤又抽泣起来。

鸟儿躺平了身子沉默不语。过了好一阵子，鸟儿噌一下坐起来说："姨你要是真心喜欢我，咱两个就远走高飞。"二凤也坐起来说："好！我跟你走，咱走得越远越好！"鸟儿激动地搂住二凤要亲吻，二凤却推开鸟儿说："走以前我要先办一桩大事。"鸟儿问："啥大事？"二凤说："我要杀了三杆旗，给乾州除去这个祸害！"鸟儿半晌不言语。二凤冷笑着说："你要是害怕了，你就离我远一些，我自己动手。"鸟儿仍然一言不发。二凤更加冰冷地说："你说过你的命是我的，原来你是哄我的。"鸟儿猛一下将二凤揽在怀里，在她脸上使劲亲了一下说："姨，我听你的，我杀了他，你跟我走！"

清明过后的一天，三杆旗回到了石牛山。他喝过几口茶后，就去炕上睡了一觉。他睡起来的时候，二凤已经在院子里备下了酒菜。暖风习习不冷不热，落日余霞映照下的石牛山青翠明朗。三杆旗站在石阶上伸伸懒腰，走到桌前坐下时，见二凤斟了两盅酒，便笑吟吟地说："你今儿个咋有心陪我喝酒了？"二凤说："先前从没有陪你喝过酒，今天难得你回来，我就陪你喝一回。"三杆旗端起酒盅说："我知道你上乾州寻我了。我又娶了一房女人，你是不是生气了？"二凤说："我早就给你说过了，你想娶几房女人就娶几房女人。你是干大事的男人，女人对你来说不算啥。"三杆旗似乎有些感动，仰头灌下去了那盅酒。

日头渐渐沉落下去，山梁已成了一抹暗淡灰色的线条。二凤指着悬挂在门楣上的两盏红灯笼说："只有你回来的时候灯笼才亮着，你去把灯笼点上。"护兵和婆子都被二凤支去喝酒吃饭了，院子里再没有旁人。三杆旗回到屋里寻见洋火，搬了一张椅子踩上去，划着洋火，点亮了一边的灯笼。被点亮的灯笼摇摇晃晃，透出红色的亮光，三杆旗仰起的面孔被映成了血红的颜色。两盏灯笼都被点亮的时候，鸟儿从石阶下走上来。三杆旗站在椅子上说："灯笼我都点亮了你来干啥？"鸟儿说了声："点亮了好！"然后就一脚踢翻了椅子，与此同时，枪声响起。

三杆旗到死都没有想到，他最喜欢的女人陪他喝的，竟然是他的断头酒。他更没有想到，是他最信赖的鸟儿了结了他。其实在他的脑海里还没有意识到死亡之前，他的脑袋就已经被打得稀烂。这样没有痛苦地突然死去，对三杆旗来说也许是最好的下场。

三杆旗带来的护兵和鸟儿手下的团丁，早已被鸟儿在酒里下了药全部撂倒在屋子里了，几个婆子也被鸟儿绑了起来。鸟儿不慌不忙地把双枪插回腰里，从石阶上走下来对二凤说："姨，咱走。"二凤跨过三杆旗的尸体回到屋里，抹下手腕上的玉镯，戴回原来的银镯子，背了包袱走出屋门时，扬手将那一对玉镯摔碎在石阶上，然后从容不迫地跳上了白马。

世上的事情总是这样，一切都太过于顺利时，往往就是厄运到来的时候。

鸟儿和二凤决然没有想到，就在他们并肩策马跑下石牛山拐上跟临平镇相反的大路时，二脑系却带着一队团丁前脚跟后脚地上了石牛山。二脑系是因为有一件重要的事情却又不敢自作主张，他吸取了三杆旗枪杀那个队长时的教训而连夜上山来请示汇报。当他的马蹄还没有踏进山寨的大门时，那个不善饮酒只喝了一小盅酒而提早清醒过来的护兵跌跌撞撞地从寨门里面跑了出来。那个护兵一听到马蹄声就惊慌失措地大喊起来："不好咧！鸟儿把脑系打死了，脑系死咧！"

鸟儿和二凤不慌不忙策马小跑没有走出多远，身后便传来急促的人喊马嘶的声音。那群人打着火把风驰电掣般地追赶过来，在鸟儿回头观望的时候就响起了枪声，子弹嗖嗖地从鸟儿的头顶上飞过，鸟儿随即明白过来，事情已经败露了。鸟儿顾不了许多，拉住白马的缰绳便催马疾驰。正慌不择路地逃命时，那匹白马却忽然慢了下来，紧接着就从鸟儿手里挣脱了缰绳一头栽倒在了地上，马背上的二凤被跌翻进黑夜里看不见了。

鸟儿收住了赤骝马时，快如疾风的赤骝马已经跑出去十几丈开外了。鸟儿把马头掉转过来时，一切都为时已晚。后面追赶的那群人已经追到了白马跌倒的地方，挥动的火把把那一片照如白昼。鸟儿看见白马在地上不断地挣扎和嘶鸣，他也已经能听到二脑系近乎疯狂的叫骂声。团丁们纷纷跳下了马，举着火把四下里搜寻从白马背上摔下来的人。鸟儿从腰里拔出了双枪，最终却咬了咬牙又重新插回了腰里。赤骝马踢踏着蹄子在原地转了两圈儿，然后就飞一般扬长而去。

鸟儿狂奔了有几十里路，收住赤骝马回头细听细看，再也看不到听不到后面有人追赶，便跳下马一屁股坐在了地上。鸟儿心乱如麻，一直坐到了天亮。他不敢在大路上露面，就钻进了一处深沟，在草堆里躺倒下来。他迷迷糊糊醒来的时候，天已到了后晌，他就又骑上马原路往回走。夜深人静的时候，鸟儿来到临平镇的寨墙外面。他把赤骝马拴到一棵树上，然后顺着树爬上寨墙跳了进去。鸟儿躬身猫腰，穿过街巷，来到一户院墙低矮的小院前，翻墙进去后轻轻叩响了屋门。

这是鸟儿的结拜义兄李长伍的家，鸟儿想先找义兄摸清情况再做打算，他坚信跟他有八拜之交的义兄对他的事情绝不会袖手旁观。屋里的人点亮了油灯问："谁？"鸟儿压低声音说："长伍哥，是我，我是鸟儿。"李长伍去掉门闪开了门，一把将鸟儿拉进屋里吃惊地说："你跑回来寻死呀？二脑系派人到处寻你抓你，你倒自己送上门来了。"鸟儿说："长伍哥，我不能撇下二凤不管，我要救了她一搭走。"李长伍说："二凤已经被活埋了，你到哪搭去救她？"鸟儿愣了一下，随即揪住李长伍的衣领问："你说啥？你再说一遍！"李长伍有些畏惧地说："哥还能哄你吗？二凤真的被二脑系活埋了。"

鸟儿的脸色变得乌青，痛苦地摇摆着脑袋，然后就一屁股坐在了地上。李长伍好不容易把他拉扶起来摁在了凳子上说："人已经不在了，你难过也没有用，你还是赶紧逃命要紧。"鸟儿对李长武的话充耳不闻，软绵绵地从凳子上溜下来，把头杵在地上浑身抖个不停，忽然他仰起头大声嘶吼："姨呀！你死得冤屈呀！我不该，我不该丢下你呀！我的姨呀！"李长伍吓得手脚都哆嗦起来，赶忙捂住鸟儿的嘴说："兄弟你可不敢这样，你这样是让咱两个都寻死呢！"鸟儿咬牙切齿地问："啥时候的事情？"李长伍说："当晚被抓住，天亮时就被活埋了。"鸟儿紧追着问："埋在哪搭了？"李长伍说："就在石牛山上。"

鸟儿站起身就往外走，李长伍拉住他问："你干啥去呀？"鸟儿说："我去杀了二脑系！"李长伍又问："你知道二脑系现在在哪搭？"鸟儿摇摇头站住不动了。李长伍说："二脑系忙着坐实脑系的位子，丧事都顾不上办就上乾州城了，你到哪搭去杀他？"鸟儿低下头沉默下来。李长伍又说："你先在哥这里歇下，天亮了哥出去踩个点，再给你弄一点儿吃的，你吃饱了好去弄事。"

天色大亮的时候，李长伍反锁了头门出去了。鸟儿在炕上躺不住，翻身起来坐在炕上思念二凤，脑海里尽是二凤的身影。恍恍惚惚不知过了多久，房顶上突然咔嚓一声传来瓦片炸裂的响声。鸟儿一下子清醒过来，他听出了是有人上了房顶。他推开一扇窗子往庭院里观望，看见头门已经大开，门口和墙头上都趴着人，一杆杆黑洞洞的枪口指向他所在的屋子。

鸟儿明白了过来，破口大骂起来："李长伍，我日你妈，你是个没有义气的小人！"李长伍躲在院墙外面高喊："兄弟，我也是为你好，你为个女人这样丧命不值当。二脑系，不对，是大脑系。大脑系说了，只要你愿意跟着他干，他可以既往不咎！"鸟儿从腰里拔出两把匣枪，嘴上却说："你说啥？我没有听清白，你再说一遍！"李长伍以为鸟儿动心了，从矮墙上露出脑袋想重复刚才的话时，枪声骤响。李长伍被一枪毙命，庭院里外随即响起了一片枪声。

鸟儿左右开弓弹无虚发，趴在墙头和门框边的团丁，只要露头露身必定中枪倒地。可是屋外和房顶上依然围满了人，鸟儿的枪膛里却只剩下了一发子弹。鸟儿知道自己今儿个走到头了，索性跳下炕，一脚踢开屋门走了出来。二脑系见鸟儿走到了庭院当中，忙示意团丁们都不许开枪。他隔着院墙高喊："鸟儿，我看重你的身手，只要你肯跟着我干，前面的事情咱一风吹！"

鸟儿旁若无人地站在那里一动不动，失神发呆般凝望着天空。忽然他大喊了一声："姨呀！我来陪你了！"随即"砰"的一声枪响，鸟儿将最后一颗子弹打进了自己的脑袋。

第十九章

　　张文博是在与魏老师相遇之后去看望的岳先生。新风剧社的大门半开半掩，门房里也无人值守。张文博从戏楼旁的夹道走过时，站在戏楼的侧门往里面瞅了一眼，场子里和戏台上都冷冷清清的没有一个人。夹道尽头是一排南北走向的青砖瓦房，张文博连敲了几间屋门都无人应声。他穿过偌大的院子，又到后面的几排瓦房去敲门寻人。

　　终于在敲响一间屋门时，有人应声开了屋门。张文博一眼就认出了站在门口的人，惊讶地叫起来："木匠哥！怎么会是你？你怎么会在这里？"以前稚嫩的少年如今已是文质彬彬的瘦高青年。木九红依稀觉得门外的人有些面熟，却怎么也想不起来是谁。张文博激动地说："木匠哥！我是文博呀！小宝，我是小宝！你咋认不出我来了？"

　　这样的重逢让木九红又惊又喜，两人在屋里坐下，没有说几句话，木九红就急切地问到了大凤的近况。张文博说："都好都好，我大姐和我姐夫都好。"木九红转过身去倒水，遮掩住不自然的神态。张文博喜冲冲地说："嫂子呢？你把嫂子请出来让我也拜见拜见。"木九红尴尬地笑一笑，却岔开了话题说："你不是要看望岳先生嘛，岳先生在七贤庄施舍饭，走走走，我领你去寻他。"

　　岳先生常常有出奇之举。在成千上万的饥民拥进省城的时候，他让家里人每日都蒸两锅玉米面窝头，到响午饭口时在七贤庄自家门口向饥民施舍。时日不久，夫人对他说："天下之大，你能救得了几个饥民？再这样下去，咱全家人也该去吃舍饭了。"岳先生说:"天下事就得天下人来管。"夫人说:"省城的这片天底下又不是只有你一个人,那么多的有钱人财东家,也该让他们管一管。"岳先生瞅着夫人半天不言语,猛然一跺脚说:"哎呀呀!你真是一语惊醒梦中人!"然后就急匆匆走出家门去了。

岳先生来到新风剧社,向管事的人要来贵宾名册,急匆匆走进夹道尽头的那间瓦房里,研墨铺纸提笔挥毫,写下了"补天有功"的条幅,然后按照贵宾名册上的人名字写上惠存人的名号,落款处盖上自己的图章。贵宾名册上记载的都是社会名流达官贵人的名号与官职,新风剧社每有新戏推出时,都会按照贵宾名册发帖邀请。岳先生这些年大作频出,早已名满关中,而且他的书法造诣极深,常有人来重金求字,但他却极少为人泼墨挥毫。此时他却一口气写下七八张条幅,不待墨迹干透,便急匆匆卷了奔出门,亲自去送字化缘了。

岳先生连着奔波了几日,将亲笔题写的条幅一一送出,竟然所获颇丰。他将送字化缘得来的润笔之资全部用来买了粮食,又找来几个会蒸馍烧锅的饥民,在七贤庄一处空场地上搭起了施粥舍饭的棚子。可是到了入冬之后,一斗麦的价格已飙升至二十几块银圆,一袋杂合面也要十几块银圆,买来的粮食就像是杯水车薪一般,远不够用。虽然省城里还有政府和其他心善的大掌柜大财东也在施舍粥饭,但是饥民却一天比一天多。眼看着七贤庄的粥棚就要粮尽锅干,岳先生却再也想不出别的办法。这时木九红寻到七贤庄对他说:"先生若不嫌失了面子,咱俩一起搭个草台摊子义演义卖,你看咋向?"

年馑艰难,百业萧条,新风剧社时下已经很难维持,演一场戏挣下的钱跟不上一斗麦涨价的速度。其他的几个掌柜实在扛不住,嫌人多本大养活不起,便辞退了一多半的人,每月也不过演两三场戏勉强维持罢了。岳先生和木九红不给新风剧社添麻烦,两个人在七贤庄离粥棚不远的地方用草席围起一个场子,岳先生亲书一副对联高高挂起:"卖字唱戏只为换斗麦;一文一粒都是救苍生。"

每日晌午时,岳先生摆摊卖字。到了后晌时,木九红扮脸子走地台,带着几个徒弟唱戏义演,两个人把全部所得都用来施粥舍饭赈济饥民。戏剧界大师和当红的秦腔名角搭草台摊子义卖义演,有家报纸发现后就报道了一番,一时间社会名流达官贵人前来捧场应捐者络绎不绝,小商小贩以及普通的职员和工人也都来一个铜板一文钱地捐助,岳先生施粥舍饭的粥棚竟然坚持了下来。

木九红领着张文博来到七贤庄时，正是晌午饭口施舍饭的时辰。岳先生脱去了长袍棉衣，穿一身黑色粗布衣裤，在粥棚里亲自给饥民的烂罐罐和破瓷碗里打下一勺一勺的稀粥。木九红谎称有人买字把他拽出来的时候，岳先生一边放下高挽着的衣袖，一边很不情愿地埋怨木九红："哎呀你非要这个时候拽我出来写字，今天饥民太多，我得亲自盯着打匀称一点儿，好让后面的人都能喝上一碗热粥才好。到底是多尊贵的人，让他等一时都不行呀？"

当岳先生看见了那个"买字"的人时，刚抬起手抱起了拳却猛一愣，旋即大笑起来，开口叫出自己学生的名字："文博！"张文博激动万分躬身弯腰就要行礼，岳先生拉住自己的学生说："好了好了，不需这些个俗礼，走走走！咱回屋里叙话。"他看见学生手里提了一包点心，就毫不客气地直接问："这是你拿给我的礼当？"张文博说："德懋恭的白皮点心，我专意孝敬先生的。"岳先生说："既然是拿给我的，那你现在就给我好了。"岳先生要过点心转身走进粥棚，径直走到了粥锅前，将那包点心高高举起朗声高喊："德懋恭的白皮点心，今儿个人人有份呀！"随即将白皮点心一一掰开捏碎，扔进粥锅里去了。

冬至过后的一天，魏老师从渭北回到了省城，他在天黑透时来到了张文博的住处。魏老师的衣服上落满尘土，脸颊被冻起一片潮红，耳朵上还有冻伤愈合后结成的血痂。魏老师是在昨天晚上接到省委的密信后，才决定返回省城的。省委在密信中简要讲述了当前严峻的形势，要他尽快赶回省城，由他负责接手和重新组建共产党在省城的地下组织。在这个格外寒冷的冬天，共产党在省城的地下组织因被叛徒出卖而遭到了毁灭性的破坏，隐蔽在城内莲寿坊的党的领导机关几乎被一网打尽，党组织负责人以及主要骨干悉数被捕，随后就被集体押赴北门外活埋了，党在省城里的一切活动全部陷入瘫痪状态。

魏老师反复看过密信，记熟回到省城后接头的地点和暗号，然后就在油灯上将密信点燃烧毁。他辗转反侧一夜未眠，回想这几年前仆后继不断流血牺牲的同志，再想一想饥寒交迫的万千饥民，他胸中便如火烧般灼热和疼痛。鸡叫头遍的时候，魏老师冒着刺骨严寒摸黑上路，他一口气不停歇地在黄昏时分回到了省城。他先是来到湘子庙街的一家糖果店，在对上暗号拿到了他要拿的东西之后，又来到了贡院门狭窄的街巷口。他靠在街口的墙上脱下一只鞋子，佯装倒掉鞋里沙粒的样子向街巷里观望。有人蹲在街巷里的墙根底下探头探脑，有人斜倚在电杆上抽烟东张西望，还有人拿着报纸佯装看报眼睛却四处乱瞟。魏老师原先居住的地方就在街巷中间的一座宅院里，他明白这里已经不能再回去了，他穿上鞋拧身往中山大街走去。

魏老师一直在街上转到天色完全黑透之后，才走进了张文博在柳巷的住处。张文博一见到魏老师就迫不及待地问："渭北的灾民闹到粮食没有？"魏老师说："闹到了。可是灾情太重饥民太多，没有办法从根本上解决问题。"张文博失望地说："那你咋回来了？"魏老师笑了笑说："我回来是因为有更重要的事情。"魏老师在桌子前坐下来，取出了一包糖果，很仔细地把每一粒糖果都捏揣了一遍，然后挑出一粒剥开糖纸，里面竟然是一张卷着的小纸条。纸条被展开铺平在桌子上时，上面却一个字都没有。魏老师冲一脸惊奇的张文博笑一笑，伸出指头在碗里蘸了水涂抹在纸条上，一行小字便显现出来。魏老师看过几遍把纸条上的人名和地址默记于心之后，就直接将潮湿的纸条塞进嘴吞进了肚子里，然后对张文博说："我需要你帮我个忙，我要在你这里暂住几天，等我联系好落脚的地方我就走。"张文博说："你住这里我求之不得哩！房东那里我去给打招呼，就说是我老家表哥来了。"

随后的几天里，魏老师每天都会出去，都是在天黑后才回来。他紧锁的眉头一天比一天显得凝重，一根接一根地抽烟，不断在屋里来回踱步冥思苦想。张文博忍不住问他："是不是出了什么事情？"魏老师扔掉烟头，皱起眉头说："有非常重要的事情我们要重新做出安排，可是我找不到一个安全的地方来开会。"张文博说："新风剧社的戏楼里现在都不演戏了，到那里开会保准安全。"魏老师笑了笑说："你说得倒是轻巧，到戏楼里开会确实是谁也想不到，可是那里没有我们的关系呀！"张文博也笑了，说："明天你跟我走，我领你去见一个人，保准能让你们在戏楼里开会。不过嘛——"魏老师问："不过啥？"张文博说："不过对这个人只能说真话，不能有半句假话。"

第二天晌午，张文博领着魏老师寻到七贤庄时，岳先生却不在卖字的摊子上，去粥棚里一问，和面蒸馍的人说："墨和纸都没有了，先生回新风剧社取去了。"两个人又来到新风剧社，走进岳先生那间瓦房时，岳先生正在案头试一支毛笔的笔锋。张文博毫不隐讳直陈来意地介绍完魏老师，岳先生用一双透着凛凛傲气的眼睛盯着魏老师说："外面到处在抓共产党，你就不怕我去告密领赏拿你换钱？"魏老师说："我相信先生是明晓大义分得清黑白的君子，不会做出卖朋友的事情。"岳先生说："我跟共产党没有打过交道，称不上朋友。"魏老师说："天底下有良知有正义感的人，迟早都会成为我们的朋友。"

岳先生很是不屑地撂下手里的毛笔，冷冰冰地说："共产党在渭北煽动饥民杀人放火、抢粮食吃大户，谁还敢跟共产党交朋友？"魏老师笑一笑却针锋相对地说："那都是国民党的报纸在抹黑我们，抢粮食吃大户确实不假，可是先生你知道那些被吃被抢的大户都是些什么人？那些人一心只想抬高粮价，只想借着灾难发财，他们巴不得饿死的人越多越好，那样他们囤积起来的粮食才能卖更高的价赚更多的钱。还有国民党的那些地方官你知道他们都在忙些什么？他们都在忙着贪污粮款，忙着中饱私囊，就连省府施舍饭的粮食里都掺了一半的沙子。先生你说这样黑了心肠的大户该不该吃？那些无视百姓死活的贪官该不该杀？"

魏老师一番慷慨陈词，岳先生沉默不语了。魏老师见岳先生自打进门就态度生冷，这会儿又沉默不语，就有些失望地要起身告辞。岳先生却摆摆手让魏老师坐下，依然不露声色地说："我只想再问你最后一句，你连死都不怕，你到底图个啥？"魏老师笑了笑说："跟着共产党发不了财，也没有啥可图的，还说不定哪一天我也会被国民党抓住活埋了。可是我认准了只要有共产党在，我的后人子孙有一天就能过上好日子，全陕西全中国的后人子孙都能过上没有饥饿不被人欺压的好日子。非要问我图个啥的话，那我图的就是个这！"

两天之后，一次意义非凡的会议在新风剧社的戏楼里面悄然召开。七八位隐蔽下来跟魏老师取得联系的党员，在魏老师的领导下重新组成了党的机构，每一位党员都领受了具体的新的任务，党的组织再一次从死亡和鲜血中建立起来。会议结束的时候，魏老师激动地对党员们说："同志们，我们党的一位领导人曾经说'星星之火，可以燎原'，我们要点燃革命的冲天大火，烧毁这个肮脏的旧世界，建立一个全新的中国，我们所做的事情，都将载入史册！"

魏老师开完会心潮澎湃地回到张文博的住处，一走进门就一脸兴奋地对张文博说："你给革命立功了！"张文博说："那你该奖赏我才对。"魏老师大度地说："你想要啥你只管说，只要我有。"张文博说："我想加入共产党。"魏老师沉默了片刻，迟疑地说："你就不怕——"张文博急切地打断了魏老师，坚定地说："不管是枪杀还是活埋，都算我一个！"魏老师的眼睛有些湿润，动情地说："这么艰难的时候，你还——"张文博激动地说："那我现在就是共产党了？"魏老师说："现在还不是，要等组织批准后才是。"张文博说："那要等到啥时候组织才能批准？"魏老师说："你要先准备好接受党组织对你的考验。"

魏老师在两天后离开了张文博的住处。临走时张文博问他："我要到哪里才能找到你？"魏老师笑一笑说："我暂时还不能告诉你。"他看张文博满脸挂着不高兴，便又安慰说："这不是不信任你，这是组织纪律。目前情况下，我们只能是单线联系，党需要你工作的时候，会有人来联系你。"

临近腊月的一天晚上，党先生突然来找张文博。党先生一进到屋子里就热情地与他握手说："你的情况我都知道了，老魏同志让我来联系你，往后就由我和你单线联系。"张文博激动地说："有啥任务你只管安排。"党先生告诉张文博，为了反抗饥饿，同时也是为了再一次掀起革命高潮，党组织在医院和印刷局发动职员和工人成立了自救会，准备进行一场增薪罢工运动。

党先生皱着眉头说："现在的形势很严峻，省委机关不得不搬去陕东了，原先的联络点也撤走了。"张文博说："那需要我做什么工作？"党先生用冷峻的目光看着他说："我和老魏同志商量过了，我们信得过你，决定由你担任跟省委联络的交通员。"张文博有些失望地说："这有啥难干的？就是跑腿送信的事情嘛！"党先生马上批评他说："同志呀！你这样大意的态度很危险，你的大意可能会让我们许多同志人头落地！"一声"同志"让张文博心潮澎湃，同时又不好意思地脸红起来。

党先生摘下头上的礼帽，从帽子的内衬里取出一张折叠整齐的字条，一脸郑重地说："这是给省委的请示，你到陕东找到省委后，一定要把新的指示带回来。"然后党先生就反复告诉他到陕东后的接头地址和暗号。临走的时候，党先生再一次紧握住张文博的手说："同志！今后我们就一起战斗了。"

一场增薪罢工的风暴很快就刮遍了省城，将省城各个行业的受苦人串联和团结在了一起，越来越多在饥饿中挣扎的工人和职员投身进来，并推举代表组成了罢工委员会，统一指挥各个工人团体的罢工活动。张文博第三次从陕东回来后，把省委的最新指示交给了党先生。省委指示的核心只有一条，要不失时机地把增薪罢工运动提高到反饥饿、反压迫、反黑暗的政治斗争的高度。党先生将字条折叠起来，藏进礼帽内衬里，对张文博说："太好了！我马上给老魏同志汇报。"随即又兴奋地说："又一次革命高潮就要到来了！"

随后的几天里，运动的热潮像是波涛海浪般席卷了整个省城。揭露国民政府贪污腐败、揭露挪用赈灾粮款的传单贴满了大街小巷。一拨又一拨拉着横幅、挽着胳膊的工人和职员在省府门口静坐抗议，要求增加薪水和改善民众生活。腊月初的时候，罢工委员会终于得到了当局的回复：凡事都可以谈判解决，并将谈判的地点确定在印刷局的会议室里。

得到当局谈判解决问题的回应，预示着增薪运动已经取得初步的胜利。消息一经扩散，胜利的喜悦情绪感染了每一个人，甚至有工人团体组织工友们晚上打着灯笼游街以示庆祝。运动的组织和领导者党先生召开了罢工委员会的会议，兴奋地宣布："为了争取最后的胜利，党员和工人代表都要到场参与谈判，以集体的力量向国民政府发起最后一击！"

到了约定谈判这一天，党先生率领党员和工人代表如约到场。可是让他们意想不到的是，会场里却出现了异常情况——印刷局简陋的两层办公楼里空无一人，会议室的谈判席位上也没有人。正在工人代表们做着各种猜测的时候，几辆卡车满载着荷枪实弹的警察疾驰而来。警察们跳下车包围了印刷局，封锁了印刷局的大门，接着就冲进了会议室，将黑洞洞的枪口对准了每一位前来谈判的代表，流血事件就在这个时候发生了。

警察驱散守在印刷局门口等待谈判结果的工人和职员时，突然有工人代表推开会议室的窗子高喊："我们被国民政府欺骗了！"紧接着就从会议室里传出激烈反抗和搏斗的声音，不一会儿又响起了枪声。守在门口的工人们立即向印刷局里面冲去，想去营救自己的代表，结果遭到了警察挥舞着枪托、棍棒进行阻拦。有几个警察被撞倒在地，其他警察马上就开了枪。现场开始失控起来，有工人惨叫着倒在了血泊中；有工人极力反抗抱住准备开枪的警察，却被更多的警察用枪托和棍棒打倒在地；有工人拾起砖头、石块愤怒地砸向警察，但马上就被警察开枪打死了。地上流下一摊摊鲜血，工人们那条写着"我们要吃饭"的横幅布标被警察撕下扯烂踩在了脚下……

流血事件发生后没过多久，魏老师一头汗水气喘吁吁地出现在张文博坐堂的药铺门口。他把张文博叫出来后走到街边的一个僻静处，急迫地说："国民党对手无寸铁的工人下毒手了，我们组织内部出现了叛徒，去谈判的同志全部都被出卖了！"张文博震惊得呆愣住了。魏老师往街道两边观望了下又说："你现在马上转移，我想办法去通知还没有被捕的同志。"张文博问："往哪里转移？"魏老师说："趁着城门还没有封闭，你先尽快出城，东门外仁厚庄有个废弃的砖瓦窑，天黑前咱们在那里会合。"

魏老师转身快步离去，走出几步又折回来，用一种无奈悲痛的眼神看着张文博说："你不要等我太久，如果天黑后我还没有到那里，你就尽快到陕东去通知省委转移。"魏老师的背影很快消失在街道尽头。张文博心慌意乱手心出汗，他努力让自己镇静下来，他知道这样的慌乱会招致更严重的后果。他没有再回到药铺里去，而是径直走回了柳巷的屋子。他胡乱收拾了几身换洗的衣裳，从炕席底下摸出存放的银圆揣到怀里，然后就背了包裹匆匆走出门去了。

张文博从中山大街穿过大差市，在能看到东城门高大的箭楼时，心里一下松泛下来。可是当他加快脚步来到东门里的时候，却顿时紧张起来不知所措了。城门洞里两扇厚重的城门已经关闭，一群持枪的警察守在城门里，驱散着吵吵嚷嚷要出城的人。张文博站在人群的最后面，头脑发蒙，不知道该咋办才好。突然身后响起汽车喇叭急促刺耳的鸣叫声，他转过身时就差一点儿与迎面驶来的小汽车撞在一起。开车的司机从车窗里伸出头，一脸凶相地张口就骂，却被车里坐着的人制止住了。一个身穿中山装的中年男人打开车门走下来，走到他面前微笑着叫了一声："文博兄弟！"

张文博怎么也没有想到，那人竟然是多年未见的杨念南。张文博惊魂未定地叫了一声："念南哥！"杨念南笑吟吟地感慨着说："哎呀呀！没有想到我们兄弟会在这里见面。"然后两个人就同时问出了同样的话："你怎么会在这里？"杨念南打了个哈哈说："啊呀！我出城去公干，你这是——"张文博顺口说："我来省城里的一家药铺坐堂了。"接着他马上又做出一副焦急的样子说："这下可好，出不去了，要扎针的病人该埋怨我不讲信用了。"杨念南问："你要到哪里去扎针？"张文博故意说远了一点儿："城东韩森寨。"杨念南说："小事一桩，走，上车！我捎你一程。"

有人打开车门把张文博请上了小汽车，守城门的警察瞅了瞅车牌号，又隔着车窗瞅了一眼司机出示的证件后，便马上挥手让其他警察推开了紧闭的城门。

小汽车驶出东门，顺着大路向东驶去。张文博笑着说："念南哥，你现在是不是做官了？"杨念南微微一笑并不回答。前排的随从回过头介绍说："杨处长现在是省——"杨念南挥手打断了随从，对张文博说："只是为国民革命效力而已。"张文博说："你发福了。"杨念南"嘿嘿"笑了两声，往后抚一抚浓密的头发感叹说："不复当年喽！"

小汽车扬起尘土一路飞驰，在往韩森寨的岔路口停了下来，随从跳下车打开了车门。杨念南拍一拍张文博的肩膀说："我今天有重要的事情要赶去陕东，就不绕路送你了，等我闲了专门去寻你叙旧。"张文博跳下车，小汽车一溜烟儿往灞桥镇方向去了，张文博转身往仁厚庄折返回去。

天色擦黑的时候，张文博找到了仁厚庄东边的那个废窑。他走上一处地势较高能看见大路的土丘，在一棵枯死的树身后面坐下来。荒郊野外寒风萧瑟，枯枝败叶被风吹得哗啦啦乱响。张文博心乱如麻，焦急地期盼着魏老师的出现。可是一直等到天色完全黑了下来，大路上依然不见一个人影。张文博心慌失落地站起来，正在盘算着是否离开时，有个人影往废窑这边奔来。

那人在土丘下面站住脚东张西望。张文博喊了一声："魏老师！"那人奔上土丘，果然是魏老师。张文博问："你是咋样出城的？"魏老师喘息不停地说："宪兵队的内线同志掩护我脱的险。"张文博又问："其他同志呢？"魏老师悲痛地摇了摇头。紧接着魏老师问他是咋样出的城，张文博就把遇到杨念南的经过讲给魏老师听。魏老师听完后咬着牙说："你的这位仁兄现在可是国民党的红人哩！我们许多同志都是被他出卖才牺牲的，他用我们同志的人头换得了国民党的高官厚禄！"张文博感到脊背后面渗出一股凉气，失声叫起来："不好！他也去陕东了，会不会是冲着咱们省委去的？"魏老师的脸上掠过一丝惊慌，说了声："快走！"就率先奔下土丘去了。

杨念南确实是奔着一网打尽共产党的省委机关往陕东去的。早在罢工运动之初，国民党省党部就秘密抓捕了一名参与罢工的共产党员。国民党处置共产党员的方式很是简单，有利用价值的，先是威逼利诱，再不行就是严刑拷打，对撬不开嘴或者没有利用价值的共产党员，不用经过法庭审判直接拉去活埋或者枪杀。被秘密抓捕的这名共党人员顶住了威逼利诱，却没有顶住严刑拷打。

其实他在看见血淋淋的刑具时就彻底崩溃了，瘫软如泥地把他知道的一切都一丝不漏地供了出来。

杨念南在看过供状后欣喜不已，但他并不满足于只是捕获那几个小鱼小虾，他要放长线钓大鱼，要把共产党在省城里的根刨出来挖断挖完。他马上亲自审问了叛徒，许以金钱和官职，要叛徒设法探明共产党省委机关的藏身之地，然后就把叛徒毫发未损地放了回去。可是事情并没有顺杨念南的心愿，过了一段时间，那名才加入共产党不久的叛徒告诉他，只探听到共产党的省委机关已经搬去了陕东，具体在陕东县的什么地方、怎么样联络，他一概没有探听到。他只知道有一个姓魏的共产党头头和领导罢工的党先生知道怎样跟省委联络，可是党先生守口如瓶，姓魏的头头他又根本见不到，所以很难探听到一星半点儿。

随着增薪罢工的风潮在全城愈演愈烈，当局终于按捺不住下令镇压了。虽然上司的命令打乱了杨念南放长线钓大鱼的完美计划，可他也不得不提早收网。在党先生和其他共产党员带领工人代表走进谈判会场的同时，杨念南让部下按照叛徒提供的名单开始在全城搜捕，刚从死亡和血泊中恢复起来的共产党的地下组织，再一次因叛徒出卖而惨遭失败。

一番严刑拷打之后，没有从被抓住的人嘴里得到任何有价值的东西，对党先生特别照顾的酷刑也没有让党先生屈服半分。姓魏的又找不见抓不到，杨念南气急败坏可又无可奈何。眼看天色已到了后晌，再拖延下去，共产党的省委机关得到消息便会消失得无影无踪。杨念南决定孤注一掷，他要把陕东县翻个底朝天，挖地三尺也要挖出共产党的省委机关。他吩咐手下的得力干将，让他们带上叛徒先行前往陕东，调集当地军警挨家挨户搜查可疑之物，让叛徒挨家挨户去诈唬和辨认可疑的人，他也只能这样大海捞针般地胡碰乱撞了。杨念南随后在给上司做了一番汇报后，急匆匆出城赶往陕东时，意外碰到了多年未见的张文博。杨念南做梦也没有想到，他热情相邀同车而行的张文博，竟然就是共产党首脑机关的交通员。

黎明时分，魏老师和张文博一身疲惫地来到陕东县的城门外时，才发现城门紧闭无法进城，两个人只得折身走进荒野僻静的沟壑里暂歇等待。可是一直等到天色大亮，城门依然未开，紧迫危险的感觉让魏老师和张文博都焦急不安却又没有任何办法。午时过后，城门终于大开，一队士兵守在城门口，对进进出出的人挨个盘查搜身。魏老师和张文博从沟壑里走出来拍掉身上的灰土，走上大路随着进城的人流走进了城门。

城内街道上的门楼底下，旮旯拐角的避风处，到处坐卧着衣衫破烂的饥民，过往的行人也都脚步匆匆，时不时有斜挎长枪巡逻的警察拦住可疑的人搜身检查。张文博领着魏老师快步穿过城关大街，拐过几条街巷，在一个杂货铺对面的街边停下了脚步。张文博小声对魏老师说："就是这里。"说着就要穿过街道，却被魏老师一把拉住了。魏老师拉着他从紧闭着铺门的杂货铺门口走了过去，一直走到街口，看见墙根底下坐着几个乞丐在晒太阳。魏老师从衣兜里摸出几枚铜板，招手叫来一个十来岁的小乞丐说："你替我到街里面的杂货铺买一把扫帚，多出的钱就归你了。"小乞丐接过铜板握在手心说："咱可说好，要是敲不开门，这钱也得归我。"魏老师说："你还没有去敲，咋就知道敲不开门？"小乞丐把握着铜板的手藏在身后说："我实话给你说，昨儿个黑咧警察把铺子里的人全都抓走了。我就在这墙根底下睡着，我亲眼看见的。"魏老师陡然紧张起来，给张文博使个眼色就快步走出了街口。张文博跟上去的时候，魏老师小声说："咱两个分头出城，还到沟壑那里会合。"

两个人重新回到荒野的沟壑里。魏老师一屁股坐在地上沮丧地说："看样子杨念南得手了。"张文博说："咱们来晚了。"魏老师又说："我们的同志又要流血牺牲了。"张文博问："接下来该怎么办？"魏老师低下头沉默不语了。两个人都不再说话，压抑的心情无比沉重。沉默了一会儿，张文博抱着一线希望说："省委机关兴许还在吧？杂货铺只是个联络点，省委机关到底在什么地方连我都不知道。"魏老师噌地站起来肯定地说："你说得对，也许敌人只是发现了联络点，省委机关并没有被发现，明天咱们再进城去打探一番。"

第二天两个人再一次走进城门时，士兵少了许多，城门守卫松懈下来，也没有人再来搜身。魏老师和张文博盲目地在大街小巷到处乱转，希望能碰到熟悉的面孔或者发现一点儿跟组织有关的线索，可是一直转到了天黑仍然一无所获。他们不敢在城里留宿，出了城又回到荒野的沟壑里。张文博问："现在我们怎么办？"魏老师情绪低落地说："我们跟党组织失去联系了。"张文博说："有你在，你就是党。"魏老师低头不语。张文博又说："上次你说我入党的事情要组织批准，你还没有告诉我组织批准了没有？"魏老师抬起头说："早就批准了，我本想抽出时间来亲自做你的入党介绍人，可现在——"魏老师又沉默下来。张文博说："现在刚好，我入了党，咱就是两个党员了，再加上送你出城的内线同志，就有三个党员了。"魏老师的眼睛陡然亮堂起来，激动地叫了一声："文博同志！"随之两个人的手就紧紧地握在一起，两个人都激动得说不出话来。

魏老师站起来折下一根树枝，走到一块比较平整的地方，弯腰在地上画下镰刀和锤头，又横竖画了几条直线将镰刀、锤头围在中间，成为一面党旗的图案。然后庄严地对张文博说："文博同志！我代表党组织领你宣誓，接受你的入党申请！"魏老师将右手握成拳头举起来。张文博站直了身子，也将右手握成拳头举起来。他的心里像是烧开了滚烫的热水，一股股热浪让他心跳加快。"我志愿加入中国共产党，拥护党的纲领，遵守党的章程……"荒野之中，两个信念坚定的人面对深刻在黄土地上的党旗，向黑暗的旧世界朗声宣战。

宣完誓，魏老师和张文博再一次紧紧握手。张文博问："咱们回省城吗？"魏老师说："送我出城的内线同志告诉我，在谈判之前敌人就已经布好局了。现在省委又失去了联系，敌人对我们的剿杀才刚刚开始，我们暂时不能回去。"两个人又在原地坐下来，又都沉默不语。魏老师踌躇了一会儿，忽然说："我们到渭北去。"张文博问："到那里能联系上党吗？"魏老师苦笑着说："渭北的工作原先由省委直接领导，到了那里也只能靠我们自己了。"魏老师略微想了想，又一脸兴奋地说："不过我们可以试着跟渭北的游击队取得联系。"接着魏老师就站起来胸有成竹地说："那里有广阔的天地，有成千上万的饥民，我们可以到那里去发展我们的组织，可以放开手脚大干一番！"

寒冷的冬天逐渐过去，春天又重新回归大地，但是持久的干旱却并没有结束，八百里秦川的老百姓依然遭受着饥饿的折磨和摧残。五月初的时候，张文博和魏老师一起从渭北塬上下来，在返回省城的半道上分了手。张文博打算回乾州探望一家老小，魏老师则要到省城去跟新组建的省委取得联系。魏老师告诉张文博，再回到省城时可以到岳先生那里联络，他会在岳先生那里留下消息。

张文博回到孛落坊时已是黄昏，他站在村口看见垮塌的东城门时，心里就掠过一种不祥的预感。往日高大的城门楼已经成了两堆渣土，原先城门洞的位置成为一条布满车辙印的道路，村子失去了屏障，一眼就能看到村街的尽头。杨成业捎着褡裢从外面回来，从后面叫住了张文博："侄娃子你回来了？我老远看背影就像是你。"张文博躬身向杨成业问好，接着就问村里出了什么事情，杨成业不自然地说："啊——是那个啥，是村上来土匪了，把城门楼子轰塌咧！"他不待张文博追问就很关切地又说："你回来了就好，赶紧回家去看一看，你家里也那个啥，也出大事了。"张文博着急起来问："我家里出了什么事情？"杨成业叹息着说："唉！你婆不在了，你二姐也——"张文博变了脸色追问："你说我婆不在了？我二姐又咋咧？"杨成业吞吞吐吐地说："你婆饿死了，你二姐她——她被土匪给活埋了！"

张文博失急慌忙地奔进家门，看见张宁氏的灵位，喊了一声："婆呀！"便哭倒在地。张敬亭闻声从里屋走出来，看见侄儿跪倒痛哭，也不由得哽咽起来。全家人都闻声走出来，跟着一起伤心落泪。张文博被王海棠扶起来三次又哭倒三次，直到张敬亭走过来伸手拉他，他这才止住哭声，询问张宁氏的死因。张敬亭说："你婆是为省一口粮食，自己把自己饿死了。你婆这样走了，她是拿刀子剜后人子孙的心呢！"说着再一次流下眼泪，一家人就又哭起来。

天快黑的时候，张文博到地里上坟。刘蛇儿提了竹笼装着烧纸，陪着他一起来到张宁氏坟前祭奠了一番。上完坟回来走到村口时，有三位长者领着一群乡人拦住了张文博。三位长者都悲痛难抑，争着抢着向张文博叙说了二凤以身换粮救活全村人的事情，接着就又讲述二凤杀死三杆旗后惨遭活埋的种种传言。说完这一切，领头的长者老泪纵横地说："人要知恩图报哩！若是没有你二姐拿自己换回来的粮食，字落坊一多半的人家怕早都饿死绝户了。我们这些人的命都是你二姐救下的，她活着我们报不了恩，她死了我们咋能忍心让她一个人孤零零地躺在外乡的荒山野岭里？不管外面的人咋样说她，我们这些人不能忘了她的恩情。把她的灵柩迎请回来，埋进本乡本土的地里，让大家给她磕个头祭奠一番，也算是我们这些人有个良心还情报恩了。"

张文博回到家中端直走进堂屋，看见张敬亭劈头就问："你为啥不准把我二姐的灵柩迎请回来？"张敬亭猛乍一愣，侄儿说话的语气和一脸愤怒的表情，让他感到有些扎耳刺眼，但他依然平和地说："这件事情的始末你不清白，你就不要管了。"张文博说："我二姐的事情我非管不可！"张敬亭说："从她嫁给土匪的那天起，字落坊张家就已经没有她这个人了。"张文博说："你说没有就没有了？可我认她是我二姐！"张敬亭从未见过侄儿以这样的态度跟他说话，不由得提高了嗓门说："是她自己做主嫁了土匪，背德失节辱没先人，宗规族法怎么能容得下这样的事情？"张文博顶撞说："你只看见她嫁了土匪，她救下了多少人命，你咋看不见？你能忍得下心不接她回来，我去接她回来！"张敬亭没有想到侄儿的言辞越发激烈，禁不住勃然大怒地吼了起来："你敢！"

两个人陷入尴尬的僵持局面，一时都沉默不语了。张敬亭渐渐放松下来，换了平和的语气，打破沉默，伤心感慨地说："你二姐是我的亲生女子，我心里咋能不疼？可是孛落坊张家清白的声誉怎么能跟土匪这样的名号沾上边？现在外面风言风语，说什么的都有，那些被土匪祸害过的人家哪一个不骂她是土匪婆子？我要是认下了她接她回来，那不就是让张家坐实了勾连土匪这样的名声？那往后我这个族长还咋样能说得起话、管得了人？如果连我这个族长都分不清黑白正邪了，孛落坊的人心也就乱了、散了，宗规族法往后也就废了，我哪还有脸去见地下的先人祖宗？"说罢这番话，张敬亭站起来走出堂屋，径自往后院马号去了。

张文博随后也走出屋门，来到了杨成业家里。杨成业一见到他就拍着他的肩膀说："你大伯面冷心硬，你这回领教了吧？"他把张文博让到椅子上坐下后又说："原本我是想顺应村里众人的意思，把你二姐的灵柩迎请回来，安葬在咱村的地里。所有的花销用度都不用你家管，都由受了你二姐恩惠的人家分摊，也算是大家记你二姐的好，给你二姐尽心报恩了。谁知道你大伯这一关过不去，他是你二姐的亲大，又是族长，他不同意，旁人再去操办这个事情就名不正言不顺嘛！"张文博说："跟我大伯说不通，这件事情就由我来操办。"杨成业说："你出面操办那倒也不是不可以，不过跳过你大伯办这个事，你大伯面子上总是不好看呀！"

杨成业走到堂屋门口，大声叫来了大儿子，吩咐他去请村里的几位长者。不一会儿，拦住张文博的那三位长者走进了堂屋。杨成业说："二凤救了大家伙儿的命，最后却把自己的命搭进去了。不管外面的风言风语咋说，咱都要把二凤迎回来让她埋到本乡本土的地里，咱也都才能心安。明儿个你们领人再去求族长，实在不行了就让大家都再跪倒在他家门口去求他！"

一切都安排停当，送走张文博和三位长者之后，杨成业称心如意地哼唱起了秦腔。张文博的话正中他的下怀，但他还要再逼张敬亭一把，把张敬亭再晾一晾，好让全村的人都再看一回张敬亭的冷酷无情，他则不失时机地再一次抓住充当好人的机会。杨成业觉得自己很高明，高明的人都会顺应人心顺势而为。他正是在三杆旗撂下"不是亲戚就是仇人"的狠话后顺应人心，鼓动乡人们为求活命而跪倒在张敬亭家门口，从而弄了个漂亮的双响——既没有白拿三杆旗的银圆，替三杆旗办成了事娶走了二凤；又保住了孛落坊不被屠村，保住了全村人的命。现在他依然是顺势而为，为了彰显孛落坊人人都知恩图报，都是有良心的人，更为了大家都能求得自己心安，再一次顺应人心，鼓动乡人们跪倒在张敬亭家门口。杨成业忽然有了一种族长在孛落坊只是个摆设的感觉，说了算不算不重要，大家听不听才是最重要的。张敬亭从来都是让别人听他的，张敬亭太固执、太不懂人心了。杨成业缓步走到堂屋门口，泼掉茶杯里的半杯冷茶，颇为得意地自语："敬亭哥呀敬亭哥！你张家头上这个虱子，你是捉不走去不掉喽！"

第二天清早，已经在张敬亭那里碰过好几次钉子的那三位长者，再一次带领乡人们跪倒在张敬亭家门口。张文博几次去屋里请张敬亭出来跟大家见一见，听一听众人的说法，可是张敬亭却背对侄儿躺在炕上一动不动，对侄儿的劝说不理不睬。他闭着眼睛，想起了母亲张宁氏，母亲一生要强刚硬，从来都是遇事不慌。母亲的离世像是打断了他的脊梁，抽去了他的筋骨，让他觉得失去了倚靠而站不直腰。他又想起善解人意听话乖巧的二凤，他一想起二凤就心如刀绞，他后悔在祠堂里扇了二凤耳光，他的那只手到现在都在隐隐作痛。他还想起了他爷十老爷，十老爷用水烟壶在他头上敲得咚咚有声，对他说要他撑得起孛落坊这个大门户的话在他耳畔不断回响。所有逝去的亲人的面孔轮番闪现在张敬亭的脑海里，他心乱如麻六神无主，他谁都不想见，他啥话也不想说。

杨成业最后一个来到张敬亭家门口，他背着手从跪着的人堆里走过去，走上张敬亭家门口的青砖台阶，以早有预料的口气问张文博："你大伯还是油盐不进？"张文博叹口气摇摇头。杨成业拍一拍他的肩膀说："咱把精都成完了，也只能这样了。"接着杨成业放大嗓门对跪满村街的男人女人们说："族长啥话都听不进去，大家这样求他也算是把他的脸面搁住了，反正二凤女子不列族谱也不进祠堂，主家就由文博出面做主，原先安排好去接灵的人这就收拾家具出门上路。"跪着的男人女人们都站起来各自去准备了。杨成业走下台阶对那三位长者吩咐说："按原先说好的各司其职，接灵的人前脚一走，你们就去窑场把箍墓用的砖拉回来。乐人班子也要在子时前到位，灵堂就按咱说好的搭在祠堂前面，风水先生等我回来再去请。"

三声火铳响过之后，迎请灵柩的队伍从字落坊鱼贯而出。张文博身穿孝衣手捧灵牌被人搀扶着走在最前面，杨成业家的骡车拉着一口上好的柳木棺材尾随在后，四十多里路程一直走到后晌才到了石牛山上。土匪的山寨早已成为一片废墟，二脑系在活埋了二凤之后就让人一把火将山寨烧成了灰烬。他觉得石牛山是个邪性不吉利的地方，锤万山和三杆旗两个脑系都被人杀死在这里，他不想步其后尘重蹈覆辙。山寨对面的慢坡底下有一大一小两座土坟，大的坟堆上长满了枯草干枝，小的坟堆只是在平地上多添了几锨黄土而已，乡人们纷纷断定小的土坟就是埋着二凤的地方。

杨成业围着两个坟堆转了一圈儿，站在那一小堆黄土前果断地挥一挥手，乡人们便挥舞起铁锨和锄头刨挖起来。才挖到一尺深，就露出一根碗口粗的木桩，一只女人穿的布鞋也随之被刨了出来。那是一只薄底缎面绣花的布鞋，鞋上糊满泥土却完好无损，张文博看见绣花鞋就哽咽起来。这时候，站在坑里的人突然惊叫了一声："这是啥？"乡人们一齐向坑里看去，出现在人们眼前的，是一副皮肉已经腐烂的脚骨。站在坑底的乡人惊慌失措地向后退开，张文博扑身跳进坑里不顾一切用双手挖刨起来。

杨成业瞪了一眼向后退开的乡人，骂了一句："你能欻！"然后一扬手给其他人说："都快搭手帮忙。"乡人们撂了铁锨纷纷跳进坑里用手刨挖。不一会儿，被麻绳儿捆绑在木桩上的两条腿骨露出在坑底，所有的人都紧张得屏住了呼吸。随着黄土被清理到坑外，一具捆绑在木桩上头朝下埋在坑里的尸骨被刨出抬了上来。有人割断绳索取下木桩，尸骨散落在地上。张文博瞅见了手骨腕上的一只银镯子，他将银镯子抹下来擦拭干净，镯子朝里的一面打着"文博恭敬"的字样。张文博哇的一声大哭起来，前来迎请灵柩的乡人们齐刷刷跪倒下来。

子夜时分，迎请灵柩返程的队伍离字落坊还有四五里路，杨成业支应一个腿脚麻利的乡人先跑去报信，让在村里等候的人响乐出村礼迎灵柩。一切都按照商定好的仪式有条不紊地进行，悲哀凄凉的唢呐声穿夜破晓直刺人心，震天撼地的火铳声连续爆响。进村的路口两边点燃了牛腿大蜡，有人高高举起纸扎的金童玉女在前引路，金山银山花斗彩纸紧随其后，二凤的灵柩被迎进村里早已搭好的灵堂里。安顿好灵位之后，张文博跪下来点燃烧纸，乡人们不分老幼一齐跟着跪倒，还没有磕下头去的时候，已经有人忍不住哭泣起来，悲怆的氛围充斥在黑夜中的字落坊。

杨成业事无巨细地操持着所有的事情，天亮以后他和风水先生一起来到坟地里。风水先生嘴里念着"入山寻水口，登穴看名堂"的口诀，手持罗盘在坟地里转了几圈儿之后，在一个两丈多高的土壕底下点穴定位。杨成业觉得选中的墓穴偏离了祖坟较为集中的地方，显得孤零零的，有些扎眼，又是在一个土壕底下，就有些不解地问风水先生："是不是离祖坟太远了些？"风水先生指着定下的墓穴说："山管人丁水管财，这个方位主水位，背有靠山，脚踩龙潭，福荫后人子孙是再好不过的了。"杨成业咧嘴笑了说："对对对！你说啥就是啥。"他在心里却笑话风水先生是个二迷，二凤哪里来的后人子孙？

停灵三日期满，到了起灵下葬的时辰，火铳、鞭炮接连爆响，灵柩被乡人们抬起扛在肩上出了灵堂。凄厉哀婉的唢呐开道，纸花礼器紧随其后，受过二凤恩惠的乡人们头戴孝帽、身穿孝衣洒泪而行。到了土壕底下的墓穴前，黑色描金的棺材被缓缓吊放进墓道里，进而被推进墓穴。匠人跳下去用青砖将穴口封死后，乡人们一拥而上持锨铲土，很快就将墓道填平，攒起一个坟堆。纸花礼器在坟前点燃，火铳、鞭炮再一次鸣响，唢呐吹出催人泪下的祭灵曲，男人女人们都跪倒在地，做最后的哀悼。

忽然天上爆响起一声惊雷，接着轰隆隆的雷声连串儿炸响，灼热刺眼的日头消失不见，黑压压的乌云突兀翻滚，天与地都昏暗下来。跪在地上的人们抬起头向天上看时，豆大的雨点噼里啪啦砸到了人们的脸上，随之倾盆大雨从天而降。乡人们疯狂地哭喊起来："老天爷呀！你咋才睁眼了呀……"雨势愈来愈猛，像是倾倒似的泼洒下来，大雨的喧嚣声铺天盖地，淹没了人们疯狂的哭喊声和咒骂声……

几天后的一个晚上，张敬亭悄然孤身来到二凤坟前。肿胀的眼睛泪流不止，消瘦的躯体不停地颤抖。他对着坟头哭诉："大知道你是个好娃，大也知道你的苦心，可是你不知道大的心早都已经苦透烂透了！"

第二十章

连续三年的干旱随着一场透雨的降临而宣告结束，田野里纵横交错的一道道干裂的缝口已愈合不见，土地变得松软潮湿，各种植被绿茵茵的嫩苗没有几天便爬满了田间地头，还未完全枯死的树木也开始抽出绿色的枝叶，天地万物像是死而复生一样重新焕发出生机。

离秋粮下种的节令尚有一段时日，心急的人们就已经开始迫不及待地翻耕土地了。人们在阳光普照的大地上欣喜地挥舞着锄头和铁锨，满怀希望地播下秋粮的种子。地上的万物生灵在遭受上苍的折磨之后，重新迎来上苍的雨露恩泽，并且顺心顺意地在玉米苗需要保墒浇蒙头水的时节，又及时地迎来了一场透雨，夏天的田野里随之便呈现出丰收前令人喜悦的景象。

无边无际密不透风的玉米秆和宽大的蔓叶逐渐覆盖了田野，田间的羊肠小道都被郁郁葱葱的绿色所淹没。无论是男人女人大人小孩，所有人的脸上都露出了笑容，乡人们说话时的声调也变得开朗起来。尽管有一些在年馑中失去土地的乡人不得不沦落为佃户，但是有地种就有粮吃，至少不会再饿死人了，眼前即将丰收的景象让每一个村堡死气沉沉的氛围都一扫而光。

秋收前的一个晌午，高马驹骑着高头大马来到了字落坊。他没有扎皮带，也没有打绑腿，一身干净笔挺的深灰色戎装显示出他高级军官的身份，脚上的黑色皮鞋擦得锃亮，略微发胖的身材更让人觉得他雄壮威武。他的勤务兵护卫着一辆硬轱辘骡车跟在后面，女儿高贤陪着母亲坐在骡车里。

高马驹这些年顺风顺水官运亨通，从连长被提拔为营副，很快又被任命为营长。不久，刘团长因在西安围城时守城有功被升任为旅长，高马驹再一次被提拔当了团副。没过几年，刘旅长又升任为十七师的师长，高马驹便自然而然地被扶正坐了团长的位子。他心里明白，这都是他的老上司刘师长有意而为。陕军内部派系林立，裙带关系错综复杂，若不是岳父张敬亭跟刘师长有着多年的义交，又有着亲家的名头这样一层微妙的关系，仅凭自己努力能干和一些微不足道的战功是绝不会升迁得这样快的。

当了团长的高马驹终于迎来人生当中的得意时光，事业有成官位显赫，妻子贤惠持家，女儿高贤又乖巧得讨人喜欢。高贤已进入乾州女子学堂念书，不但对《三字经》《百家姓》倒背如流，而且小小年纪就写得一手好字，字体纤柔却不失端庄，婉约又不失力度，就连教她写字的先生都赞叹说："虽有圣神武皇帝是为女书大家，然此女亦是可塑之才，日后必登峰造极。"

女儿自幼与母亲形影不离，高马驹几乎没有背过抱过女儿，每次回家他总是一副军人脸色谆谆教导，可他心里对女儿却是爱得不行。只是在没有人的时候，高马驹也常常会蹙眉长叹，大凤没有给他生下个儿子，高家的香火眼看就要折断在他这一辈了，他不免心有遗憾。现在女儿应当进一步升学深造，高马驹不想再撒手由她妈护着哄着、由她爷她婆宠着惯着了。他想让高贤受到更好的教育，期望着女儿将来能尽到和儿子一样的责任，招赘上门女婿，顶起高家的门户。

出于对女儿求学受教育的考虑，高马驹在回家时多次给他大他妈和大凤提起全家移居省城的想法。他大他妈故土难离，说死都不愿意离开高家老宅半步，但他大却开明爽朗地支持儿媳妇和孙女随高马驹到省城定居。不久，高马驹在省城里的夏家什字盘下一座四合院。夏家什字是一条古老的街巷，因曾经住过一位姓夏的举人而得名。一座一座青砖雕琢的高大门楼里都是规格相似的宅院，街巷不宽的路面上铺着平整的青石条，在雨雪天气里行走可以不沾泥带水。住进这条街巷就标志着进入省城里的上流阶层，高马驹不失时机地以极低的价格买下了一位破产商人的宅院。他将宅院翻修一新，又雇下伺候一家人起居的女佣，然后回到家中辞别过父母之后，便举家来亳落坊向岳父张敬亭辞行。

高马驹让勤务兵将带来的礼物——摆放在堂屋的桌子上，然后亲自拿起一盒包装精美的云南红茶，殷勤地给张敬亭介绍说："知道你爱喝茶，这是刘师长专意托我捎给你的。"张敬亭问："刘师长是谁？"高马驹哈哈一笑说："你的故旧好友刘团长现在已经高升为师长了，他早先团长的位置给我坐了。"张敬亭"哦"了一声又问："他高升了你也能跟着高升？"高马驹说："咱家跟刘师长有交情，我跟他是一条线上的，有他也就有我，他好了我也就好了。"张敬亭说："他还惦记我，那我也得给人家回个人情才好。"说着就要进里屋去寻回礼的东西。高马驹拦住岳父说："这些个事情都不劳岳父操心，我早已备下了回赠刘师长的礼当。见到他时，我就说是你让我给他捎去的。"张敬亭坐回到椅子上，嘴角含笑却凝眉低眼地说："寻情钻眼你倒是学精到了。"

在经历了六料庄稼绝收之后，黄土地里终于长出了粮食。秋收时节，繁忙丰收的景象再一次出现在田野里。有了粮食就有了活下去的希望，被饥饿折磨得瘦骨嶙峋的乡人们抖擞精神，肩扛担挑腿脚麻利地穿梭在田间地头，家家户户的庭院里都堆满了收获回来的玉米棒子。大人们在一望无际的玉米地里忙着掰收玉米，娃娃们则提着笼筐跟在大人后面，仔细捡拾每一粒掉落在地上的玉米，然后就都围坐在地头垄坎上，将一根根玉米秆像吃甘蔗一样，咬撕掉坚硬的外皮，咀嚼吮吸那甜丝丝的汁液。

傍晚时分，被雾霭笼罩在暮色当中的一个个村堡里，每家每户的灶间屋顶上都冒起了炊烟。劳作了一天的乡人们迫不及待地把刚收获回来尚未干须的玉米棒子抱进灶间，撕去嫩绿的皮衣，把一掐即破流溢出白色浆汁的颗粒剥下来倒进锅里，再掺上从田间地头顺手挖回来的野菜，混到一起煮熟了吃。甚至有人舍不得扔掉玉米棒软嫩的芯芯，把玉米棒芯芯切碎碾烂一起下锅，村街上和庭院里到处都弥漫起嫩苞谷浆汁甜丝丝的气息。吃罢饭舍不得点亮油灯的人们在黑夜里一家人围坐在炕上，每个人都抚着吃饱饭鼓胀的肚皮心满意足。男人们开始谈天说地讲起笑话，有了底气的嗓音和爽朗的笑声隔墙跨院此起彼伏，秋粮的丰收让人们从地狱回到了人间。

令人欣喜的秋收忙毕之后，清理完田地里堆积着的苞谷秆子，就又开始翻耕土地播种冬麦了。张敬亭赤脚踩在地里，手扶犁铧声音洪亮地吆喝着大黑骡子拉犁翻地。刘蛇儿的胳膊上挎着斗，弯腰跟在后面撒下麦种。日头红彤彤地冒出天边，田野里一片柔媚，秦腔的乱弹调儿从远处的田间地头飘送过来，庄稼人在欢声笑语中把对来年生活的希望播种在脚下的黄土地里。也只有在这个时候，张敬亭才觉得浑身上下无比舒畅，一切消沉低迷的心绪都消失不见，空洞茫然的心又变得踏实和充满活力，因悲伤失望而久已麻木的心神跟随着这片土地一起复苏了过来。万能的土地不但供给人们赖以生存的粮食，更让人们在劳作中找到了活着的乐趣和意义。

潮湿松软的土地被犁铧翻耕得像波浪般往两边翻滚开来，因为出力使劲，张敬亭脸色通红挥汗如雨，却也更显得神采飞扬。杨成业戴着瓜皮帽，穿一身黑色短袍，短袍下的两只裤腿都被裹腿布缠紧扎牢，一双穿着黑色布鞋的脚显得硕大无比。他背着手东瞅西看地从地头游逛过来，站在地畔上叫张敬亭："敬亭哥！你停一下，你过来我有话给你说。"张敬亭扭头看了一眼并不搭声，待重新转回到地头时，他才吁的一声叫停了大黑骡子，将犁铧交到刘蛇儿手里，走上地畔问："咋咧？你又要说啥话？"杨成业眨巴着眼睛说："敬亭哥，我咋觉得最近有些事情不对火呀？"张敬亭皱起眉头问："你又看见啥事不对咧？"杨成业说："我刚听人说赵和里一下子死了有三四口人，西留村和薛录镇这几天也有六七口人死了。这年馑刚过，现下又没有把谁饿下，咋能平白无故不断地死人呢？"张敬亭不耐烦地说："你到底想说啥？"杨成业说："老话说，大灾之后必有大疫，该不是起瘟疫了吧？"张敬亭并不在意杨成业的话，转身又下到地里说："是不是瘟疫现在还不好说，你不要神神道道地到处胡说。"张敬亭不再理睬杨成业，挎了斗，弯腰撒种，撵刘蛇儿去了。

没过几天，字落坊也开始出现病死人的状况。第一个突然病死的人是大将的老娘。大将老娘先是呕吐，接着就跑肚拉稀。起初她并没有在意，正是下种冬麦秋忙的时候，儿子和媳妇还有孙儿每天都在地里忙活，跑肚拉稀也是常有的事情，不值得大惊小怪。乡人们一般碰上这样的病，都是抓一把灶膛灰用水冲了喝下去，睡上两晌扛两天就没事了。

大将老娘喝下灶膛灰，却呕吐出一摊摊绿水，接着就一趟一趟地往茅房里跑。可她依然不当一回事，从茅房里出来洗过手，就又去给地里干活的人烧锅燎灶地做饭。直到第三天，她在烧火做晚饭时感觉到实在撑不起身子了，便压小了灶膛里的火，把馍放在笼里，盖上锅盖，用小火馏着，进屋躺倒在炕上。

天黑时，大将从地里回来，发现他妈昏昏沉沉地叫不醒，赶忙给他妈灌下去一碗热水，可他妈却不断呕吐出一摊摊绿色的秽物。大将这时才注意到他妈眼窝深陷，脸颊瘦了一圈儿。大将失急慌忙地跑去薛录镇寻郎中，待到郎中磨磨蹭蹭地赶来时，大将他妈已经没有了气息。

大将痛不欲生，痛哭流涕地给前来安慰他的乡人们哭诉，都怪他只顾忙地里的活儿，没有及早地发现他妈的病症，以致他妈就这样突然走了。乡人们唏嘘哀叹了一番，开始帮着料理后事。大将人缘极好，村里几乎多半的男男女女都来灵堂里哭祭了一回。

年馑才过，又是秋忙时节，大将他妈很快被入土下葬了。这件悲哀的丧事刚过去没有几天，播种冬麦也已接近尾声，孛落坊就开始接二连三有人病倒，接着就不断有人突然死去。死者一律先是呕吐拉稀，然后就耳鸣口渴喘不过气，没有两三天便都眼窝塌陷浑身无力地躺倒，在家里人才刚意识到不去诊病抓药不行的时候，病倒的人就都突然死去了。随之，病倒的人就越来越多，乡人们有了前头的病例，就都不敢再耽误，等到都用蚂蚱车载着病人推到薛录镇上的医馆时，这才惊异地发现医馆的门里门外以及街道边都已经排满了各个村堡同样来看病的人，人们在等待时交流叙说的病状几乎全都一样。

杨成业的话不幸成真，一场空前未有的瘟疫，没有任何征兆无声无息地蔓延开来。不管是男人女人老人小孩，不管是家徒四壁的穷户人家还是家境殷实的富户人家，都毫无例外地被裹进这场无法抵御的瘟疫当中。才将将度过年馑艰难存活下来的人们，再一次跌进苦难死亡的深渊里。

孛落坊祠堂里的香火昼夜不停地点燃起来，牛腿大蜡黑明不熄地在祠堂里闪耀，焚烧香蜡纸表的呛人气味儿在村街上弥漫。每当有大灾大难来临的时候，人们首先想到的是寻求祖宗先人在天之灵的庇护和保佑。可是瘟疫依然在不断蔓延，几乎每天都有人家在操办丧事。薛录镇上仅有的两家棺材铺都增添了匠人，没明没黑地割木造枋，价格虽然翻了一番可还是供不应求。有些实在无钱购买棺木或是被病人耗得精疲力尽等不及的人家，不得不用草席裹了尸体草草地埋葬了事。家家户户都处在惊恐之中，束手无策的人们唯一能做的只有跪倒在祠堂里，或是到远近的寺庙里去烧香拜神。

这个时候，一个求神拜仙的道场在孛落坊悄然兴起。有乡人在祠堂里跪完祖宗先人后，转而又跪倒在新的神位底下，狐仙降世的传闻也随之在孛落坊风传开来。乡人们交头接耳议论纷纷，三五成群扎堆圪蹴在村街边屋门外，神神秘秘地互相学说有关狐仙的各种传闻。

狐仙在什么地方首次降世，人们不得而知，但是神通广大法力无边的狐仙如何降福和庇佑信徒，又如何对那些亵渎仙威的人进行报复的事情却被传得沸沸扬扬。而且这些神奇的传闻中涉及的都是周边村堡有名有姓的人，这更让乡人们对狐仙降世的说法深信不疑。尤其是发生在与孛落坊相隔仅十几里地的周家堡周姓父子身上的事情更是人人皆知，周家父子三人因在遭遇狐仙时采取了不同的态度而招致了不同结果。

传闻周家父子三人在第一场透雨过后去地里寻挖野菜，越走越远，不知不觉走到了一座古庙台的遗址处。古庙早已不复存在，只遗留下一层层夯土打起来的庙台根基。父亲忽然在庙台一角发现一个洞口，洞口四周草木繁茂，丝毫没有遭受过干旱的迹象。父子三人正在疑惑之际，从洞口里缓步走出来一只浑身雪白的白狐。白狐看见周家父子并没有惊慌躲避，反而咧开嘴像人一样面露微笑。父亲和大儿子贪图白狐雪白昂贵的皮毛而陡生恶念，互相使个眼色，大儿子便突然扑上去将白狐拦腰抱住，父亲扬起手中的短把锄头向白狐迎头挖去。二儿子生性善良想救护白狐，情急之下推了父亲一把，锄头偏了方向挖在白狐的前腿上，白狐登时鲜血淋漓忍痛退回洞里去了。二儿子将父亲和兄长劝回家中后心有不忍，便带了疗伤的草药再一次来到庙台处，却怎么也找不到刚才的洞口了。他围着庙台转了几圈儿始终没有任何发现，就凭着记忆将草药放在洞口的位置转身回去了。

当天晚上，父亲的两条腿突然疼痛难忍，很快便失去知觉无法动弹。此后虽然吃药无数，但却再也不能走路，就此成了瘫子。第二天一早，大儿子在出门挑水时，与牵着一匹黄鬃马的本村乡人擦肩而过。不料一向温顺的黄鬃马突然甩蹄后踢，大儿子的左腿被踢断倒地，从此也落下残疾。一系列的事情让二儿子觉着很是蹊跷，便去庙台处烧香叩拜了一回，回到家里时已是天黑。他进到屋里刚想点灯，却突然从房梁上传来娇柔尖细的女人声音："我不喜烛火亮光，你就不要点灯了。"二儿子吃了一惊，在屋里四处盯瞅却啥也看不见。那女人又说："你是个善人，故此我不降罪于你，你可以把我的神位供奉在你屋里，往后你有难场时我自会护佑你。"说罢就再无声息。二儿子惊诧地跑出屋门，将这件奇异的事情告知了村中的几位老者。几位老者异口同声地大呼："狐仙降世了！"二儿子随后便在自家堂屋里立起神龛，供奉了狐仙的神位，一干乡人时时来烧香叩拜。瘟疫降临后，周家堡竟然有染上病症的乡人不治自愈，自愈的人无一例外都是跪倒在狐仙神位下的虔诚信徒。

这样有名有姓的事情一经乡人们千百回的口口相传，狐仙降世的传闻就无人不信也不敢不信了。孛落坊狐仙降世的神位被立在了杨狗娃家里，他家堂屋和庭院里从早到晚都是一片香火缭绕的"仙境"。香烛照耀，青烟升腾，黄表纸燃起的火焰骤起骤灭，前来磕头作揖的男人女人走掉一拨又涌来一拨，从天明到天黑川流不息，从屋里到屋外一直排续到庭院里。杨狗娃穿着一身黄袍道衣，盘腿在神位前的蒲团上打坐，每有乡人将铜板咣当一声撂入功德箱里的时候，他便会睁开眼睛，敲响身边代替钟磬的铜锣，口中还念念有词："狐罗大仙降世，驱祸避凶纳福，心诚自会灵验，护佑一家平安……"

杨狗娃突然间被乡人们视为通灵的顶神，狐罗大仙的真身在杨狗娃家中显灵，使得乡人们对杨狗娃的态度发生巨大转变。在杨狗娃摆开道场后的一个晚上，他甚至很玄乎地预言了村里一个乡人的死期，这样的事情使得全村人对他通灵狐仙深信不疑。杨狗娃家很快便成了乡人们虔诚跪拜的场所，各种供品摆满了杨狗娃家的供桌，钱财源源不断地被撂进供桌前的功德箱里。

孛落坊祠堂里的香火骤然疏落下来，跪在祖宗牌位前的人越来越少。越是年老的长者越是虔诚地率先拜倒在狐仙的神位底下，并一再鼓动留在祠堂里的人都去跪拜狐仙，以求能躲过瘟神的纠缠。有人不失时机地提出让大家捐钱捐物，给狐仙修庙塑身供奉香火，好让狐仙护佑全村人都能免除瘟疫。这样的提议立即得到了信徒们的一致拥护，一番讨论之后，所有人都把目光瞅向了杨狗娃，等着他来张口定秤。杨狗娃坐在蒲团上不紧不慢地说："修庙塑身这件事情你们还是先去给族长说的好，他是一族之长，一族之长都不来跪拜大仙，就算给大仙修了庙塑了身，我看大仙也不一定会护佑全村的人。"

第二天，就有人先来给张敬亭吹风亮耳朵。在吹过几次风亮过几次耳朵之后，村里的几个长者一起来寻张敬亭。长者们一进门就首先声明他们是众人推举出来的头儿，负责向族长转告族人的要求，并直截了当地告诉张敬亭，只要他能出面张罗此事，乡人们将会给他披红挂匾，感谢他的善举功德。张敬亭不动声色地听那几个长者叙说完，冷冰冰地说："我要是不准弄这号事情咋办？"那几个长者面面相觑。有一个长者气呼呼地说："你要是不准弄，那后面的事情可就——"另一个长者打断了这个长者的话，用一种表示退让的语气说："族长要是不愿意出面张罗也行，族长只需去跪一跪拜一拜大仙，表一表心意即可，其他的事情就由我们来筹划安排。"张敬亭哼了一声，冷着脸说："你们不敬祖宗先人，倒敬起四条腿的畜生来了，我看你们都忘了自家的先人是谁了！我只给祖宗先人下跪，我绝不会去给一个四条腿的畜生下跪。只要我还是字落坊的族长，你们谁都甭想给一个畜生修庙塑身！"话说到这样的份儿上，已经无法再往下说。先前说话说了一半的那个长者气冲冲地站起来，接着前面没有说完的话说："那好！敬亭你非要拿族长的位子压人，那我们几个可把丑话给你说到前头，后面的事情，嘿嘿！可就真不好说了。"另一个长者也失望地说："那就择日召集全村人都到祠堂里来，交由大家来说，敬亭你到时候可甭后悔！"

傍晚时分，西斜的残阳渐渐隐退，村街上满是焚烧香蜡纸表的呛人气味儿。张敬亭走出屋门走上村街，从村西走到了村东。村里大多数人家都是头门紧闭，除了能听到哄看娃娃的女人在庭院里说话以外，其余的男人女人都往杨狗娃家里跪拜狐仙去了。张敬亭迎面撞见了也在村街上转悠的大将，大将离着老远就给他打招呼："族长你吃了没？"张敬亭站下脚问："你咋不去杨狗娃家拜那个狐仙？"大将说："我拜它我老娘也活不过来了。杨狗娃那样的人，嘴里就没有一句实话，反正我不信他。"这时二愣也从村街上溜达过来，见族长和大将在说狐仙的事情，便插话说："那是杨狗娃狗日的装神弄鬼哄人哩！"张敬亭"哦"了一声没有再说话，心里却已经有了盘算。

张敬亭在村街上转了一圈儿就又走进了祠堂，祠堂里面空无一人，香案两边的烛火即将燃完，香炉里也没有了燃着的紫香，柱子上的清油灯只剩下了豆子大的火头儿。张敬亭点亮了新的烛火，又给香炉里插上了紫香，给灯碗里添了清油，拨亮了灯捻子，然后就走出了祠堂。他来到离杨狗娃家不远的地方站下脚，一派奇观就出现在他的眼前。杨狗娃家门口的村街上跪满了人，地上栽着一根根点亮的蜡烛，插着一支支紫香，焚烧着一堆堆黄表纸，挤不进庭院的男人女人都在虔诚地对着杨狗娃家大门磕头作揖。张敬亭没有想到一个四条腿的畜生竟然让孛落坊发生了如此重大的变化，他静静地看着，心里刚才盘算着的事情就彻底想好了。

第二天早起，有人看见张敬亭和刘蛇儿一起走出了村子，没有人知道他们去干啥，直到后晌时两个人才回到村里。吃罢晚饭，张敬亭和刘蛇儿都早早睡下，半夜时两个人再次走出了村子，直到天色大亮后才又回来，连着好几天两个人都是如此。这一天又是半夜时分，张敬亭走进马号里小声问刘蛇儿："东西准备好了没有？"刘蛇儿收了烟锅站起来也小声说："好了好了，都齐整了。"随后刘蛇儿给肩上扛了一捆干透了的苞谷秆子，胳膊底下夹了一卷用水浸湿的破旧褥子，张敬亭从墙上取下一杆铁耙掂在手里，两个人开了后院门走出去了。

月亮如水洗了一般明亮，整个村子都在熟睡当中。张敬亭和刘蛇儿走到村口时，大将和二愣手持铁叉从土堆后面转出来，四个人相跟着一路往北去了。摸黑走了快两个时辰，来到一处古庙台的遗址附近，四个人在一片树林里圪蹴下来。张敬亭小声说："蛇儿，你可要把眼睛睁大，那畜生一回来进了洞，你就麻利些点着火封住洞口。"刘蛇儿压着嗓子说："哎呀东家，你咋把我当三岁鼻嘴子娃了？"随即不耐烦地挥了挥手。张敬亭领着大将和二愣走出树林，弓身猫腰往庙台另一边去了。

刘蛇儿隐身在树林里面，不眨眼睛地盯住眼前那一片开阔地。一直等到远处的村堡里传来公鸡打鸣的声音，一团白影霍然出现在田野里。那是一只浑身雪白的狐狸，体形近似家狗大小，毛茸茸的尾巴垂在身后，两只眼睛闪着凶狠的红光。白狐缓步而行，机警地东瞅西看，走到庙台跟前时停下脚步，回过头往不远处的树林里狠狠盯看了一会儿，忽然低下身子钻进洞穴里去了。

刘蛇儿头皮发紧，毛发都要竖起来了，浑身冒出一层鸡皮疙瘩。他用两条胳膊紧紧夹住褥子和苞谷秆，蹑手蹑脚来到洞口边，猛一下将苞谷秆全塞进洞口，然后就划着了洋火。苞谷秆干透的蔓叶见火就着，火苗儿裹着浓烟呼呼地往洞口外面冒。火烧旺的时候，刘蛇儿用褥子堵死了洞口。一股浓烟从庙台另一边的草丛里冒了出来，接着就有一团白影从隐蔽在草丛中的洞口里疾射而出。大将和二愣的两杆铁叉几乎同时落下，却都叉了个空，待到张敬亭手里的铁耙打落时，那只白狐已然跃至几丈之外了。

白狐并不逃走，回转身将前爪低伏，龇开嘴露出白森森的尖牙，血红的眼睛死死盯住眼前的三个人。二愣举起铁叉扑上去又是一叉，白狐闪身躲过，跃出几丈后再一次拧转身，朝身后的人露出凶相。二愣紧跟上去，举叉再刺，大将手里的铁叉也同时掷飞了出去。白狐躲过了二愣刺来的铁叉，却被大将掷出的铁叉刺穿了肚腹。白狐哀嚎一声倒在了地上，挣扎着扭转头看向还在冒烟的草丛。草丛中突然蹿出三只小狐，飞也似的向田野跑去，瞬间便消失在茫茫黑夜里。再看白狐时，已经一动不动了。

太阳在田野尽头升起，金色的霞光照耀在已经冒出了青苗的土地上。四个人一身泥土，被露水打湿了鞋帮，走回村里后径直走进祠堂里。大将和刘蛇儿将抬在叉杆上的一只口袋扔到天井中间，二愣拿了铜锣走出祠堂便敲响起来。铜锣声在村街上回荡，刚吃罢早饭的乡人们都往祠堂里汇聚而来。杨成业没精打采地最后一个走进来，他一走到享堂上就小声问张敬亭："敬亭哥，锣是你让敲的？"张敬亭说："是我让敲的。"杨成业说："人家要咥你的块子，反你的水哩！你咋还替人家敲锣叫人？"张敬亭一脸淡定地说："我知道他们想干啥。这事不是我张敬亭的家事咯，这是全村人的大事，该当搁到祠堂里来说。"杨成业不再言语。他往大殿上瞅了一眼，那几个长者正虎视眈眈地盯着他和张敬亭。杨成业装作还没有睡醒的样子，揉了揉眼睛伸个懒腰，站到香案旁边去了。

这些天杨成业一直在家里窝着足不出户，杨狗娃闹腾狐仙的事情他一清二楚。他也知道在张敬亭断然拒绝了给狐仙修庙塑身之后，村上几个颇有威信的长者便私下里串联人，鼓动乡人们重新推选族长。杨成业对狐仙的事情半信半疑，可是从目前大多数乡人都痴迷狐仙的角度来看，他觉得张敬亭这一次恐怕是凶多吉少。虽然杨成业也打心底看不起杨狗娃，更不愿意让杨狗娃在村上得势而高他一头，可他又觉得张敬亭凡事太过死板，有张敬亭在，啥事都弄不成。杨成业既不愿意护着张敬亭，也不想跟杨狗娃往一个壶里尿，他打定主意坐山观虎斗静观其变。

张敬亭点燃了蜡烛，插上了紫香，还未及开口，有个长者就率先开口说了话："族长召集大家伙儿来，想必是要说给狐罗大仙修庙塑身的事情，那就请族长今儿个当着全村人的面把话敲明叫响，说个清白，也看看大家伙儿咋样子说。"张敬亭说："我今儿个就是要把事情敲明叫响，说个清白。"随即他给大将挥一挥手。大将走到天井里，解开那只口袋，咕咚一声将白狐的尸体倒在地上，然后提头抓尾举起白狐，绕着大殿转了一圈儿。

乡人们顿时炸开了锅，有胆小的人吓得捂住了眼睛。二愣挖苦几个长者说："快拜呀！这就是狐罗大仙，你们咋不拜了？"几个长者都面如土色，用衣袖遮住眼睛不敢直视。张敬亭朗声说："这就是你们整日跪拜的狐仙，它就是只四条腿的畜生，它要是神仙，它咋能在几个凡人手里丢了性命？"大将举着白狐走回天井，一松手将尸体咕咚一声撂到地上。张敬亭又说："瘟疫死人死得人心惶惶，大家担惊受怕求神烧香我能想开，可是你们给这个畜生下跪磕头我就想不开了。你们头也磕了香也烧了，可是烧香磕头的人当中不是照样有人染上瘟疫死了？"张敬亭从怀里掏出一张盖有大红印章的文书，高高举在手里扬了扬接着说："这是县府发下的文书，瘟疫叫作虎烈拉，整个关中都在流行这个病，唯一能预防的办法就是给庭院里撒上石灰。"旋即他叫来二愣让把文书张贴到祠堂外面去。

乡人们开始叽叽喳喳地议论起来，有人大骂杨狗娃不是个东西，尽弄些邪门歪道的事情哄人钱，也有人小声埋怨那几个长者。张敬亭问那几个长者："杨狗娃咋没有来？你们不是想重新推选族长，想让杨狗娃领着你们给狐仙修庙塑身吗？你们领头的人咋没有来？"那几个长者都低着头，红了脸一言不发。张敬亭瞪起眼睛厉声说："人要是不敬祖宗先人了，把自家的祖宗先人都忘了，那他还是人不？你大你爷你先人生你养你，你却去给一个四条腿的畜生磕头下跪！啥叫羞先人？这才真正叫羞先人哩！我今儿个把话当众撂到这儿，只要我还是族长，我就不准再弄这号事情，谁要是再敢弄这样的事，就要怪我对他不客气！"他用手一指白狐的尸体，给大将和二愣说："把这畜生给我一把火烧了。"张敬亭说完便走下享堂走过天井，凛然从人群中走出祠堂去了。

张敬亭走进自家头门，看见自己的女人秋满从灶间跑出来。秋满跑到台阶上站定脚，扭过头瞅了他一眼，猛然弯下腰呕吐起来。一股秽物从秋满嘴里喷射出来，落到地上后就像是韭菜叶一样的绿色。张敬亭脑子里嗡的一声轰响，站在庭院里愣了片刻之后，走过去搀扶住秋满的胳膊时，他的那双手就已经颤抖了起来。秋满此刻倒显得很平静，从半夜开始跑过几趟茅厕之后，她便断定自己是瘟疫上身了。她听人学说过染上瘟疫以后的症状，她坐在炕上独自哭了一会儿，很快便从慌乱中平静下来。天还没有亮，她就起来跟平时一样烧锅燎灶做好了早饭。此时她看着因为紧张而浑身颤抖的丈夫，心里倒生出一股温暖的感觉。她掏出手帕擦净嘴角的秽物，像往常一样温和地招呼出门归来的丈夫："你去洗了先歇下，我给你热饭去！"

张敬亭无心吃饭，让刘蛇儿套了车，要拉秋满去槐里县寻三剂先生。秋满却摆摆手倔强地说："你甏再折腾我了，我知道这样的病吃谁开的药都不顶用。"到了后响的时候，秋满浑身发软地在炕上躺倒下来。张敬亭也不忍心让秋满受一路的颠簸去槐里县，可他还是固执地让刘蛇儿去薛录镇上抓药。刘蛇儿到了镇上的医馆，还没有给坐堂先生学说完全部的症状，坐堂先生就已经知道是染上了瘟疫。坐堂先生提笔开了个方子，摇头叹气地对刘蛇儿说："这种病也叫作转筋呼噜泻，还没有啥比较灵光的药，我开的方子也只能是吃吃看吧，只当是家里人给病人尽心尽意了。"

刘蛇儿抓了药急匆匆回来，在庭院里搭起几块砖头生火。张敬亭到灶间寻见砂锅，添水把草药泡了，端出来架在砖头上圪蹴下来吹火拨柴地熬药。青烟带着火星儿从砂锅底下冒出来，呛得张敬亭睁不开眼睛，刘蛇儿拉他让他去屋里照顾病人，要替他熬药，张敬亭却把刘蛇儿推到了一边。刘蛇儿知道东家心里面难过，自己心里也是惴惴不安地难受，可是这样的事情谁都没有办法，刘蛇儿只能沉默不语地站在张敬亭身后，默默地陪着自己的东家。

张敬亭熬好了药把汤药滗到碗里，吹吹晾晾，到温热时把药端进屋里放在柜盖上，又去另倒了一碗开水搅上白糖，这才把秋满扶起来喝药。秋满软绵绵地躺在张敬亭怀里不张嘴，摇着头说："你就让我安安宁宁地死了算了，甏叫我临死还要受这喝汤药的罪。"张敬亭说了许多好话，哄着秋满让她喝药，可秋满就是不张嘴。张敬亭颤抖着声音着急发火地说："你咋能连汤药也不喝？你喝嘛！你喝了药病就好了，我给你备了甜糖水，我不叫你受这喝汤药的苦嘛！"秋满瞅着丈夫快要流出眼泪的神色，就硬撑起了身子缓缓喝完了那一碗汤药。张敬亭又给她喂了几口糖水，扶着她重新躺平睡好，然后溜下炕，端了空碗刚要出门，就看见秋满干呕了几声，接着就一歪头趴在炕沿上，哗啦啦把刚喝下的药全都又吐到了地上。张敬亭手一软掉了空碗，浑身瘫软地圪蹴下来，随即哇的一声哭喊起来："老天爷呀！你走了丢下我，我可咋活呀……"

第二天半夜时分，一直昏昏沉沉的秋满忽然惊醒过来叫了一声："她大！"守在炕边的张敬亭急忙将她扶起抱在怀里。秋满伸出手在丈夫的脸上轻轻抚摸，露出了一丝微笑说："我梦见咱凤儿娃了，我一点儿也不害怕，我去那边，那边有咱凤儿娃陪我呢！"张敬亭瞅见秋满的脸上已经没有了一点儿血色，眼窝深陷的脸已经变成了一种青灰的颜色，他的全身便开始哆嗦起来。他闭上眼睛使劲忍住不让自己哭出声，可眼泪还是滴落到了秋满的脸颊上。秋满伸手拂去他的眼泪说："你要哭，你哭啥呢？我去了那边，也就能替你去伺候咱妈了。"说着她自己也哭出了声，泪珠儿滚滚而落地又说："我只是不放心你，没有人再服侍你了。"张敬亭再也忍不住放声大哭。

一直圪蹴在堂屋门口的刘蛇儿听见哭声，急慌慌地走进屋里，着急地把两只手在衣襟上乱搓，却不知道咋办才好。秋满转过了头，瞅着刘蛇儿笑了笑说："蛇儿兄弟，你也是咱屋的一口人，我走了，你要替我把你敬亭哥招呼好！"刘蛇儿哗一下落了眼泪，捂住脸呜呜哭了几声，然后抹去挂在脸颊褶皱里的泪水，发誓赌咒地说："你放心，我这一辈子都陪着东家，要不然我就不姓刘，就不算是个人！"秋满的呼吸越来越弱，眼睛也渐渐地越睁越大，含着泪水的目光不舍地盯瞅着自己的丈夫，那眼里的活光慢慢地退去了……

张敬亭没有给任何远近的亲戚报丧，也不许村里的乡人们来祭灵上香。他甚至没有请风水先生来测定穴位，就自己在坟地里指定了地方，然后让本门子的几个侄儿轮流换班挖坑箍墓。刘蛇儿往薛录镇上跑了几趟都没有买回来棺木，最后还是杨成业出面，求到了里长赵书臣那里，赵书臣硬是让棺材铺把定给别人的一口薄板棺材让给了张敬亭。一切出殡丧葬的仪式全部简化，棺木一抬进坟地里就草草地入土埋葬了。张敬亭在湿漉漉的坟堆前烧过纸，泪流满面地叹息："世上再也找不到你这样好的女人了……"

第二十一章

冬至过后，白天渐短黑夜渐长，日头每天都早早地从田野西边沉落下去，每一个村堡不等到天黑就都隐没在了茫茫雾霭当中，孛落坊又显出久违了的宁静安详。瘟疫随着冬季的到来迟滞了下来，随着天气越来越冷逐渐消失不见了，病倒的人越来越少，死人埋人的情景也越来越少，失去亲人的悲痛和对死亡的恐惧慢慢淡去，乡人们又逐渐恢复到原有的生活秩序。

冬麦的青苗染绿了整个田野，在临近腊月时，乡人们开始忙碌起来。各家各户都把积攒了一年的粪肥车拉肩挑向地里转运，然后一锨一锨扬撒在每一亩麦田里，以给嫩小的麦苗积攒够过冬所需的养分。

张敬亭站在自家后院的粪堆顶端，挥舞着镢头把积压瓷实的粪堆刨挖开来，刘蛇儿用铁锨把滚落下来已经板结的粪块拍烂捣碎，以免大块的粪疙瘩撒进麦田压死麦苗。粪肥很快就在蚂蚱车的车斗里冒了尖尖，刘蛇儿用锨背把虚粪拍打瓷实，走到车辕前将拴在车辕两边的绳子绕过头顶，搭在脖项后边，给手心里吐口唾沫，搓一搓手掌，然后就嘿的一声给劲拉起了车辕。张敬亭从粪堆上跳下来，把镢头和铁锨在车帮上架好，将拴在车头上的绳子搭在肩上喊了声："走！"两个人一拉一推，满载粪肥的蚂蚱车便在松软的地上轧出一道车辙印儿，吱吱呀呀地出了后院门向地里去了。

天近暮色的时候，张敬亭和刘蛇儿从地里回来。村子里家家户户的灶间屋顶上都冒着炊烟，唯独张敬亭家的灶间里是冰锅冷灶。王海棠在秋满下葬之后就回娘家去了，张敬亭心里明白，侄媳妇是不想接手家里烧锅燎灶的活儿。自己女人在世的时候，王海棠每回进到灶间，最多也就是打个下手、烧个火，做一些零碎活儿，如今全家人的茶饭起居她怕也是挑不起拿不动。侄孙儿疙瘩业已到了该念书的年龄，张敬亭给疙瘩取下张乾礼的官名，在薛录镇学堂里念书，十天半月才回来背一回口粮。整个丧事期间张敬亭怕瘟疫传染给乾礼，就没有让在学堂里念书的乾礼知道家里的事情，王海棠也不等大儿子回来见上一面，就领了二小子急匆匆回娘家去了。

自从王海棠走后，张敬亭总是和刘蛇儿一起搭手做饭，可是刘蛇儿回回都把他往灶间外面推，说自己熬茶做饭的手艺不输女人家，让东家歇着，等着张口就行。张敬亭怎么也不愿意让刘蛇儿一个人烧锅燎灶地忙活，刘蛇儿去担水，他便择菜洗菜；刘蛇儿擀面切面，他便生火烧锅，灶间倒成了这个屋里最不冷清、最热闹的地方。这会儿，两个人推着蚂蚱车回到家里，刘蛇儿打来一盆清水放在庭院中间。张敬亭圪蹴下洗手洗脸，完了把毛巾丢在铜盆里便走进灶间往锅里添水，然后就点着火呱嗒呱嗒拉起了风箱。

刘蛇儿擦洗完，收了铜盆走进灶间，憨声憨气地说："你还没有说咱吃啥饭可就烧锅哩！"张敬亭说："你说吃啥咱就吃啥。"刘蛇儿说："你这还把人给难住了，吃面哩，还是喝粥哩？你总得说一样咯！"张敬亭抬起头问他："你做啥饭最拿手？"刘蛇儿笑了笑说："我最拿手的不一定是你爱吃的。"张敬亭也笑了，说："你还不知道我？我啥饭都不弹嫌，我一辈子就没挑过食咯！"刘蛇儿挽起袖子说："那好！那我今儿黑就给咱做个我最拿手的。"张敬亭问："到底做啥饭？"刘蛇儿说："打搅团鱼鱼。"张敬亭哑然失笑说："关中人谁都会打搅团鱼鱼。"刘蛇儿说："搅团鱼鱼好吃是好吃，可就是不耐饥。我小时候我妈老做这饭哄我的肚子，走上十里八里路，上个坡尿泡尿就可饿了，穷户人家把这饭叫'哄上坡'。"张敬亭兴致盎然地说："好！今儿黑咱就吃哄上坡。"

锅里的水已经烧开，刘蛇儿忙喊："快塞烧了，滚了就行。"说着拧身从面缸里舀出一碗苞谷面，掀开锅盖，一手端碗，将苞谷面一点点儿往锅里扬撒，一手拿着擀杖，在锅里来回翻搅，然后给张敬亭说："我给咱打搅团，你给咱剥葱砸蒜调个醋水儿。"张敬亭走出灶间，从墙上挂着的蒜瓣上摘下一嘟噜蒜，又在菜篮篮里找见两根葱。剥了葱砸好蒜，张敬亭给长把铁勺里倒满油伸到灶膛里烧煎，吱啦一声泼好了蒜泥。

锅里的苞谷面糊糊咕嘟咕嘟冒着气泡滚腾着热气。刘蛇儿双手抓着擀杖使劲在锅里翻搅，回过头又喊："有些稀了，你再给我舀少半碗面。"张敬亭舀了少半碗苞谷面递给他。刘蛇儿说："你这下把火烧旺。"张敬亭往灶膛里塞了几根硬柴，又呱嗒呱嗒拉起了风箱。不一会儿，锅里的苞谷面糊糊咕嘟咕嘟一个劲地往上冒腾。刘蛇儿急得又喊："对咧对咧！快把火压了，锅底快烧焦了。"张敬亭赶忙把灶膛里的柴火拨出来用脚踩灭，然后就又去给瓦盆里舀了半盆水放到锅台上。刘蛇儿回过头问他："你是吃鱼鱼还是吃搅团？"张敬亭说："搅团、鱼鱼都吃。"刘蛇儿说："你先起开。"张敬亭退到了一边。刘蛇儿把擀杖撂到锅里，回身从案板上抄起漏勺儿，然后拿铁马勺舀起苞谷面糊糊倒在漏勺上，一条条细长的鱼鱼便从漏勺的窟窿眼儿里漏下来，掉入瓦盆的水里。漏过几勺鱼鱼，刘蛇儿把锅里剩下的糊糊全部舀出来倒进瓦盆里，苞谷面糊糊一见凉水立时就成了块状的搅团。刘蛇儿把手里的家伙什都撂到锅里，挥挥手对张敬亭说："好咧好咧！这里没你的事了，你到外头坐下等着，哄上坡一会儿给你端到手里。"

天色已经黑了下来，张敬亭走进堂屋点亮油灯，把油灯端出来放在门口的小饭桌上坐下来静等。过了一会儿，刘蛇儿端着红漆木盘走来，木盘里放着一碗醋水儿、两碗鱼鱼和两碗搅团。张敬亭低头闻了闻，然后就高喊起来："哎呀！香得很，真个香得很！蛇儿！没看出你打搅团鱼鱼还真是一手绝活儿。"刘蛇儿咧开嘴笑起来，他明白东家大声说话的用意，是想在这孤清的庭院里闹出些响动，以昭示正常的日子还在继续。他不由得受到感染，在衣襟上擦了擦手，端起一碗鱼鱼放在张敬亭跟前，又端起一碗放在自己这边，也提高嗓门大声豪气地说："嘿嘿！可不是我自夸哩，亭落坊茶饭手艺最好的女人家怕也赶不上我这样的绝活儿！"两个人坐在小饭桌两边，互相给对方碗里浇上醋水儿，大声地赞叹，大声畅快地说话，喧闹的声音隔着院墙在村街上都能听见。

腊月初，天上飘起了雪花，纷纷扬扬连天下个不停。旷野中是一片耀眼的银装素裹，村庄里的高低门楼、大小房屋也都被白雪覆盖。在这样天寒地冻的天气里，乡人们无所事事，只能窝在自家炕上取暖，或是东家西家地乱转闲谝。

杨成业捎着褡裢，踩着积雪，走到张敬亭家门口，高声热情地邀请张敬亭一起到薛录镇去跟会赶集。张敬亭从堂屋里踱步出来，挥挥手说："你还不知道我？我是最不爱凑热闹的人咯！"杨成业依然站在门口放高声热情相邀："敬亭哥，走嘛走嘛！年跟前正是跟会赶集看热闹的时候，左右没事，你窝在屋里弄啥呀？今儿个八娃子在薛录镇摆场子唱头场戏，走走走，我请你看戏走！"张敬亭看一眼圪蹴在一旁抽烟的刘蛇儿，扭过头说："要不让蛇儿跟你一搭去，蛇儿最爱看戏。"刘蛇儿在心里很是厌烦杨成业，赶忙摇头摆手说："我不去我不去，我现在不爱看戏咧！嫌吵得慌。"杨成业扫兴地撇撇嘴拧身走了。

后半晌张敬亭睡了一会儿起来，刘蛇儿熬了一壶灌灌茶端进堂屋里，张敬亭摆下两只茶盅刚斟上茶水，杨成业推开头门喊了声："敬亭哥！"然后就走过庭院径直走进了堂屋里。他将一包茯茶放在桌上，用手一指，对张敬亭说："给你的，知道你爱喝茯茶，专意买给你的。"张敬亭说："你花这没名堂的钱弄啥？"杨成业拍打着身上的积雪说："我走到哪儿都想着敬亭哥你哩！哪像你对我，从来都没有个兄弟情谊。"张敬亭笑一笑，伸手给他让座。杨成业一屁股坐下，毫不客气地端起桌上的茶盅一饮而尽，抹了抹嘴就开始杂七杂八地闲谝，说在镇上碰见谁谁了，又说八娃子的《辕门斩子》演得多好多好。

谝了一会儿，杨成业一脸神秘地说："敬亭哥，你听说了没有？共产党闹暴动了，驻守在铁佛寺的保安队反了，跟着共产党去打永寿县城了。"张敬亭吃惊地问："啥时候的事情？我咋一点儿都没听说？"杨成业说："你一天光知道窝在屋里喝茶，你能知道个啥？"张敬亭疑惑不解地问："在乾州反的，那咋不打乾州，可去打永寿？"杨成业说："那还不是先拣软柿子捏哩！"张敬亭紧跟着问："打下了没有？"杨成业说："永寿县那屁大个地方还经打呀？县长都叫人家杀了。"张敬亭惊讶地问："那后来呢？"杨成业说："后来那肯定是着祸了嘛！听人说让国军给'围剿'了，杀得遍地都是尸首，剩下的跑到北边山里去了。"杨成业龇牙瞪眼地又说："现在到处在抓共产党，听说只要抓住马上就地杀头，血淋淋的人头把乾州的城门楼子都给挂满了。"张敬亭叹气说："而今这乱世整日里打打杀杀，何时是个头啊！"杨成业笑了笑说："敬亭哥你放心，咱这搭又没共产党，乾州城离咱孛落坊还八丈十远的，跟咱有啥尿相干的。"

　　杨成业走了以后，张敬亭不由得忧心起来，天阴下雪道路泥泞，乾州地界上又打打杀杀的，一点儿也不安生，也不知道自己的侄儿张文博过年时能不能回来。过了几天，侄孙儿张乾礼从学堂放假回来，非要去槐里县叫他妈回来过年，乾礼在家里睡了一夜，第二天一早便独自下马嵬坡找他妈去了。

　　腊月二十三又是薛录镇逢集日，置办年货兼看热闹的人空前拥挤，大灾大疫过后的古老狭窄的街道上，再度展现出喧闹繁华人流汹涌的景象。张敬亭和刘蛇儿这天早早儿去割肉灌酒置办了年货，回来一走进庭院，张敬亭就让刘蛇儿收拾东西回家过年去。刘蛇儿走回马号里，磨磨蹭蹭的，就是不出来，张敬亭走到马号门口催他，刘蛇儿却圪蹴着抽烟，慢吞吞地说："我啥时候回去都行，等少东家回来了我再走也不迟！"张敬亭执意让刘蛇儿按约定好的日子下工回家，硬拉着他拿了口袋去开仓灌粮。今年只收获了一料玉米，麦子依然是稀欠少有。张敬亭按全年工价灌过玉米之后，又特意多灌了一袋麦子给刘蛇儿，还把在薛录镇集上买的肉也分了一半让他拿上。刘蛇儿了解张敬亭的秉性，知道熬不过东家推辞不掉，他又不会说客套的话，只得默不作声地推上蚂蚱车下工回家了。

　　到了腊月二十九，张文博依然没有回来，王海棠和两个侄孙儿也没有回来，偌大的庭院里寂静无声，张敬亭殷切期盼的劲头逐渐冷却下来。大年三十这一天，虽然家里只剩下了张敬亭一个人，可他还是早早起来扫了庭院，接着又去烧锅燎灶地蒸馍、煮肉、炸油馃子。忙完灶间的活儿，他又研墨裁纸，写了一副对联贴到头门上，然后给祖宗牌位以及他妈、他老婆，还有二凤的灵位都上了香、献了饭。天黑的时候，他走出庭院，走到村街上去转悠。

　　村里的蓑娃们在村街上来回呼号奔跑，把大拇指头粗的二踢脚立在地上燃放，炮捻子哧哧响着，进出一连串闪亮的火星儿，随即一声炸响，便蹿上夜空，在黑沉沉的空中再爆出一声炸响。碎成渣渣的炮皮纸屑悠悠地飘落下来，落在张敬亭的头上和身上。他把两只手插在袖筒里，饶有兴致地观看娃娃们放炮，直到娃娃们搜空了衣兜放完了炮，在大人们的呼喊声中各自散去回家了，张敬亭才回到了家里。他闩好头门，直接走进马号，给槽里拌好草料后，就背着手看大黑骡子嚼吃草料，直到大黑骡子吃光了整整一槽草料，他才回屋睡觉去了。

　　外面的鞭炮声渐渐稀落，张敬亭躺在炕上似睡非睡。忽然他听见有人叩响门环叫门的声音，他坐起来侧耳静听了片刻，便跳下炕，趿拉着棉窝窝，走到庭院里问："蛇儿！是不是你回来了？"刘蛇儿扯着嗓子在门外边喊叫："东家，快开门来，是我回来了！"张敬亭疾步走过去，撤去门闩，打开头门。刘蛇儿抬脚跷进门槛说："东家，我回来陪你过年来了。"他也不管张敬亭问啥说啥，只管回身重新闩了门，拉了张敬亭往后院走着说："走走走！咱也抄碟子过年。"

刘蛇儿拽着张敬亭走进马号，点亮了油灯，将一瓶酒放在炕桌上，又从怀里掏出一包酱牛肉打开，然后拿起酒瓶晃一晃说："东家，你尝一口这酒，这是我大专意给你存下的柳林烧酒。"张敬亭埋怨说："老叔在家里，你就不该大年三十跑出来。"刘蛇儿说："就是我大让我回来的。"张敬亭蹬掉棉窝窝，上了炕盘腿坐下。刘蛇儿拧开酒瓶盖儿说："东家，你先喝一口，咱也算过年了。"张敬亭接过酒瓶，咕咚给嘴里灌了一口，啊的一声长长吁出一口气，又将酒瓶递给刘蛇儿说："你应该在家里陪老叔喝酒才对。"刘蛇儿笑了笑说："我大操心你一个人孤清心慌，就打发我回来跟你一搭过年。"张敬亭心里一酸就沉默下来。刘蛇儿仰头灌下去一口酒，又将酒瓶递回来说："东家你要打起精神来呀！少东家兴许是有重要的事情，等他忙完了他总要回来的。"他见张敬亭依然沉默不语，就又说："我现在都能想清白，世事就跟咱种麦收麦是一样样的，你天天去地里瞅，那麦苗儿也不见得长得快长得高；你放宽心，不瞅也不管，等时候到了，麦子自然就长高长熟了。"

刘蛇儿说着话，咧开嘴憨厚地笑着，脸上洋溢着诚挚关心的神情。张敬亭受到鼓舞，提起精神说："好哇蛇儿！你说得好哇！时候到了，麦子自然就长高长熟了，你这话说得好哇！我心里一下子敞亮了。来！今儿黑咱两个一醉方休！"两个人喝着说着，都兴致高涨起来。张敬亭带着一些醉意说："蛇儿，来一出乱弹，过过瘾热闹热闹哇！"刘蛇儿也不推诿，借着酒劲，跳下炕，挥舞着烟锅吼起了秦腔。两个人一直喝到深夜，都醉倒了，胡乱躺在马号的炕上睡去了。

张敬亭做梦也没有想到，他的侄儿张文博不但在刚交腊月的时候就回到了乾州，而且还参加了杨成业所说的那场铁佛寺的暴动，但是那场暴动却从一开始就注定了是一场失败的暴动。

魏老师和张文博还在渭北的时候，费尽周折找到了活跃在渭北一带的共产党游击队，最终和党组织重新取得了联系。负责审查他们的同志在审查通过之后告诉他们，由于叛徒的诈唬和自己同志的大意，再加上杨念南挖地三尺的手段，在陕东的省委机关几乎全军覆没，党的工作再一次陷入停滞状态。重新组建的省委机关刚到省城不久，正在紧锣密鼓地恢复工作，党组织要求他们尽快返回省城参与工作。

张文博安葬完二凤回到省城之后，就先到新风剧社找到了岳先生，岳先生将魏老师留下的一本《儒林外史》交给了他。张文博很仔细地翻看了一遍却没有发现任何夹带，唯有一张书页底角被折了起来。岳先生见他一无所获，赶忙解释说："我可没有翻过动过这本书，他咋样给我的，我还咋样给了你。"张文博笑一笑并不回避岳先生，用指头蘸了水，将折起的书页浸湿，一行小字便显现在书页上。岳先生在一旁惊讶地说："哎呀呀！我可没有教过你这样的窍道。"

张文博在岳先生那里吃过晚饭后，按照书页上显现出的地址，找到了四府街 26 号，敲响门板时，出来开门的正是魏老师。他一见到魏老师就迫不及待地问："跟新的省委联系上没有？"魏老师说："联系上了。"张文博兴奋地问："那咱们现在怎么样开展工作？"魏老师说："今天晚上你先好好休息，明天咱们再谈工作。"张文博说："你不说我一夜都睡不好。"魏老师笑了，说："你这个坐堂先生啥时候变成急性子了？"张文博："我现在真的变成急性子了，我恨不得一夜之间就将那些土匪和军阀都消灭干净。"接着他就将二凤以身换粮，救人活命，以及除去土匪头子三杆旗后惨遭活埋的悲惨故事讲给了魏老师听。

魏老师听完之后连声感叹："奇女子！世间少有的奇女子！这样豪壮的事情让七尺男儿都自愧不如呀！可惜这样的奇女子被这个黑暗的世界给残害了。"魏老师一拍桌子站起来，义愤填膺地又说："我们一定要砸烂这个黑暗的旧世界，为你二姐报仇，为千千万万个被黑暗的旧世界屈死冤死的人报仇！"张文博激动地说："我恨不得明天就能建立一个全新的中国！"魏老师缓和气氛诙谐地说："可是国民党不同意呀！同志！咱们得脚踏实地跟他们斗争。"张文博说："所以我才想早一点儿开始工作。"魏老师说："好！那我就告诉你这个急性子。现在形势发生了变化，中国面临最严重的威胁是日本侵略，党决定让你到学校里去开展工作，到学生中去宣传抗日救国的道理，去建立反日运动的组织。"

在魏老师的周密安排下，张文博很快成了省城里一所中学的生活教员。就在这一年的冬天，日本逼迫华北自治的消息传遍了全国。愤怒的人们纷纷走上街头游行示威，反对日本侵略、反对华北自治的风暴刮遍了全国的每一座城市。省城里的各个学校很快也掀起了抗日救亡的浪潮，张文博不失时机地在学生中建立起了反日救国的组织，紧接着各个学校的学生组织又串联在了一起，怒不可遏的学生们打着横幅布标到省府门口举行集会和抗议，要求国民政府惩办汉奸卖国贼，要求对日宣战。正在集会和抗议轰轰烈烈进行的当口儿，魏老师突然派人传来口信说是有重要的事情让张文博尽快去见他。

天色黑透的时候，张文博从学校里出来。他刻意绕了几条街道，兜了一个大圈儿，在确认没有被人跟踪后才来到四府街26号。魏老师一见到他就开门见山地说："组织决定派你回到你的家乡乾州去。"紧接着魏老师又详细地解释说："我们的同志打入了乾州保安团，在那里发展和积蓄了一股武装力量，准备发动武装暴动。为了使这次暴动能取得胜利，省委决定成立乾州特别支部，由你担任党代表去参与这次暴动，你有什么意见没有？"张文博激动地说："革命的燎原大火终于烧到我的家乡了！我没有任何意见。"魏老师叮嘱说："我们的人仅仅掌控了驻守铁佛寺的保安队，你到那里后把具体情况摸清楚，要尽快把暴动的详细计划送回来，最好等省委讨论之后再决定是否举行暴动。万一碰上紧急情况，特别支部也可以当机立断，做出暴动的决定。"张文博抑制不住兴奋地问："那我啥时候动身？"魏老师笑了说："看来你真的变成急性子了。"随即魏老师告诉他，担任保安队队长的是自己的同志，叫李剑仁，武装暴动已经箭在弦上，要他尽快起程。

铁佛寺在乾州城以西的清凉山上，所谓的清凉山其实是一个坡塬，铁佛寺就在塬上的半坡当中。建于明代的寺庙因有一尊巨大的铁佛而得名，早先还有住庙的和尚念经烧香，却不知什么时候被废弃掉了，现在已成了乾州保安队驻扎的地方。张文博回到乾州时正是腊月初下雪的时候，他一到铁佛寺就很顺利地同李剑仁接上了头。可是他万万没有想到，他的到来却使得保安队仅有的几名党员之间的争论更加激烈。

张文博到铁佛寺的当天晚上，李剑仁就召集了所有的党员开会。张文博作为党代表在向他们传达了省委的指示之后，争论双方就都急着开始发表各自的意见，接着就互不相让地再一次激烈争论起来。争论和分歧的焦点只有一个，那就是什么时候才是举行暴动的最佳时机。李剑仁和刘副队长主张暴动不能太仓促，要等各方面时机都成熟时再起事；另一位姓王的副队长和其他几名党员则力主马上就举行暴动，不能再拖延时间。

坚持暴动不能太仓促的刘副队长一再重申，在没有经过省委讨论之前不能轻举妄动。可是王副队长立刻就针锋相对地说："虽然还没有经过省委讨论，可是省委指示也可以由特别支部做出决定呀！"刘副队长坚持说："现在乾州的情况很复杂，我们还是——"王副队长很不客气地打断刘副队长，说："乾州的情况我们最了解不过，保安团所辖的各个保安队都是面和心不和，是一群乌合之众，没有什么战斗力。可咱们的队伍却在不断壮大，已经有二百多人了，突然袭击攻占乾州城，我看是很有把握的，现在正是举行暴动的最好时机，不能再拖延了。"

王副队长的话立即就得到了其他几名党员的拥护，双方马上就又唇枪舌剑地激烈争论起来。李剑仁不得不制止了大家没有秩序的发言，冷静地说："保安团虽然内部不和是一盘散沙，可是他们的总体人数要比我们多出很多，我们分化瓦解的工作还没有取得成效。再说离乾州不远的礼泉县又驻扎有国民党的正规军，在这样的情况下，我们没有十足的把握，不能轻举妄动。"王副队长对李剑仁的话很不满意，马上就有点儿生气地讥讽说："前怕狼后怕虎，这样子的话怎么干革命？你可是咱们的指挥员呀！同志！如果连你都尿了，那咱还暴啥动干啥革命？那还不如都回家种地去算了！"

面对王副队长蛮横的态度，李剑仁不仅没有发火，反而更加诚挚地说："王副队长，你挖苦我两句我不在乎。但是你想过没有，就算按你说的保安团是一群乌合之众，咱们很顺利地攻占了乾州城。可是乾州和礼泉近在咫尺，一旦礼泉县的国民党军队来进攻咱们，咱们是否能顶得住？如果顶不住又该当如何？这些情况不能不考虑呀！"王副队长不屑地说："说来说去你就是犹豫不决嘛！真到了你说的那个时候，省委肯定有新的指示和命令，咱们按照省委的命令行事就是了。可现在咱们必须当机立断做出暴动的决定，不能再拖延了。"

李剑仁看到王副队长固执的态度就沉默下来。王副队长趁机又说："咱们必须为党负责，不能因为怯战而贻误战机。"刘副队长在一旁忍了很久，终于忍不住说："把各种情况考虑得充分一点儿，这怎么能是怯战？咱们拉起这一帮子人马着实不容易，正是为党负责才要保护好这股武装。"王副队长不耐烦地说："好了好了！咱们都不要争了，既然省委指示可以由特别支部做出决定。现在特别支部也已经成立了，那就请党代表主持特别支部会议进行表决。"

张文博一时无法判断争论双方谁对谁错，只好站起来缓和气氛地说："同志们都能坦诚相见，看来大家谁也没有把谁当外人，不过我的意见还是尽快向省委汇报。"王副队长马上抢话说："汇报归汇报，但是暴动的具体时间今天晚上必须通过表决确定下来。"张文博进一步表明态度说："我也反对轻举妄动。"王副队长倔强地说："你个人反对归你个人反对，让全体党员表决来做决定。"那几名支持王副队长的党员也马上表态说同意进行表决。张文博看一看沉默不语的李剑仁和刘副队长，不得不同意了王副队长和其他党员的意见。表决的结果是三比四，王副队长和其他三名党员以得票优势赢得了表决，乾州特别支部最终做出了三天之后就举行武装暴动的决定。

张文博在铁佛寺里住了下来，他到处走走看看了解情况之后，就更加忧心忡忡了。他发现这支队伍的人员组成很复杂，有人是因为吊儿郎当被其他保安队开除投靠过来的，也有人当过土匪无路可走才投奔而来，他甚至还发现有人竟然躲在营房里没人的地方抽大烟，这些人明显都只是为了混一份饷银而已。虽然大部分队员都是老实本分的庄稼汉，几个小队的军事指挥权也都牢牢地掌握在党员手里，可是张文博依然有了一种极度不安的感觉。他找到李剑仁说："这里的情况必须尽快汇报给省委。"李剑仁说："这个时候你不能走呀！"张文博说："那好，那我留下来全力配合你，你看谁去合适？"李剑仁说："让刘副队长去汇报，他了解的情况更多。"后晌的时候，刘副队长领受了给省委汇报的任务，冒雪离开铁佛寺往省城去了。

暴动前一天的傍晚时分，李剑仁和张文博正在屋里商议暴动的具体细节。王副队长疾步走进来说："我谈好了一批弹药，现在去取货。"李剑仁疑惑地问："你从哪里弄的弹药？咋没有听你说起过？"王副队长说："永寿县保安团有我的一个旧友，我已经给他做过好几次思想工作了，他答应拉一小队人并且带一批弹药过来，加入咱们的队伍。事情没有最后说好，因此我没有给你汇报。刚才他让人送来了消息，说他今天晚上就要过来，让我现在去接应他。"李剑仁警觉地问："你把暴动的事情透露给他了？"王副队长说："我又不是三岁娃娃，咋能给他说那么多？"接着王副队长就撂下一句："你们都放心，这个人绝对没麻达！"然后就急匆匆地走了。

王副队长并没有给李剑仁说实话，他确实已经把暴动的事情透露给了他的那个旧友，只是还没有来得及告诉旧友暴动的具体时间，他的草率行为最终引发了意想不到的后果。快要熄灯的时候，跟王副队长同去的一名队员跌跌撞撞地跑回来，失急慌忙地大喊："不好咧不好咧！王副队长被抓走了！"李剑仁和张文博听到喊声从屋子里走出来。那名队员气喘吁吁地说："我们上当了，说给咱弹药，其实就是圈套，王副队长和另一个队员都被永寿县保安团抓走了！人家就是为了抓他才把我们引诱去的，幸亏我的鞋子走掉了，我落在了后面才能脱身回来。"

李剑仁马上就紧张起来。他对张文博说："明天就要暴动，咱们的人却被抓走了，现在怎么办？"张文博说："我们现在没有退路了。"李剑仁说："暴动的秘密万一被泄露出去了，敌人就会有所准备。"张文博说："那我们就先下手为强，让敌人来不及准备。"李剑仁说："我们提前暴动，打他个措手不及。"张文博说："打他个措手不及是最好的办法，我同意！"李剑仁伸出手同张文博的手握在一起说："好！那我们就一起在乾州打响革命的第一枪。"

子夜时分，二百多人的队伍摸黑急行军，到达了永寿县城北边的新店村，队伍在村外的一处空场地上集结起来。李剑仁站在高处，神情凛然地做暴动前的讲话："同志们，我先告诉大家一个好消息，中央红军已经胜利到达陕北，国民党想围剿红军的美梦破灭了。革命的高潮才刚刚开始，我们举行武装暴动，就是要在乾州打响革命的第一枪，给陕西的反动派敲响丧钟！我们现在先打下永寿县城，解救出我们的同志，然后再杀个回马枪攻下乾州城，我们将在乾州建立起第一个真正为劳苦大众说话办事的红色政权，我们今天的暴动必将载入史册！"李剑仁凝视着站立整齐的队伍，朗声下达了暴动的命令："现在暴动开始，向永寿县的反动派发动进攻！"

随着一声惊天动地的巨响，永寿县的城门被炸开一个大洞，一小队暴动的队员冲上城楼控制了城门，其他队伍一拥而入直奔县府。驻扎在县府里的永寿县保安团百十号人从睡梦中惊醒过来，晕头转向还没有搞清楚状况就当了俘虏，暴动的队伍几乎没有遇到像样的抵抗就占领了整个县城。枪声很快平息下来，王副队长和另一名队员得到了解救。松绑后的王副队长从一名队员手里抢过一杆长枪，怒不可遏地从俘虏堆里揪出了他的那个旧友。旧友吓得面如土色不断告饶："不关我的事，都是白县长逼着我给你下套的——"王副队长一脚将他踢倒在地抬手就开了枪。旧友被送上了西天，王副队长余怒未消，提着枪直奔白县长的屋子时，却被赶来的李剑仁和张文博堵在了门口。李剑仁发火说："咱们党有纪律，不许枪杀俘虏！"王副队长不服气地说："杀反动派有什么错？难道还要把那狗日的县长放了不成？"李剑仁生气地说："罪大恶极的反动派自然要得到惩处，可是也不能乱杀人、随便杀人，我们不是土匪，我们是共产党领导的队伍！"王副队长泄了气圪蹴下不说话了。

李剑仁走进白县长的屋子，永寿县的白县长龟缩在屋子一角，被两名队员看押着。见官长模样儿的人走进来，白县长赶忙抱拳拱手惊恐万状地说："兄弟无意与贵党为敌，只是上峰的命令不得不遵从。你老兄高抬贵手放过兄弟，兄弟愿归隐山林不再为官。"李剑仁冷笑着说："好一个归隐山林不再为官，你是啥样子的官我们最清楚，你在永寿县做下的恶该是给民众清还的时候了。"

天色大亮的时候，一纸列举白县长九大罪状的《告民众书》贴满了永寿县的大街小巷，白县长被公开枪毙在县府门口。枪毙过白县长之后，李剑仁站在县府门口高声宣布："国民党只剿共不抗日，但是我们共产党不能眼看着我们的国家被日本侵略。从现在开始，我们这支队伍就叫抗日决死队，我们要向国民党反动派宣战，向日本侵略者宣战！"

抗日决死队轻而易举地拿下了永寿县城，整支队伍陷入一种胜利的狂热之中。自愿留下来的俘虏和踊跃参加的民众都被编入了队伍，原先的几个小队都迅速扩编成了大队，缴获来的武器弹药也都派上了用场，抗日决死队陡然间显得兵强马壮了。王副队长兴高采烈地提出："趁热打铁，一举拿下乾州城！"其他几名党员也都乐观地认为拿下乾州城不是问题，甚至在乾州、永寿两地建立红色政权，实现武装割据都是不无可能的。

李剑仁却保持着冷静，说："是不是等刘副队长从省委回来，看一看省委有什么指示再做下一步打算？"王副队长把大手一挥说："谁也说不准刘副队长啥时候能回来，打仗就是兵贵神速，难道要等人家准备好了咱再动手不成？"李剑仁扭头看向张文博，用目光征询张文博的意见，张文博却一直沉默不语。他想起了在营房里抽大烟的队员，想起了那些不三不四混进队伍里的人。永寿县保安团是一群不经打的乌合之众，但是那并不意味着国民党的其他军队都是尿包软蛋。张文博心里虽然有一种危机四伏的感觉，可他又觉得可能是自己过于敏感和谨慎了，干革命毕竟是要冒风险的。他看着一张张信心百倍热情洋溢的脸庞，不忍心向自己的战友泼下一盆凉水，他最终同意了进攻乾州的计划。

在对新加入的队员进行了两天的简单训练和磨合之后，抗日决死队开始向乾州进发，王副队长带领一队人马作为前锋走在最前面。他双手叉腰，以已然胜利的姿态大声鼓励行军的队伍："同志们！加快速度呀！到乾州城里去吃豆腐脑哇！"王副队长没有想到，李剑仁和张文博也根本没有想到，国民党的一个骑兵团正在向他们快速逼近。

其实早在他们攻打永寿县之前，白县长把王副队长成功诱捕之后，马上就把电话打到了省上，早早地向省上报告了铁佛寺保安队要暴动造反的消息，并邀功说已经抓捕了策划暴动的共党头目。省上听到暴动头目已经被抓获就并不慌张，本打算派官员先到乾州进行清理整顿，然后到永寿县表彰嘉奖白县长，最后再把抓捕的共党头目就地枪决。谁知派出的官员还没有起程，就又得到永寿县被攻陷、白县长被枪毙的消息。省上大为震惊，当即就近调遣了一个骑兵团，下令对暴动的共匪一个不留，全部予以剿灭。骑兵团气势汹汹杀奔永寿县而来，在永寿县与乾州交界处与抗日决死队狭路相逢。

一场遭遇战随即展开。国民党骑兵团装备精良行动快捷，战斗打响没有多久，抗日决死队便被冲散打乱了。战斗形势急转直下，抗日决死队各个大队之间无法互相联络，更无法集中力量抵抗，新收编的队员又四处奔逃不听指挥，只有李剑仁率领的一部分队伍占据了一块高地拼死打了一阵，将冲在最前面的敌人骑兵击退，才有了暂时喘息的机会。

李剑仁把张文博叫到一边，急切地说："看来我们确实犯了轻敌冒进的错误。"张文博说："当务之急是想办法保全队伍。"李剑仁说："只剩下突围这一条路了。"这时候，王副队长领着几十号人跑上了高地。他一见到李剑仁就满脸羞愧地说："老李同志，我对不住你、对不住党，我要是早听你的意见就不会……我错了！"王副队长自责地低下了脑袋。李剑仁说："我们都被一时的胜利冲昏了头脑，我们都错了。"王副队长一拳砸在自己胸口上，悔恨地说："牺牲了那么多同志，我心疼呀！"李剑仁冷静地说："得赶快挽救活着的同志，挽救这支队伍。"王副队长说："突围，得马上突围！"李剑仁苦笑着说："好了！咱们的意见终于统一了。"张文博说："那就往北边突围，到五凤山集结，想办法过泾河到苏区去。"王副队长马上说："就这么定了，我殿后，我去引开敌人，你们带着剩下的人赶紧走。"王副队长转身跑去集合了他带来的几十号人，向前边冲下去了。

突围的命令很快下达，为了防止敌人的骑兵追击，剩下的百十号人迅速下到了沟壑之中，在纵横交错的沟壑里穿越而行向北转移。身后响起了激烈的枪声和爆炸声，随着队伍越走越远，枪炮声逐渐稀落下来。有人停下脚步向后观望，接着所有的人都停下了脚步，默默地向后观望。枪炮声渐渐归于平静，只有寒风吹动干草枯枝发出窸窸窣窣的声音，天上又开始飘起了雪花。

临近午夜的时候，队伍进入五凤山。五凤山东邻礼泉县，西扼永寿县，一山占三县，矗立在乾州北边。五凤山有五座挺拔的山峰，之所以被人们称为五凤山，那是因为有一段跟武则天选定乾陵有关的神奇传说。

相传唐朝最厉害的两名方士袁天罡和李淳风，不约而同为武则天选定梁山作为陵墓之后，忽然从远方来了一个赤须碧眼的喇嘛。这个喇嘛自称来自遥远的西天，是佛祖释迦牟尼的高徒。他一见到武则天就说袁李二人对皇上存有二心。武则天惊诧万分，忙问喇嘛为何如此说，喇嘛回禀说："奉天（乾州古称奉天）之北有五座山峰，有金凤凰栖居于山上，那里才是真正的风水宝地。袁李二人舍金凤而选梁山，实为合谋欺君也！"武则天听后大怒，立即召袁李二人前来问罪。袁李二人到来后面无惧色，并说那五座山峰上确有金凤栖居，但真正的凤巢却在他们选定的梁山之上，只要梁山开工动土，金凤自然会还巢于梁山。喇嘛当场驳斥说："金凤栖居的地方才是真正的凤巢所在，怎么会还巢于梁山？完全是欺君之谈。"武则天对双方的话都半信半疑，可还是决定了动工建陵的吉日，但却没有选定在哪里动工。满朝文武都疑惑不解，都不明白武则天只选定动工的吉日却不选定在哪里动工是什么用意。

到了动工吉日这一天，武则天把从全国各地征选来的十万名能工巧匠分为两拨，她亲领一拨，由袁李二人陪同，前往梁山；高宗李治领一拨，由喇嘛陪同，前往那五座山峰。文武大臣们这才明白武则天是要在两地同时动工。高宗李治到了那五座山峰之后，在喇嘛指定的地方开始让人往下深挖。当才挖到七尺一寸的时候，地下露出一层坚硬光滑的青石板。喇嘛跟高宗禀告说："凤巢就在青石板底下，棺椁将来只能在青石之上不能在青石之下，如果再往下深挖，就把凤凰灵气毁掉了。"高宗急不可耐地想见金凤，听喇嘛说不让再往下挖了，便一脸生气地说："寻常百姓掘墓都要七尺二寸深，朕一个真龙天子难道还不如布衣百姓？"他不顾喇嘛阻拦，当即传旨继续深挖。谁知工匠们刚撬开青石板的一角，忽然轰隆一声巨响裂开一个洞口，霎时间金光闪闪耀人眼目，只见五只金灿灿的凤凰鸣叫着，展翅腾空飞上了云端。

那五只金凤在五座山峰顶端飞舞盘旋了一会儿，便展翅离开向南飞去。飞了一阵看见有一条清亮的溪水，就都落在溪水旁的巨石上歇息饮水，再飞时有一只金凤拉下一粒金屎落在了地上。五只金凤一直飞到了梁山之上，一齐落在了袁李二人选定的风水宝地消失不见，于是乾陵最终定在了梁山。那飞出金凤凰的五座山峰后来被人们称为五凤山，飞出凤凰的石洞被称为凤凰洞，凤凰饮水歇息时落过的巨石，便是现今乾州阳峪镇的凤凰台，凤凰拉下一粒金屎落下的地方，被称为"冯市（凤屎）"。

抗日决死队的残余队伍在五凤山一个只有十来户人家的小山村里停歇下来。李剑仁让人拿着银圆挨家挨户去敲门，十来户人家被一齐叫起来生火熬苞谷糁子，疲惫不堪的队员们吃罢饭便在各家各户腾出来的窑洞里睡下了。李剑仁和张文博坐在昏暗的油灯底下，两个人都毫无睡意却又相对无语。张文博率先打破沉默说："刚才吃饭时我清点了一下，咱们还有八十多号人。"李剑仁低着头说："这一路有许多人开了小差。"张文博摆出一副乐观的姿态，既是给自己鼓劲打气，也是给李剑仁鼓劲打气地说："八十多号人已经是一股不小的力量了。"李剑仁说："几百号人就剩下了这么一点儿，咱们的损失太大了。"张文博说："可是咱们做了一件非常了不起的事情。"李剑仁咬着牙说："一定要把活着的同志带到苏区去！"张文博说："那样我们就算胜利了。"李剑仁用双手在脸上使劲搓了几下，提振起精神说："敌人肯定已经把渡口盯死了，我们不能再轻举妄动，明天先派人摸摸情况再说。"

两个人正说话间，门外放哨的队员推开门惊喜地喊了一声："刘副队长回来了！"紧接着刘副队长就疾步走了进来。李剑仁和张文博一起从炕上跳下来，三个人的手紧紧地握在了一起。李剑仁激动地说："可把你盼回来了！你是咋找到这里来的？"刘副队长笑着说："那还不好找哇？跟着敌人走自然就找到你们了。"刘副队长紧接着又说："咱们得赶紧转移，敌人就在咱们身后不足五里的地方宿营。"李剑仁说："狗日的咬得可真紧。"张文博忙问："省委有什么指示没有？"刘副队长苦笑着说："省委原本指示咱们不要攻打乾州，直接把队伍拉过泾河到苏区去整训，等到时机成熟时再拉出来，谁知你们——"李剑仁叹气说："现在说什么都晚了。"刘副队长说："现在也还不晚，我们的队伍还在，得赶快把剩下的队伍拉过泾河去。"张文博说："可是渡口肯定被敌人盯死了，我们不能再硬碰硬了。"刘副队长说："不走渡口我们也能过河。"李剑仁和张文博几乎异口同声地问："你怎么知道？"刘副队长笑了笑说："你们怎么都忘了？我就是五凤山长大的穷苦娃呀！没有谁比我更熟悉这里了。翻过山有一处叫鱼嘴滩的地方，水浅浪平，蹚水就能过河，冬天没有人去那里，敌人肯定想不到。"

屋门突然咣当一声被人推开，一个队员搀扶着另一个受伤的队员走进来。李剑仁看着被血水浸透衣裳的队员忙问："这是咋回事？"那个没有受伤的队员气愤地说："我们在村口放哨挡住了几个开小差的不让他们走，他们就上手动了刀子。"刘副队长脸色一变说："不好！他们开小差往回走肯定会碰到敌人，这里一刻也不能再停留了。"几个人随即分头去散落在山洼里的农户家中叫醒熟睡的队员。队伍很快集合起来，清点完人数后只剩下了六十多人。刘副队长带领队伍刚走出北边的村口，南边村口便响起了枪声。有开了小差的队员一边回身开枪一边高喊着跑回村里："大家快跑呀！国民党包围上来了！"密集的枪声响成一片。李剑仁在黑暗中高喊："都不许乱也不许慌，后面的人抓紧前面人的后衣襟，都跟着刘副队长走，进到山里我们就安全了。"伸手不见五指的黑夜里，六十多名队员跌跌撞撞地向五凤山的深处跑去了。

天亮时分，前行的队伍看到一条峡谷。崇山峻岭被从中劈开，一条河谷深不见底，两岸是悬崖峭壁怪石嶙峋，泾水横冲直撞湍湍而流，冲出了峡道后怒吼着奔向前方。刘副队长领着队伍走出峡谷，来到一处地势较平的滩地。远远望去，南北两边弧线形的河岸像是一条鱼身的形状，河面在滩地处陡然间收缩变窄，湍急的河水打着漩涡，激着浪花，从最窄处喷涌而过，像是从鱼嘴里泄出的洪流。水流冲下去几十丈后，河面又变得宽阔起来，河水也变得平静，缓缓地向东流去。

刘副队长第一个下到河里，他站在齐腰深的水里向后伸出一只手，后面的队员抓住他的手，把另一只手也伸向身后的人，六十多名队员手拉手走进了冰冷的河水里。李剑仁最后一个下到河里，他回头凝望身后的五凤山。在他前面的张文博也回过头凝望着五凤山说："将来我们会领着六千人六万人的队伍再回到乾州，你信不信？"李剑仁说："再回来时，我们一定要给牺牲的同志树碑立传，不能忘了他们！"

第二十二章

　　岳先生因施粥舍饭赈济饥民而中断已久的戏剧创作重新启动，一度冷寂的新风剧社也逐渐恢复到一日三晌两场戏的正常状态。新风剧社已经许久没有新戏推出，翻来覆去尽是上演过无数回的老戏旧作。剧社同人以及熟悉的戏友每遇到岳先生时，都会满怀期待地问他何时再出新戏。年馑已然过去，岳先生卖字赈灾的劳顿也早已消失，可是大饥饿所造成的恐慌阴影却依然在他心间挥之不去。他的眼前时不时就会浮现出在舍饭场粥锅前那些面黄肌瘦的人为争一口粥拼死拥挤的情景。他一想起这些就心生酸楚感叹不已，也由此想写一出有关民人疾苦的戏，可是酝酿了许久之后，又觉得这样的戏除了带给人痛苦和伤心之外并无多大意义。

　　天灾是很可怕，但是人祸尤为可惧。若不是各路军阀为敛财征税，强迫农人种植罂粟，以致关中万千良田只产烟毒不产粮食，何至于在大灾来临之时全陕有绝人之忧？泱泱中华千秋万代人杰辈出，不承想时至今日，皇上换成了大总统，大总统又换成了委员长，但是堂堂中华依然是国弱民穷被人欺侮，连弹丸之地的小日本都来占我土地杀我民人。岳先生每思及当下的乱世，心中便愤愤不平郁闷至极，他觉得提振民人自强不息的精神才是当务之急，可是他每日在书案前冥想苦思，却又不得要领，无从下笔。

　　这一日，忽然有政府官员前来新风剧社拜望岳先生，称省府成立了一个财政委员会的机构，特邀请社会各界贤达担任委员，以对政府进行监督，岳先生名满关中，自然在被邀之列。来拜望的官员热情陈述，岳先生只是冷眼静听，他对这样的事情毫无兴趣，听不多时便婉言谢绝。官员再三热情相邀，岳先生却执意不肯应邀。官员无可奈何，将庆典赴宴的请柬放到桌上，不冷不热地撂下一句："先生是军政两界长官都点名邀请的人，去不去先生自己看着办！"官员一走，新风剧社其他几位掌柜的都来相劝，要岳先生为新风剧社的处境考虑。岳先生实在架不住再三劝说，便勉强应承按约赴宴。

省府在西安饭庄包下十余桌酒席，应邀前来的都是达官显贵和各界名流。岳先生被安排在首席，与主持庆典的省府李副主席同桌就座。李副主席高举酒杯，热情激昂地致了一番敬酒词，在座的宾客掌声雷动，李副主席频频招手致意后坐下开吃。岳先生坐在酒席桌前很不自在，各位头面人物却一个个吃得满嘴流油，你来我往互相抬举吹捧，又不断向李副主席拍马溜须恭维敬酒。耳听眼见尽是些阿谀奉承之词，岳先生勉强坐了一会儿就再也坐不住，找了个借口起身告辞离席而去。李副主席从后面跟出来，拉住他挽留说："酒才过三巡，还未及向先生讨教，也未与先生对饮，先生咋可要走？"岳先生站下脚说："讨教不敢当，对饮也免了，我倒是有几句话想向李副主席请教。"李副主席喷着酒气，满脸笑容地说："哎呀呀！能得三秦文人魁首向我请教，李某人真是荣幸之至！先生有什么指教请说。"岳先生劈头就问："既然要我等充任委员监督政府财政，那我要问，今儿个这等规格的酒席吃喝得要多少银圆？花的又是谁的钱？"李副主席顿时面露尴尬，勉强带着笑容答非所问地说："看来先生是在责怪李某人招呼不周呀！"岳先生摇摇头转身又要走。李副主席紧撵两步又拦住说："先生稍等一会儿，接了聘书再走。来来来！先生先入座，我陪先生对饮几杯，给先生赔不是。"这时又走过来几个头面人物，硬将岳先生连推带拽拉回到饭桌前重新坐下，举杯相邀与岳先生对饮，接着就又齐声夸赞岳先生的文采墨宝，要岳先生一展风采，留下墨宝再走。

李副主席听到这样的提议陡然来了兴趣，端一杯酒走到岳先生跟前说："听闻先生惜字如金人所难求，李某仰慕已久却未亲眼识得先生墨宝，择日不如撞日，今儿个正好向先生求字。"一众头面人物齐声附和吆喝捧场，非要箍着岳先生留下墨宝不可，有人当即就叫堂倌在饭堂上铺了桌案，端来了笔墨。岳先生此时倒也不推辞，走到桌案前提起毛笔润了润墨，略一思索便在纸上写下"攘外必先安内"。李副主席拍手惊喜地说："妙哇！好呀！委员长的金言，岳先生的墨宝，挂在中堂定蓬荜生辉呀！"在众人都赞不绝口时，岳先生又落笔写下了"安内定要攘外"几个字。众人纷纷揣解其意。有人摇头晃脑地说："安内以后定是要攘外的嘛！跟委员长之意真是珠联璧合。"也有人咋舌咂嘴地说："哎呀！我看你说得不对，这话是在跟委员长唱反调，说的是想要安内，定要先攘外！"李副主席此时也无主见，满腹疑惑地说："还是请先生来亲解其意吧！"众人再寻岳先生时，岳先生早已扬长而去了。

岳先生独自走出西安饭庄，回头皱眉望了一眼，摇头冷笑着自嘲说："吃人嘴软，拿人手短，好吃难克化呀！"他拂袖转身往回折返。行至中山大街时，遇有学生队伍在街上游行，行人皆在街边驻足观望。学生们群情激昂，打着横幅标语高呼"誓死不当亡国奴"的口号，浩浩荡荡穿街而行。岳先生也停下脚步注目观望时，有学生跑到街边，将油印的传单向行人散发。岳先生接过一张，见上面写着"停止内战，一致抗日"，便苦笑着自语了一句："国共要是能尿到一个壶里那可就好喽！"不想学生却接口说："自古至今抵御外侮都分两派，无非一派主战一派主和，主战多为国家，主和多为私利。现今媾和就是投降，投降不免亡国，我等誓死不为亡国奴！"岳先生见学生一脸严肃认真的神态，便笑着逗学生说："战则伤民，和又辱国，你们这是难为委员长哩！"学生白了岳先生一眼，气呼呼地说："中间无路可走！"岳先生看那学生只有十四五岁的模样儿，小小年纪竟然说出这样大义凛然的话，不禁感叹地说："国人要是都能如此，那就好了。"学生又说："我们游行宣传就是为警醒民众，教化人心。教化人心为匡时第一要务。"说完便急匆匆向前追赶队伍去了。

岳先生把学生那句"教化人心为匡时第一要务"的话兀自念叨了几遍，突然改变主意先不回新风剧社，转身出了西门，直奔西关军营。刘师长在接到守门的士兵禀报后，一身戎装大踏步地走出来，离着老远就抱拳拱手朗声问候："哎呀先生！什么风把你给吹来了？我还说这几日就去拜望你呀！不想你可就来了。"岳先生说："我怕你如今位高权重把我忘了，特意先来看看你。"二人多年义交，彼此熟知秉性。刘师长大笑起来说："你哪里是来看我，你这是不知在哪里受了气，寻我撒气来咧！"岳先生说："我还没有吃饭呢，来寻你撒了气才好吃饭。"刘师长挽住他的胳膊笑着说："走走走！今儿个气让你撒够，酒肉也给你管饱。"

两个人走进军营，到屋子里坐下，刘师长便吩咐副官去要酒要菜。没一会儿，副官领着西关万和楼的堂倌走进来，堂倌从一个有着两层保温棉套的提盒里端出四样菜和一壶酒，摆放到桌子上后，又给两个酒盅里斟满了酒，便和副官一起退出去了。刘师长和岳先生边喝酒边说话，就说到了当下的时局。岳先生单刀直入地问刘师长："眼看倭寇打进山西，就要打到关中门口了，你们这些拿枪杆子的真个就无动于衷吗？"刘师长放下酒盅，大声豪气地说："嘿嘿！我不瞒你说，我天天都心躁手痒，恨不得立马出关跟倭寇狠狠地干上一仗，杀他个人仰马翻。"岳先生鼓掌大笑说："壮哉！壮哉！这才是秦人的英雄气概，这是我今儿个听到的最舒心、最畅快、最解气的话。"

刘师长见岳先生情绪高涨起来，他却一下子蔫下来默然不语了。岳先生随即又问："你何时出兵与倭寇决一死战？"刘师长面露尴尬，摊开双手泄气地说："这事——唉！这事我说了不算咯！"岳先生冷笑着说："这事全中国人说了都不算。"刘师长说："就连杨将军说了也不算呀！好我的先生！"岳先生说："我知道！我知道你们说了都不算，全中国只有一个人说了算，可是这个说了算的人却偏偏又不说抗日的话。"刘师长叹气说："唉！我跟你一样，也只能是过过嘴瘾撒撒气而已。"他见岳先生低头不语，就又说："这个说了算的人不但不让我们出关抗日，还要我们去围剿红军。要不是杨将军从中周旋挡住了这样的命令，我这十七师这会儿只怕已经开到陕北去了。"岳先生沉默了一会儿，端起酒盅一饮而尽长叹一声，满脸痛惜地说："都啥时候了，还在一个窝里咬！只怕不等倭寇来打，我们自己就先把自己给咬死了。"

天黑的时候，岳先生满腹惆怅地回到新风剧社。他进到屋里也不开灯，一个人坐在椅子上兀自沉思。时局如此不堪，让人心焦难眠，山河破碎倭寇横行，黎民百姓都处在水深火热之中，可他却枉享文人魁首的美誉，连一两件为国尽心尽力的事情都做不出，岳先生愧疚自责心绪难平。他把学生说的那句"中间无路可走"的话在心里来回咀嚼了几遍，脑海里就翻腾起从清家到民国那一件件丧权辱国让人思之便痛彻心扉的事情。他起身踱步转了几个来回，就又想起李副主席那"妙哇！好呀！"令人厌恶的面孔，转而刘师长"心躁手痒"却又无可奈何的神态也浮现在眼前，学生那句"教化人心为匡时第一要务"的话音又在他耳畔不断地回响。岳先生一会儿仰头悲叹，一会儿又怒火填胸，他似乎能听得到自己的心里有无数个声音在愤怒地呐喊，在痛苦地呻吟，他的心头如火在灼烧一般。忽然他心有所得，开亮灯快步走到书案前，提笔在纸上写下了"匡正人心"几个大字。

从那天晚上开始，岳先生便闭门谢客。他既不回家，也不走出新风剧社半步，日日夜夜在屋里泼墨挥毫。寒冬腊月大雪纷飞，室外繁杂的世界已与他无关，空寂了许久的那间青砖瓦房里又重新飞扬起文墨的味道。春夏之交的时候，一部震动省城的秦腔新戏《秦川书院》在新风剧社隆重推出。

伏天一个溽热难熬的晚上，树叶儿纹丝不动，燥热的空气令人窒息。岳先生脱去了长袍只穿短衣，一身清爽地在新风剧社后面院子里一棵槐树底下喝茶纳凉。《秦川书院》已经连续上演了一月有余，社会各界反响热烈，新风剧社再度呈现出座无虚席的热闹景象，人们街谈巷议的焦点和各大报纸的头条都是岳先生的新作《秦川书院》以及当红名角木九红的专版介绍。岳先生连月来每日都值守在剧社里，每一场演出他都会亲自观看，看完后他总是一丝不苟地指出细枝末节的不足之处，然后不厌其烦地重新修改和加以排练，使得这部新著大戏日臻完美。后晌的时候，岳先生在屋里醋睡了一觉，醒来时天已昏黑，吃过饭他便坐在树下喝茶纳凉，静静地聆听戏楼里板胡锣鼓忽高忽低的旋律。

木九红忽然从戏楼的后门里面走出来，径直走到岳先生身旁，在另一张椅子上坐下。木九红已经卸去戏装，只穿着贴身的短衣，坐在那里皱着眉头一言不发。岳先生奇怪地问他："戏还没有演完，你咋卸装了？"木九红心不在焉地说："后面的戏有替补顶我了。"岳先生关切地又问："你哪里不舒坦了？"木九红抬起头直直地瞅着岳先生说："我见到大凤了。"岳先生猛一愣，随即笑了说："大凤在乾州，怎么会到这里来？许是你看走眼了。"木九红语无伦次地说："我见到她了，她还跟我说话了，她让……让我娶女人成家，她现在就住在省城里。"接着木九红站起来嘟囔着："她来了，我咋办呀？"失魂落魄地走回屋里去了。岳先生扇着蒲扇摇了摇头说："麻达事情来咧！"

木九红回到屋里躺在炕上就不再动弹，学员喊他去吃夜宵他也不理。他回想起自己还是小木匠时的那段时光，想起给大凤系围裙的情景，想起跟大凤耳鬓厮磨的美妙感觉。他记得自己曾经在大凤的耳朵旁说下"一辈子只喜欢你一个人"的誓言，这些年他也确实一直在坚守着自己的誓言，从没有让别的女人走进过他的心里。从新凤剧社到北京再到天津，不知有多少美艳贵妇痴情才女追捧他邀约他勾引他，可他都岿然不动心硬如铁。在他大他妈相继故去之后，他就再也没有回过乾州，可是他的心里却怎样也放不下那个身在乾州的女人。

晚上木九红在戏台上唱戏的时候，就在他舞袖回身的那一瞬间，他突然就看见了那个曾经跟他耳鬓厮磨让他日思夜想的乾州女人，他一下子就声咽口塞愣在了戏台上，直到有人把他搀扶着走到了后台，他才灵醒过来。他在幕布后面再度张望时，那个乾州女人刚才坐着的地方已经人去椅空了。他两腿灌了铅似的走进更衣间，脱了戏服，洗去脸上的油彩和脂粉，仔细回想刚才那恍惚如梦的瞬间。这时候，他从镜子里看见一个女人撩起门帘走了进来，他惊愕万分地回过身。走进来的，正是他发誓一辈子只喜欢她一个的那个乾州女人大凤……

大凤是同邻家王太太一起来看戏的，这是她第一次到省城最有名的剧社里来看戏。从乾州移居省城之后，大凤很不习惯城里的生活，青石条铺就的街巷哪有乡村旷野那样让人舒心畅快？豆腐块似的四合院更没有姜村镇高家老宅那样宽展敞亮。女儿高贤去了教会女子学堂上学，月里四十才回来一趟。高马驹倒是隔三岔五就从三原县的驻地回到家里，在没有紧急军务时，他常常也会在家里住上三五天。平常的日子里，就只有大凤和女佣云香在家。云香年轻漂亮做事麻利，一应日常的事情一概不用大凤操心。哪里摊贩云集，哪里蔬菜果品新鲜，哪家铺子日用杂物货好价廉，云香都是轻车熟路了如指掌，一日三餐也都是云香做好后把饭端到大凤的手里。

高马驹多次叮嘱大凤乡村不比城里，城里人讲究新潮，何况她现在是团长夫人的身份，那就要有团长夫人的风范，要她从头到脚都换成新潮的衣裳。大凤对省城里的一切都陌生不知，云香便领着她到城里最有名的裁缝店去量身定做衣服。大凤穿上新做的旗袍，羞得满面通红地说："哎呀！这不就是一片布裹着个精光的身子？鼓着胸露着腿还不把人羞死了！"云香说："你看别家的太太姨娘们都这样穿，你穿穿就习惯了。"大凤换上了高跟皮鞋，却摇摇晃晃地走不了路，云香便换上皮鞋，在屋里走来走去示范给她看。大凤说："我看你倒像是个官太太。"云香脸上一红说："我哪有那样的命！"大凤闲来无事想在庭院里空闲的地方种菜，云香说："这条街上的太太姨娘们谁还在屋里种菜呀？那样人家会笑话的。"没过几天，云香弄来许多花花草草摆放在庭院里，大凤就整日浇水剪枝务弄花草。

邻家王太太眼见搬来了新邻，便时常来串门聊天。王太太是个经见过大世面又藐视世事的女人，她犀利的话语和动不动就撇着嘴斜眼看人的表情，时时都彰显出她是具有聪明的头脑和大户人家女人脾气的官家太太。

王太太常常跷起二郎腿坐在大凤家堂屋门口的案几旁，一边看大凤侍弄花草，一边嗑着瓜子说出一些聪明女人洞察世事的话："你以为男人整天在外面披星戴月地忙活都是干正事来着？我可告诉你，其实这些臭男人都是在外面胡吃闲耍，不知道忙着给哪个女人献殷勤胡骚情哩！"大凤说："咱女人家把咱自己管好，男人们爱干啥就让他干啥去！"王太太撇撇嘴说："人跟人不一样，像你这样实心眼的迟早要吃亏。我可给你说，女人该吵就要吵，该闹就要闹，免得男人把你不当回事，到头来吃亏受气的都是女人。"大凤笑一笑说："有啥可吵可闹的？我那一口子平时都不爱说话，就更没有啥可吵的了。"王太太说："话少并不一定就老实，蔫驴才踢死人哩！男人嘛，都是一屎货色！你看我家那货，看起来文绉绉的话少不言传，可是一看见漂亮女人就迈不开腿走不动道了，那嘴就能翻得很，啥话就都会说了。"

大凤笑得弯下了腰，王太太却毫不在意地继续说："他在外面耍女人打野食儿，我就跟他吵跟他闹，把他兜里的钱掏空，要不他就把钱全花在外面的野女人身上了。"王太太炫耀地晃一晃手指上的翡翠戒指，又说："不闹？不闹哪来的这好东西？"大凤笑着说："你那本事我可学不来。"王太太说："你甭笑，我说的可都是实话。"她瞅一眼站在一旁的云香，以主家的口吻说："瓜子磕得人口咸，你去给我倒杯水去。"云香扭身走进屋里去了。王太太站起来走到大凤身旁说："我看你家高长官也是个满天飞的人物，你可把他看紧些。"王太太扭头向屋里瞅了一眼，放低声音又说："你家这个小蹄子可不是个省油的灯，你看她那白脸蛋、尖下巴、水蛇腰、媚媚眼，一看就是个骚情女子。我可给你说，她跟前头那个主家就有一腿，那家女人整天闹腾地要把她撵走，可是男人非要留下她，想把她收做二房。后来那男人在外面亏了钱破产了，才把房子卖给你家的，这小蹄子自然不愿意再跟那男的，高长官看宅院时不知咋说的，又把她留在你家了。"

冬里的一天，高马驹回到了家里。云香在此时却突然辞工不干了，第二天便离开了高家。高马驹要重新雇请佣人来伺候一家人的饮食起居，大凤拦住丈夫说："我有手有脚，不用人伺候，你和高贤月里四十才回来一回，我还伺候不了你两个？"临近过年的时候，高马驹派卫兵把年货送了回来，他却没有回来。他让卫兵捎话说军务繁忙脱不开身，还说过年时若是大凤想回去，他就派人送她娘儿俩回乾州老家去过年。开春以后，高马驹回家的时候更是越来越少了。

一天清早，王太太一阵风似的走进高家对大凤说："你猜，我家掌柜的昨个黑咧跟谁一搭喝酒来着？"大凤说："你家先生跟谁喝酒我咋知道？"王太太说："说你是个实心眼，你还就是个实心眼。我问你，你家高长官夜个黑咧回来没有？"大凤说："他军务繁忙，有一阵子没有回家了。"王太太一撇嘴说："哼！他没有回你这个家倒是真的。我跟你说，夜个黑咧跟我掌柜的一搭喝酒的就有你家高长官，他就在城里。"大凤惊讶地说："那我咋没见他回家里来？"王太太斜眼瞅着大凤急不可耐地说："哎呀！你咋还不明白？他在外头有野女人了，他到那个野女人那里去了！"大凤顿时脸色煞白地愣住了。王太太依然喋喋不休："你猜，你家高长官养的那个野女人是谁？我不说你都应该能想来，我告诉你，就是你家原来那个小蹄子狐狸精。我早给你说了，让你把你家高长官看紧一点儿，怎么样？被我料准了不是？我给你说，这回你可要跟他好好地闹一场，让他清醒清醒，要不然那个骚狐狸精迟早都要把你家的家底给掏空了。我给你把那狐狸精的住址都打听清楚了，我掌柜的不让我给你说，我偏要给你说，谁让咱都是女人。"

大凤晕晕乎乎被王太太拽出了门。王太太扬手拦下一辆人力车，急慌慌地对车夫说："九府街，要快！"车夫迈开腿使劲跑起来，王太太还不断地催促再快一点儿，人力车很快就进到城北的九府街里，在一户小宅院的门前停了下来。王太太跳下车甩给车夫几枚铜板，走过去看了看门牌说："没错，就是这家。"然后她就把大凤也拉下了车，把大凤推到前面让大凤去敲门，大凤却脑子里一片空白，发瓷愣神地不知所措。王太太把眼一瞪说："都到这里了你怕啥？你不敲我敲。"王太太走上前用力叩响门环，来开门的正是云香。

云香穿一身粉色的旗袍，曲线玲珑的身材展露无遗，长发梳拢垂在胸前，显示出女人的娇艳妩媚，浓烈的香水味儿在开门的瞬间迎面袭来，云香看见王太太和大凤"啊"了一声便僵在了门口。王太太一个耳光扇在云香粉嫩的脸蛋上叫骂开来："你个不要脸的下三烂女人，烂货骚狐狸精，你竟敢勾引人家高长官！"她抓住云香的衣裳撕扯起来。云香的旗袍暗扣被扯开，雪白的胸脯露出半截，被吓得捂住胸口尖叫起来。王太太并不停手，一边继续撕扯，一边回头叫大凤一起上手，大凤却惊恐地站在一边不敢动弹。

正在不可开交的当儿，高马驹从门里走出来大喊了一声："住手！"王太太松开手退到了一边，斜眼瞅着高马驹不吭声了。云香披头散发惊魂未定，看见高马驹就哇的一声哭起来，喊了一声："我不活了！"转身跑回屋里去了。高马驹一脸怒气地盯住大凤，训斥说："你怎么找到这里来闹事打人？你都不嫌丢人现眼？"大凤紧张得手足无措，结结巴巴说不出话来。高马驹又瞪住王太太说："我家的事情你跟着瞎搅和啥？"王太太把眼睛一翻，冷言讥讽说："哎哟！高长官，你风流快活够了，你还倒凶了？"高马驹脸上一红说："我凶啥来？我总不能睁眼看着你们打人。"王太太推了大凤一把，生气地说："你说话呀！捉贼拿赃捉奸拿双，现在奸夫淫妇都被咱拿住了，你怕啥呢？"

吵闹声引来了街巷里的人围观。高马驹红着脸对大凤说："你先回去，不管啥事情都等我回去再说。"王太太见大凤依然傻站着不说话，就着急地抢白说："有啥话就在这儿说，把那个野鸡女人叫出来，当着街坊邻居的面把话说清白！"高马驹瞪住王太太，咬着牙威胁道："你再搅和我家的事情，我叫你没有好果子吃！"王太太见高马驹真急了眼，心下倒有些发虚害怕，忙换了语气自我开脱地说："你家的烂事我才懒得管哩！要不是你家太太叫我来我才不来呢！"这时候，大凤却一言不发转身走出街口去了。

傍晚时分，高马驹回到了家里。他走进堂屋，从门帘缝隙中往里屋瞅了一眼，大凤和衣在炕上躺着。高马驹故意在堂屋里弄出一点儿响动，然后就在椅子上坐下来。不一会儿，大凤撩起门帘从里屋走出来，平静地给他打招呼："你回来了。"高马驹板着脸说："嗯，我回来了。"他直起身子拿好了势，等着大凤撒泼闹事。大凤却挽起袖子说："我给你做饭去。"然后就走出堂屋到灶间去了。高马驹见大凤平静如常，悬着的心放下了大半，倒生出几分歉意。他知道大凤心里憋着气，想缓和气氛开脱几句，走到了灶间门口却吞吞吐吐地说："我那个啥，你也——"大凤头都不回地打断他说："你啥话都不要说了，往后你想干啥就干啥，都由你。"高马驹说："你说这话明明就是在怨我，我——"大凤又打断他说："你要是再不行，我就回乾州老家去，给你喜欢的女人把炕腾出来。"高马驹说："我就不是那个意思嘛！你不要往岔了想。"大凤咣当一声闭上了灶间的门板。

高马驹见妻子冷若冰霜，压根就不想跟自己说话，刚松弛下来的心又紧绷起来。他也没有心思吃饭，心烦意乱地在庭院里转了转，索性赌气到女儿高贤屋里睡觉去了。第二天一早，高马驹睡醒起来时，看见大凤在庭院里侍弄花草。他摆出笑脸走过去，大凤却眼睛都不斜一下转身走进灶间去了。灶间里响起拉风箱烧火的声音，高马驹心里升腾起怒气，他回屋收拾好东西走出来，走到灶间门口气呼呼地撂下一句："我回队伍上去了。"然后就出了门扬长而去。

伏天的一个后晌，王太太兴冲冲地走进高家。她今日特意打扮了一番，嘴上涂了口红，身上喷了百雀羚牌的香水，浓烈的香水味儿离着很远都能闻到。她一走进门就高喊："高太太！高太太！你在屋里也不怕把你捂霉了呀？"大凤从堂屋里走出来。王太太兴奋地说："我弄了两张戏票，走！咱俩看戏走。"大凤说："我走了屋里就没有人了。"王太太说："没人就没人，谁还能把你家房子背了去？"大凤说："我要是不在屋里，万一他回来了可是冰锅冷灶的。"王太太说："就给他冰锅冷灶一回怕啥？就算他回来了你也要招识他，看他还能上了天去？我跟你说，男人就是那喂不熟的狗，你越是不理他，他越是围着你摇尾巴。"大凤还是推托不去。王太太硬拉着她说："男人整天在外面喝花酒看女人，今儿个咱也去看一回男人。我可给你说，今儿咱去看的可是女人中的男人，男人中的女人，这戏票是我费了劲才弄来的。"王太太磨缠了好一阵子，大凤只得换了衣裳，锁了门，跟她往新风剧社去了。

新风剧社的戏楼里看戏的人坐得满满当当，靠前排的贵宾席位上坐着的都是些有头有脸的男人女人，后面条凳上坐着的人和买了站票的人多是些青年男女。《秦川书院》已经在省城里掀起了热潮，木九红饰演的旦角更是风采卓然。有人是来真正地欣赏戏剧，有人是来凑热闹赶潮流。

一番激烈地打闹台的前奏锣鼓敲过之后，木九红随着板胡、锣鼓节击声走上了戏台。他猛然一个起势亮相，清脆圆润的唱腔一开，坐在前排贵宾席位上的大凤立时就愣怔住了。早已刻在心上长在肉里，熟悉得不能再熟悉的嗓音一下子就把小木匠的身影从她的心里勾了出来。她吃惊地看着戏台上的木九红，努力地看他的脸庞看他的眼睛，曾经那一双明亮有神而又多情的眼睛，是多么让她迷恋入心无法忘怀。就在木九红脚踩碎步回身舞袖的一瞬间，大凤与他的眼神交织在了一起，木九红忽然就站在台上不唱也不动了。

催唱的板胡、锣鼓声反复响过了三遍，木九红依然僵立不动，戏场里嗡嗡地骚动起来，几个剧务急忙跑上台，将木九红扶到后台去了。板胡、锣鼓重新敲响，替补的演员上台接演，戏场里逐渐安静下来。大凤此刻却已乱了心神，她已经断定了台上的木九红就是当年的小木匠，她心口乱跳浑身紧绷地走进后台撩起更衣间的门帘时，那个回过身看她的人，赫然就是当年的小木匠。大凤再也挪不动脚步站不稳身子，那个许下诺言非她不娶的男人，那个薄情寡义舍她而去的男人，那个让她至今也无法忘怀的男人，怎么就突然出现在了眼前？老天爷呀！你为啥总是在戏弄世人，总是在一切都归于平静时又重新抖起落定的尘埃？哀怨、委屈、爱恋、相思一股脑儿地在大凤的胸腔里翻腾起来，似是要炸裂肺腑，要穿透胸膛，可她却连一句话也说不出来，所有潮起的心绪都变成了眼泪夺眶而出……

立秋后的一天，高马驹回到家时却吃了闭门羹。门上锁着铜锁，大凤不知到哪里去了。高马驹双手叉腰站在门口，皱着眉头正在东张西望时，邻居王先生坐着人力车回来了。王先生跳下车一把拉住他说："你老兄回来得正好，我这两天正有一件事情想求你老兄帮忙哩！"王先生瞥见高家门上挂着锁，便又说："走走走！先到我家里坐下正好说话，高夫人兴许是看戏去了。"高马驹到王先生家里落了座。王太太从里屋走出来笑吟吟地说："哎哟！高长官，你可回来了。你的心可真大，这些日子不回来，也不怕你家太太被人拐跑了。"王先生赶忙挥挥手，让王太太烧水沏茶把她支出去了。王先生随即说出他相求的事情，他有一批货物要运往外地，嫌一路上的关卡检查起来太过麻烦，想求高马驹帮忙办一张军方专用的通行证。王先生拍着胸脯说："你老兄放心，绝对不是管制禁运的货物。"这样的事情在军队里也经常有之，高马驹一口应承下来。王先生喜出望外，让王太太到街口的馆子里去要一桌酒菜回来，他要跟高马驹好好喝几杯。

时候不大，王太太扭腰摆臀地领着堂倌回来，将四个凉菜、四个热菜摆在桌子上，然后坐下来陪着一起喝酒。王太太端着酒盅对高马驹说："你的心真硬！你家太太前一阵子病得要死要活的，也不见你回来看她一眼。"高马驹惊讶地说："我经常派人给家里送东西，咋没见回来的人给我说她生病了？"王太太说："多亏了人家木九红木先生，你家太太才又活过来了。"高马驹问："你说的是哪个木九红？"王太太咯咯一笑说："省城里有几个木九红？当然是新风剧社的当红名角木九红木先生。"高马驹没好气地追问："他咋能认识我太太？怎么还跑到我家里来了？"王先生打岔说："兴许是看戏时认识的。好了好了，高夫人的病都已经好了，不说这些了，咱喝酒。"接着王先生就又训斥王太太："男人们在一起说话，女人家少在一旁夹五夹六地插话。"王太太撇一撇嘴，不高兴地说："想让我说我还不说了。"她站起来往外走了两步，又转身抿嘴一笑，对高马驹说："听说木先生到现在都未婚娶，他不婚娶，该不是对哪个女人情有独钟吧？"说罢就又放肆地笑了几声才拧身走了。

高马驹喝罢酒再回来时，大凤已经回到家中，见丈夫一身酒气地走进门，忙给他沏了茶端过来。高马驹斜歪在椅子上问大凤："你哪里不滋润了？有啥病了？"大凤说："病早都好了。"高马驹紧绷着脸说冷话："是有人端水熬药地把你伺候好了？"大凤不言语。高马驹借着酒劲又说出更难听的话："你跟木九红是咋样勾搭上的？"大凤腾一下红了脸，气呼呼地说："你胡说什么？我跟他清清白白，什么事情都没有！"高马驹瞪起眼睛大吼起来："什么都没有他到我家里来干啥？"大凤看见丈夫横眉冷眼的样子，流下眼泪解释说："他只不过是我小时候的玩伴，是王太太告诉他说我生病了，他才来看望了我几回，再其他啥事情都没有。"高马驹紧跟着问："你刚才是不是去找他了？"大凤说："我去感谢人家。"高马驹一脸狐疑地说："小时候的玩伴？我咋不知道有这么个人？"大凤沉默下来不说话了。高马驹冷笑着说："不说话就是心虚了。"大凤生气地说："好！既然你想知道，那我就告诉你，他就是当年的小木匠！"

高马驹知道小木匠，当年他在迎娶大凤之前就曾隐隐地听到过大凤在家里闹腾的风言风语，他当时并没有把这些风言风语放在心上。婚娶之后他又多多少少地听到过大凤是为了一个小木匠闹腾的话，他留心仔细地观察了一段时间，并没有发现大凤有什么不端庄不检点的地方，更没有发现大凤跟外面的人有什么拉拉扯扯说不清的事情，渐渐地他也就将这些不着调的风言风语淡忘了。如今小木匠怎么变成了木九红？竟然还趁自己不在时到了自己的家里！高马驹想起王太太抿嘴笑着说木九红不婚娶该不是对哪个女人情有独钟的话，心里的醋劲儿便猛烈地翻腾起来。他啪的一声将茶碗摔碎在地上，起身走出门去了。

天色已经黑了下来，高马驹在街上扬手拦下一辆人力车直奔新风剧社。新风剧社的看门老汉拦住他问他找谁，他一把推开老汉直接闯了进去。然后他又揪住一个学员问木九红在哪里，学员见他一脸凶狠的样子，又闻见他一身的酒气，就有些胆怯地把他领到了木九红的屋门口。高马驹一脚踢开屋门走了进去，屋内亮着灯却空无一人，他一眼就看见炕头上放着一双新绣的鞋垫，那双千针百线绣有荷花图案的鞋垫跟他鞋子里的一模一样。一股邪火瞬间就蹿上了他的头顶。

这时木九红提着热水壶回来，在高马驹身后问："你找谁？"高马驹回过身问他是不是木九红，木九红刚点了点头，接着就看见了高马驹凶狠的目光，马上就有了不好的预感。果然，高马驹突然从腰间摸出手枪，一下子顶在木九红头上说："你往后再敢打我太太的主意，老子就毙了你！"

这当儿，屋门咣当一声被踢开，岳先生快步走进来大喝了一声："住手！"随即上前抓住了高马驹握枪的手，生气地说："你还不快给我住手！"高马驹看见了一脸怒气的岳先生，立时就惊出了一身冷汗，握枪的手也随之垂放下来。岳先生说："我不问也不管是因为啥事，你就此罢休回去。你要是觉得罢休不了的话，明儿个你再来，我陪着木九红一起吃你的枪子儿。"高马驹这时已完全清醒了过来，尴尬难堪无言以对，满脸羞惭地走出门去了。

深秋时节的一天早上，岳先生正在戏台上给学员讲戏排戏，门房老汉急匆匆跑进来喊他："先生！你的老朋友刘师长来咧！"岳先生走下戏台从后门出来，看见刘师长和高马驹都一身戎装在院子里站着。高马驹见岳先生走过来，脚下的马靴碰得咔嚓一声响，站得笔直敬了一个军礼。岳先生把两个人都让进屋里就座，高马驹却笔直地站在门口不敢进来。

刘师长一落座就神情亢奋地说："先生！我今日是特意来向你辞行的。"岳先生调侃说："哦！你又升官了，高升到哪里去呀？"刘师长说："不是我升官了，是我的十七师全部要开拔走了。"岳先生说："看来还是挡不住上头的军令，要开到陕北打红军去了？"刘师长哈哈大笑起来，接着就大声豪气地说："这回不是去打红军，这回是要出关打狗日的小日本去呀！"岳先生"啊"地发出一声惊呼，急切地问："你们开到啥地方去打倭寇？"刘师长说："不远，中条山，我们要把倭寇挡在潼关以外。"岳先生马上又问："真的假的？"刘师长说："我啥时候给你说过假话？"

岳先生不再说话，站起身径直走到刘师长面前，恭恭敬敬地作了一揖。刘师长吓了一跳说："老伙计，你这是干啥？你这样的大礼我可受不起。"岳先生激动地说："你是去报国御敌，我刚才却调侃你升官，请宽恕我对你的不敬。"刘师长笑了笑说："咱两个还用得着弄这些个虚礼？"岳先生说："你出关去打倭寇，那就受得起我这一拜，十七师人人都受得起我这一拜。"岳先生此时已是眼含泪花，紧紧地握住刘师长的手又说："你出关御敌，我也没有啥好东西送你，可我还是想要给你鼓劲打气，给十七师的将士们鼓劲打气。"说罢他便快步走回到桌案前，滴水入砚，亲自研墨，悬腕挥毫，在纸上写下四个遒劲飞扬的大字"奋勇扬威"。刘师长双手叉腰，看着那四个大字感慨着说："好哇！好哇！我憋屈得太久了，这四个字正合我的心气儿，看着就来劲，这一回我刘某人要好好出一出这口恶气！"

一直被冷落在门口的高马驹此时也禁不住豪迈起来，插话说："马革裹尸，我高马驹算头一个！"刘师长用手一指高马驹，对岳先生说："我今天来还有一件事情，就是让他来给先生赔不是，他那天做下的鲁莽事情我都知道了。"高马驹站得笔直，又给岳先生敬了个军礼说："那天我喝醉了酒，昏了头，我错了，要打要骂任凭先生发落。"岳先生走过来拉住高马驹坐下，一脸温和地说："好咧好咧！这些个事情就不要再提了。如今你要随刘师长出征，若还有啥不放心的你就给我说，我去给你办。"高马驹有些拘谨地坐着不说话。岳先生笑一笑说："你不说我也知道你的心思。你把心放到肚子里，我给你担保人都是清白人，啥事情都没有。往后你家里的事情就交给我，大凤娘儿俩我亲自给你照看好。"高马驹有些不好意思起来，立直身子又要给岳先生敬礼。岳先生按住他的胳膊说："你不需给我多礼，倒是我要给你壮行哩！"岳先生走回到桌案前，重新铺好一张宣纸，提笔蘸墨一口气写下两行诗句，"待到横行百川，必是血染千里"。岳先生放下笔，满怀期待地对高马驹说："这是我年轻时写下的咏狼诗里的两句，现在我把这两句诗送给你，你要拿出西北狼的劲头来狠狠地咬，给我多咬死几个倭寇。"

秋末时节，三万多陕军开出了潼关，在黄河边的风陵渡集结后，率领陕军出关的孙将军站在高处大声呐喊着："弟兄们！日本鬼子已经打到黄河边，打到咱家门口了，咱们怎么办？"陕军将士们齐声如雷般怒吼："驱除鬼子，血战到底！"孙将军朗声说："好！关中父老要的就是这句话。今天咱们就渡过黄河，誓与倭寇血战到底，决不让鬼子跨入我关中半步。弟兄们！有这个信心没有？""有！有！有！"陕西男儿荡气回肠的呐喊声震寰宇。孙将军高声喊出了誓言："生为中华生，死为中华死！"陕军将士们豪迈宣誓的吼声响彻黄河岸边。

这是一支真正的关中军队，从将军到士兵都是地道的关中人。乡谚说"关中冷娃"，其实冷是表示一种行事风格，不会甜言蜜语，不会巧舌如簧，也表示了一种讷言少语的秉性。但这都是表面的冷，冷的后面却是沸腾的热血，是豪迈的气魄，语言表达已经不足，非要吼出来不可。于是，在关中这片土地上便有了秦腔，那种壮怀激烈得只有吼声才能表达出情感的秦腔。就是这支吼着秦腔走出潼关的队伍，这支地方色彩浓厚、在蒋某人眼中被视为杂牌军的陕军，在进入山西后竟然使得日军的王牌师团未能越过黄河一步。日军原本计划占据作为晋秦豫三省重要渡口的风陵渡，然后用重兵攻破潼关，拦腰截断横贯东西部的交通大动脉陇海铁路，从而向西直取甘青新，再向南奔袭云贵川。可惜日军这一厢情愿的完美计划因陕军的出关参战而夭折在了中条山。

高马驹就是在那时战死在了中条山。那是陕军进入山西作战的第二年夏天，有一份战报详细记载了当时的战况和高马驹牺牲时的壮举。战报云："日军气势汹汹，向高团阵地发起进攻，且有数十架飞机掩护。高团前锋一营，用机枪迎头扫射，日军倾三队之兵，拼命横冲，屡攻屡溃，死伤枕藉。战至天黑，三队顽敌被消灭殆尽，高团前锋也损伤过半。次日，日军兵力增至师团以上，轻重野炮四十余门，飞机数十架，战车三十余辆，疯狂进击，横冲直撞。高团马驹毫无惧色，指挥若定，率全团官兵与日寇决一死战。激战至第三日，高团官兵饮血止渴，以地势之优累计毙伤敌千余人。阵地之上，山石树木皆被敌炸为粉末焦土，高团官兵业已战死大半。刘师长恐高团无力再战，便于当日电令其撤兵。高团马驹慨然回复：'我若撤退，则友邻部队将被敌拦腰侧击，形势将于我军大不利。我之所以拼死据守，正是为此。况我团官兵多已牺牲报国，我岂能苟且偷生？我在出发时已与家人诀别，现在就是我以身报国之时，何惜微躯！'官兵见高团马驹大义如此，皆潜然泪下。于是，官兵奋力，再次反击，高团马驹亲持战刀与敌死拼，又毙敌百余。战至第四日午时，日军再次增援，蜂拥而至。高团马驹为枪弹所伤血流不止，仍与余部二百官兵死战不退。刘师长不忍高团全团覆灭，再次命人劝其撤退。高团马驹却毫无退意，持刀在阵前厉声高呼：'此地不守，全军难保！我等身后就是关中父老妻儿家小，我辈儿郎决不能贪生怕死愧对先人！'高团马驹身先士卒不避枪弹，率残部与敌继续血拼，无一人后退。战至天黑，敌又以重炮轰之，残余官兵尽皆牺牲，高团马驹亦壮烈殉国。待增援部队赶至时，只寻回写有马驹名军衣残片半件及其所穿马靴一只，高团马驹尸骨无存。"

高马驹团长以身殉国的战报很快就被全文披露给了报纸，陕西的大小报纸率先予以全文刊登。紧接着全国其他各家知名报刊也纷纷转载战报全文，高马驹的殉国壮举举国皆知，读罢战报的人无不为高马驹的牺牲壮举泪湿衣襟。省府在城内的革命公园召开了隆重的公祭大会，社会各界人士不分贫富老幼，皆臂缠黑纱自发前往吊唁，祭奠的人流连绵数里，悲痛的哭声三日不绝。有人在公祭大会现场吼起了秦腔："两狼山战胡儿——天摇地动——好男儿为家国——何惧死生……"

高马驹的半件军衣和一只马靴被收殓进棺木，衣冠灵柩最终被送到乾州，送回了姜村镇，这是姜村镇乃至整个乾州绝无仅有的一次隆重的葬礼。灵棚就搭建在姜村镇的大戏台上，周边村堡的人闻讯后都自发地拥到姜村镇来。高家门楼前索要孝帽的人围得水泄不通，镇上绸缎店的掌柜让伙计把店内所存的白布悉数搬来发放给前来吊唁的人，所有进进出出的人无论老幼都头戴孝帽以示对英雄的崇敬。各种祭奠的礼器、纸扎的金童玉女、金山银山花斗彩纸，从高家门口的街道上一直排摆到了镇子外面。

张敬亭两眼含泪走进高家庭院，高马驹他大看见亲家来了，踉踉跄跄地迎上来，抓住张敬亭的手，满脸悲戚地说："亲家，你的女婿没了！"便泣不成声。字落坊的乡人们也都来到高家，有人代表主人招呼所有进到高家庭院里的来客，有人在庭院里搭棚摆桌盘锅垒灶，有人去淘麦磨面洗菜抹碗，所有的人都默默地自觉自发地做着各项力所能及的事情。大凤和女儿高贤跪倒在灵棚里，大凤已哭肿了眼睛哭哑了嗓子，发呆失神地斜倚在女儿怀里。

运送灵柩的汽车到来的时候，接灵的人群早已迎出去了十几里地，然后前后簇拥护卫着灵车，再跑回镇子里。大路上尽是头戴孝帽的滚滚人流，无数双脚板踢踏得黄土飞扬，伴随着唢呐高亢哀婉的祭灵曲，形成前所未有的悲壮场面。汽车进到镇子里，灵柩从车上抬下来的时候，张敬亭搀扶着高马驹他大走过来。高马驹他大伸出颤巍巍的手，在棺木上来回抚摸了一阵儿，仰头高喊了一声："我的马驹儿呀！"便向后倒下昏晕过去。接灵的人纷纷跪倒下来，震天撼地的火铳声连续爆响，哀婉忧伤的唢呐声更加激昂，军方和县府以及各界代表肃穆站立鞠躬默哀，一个英雄的灵魂震撼着乾州的土地和天空。

第二十三章

悲哀的丧事总算过去，一切都逐渐归于平静，可是高家却依然笼罩在悲伤的氛围当中。高贤已回到省城念书去了，大凤除过每日三餐伺候公婆之外，闲暇的时候就织布纺线。白天织布机被踩得咣当咣当地响，晚间纺车转动的嗡嗡声连绵不绝，有时那忽高忽低的嗡嗡声就像是女人哭泣一般响彻一夜。

高马驹他妈因伤心过度而变得有些神志不清疯疯癫癫，老太太每日除了坐在儿子灵位前发呆以外，时不时就会独自跑出门，跑上镇子里的街道，像是寻找玩耍未归的孩子一样，到处胡走乱撞地呼唤儿子："马驹儿！马驹儿！你逛到哪里去了？该吃饭了你还不回来？看你回来妈不打断你的腿！"街道上的人在这时往往都会指着回家的方向哄她："那不是你家马驹儿？你家马驹儿回家去了。"

又到了秋收秋播的繁忙时节，往年的这个时候，这些耕种收割的事情都不需旁人操心，高马驹他大自会精神矍铄地领着长工把地里的活儿安排拾掇得停停当当。可如今他对种地的事情已不再关心，秋粮任由长工去收，土地任由长工去种，他连问都不问。秋忙接近尾声的时候，长工给他说今年打下了多少石玉米，种下了多少亩冬麦，高马驹他大没精打采地打断长工说："好咧好咧！粮收了地种了就行了，多了少了都一样。"

独子战死沙场，虽说孙女儿高贤也是高家的血脉，可她终归是个女子，没有了传承家业的男丁，高家还不彻底要倒灶绝户了，纵有万贯家财又有何用？高马驹他大心灰意冷，甚至都开始安排以后的事情。老汉万念俱灰地对大凤说："把骡马牛犊子全都卖了，多的地也卖了，留下几亩够我和你妈吃一碗饭就成。钱你拿去供高贤念书，你也回省城去过你的日子，不要把你的下半辈子耽搁了。"大凤哗地流下眼泪说："大呀！这样的话你往后再不要说了，马驹虽说不在了，可我还是高家的儿媳妇，今后我给你二老养老送终。"

立冬后第一个逢九的日子，是姜村镇一年一度的庙会，木九红很是意外地来到了高家。他提着大包小包的礼品，推开头门走进庭院，站在院子中间喊了一声："高老先生在不在？"大凤举着两只和面的手，从灶间走出来，看见木九红时就显出一丝慌乱，立刻停下了脚步，但她很快就平静下来轻声招呼："你来了！"木九红有些拘谨地说："我是代表剧社的同人，专意来慰问高长官的二位高堂，也顺便来看看你。"大凤说："公公、婆婆出门逛庙会去了，你先到屋里坐下等吧！"木九红与大凤相跟着走进堂屋，看见高马驹的牌位就鞠了躬上了香。大凤说："你先歇下，我给你烧水沏茶去。"木九红依然有些拘谨地说："不渴不渴，我不渴，你对我不用像对外人那样客气。"大凤不说话，转身走出去了。

灶间响起呱嗒呱嗒拉风箱的声音，青烟从屋顶升腾起来，庭院里也弥漫起淡淡的柴草烟火的气味儿。木九红走到堂屋门口，丢眼四处瞅了瞅，整个院子极其清静安谧，透着一丝神秘的气氛。他回想起许多年前的那一天，也是在晌午饭口的时候，也是这样安静无人的场景，同样是大凤在灶间做饭。就是在那一天，他走进灶间，掏灶灰，帮大凤烧火，然后就和大凤互诉了爱慕之心。老天爷从来都不会亏待有心的人，同样的场景再一次出现，木九红心里涌起冲动和喜悦。他忍不住走出堂屋，走过庭院，走到了灶间门口。

灶间里水汽蒸腾，大凤正在给壶里灌开水，围裙带子垂吊在依然窈窕的后腰上，那背影宛如多年前一样。木九红禁不住脱口而出："还要我给你掏灶灰拉风箱不？"大凤的肩头颤了一下，拿着木瓢的手停顿下来，接着却语气冷淡地说："以前的事情就都不要再提说了，你今儿个既然来了就是我高家的客人，往后你就不要再来了。"木九红心头涌起的喜悦劲儿顿时被浇灭，心慌着急地表白说："你咋咧？咋说这样的话？我是啥样子的心思你能不知道？高团长在世的时候，我啥都不想，只想你日子过得好就行。可如今——"大凤转过身打断他说："我知道，我也明白，这个世上怕是再也找不到像你这样一心待我的男人了。可是从我走进高家的那天起，我就是高马驹的女人了。他活着我是他的女人，他死了我还是他的女人。我想好了，下半辈子我就为他尽孝守节不再嫁人了。"

这时高马驹他妈从外面回来，看见站在灶间门口的木九红便喊起来："马驹儿！你跑到哪里游逛去了？该吃饭了你也不回来，害得妈到处寻你寻不见，看妈不打断你的腿！"老太太走过来抓住木九红的胳膊，扬起了手。高马驹他大从后面抱住老伴说："你手重把马驹儿打坏了咋办？"老太太回过头笑了笑说："我的儿，我咋能舍得真打他？我是嫌他不听话整天乱跑，怕他跑丢了，我吓唬他哩！"接着老太太扭过脸又对大凤说："马驹儿家的！快给你男人下面去，我和你大等下再吃，让马驹儿先吃。"忽然她像是想起了什么事情，又一脸紧张地自言自语："呀！给马驹儿纳的鞋底还差几针，娃还等着穿呢！"老太太谁都不理，急匆匆走进屋里去了。木九红看到这样的情景，忍不住流下了眼泪。大凤向公公介绍说木九红是高马驹的故旧好友，专门来家里探望。高马驹他大闻听是儿子生前的好友，立时就有了精神，马上热情爽朗地邀请木九红到堂屋里喝茶叙话去了。

木九红陪着高马驹他大，说天说地又说秦腔戏，然后又在同一张饭桌上面对面地一起吃大凤端来的油泼面，冷寂已久的庭院里又有了喧闹说话的声音，大凤甚至都听到了高马驹他大已经很久没有了的欢笑声。木九红一直坐到了后晌才起身告辞，高马驹他大担心老伴再一次纠缠住木九红，便让儿媳妇代他送客。木九红出门时已然换了另一种神态，他给大凤说："我也想好咧。"大凤问他："你想好啥了？"木九红一脸笑容地说："往后咱就这样子过日子，你给高团长守节，我替高团长尽孝。"

翻过年开春的一天，一个女人的突然到来打破了高家的平淡和冷清。那个女人抱着一个娃娃，跪倒在高家庭院里，哭哭啼啼地给高马驹他大诉说自己是高马驹的外宅女人，说她怀里的娃娃是高马驹的遗腹骨血。大凤从外面回来看见那女人的背影，依稀觉得像是云香，走到跟前那女人抬起头时竟然就是云香。云香憔悴的脸上全是泪水，原先的长发盘了起来绾在脑后，有了几许成熟的味道。云香看见大凤就哭得更加厉害，将娃娃高高抱起泣不成声地对大凤说："大姐，这是高马驹的儿子，他出关后我才发现自己有了身孕，我现在实在是养不了他了。"

高马驹他大把大凤拉到了一边，小声说他从来没有听儿子提说过还有这样一个外宅女人，问大凤见没见过这个女人，那女人说的是不是真的。在看到儿媳妇默默点头后，高马驹他大惊呼一声："那这真的就是我的亲孙孙呀！"然后就三两步回身跑过去，从云香手里接过娃娃，抱在自己怀里，失声悲痛地哭喊起来："啊呀我的亲蛋蛋！我的亲孙孙呀……"云香见高家认下了娃娃，站起来哽咽着说："可惜高马驹还不知道自己有了儿子，我也还没有给娃娃起下官名。他是高家的骨血，应该由高家的人来给他起名字，我算不上是高家的人。"云香说罢，就捂住脸呜呜哭着跑出庭院去了。

麦子割了一茬又长出一茬，树上的叶子绿了再黄、黄了再绿，时光在世间万物的循环交替中偷偷溜走了。高马驹的儿子已经长到了该念书的年龄，却一直只有小名并未正式取下官名儿。有一天，木九红又来到高家探望高家二老。木九红如今跟高马驹他大情同父子无话不谈，孩子见到木九红也是无比亲热。吃罢饭，大凤泡了一壶茶，一家人坐在一起说话，高马驹他大给木九红说："我想给我的孙儿取个高举的官名，但愿他将来能像中举人考状元一样，给我高家光耀门楣，你觉得咋样？"木九红想了想说："老叔，民国都这么多年了，早都不考举人也不考状元了，我看不如在举字前面再加一个鹏字。他大叫个高马驹，是地上跑的千里马，儿子应该是天上的鲲鹏才对，比他大更好更强，我看就叫个高鹏举吧！"高马驹他大摇头晃脑地把高鹏举这个名字来回念叨了好几遍，一拍桌子说："好！这个名字好！我的孙儿就叫个高鹏举！"

就在这一年的夏天，乾州的国民政府对四乡二十七个里的行政机构进行了变更，延续了几百年的里长制终于废止。原先的里一律改为了联保公所，但是一里辖十村的管辖范围却没有改变，只是在每一个村堡都新增设了保公所，设保长一人，然后在保公所之下又将每十户至二十户人家划为一甲，设甲长一人，这种新的乡村管理制度被国民政府称为保甲制。新的制度不仅仅是名称的变更，更重要的是要用这种严密的管理制度来防范共产党，还有就是按照形势发展的需要，完成越来越多的征丁征粮的任务。

赵和里变成了赵和村联保公所，赵书臣里长的官职被改称为联保主任，原先里长办公的小院门口也挂上了白底黑字的联保公所的牌子。赵书臣雷厉风行，按照县府要求成立民团武装以对付共产党的指示，很快就组建起一支三十多人的民团武装。新招募来的团丁大多是穷苦人家的子弟，这些人找关系、托门路，争先恐后地到联保公所来当团丁，图的就是每个月都能挣到五斗半的麦子养家糊口，乡人们很快就给这样的团丁取下一个形象的绰号"五斗半"。三十多个"五斗半"统一戴着黑色的大檐帽，穿着黑色的制服上衣，下身却依然是自家大裆叠腰的裤子，由县上保安团的人指挥着进行操练。有了武装起来的人和枪，赵书臣显得更加意气风发派头十足，每日都领着挎着长枪的"五斗半"到各堡去安排筹备新建制的设立。

　　在很顺利地完成了其他九个村子保公所的设立和保长的任命之后，赵书臣领着两个"五斗半"走进了张敬亭家的庭院。张敬亭正在炕上午歇，听见赵书臣在庭院里喊叫的声音，赶忙跳下炕，趿拉着鞋走出来，把赵书臣请到了堂屋里。赵书臣一落座就说："老哥今天是来请你出山的。"张敬亭笑着说："咱这搭哪里来的山？要是有山，我倒是想进山哩！"赵书臣说："敬亭呀！你甭给老哥打岔装糊涂，老哥今天亲自来请你出马，咋样？你村的保长你就干了吧！"张敬亭说："我真的弄不了这号事情，我给你推荐一个能干这事的人。"赵书臣问："你推荐谁？"张敬亭说："杨成业。"赵书臣哈哈笑起来说："我就知道你会拿杨成业往外顶，我实话给你说，杨成业早都寻我说过几回了。"张敬亭说："那刚好嘛！"赵书臣却又话锋一转说："不过嘛，老弟呀！杨成业是个啥样子的人你能不知道？爱钱胆小尻子松，过河尻渠子都要夹二两水的一个货，他能干得了这样的事情？这样的事情就得像你这样茬口硬的人来干才对。"

　　事情说过来说过去，张敬亭就是不肯接任这个保长。赵书臣最后冷下脸说："你真个不给老哥面子？"张敬亭说："不是不给你面子，是这事情我真的弄不了嘛！"赵书臣说："你可甭后悔！"张敬亭干脆地说："我不后悔！"赵书臣站起来说："好！既然是个这，那我也不强人所难。不过今儿个我把话撂到这儿，到时候你后悔的时候你可甭来寻我。"

　　赵书臣一脸生气地背着手往外走，穿过庭院走到门口时，迎面碰见王海棠领着大儿子和大儿媳一起回来。王海棠笑吟吟地打招呼说："赵伯呀！来了就多坐一会儿嘛！咋又要走？"赵书臣回头瞅一眼站在堂屋门口的张敬亭，撂话说："你大伯不待见我咯！"说着背了手又往外走，却在张乾礼身边停下了脚步。赵书臣上下打量了乾礼一番，伸手在乾礼肩头拍了拍说："好后生！是个好后生！"然后他回过身对站在堂屋门口的张敬亭说："过一阵就要开始征召壮丁，到时候你家乾礼算一个。"

　　张乾礼是去年成的亲娶的媳妇，新媳妇麦花是附近村堡一家家境还算殷实但却算不上大户人家的女子。张乾礼自幼就不爱念书，每回从学堂回来背粮或是放忙假在家的时候，总是有事没事就往马号里钻，然后就趴在槽帮上看牛马骡子吞嚼草料。有一年，槽头上新添了一匹白马和一头黄牛，张乾礼经常偷偷地把白马从后院门牵出去，领上一群蕞娃跑出村子，然后他骑着白马在大路上来回疯跑，那群蕞娃就跟在后面撒欢儿。张敬亭几回把他从马背上揪下来，把他赶回屋里去读书，他怏怏地进到屋里，张敬亭一转身他就又溜不见了。

　　弟弟张乾义却与哥哥张乾礼的性格迥然不同。张乾义安静持重，话语不多，也很少跑出去跟村里的蕞娃们嬉戏玩耍，他在家里的大部分时间都是在屋里诵读念书。他先是随着哥哥在薛录镇学堂里念书，后来考入乾州城里的一所高级中学，恰好杨成业的二儿子在那所中学里当教书先生，两个人虽说有着辈分的差别，却时常在放忙假和放年假时结伴回来又结伴而去，由此也更加显得张杨两家关系亲近和密切了。

　　张敬亭坐在堂屋里喝茶的时候常常就会想，乾礼、乾义这两个侄孙儿就像是当年的他和他兄弟，一个是生就的庄稼坯子，另一个却天生就是识文断字的材料。侄儿张文博长年不在家中，两个侄孙儿便都由张敬亭亲自调教和督导念书。张文博三年五年间也能回来两三回，说是在很远的地方做药材生意耽误不得，侄儿也已经老大不小，张敬亭也不好再多说约束他的话，可是他一走就又是杳无音信。有一年，岳先生回到乾州时专门来看望张敬亭，张敬亭问岳先生知道不知道侄儿到底在做什么生意，连家都顾不得回，岳先生笑一笑说："他做的可是济世活人的大买卖哩！"张敬亭再问时，岳先生就故意打岔转了话题。

　　就这样过了几年，张乾礼再也念不进去书，就干脆辍学回到了家中。他虽然算不上是个好学生，却也认下不少字，也能拨拉几下算盘珠子，辍学后就跟着张敬亭务弄庄稼和操心村上的事情，张敬亭时常从乾礼办事麻利说话刚硬的眉宇间和神态上能看到他爷十老爷的影子。有侄孙儿乾礼在张敬亭的身边，虽然张文博长年不在家里，张敬亭心里倒也不怎么焦虑和心慌。乾礼也时常安慰张敬亭说："爷，你放心，我大不在家里，家里万事都有我哩！"

去年春天的时候，张敬亭着手给乾礼张罗娶妻完婚的大事。他让人分别请来了几个有名气的媒婆媒汉。王海棠不会炒菜，他就亲自下厨炒下四碟菜，温了一壶酒，招呼媒婆媒汉们吃了喝了，然后拿出一摞银圆放在桌子说："不论女方家门户大小，只要明理、懂事、能勤俭持家就好，关键还要我家乾礼能瞧得上眼。谁能给我家乾礼说下称心如意的媳妇儿，这摞银圆我就感谢给谁。"媒婆媒汉们吃了喝了，得了张敬亭的话，又都一心想要那一摞银圆，就都使出平生的本事，乐颠颠地跑到十里八村的女方家里说该说的话、办该办的事去了。

在张敬亭看来，娶媳妇最费心劳神、最重要的环节是定亲而不是娶亲，能否给侄孙儿定一门称心如意的亲事，这关系到张家往后的家运和家风。他现在对当初给侄儿娶回王海棠这样好吃懒做的女人后悔不已，可人是他选的亲是他定的，亲家又是自己结拜的义弟，再怎么样后悔和不满也只能窝在心里说不出口。好在乾礼、乾义两个侄孙儿的身上找不到半点儿王海棠的影子，倒是处处都流露出张家血脉的性格和做派，这让张敬亭欣慰不已。

张敬亭闲暇时思量和比较过自家三代女人的不同，母亲张宁氏太过刚强，凡事都有主见，每当他遇事犹豫不定拿不了主意时，母亲往往就是他的主心骨。但是像母亲这样的女人虽说能持家守业，却不免让家里的男人活得憋屈。他自己的女人秋满除了对他好，凡事都顺从他以外，却是一辈子啥心不操，是个简单没有心眼的女人。这样的女人虽说没有是非，却也让男人觉得少了一些相伴相扶的倚靠。侄媳妇王海棠自幼娇生惯养，这样的女人霸道刁蛮又好吃懒做，且大多不会持家，娶回这样的女人难免让男人操心劳神。张敬亭把自家三代女人比较后得出的结论是，男人能不能在外面干成事情，家运和顺与否，关键都在女人身上。所以他一定要给乾礼选一个有家教、懂礼数，而且要活泛，又会持家，还得是乾礼一眼就能相中的女子。

张敬亭从媒婆媒汉们介绍的七八个女子中反复对比反复考虑，甚至还瞒着媒人又托其他人背地里再进一步打听探询，最终他锁定了西乔村一家家境还算殷实但却算不上大户人家的女子。在跟媒人约定好以后，张敬亭领着乾礼在薛录镇集日时，早早坐进了一家与他相识的杂货铺的柜台后面。到了约定的时辰，这名女子跟着她妈走进杂货铺，她妈故意挑挑拣拣拖延时间，好让坐在柜台后面未来的亲家和女婿看清白。张敬亭仔细观察了女子的相貌举止一言一行之后，转过脸小声问乾礼："你看咋向？"乾礼在偷偷瞄过几眼后早就羞红了脸，低着头吭吭哧哧半天才说："爷，你看行就行咯！"张敬亭说："你说的是个屁话，是给你寻媳妇，得你能瞧得上眼。你要是觉得不称心，爷就再给你寻另一家。"乾礼忙说："不寻了，再不寻了！就是她了。"

　　张敬亭对这个女子十分满意，乾礼也是满心欢喜，王海棠自然无话可说。亲事很快敲定下来，张敬亭备齐彩礼，送到女方家中，媒人也如愿以偿地得到了那一摞银圆。秋忙过后，新媳妇麦花被迎娶进了张家。当那顶闪闪颠颠的花轿被抬进孛落坊村里的时候，唢呐班子吹奏出喜庆的乐曲，鼓舞起整个村子的热情。因为是德高望重的族长的侄孙子完婚，张杨两姓几乎一户不缺都有人来捧场帮忙。杨成业自然成了这场婚礼的总管，他精明洒脱，麻利老练，把整个婚礼安排得有条不紊秩序井然，还时不时与进进出出的女人婆子调笑耍逗。张敬亭早在乾礼刚定下亲时就把婚事告诉了杨成业，全村也只有杨成业最适合担任这样重大事情的总管。张敬亭对杨成业说："事情办得圆满不圆满，给哥长脸不长脸可全都靠你咧！"杨成业一拍胸脯说："敬亭哥，你把心放到肚子里，安安稳稳坐到屋里喝你的茶。你忘了乾礼他大娶媳妇就是我主的事，你只说热闹不热闹、圆满不圆满？"张敬亭说："当年文博的婚事确实办得圆满得很，热闹得很！"杨成业说："这回我给咱弄个双响。"

　　婚礼确实非常圆满，热闹喜庆的场面持续了一整天，一直到了吹灯睡觉的时辰，最后一拨闹洞房的年轻后生和帮忙的人才都离去。张敬亭让乾义闩好了头门，然后把全家人都叫到了堂屋里。张敬亭在正中的椅子上坐下来，王海棠坐在下首的椅子上，乾义站在母亲身后。乾礼给祖宗牌位前的香炉里插上紫香，然后就领着新媳妇一起叩拜祖宗，拜完了祖宗，新媳妇又逐个给家里每一个人再一次见过了礼。张敬亭作为一家之长，开始给新媳妇讲解家规家训。讲完了家规家训，又说了一些女人家勤勉持家的话之后，乾礼和新媳妇告退准备回新房里去，张敬亭猛然伸出手说："等一等，去把你蛇儿爷叫来。"

刘蛇儿刚喂罢头牯，被乾义牵着袖子拉到堂屋门口时，见东家一家人都在堂屋里，就站在门口畏畏缩缩不敢进去。张敬亭走过来把刘蛇儿拉进堂屋里坐下，对乾礼说："还没有给你蛇儿爷行礼呢！"乾礼对新媳妇说："这是蛇儿爷。"新媳妇甜甜地叫了一声："蛇儿爷！"随即撩开裙子跪倒叩头。刘蛇儿慌了手脚，一下子从椅子上蹦起来，却又被张敬亭摁住坐下。张敬亭一脸郑重地对乾礼和新媳妇说："都记住，你蛇儿爷啥时候都是咱屋里的一口人。"

婚后的日子平静而欢乐，新媳妇勤快能干，说话和气，干活儿麻利，对长辈更是恭敬顺从，甚至对长工刘蛇儿也是礼敬有加。蒙了一层灰尘的纺车被新媳妇擦拭一新，搬到了自己屋里的炕头上，纺车转动时那宛如女人吟唱般的嗡嗡声再一次在庭院里响起，闲置已久的织布机也吱吱呀呀咣咣当当地重新开动了起来。侄孙媳妇的一切表现都让张敬亭欣慰不已，很是满意，他常常端着茶杯坐在堂屋里，静静地聆听那久违了的让他听得如痴如醉的嗡嗡声。伴随着那熟悉亲切的旋律，张敬亭睁着眼睛便能进入一种恍惚和虚渺的世界里，他妈张宁氏、他的女人秋满和他心爱的女子二凤，便都会在这个时候走进头门，走进庭院……

张敬亭由衷地感觉到了一个好女人对一个家族是多么重要！他觉得这一回他终于选对了人。唯一让张敬亭心生不快的是侄媳妇王海棠，做了婆婆的王海棠越发懒惰和散漫了。她原先就不会做这些纺线织布、烧锅燎灶的活儿，张敬亭的女人秋满过世之后，她既不愿意承担全家人的茶饭起居，也怕自己弄不了，一度躲回了槐里县娘家。可她毕竟是嫁出去的女子，加之两个儿子也要念书上学，在娘家住过一段日子后不得不回到了苲落坊。张敬亭对王海棠一直持包容和迁就的态度，本该女人烧锅燎灶的活儿她能做就做，做不了张敬亭和刘蛇儿就自己去做。现在有了儿媳妇麦花，王海棠彻底甩开了手，连灶间的门槛都懒得再往里迈一步。张敬亭碍于义弟的面子，加之乾礼、乾义也已长大成人，他也不想在孙辈儿面前让王海棠颜面扫地，便顾着一家人的和气，听之任之，懒得管了。

前几天，槐里县王家药铺托人捎来话，说王家老太太身体有恙，想念女子，王海棠便带着乾礼和麦花回娘家看望她妈去了，不想回来进门时刚好碰见了赵书臣。赵书臣嫌张敬亭不给他面子没有接任保长，把乾礼打量一番，拍一拍乾礼的肩膀，然后就故意撂下一句征召壮丁乾礼算一个的话拧身走了。张敬亭听见这样的话只当是听听罢了，王海棠和新媳妇麦花的心里却恐慌起来。

赵书臣从张敬亭家走后没有几天，杨狗娃出人意料地成了孛落坊村的保长，这样天上掉馅饼的事情连杨狗娃自己都决然没有想到。那天晌午他正在屋里闲坐消磨时间，一个"五斗半"走进他家庭院喊他："杨狗娃在屋没有？赵主任约请你哩！"一个请字让杨狗娃惊喜和紧张起来。他殷勤地礼让"五斗半"进屋喝茶，"五斗半"却不停脚地拔腿要走。他又掏出纸烟拦住"五斗半"问赵主任约请他有啥事情，"五斗半"说他只管请人，其他一概不知。"五斗半"走出门，翻身上马时却又撂下一句："好像是请新上任的保长们吃酒席哩！"杨狗娃冷寂了多年的心顿时就猛跳起来。

自从张敬亭打死白狐揭穿了杨狗娃装神弄鬼哄人的把戏之后，在这些年漫长的岁月里，杨狗娃一直过着一种有苦说不出的苦闷难熬的日子。他一想起张敬亭就恨得牙根发痒，他这一辈子只占便宜从不吃亏，可是他想弄的事情却都坏在了张敬亭的手里，而且还被张敬亭让人在祠堂里狠狠地抽打过两回鞭子。这几年，村上几乎没有人理睬他，也没有人跟他走动来往，乡人们被他闹狐仙哄过之后就再也没有人拿正眼看他。虽说他现在也是地过百亩骡马成群，已经是村里数得上的富户人家，可是财富的增加并没有让他感受到应有的尊重。如今喜从天降，赵主任竟然请他去吃酒席，杨狗娃喜出望外，换了一身过年时才做下的长袍马褂，一路鞭抽快驴，着急忙慌地往赵和村去了。

杨狗娃忐忑不安地走进联保公所院子时，赵书臣正在院子里跟先到的人说话。看见杨狗娃走进来，赵书臣牵着他的衣袖，把他拉到其他人面前,郑重地宣布："经我极力推荐，县上同意杨狗娃就任孛落坊村的保长。"赵书臣带头鼓掌，其他先到的保长们也跟着拍响了巴掌。杨狗娃一阵眩晕，他怎么样也想不到这样的好事能砸到他的头上，赵书臣竟然是请他来当官的！他虽然云里雾里弄不清事情的来龙去脉，但是他清楚地知道自己已经荣任保长了。杨狗娃受宠若惊地摘下瓜皮帽，恭敬地给赵书臣鞠了一躬，又给其他保长鞠了一躬。赵书臣说："走走走！人到齐了就都入席。"

屋里的两张方桌上摆满了酒菜。赵书臣居中坐下，端起酒盅说："承蒙诸位鼎力支持，新建制已经组建完成了，往后咱都是为党国效力的同人，就都在一个锅里搅勺把子了。来！大家先喝一盅。"有个保长端着盅酒，站起来率先表态说："今后跟着赵主任干了，赵主任说往东咱就往东，赵主任说往西咱就往西，绝没有二话。"其他保长也都马上站起来跟着表态，然后就开始给赵书臣频频敬酒。酒酣耳热的时候，赵书臣给杨狗娃说："我是实心抬举你，有我给你撑腰，你谁都不要怕，往后在孛落坊办事你要把茬口放硬，不要让别人说我提携你，是我眼瞎看错了人！"赵书臣说的确实是真心话，他了解张敬亭的为人和秉性以及张敬亭在村里的威望，没有张敬亭的支持，恐怕凡事都不会顺当。之所以让杨狗娃来当这个保长，是因为赵书臣再明白不过一点，那就是在孛落坊只有杨狗娃这样的泼皮赖娃才可以对付张敬亭。

过了几天，赵书臣第一次以联保主任的身份召开了一次会议。他脱掉了原先常穿的长袍马褂，更换了专门在乾州城里定做的新潮衣服——一身有着四个兜的灰色中山装。待到保长们到齐以后，赵书臣开宗明义地说："而今小日本投降了，政府当前只剩下一件事情要做，那就是剿灭共产党，用官话说叫作戡乱建国。戡乱嘛，自然就要打仗！打仗嘛，自然就要征丁征粮！今年在赋税之外要额外加征军粮，征完粮之后再征壮丁，各村壮丁凡是年满十八岁的，独子以外都是二丁征一。这两件事情我可都是给县长拍了胸脯的，谁要是给我完不成弄不了，可要怪我寻谁的麻达。不过也请诸位放心，你们现在都是政府的人，谁敢跟你们对着干，那他就是跟我对着干，就是跟政府对着干。"赵书臣说到这里停下来，走到门口，指一指外面扛着长枪站岗的"五斗半"，接着说："看见没有，他们肩上扛的可不是烧火棍，谁敢闹事，谁敢对抗政府，这些个家伙可等着招呼谁哩！"

说完这一番话，赵书臣随即公布了各村各堡要征军粮的数目，然后他扫视了一圈儿在座的保长，很是严厉地又说："还有就是各村各堡要保证不通共匪，还要保证不出共匪。哪个村堡要是出了跟共党沾边的事情，县上拿我是问，我就拿你们是问，县上要是敲我赵某的人头，我就先敲了你们的头！"他见保长们都一脸惊讶和紧张地看着他，就笑一笑又缓和了口气说："当然嘛，话是这样说，诸位也不必过于紧张，咱这搭目前还没有发现有共党分子。不过诸位还是要把眼睛放亮一点儿，不能掉以轻心……"

杨狗娃开完会回到家里，难抑兴奋地让大儿子叫来几个甲长，给甲长们传达了开会的内容，然后他学着赵书臣的样子，慢条斯理地说："咱这个保公所是政府设立的，不管咋说也算是个衙门，好歹得有个办事说话的地方，你们看咱这个衙门放到哪里合适？"有个甲长说："咱村就这大点儿地方，哪有空闲的宅院？"众人就都跟着说没有合适的地方。另一个甲长忽然说："我倒是想到了一个地方，只是——恐怕——不太好弄。"杨狗娃说："有啥不好弄的，你只管说。"那个甲长犹豫着说："祠堂里倒是宽展得很，只是怕老族长不同意咯！"杨狗娃思量了下，咬着牙一字一顿地说："往后的事情，恐怕由不得他。"

征收军粮的告示一张贴出来，立即就在孛落坊引起了恐慌。赋税之外再加征军粮，像一座大山一样压在了家家户户的头上，祠堂门口扎堆谝闲的人不再出现，孛落坊村街上骤然萧条冷落下来，乡人们关着门，在自家庭院里咒骂着杨狗娃。几个甲长按照杨狗娃的吩咐，连着三天轮流敲响铜锣，从村东喊到村西，又从村西喊到了村东，依然没有一户人家前来缴纳军粮。

轮值的甲长喊得口干舌燥，走进杨狗娃家里，咣当一声把铜锣撂到地上，歪倒在椅子上，泄气地说："这事情根本就弄不成，就没有人听咱的。"杨狗娃也看到了当下的情形，担忧地说："要是按期完不成征收军粮的任务，不但赵主任那里没法交差，就连村上的人也都会把咱看扁了。"那个甲长伸展着懒腰说："可不就是嘛！你说该咋办？"杨狗娃在屋里踱了几步，走到堂屋门口，瞅着空荡荡的庭院，恶狠狠地说："好！都给我来这一套，那可就怪不得我了。"

一队扛着长枪的"五斗半"走进了孛落坊村，一进村就开始挨家挨户砸开头门逼缴军粮。对于无粮可缴或者有粮不缴的人家，"五斗半"们也不多说，把一家老小都驱赶到庭院里，然后就开始上房揭瓦、拆房砸锅地闹腾起来。闹腾了两天，拆了四五户人家的房子，就有乡人背着粮食来找杨狗娃，问他把粮食缴到哪里，杨狗娃说："都把粮食缴到祠堂里去。"紧接着杨狗娃就叫了几个"五斗半"和甲长们一起来到祠堂门口。他指着祠堂门上的铜锁对"五斗半"们说："给我砸开！"有个"五斗半"走上前一枪托砸掉了铜锁。杨狗娃又对几个甲长说："孛落坊保公所今后就在这里议事办事，征粮征丁的事情也都放在这里来办。"

　　几个甲长都站着不动。有个甲长说："这里是供奉祖宗先人的地方，弄这号事情不太好吧？"另一个甲长也说："是不是给老族长说一声打个招呼？"杨狗娃哼了一声说："祭祀先人他张敬亭说了算，保公所的事情我说了算，今后办事就放在这里。"他见几个甲长依然犹豫不前，就不耐烦地说："哎呀！又不是让你们拆祖宗牌位，我家先人也在祠堂里供着。保公所议事办事只需占个角角，盘个炕，摆张桌子就行了，占不了多大地方，碍不着给先人祖宗磕头上香的事情。"有个甲长担心地问："要是老族长来了，不让弄咋办？"杨狗娃说："你们只管按我说的办，其他的事情都有我呢！"

　　甲长们不再多说，抬来了桌子、椅子，摆放在祠堂大殿上，又端来茶壶、茶碗，让杨狗娃和几个"五斗半"坐下喝茶，然后在桌子上铺开账本，开始记账收粮。村上一个会盘炕的匠人也被叫了来，开始在祠堂大殿的西墙角和泥盘炕。这当儿，张敬亭快步走进祠堂里。他一进门就大喊了一声："谁让你们在这里弄这号事情的？"盘炕的匠人停下了手，几个记账收粮的甲长也停了下来。杨狗娃走过去冲匠人说："继续干你的活儿，不准停。"张敬亭说："杨狗娃你好大的胆子，竟敢在祠堂里瞎折腾！"杨狗娃回过身说："你来得正好，我给你说一声，咱村的保公所今后就设在祠堂里了。"张敬亭说："弄不成弄不成！供奉祖宗先人的地方咋能弄这号事情？"杨狗娃说："我是孝落坊的保长，我说能弄就能弄。"张敬亭压着火气说："你在别的地方爱咋折腾就咋折腾，我不管。你要是敢在祠堂里瞎折腾，我就把你弄的这些乱七八糟的东西全都给你砸了！"杨狗娃说："你动一下试试？"张敬亭走过去，一脚把刚垒起来的炕裙踢塌下来。

　　这时张乾礼和刘蛇儿领着十来个乡人走进来。张敬亭一挥手说："给我把这几个狗日的攮出去，把这些东西也全都给他撒出去！"张乾礼领着一群人就要上前动手。杨狗娃此时已涨红了脸，对身后的几个"五斗半"下命令说："谁敢闹事破坏征收军粮就给我开枪打谁！"几个"五斗半"面面相觑，迟疑着不肯上前。杨狗娃发火说："赵书臣叫你们干啥来了？军粮要是收不齐缴不上，你们几个也吃不了兜着走！"有个"五斗半"便哗啦一声将子弹推上膛，将枪口对准了领头的张乾礼，其他几个"五斗半"也跟着哗啦啦将子弹推上膛，将枪口对准了想要动手的乡人们。

　　这时候，杨成业气喘吁吁地跑进祠堂里。他一把拉住杨狗娃说："有话好说，有话好说，可不敢开枪。"接着他又走过去把张敬亭拽到一边小声说："敬亭哥，你咋能跟他硬顶硬？杨狗娃是个啥货色你还不知道？他可是啥事情都能干得出来。再说他又不是拆祠堂拆先人牌位，这地方他要用让他用去，只当是咱不花钱雇了个人看管祠堂哩嘛！"张敬亭气愤地说："先人祖宗在祠堂里都不得安生，我就是被他开枪打死，也不能让他在祠堂里瞎折腾。"杨成业说："敬亭哥，好汉不吃眼前亏，你就听我一回劝，你没看见那几个'五斗半'手里都拿着快枪，这一伙二屎货可真的敢开枪。"正说着，杨狗娃又给几个"五斗半"下命令说："把闲杂人全都撵出去，谁敢影响征收军粮，就把他的腿打断，叫他爬着滚出去！"杨狗娃见张乾礼那帮人对他怒目而视，都站在原地不动，就猛地从一个"五斗半"手里抢过长枪开了一枪。子弹打在祠堂的大梁上，发出砰的一声闷响，随即落下一片灰尘土屑。杨成业吓得一吐舌头，硬拉着张敬亭朝外走，刘蛇儿怕张敬亭吃亏也过来拉他，张敬亭脸色铁青地被几个人推着拉着走出祠堂去了。

　　孛落坊的乡人们开始陆陆续续缴纳军粮了。能拿得出粮食的人家一边嘟嘟囔囔咒骂着杨狗娃，一边忍痛割爱背着粮食口袋前去缴粮。缴不起粮食的穷户人家唉声叹气愁眉苦脸，实在没有办法的男人推开哭哭啼啼阻拦的女人，翻箱倒柜地搜刮出家里值钱的家当，好去换了粮食缴纳额外征收的军粮。日子还得过，不管咋样难场，总比被"五斗半"拆房砸锅的强。祠堂门口拥满了被逼无奈前来缴纳军粮的乡人，几个甲长过秤记账，忙得不可开交。祠堂大殿地上临时用油布铺垫，堆满了红澄澄的麦子。祠堂门楼上那块刻有张杨宗祠的青石底下，又竖起了一块孛落坊保公所的牌子。

　　军粮征收过后没有几天，人们还都没有从愤懑的情绪中缓过劲来，乾州东南西北四乡就又开始征召壮丁。在这样的时候，乾州的各个村堡就都随之出现了一种前所未有的卖壮丁的现象。这种纯粹以自身为本钱的买卖派生于国民政府大征兵时期，一些当过兵或者从国民党军队中开小差跑回来的人，他们已经有了进出军队的经验，精通国军部队的渠渠道道，回来后又继续过着跟以前一样贫穷的日子。大征兵开始之后，有脑子灵光的有钱人家不愿意自家出丁，就开始上下活动打这些人的主意，开出高额的足以让这些人心动的价码，然后让这些人替自己的家里人前去应征顶缺。于是就有当过兵的人迫于生计，都纷纷自告奋勇地卖起自身来，这些人把卖得的现洋或者粮食交给父母、妻子，自己顶替出钱的主家前去应征。可是要不了多久，这些人又会毫发无损地开小差跑回来，重新出现在村子里，然后再一次把自己卖出去。

从甲长、保长到联保所主任，再到县府以及国民政府派驻各地征丁的兵役部门，更是层层剥皮借机敛财，只要得了好处，都是睁只眼闭只眼地视而不见且乐此不疲。有些接兵的国军人员干脆与联保所主任以及保长合起伙来空买空卖，按卖壮丁的行情收钱后，放了本该应征的壮丁，然后再如盗匪一般去路上随意乱抓过往的行人回来充数。被抓的人年龄小者就谎报岁数，年龄老者就剃去胡须，甚至连乞丐与和尚都被抓去顶数。一时间行人白日不敢出门，各村各堡青壮者尽皆逃离，以致街市萧条、路断人稀。

有一些既拿不出钱来买壮丁，又不愿意应征的人被逼无奈，竟不惜自残肢体，用毒草或者硝酸水把右眼熏瞎（不能瞄准射击），还有人狠心将右手食指砍断（不能扣枪机）以逃避征丁。征召壮丁使得国民政府的官员上下其手大发横财，最底下的保甲人员更是不知从中勒索了多少，种种弊端纷至沓来，各级官吏听之任之，只要对上能敷衍了事，对下能欺压搁平，所取手段概不过问。大家合起伙来一起吃"人骨头钱（买卖壮丁）"，哪管贫苦民众惨遭蹂躏无处哭诉。乡民们人人愤恨个个怀仇，有民谣讥讽这一现象，曰："生了儿子是老蒋的，有了银子是保长的。"

李落坊也不能幸免地坠入大征兵的苦难之中，一张征丁的名录张贴在了祠堂的外墙上，名录上列明了各家被征壮丁的名字和人数。名录一经张贴出来，就像是一竿子捅翻了马蜂窝，马上就在村里再一次引起恐慌，并且给甲长们带来了无穷无尽的麻缠。名录中被列到的人家轮流找到本甲的甲长家里，有的说年龄不够，有的说身体有病，有的哭闹纠缠，还有的干脆指着甲长的鼻子大骂起来。甲长们碍于同村同族的情面，谁都不想得罪，可又谁都躲不过，每天都疲于应付头大似斗，最后实在没有办法就都干脆闭门不出，全都将矛盾推到了杨狗娃那里。

杨狗娃根本不像甲长们那样顾及情面，他反倒很享受此时的心境，来找他的乡人们无一例外都对他点头哈腰巴结奉承，说着相求于他的话。杨狗娃沉醉于这种高高在上的感觉，他表面上不动声色，心里却痛快无比，他终于压倒了张敬亭，压倒了杨成业，他已然成了孛落坊村最有权势的人。

扬眉吐气的快感让杨狗娃心生愉悦，他装出一副大度宽和的姿态，对前来求他的乡人们说："谁家娃娃不想去也行咯！出四十石麦那就不用去了。"有乡人说："别的村堡都是出三十石麦。"杨狗娃说："三十石麦是一个壮丁的官价，县上的衙门要不要打点？管兵役的长官要不要打点？一层一层的要是都不睁只眼闭只眼，你就是请下天王老子来顶你娃也不行咯！"乡人们失望而归，又都来找族长，要族长给想办法。张敬亭一脸悔恨地说："真个是羞了先人咧！早知道是这么个祸害，当初禁烟时就该在祠堂里打死这个狗日的！"然后他又苦笑着自嘲："我现在连祠堂的事情都管不了，还能管得了啥事？"

晚间掌灯的时候，村东头杨云英的媳妇提了一篮子鸡蛋来找杨狗娃。她一见到杨狗娃叫了一声："老叔！"就哭了起来。杨狗娃说："甭哭甭哭，有啥话你说嘛！哭啥呢？"杨云英媳妇哽咽着说："老叔我是来求你的，你就饶了我家云英吧！"杨狗娃说："你求我也没有用，这是县上摊派下的事情，我说了不算咯！"杨云英媳妇说："好老叔哩！我一个女人家又不认得个谁，我不来求你还能求谁？"说着就又呜呜地哭起来。

杨狗娃看见杨云英媳妇高耸的胸脯随着抽泣不住地抖动，一绺头发垂在耳鬓，流过泪水的脸蛋儿楚楚动人，心里就不由得骚动起来。他变了口气说："你光拿嘴说哩！四十石麦的壮丁钱你要是拿不出来，那你不是给老叔我出难题哩！"杨云英媳妇哀求说："老叔呀！要是论起门子辈分来，我家云英还是你老侄儿。你也知道我家里老人都不在世了，家里只有云英弟兄两个，可他那个弟弟又是个呆傻瓜子，里里外外全依仗着云英。你要是再不搭手帮扶一把，云英要是真被征了壮丁，剩下我和娃娃孤儿寡母那可咋活呀？"杨狗娃盯着杨云英媳妇看了一会儿，走过去假装关怀地在她肩上拍了拍说："好咧好咧！你甭哭了，老叔知道你家的难场，容老叔给你想想办法。"杨云英媳妇破涕为笑地说："那我就先口头谢过老叔了，等把事情办过后我再好好地答谢你。"杨狗娃说："你家云英咋不来？让你一个女人家抛头露面。"杨云英媳妇说："他舅家过事他去帮忙了，这两天不在屋里。"杨狗娃"噢"了一声说："你回吧！

等我想下办法了再给你回话。快把眼泪擦了，甭出门让人看见了笑话。"杨云英媳妇抬起衣袖去擦眼泪，短小的衣裳被拉扯上去半截，露出一片白嫩的肚皮。杨狗娃低头瞄了一眼，杨云英媳妇腾地红了脸，捂住衣襟走出门去了。

第二天夜里，杨狗娃轻轻拍响了杨云英家的门板。他刚从薛录镇喝完酒骑驴回来，县上的兵役科派了一个班的国军士兵进驻薛录镇，准备接收即将征召来的壮丁。赵书臣特意在镇上摆下酒席给带队的李班长接风，特意叫来几个保长作陪。杨狗娃痛痛快快喝了一顿酒，夜深人静时骑驴回到村里。他把驴拴到杨云英家门口的树上，轻轻拍了几下门板。

庭院里传来杨云英媳妇睡意蒙眬的问话声："谁呀？"杨狗娃压低声音说："是我，你甭害怕，我是你叔。"门闩哐当一响开了一扇门板。杨狗娃侧身进来，反身闩上门闩，然后向庭院里扫了一眼，两间厢房只有一间亮着油灯。杨狗娃小声问："你住哪个屋？"杨云英媳妇一指亮灯的那间说："我两口住这屋，两个娃娃和我那瓜兄弟住那一间，都已睡下了。"杨狗娃压低声音说："说话小声一点儿，甭把娃娃吵醒了。"杨云英媳妇闻见杨狗娃一身酒气，向后退了一步问："叔呀！你这么晚来寻我，是不是我托你办的事情有眉眼了？"杨狗娃一摆手说："走！到屋里我给你细说。"

一走进屋子，杨狗娃一尻子坐在炕沿上说："你家云英的事情我替你说好了办妥了。"杨云英媳妇惊喜得几乎要喊起来。杨狗娃慌得从炕沿上蹦下来，一把捂住她的嘴说："你可不敢喊，要是让人知道了，连我也得倒灶！"杨云英媳妇点点头。杨狗娃松开手又坐回到炕沿上说："哎呀！可把你老叔我给累日塌咧！"杨云英媳妇感激地说："老叔呀！我可咋样感谢你才好？"杨狗娃嘿嘿笑着说："来来来！你过来。"杨云英媳妇走到炕边。杨狗娃猛一下将她压倒在炕上说："你给叔捶捶腰就算感谢叔咧！"接着就手忙脚乱嘴巴乱拱起来。杨云英媳妇一边挣扎，一边小声哀求说："叔，你千万不敢这样，你这样了叫我往后咋活人？"杨狗娃不理她，只管使劲往下拽她的裤子。杨云英媳妇急了说："叔，你停手，你再不停手，我可就喊人了！"杨狗娃听见她要喊人，就猛地捂住了她的嘴，另一只手掐住了她的脖子，压低身子只管在她身上乱蹭……及至天明时，两个娃娃起来才发现，妈妈下身赤裸，已然死在了炕上。

半晌午的时候，派驻到薛录镇的李班长给各村都分派了士兵之后，他亲自领着两个士兵和十来个"五斗半"来到孛落坊村。杨狗娃把李班长让到保公所里坐下，让人把在杨云英家里处理后事的几个甲长都叫了回来。有个甲长问他："杨云英媳妇的尸首咋弄呀？人还在炕上躺着。"杨狗娃说："派人把杨云英叫回来，把他媳妇埋了再说，咱先办咱的正事要紧。"甲长安排了人去叫杨云英，然后便分头去敲锣，叫各户的壮丁都到保公所来报到。

铜锣在村街上响了几个来回，却没有一个人来。李班长不耐烦地吐掉嘴里的烟头，抡起手里的皮带，啪的一声抽在桌子上，骂道："他妈的，都是些个不服管的刁民！"他看见祠堂墙上挂着一捆麻绳儿，走过去摘下来，撂给一个士兵说："谁不来就把谁给老子绑了来！"然后又扭头对杨狗娃说："杨保长你前头带路。"

一个甲长把杨狗娃拉到一边，小声嘀咕了几句，然后杨狗娃又给李班长嘀咕了几句。李班长咧嘴一笑说："你心眼还多得很。"杨狗娃将两块银圆塞给李班长说："后面还有事情要办哩！你唱白脸我唱红脸，这样才能把事情办好。"李班长哈哈一笑说："好！就按你说的办。"随即便吩咐士兵将杨狗娃和几个甲长都用绳子绑起来，牵着拉着走出了祠堂。士兵和"五斗半"分成了两拨，分头到村东村西去捉拿壮丁，一会儿村东一声枪响，一会儿村西一声枪响，混杂着女人的尖叫声、小孩的哭闹声和男人的咒骂声，孛落坊村乌烟瘴气、鸡飞狗跳地乱将起来。

就在这天晚上，二愣死在了自家屋里的炕上。他的儿子在阻拦士兵和"五斗半"强行绑走他的孙子时被打倒在地，二愣急红了眼扑上去，结果胸口上也挨了一枪托。他忍着疼爬起来，撵到村街上去哀求李班长。李班长一脚将他踢开，瞪着眼睛说："皇上他舅跪下求情也不行！"二愣就又哀求杨狗娃。杨狗娃想起当年张敬亭对他动用族法时，每一次都是二愣提鞭行刑，手重心狠，打得他皮开肉绽。杨狗娃心里升起报复的快感，却转过身让二愣看他被反绑的双手，说："我都被人家绑了，哪还有我说话的份儿？"

二愣反身又挡在李班长前面，打躬作揖不住地哀求，李班长却抡起皮带劈头盖脸地抽下来。二愣挨了几下皮带，眼见自己的孙子和其他壮丁被麻绳儿绑成一串儿就要被拉走，着急冒火却毫无办法。他冷不丁地大吼了一声："我弄死你个蛾娃！"随即猛扑上去掐住了李班长的脖子。两个人一起摔倒在地，接下来的事情可想而知，枪托像暴雨般砸到二愣的头上和身上。混乱中他听见杨狗娃在一旁喊叫："把这老东西给我往死里打！"

二愣被打得晕死在村街上。他醒过来的时候，已经躺在了自家的炕上。他看见了张敬亭那张充满痛苦的脸，又听见家里人都在一旁哭哭啼啼。二愣的两只胳膊被打断无法动弹，嘴里不断有血水涌冒出来，浑身抽搐着说不出话来，两只眼睛瞪圆睁大，头发乱糟糟地一撮撮竖立起来。二愣一直到咽下最后一口气，鼓圆的眼睛都没有闭上，那双眼睛直勾勾地死盯在房梁上，眼神中流泻出仇恨的凶光。

天亮后，都到了太阳冒红的时候，孛落坊村街上依然静寂无声，没有了往常早起的乡人们挑水担粪、吆牛推车、外出劳作时喧哗的声音。杨狗娃一吃罢早饭便骑着驴来到联保公所，给赵书臣汇报了昨天抓丁的情况。赵书臣拍着杨狗娃的肩膀说："杨保长，行啊行啊！你真行啊！别的村堡我都不担心，我只担心你村上会有人闹事，结果还只有你把事情办得最快最好。"杨狗娃说："张敬亭他也只会弄祠堂里的事情，我如今把祠堂给他占了，看他还有啥猴可耍的！"赵书臣说："张敬亭爱跪祖宗让他跪去，爱烧香让他烧去，只要他不领头闹事就好，你也不要去招惹他。"杨狗娃扬扬得意地说："他的威风叫我杀下去了，他这下在村里也说不起话了。"赵书臣说："好着哩！就这样子往下弄。不过你可覅忘了还有几个跑了的壮丁，人数不够呀！"杨狗娃问："跑了的人要是不回来那可咋办？"赵书臣说："那就把他大他妈捆到联保所先关起来。"

两个人正说话间，一个"五斗半"跑进来说："孛落坊族长来寻主任了，让不让他进来？"赵书臣"嘿嘿"一笑，扭过脸对杨狗娃说："我就知道有这一天，他总有服软的时候。"随即他给那个"五斗半"说："你让他进来。"张敬亭走进来时狠狠瞪了杨狗娃一眼，然后就冷着脸对赵书臣："赵主任，我来求你来了。"赵书臣哈哈一笑，走过去把张敬亭拉到椅子上坐下说："老弟呀！你咋还跟我客套起来了？啥求不求的，你说啥事？只要老哥能办得到。"张敬亭说："我求你看在我的面子上宽饶几个人。"赵书臣假装糊涂地说："到底是啥事情嘛，你要我宽饶谁？"张敬亭说："昨儿个杨保长领人抓壮丁，把我和成业的孙儿都抓走了。"赵书臣扭过脸问杨狗娃："这事情咋弄到敬亭头上去了？"杨狗娃说："跟我没关系，是李班长让人抓的，他两家的娃娃都符合征丁的条件咯！"赵书臣扭回头，故作为难地对张敬亭说："哎呀兄弟！这事情老哥可帮不了你，我哪能管得上国军的事情？人家国军老总也不会听我的呀！"张敬亭直白地说："别的村堡三十石麦就可以赎回抓走的壮丁，你要多少你开口。"赵书臣沉下脸说："兄弟你说这话我就不爱听了，谁家三十石麦能赎回抓走的壮丁你去找谁家去，我这里徇不了私情，也管不了这样的事情。"

张敬亭脸色铁青地沉默下来，坐在那里不知再咋样说才好。他尴尬地坐了一会儿便横下了心，站起来说："既然赵主任这样说，那我就不为难赵主任了，我只当没有乾礼这个孙儿，你也只当我没有来过。"说罢就拧身走了出去。赵书臣跟到门口，在他身后说："敬亭，你这是弄啥嘛，都一把年纪了咋还这么偏？"张敬亭头都不回地走出大门去了。杨狗娃凑过来不解地问赵书臣："他现在情愿出钱出粮了，你咋反倒让他走了？"赵书臣背着手，看着张敬亭的背影说："他要我给他面子，我偏偏不给他面子。"他回头瞅了杨狗娃一眼，微微一笑又说："张敬亭这个人太心高气傲了，活了一辈子也不知道天有多高地有多厚，把谁都不往眼里搁。这回我要给他教个乖，让他知道辣子是个辣的。"

张敬亭回到家里，王海棠在庭院里拦住他，焦急地问他赵书臣是否答应放乾礼回来，张敬亭无言以对，一脸沮丧地摇摇头。王海棠心里陡然生出一股怨气，若不是那天大伯伤了人家赵书臣的脸面，不识抬举地拒绝了赵书臣要他担任保长的美意，哪会有今天这样的事情？她越想越气，可又不敢将心里的怨气发泄出来，便哇的一声哭了起来。张敬亭气冲冲地训斥道："哭啥呢？乾礼又不是死了！"王海棠呜呜哭泣着说："当兵打仗迟早还不是要挨枪子儿，哪还能活嘛！"

张敬亭满心郁闷地抬腿往堂屋里走，却看见乾礼媳妇麦花在自己屋门口站着抹眼泪。他走过去安慰麦花说："容爷再另想办法，你先甭着急。"麦花点点头。张敬亭又说："你去劝劝你妈。"麦花抹了眼泪，走过去把王海棠扶进屋里去了。张敬亭心烦意乱地走进堂屋，一屁股刚坐在椅子上，麦花跟进来扑通跪倒说："爷，我求你咧！你一定要想办法把乾礼赎回来，哪怕是砸锅卖铁，都要把乾礼赎回来！要是咱家钱粮不够，我回我娘家去要。"张敬亭眼睛一酸，哗地流下眼泪。麦花也哭了，说："爷，我啥都不要，只要能把乾礼赎回来，吃糠咽菜我都愿意。"张敬亭说："麦花你是个好娃，你要哭了，你先起来，你一哭，爷的心也就乱了。你起来该干啥还干啥，事情还没有到无路可走的那一步，天还塌不下来。"麦花抹了眼泪站起来说："爷，你跑了一晌午，你累了，你先歇着，我给你做饭去。"

张敬亭等不及吃饭就走进马号里吩咐刘蛇儿套车，说他要出远门到省城去。刘蛇儿问他："咱去省城弄啥？乾礼的事情你不管了？"张敬亭说："现在只有找刘师长这一条路了。"张敬亭再回到前院时，杨成业从门外跑进来，惊慌地说："敬亭哥你知道不？抓的壮丁明儿个就要被派去东北了。"张敬亭大吃一惊，问："你听谁说的？"杨成业说："我刚才去找赵书臣了，走到他门口时听见他跟杨狗娃说话，我就站在门外头悄悄听了一会儿，结果就让我听见这话咧！"张敬亭迟疑着说："昨儿个才抓的丁，哪能有这么快？不会是你听错了吧？"杨成业瞪起眼睛："我的老天爷！都啥时候了，你还不信我的话？"张敬亭犹豫起来说："我正准备去找刘师长，像你这样说怕是已经来不及了。"接着他问杨成业："那你去找了赵书臣，赵书臣对你是咋样说的？"杨成业眨巴着眼睛说："他让我来求你，说你有办法。"

张敬亭听出了杨成业话里有话，就不作声地走进堂屋坐在椅子上。杨成业跟进来催促说："敬亭哥，到底咋办？都快把人急死了！"张敬亭说："能赎回来就赎，赎不回来我只当没有乾礼这个孙儿。"杨成业急了说："你不要你的孙子，我还要我的孙子呢！"接着他就以哀求的口气给张敬亭说："我知道你说的是气话，你和我现在都这个年岁了，还能弄个啥世事？还能有多少年好活？没有多少了，你我而今都是为后人活人哩！"他见张敬亭默不作声，就忽然哽咽着流下眼泪，又说："人都说你面冷心硬，可我知道，你其实是菩萨心肠，你这一辈子都是为村上的人和事着想。现在老了老了，你也为你自己想一回，为你的孙子乾礼想一回。好端端的日子，才娶的媳妇，还没有生下个一男半女，乾礼万一再有个好歹，你咋对得住你张家的先人祖宗？"

杨成业的话彻底打动了张敬亭。两个人都沉默了一会儿，张敬亭叹气说："我一辈子没求过人，更没有给人低头下话伤过脸，这回人也求了，脸也伤了。好咧！你啥话都不要说了，你照直说赵书臣是啥意思，要让我咋样子他才满意。"杨成业擦了眼泪说："其实也没有啥咯！你只需给他服个软回个话，再就是赵书臣说你家乾礼得掏双份的价钱。"张敬亭说："要赎回来的人不光是我家乾礼，算上你的孙子，总共是四个人。"杨成业吃惊地问："还有谁?"张敬亭说："二愣家孙子和刚死了媳妇的杨云英。"

一切都按照杨成业的安排进行，张敬亭搜遍了家里的全部现银，又让刘蛇儿把所有的粮食都拉去粜卖，杨成业也拿出了一部分粮食，让自家的长工和刘蛇儿一起，一车又一车拉去了薛录镇。天快黑的时候，两家凑齐了要赎回四个壮丁的全部银圆，白花花的银圆装满了一条条口袋，一袋一袋地被抬上了硬轱辘车。杨成业亲自掌鞭吆车，拉着张敬亭往赵和村去了。

装满银圆的硬轱辘车停在了赵书臣家高大的门楼底下，一袋袋银圆被赵家的人从车上卸下来，抬进了屋里。赵书臣满脸笑容地迎出来说："咱兄弟三个难得聚在一起，走走走! 一起喝一盅。"屋里已然摆好了酒菜，张敬亭率先端起酒盅，红着脸对赵书臣说了软话："兄弟我脾性不好，凡事老哥你多担待。"赵书臣哈哈一笑说："这才是好兄弟嘛! 往后有啥事，你只管给老哥说。"杨成业说："就是就是! 都是几十年的好兄弟了嘛!"

酒过三巡，赵书臣表白说："敬亭，我给你实说，你不要以为是我问你要这些钱。县上的头头脑脑不得好处不开口子，你就是逼着老哥跳壕，老哥也给你办不了这事，这些钱在老哥手里最后连一个铜子儿也剩不下。今儿个响午你不听老哥把话说完，就拧尻子走了。你不给老哥脸面，可老哥咋能跟你计较? 你一走，我立马就去寻李班长了，上上下下都给你说好了，喝完酒，你就去找李班长把人领回去。"张敬亭说："我几家的娃娃回来了，不知让谁家的娃娃顶进去?"赵书臣说："那就不是你操心的事情了，拿人钱财替人消灾，李班长他自己会有办法。"杨成业问："杨保长那里要不要再打招呼?"赵书臣带着酒意，一挥手说："杨狗娃是个屁，他一个小小的保长，还不就是占着一道席缝缝的臭虱? 我手指头动一动，就能捏死他。你们不用理识他，一切都有老哥哩!"

硬轱辘车重新上路驶出赵和村以后，张敬亭摇头感叹说："这倒是个啥事嘛! 真个是羞了先人了!"杨成业说："反正不是咱羞了先人了，现在就是这样的世事咯! 是这世事羞了先人了!"杨成业扬鞭猛抽了大黑骡子一鞭，又骂了一句："这狗日的世事!"

两个人在薛录镇一家客栈里寻见李班长，把赵书臣写的白条递过去。李班长瞅了一眼，把白条折起来揣进衣兜里说："一个人二十块银圆，拿钱领人。"张敬亭说："钱都给赵主任了，他说都跟你说好了的。"李班长说："他是跟我说好了，可没有跟我手底下这帮弟兄们说好，明儿个弟兄们一路上还得另外再抓几个人给你们顶缺，不见钱谁他妈给你弄这事？"张敬亭和杨成业再纠缠时，李班长索性让士兵把他们赶了出去。

张敬亭和杨成业无奈，只得摸黑折回村里再一次凑足了钱，然后重新返回薛录镇把钱给了李班长。李班长让士兵从一间黑咕隆咚上了锁的大通间里把乾礼几个人都叫了出来，走到亮灯的地方，张敬亭和杨成业同时"啊呀"一声惊叫起来，走出来的四个人竟然都赤身裸体。乾礼满脸通红地说："他们害怕人跑了，把衣裳都扒光了。"张敬亭和杨成业急忙脱下身上的里外衣衫，给四个人遮了羞处，领着人唉声叹气地回去了。

第二十四章

　　国民党对共产党领导下的各个解放区不断发动进攻又不断失败，国统区的征丁征粮越发繁重和频繁。原先一年一次的征丁征粮，逐渐演变到了一年两次再到三次，再往后实在征不来壮丁了，就干脆把征丁变通为壮丁捐税分摊到每家每户。无论你有丁无丁，一律要缴纳壮丁捐税，有些地方甚至把壮丁捐税预先征收到了两年三年之后。

　　乾州的国民政府在那一段时期征收的苛捐杂税超越了历史上的任何一个朝代，从而被人唾骂遗臭万年。整个乾州从东乡到西乡，再从北乡到南乡，各个联保所都是强征强索，无所不用其极，大批农民被逼得卖房卖地倾家荡产，流亡载道者不可胜数。各个村堡到处充斥着谩骂和怨恨，国民政府和百姓之间只剩下了仇恨。

　　此时的杨狗娃越发地飞扬跋扈了，他无疑成了孛落坊村最有权势的人。征收各种捐税都由他说了算，甚至每家每户征收多少都由他随意摊派。他自己绝不会挨家挨户去催粮要款，他只需坐在祠堂里的太师椅上，把着茶壶，呷着茶水训斥和催促几个甲长，把翻箱倒柜、鞭打绳缚等挨人骂的差事全交由甲长们去完成。孛落坊村一天比一天混乱起来，有人在一夜之间将屎尿分别泼在了杨狗娃和各个甲长家的头门上，还有一个行事狠辣的甲长天黑时在村街上被人从背后拍了黑砖。村里甚至出现了蒙着脸在半夜偷人抢人的盗匪，漆黑寂静的夜里常常会突然传来被偷被抢的人家惊叫的声音和盗匪嚣张的咋呼声。乡人们听到这样的叫声都把头蒙在被窝里，不会有人去管左邻右舍的闲事，就算盗匪在自家屋里翻动东西，乡人们也不会下炕去看一眼，反正也没有什么值钱的东西了。

杨狗娃找到赵书臣，出高价雇来四个背着长枪的"五斗半"，白天跟着他到处转悠左右护卫，晚上就轮流睡在他家门道里，给他看家护院。有个甲长实在熬不住再干这提心吊胆两头受气的差事，便向杨狗娃提出让他另选高明。杨狗娃冷笑着说："不想弄了也行咯！先把你家该出的壮丁和捐税都补上，再把你吃进去的好处全都吐出来，你回去睡你的安生觉，我再也不寻你。"这个甲长连声叹气无言以对。杨狗娃把眼睛一瞪，冲着所有的甲长喊叫："还有谁不想弄了都一搭儿站出来？"甲长们没有人站出来。杨狗娃撇着嘴说："你们吃了多少、喝了多少、拿了多少，你们自己心里清白，我心里也清白。这会子不想弄了？早干啥去了？"甲长们都耷拉着脑袋听他训斥。杨狗娃呷一口茶水，斜头歪脑地又说："各样事情我都是给赵主任拍了胸脯的，你们该吃该喝该拿的一样也没有少，该缴的捐税也都给你们摊到别家去了，谁这会儿要是给我说他不想弄了、弄不了了，那可就要怪我跟他翻脸，拆他家的房，砸他家的锅，绑他家的娃！"甲长们都不敢言语。杨狗娃挥挥手说："都乖乖地该干啥干啥去！"甲长们灰溜溜地走出祠堂，不得不继续敲响铜锣催粮催款去了。

杨狗娃对甲长们耍足了威风之后便背着手到处溜达，他走在村街上就忍不住得意起来。他觉得孛落坊村的男人女人所有的人，包括张敬亭和杨成业，现在都像是在他手心里爬的虱子，他想戏要谁就戏要谁，他想捏弄谁就捏弄谁，想掐死谁就掐死谁。他觉得他现在过的这日子简直好扎咧嫽扎咧！

杨狗娃的家产也开始迅速地膨胀起来，他拥有的土地面积超越了张敬亭和杨成业，家里的长工也由一个增加到了三个。几个长工替他经管着土地和牲畜，从他家的屋院到马号，再到他所拥有的田地，杨狗娃家里呈现出一种人欢马叫的气氛，与整个村子清冷的氛围形成了明显的对比。杨狗娃变得一天比一天更加骄横起来，他在村里走动的时候，身后得有甲长跟着他，随时听他的支应；他一走进保公所里，马上就得有人给他端茶倒水；他到自家地里去看麦客收麦，得坐在椅子上让长工抬着他去。当佃户不能及时缴租子的时候，他便让大儿子领着"五斗半"把佃户家的锅砸了，不缴租子的佃户家里是不准见炊烟的。他家的一个长工犁地时不小心在垄坎的石头上磕打了犁铧，杨狗娃让人把长工绑在地头的树上，三天三夜不给吃喝不让松绑。最后还是张敬亭领人硬把长工解了下来，抬回家的时候，长工只剩下了一口气。

俗语说，老子英雄儿好汉，老子卖葱儿卖蒜。杨狗娃年龄渐老，自从掐死杨云英媳妇之后，他对男女之事也逐渐失去了兴趣，可是他的大儿子对女人的兴趣却随着老子的得势而迅速地膨胀起来。大儿子不像杨狗娃那样霸王硬上弓，他会揣摩女人的心思，只要是他看中的女人，两块银圆半袋麦或者应承减免租子和捐税，女人就会半推半就地随了他。久而久之，杨狗娃的大儿子像是皇上临幸后宫的妃子一样，轮番到跟他相好的女人家里去享乐，甚至这些女人家里的男人在见到他走进家门时，都会自觉地找个借口走出门去……突然有一天，有人在玉米地里发现了一具男尸，布袜塞嘴，全身赤裸，且被人割去了生殖器，尸首伏地而卧，血流满地，惨不忍睹，后脊背上被人蘸着血水歪歪扭扭地写下了"断子绝孙"四个字。有人把尸体翻过来看，发现正是杨狗娃的大儿子。

杨狗娃大儿子下葬的这天早上，张敬亭让刘蛇儿吆着骡车到姜村镇去看望亲家和大凤，走到村口时正好撞见杨成业。杨成业捎着铁锨刚从坟地里回来，他老远喊住了张敬亭："敬亭哥！你弄啥去呀？"刘蛇儿叫停了骡车。张敬亭斜靠在车帮上动都没动，冷着眼看了杨成业一眼，讥讽说："我看村上还就数你眼亮，啥时候都能看来事色，杨保长可得好好感谢帮他埋他娃的人哩！"杨成业不好意思地干笑了两声说："他家老大也死得可怜，只不过是帮着添一锨土的事情咯！都是乡里乡亲的，面儿上的人情还得要有嘛！"张敬亭不再理睬他，让刘蛇儿吆动骡车时，一句"舔尻子货"从张敬亭嘴里撂出来。杨成业腾的一下红了脸，低下头悻悻地走回村里去了。

此时的张敬亭比以往任何时候都更加谨慎地经管着这个家，自从以两倍的壮丁价钱赎回乾礼之后，张敬亭就给全家人立下一条新的家规——不经他同意谁都不许迈出头门一步。他还差刘蛇儿到乾州的学校里去叮嘱乾义，让乾义就待在学校里不要出去，更不要回家，吃喝用度家里人自会定期送去。张敬亭缴捐纳税也从不给甲长出难题，甲长到他家时也都是客客气气，有时甲长还会给他哭诉几声委屈，他反倒劝慰甲长一番。村上的事情张敬亭已经无心再管，他几乎不再到祠堂里去，只有在祭祀祖宗的时候，他才会走进祠堂，以族长的身份发号施令。常常有乡人到张敬亭家里来诉苦诉难，他也只能劝慰一句："这世道能保住命就成了。"然后会多少拿出一点儿粮食，周济给前来诉苦诉难的乡人。张敬亭经常一个人坐在堂屋里忧心忡忡，过去不管多么苦难的光景总有熬过去的时候，可现在这种隔三岔五就有人家倒灶绝户的日子啥时候是个头？

这年大年初一的时候，在敬奉完祖宗之后，后生晚辈们按照传统要给长辈们行礼拜年，享堂上已换成了张敬亭这一茬老汉们入位就座，杨成业竟然也邀请杨狗娃堂而皇之地坐在了享堂的椅子上。张敬亭斜瞄了一眼，站起身举手抱拳，对木然站在大殿上的乡人们说："往后村上啥事情都要再寻我了，道理不必我再细说，这兵荒马乱的世事，大家自个儿好自为之吧！"然后他撩起棉袍，头都不回地走出了祠堂，乡人们也随之散去。杨成业着急地在他身后不住地喊他："敬亭哥！敬亭哥！年还没有拜呢……"

在姜村镇见到了大凤，又跟亲家高老汉絮叨了一天，张敬亭心里舒坦了许多，晚上回来也睡得很是踏实。第二天晌午一家人正在吃饭时，杨狗娃领着一群背着长枪的警察走进了庭院。张敬亭撂下碗，站起来说："捐税粮款我都按时缴了，你们这是要干啥？"杨狗娃说："不是粮款的事情，人家是来你家抓共产党的。"张敬亭心里大吃一惊，马上就想到了侄儿张文博。他强作镇静地说："我家里咋会有共产党？"带队的警察队长走过来，一脚踢翻了饭桌旁的小凳子，瞪着眼睛说："你还装啥哩装？你侄子张文博就是共产党，你快把他交出来！"张敬亭说："张文博就不在家里。"那个队长一挥手，给警察们下命令说："给我搜！把每一个老鼠洞洞都要给我过一遍。"一群警察一哄而散，奔向每一间屋子，又奔向后院，有两个警察过来把张敬亭全家人都驱赶到庭院里用枪逼住。

警察们在张敬亭家里胡乱翻腾起来，每一间屋里的柜子和箱子都被打开，里面的东西全被扒了出来，炕上的被子、褥子也被扔到了地上，甚至连灶间的瓷瓮面缸都统统被掀翻在地，后院的柴火堆也被推倒扒拉开来，连刘蛇儿的马号都被翻了个底朝天。听到马号里大黑骡子和白马被惊得不断地嘶鸣，刘蛇儿忍不住想走回马号，看管的警察把枪口顶在他的胸脯上说："敢动一下老子打死你！"刘蛇儿瞪起眼睛，不服气地挺着胸脯往上顶，却被张敬亭拉住了。

翻腾了一整，警察们全都失望地回到了前院。那个队长一把揪住了张敬亭的衣领，恶狠狠地问："你把你那个共产党侄子藏到哪里去了？快把人交出来！"

张敬亭说："张文博多年都没有回过这个家了，不信你问杨保长，你问他见过张文博没有？"杨狗娃说："他是你的侄子，回来也是回你家，我咋能知道？"那个队长不依不饶地说："张文博从省城逃出来肯定是逃回老家了，你老实一点儿，快把人交出来，要不然没有你的好果子吃！"张敬亭说："他真的没有回家里来，你让我咋交人？"那个队长松开张敬亭的衣领说："那就得请你跟我们走一趟了。"随即有五六个警察一拥而上，把张敬亭捆了起来。

这时候张敬亭家门口已经围满了人，有几个乡人掂着铁锨锄头挡在门口。那个队长拔出手枪高喊："弟兄们都听着，谁敢阻挡我们捉拿通共的要犯，就开枪把谁打死！"警察们哗啦哗啦都把子弹顶上膛，举起了枪。张敬亭急得跺脚直喊："罢手，罢手！你们都给我罢手！"然后他对堵在门口的乡人们说："你们都把路让开，我跟他们去一趟就去一趟，黑的就是黑的，白的就是白的，我又不是共产党，他们把我咋不了。"接着他又回头给乾礼交代说："听爷的话，一定要把屋里经管好，谁都不要管我，也都不要来寻我，事情弄清楚了弄完了，我自然就回来了。"张敬亭说罢自己从人群中走出去了。

张敬亭被直接带去了乾州城里的牢房，关进了一间散发着霉臭味儿的单间号子里。连着好几天都没有人来审他问他，也没有人来跟他说任何话。狭小、潮湿、黑暗的号子里面没有窗子，分不清白天和晚上，只有从门板上的一个小孔里透进来一点儿灯光。囚犯们每天只给开一回饭，一碗散发着焦煳味儿的苞谷糁子或是硬如铁块的馍馍从门上的小孔里被递进来时，被关在号子里的人才知道这是到了每天的傍晚时分。

张敬亭很快适应和安静下来，已经没有了刚被关进来时的慌乱和愤怒。一切都已明了，岳先生说侄儿干的是"济世救人的大买卖"的疑惑终于有了明确的答案。他不了解共产党，他听到最多的有关共产党的话题也只有赵书臣和杨狗娃整天挂在嘴上的"共匪"两个字。但是自打他被关进牢里之后，他静下心来好好想了想，就想明白了一点，那就是这瞎瞎世事已经瞎透了烂透了，把世事弄成这样的国民政府更是瞎透了烂透了，这样瞎透了烂透了的政府既然害怕共产党，一心要铲除共产党，那共产党就一定是好的！张敬亭不但不生侄儿张文博的气，心里反倒生出一种兴奋的感觉，他的家里竟然出了共产党，自己的侄儿竟然跟这瞎透了烂透了的政府对着干。他想起自己当年到县公署为民请命引发交农的那件事，心里不禁又豪迈起来，也禁不住在心里面夸赞自己的侄儿，张文博不愧是他张家的种。

对张敬亭的第一次审讯十分简单，他被狱卒带到一间明亮的屋子里。两个没有穿警察制服的人只是草草地询问了他几句，然后告诉他只要把共匪张文博的行踪供出来，就什么事情都没有，并且马上放他回去。张敬亭也没有多余的话，过来过去就只是一句："不知道就是不知道。"那两个人抽着烟坐了一会儿，也不过多纠缠，撂下一句："你啥时候想说了我们再来。"便草草收场走了。第二天，张敬亭再一次被狱卒从号子里带出来时，他发觉与昨天审讯时走过的路方向相背。他猛然警觉起来，甚至都想到了要枪崩自己。及至被带进一间挂满各种刑具的屋子里时，他才明白过来，这是要给他上刑过堂了。

两个身形彪悍的打手早已等候在那间屋子里。一个秃顶的打手撇掉手里的烟头，横眉瞪眼地问："你就是张敬亭？"张敬亭挺了挺腰杆说："张敬亭就是我！"秃顶打手嘿嘿笑了两声说："没看出来，你还是个硬茬子货。"然后就歪过头给同伴使了个眼色，另一个打手拿了麻绳儿走过来。秃顶打手又对张敬亭说："既然是个硬棒人，那我也就不多说咧！想必你也看明白了这是要干啥。是你自个儿乖乖受绑，还是要我哥儿俩给你下硬手？"

张敬亭被绑起来吊在了半空。秃顶打手在他腿上推了一把，看着他的身体来回飘荡起来，嘿嘿一笑说："今儿个叫你坐一回土飞机。"另一个打手又抱来了沉甸甸的沙袋，两个人用绳子将沙袋绑在张敬亭的一只脚腕上，拴死后一松手，沙袋猛然一沉，悬吊在张敬亭的脚腕上。秃顶打手仰起头说："你可甭怨我们两个，我们两个跟你无冤无仇。要恨你就恨我们头儿，是我们头儿要这样整治你，不能让你死，可还得让你生不如死。"两个打手转身出去了。张敬亭先是觉得脚腕和腿上的关节像是要被扯断撕开般剧烈疼痛，没有多大工夫半边身子便麻木得没有了知觉。天快黑的时候，张敬亭被放了下来，他的一条腿已经无法站立和走路，被那两个打手拖着架着扔回了号子里。

半夜时分，张敬亭疼醒过来，腿和脚腕逐渐有了一些知觉，疼得他呻唤起来。隔壁号子里的犯人听见了动静，从墙缝里传过声音说："再吊你两天，你就彻底不知道疼了。"张敬亭揉着疼处没有说话。那人在墙缝里问他："你跟谁结了仇，对你下这样的黑手？"张敬亭凑到墙缝边说："他们说我通共就把我抓来了。"那人说："通共算个屁！他们就是审真的共产党，也没有用过这样的手段。你肯定是跟人结了仇，你的仇家花了钱让人黑整你哩！他们对你用的都是衙门里黑人的窍道，这叫杀人不见血，到时候你虽然还喘气，可还不如个死人。"张敬亭问："你咋知道？"那人哈哈一笑来了兴致，说："你去打听打听，谁不知道我旋风刘？号子里的窍道没有我不知道的，我哪一回进来都是照样喝酒吃肉，照样住上好的单间。"张敬亭揉着腿苦笑了下说："我看你咋跟我一样？"旋风刘急了说："这回我是被人把我卖了，钱也折完了没钱使唤，才被关到了这里。"张敬亭揉着疼处不再作声。旋风刘又说："你受罪的时候还在后面，他们会先废了你两条腿，接着就是硬拜佛、顶上花、狗咬屎、王八游水、瞎子点灯……花样儿多着哩！等挨样弄完了，你浑身上下只剩下一张嘴能动弹，再哪里都动弹不了，可你身上还不会有一丝儿伤痕。你的仇家能花这样大的价码，要的就是让你生不如死。"

墙缝那边的一席话让张敬亭大吃一惊，白天受刑时那种豁出去的心气儿一扫而空，不由得心生恐惧慌乱起来。他往后靠倒身子时摸到了冰冷的墙壁，马上就觉得浑身的关节和骨头都跟着一起冰凉下来。他不怕死，可是隔壁囚犯描述的生不如死的景象让他毛发倒竖。他苦思冥想，把他所有认识的人都在脑海里过了一遍，可是咋样都想不出要害他的人到底是谁，是谁跟他有这样大的仇恨？

三四天之后，张敬亭的两条腿已经彻底没有了知觉，不能再走路。每次受刑时，都是那两个打手把他从号子里拖拉出来，到天黑时上完刑后再把他拖拉回号子里。一天晚上，张敬亭突然头疼了一夜，两只眼睛鼓胀得像是要把眼珠儿膨出来一般。清早时他被那两个打手从号子里拖拉出来时，他方才发现眼前除了白晃晃一点儿模糊的亮光外，其他什么都看不见了。

张乾义从同窗好友在县府任职的父亲那里打听到张敬亭被人下黑手的消息，急急火火奔回家中。他进门看见一家人都在堂屋里坐着，身子一软就扑倒在地，声泪俱下地哭喊起来："我爷——我爷就要被人害死咧！"一屋人急忙把乾义拉起来细问。大凤还没有听完乾义的哭诉，仰头叫了一声："大呀！"便向后跌倒昏晕过去。自从张敬亭被抓走之后，大凤和乾礼就到处奔走求人下话。可是她找遍了所有能找的人，得到的答复都是一样："张文博是省上要求索拿的共党要犯，交不出张文博，谁也不敢放了张敬亭。"大凤和乾礼一筹莫展，乾礼年轻又是晚辈，王海棠只会啼哭没有主意，家里只有靠大凤坐镇拿事了。

大凤醒转过来的时候，王海棠和麦花正把各自的首饰细软集到一堆，算计着能兑换多少银圆。见大凤从炕上坐了起来，一家人都围过来，麦花把一个用红绸包着的纯金怀表拿给大凤看，问她这是谁的物件，能不能拿去兑换银圆，大凤看见金表忽然一脸惊喜地说："好了好了！终于有救了！"随即她问麦花从哪里翻出来的金表，麦花一脸茫然地告诉她，是在整理屋子时在一堆衣服里发现的，幸亏那些警察在翻箱倒柜时把裹着金表的衣物一股脑儿地扔到了地上，金表没有被发现才没有被他们拿走。大凤捧着金表懊悔地说："都怪我心急，犯了迷糊，把这个人都给忘了，现在只有这个人才能办得了这样的事情。"全家人都着急地问她："你说的这人是谁？"大凤说："这人就是刘师长！"

全家人都在高兴的时候，杨成业走进庭院里高喊："都谁在屋里呢？"大凤迎出来招呼说："原来是老叔来了，快到屋里坐。"杨成业背着手缓步走进堂屋里，四平八稳地坐在了椅子上。杨成业虽然极力表现出一个长者的沉稳，但是从他灰暗的脸色和发胀的眼泡上，都能看出他焦虑和不安的神色。

王海棠吩咐麦花快去熬茶。杨成业摆摆手说："算了算了，甭折腾了，都啥时候了，我哪里还有心思品茶呢！"不等大凤开口，杨成业就急着询问张敬亭的情况。大凤受到感动，眼睛湿润起来说："该找的能找的人都找遍了，可是连一丝丝儿作用都没有。"杨成业瞅着大凤说："眼下只有一个人能救得了你大，你知道是谁不？"大凤说："你说的是刘师长？"杨成业一拍桌子说："对！就是刘师长。烧香要拜真佛，现在只有刘师长才能救你大。"说到这里，杨成业从怀里掏出一个用红绸包裹着的东西，小心翼翼地展开，里面竟然是两根黄澄澄的金条。杨成业把金条放在桌子上说："老叔只能帮你这些咧！"

一家人顿时都对杨成业感激起来。大凤带着哭腔说："老叔呀！还是你为人心长。"杨成业长长地叹了一口气，竟然动情伤心哽咽起来说："我现在才算是看明白也想明白了，字落坊离不了我敬亭哥呀！我敬亭哥是字落坊最有脏腑、最硬气、活得最清白的一个人。我跟他好了一辈子，也怄气怄了一辈子，不过气归气，可真要是离了我敬亭哥，字落坊就乱咧烂咧塌火咧！"说完这一番话，杨成业抹了眼泪起身告辞，脚步沉重地走出门去了。

第二天，刘蛇儿和大凤人不歇息骡不停蹄地在天黑时赶到省城的西关军营时，当值的军官却告诉她，刘师长刚升任了新三军的军长，到南京国防部受命开会去了。大凤不敢回城里的宅院居住，就在西关一家客栈里住下来，每天都和刘蛇儿到军营门口去打探刘军长是否回来了的消息。一直等到了第三天，当值的军官告诉她，刘军长夜个黑咧回是回来了，可是马上又要赶去东北，正在忙着安排军务，恐怕没有时间见她。大凤央求了半天，军官却不敢去打扰长官，只是不理不睬。大凤将几块银圆塞到军官手里，又把纯金怀表拿出来递给军官说："你只需把这个金表拿去给刘军长看，他要是说不见我，我头都不回就走。"军官迟疑了下，接过金表走进军营里去了。

时候不大，当值的军官一路小跑着出来，把大凤领进军营里去了。刘军长见到大凤，听完了她的哭诉，把金表递还给她，说："我一看见这表我就知道，肯定是你大出事了。"随即刘军长就给副官吩咐说："给东北剿总发电报，就说新三军先行开拔，但是我要晚几日才到，我要回乾州安顿一下我的家事。"两个时辰以后，两辆拉着卫兵的军车跟着一辆小汽车，顺着西兰公路开进乾州城，停在了县府门口，县长被人叫了出来。

刘军长跳下车背手而立，县长诚惶诚恐地说："卑职姓何，是本县的县长，卑职不知刘军长今儿个回归桑梓，卑职——"刘军长挥手打断何县长，单刀直入地说："你抓了我的亲家张敬亭，我是来向你要人的！"何县长大吃一惊，一脸惊恐地说："张老先生的事情我知道是知道，可这都是省上的指示，卑职——"刘军长再次打断何县长说："省上的指示？省上何人的指示？给我的亲家安的又是什么罪名呀？"何县长说："上头说是张老先生通共，该案是省党部杨主任亲自交代下来的。"刘军长说："胡说！省党部的主任姓陈，哪里有什么姓杨的主任？"何县长赶忙解释说："杨念南杨主任，他是省党部的副主任委员，兼着省党部统调室的主任。"刘军长哼了一声说："原来是中统的人。"何县长趁机推脱说："张老先生的案子都是由省党部新近委任到本县警察局的刘局长一手查办的，卑职只知其事却不知其详呀！"刘军长不耐烦地挥手说："好咧好咧！少说废话，你前头带路给我放人！"

张敬亭被刘军长的卫兵从牢房里抬出来的时候，就像是一个垂死的人，身子软得像是一摊烂泥，胳膊腿随意晃动耷拉着，浑身上下污秽不堪，散发着屎尿的臭味儿。刘军长走上前，红了眼睛说："亲家，我来晚了！"张敬亭的双眼像抹了一层糨糊般混沌不清，眨着眼睛瞅向刘军长站立的方向。刘军长吃惊地问："亲家，你的眼睛咋咧？"张敬亭听出了是刘军长的声音，咬着牙动了动嘴，只吐出来了一个字："回！"

这时警察局的刘局长领着一群警察急匆匆赶来，那群警察一来就端起枪将张敬亭团团围住。刘局长并不知道站在他对面的是什么人，他斜跨着腿挡在刘军长前面，不屑地对刘军长说："张敬亭是通共的要犯，是省上钦点的案子。长官要放人也可以，你去省上请示下杨主任，只要杨主任点头同意，兄弟我随时放人。"何县长马上给刘军长介绍说："这位就是省上新委任到本县警察局的局长，刘黑狗刘局长，警局和监牢的事情都是他说了算。"

何县长的话音刚落，刘军长的副官一个耳光扇在刘黑狗脸上骂道："你倒算个屁，敢跟长官这样说话？"刘黑狗猝不及防，被扇得眼冒金星地惊叫起来："你敢打我？"又一记响亮的耳光扇在刘黑狗的脸上。刘军长的卫兵们同时稀里哗啦都将子弹推上了膛，清一色的汤姆森冲锋枪对准了那群警察。副官揪住刘黑狗的衣领说："打你？打你是轻的，再不滚就毙了你！"

何县长赶忙上前将双方劝解开。他把刘黑狗拽到了一边小声说："你真是光尻子撵狼胆大得很！敢挡他的路？"刘黑狗不服气地说："没有杨主任的话，今儿个就是天王老子来了我也不放张敬亭！"何县长说："你娃说话口气大得很，你知道这位长官是谁？"刘黑狗揉着脸发狠说："我管他是谁！"何县长瞪起眼睛骂他说："你个瓜尻，活该你挨打。我告诉你，他就是原先十七师的师长，兼着西安绥靖公署的高级参议，新升任的新三军刘军长。他上马可以管军下马可以管民，在乾州没有人不知道他，你真是瞎了眼敢跟他叫板！要说打你了，今儿个就是把你拉去枪毙了，对人家来说就像是捏死个臭虫，你连个喊冤的地方都没有。"刘黑狗听何县长这样一说，立时就惊出一身冷汗，这才知道今天是撞在枪口上了。他回头看看那些卫兵黑洞洞的枪口，心里怯火起来，不敢再造次，也不敢再走过去，远远地给那群警察招了招手，灰溜溜地撤走了。

张敬亭被军车送回了字落坊，副官按照刘军长的吩咐，特意把联保主任和保长、甲长们都叫了来。副官提着手枪在这些人面前晃来晃去指指点点，语气严厉地警告说："都睁大眼睛看向着，今后谁再敢到张老先生府上来寻事，就把你们这些个烂尻主任，狗屁保长、甲长统统充作壮丁，拉去东北打仗！"赵书臣吓得一脸僵硬地连连应声，杨狗娃和几个甲长都低着头不敢吭气。训完了话，副官和几个卫兵跳上汽车一溜烟儿回乾州城里去了。

杨狗娃见军车走得没影了，抬起头不服气地说："给谁摆阔气抖威风呢？有啥了不起的！"赵书臣没好气地瞪了他一眼，训斥说："你倒是知道个屎，这回是把雀屎拉在牛屎上，把屎（事）弄大了。"随后赵书臣便急急忙忙赶到了县上。他寻见何县长，把副官训话的事情学说了一遍。何县长问他："张敬亭跟刘军长究竟是啥样子的关系？"赵书臣说："两个人原先确实是亲家，可是刘军长的儿子死了没有结成亲。谁能想到这么久了，他两个人竟然比真亲家还亲。"何县长严肃地说："刘军长是啥样子的人物我相信你明白。"赵书臣赶忙说："明白明白。"何县长喜忧参半地又说："这样的大人物咱惹不起呀！他一句话就能定你的生死。可要是捻弄好咧，他也能让你飞黄腾达！"赵书臣说："原先不知道张敬亭还有这一层关系，现在知道了。我回去给张敬亭说，让他在刘军长那里多说咱的好话。"何县长说："张老先生那里你一定要安抚好，你们联保千万不敢再得罪他再给我惹事了。我这几天先把刘军长招呼好，你给张老先生把话捎到，回头我亲自去拜望他。"临走时，赵书臣又回身问何县长："是不是给张敬亭弄个免征户？我回去也好说话。"何县长把手一挥说："这都不是事，你到税务科和兵役科去办，就给他们说是我让你办的。"

傍晚时分，村里的乡人们陆续来探望张敬亭，却都被守在门口的大凤和乾义挡在了堂屋外面。来的人多是一些年老的长者，零零散散地走来问一声安，说几句替族长打抱不平的话，然后便聚在庭院里互相诉说抓丁派捐的苦楚，大声咒骂甲长、保长以及这混乱不堪的世道。有人甚至高声喊叫说："咋不来上一队二红（共产党游击队）的人马？把这伙畜生不如的东西一个个杀头枪毙！"人们对国民政府的怨气和仇恨无处不在，走到哪里谈说的都是这些发泄怨气的话题。

到了该吹灯睡觉的时候，刘蛇儿吆着骡车狂奔进村街里，寂静的黑夜中，屋檐下的野鹁鸽被惊得扑棱棱飞起又落下。骡车停在张敬亭家门口，乾礼跳下车放好脚凳，扶着三剂先生从车上走下来。三剂先生脚步稳健地走过庭院，走进堂屋，端直走进里屋来到张敬亭的炕边。里屋的炕头、炕尾和柜盖上分别点了三盏油灯，屋里被照得通亮。三剂先生的头发、眉毛、胡须都已全部变白，两只眼睛却依然清澈如水，眉宇间透着温和爽朗的神气，面部的肤色显出白里透红的色泽，一身洁净的灰色长袍飘然洒脱，他像是从另一个没有污秽的世界里走来的一样。

大凤领着全家人要给三剂先生行礼，三剂先生摆摆手便低下头开始审视躺在炕上的张敬亭。张敬亭在清洗了一番，吃过热米汤和睡过一觉之后，精气神已经好了许多。他不顾三剂先生劝阻，硬是让家人把他扶着坐起来，说："他们想要我生不如死，先生你一定要把我医治好，我偏偏要好好活着给他们看。"三剂先生安慰了两句，就开始仔细察看张敬亭的两只眼睛，又问了问突然看不见时是啥样子的症状，然后让乾礼、乾义扶着张敬亭重新躺下。三剂先生弯下腰，把张敬亭全身的骨骼和关节都摸揣了一遍，又卷起张敬亭的衣袖和裤腿观察，看完皮肤的颜色之后，脸上显出凝重的表情。他回头吩咐身后的人取来烧酒和瓷碗，便挥挥手让女眷都退到门外去。

三剂先生将烧酒倒入碗里点燃，从背在身上的灰布挎包里取出十余根细如发丝的银针放在火焰上烧烤，又让乾礼、乾义脱去张敬亭的衣裤，让张敬亭平趴在炕上。三剂先生给张敬亭说："针扎下去疼不疼，有没有感觉你给我说一声。"随即将一枚银针扎进张敬亭左腿的膝窝里，问："疼不疼？"张敬亭说："你扎咧？我还以为你没扎呢！"三剂先生又将一枚银针扎进张敬亭右腿的膝窝里再问："有没有感觉？"张敬亭依然是毫无知觉。三剂先生皱起眉头不再说话，一连将十余枚银针全都扎进张敬亭双肩、双臂以及双腿、双足的穴位里，然后轮番深深浅浅地捻弄那一枚枚银针，一直到看见有几个针眼里沁出了一丁点儿的鲜血，三剂先生这才拔了银针长长地出了一口气。

三剂先生从里屋出来走到堂屋，全家人都围了过来。三剂先生说："全身的筋骨都已扯坏拉坏了，不过还好，尚未完全断裂坏死，血脉也尚可流通，能医能医。"全家人都惊喜地叫起来，大凤拉住乾礼、乾义就要一起跪倒行礼。三剂先生伸手拦住说："这是我本分的事情咯！你们无须多礼。不过——"三剂先生沉默下来。这时张敬亭在里屋的炕上大声问："不过啥？先生有啥请给我明说。"三剂先生走进里屋走到炕边，直言不讳地说："左腿扯坏拉坏得严重一些，怕是要留下残疾。"张敬亭又问："我的眼睛能不能医好？"三剂先生说："你是急火攻心得了青光眼，本来并不难医，只是耽搁的时日太久了，右眼怕是不能复明了，左眼能保得住。"张敬亭沉默不语。三剂先生安慰他说："凡事也要看你自己的造化，医无定例，因人而异，说不定我的方子合适了，也能让你恢复如常。"

张敬亭开始接受三剂先生的悉心治疗，每日清晨和晚上睡前要煎服汤药，并用草药泡制的药水清洗双眼，后晌时还要做正骨推拿和在肩肘腿足的穴位上针灸，然后再给每个关节都敷上三剂先生亲手配制的膏药。张敬亭不能翻身，只能仰面躺在炕上，接待前来看望他的亲朋好友和村里的乡人们，他没有愤恨，也没有伤感，平静地接受着热切的问候和安慰。

赵书臣也来探望了张敬亭，他把免征户的文书卷成纸筒，举在手里走进门，先是关切地问长问短，接着就一脸愤慨地把警察局和牢里的狱卒挨个骂了一通，最后像是捧着圣旨一样捧起免征户的文书，大声豪气地给张敬亭说："这是老哥一再进言给你争取，何县长给你特批才办下的，今后看谁还敢再跟你要粮要捐！"然后他话锋一转，就又向张敬亭提说起了刘军长……

杨成业是在几天后张敬亭家里来往的人逐渐稀少时，才来看望张敬亭的。杨成业见张敬亭已经能用两只手撑着身体在炕上坐起来，就连声夸赞了三剂先生几句，然后就一尻子坐在炕边的椅子上唉声叹气。张敬亭问他："你咋咧？"杨成业说："你被人整成了这个样子，我心里难过咯！"张敬亭说："谁让咱碰上了这样的瞎瞎世道。"杨成业说："敬亭哥，你去看一看，不光是你被整成了这个样子，村上多少户人家都被整得闭门绝户了，孛落坊村就快要被整烂包咧！我的日子也快烂包咧！"张敬亭从枕头底下摸出那两根金条，递还给杨成业说："你的心意我领了，东西你原样拿回去。"杨成业不高兴地说："敬亭哥，你这是弄啥？给出去的东西我要再拿回去，那我成了啥人了？"张敬亭说："我的劫难过去了，用不上了，这本来就是你的东西嘛！"杨成业嘿嘿一笑说："哥，这黄货你拿上，你给刘军长说一说，给我也弄个免征户得行？"

刘军长在安顿好家事后离开乾州前，专意来孛落坊向张敬亭辞行。他进门看见三剂先生鹤发童颜，正在给张敬亭施针，又见张敬亭的双手已经能活动自如，不由得惊叹："神医果然名不虚传！"随即说自己近年来浑身都不舒服，可又说不上来哪里有病，问三剂先生能不能给他找一找原因调养调养，三剂先生摇摇头，微笑着说："你这样的就是找到了病因我也医不了。"刘军长诧异地问："还未见先生望闻问切说是什么病，咋就说医不了？"三剂先生不慌不忙地说："你脸颊潮红却印堂灰青，言谈之间气息忽长忽短，这是你心脉紊乱所致。你站下时两条腿前后不能并齐，伸手时五指伸展不开，指缝也无法合拢，这是你气阻血瘀手脚麻木所致。还有就是你每日都夜不能眠，食也不过二三两而已，是也不是？"刘军长吃惊地从椅子上站起来抱拳说："哎呀！不愧是神医！说的全都对对的！"三剂先生说："你这样的病症嘛，皆是你忧虑过度、心气不顺、血脉不畅所致，这样的病因任你吃啥药都不会有疗效，所以我才说我医不了。"

屋里的人都惊奇不已。张敬亭插话说："先生是说笑吧？先生是神医，咋能医不了？"三剂先生笑一笑说："除非——"刘军长着急地问："除非什么？"三剂先生说："除非你脱了这身戎装，丢了你心里的包袱，你的这些病症自然就好了。"刘军长坐回到椅子上长叹一声，苦笑着说："我何尝不想做一个闲云野鹤？可我现在哪里还有退路呀！"三剂先生突然语惊四座："我看这天下迟早都是共产党的，多你一个刘军长，少你一个刘军长，都是无济于事，你又何必徒劳伤身？"刘军长猛乍愣住，收敛了笑容说："我一生只信奉三民主义，虽然时局不利前路堪忧，可我身为军人只有不成功便成仁这一条路可走。先生替共产党说话，莫非先生也是共产党？"三剂先生笑了笑说："我倒是知道有个共产党，可共产党哪里会知道有个我？我只是不想你两家打仗死人罢了。"刘军长哈哈大笑起来，打趣说："我干的是杀人的行当，先生干的是救人的行当，怪不得先生不肯开方子治我的病。"

刘军长临告辞的时候，问张敬亭咋样子得罪了杨念南，并说以通共的罪名把他关进牢里这样整他的幕后黑手就是杨念南。张敬亭随即叹气诉说了杨念南他大杨楼娃命丧马嵬坡的那一段旧事，刘军长和三剂先生听完后都唏嘘不已。张敬亭说："欠的账总是要还的，他大杨楼娃毕竟是死在了孛落坊人的手里。如果黑我的人真的是他，我也不怨恨他。张杨两姓本是同根同祖，是我们这些后人不争气，闹到了自相残害的地步。"刘军长也感叹说："国事如家事，国共两党本也都是炎黄子孙，可现在却也争斗不休。我的新三军此次就是奉命到东北去剿共，也不知我还能不能再回归故里。"几个人互道珍重伤感了一番，刘军长告别而去。

第二十五章

　　要张敬亭生不如死的人的确就是杨念南。杨念南在槐里县闹农会的那一年，国共合作破裂，国民党开始清党，杨念南被李县长抓捕后送到了省上。因他是共产党的省委委员，熟知共产党的重要人物和地下组织，省上负责清党的国民党头头就亲自出面好言安抚一番，劝他退出共产党加入国民党。一边是黑暗的监牢和令人恐怖的刑具，一边是自由和高官厚禄，在亲眼看到同牢房的同志一个接着一个被拉去枪杀或者活埋之后，杨念南最终再一次选择了背叛。

　　当局一开始并不十分信任杨念南，只给了他一个高而不实的虚职，然后就让他充当敲门砖和诱饵，去破获共产党的地下组织。令当局欣喜的是，共产党在省城的地下组织很快就遭到重创，共产党一个接一个的重要人物因杨念南的出卖而被捕、被杀、被填了枯井，所有的秘密联络点都被破坏殆尽，共产党在省城的一切活动因杨念南的叛变而一度陷入瘫痪的状态。昔日的同志变成了敌人，过去的战友反目成仇，杨念南终于用昔日同志的鲜血换得了当局对他的信任而被重新委以重任。可是自由和官位并未让他获得满足与快感，他在一段时间内反而变得心神恍惚萎靡不振，甚至曾一度心灰意冷萌生退意，一种想归隐田园的冲动使他想起了多年未归的南张村。

　　在一个暖阳高照的午后，杨念南坐着小汽车从南张村村口的慢坡上面颠簸下来。他推开车门时不由一惊，原先虽然短小但却热闹的村街如今却是冷清凄凉的模样儿，满眼看到的尽是坍塌的土墙和破烂不堪的门楼，村上几乎一半的宅院都已荒废无人，大饥馑同样使得南张村满目疮痍。杨念南敲响了自家的门板，听见弟弟杨念北的声音在庭院里问："谁呀？"杨念南激动地高喊："念北！

我是你哥，是你哥我回来了，你快开门！"庭院里却瞬间静寂下来，没有声息了。

过了一会儿，杨念南隔着墙，隐约听到他婆呜呜哭泣的声音。他冲着庭院再次高喊："念北，我听见咱婆哭呢！你快把门开开，让我进去看看咱婆咱妈。"头门终于咣当一声被拉开了半扇门板。杨念南迈步想朝进走，却被弟弟魁梧高大的身体挡在了门口。杨念南带着火气说："你半天不开门，这会儿又挡住我干啥？"杨念北以一种冷漠的眼神瞅着他，说："你已经不是杨家的人了，杨家的大门不许你再进来。"杨念南说："咱爷早都不在了，你咋还说这样的话？"杨念北说："咱婆刚也说了，我要是还姓杨，就不能违背杨家先人的话。"杨念南说："你让我进去看看咱妈。"杨念北说："咱妈已经不在了，坟就在咱家地里，你想看就自己去看吧！"随即门板咣当一声又被关紧闩牢。

杨念南大吃一惊，再一次敲响门板时却再也无人应声。他有点儿接受不了地呆愣了片刻，哗地流下眼泪，脚步踉跄地走向村外坟地。他走过杨老五家门口的时候，听见杨老五在庭院里说："毕咧毕咧！你今儿个非要把这漾完了不可。"杨老五家的头门半开半掩，杨念南伤心欲绝地走了进去。杨老五正隔着桌子争抢小孙儿手里的一只酒瓶，只剩下了小半瓶的酒被洒得满桌都是。杨老五急得直喊："就剩这一点点儿了，你还给我漾得完完的咧！"

杨老五看见杨念南时，并没有露出任何意外和惊讶的表情，倒像是给邻家熟人打招呼般平淡地说："你来咧！"然后就在椅子上坐下来。杨念南扑通跪倒说："五爷！我妈不在了。"杨老五说："你妈就是不在了。"杨念南一腔的委屈涌上心头，哇的一声哭了说："五爷！我屈得很！"杨老五无动于衷地说："你不屈，你一点儿也不屈。我四哥说得对对的，心里没有了祖宗先人的人，啥事情都能做得出来，你就是这样的人。"杨念南说："五爷，你听我说——"杨老五打断他说："我不听你说，我这一辈子只听我四哥的。"杨老五站起来，走进屋里，然后又从屋里面撂出来一句话："你走吧！你已经不是我杨家的人了。"杨念南失望地站起来，摇摇晃晃失魂落魄地往他妈坟上去了。

小汽车又颠簸着上到村口的慢坡上面，杨念南从车窗里回望着南张村，垂头丧气默然无语。车轮滚滚扬起尘土遮挡了视线，身后的小村庄逐渐模糊，直至完全看不见。杨念南靠倒在椅背上，闭上眼睛，他觉得自己的身子空荡荡轻飘飘的，就像没有了五脏六腑，头脑里也空白得想不起以往的任何一件事情，一种冰凉的了无牵挂的感觉在杨念南的心头升起。他冷笑着感慨："至死再也不回南张村！"

在古往今来的任何朝代中，叛徒是最可恨、最可恶的角色，等待叛徒的永远都是复仇的火焰。共产党根除叛徒的行动从未停止，即便是在行动最艰难、力量最薄弱的时候，根除叛徒杨念南的行动依然在进行，但却都被杨念南一次又一次侥幸地躲过了。头一次是在杨念南应邀参加的一个宴会上，被人调换后摆在他面前的一杯毒酒，却被一名浑身飘散着香水味儿的社交名媛以交杯酒的方式抢先喝下。结果可想而知，杨念南从此以后再也不参加任何形式的宴请。另一次是他坐小汽车外出返回时，就在距离省党部百步之遥的街口拐弯处，一辆人力车突然冲到小汽车前方挡住去路。装扮成车夫的人显然没有受过严格的训练，紧张之余只顾冲着车窗一通乱射，在打完枪里的子弹后，便一头钻进早已窥探好了的街巷里，不见了踪影。杨念南被子弹击中肩头，却只是受了轻伤，他捂住伤口跳下车的那一刻，终于意识到自己走上了一条无法回头的不归路。

伤愈之后的杨念南性情大变，闹农会时那个时刻都洋溢着激情，从而能感染别人的杨念南已不复存在，取而代之的是一个已经失去了生命灵性的杨念南。他开始变得疯狂起来，像野狗一样龇着牙，向着自己昔日的同志，疯狂撕咬。曾经的理想已经失去，失去的东西他不想再看到，更不想别人去实现，他要把昔日的理想连同自己的过去，一同从这个世界上抹干擦净。他开始死心塌地地为国民党效力，用尽一切能用的手段，他对付共产党狠毒的程度往往让同僚和上司都瞠目结舌，他将他所有的聪明才智全部都用在了毁灭自己曾经的理想上。

共产党在省城的行动屡屡折戟沉沙，中共陕西省委被迫撤去了陕东。随后不久，就在杨念南与张文博相遇的那天晚上，杨念南亲赴陕东将陕东拉网式地翻了个底朝天，最终将省委的首脑组织几乎一网打尽。杨念南的反共才能很快被中统相中，鲜血和尸骨为他垫起了通向权力的道路，他如愿以偿地坐上了中统陕室主任的位子，他终于走上了位高权重的人生巅峰。闲暇的时候，他偶尔也会想起曾经带他出道的南大哥，可是以他现在的眼光来看，当年的南大哥和当年的自己真是太天真、太幼稚、太可笑了。南大哥甚至为了追求一文不值的狗屁真理而丢掉了自己的脑袋，简直是愚不可及！真理？什么是真理？拥有权力就拥有了真理，拥有了权力就可以无所不及！

随着国共两党第二次合作破裂，国民党随即展开了对共产党解放区的重点进攻。但是腐朽的政权已经无力回天，重点进攻最终演变成了一次次徒劳无功的垂死挣扎。军事上的不断失利和节节败退，使得当局在国统区内的统治更加凶残，白色恐怖也在风雨飘摇中显得更加狰狞。

一日午间，正在午睡的杨念南被他的随从李秘书隔着门板叫醒，说是胡长官紧急召见他。杨念南跳下床问："说没说什么事情？"李秘书走进房内说："电话里没有说。"杨念南接过李秘书递来的毛巾擦了把脸，随即吩咐备车。杨念南急匆匆赶到胡长官的官邸，进门就看见屋里还站着军统行动处的叶处长，胡长官正在对叶处长大发雷霆。叶处长不停地用手帕擦拭着额头上的冷汗，见杨念南走进来，借着低头擦汗的时机向他摇头示意，意思这阵儿只听训斥不要说话。

胡长官显然是被什么事情刺激得暴怒至极，骂着一群废物一群饭桶的话，将一堆报纸和电文原稿摔到两个人脚下，然后就指着两个人的鼻子严厉训斥："看看，看看，你两个都给我睁大眼睛，好好看看！共匪都钻到我老窝里来了。"胡长官指着散落一地的电文原稿，质问叶处长："你说，这样绝密的军事电文是怎么泄露出去的？延安的共匪是咋样知道的？你们军统都是干什么吃的？老子就像是光着腚被人家看得一清二楚，老子这个仗还怎么打？党国怎么养了你们这样一群废物！"叶处长脸色惨白地不断擦拭额头上的冷汗。

胡长官又转向杨念南，指着一地的报纸质问他："杨主任，你不是说这些替共匪说话的报社都已被清查关闭了吗？你不是说共匪潜伏在省城里的电台都已被你肃清了吗？那你给我说，这些报纸是从哪里冒出来的？政府南迁还没有确定，报纸竟然就登出来了，消息是咋样透露出去的？你们一天天都在干什么？难道只会干吃饭和拉屎这两件事情吗？"杨念南垂手站立，一言不发。他虽然不像叶处长那样惊慌失措，但他也知道这个时候辩解无异于火上浇油。

胡长官训斥完，余怒未消地走到桌案旁，猛然拿起桌上的茶杯，啪的一声摔碎在地上，然后暴跳如雷地吼叫："还不快去给我查，给我抓，把这些共匪全都揪出来，杀干杀净！你们两个还站在这里干什么？等着吃我的枪子儿呀？"

　　杨念南回到省党部，从小汽车上下来，门卫跑过来给他说，门房里有个人要见他，说是他老家的表弟，问他见还是撵走。杨念南一愣，自己多年都未曾与亲戚有过来往，老婆、娃娃一直在甜水井娘家居住，岳父家中的亲戚决然不会寻到这里来。他满腹疑惑地来到大门口的值班室，看见坐在门房里等他的那人穿一身破旧的青色长衫，脚下的皮鞋沾满灰尘，已经磨出了牛皮底色，头发又长又乱，一副穷困潦倒的落魄样子。

　　那人看见杨念南走进来，撂下手里的报纸站起来，满脸笑容地叫了一声："念南哥！"杨念南惊讶地喊了起来："哦呀！文博兄弟，是你呀！"他把张文博重新打量了一番说："你这是咋咧？咋混成这副模样儿了？"张文博显出不好意思的神情说："念南哥，兄弟我走投无路了，来投奔你来了。"两声"念南哥"让杨念南心里热乎起来，他举起拳头在张文博肩头捶了一下说："这些年不见，你跑到哪里去了？我还去柳巷的药铺寻过你，老板说你不辞而别不干了。"张文博叹口气说："再甭提了，我跟药铺掌柜弄不到一搭，一赌气就跟个贩药材的乡党走了。这些年一直在南方做药材买卖，这不，现在就做成这副模样儿了。"张文博张开两臂，向杨念南展示他一身脏兮兮还扯开了一条口子的青色长衫，然后又自我调侃地说："都怪我自己没本事，这下好了，本钱折完了，也没脸回去见一家老小，只能先投奔念南哥你来了。"

　　杨念南盯着张文博瞅了好一会儿，才露出笑容说："你有啥想法？你给哥说，哥一定帮你。"张文博说："我想先在你这里找碗饭吃，等攒些钱缓过来了才好有脸回家。"杨念南疑惑地问："坐堂先生的行当你不干了？"张文博笑一笑说："你看我现在这副模样儿，哪个药铺老板还会要我？"杨念南说："是呀是呀，你现在这个样子肯定不行。"他再一次重新审视了下张文博，哈哈一笑，回头跟身后的李秘书打趣说："这是我表弟，你看我这个表弟都混成啥样子咧！"他问李秘书要来几块银圆，递到张文博手里说："你去洗澡理发，再把这身衣裳换了，我让人安排你先在省党部大院里住下，回头给你补个文员的缺，你先干着。哥这会儿还有重要的事情要办，等哥忙完了，咱弟兄两个再慢慢叙话。"

　　被胡长官训斥了一回，杨念南一肚子火气，他一回到办公室就让人把手下的得力干将全都召集了来，刘黑狗赫然在列。

当初刘黑狗在槐里县闹农会时，私拿了李县长的金条，放跑了被农会看管起来的李县长。随着国民党开始清党，李县长官复原职，带着清党的使命，再一次回到槐里县，昔日的农会瞬间被血腥镇压。刘黑狗眼见李县长又重新掌权得了势，他思量再三，拿出还没有来得及出手的金条主动找到了李县长。李县长收回了金条，很是大度地不再追究刘黑狗参与农会的事情，并且还特意给他在槐里县监牢里安排了个狱卒的差事。刘黑狗虽然心里很不情愿，却也无可奈何不敢不去，只好到监牢里吊儿郎当地混日子。

有一天，刘黑狗忽然从一个熟人嘴里听到杨念南升任省党部高官的消息，他一下子就心热起来。原来杨念南还活着，并且跟他一样都投了国民党了，而且现在高官厚禄权倾一方。刘黑狗不禁想起当初那个担任农会委员的杨念南，那个处处喜欢听人赞扬、喜欢人围着他打转转，两句好话三句奉承便会陶醉其中的杨委员。刘黑狗在四处打听确认消息无误后，毅然辞去了监牢里的差事，满心欢喜地投奔了杨念南。

这阵儿，刘黑狗见杨念南大动肝火，把众人训斥臭骂一通，气得满脸通红呼呼直喘。他轻手轻脚地走过去，端起桌上的茶杯捧到杨念南面前，讨好地说："主任你要生气，气坏了身子可咋办？弟兄们还都仰仗着你呢！你放心，弟兄们这就下手去整，下狠手整！"杨念南从鼻孔里哼了一声，接过茶杯，气氛算是缓和了下来。有人小心翼翼地问："主任，莲湖公园那个茶摊摊已经盯了好久了，老板贼得很贼得很，要不要抓回来审？"杨念南咬着牙说："抓！"又有人问："西北大学那几个学生头头要不要也抓回来？整日在学校里煽动着闹罢课闹学潮。"杨念南依然从牙缝里蹦出来一个字："抓！"还有人问："要不要把那个报社编辑也抓回来？"杨念南噌的一下从椅子上站起来，气急败坏地训斥："你们这些个瓜尻货，咋光知道抓这些个小鱼小虾？"他把桌子拍得咚咚响地大声吼叫："电台！电台！电台！我要共产党的电台！"

大搜捕随即在全城展开，古城的大街小巷到处都跑动着宪兵、警察和便衣特务，他们像狗一样闻见一点儿异常的气味儿就会猛扑上去。登载过激进文章的报社一律被查封，所有的工人俱乐部都遭到地痞流氓的破坏和打砸，各个大学都被封闭起来，禁止教师和学生进出，囚车哭丧般的鸣叫声不分昼夜地从街道上呼啸而过。一批批学生被逮捕，一个个进步人士被羁押。每当黑夜降临后，城内的每个区域就会轮换着不断被拉闸停电，当局以这样的方式来测定暗藏电台的信号，共产党在古城的地下组织迎来了黎明前最黑暗的时刻。

此时的张文博却过着悠闲惬意的日子，他在省党部大院里已经混得厮熟，除了做一些简单的抄抄写写的文职工作以外，他大部分时间都闲暇无事。白天他会到各个办公室里去乱串闲谝，晚上掀花花打麻将、扎堆喝酒，跟省党部里的人厮混在一起。省党部里的每一个人都知道他是杨主任的表弟，他走到哪里都畅通无阻，看到的尽是巴结奉承的笑脸。

一天傍晚，刘黑狗骑着自行车慌慌张张地从外面回来。张文博从门房里走出来，一把拉住刘黑狗说："刘哥刘哥，我正寻你哩！"刘黑狗单腿支地，抹去额头上的汗水说："兄弟你寻我弄啥？"张文博说："我买了麻家什字的酱牛肉，约了几个人寻你一搭喝酒呢！"刘黑狗说："都火烧尻子咧，我哪还有时间喝酒？等我闲了着。"说着蹬了车子要走。张文博又拉住他说："刘哥你咋还架子大得很？"刘黑狗嘿嘿一笑说："好兄弟哩！我跟你还摆啥架子？"他左右看看没有人，凑到张文博耳边小声说："我问出共产党的电台咧！"张文博惊讶地问："真的？"刘黑狗说："老哥还能哄你？我刚从号子里审完人回来，这货我都审了四五天了，今天终于扛不住招了。共党的电台就在盐店街，只是不知道具体的门牌号码。我得赶紧去给主任汇报，让他联系叶处长派宪兵先把那一片都围起来，然后一家家搜，保证他跑不了。"张文博说："这是大事情，酒改天再喝，你先办正事要紧。"刘黑狗拍一拍张文博的肩头说："等老哥领了赏金，老哥请你喝酒。"

张文博若无其事地从省党部大院里走出来，没有走出多远便叫住了一辆人力车。他摸出一块银圆递到车夫手里说："钱不用找了，我有急事，你能跑多快就跑多快。"车夫接过银圆，连连感谢说："太多了太多了，不管跑多快都用不了一个大洋。"张文博焦躁起来说："少说废话赶紧走，到盐店街。"天色已经黑了下来，街道上的行人不是很多，车夫拉着人力车飞奔起来，张文博心慌焦急地不断催促着车夫再跑快一点儿。

时间紧迫情况紧急，已经来不及通过联络点来传递消息，张文博不得不冒着暴露自己的风险，亲自去给自己的同志报信。电台就设在盐店街21号，那是他从延安回来后亲手建立起来的地下电台，战斗在古城里的同志们传递来的所有情报都是从这里源源不断地发向延安。

随着形势的快速发展，人民解放军即将开始全面反攻，当局也正做着将政府迁往汉中的准备。在最后一步时，当局已经计划好了要彻底摧毁这座古城里所有的重要设施，打算留给共产党一座千疮百孔的城市。是否能阻止敌人的破坏，将这座历史悠久的古城完好无损地交还到人民手中，获悉敌人详尽的南迁方案成为至关重要的一环。考虑到张文博和杨念南有着一层特殊关系，党决定派他去接近敌人的高层人物，伺机把敌人的南迁方案搞到手。一个月以前，魏老师在给张文博布置任务时紧握着他的手说："天就要亮了，我们一定要想尽办法，挫败敌人最后的疯狂，更要做好最后一个被敌人填井的心理准备！"

此刻，坐在人力车上的张文博万分焦急，他担心自己会暴露身份从而失去完成任务的机会，可他又怎么能眼看着电台被敌人破获？那将会给党组织带来多么大的损失？又将会有多少同志的鲜血泼洒在这座古城里？想到这里，张文博抖擞起精神，他必须冒这个险，即使自己暴露被敌人填了井，他也心甘情愿。他跳下人力车的时候，盐店街狭窄短小的街巷里并没有什么异样，他快步走到21号门前，用三快三慢特殊的暗号连续叩响了门板上的铁环……

荷枪实弹的宪兵很快把盐店街围得像铁桶一般，长着翅膀的鸟儿也休想飞出去。中统军统联合行动，穿军装的军人和穿便衣的特务满街乱窜，挨家挨户破门而入。一家家住户被赶到街道上由宪兵看管起来，屋里、屋外、阁楼、房顶、衣柜、面柜、厨房、茅厕，家家户户的每一间屋子都被翻得一片狼藉。在推墙掀瓦挖地三尺搜查过一遍之后，一无所获。叶处长心有不甘，又亲自巡视查看了一番，最终失望地踢飞脚下的一只铜盆，耷拉着脸，从街巷里走出来。叶处长走到街口，重新戴上白手套，给站在街口等待结果的杨念南撇下一句凉话："尽弄的是这日巴欻事情！"然后便领着军统的人扬长而去。

回到省党部的办公室里，杨念南脸色铁青地瞅着面前这一群"得力干将"，气得咬牙切齿却又哑口无言。他伸手示意刘黑狗走近一点儿，刘黑狗畏畏缩缩地走到他跟前。杨念南憋着火问："你不是说这次情报绝对没有错吗？电台呢？"刘黑狗吓得支支吾吾地说："这这这——我我我——"杨念南一个耳光扇过去，刘黑狗半张脸顿时火辣辣地红肿起来。他捂住脸，哭丧着辩解说："那个共党确实就是这样招的，他招咧！招咧！确实招咧！"杨念南骂了一句："你就是个蠢猪！"正在场面难堪的时候，李秘书进来报告说，城防司令部打来电话，说是省党部有人喝醉了酒，在西门和盘查的士兵打架被扣留了，让杨主任亲自去领人。杨念南没好气地说："你去回电话，告诉他们，让拉去枪毙，不管！"李秘书小心翼翼地说："是你的表弟，张文博！"

张文博确实喝了酒，但他并没有醉，那只是在不得已的情况下上演的一场脱身计。他和负责电台的老王夫妇间隔着距离，急匆匆走出盐店街后立即拐进了另一条街巷。在连续穿过几条街巷，远离了盐店街之后，张文博在一家紧闭着大门的高大门楼里站下了脚。老王提着装有电台的皮箱和妻子紧跟过来，三个人重新聚拢在一起。张文博说："敌人的大搜捕不会停止，电台在城里随时都有危险，得马上转移出去。"老王说："西门外有备用的联络点，老魏同志早都做过安排的，就是为了以防万一。"张文博说："城门口肯定盘查得很严，关键是你们咋样才能安全地把电台带出去？"三个人一时想不出办法，都焦急起来。张文博努力让自己镇定下来，说："这里离西门不远，你们在这里等一等，我先去摸摸情况再说。"然后就走出街巷去了。

西门的城门洞里有一群士兵在例行盘查，不管男女老少都被要求查验随身物品，搜身之后才可以通行，张文博站在离城门洞不远的地方观察了一阵儿就冒出一头冷汗。街边有一个小卖部，门口聚集着七八辆人力车，车夫们圪蹴在一堆，喝着酒闲谝等客。有车夫走进小卖部，扬手将几张毛票撂在柜台上，然后解下系在腰带上的搪瓷缸子放在柜台上。老板也不说话，用酒提子舀两提散酒倒入缸子里，车夫端起缸子先抿一口，然后咂咂嘴，走出来加入喝酒闲谝的人堆。空气里弥漫着浓烈的烧酒的气味儿，劳累了一天的车夫们用这种方式舒缓着疲劳。

张文博再回到街巷里的时候，手里提着一瓶柳林烧酒。老王焦急地问他："摸清什么情况没有？现在怎么办？"张文博说："出城。"老王问："你有办法了？"张文博晃一晃手里的酒瓶说："我去把盘查的士兵引开，你们趁乱出城。"老王立刻反对说："这个办法行不通，风险太大，你被抓住了怎么办？"张文博笑一笑，不忘诙谐地说："你可甭忘了，我可是堂堂中统陕室主任的表弟，是省党部的人。"老王还是一个劲儿地摇头，固执地坚持自己的意见。张文博焦躁起来说："被困在这里更危险，你如果没有更好的办法，那就按我的办法来。"

他拧开瓶盖，咕咚灌下去一大口酒，又给衣服上洒了些白酒，弄得一身的酒气，然后凝视了老王夫妇一眼，拧身走出了街巷。

张文博摇摇晃晃，横冲直撞地走进城门洞。盘查的士兵厉声呵斥："哪里来的酒鬼？滚到后面排队去！"张文博摇晃着脚步，挥手乱舞地指着那名士兵的鼻子说："你骂谁呢？你敢再骂老子一下试试！"士兵瞪起眼睛说："嘿呀！没想到还有人主动跑来找抽呢，我骂你咋咧？我还打你哩！"士兵抬起腿一脚将张文博踢倒在了地上，张文博爬起来一个耳光扇在了士兵的脸上，两个人随之就扭打在一起，紧接着那群盘查的士兵就一拥而上。张文博被再次打倒的一瞬间，看见老王夫妇提着皮箱疾步走出城门去了。

杨念南不得不亲自去了一趟城防司令部，在赔着笑脸赔罪周旋了一番之后，领回了张文博。张文博脸颊青肿，衣裳也被撕烂扯开，浑身散发着刺鼻的酒气。一回到省党部，杨念南率先从小汽车上跳下来，看着李秘书扶住了依然站立不稳的张文博，摇摇头撇下一句："不成器的东西！"转身走了。

半个月以后的一天，张文博走进新风剧社，在岳先生那间瓦房门口站下了脚。岳先生拿个鸡毛掸子正在屋里闲转掸灰，回身看见张文博猛然一惊，一句话也不说，走过来把他拉进屋里闭上屋门，这才责怪说："这几年你到哪里去了？也不给我说一声，害得我整日为你提心吊胆。"张文博说："都怪我，走得太急，没有来得及向先生辞行。"随即他压低了声音说："我去北边了。"岳先生再次一惊，也压低声音说："你是说这几年你一直在那个地方？"张文博微笑着点点头。岳先生惊喜地说："好好好！太好了！你快坐下，快给我讲一讲那边的天是个啥样子的天。"

张文博在椅子上坐下来。岳先生忽然看见他胸前别着国民党党徽，脸色瞬间为之一变，放慢了声色，端起了架子，冷声说："我就说大白天你咋敢大模大样地到这里来，看你这样子，你是反水当了国民党了，你今儿个是不是也是被他们派来游说我的？"张文博笑着说："先生你看我像是国民党吗？"岳先生指一指他胸前的国民党党徽，调侃说："有啥像不像的，给狗脖子上挂个这，狗都可以当个国民党。"张文博被岳先生的话逗得哈哈大笑起来。岳先生又嘲讽说："他们给你封了个什么官呀？"张文博说："我现在是省党部的文员。"岳先生说："噢！看来你是热脸贴上了冷尻子，没有讨到高官厚禄。"张文博说："先生你还不了解你的学生呀，你的学生是那种贪图高官厚禄的人吗？"
岳先生依然是冰冷的口气，自嘲说："我现在老眼昏花了，已经识不得狗装
人人变狗了。"

张文博仰起头望着岳先生，见先生两鬓已经完全变白，头上也是白多黑少，
额头和眉角添了一道道很深的褶皱，脸颊和身体都比原来消瘦了许多，只有两
只眼睛还是一如既往犀利得让人不敢直视。先生一生刚正不阿阴邪不侵，忧国
忧民心系苍生，在这样黑暗动荡的年代，以先生的心性正是饱受煎熬的时候。
张文博不由得心里一酸，湿了眼睛诚恳地说："先生，你要相信你的学生只会
做人，决不会做狗。"岳先生看一看自己学生清亮坦诚的眼睛，忽然一拍桌子，
恍然大悟地大笑起来："哎呀！我明白了。"岳先生收了笑声放低声音说："你
这是孙悟空钻到牛魔王肚子里来了？"张文博点一点头，两个人目光一对视，
又都笑起来。张文博想起岳先生刚才说他是被派来游说的话，就问岳先生这话
从何而来，岳先生向他讲述了一件不久前发生的事情。

几个月前的一天晌午，杨念南由市府宣传部徐部长陪同着走进新风剧社，
专程来登门拜访岳先生。三十多年前岳先生为南林轩撰写讨袁檄文时，曾经与
杨念南有过一面之缘。杨念南一见到岳先生就以老相识自居，一再地感叹岁月
如梭物是人非，说自己常想来拜望岳先生，只是俗事缠身不得方便。

一番客套话说过之后，徐部长让人把一摞摞银圆摆放在桌案上，然后满脸
带笑地对岳先生说："这是杨主任的一点儿心意，请先生笑纳。"岳先生平
淡地说："杨主任的关切我已经承受不起了，这无功受禄的事情我就更不敢干
了。"杨念南说："咋能说先生没有功劳？先生也是革命先驱嘛！当年先生一
纸讨袁檄文抵得上十万雄兵，于革命是有大功的呀！"岳先生说："什么十万
雄兵？屁都不顶，先驱都被人卖了杀了，我算个啥先驱？混吃等死我倒是个先
驱。"杨念南知道岳先生话有所指，却故作镇静地说："先生说哪里话，革命
总是要有牺牲的嘛！"岳先生更加直白地说："这钱你还是拿去给你南大哥他
们攒个坟头立个墓碑的好，免得时间长了被人忘了。"

徐部长见杨念南一时被呛得说不出话来，立时解围换了话题说："不管怎
么说，先生的声望闻达三秦乃至全国，更是戏剧界的魁首，弘扬秦人文化，先
生可谓中流砥柱，也是劳苦功高哇！"岳先生摇摇头说："我一个烂笔杆子能

抵得了啥？既不能当柴烧，又不能当饭吃，烂得不能再烂，软得不能再软了。"徐部长说："先生过于谦虚了！先生的每一部戏在三秦乃至在全国都影响巨大呀！"接着徐部长就夸夸而谈，扳起指头对岳先生创作的戏剧如数家珍，赞不绝口，大加恭维，岳先生的眉头却越皱越紧。

说了一阵子，杨念南缓过了神，接着徐部长的话向岳先生讲述了国共两党的斗争局势，说了蒋总统戡乱建国的高瞻远瞩，然后摆出一副很有气势的派头，说："共产党很快就要被彻底消灭了，蒋总统大统一建国的设想即将实现。为了让这一天早日到来，先生作为陕西戏剧界的翘楚魁首，可要为党国出一把力呀！"岳先生说："你们要给我戴高帽子，也要绕弯弯，你们照直说想让我干啥？"杨念南说："省上想请先生写一部促进民众觉醒跟党国团结反共的大戏，这部戏一定要能在全省乃至全国造成大的影响才好，这样才能影响更多的民众。"然后他又加重语气说："只有先生才堪负此重任呀！"

岳先生听完后就哈哈大笑起来，然后用调侃的语气说："我听明白了，你们到我这里来，是拿钱买我这根烂笔杆子来了。"徐部长说："哎呀先生！一点儿润笔之资咋能说是买嘛！岂有让先生白白辛苦不给酬劳之理呀？"岳先生说："润笔也罢酬劳也罢，说白了就是个买字。既然是买，那也得问问我这个卖家有货没货，卖得了卖不了。"杨念南有些不耐烦地说："先生这是何意？"岳先生说："意思简单得很，就是说我现在老了，写不了也不会写了，我现在只会吃饭和睡觉这两件事情，肚子里的存货早都用光写尽了，写不了也就没啥可卖咧！"

杨念南沉下了脸色，却又硬忍着没有发作。他知道岳先生的秉性，再谈下去也只会越发尴尬。杨念南从椅子上站起来，冷眼瞅着岳先生说："我还是希望先生三思而行。"岳先生说："这话我咋听着这样耳熟？哦！我想起来了，护法讨袁时那个陆督军也曾对我说过同样的话。"杨念南从鼻孔里哼了一声，转身走出屋门去了。徐部长叹气摇头地挥挥手，让人收了银圆急匆匆撵出去了。

过了几天，不断有同行好友或是有名望的文人墨客到新风剧社来拜望岳先生。来的人都先是忧国忧民地慷慨激昂一番，最后又都无一不绕回到正题，游说岳先生明哲保身，不要跟当局硬碰硬顶着来。岳先生不堪其扰，一度回到七贤庄家中居住，闭门谢客足不出户，正好一心研究关西方言。岳先生不但于戏剧造诣极深，对经史杂集文字溯源也很有研究。岳先生认为语言先于文字，且中华民族源于西北，历史变迁合合分分，各族民众于关西之地迁进迁出者甚多，故关西方言极具民族文化价值。岳先生对秦音秦言潜心研究，无字不典有疑必析，酝酿构思欲写就《关西方言钩沉》一书。

岳先生在家中清静了一段日子，这一日到新风剧社来取以前写好的手稿，迎面撞见徐部长从新风剧社里走出来。徐部长看见岳先生一脸惊喜："哎呀先生！我在这搭扑了个空，正欲到先生府上去拜望先生，不想先生可就来咧！"岳先生无奈，只得礼节性地把徐部长让进屋里坐下。岳先生静坐无语，徐部长却侃侃而谈，岳先生索性拿起毛笔在纸上乱涂乱画写起字来。

徐部长自顾自地说了一阵儿，见岳先生埋头写字，便走到桌案旁问："先生可听进去我方才的一片苦心之言？"岳先生把毛笔放在笔架上，将桌上的一张信笺对折后交给徐部长，然后站起身，也不言语，径直走出屋门去了。徐部长一脸茫然，急忙打开信笺，见上面歪歪扭扭像小孩练字般写着几行字："多种地，勤拔草，衣服穿好，就在门口，放下抱着的，拾起撂下的。"徐部长不解其意，走出门外再寻岳先生时，早已不见其人影。

徐部长折好信笺，急匆匆赶到省党部，找到杨念南将信笺递了过去。杨念南看完将信笺撂到桌子上，问徐部长："啥意思？"徐部长摇了摇头，却又走上前拿起信笺琢磨起来。念叨了几遍，他好像有所悟地说："多种地，勤拔草，种地拔草是农民干的正经事情。哎呀！杨主任，我明白了，这话是说要咱像农民种地拔草一样干一点儿正经事情。换句话说，他是说咱不干正经事情。"杨念南皱起眉头说："这个老东西，竟敢这样隐喻诋毁政府！那后面几句是啥意思？"徐部长又来回念叨了几遍，却闭上嘴不吭声了。杨念南问："咋咧？"徐部长低着头，眼睛向上翻，看着杨念南说："他骂咱呢！'衣服穿好'，意思是要咱装得像个人，'就在门口'，意思是不要到外边去丢人。最后这两句意思是说——"徐部长说了一半又闭口不言了。杨念南脸色铁青，他此时已完全明白了最后两句话的隐喻，那是专意对他说的，要他重归旧路回头是岸。

岳先生对张文博讲述完这件事情，接着说："反正躲不过，我也就不躲了。我天天坐在屋子里开着门啥都不干，专门闲坐瞎转就等着他们再来，要抓我关我杀我都由他们。"张文博说："还没有到最后的时候，他们暂时还不会对先生下黑手。"岳先生说："我看见你胸前别着他们的党徽，还以为你也反了水又被他们派来游说我。"张文博笑着说："我今天还就是游说先生来了。"岳先生一愣神，随即又轻松释然地摆摆手说："我相信你跟他们不是一路人，你要我干啥你只管说。"张文博说："我想让先生暂时离开省城。"岳先生疑惑不解地问："这是为啥？"张文博说："国民党败局已定，当局正计划往汉中撤退，他们准备把省城各界的名流耆宿都裹挟着跟他们一起逃跑，给他们当挡箭牌当炮灰，其中就有先生你。"岳先生气愤地说："真是羞了他们八辈子先人！亏他们能想出这样的办法。"接着岳先生就问："那你想让我到哪里去？"张文博笑了笑说："先生不是想知道那边的天是啥样子的天吗？"岳先生惊喜地说："你是说让我到那边去？"

从新风剧社出来，张文博在街上兜了几个圈子，在确定没有被人盯梢跟踪后，他来到联络点，将岳先生的情况给组织做了汇报，要组织尽快安排岳先生转移的时间和路线。办完这一切事情，张文博一身轻松地回到省党部。他走进大门时，李秘书提着公文包从他身后赶上来，热情地邀请他到办公室里去小坐一会儿。李秘书一脸笑容地说："杨主任外出开会去了，他不让我等他，我就先回来了。今儿个真是难得空闲呀！走！到我那里坐一坐聊一会儿。"

走进李秘书的办公室，李秘书一边给张文博倒着茶水，一边漫不经心地说："时局不妙啊！今儿个各位长官开会就要最后敲定南迁方案了。"张文博故作惊讶地问："真的要往南边撤退吗？"李秘书点了点头，接着就叹口气一脸忧愁地说："老婆、娃娃也要跟着遭罪了。"张文博说："你不想走可以不走嘛！"李秘书摇头苦笑着说："中统可是共产党的死对头，留下来也是死路一条哇！"张文博说："那可不好说，兴许留下来反倒是一条活路。"李秘书又叹息说："老百姓也要跟着受苦了。"张文博说："政府撤走了老百姓又走不了。"李秘书直白地说："机场、车站、面粉厂、发电厂、纺织厂，这座城市里的一切重要设施统统会被摧毁，留给共产党的将会是一个烂摊子，老百姓肯定要跟着遭殃了。"

李秘书的话使得聊天的氛围变得凝重起来，两个人都沉默不语了。李秘书用一种不可捉摸的眼神盯瞅着张文博，打破了沉默说："我真希望有人能阻止他们，我就出生在这座古城里，我不想看到这样的灾难发生。"张文博故作轻松地说："是呀！谁都不希望这样的灾难发生。"李秘书又说："共产党，现在只有共产党才能阻止这场灾难的发生。"张文博端起茶杯喝着茶水默不作声。李秘书突然说："你就是共产党！"张文博一惊，差一点儿失手摔了手里的茶杯，但是他马上镇静下来笑着说："你看我哪里像共产党？"李秘书说："电台的事情刘黑狗只告诉过你一个人。"张文博说："就凭这一点也未免太牵强了。"

李秘书并不急着再往下说，而是站起来走到门口看了看，走回来坐到椅子上，不紧不慢地说："那天晚上你是假装喝醉了酒，我扶住你时你的脚步并不虚，你骗不了我。"张文博微笑着并不争辩，心里却激烈地做着分析和判断。李秘书继续说："哪里会有那么巧的事情？你在查电台的那天晚上喝了酒去闯西门，西门是离盐店街最近的城门。你那天晚上是演了一场戏，是在掩护你们的电台出城。"张文博以开玩笑的语气说："你不愧是当秘书的，心很细也很能想象。好吧！你现在就叫人来抓我好了。"李秘书说："我要是想抓你，我早就让刘黑狗把这件事情告诉杨主任了，是我先稳住他，让他不要乱说。"张文博说："既然你认定我是共产党，那你为什么不抓我？"李秘书说："我给你说过了，我希望有人能阻止这场灾难的发生。"

几天之后的一个晚上，李秘书突然慌慌张张地闯进张文博屋里，将一个公文包递到张文博手里说："南迁方案都在这里了，他们搞破坏的全部安排和方案，这里面都记载得很详细，还有他们留下来潜伏的人员名单我也给你弄来了，你现在就走，一刻也不要耽误。"张文博惊喜地说："你是怎么弄到手的？没有被发现吧？"李秘书说："被杨主任发现了，我只好把他打晕了。我以为他外出暂时不会回来，谁知他中途回来了。"张文博紧张起来说："你跟我一起走。"李秘书焦急地说："你不要管我，你快走，等杨主任醒过来就来不及了。"张文博问："那你怎么办？"李秘书说："我跟随杨主任多年，我愿意接受他的任何处罚。"

李秘书果断地把张文博推出了屋门。张文博还在坚持说："你还是跟我一起走吧！你回去太危险了。"李秘书着急地把他又往前推了几步说："我的老婆、娃娃都在城里，我走不了。你快走，你不要管我！"张文博提着公文包走到一排屋子的尽头，回过头时，看见李秘书往大院后面去了。张文博像什么事情都没有发生一样，走到大门口微笑着扬起手，给门房里值守的人打了招呼，然后走出大门，拐进一条街巷后，便撒开腿狂奔起来。

李秘书的死亡方式连他自己都决然没有想到。他在做这件事情之前设想过很多种可能会发生的恐怖后果，可他却无法容忍自己的家人、亲友因这场灾难而遭罪遭殃，更无法容忍这座生他养他的古城被摧毁成千疮百孔的样子。他想象着杨主任也许会网开一面，会看在多年跟随和忠心耿耿的情分上，骂他一顿，打他一顿，把他赶出省党部罢了。更有甚者或许会把他关进监狱，让他受尽酷刑和折磨，最严重的后果大不了是被拉去枪毙，一死了之，以他的死换取古城的平安，他也算是死得其所。但是做好这一切打算的李秘书万万没有想到，在他如实讲述完自己的动机和事情的经过后，他竟然被一根铁丝从后面套住脖子绞杀而亡。杨念南冷酷无情的面孔凝滞在了李秘书死不瞑目的眼睛里，李秘书的尸体随后就被拖出去扔进了河里，一个富有正义感的生命就这样被扼杀了。

杨念南瘫软如泥地坐倒在皮沙发里，脑后被李秘书用花盆砸中的地方肿起一个大包，他头疼欲裂烦躁不堪。泄密事件要是让胡长官得知，那将会是怎样的后果？他不敢想也不愿意想。李秘书已经永远闭住了嘴，可是他心里那种被张文博戏耍了的怒气依然无处发泄。刘黑狗领着人，四处乱跑瞎撺了一圈儿后空手而归，杨念南噌的一下从沙发上跳起来，冲着刚走进来的刘黑狗歇斯底里地吼叫："都给我滚出去，抓不到张文博你们都死到外边去！"

在全城搜捕了几天之后，没有见到张文博一点儿踪影。杨念南叫来了刘黑狗，他换了温和的态度，很直白地告诉刘黑狗，时局越发紧张，他打算安排刘黑狗到乾州去放外任，刘黑狗可以借机捞一把，到了最后的时刻也可以溜之大吉全身而退，这算是看在多年的情分上，给刘黑狗安排的一条退路。

刘黑狗听完这些话一阵狂喜，感激得都快要流出了眼泪。杨念南最后给刘黑狗交代说："张文博要是逃回了乾州，能抓住他更好，要是抓不住，那你就只给我办一件事情，把他的伯父张敬亭给我抓起来。你不要问为啥，也不要让张敬亭死，我只要张敬亭生不如死！"

第二十六章

　　一个月以后，张敬亭可以下地走路了。乾礼、乾义左右搀扶着他在屋里勉强走过两圈儿后，他额头上便沁出虚汗。一条腿沉得像石碾子一样拖拽不动，另一条腿虚软无力使不上劲，再回到炕上时，他已是气喘吁吁，虚汗湿透了衣衫。三剂先生除了继续给他扎针、敷药以外，要他每日都坚持下地走一回。又过了有十来天，张敬亭终于可以甩脱乾礼、乾义，独自拄着拐棍走出屋门了。他艰难缓慢地走到庭院里就再也走不动了，只能失望地望一眼自家虚掩着的头门，在刘蛇儿端来的椅子上坐了下来。

　　已经到了秋末，太阳却晒得人暖洋洋的，让人浑身舒畅。刘蛇儿圪蹴在椅子旁边，吧嗒着烟锅吐着浓烟，飘散的烟雾钻进张敬亭的鼻孔里，他看了一眼静默无语的刘蛇儿。这个朴实忠厚的长工也已经显出了老态，拿着烟锅的手掌上长着厚厚一层老茧，额头和脸颊上的褶皱像树皮一样粗糙，下巴和两鬓的胡茬已经全部变白，花白的头发硬扎扎地竖起在头上。

　　张敬亭瞅着刘蛇儿说："我看你吃烟咋觉得香得很，让我也吃一口。"刘蛇儿咧开嘴憨厚地笑了笑，将烟嘴在衣服上蹭了蹭，然后递给张敬亭。张敬亭只抽了一口就呛得猛咳起来。刘蛇儿赶紧给他捶背顺气，埋怨道："你看你看，你从来都不吃烟，那就甭吃了，今儿个可非要吃这一口烟弄啥？"张敬亭咳得流出了眼泪，却笑着说："我现在看见啥都觉得眼馋得很，都想尝一口。"

　　三剂先生端着筛子从屋里走出来，站在太阳底下仔细筛拣筛子里的草药。张敬亭回头问三剂先生："先生，你估摸还需多少时日我才能自个儿走出头门？"三剂先生头都不抬地说："我该走的时候，你也就能自个儿出门了。"张敬亭笑着说："那我倒情愿一直不出门。"三剂先生抬起头也笑了，说："人从哪里来总是要回到哪里去，都有各自的去处，时候到了就该走了。"

吃罢晚饭，张敬亭把全家人都召集到他屋里来，然后让大凤去请三剂先生，让乾礼去请刘蛇儿。所有的人都到齐后，张敬亭说："我都在炕上窝蜷了一个多月了，我现在好了，这都多亏了三剂先生，乾礼、乾义替我感谢先生，给先生磕个头。"乾礼、乾义走到三剂先生面前就要跪倒磕头，三剂先生赶忙从椅子上站起来阻拦。张敬亭说："先生你安坐，这礼你受得了，也是你该受的。要不是你，我现在还死僵僵地躺在炕上。我一点儿也不怕死，可我真怕那样死僵僵地活着，是你让我免遭了这个罪，就是我给你磕几个头也是应该的。"乾礼、乾义扑通跪倒，一起给三剂先生磕了三个响头。

张敬亭瞅一瞅大凤和王海棠，又瞅一瞅侄孙媳妇麦花说："你们几个人都受了苦，都尽了孝心，都好。"大凤和麦花都没有吭声。王海棠得到一家之长的夸奖，马上就露出满脸的笑容，连忙表白说，这完全是做晚辈的应尽的孝道。张敬亭又看着刘蛇儿说："蛇儿，这些日子也得亏有你，屋里屋外的活儿全都靠你一个人，你也受累了。"刘蛇儿粗声粗气地说："东家，你看你说的这是啥话，这都是我分内的事情咯！你咋把我还不当是这个屋里的人？"张敬亭说："好！那我就不说了，不管啥时候你都是咱屋里的一口人。屋里有你，我就心安得很。"

张敬亭说到这里停顿了下，郑重地说出了他想告诉每一个人的话："我今儿个黑咧说这些话的意思，就是说我好嘞！我自己能下地、能上茅厕、能照看我自己了，你们都不用再围着我转了。从明儿个开始，你们个人该干啥就干啥去。大凤你回高家去，高家还有老人和娃娃要你照看；乾礼你和你蛇儿爷该干地里的活儿就去干地里的活儿；麦花你该纺线就纺线，该织布就织布；乾义你该去念书就好好念你的书去。"

张敬亭看着三剂先生笑一笑，诚挚感激地说："说实话，我很想留下先生，舍不得先生走，可我知道人在哪里住惯了，离开久了就心慌不安，先生在我这里已经心慌不安了，是该回去了。针嘛，我觉得也不用再扎了，敷药的事情可以让乾礼给我敷。先生歇息两天，我让蛇儿送先生回去。等我彻底好了，要是能出门了，我就到槐里县去给先生和我义弟登门还礼。"

三剂先生将一将胡须笑着说："我还真想回我那间小屋子哩！不过我现在还不能走，我还想再试一试，看能不能让你彻底把拐棍丢了。你这样的病症我还是头一回见，我要把症结弄清白，记下来，也好留给后人。等我该走的时候，你留也留不住我。"张敬亭说："先生要是这样说，那我就心安了，我这腿瞎咧好咧都交给先生。"紧接着，张敬亭又抬起头对屋里所有站着的人说："好嘞！我都好嘞！只一句话，原先日子咋过从明儿起还咋过。"

初冬的一天，一辆漆着青天白日标志的黑色道奇吉普车开进孛落坊村，径直开到张敬亭家门口停下来。那个把张敬亭抓走的警察队长率先从车上跳下来，快步绕到汽车另一边打开车门，小心翼翼地扶着刘黑狗从车上下来。刘黑狗整一整有些褶皱的黑色制服，迈步走上台阶，推开虚掩着的一扇门板，站在门槛外面高喊："张老先生在家吗？"

乾礼从屋里走出来，他不认得刘黑狗，却一眼认出了那个队长，立时就拉下脸说："你又来干啥？"队长大咧咧地说："快去把你家老太爷叫出来，我们刘局长来拜望他了。"刘黑狗瞪了队长一眼，回过头客气地说："你甭误会，我是代表何县长，也是代表警察局来看望张老先生。"张敬亭拄着拐棍走出来站在了堂屋门口。刘黑狗走进庭院里，吃惊地打量着张敬亭说："你好了？能走路了？"张敬亭冷着脸说："有人想要我生不如死，可老天爷偏偏不遂他的愿呀！"刘黑狗赔着笑脸说："这纯粹是误会呀！今儿个我代表何县长，还有我本人，专意来给张老先生赔个不是。"说着就弯了弯腰算是鞠了一躬。

三剂先生也从屋里走了出来。刘黑狗问："这位就是神医吧？"然后就向三剂先生自我介绍说："敝人姓刘，现就任乾州警察局局长。敝人也是槐里县人氏，跟老神医还是乡党哩！"随后他又转过头给张敬亭说："我今天来是身负了两项政令，除了给张老先生赔不是以外，还有另外一项政令，要请老神医随我到省上走一趟，去给一位党国要员诊脉看病。听闻神医在张老先生家里，省府特地给我下了这样的命令，让我务必请到神医。"

张敬亭生气地说："凡事都有个先来后到，我的病还没有医治好，先生哪里也不能去。"刘黑狗嘿嘿一笑说："该给张老先生赔不是的命令我已经完成了，这另一项命令我也得完成，只好请张老先生委屈一下，耐心等几日。"三剂先生开口说："省城里名医圣手多的是，他们都医不了，我去也是一样医不了。"刘黑狗故作为难地说："先生不要为难我嘛！我也是奉命行事，先生不去我无法交差呀！"张敬亭说："要是我非不让先生走，先生也不愿意去呢？"刘黑狗冷笑着说："政府的命令可是由不得谁不听！"

刘黑狗向那个队长使个眼色，队长随即回过头冲着门外高喊："都进来请神医起身！"几个端着长枪的警察马上就一齐冲进庭院里来。张敬亭给乾礼说："快去叫人。"三剂先生却拦住了乾礼，一脸生气地给刘黑狗说："你真是个好乡党，我还没有被人这样请过，今儿个真是幸会得很！好！我跟你走就是了。"刘黑狗变了笑脸说："先生这样做就对了嘛！先生也不要见怪，我也是有命难违呀！"三剂先生拧身对张敬亭说："甭跟他们硬碰硬，一点儿都不值当。"

三剂先生回到屋里，换上了麦花给他新做下的一身黑色的棉衣、棉袍，将自己来时背着的灰布挎包斜挎在身上，走出来给张敬亭和乾礼叮咛了一番，然后走到门口时却不走了。刘黑狗催促说："先生请上车。"三剂先生说："我闻不惯汽油味儿，更坐不惯小汽车，我还是坐我坐惯了的骡车。"刘黑狗说："坐骡车那要走到猴年马月去！"三剂先生摆出强硬的姿态说："要不然我就不去了。"刘黑狗无可奈何，只好先钻到吉普车里等着去了。三剂先生给站在堂屋门口的张敬亭说："我咋样来的，你叫蛇儿还咋样送我走。"

刘蛇儿把骡车吆到了头门外边，车厢里铺了厚厚两层褥子，乾礼走过去放下了脚凳。三剂先生回过头给张敬亭说："我没想到这么快就要走，你能不能丢了拐棍就只能看你自己的造化了。"接着他又冲张敬亭笑一笑说："我穿新衣裳出远门这还是头一回。"然后就拧身走出头门，走上了骡车。刘蛇儿扬鞭甩出一声清脆的响鞭，大黑骡子拉着硬轱辘车驶出了孛落坊，黑色吉普车缓慢地跟在后面，一同往马嵬坡去了。

骡车走到了马嵬坡下坡口的时候，三剂先生忽然让刘蛇儿叫停了骡车。刘黑狗从后面的吉普车上跳下来，跑过来问："先生这是咋咧？咋不走了？"三剂先生说："我一生最不爱被人拿假话哄我，你给我说实话，叫我到省城去到底是要我干啥？"刘黑狗说："不是给先生说了嘛！是去给省上的党国要员诊脉看病。"三剂先生摇摇头说："你说的不是真话，你还在欺哄我。你今儿个要是不说真话，要么你把我打死在这里，要么我就不走了。"

　　刘黑狗回过身看了看身后的几个警察。三剂先生说："你要看他们，他们能给我说个啥？没出门以前我就知道你是在哄我，我只是不想你拿着枪行凶伤人，才跟你来了。你给我说实话，把我诓去到底要我干啥？"刘黑狗嘿嘿干笑了两声说："反正先生也已经出门上路了，迟早都要说，那我不妨现在就给你直说，是省党部杨念南杨主任要我请先生去。"三剂先生问："他请我去干啥？"刘黑狗说："我把话给你说白了吧！杨主任很想再见到你的徒弟张文博，只要你到了省城，杨主任也就能再见到他了。"三剂先生平静地说："我明白了，你们是拿我当饵引鱼呢！可是我的徒弟他咋能知道我到省城了？"刘黑狗说："所以才安排好了场合，请先生到省城里去公开露面。"三剂先生笑了，说："张文博又不是傻子，你们的把戏骗不了他。"刘黑狗冷笑着说："政府马上就要南迁，如果你的徒弟不现身，杨主任就要请老神医跟着政府一起走，那样你的徒弟就再也见不到你了，我想你的徒弟不会这样狠心吧？"

　　三剂先生沉默不语了。刘黑狗不耐烦地说："你想听的真话我已经给你说了，是不是可以走了？"三剂先生摇头苦笑着说："我一生还没有被人拿枪顶着请过，也没有被人这样欺哄过，更没有被人哄去当诱饵利用过，今儿个全都有咧！好！也算是我又经了一回世事。"刘黑狗又催促说："快点儿走吧！你这些话等见到你的徒弟了，给他慢慢说去。"三剂先生说："你等我把骡车打发回去，后面的路我坐你的车走。"

　　刘黑狗闪到一边抽烟去了。三剂先生从身上取下灰布挎包，交给刘蛇儿说："我一生所得都在里面一个本子上记着，你把它带回去交给敬亭，让他转交给我的徒儿文博。"刘蛇儿坚持要三剂先生继续坐他的骡车，三剂先生挥挥手说："你走吧！这里的事情你管不了，你留下也没用。你把东西送回去，就算是了了我的一桩心事，你回去吧！"刘蛇儿湿了眼睛，把三剂先生扶下车，无奈地拉转了骡车。三剂先生给刘黑狗说："我坐得腿麻了，你让我缓一缓再走。"

　　三剂先生顺着一个慢坡缓步走上马嵬坡的最高处，举起手搭在额头上向南眺望：终南山巍然耸立，渭河平原广阔无垠，山川河流百年依旧，浮生在这山川河流之上的世事也依旧混浊不堪。三剂先生记得自他幼年时世事就是这样动荡不安,充满饥饿和杀戮,他年轻时走南闯北尝尽了人间酸苦,学医有成后总是倾尽全力救死扶伤,可是于这世事却是毫无用处。三剂先生长叹一声,他累了,他不想再走了,他连一句话都不想再说,他更不愿意再去看再去想这个让人毫无留恋的世事。现在唯一能让他感到慰藉感到快乐的,只有眼前这一片河川平原了。

所有的人都突然发出一声惊呼,随即都慌乱地奔向坡顶。走出不远的刘蛇儿听到惊呼回过头看时,三剂先生刚才站立的地方只有风刮起的黄土尘埃,那个鹤发童颜的身影已经不见了……

刘蛇儿疯了一般抽打着大黑骡子,硬轱辘车带着疾风冲进孛落坊的村街。到了张敬亭家门口,他摞了鞭子惊慌失措地跑进庭院里时,一只脚磕绊在门槛上,扑通一声栽倒在地。他顾不得嘴角磕破流血,爬起来失急慌忙地大喊:"先生跳崖了!三剂先生跳了崖了!"全家人都被惊动得跑了出来,张敬亭跳下炕,来不及穿鞋就拄着拐棍蹦了出来。刘蛇儿被吓得脸色惨白,喘着粗气,哆嗦着嘴唇,语无伦次地述说了刚才发生的一幕。

张敬亭两条腿失控地颤抖起来,身子一软就要向后坐倒,乾礼一把扶住了他。张敬亭稳了稳心神,重新挺直了身子,问刘蛇儿:"你下去看了没有?那崖有多深?"刘蛇儿说:"我听见喊声,回过头不见了三剂先生,我当时就被吓蒙了。等我灵醒过来就赶紧绕到半坡底下去看了,那土崖有二三十丈深,那些警察也下去看了,可是都没有寻见先生,崖底下连个印儿都没有。"张敬亭说:"人跳下去了咋能寻不见?是不是没寻对地方?"刘蛇儿说:"那个刘黑狗也亲自下去看了,那么多人,把崖底下都寻遍了,就是没有寻见个啥。"

张敬亭马上给乾礼吩咐说:"先生一个大活人跳下去咋就能没有了?你领人再去寻,把四周的塄塄坎坎都寻遍,不管活人还是尸首,咋都要把先生寻见拉回来!"乾礼很快叫来几个乡人,拿了绳子和铁锨,又抱来准备包裹尸首的被子,一群人慌慌张张跳上骡车,跟着刘蛇儿去了。王海棠一头扑进屋里的炕上呜呜地哭起来,麦花紧跟着进去安慰婆婆,庭院里只剩下了张敬亭孤零零地站着。

愤怒和悲伤搅得张敬亭痛苦不堪。他喃喃自语地哀叹:"神医没有了,先生被他们逼死了,他们逼死了神医……"张敬亭看见头门大开着,忘了穿鞋就光着脚往外挪。他艰难缓慢地将身子挪到门口，倚在门框上喘息了几下，就又挪下了门口的青砖台阶。张敬亭重新出现在村街上，原先挺直如椽的腰杆儿佝偻了下来，两只眼睛瞎掉了一只，一条腿打着弯伸不直，手里挂着他妈张宁氏那根已经磨掉了漆皮的拐棍，一瘸一拐艰难缓慢地向前挪动着身子。

乡人们看见张敬亭时，都用吃惊的眼神注视着他，跟他打招呼，可他谁都不理，谁都不看，只管盯着前面往前挪动，那只独眼里射出一种凶狠的光。他挂着拐棍，艰难缓慢地从村西挪向村东，看见一家又一家的宅院墙倒屋塌，空无一人，他再往前挪就又看见穿着一身破烂棉衣的大将圪蹴在自家门口。大将站起来流下眼泪，哽咽着对他说："族长，我的老婆死了，我的儿子也被抓了壮丁，我没法活了……"张敬亭依然一句话也不说，继续往前挪动着。他一直挪到了村口，挪到了大路上，然后用那只独眼静静地瞅着南边马嵬坡的方向。他突然将手里的拐棍使劲撇了出去，接着就仰起头歇斯底里地，平生第一次用不堪入耳的话大骂起来："这狗日的世事，我日你妈！"

寒冷漫长的冬季终于过去，将到三月开春的时候，省城里的城墙根底下，革命公园和莲湖公园里，都已开满了一簇簇淡黄色的迎春花，可是陡然袭来的倒春寒却使得天气更加寒冷。省城里的氛围也像是这倒春寒的天气一样，一天比一天更加冰冷和紧张起来。城内几条主要大街的街口，都堆起了沙袋，架上了机枪，军用卡车一辆接着一辆拉运着各种物资，成队的警察和宪兵在街道上随意截住行人搜身检查，从前线败退回来的散兵游勇到处乱窜，打砸饭馆、行凶打人的事情天天都在发生，城里的秩序已然混乱不堪。

岳先生早在过年的时候，就借着走亲戚的时机让家人都回到乾州老家去了。他将七贤庄的宅院大门上了锁，将钥匙交给一个好友保管，然后就搬去了新风剧社居住，静等着张文博来接他到北边去。可是一直等到了开春，也没有等来张文博。岳先生等得心焦，每天都到门房询问有没有人来寻过他，门房老汉摇一摇头，然后就向剧社对面努一努嘴，对面的街道边有两个戴着狗皮帽子的人在那里来回转悠，时不时伸头往剧社这边张望一番。

门房老汉嘲讽说："干这事他们倒是精心得很，每日城门没开就来，黑了关城门了才走。"岳先生说："甭理识这两条狗，有人来寻我，你只管领进来，看他们能咋！"门房老汉不无担心地说："先生还是少出门的好，这伙人啥坏事都敢干，你可千万要小心呀！"岳先生回到那间瓦房里愁闷不已，门口的那两个人明显是冲着他来的，看来自己已经被特务盯上了。可是都到这个时候了张文博还没有任何消息，岳先生干着急却也束手无策。

这天清早刚吃罢早饭，有个学员走进岳先生屋里，将一本《儒林外史》交给他，说是有人托自己转交给他的。岳先生问是谁，学员摇头说不知道是谁，只知道是一个乡党的朋友托转的。学员临走时又叮嘱说："托转的人还专意让把一句话也捎给先生，说是让先生在喝茶时再看这本书，肯定会更有味道。"岳先生想起魏老师曾经也用同样的方法给张文博传递消息，他马上闭上屋门走到桌案旁，学着张文博的样子把书翻到折起的那一页，然后蘸了茶水把书页浸湿。果然有一行小字显现出来，"午时起程回家，坐56号人力车"。岳先生合上书摇头苦笑："把人都逼成啥咧！"

岳先生于午时走出新风剧社时，街边停着三四辆人力车在等客，有一辆人力车座椅背后赫然标着56的编号。岳先生往街对面瞅了一眼，那两个盯梢的狗皮帽子正紧张地盯着他。岳先生快步走到56号车前，车夫站起来解下围在脖子上的毛巾掸一掸座位，大声吆喝："人精腿壮，又稳又快，先生请上车。"岳先生坐上了车小声问："你要拉我到哪里去？"车夫也小声说："先甩开那两条狗再说。"然后就拉起车不慌不忙地跑出了街口。

人力车不快不慢专门在小街小巷里穿行。岳先生回头看时，那两个狗皮帽子蹬着自行车紧跟在后面。岳先生正心慌的时候，从一个拐弯处突然拥出来六七辆人力车，待56号车子过去之后，车夫们迅速将人力车全部拥堵在街口。那两个狗皮帽子猛刹住自行车跳下来，急得吱里哇啦大骂大喊，却也只能眼看着56号人力车拐进了另一条街巷里。56号人力车车夫这时才发力猛跑起来，一路打起铃铛大声吆喝着："借光借光！"在街巷里如游鱼般飞快地穿梭。在连续穿过三四条街巷，拐进梁家牌楼的街口时，56号人力车突然停了下来。车夫抹一把汗水，冲着惊魂未定的岳先生憨厚地笑一笑，然后将岳先生扶下车，又往他身后一指，便拉起车跑出梁家牌楼去了。

一辆军用吉普车疾驰到岳先生身边戛然而止，魏老师出人意料地从吉普车上跳了下来。魏老师握住岳先生的手简单明了地说："这里很危险，先生快上车，有什么话到车上再说。"岳先生往吉普车里瞅了一眼，开车的是一个穿着宪兵制服的军官，车里再没有其他人。魏老师赶忙解释说："先生请放心，他是打入宪兵营里的自己的同志。城门现在盘查得很紧，像先生这样的名流耆宿他们根本不会放出城，现在只有他才能把先生送出去。"

吉普车从梁家牌楼拐到了大街上，在街边闲转的宪兵看见吉普车立时就规矩地站直了身子。车子开到西门的时候遇到堵塞停了下来，荷枪实弹的士兵在城门洞里挨个对进出的车辆进行着严格的盘查。等到吉普车驶进城门洞里时，开车的军官傲慢地掏出证件，在士兵眼前晃了晃就又装回衣兜里。检查的士兵趴在车窗上往车里瞅，军官探出头，瞪起眼，态度恶劣地骂士兵："狗日的你皮松了？想到宪兵营里去蹲几天是不是？"士兵咽下一口唾沫翻一翻白眼，向后退去。吉普车驶出了西门，开过西关狭窄的街道，然后沿着官道快速往三桥镇方向驶去。

魏老师长出一口气放松下来，对同样放松下来的岳先生说："他们马上就要对先生动手了，强迫先生到南边去，我们不得不临时做出这样的安排。"岳先生说："怪不得有两条狗天天盯着我。"魏老师又说："先生不能去北边了，国民党军队在通往渭北的道路上设了很多关卡，去那边太危险。"岳先生着急起来说："那你把我接出来让我到哪里去？"魏老师笑一笑说："国民党现在已经火烧尻子了，只要离开省城，他们也就顾不上先生了，先生就先回乾州老家去暂时避一避。"岳先生紧接着问："文博呢？他怎么没有来？"魏老师犹豫了片刻，沉重地说："文博同志被捕了。"

岳先生大吃一惊，半天说不出话来。过了一会儿他才问魏老师："那怎么办？你们想办法救他没有？"魏老师说："我们正在全力营救他。"岳先生问："有把握没有？"魏老师摇了摇头。岳先生忽然拉住魏老师的衣袖说："我不走了，你送我回去。"魏老师惊讶地问："先生你这是要干啥？"岳先生动情地说："我已经是黄土埋到脖颈根的人了，我回去跟他们走，我去把文博换回来。"魏老师说："先生你这样想就错了，你回去只能是自投罗网使他们阴谋得逞。你换不回张文博，反而会使我们的损失更大。"岳先生沮丧地靠倒在了座椅上。

吉普车开过咸阳桥，越过大大小小的村庄，在一个三岔路口停了下来。魏老师跳下车，跟路边揽活儿的脚夫谈好了价钱，扶着岳先生下了吉普车又坐到一辆毛驴车上，然后给岳先生说："我们只能送先生到这里了，往北边去是咸阳，往西边去就是槐里县，先生就走槐里县上马嵬坡回乾州，这条路保险一些。"岳先生摇头叹气心灰意冷地说："我的心已经凉透了，这回走了，我也不打算再回来了，从此以后就在老家躬耕读书归隐田园。"魏老师笑一笑说："先生的心还会再热起来的，等着吧！用不了太久，先生将会看到一个不一样的世界，到时候我保证先生的心肯定还会再热起来。"

毛驴车吱呀吱呀向前走去，木制车轮在瓷实的土疙瘩路上滚动着，发出咕噜噜的响声。一路所见尽是荒芜的田畴和凋敝的村舍，这一切都预示着现在这样的世事已经走到了毁灭的边缘，在这样的世事中岳先生无法再有一丝一毫的作为，只能跟普通的民人一样踏上逃亡归隐的道路。岳先生心绪低沉地窝蜷在车厢里，午后的阳光柔和地晒在他的身上，大路上行人稀少，静谧得只有车轮滚动的声音。岳先生暗暗地自嘲，白白在这世上活了一回，就像是扬起的尘土，漫天折腾了一番之后，又落归到了土地上。

毛驴车走过了槐里县，又走过了马嵬镇，在走上马嵬坡的时候，岳先生忽然叫停了毛驴车。他从车上跳下来，手搭在额头上眺望了一番，然后就从半坡的土塬上斜岔子向东走去。土塬上没有路，岳先生踩着枯枝败叶跨过沟沟坎坎，不顾被带刺的枯枝扯烂了衣裳，一直走到杨贵妃墓碑前才站定了脚。晚照的残阳洒在已经泛出了绿意的树冠上，岳先生矗立良久默然无语，忽然两行泪珠儿滚滚而落。岳先生一脸悲戚地对着那墓碑说："你是唐朝的贵妃，你也曾是长安城的主人，你可知道而今这些不争气的后人，把你的长安城糟践得不像个样子了！"

张文博是从渭北送完情报回来后，在城里的一家诊所里遭到了逮捕。李秘书以生命为代价换来的南迁方案足足有几十页之多，厚厚的绝密文件里详尽显示了当局准备撤退的计划和路线，以及要被裹挟去的名流耆宿的名单，一张张军用地图上则用红笔标注了所有重要设施的坐标和预计炸毁的时间，最后还有一张中统特务的潜伏名单。魏老师仔细地看完这些文件和地图，一下子就愁眉不展了。他问张文博："这么多的内容，电台能发出去吗？"张文博摇摇头说：

"要是连续发报，我们的电台会立即暴露。"魏老师沉默下来不知所措了。

两个人一时都没有了主意。魏老师在屋里来回踱步思考着说："看来只能让人把情报送到渭北去。"可是他马上就又否定了自己的想法，说："不行不行！这样风险太大。往渭北走一路尽是敌人的关卡，肯定会被敌人搜出来的。"魏老师背着手在屋里来回转圈儿，再也想不出好的办法。张文博忽然说："我倒是想到了一个办法。"魏老师露出惊喜的目光瞅着他。张文博说："把文件和地图全装在脑子里，只要能活着到渭北，就能把情报送到。"魏老师哭笑不得地摇摇头说："你这算是啥办法？都快相当于一本书了，到哪里去找头脑这么灵光的人？"张文博说："我可以试一试。"魏老师吃惊地张大了嘴巴。张文博笑了笑说："三剂先生以前考我背药时，也是你这样的神态。"

在接下来的几天里，张文博除了吃饭、睡觉以外，全部的时间都用来默记文件和地图。过了五六天之后，张文博对魏老师说："你可以考我了。"魏老师看着文件像先生考学生一样让他背诵，张文博一字不差地全都背诵了出来。接着他又在白纸上画出一张张地图的大致轮廓，然后在上面标注地名和坐标数字，等到把几张地图都画完和标注完时，所有的地名方位和坐标数字竟然都丝毫不差。魏老师惊诧得猛一下握住张文博的手，激动地叫了起来："文博同志，你可给咱解决大问题了！"

十来天以后，守候在各个城门口的省党部的人全部都撤走了，张文博乔装成逃难的难民，走出了城门。中原解放军已经拿下了太原，即将向着陕西挥师西进，陕北的解放军也正积极准备着全面反攻。在通往渭北的大路小路上，国民党军队虽然设置了一道道关卡，但是守卡的士兵都显得人心惶惶，他们除了搜身抢夺难民的财物之外，就再也不会多看难民一眼。

张文博顺利地过了渭河，很快就跟渭北的游击队取得了联系。游击队派人专程护送他跋山涉水又走了几天，最终把他送到了解放军的前线指挥部。在他把所有的情报以及地图全部都默写和标注出来之后，解放军的首长让人拿来军用地图一对照，吃惊地握住张文博的手说："我以为只有我们队伍上能人多，没有想到咱们的地下党里面也是卧虎藏龙呀！有了这些地图，我们的大炮就会像长了眼睛一样，只打敌人，绝不会毁坏古城。"张文博休息了几天，在准备离开部队返回时，却意外地见到了一张似曾相识的面孔。

那是在他向首长辞行的时候，首长叫来了一位营长，吩咐营长派人骑马送他一程。张文博在看见营长的一瞬间，忽然觉着这位营长似曾相识，可是却怎么也想不起来在哪里见过。在和营长并肩往外走的时候，张文博自报家门介绍自己是乾州人，问营长是哪里人，营长站下来问他："你是乾州哪个村的？"张文博说："孛落坊村。"营长一脸惊讶地重新打量着他说："我也是孛落坊村的，可我咋不认得你？"

在两个人各自都述说了自己的家底之后，张文博一拳捶在营长肩头，惊喜地说："原来是你呀！原来你还活着呀！村里人把你的名字都快要忘记了。"那位营长竟然是杨狗娃那个离家出走的二儿子。营长说："我现在的名字叫杨前进。"张文博说："前进这个名字好，一直向着胜利前进。等革命胜利了，你一定要回去让村里人都看看杨前进是谁！"杨前进向他问起自己家里的状况。张文博摇头说："我已经很多年没有回去过了，等革命胜利了咱们一起回家。"动荡的年代，烽火连天的岁月，与失踪多年的同村乡党意外相逢，两个人骑在马上有说不完的话。杨前进一直把张文博送到了官道上，看着张文博的背影消失在了远处，才恋恋不舍地牵着空马回去了。

张文博再回到渭河南岸的时候，却遭遇了一段有惊无险的插曲。急匆匆赶来渭河沿岸布防的国民党军队到处抓绑民夫，国军士兵一见到过往的青壮男人就一律扣留下来，全部押送到渭河边，然后撂下一堆铁铲、铁锹，逼着这些人赶修工事，张文博未能幸免地被赶入挖战壕、修工事的人群当中。一名军官领着一群士兵看押监工，一看到稍有偷懒喘息的人，军官抡起鞭子就是一顿猛抽。到了天黑的时候，士兵把干活儿的人集中到一堆，挨个反绑起来让就地躺下睡觉。

张文博很快就找到了合作的对象，跟几个有血性的年轻后生一拍即合，商量好了逃跑的计划。第三天半夜的时候，几个人用锋利的石片割断了绳子，蹑手蹑脚地摸到了围坐在火堆旁边的士兵身后，几个抱着枪正在打瞌睡的士兵同时被石块砸倒在地，紧接着所有被抓来的人一哄而散。混乱的脚步声和踢动石子的响声惊动了其他士兵，漆黑的夜里随即爆响起枪声。

张文博摸黑向着旷野拼命奔跑，脚下是坑坑洼洼荒芜的河滩地，枯枝干草的倒刺把他的棉裤撕扯出了棉絮。他顾不了许多，一直跑到听不见枪声了才放缓脚步。他疲惫地坐在地上歇息时，感觉到左臂的棉衣袖子里冰凉潮湿，他解开衣裳，脱下袖子，这才发现臂膀上挨了一枪。子弹打穿臂膀，钻了个眼儿，并没有伤到骨头，可是伤口却在不断地往外流血。他撕下贴身的衬衫衣袖裹住伤口，然后就躺倒在草堆里昏昏沉沉地睡过去了。

张文博被冻醒来的时候，曙光已经照亮了东边的原野。他找到一洼水沟清洗棉衣上的血渍，却怎么也洗不掉。他干脆在棉衣上糊满了泥巴，反倒更像是逃难的难民了。晌午饭口的时候，张文博混在人流当中回到了省城里。伤口疼痛难忍，不断有血水渗流出来，若不包扎处理很可能会化脓感染，他想起了老关庙街口胡大夫的西医诊所。胡大夫并不是党员，但他开明正派，曾经多次帮助过地下党，半年前地下党费尽周折送给渭北游击队的一批药品，就是胡大夫千方百计搞到的。

张文博走进胡大夫的诊所时，里面一个病人也没有，胡大夫看见他就赶紧走过去关死了屋门。张文博解开棉衣，脱下衣袖。胡大夫吃惊地问："你受伤了？怎么搞的？"张文博说："一时半会儿说不清，你先帮我包扎伤口，完了我就走。"胡大夫在柜子里找来药品，清洗完伤口，敷了药，包扎好，然后拿来一件旧的长衫说："你的棉衣上全是血，不能再穿了，你换上这身衣裳，先休息一会儿。现在是吃饭时间，不会有人来，我去给你买点儿吃的，你吃过了再走。"张文博冲胡大夫笑一笑说："你一说我还真感觉饿了。"胡大夫走出诊所，回身闭上门时，从门缝里瞅着他，站立了片刻，才从外面上了锁，转身走了。

张文博坐在火炉旁取暖，浑身暖和过来，有了困意，就趴在桌子上睡了过去。也不知过了多久，胡大夫开了锁走进来，把两个肉夹馍放在桌子说："你趁热快吃，吃好了再走。"然后又去给他倒了一杯热水。张文博正在吃肉夹馍的时候，门外传来杂乱的脚步声。胡大夫忽然从椅子上站起来，退到了门边，一脸惊慌地说："你可不要怪我，上次我给你们弄药品的事情被他们发现了，我的妻儿、老小都在他们——"胡大夫的话还没有说完，诊所的木门咣当一声被人踹开，七八个握着手枪的人冲了进来，张文博顿时毛发倒竖，噌的一下站起来。

一个领头的人把枪口对准了张文博，咧嘴一笑说："文博兄弟，咱们又见面了。你表哥想你得很，让我们来请你回去。"门口已经被堵死，想冲出去已不可能，张文博急中生智，一脚蹬倒了火炉。烧得赤红的炭火滚了一地，有人躲闪时撞到了放药品的柜子上，一瓶酒精啪的一声摔碎在地上，随即呼的一声燃起了大火。张文博跳上桌子，踢开窗户跳了出去，一头扎进街道上撒腿猛跑起来。身后连续响起了枪声，他没有跑出多远，腿一软就摔倒在了地上，鲜血从他大腿处的裤子里渗流到了地上。

张文博被送到太阳庙门一处秘密监狱里关押起来。所谓的太阳庙门其实是一条古老的街巷，因在明朝末年时这里修建了一座太阳庙而得名。中国的寺庙随处可见，但是供奉太阳神的寺庙却屈指可数。古城里的这座太阳庙坐北朝南，有前后两个大殿，前殿供奉着关圣帝君，后殿供奉着太阳神。古时的寺庙前皆有牌坊，老百姓常将牌坊称作门，门又有南来北往通达四方之意，太阳庙门没有被称为街而被称为门可能就是由此而来。民国初年时庙里还住有和尚，后来不知什么时候被当局改建成了一座秘密监狱，专门用来关押政治犯和共产党的重要人物。

张文博被关押进来的时候，这里的每一间牢房里几乎都关满了人。他从铁条栅栏里吃惊地看到了几位名满古城的激进文人，这些人无一例外曾是言辞犀利地抨击时政，并公开赞扬共产党的人，他不由得担忧起岳先生。他被戴上脚镣，关进一间六尺见方的单人牢房，里面只有靠墙的一张铺满麦草的木板床，除此之外空无一物。每日除了有人送来两顿窝窝头外，还有医生定时来给他换药疗伤。每天早上都会有人被拉去过堂，他认识的或者不认识的人戴着手铐，拖着沉重的脚镣，从他的牢门口走过，最后又都血肉模糊地被拖拽回牢房里，有的人被拉去过堂后就再也没有回来。

十来天以后，开始有人来跟张文博谈话。来谈话的人因势利导苦口婆心，替他分析各方面对他不利的境况和后果，又给他拿来一沓签名画押按着红手印的悔过书让他看，最后还给他描绘出认罪悔过之后的大好前程。在经过连续几天的谈话之后，谈话的人拿来笔墨纸张告诉他，只要写一张认罪的悔过书，写出他的共党同伙，马上就可以获得自由，开始新的生活。张文博蔑视地笑一笑，接过白纸在上面画下一个镰刀锤头的图案，甩到谈话人手里。谈话的人恼羞成怒，一改诚恳斯文的面孔，一把将那张纸撕得粉碎，咬牙切齿地说："要不是杨主任有交代，我早就让你皮开肉绽了！"

又过了十来天之后的一个晚上，两个狱警给张文博戴上手铐后把他带出了牢房。张文博嘴角露出坚定的微笑，终于轮到给他过堂上刑了。他拖着沉重的脚镣，被带进一间干净的屋子里，这才发现这里不是过堂上刑的地方，这里只是一间普通的讯问室。他被拉到一张木制囚椅上坐下，两个狱警锁好囚椅上的枷锁后，便笔直地站到他身后，在他对面的桌子后面是一张空着的椅子。让张文博十分意外的是，杨念南竟然从门外走了进来。昏暗的灯光底下，一身藏青色的中山装把杨念南面无表情的脸色衬托得更加灰暗。

杨念南在桌子后面的椅子上坐下来挥挥手，两个狱警挺直着身子退了出去。张文博大方主动地打招呼："念南哥！你不会也是来劝我写悔过书的吧？"杨念南默不作声地瞅着他，半晌才说："我知道咋样劝你都没有用，我也没有打算说劝你的话。"张文博笑着说："劝不劝你都要费神了，你是国民党，我是共产党，咱两个肯定说不到一搭！"杨念南说："我知道你已经把情报送出去了。"张文博说："这个你真说对了，我已经把情报送给了解放军，国民党就快要完蛋了。"张文博一脸畅快地大笑起来。

杨念南紧绷着脸沉默不语，过了一会儿说："我看你没有啥可高兴的，你死了你能看到啥？你啥都看不到了。"张文博说："我一个人看不到不要紧，全陕西全中国的人都能看得到。"杨念南说："活着多好，你为啥非要寻死？"张文博笑了笑说："说实话，我确实也不想死。可我也不想像你一样，一辈子苟且偷生地活着。"杨念南冷笑着说："我今天来也不想把你怎么样，我只是想让你再多知道一些事情。"接着他就撇一撇嘴说："李秘书被我处死了。"张文博惋惜地摇一摇头说："你屠杀的人又何止李秘书一个！"杨念南又说："你的伯父张敬亭也已经半死不活了。"张文博的脸上显出愤怒的神情。杨念南继续说："你的恩师三剂先生也跳崖死了。"张文博被彻底激怒，在囚椅里剧烈地挣扎起来。

看着张文博徒劳无功地挣扎，杨念南仰头爆发出一连串刺耳的怪笑。他笑得咳着喘着起身离开，走到门口时不再咳喘，回过身嘲讽地说："你看看你现在这个样子，你还能做什么？我就是要让你在你死以前知道这些，你们赢了又能怎么样？你什么都改变不了！"

监牢里的时间苦闷难熬，张文博每天早上醒来后的第一件事情，就是用从墙角捡来的瓦渣片在土墙上刻下一道印记。头一天的天数只有在第二天醒来时才刻上去，因为他不确定每次醒来后的这一天，会不会是他在这个人世间的最后一天。他在安静地等待着死亡，同时也期待着随时都可能到来的胜利。牢门外的墙根底下零零星星地开出了一朵朵不知名的小花，他身处阴森恐怖的监牢里面，同样也感受到了春天来临的气息。

在一个春暖乍寒的早上，天空里刚泛起了一点儿鱼肚白，一群荷枪实弹的士兵闯进监牢里，每一个通道口都站上了岗哨，冷森森的刺刀闪着寒光。狱警们从张文博的牢门口走过去，一个接一个地打开了其他牢门，被折磨得体无完肤的囚犯们全都被驱赶出来。有人从这异常的举动和森严恐怖的气氛中意识到了大屠杀的开始，便微笑着高声说："死亡意味着重生，看来这个世界离重生的日子不远了！"然后就伸出手和狱友握手道别。走出牢房的狱友们受到感染，纷纷互相握手，互相拥抱着告别，然后互相搀扶着，悲壮地走出了监牢。

张文博最后一个被带出牢房，狱警给他戴上了手铐，又用黑色头套罩在他的头上，然后牵拉着他一直走出监牢，把他塞进一辆小汽车里。张文博沉静安详地坐在车里，没有一丝慌乱，也毫不挣扎，他意识到小汽车到达的终点可能就是自己生命的尽头。他的脑海里浮现出母亲模糊的身影，母亲去世得太早，母亲短暂的生命里充满了不幸和痛苦，母亲被皇甫村的财东折磨死时他才七岁，此后母亲在他的脑海里就只留下一个模糊的身影。他的脑海里又浮现出那场为母亲复仇的大火，那场他亲手点燃皇甫家房子的冲天大火，那场大火直到现在还在他心头呼呼翻滚。他的额头上沁出热汗，他在漆黑的头套里面坦然地微笑了，他知道不管是枪杀还是填井，他心里的那场大火永远都不会熄灭。

小汽车一路颠簸着走了很长时间，车里没有人说话，只听得到引擎轰鸣的声音。张文博被颠簸得倾倒在座椅上，他感觉到小汽车开上了一个陡坡，他实在想不出自己要死在多么遥远的地方。小汽车终于停了下来，张文博听见车门响动的声音，接着就被人拉下了车。春天的风迎面吹来，隔着头套他都能感受到这是来自空旷田野的风，他闻到了春草新枝抽出嫩芽的味道。有人给他打开手铐，又除去了脚镣，在摘下头套的一瞬间，耀眼的阳光刺得他紧紧闭住了双眼。他再缓缓地睁开眼睛时，吃惊地发现自己竟然站在马嵬坡的半坡上面。

张文博回过身，看见杨念南正圪蹴在地上，将一捧捧黄土装进一只彩色釉面的瓷罐里面。杨念南站起来，将装满黄土的瓷罐交给随从，然后拍一拍手上的灰土，一脸黯然地说："我大被刀子扎进后心，就是在这个地方摔下了骡车，这里的黄土有我大流下的血。"张文博默然无语地瞅着他。杨念南抬脚走向一个塄坎高处，头也不回地说："你走吧！我不想让你死。"

杨念南双手叉腰站在马嵬坡的高处，欣赏着眼前的这一片河川平原。他想起了他十六岁的时候，跟随着他爷、他大回乾州孛落坊临抄族谱，第一次踏上马嵬坡时的情景，想起了他曾经在马嵬坡上作下的那首诗：

学为登高似此时，
山川良田尽我收。
他日出得桑麻镇，
定然一语惊破天！

他确实走出了桑麻镇，但是他的那片天却轰然崩塌了。

第二十七章

　　寒潮退去，春天回归到了应有的模样儿，村庄和田野都焕发出勃勃生机。地里的麦子拔节灌浆，开始吐出绿油油的麦穗儿，像小姑娘初次见人一样，羞涩地一点儿一点儿缓慢地抬起头。随着天气一天天炎热起来，家境稍好一点儿的人家，脱去了厚重的棉衣棉裤，换上了一身清爽的单衣单裤。贫寒人家无衣可换，大人小孩敞开衣襟，依然穿着磨破了衣领袖口、露出棉絮的棉衣。可是不管是穷户人家，还是富户人家，人们都欢快地在田间地头奔跑呐喊，赶走成群结队前来麦地里偷食的雀儿。无论以往的日子过得好与坏，庄稼人总是在每年的这个时候，暂时忘记了苦难和烦恼，露出笑脸，满怀喜悦地期待着眼前的丰收。

　　公元一九四九年五月十八日，字落坊村的乡人们像往年一样，都在自家庭院里忙着修整农具，磨快镰刀，做着夏收前的准备。这时候，一幅改变乾州、改变字落坊村历史的帷幕已悄然拉开。

　　临近黄昏的太阳即将坠入西边的田野，字落坊被炊烟笼罩，几个穿着黄绿色军装的年轻军人从村东的大路上走进村里。忙完活计站在门口拍打一身灰尘的乡人，忽然听见有人打招呼喊老乡，抬头猛然看见几个别着短枪、扛着长枪的军人，顿时一脸惊恐地逃进家里，然后就咣当一声闩上了屋门。有走过村街的乡人老远看见了扛枪的军人，惊慌失措地大喊一声："白军又来咧！"转身撒腿往村里跑去，随即家家户户都响起关闭头门、闩上门闩的声音。

　　走在前面的军官连续敲响了几户人家的门板，操着一口外乡口音，向躲在屋里的乡人们宣传解释："老乡！你们不要怕，我们不是白匪军。我们是共产党，是解放军，我们不会动你家的一针一线，我们只是来问路。"各家庭院里依然静悄悄的，没有任何动静，灶间屋顶的烟囱也都不再冒烟，刚才还在呱嗒呱嗒拉响的风箱都停了下来。

军官无奈地领着战士继续向前走，村街上空无一人，几处墙倒屋塌、长满蒿草的院落显出凄凉，整个村庄的人像是瞬间消失了一样。军官一筹莫展地抹下帽子，擦拭一头的汗水，有个战士突然惊喜地叫起来："这里有水！"几个军人跑过去，看见涝池里淡绿色的一洼水，便都急不可耐地跑下涝池边的慢坡，用手拂去水面上的浮尘和干草树叶，捧起来就喝。

这时张敬亭从祠堂里走出来，他近日来在屋里总是待不住，每天后响的时候都要到村街上来走一走转一转。他佝偻着腰，拄着拐棍，缓慢地从村街上走过，跟他碰到的乡人打招呼、扯闲话。总是有人恭敬地伸出双手要搀扶他，张敬亭倔强地推开那双搀扶的手，继续一瘸一拐地向前面的村街上溜达。他有时也会到村口去迎一迎从地里干活儿回来的乾礼和刘蛇儿，要是站的时间久了等不住，他就又走回村子，到祠堂里去闲坐着打发时光。

开春以后，杨狗娃和几个甲长几乎不再到祠堂里来了，催粮要款的"五斗半"也已不见了人影。往常有过路的国军士兵在走累时会走进村里，站在保公所的牌子底下大声喊叫保长，冲着急匆匆跑来的保长杨狗娃横眉冷眼地吼叫："酒哩嘛，肉哩嘛，还不快给老子们端上来！"杨狗娃回回都会在祠堂里摆起席面殷勤招呼，过后再把酒肉钱分摊到各家各户。如今祠堂门口依然挂着保公所的牌子，可是国军士兵和"五斗半"都已经不再来了，祠堂又回归了原有的肃穆和清静。

张敬亭在祠堂里看一看祖宗牌位，瞅一瞅悬挂在房梁上的牛皮族谱，然后在天井的台阶上倚着柱子坐下来，温暖的太阳晒得他一会儿就打起了瞌睡。村街上那一声惊叫把张敬亭惊醒过来，他拄着拐棍走出祠堂，看见几个人影下到涝池边去了，便一瘸一拐地跟了过来。西斜的残阳刺得他睁不开眼睛，他把手搭在额头上观望，恍惚地看见几个身影圪蹴在涝池边喝水。他以为是进到村里讨饭的人，就走过去用怜悯的口气说："这水咋能喝嘛！这是饮牛饮马的水，娃娃们都朝水里尿尿哩！这水不能喝。"

几个军人抬起头，拿起放在地上的长枪站起来，张敬亭这才看清是几个扛枪的军人，他吃惊地扭转身，一瘸一拐地往回走。军官追过来在他身后喊他："老人家你不要怕，我们不是白匪军，我们是解放军。"张敬亭站下来回过身。军官说："我们向你打听一下路就走。"张敬亭用那只独眼盯着军官帽子上的五角星，看了一会儿，迟疑地问："你们真的是解放军？"军官笑着说："你不信你往这儿看。"说着揪起军服上的胸章让他看。

张敬亭探过头，眯缝着独眼，看清楚了胸章上写着"中国人民解放军"的字样后，发出一声惊呼："真的是解放军来了！"军官温和地问他："老人家，有没有比大路近的小路可以直接插到乾州去？"张敬亭反问军官："你们到乾州去干啥？"军官微笑着说："天亮以前我们要拿下乾州，乾州马上就要解放了，咱这一片也都要解放了。"张敬亭往军官身后瞅一瞅问："就你们这几个人？"军官朗声笑起来说："老人家，我们几个只是打前站来问路，大部队在后面，马上就到。"张敬亭愣怔了片刻，突然转身蹦着往回跑了起来，高声喊叫乾礼和刘蛇儿："乾礼！你快出来，解放军来了！蛇儿！赶快敲锣，解放军来打白军了……"

锣声从村西响到村东，又从村东敲回村西。刘蛇儿扯着嗓子才喊过一个来回，就有胆大的男人从屋里走出来，往祠堂这边来一看究竟。聚在祠堂门口的男人越来越多，解放军来打白军的消息很快传遍了整个村子。家家户户都打开了头门，女人、小孩都从藏身的地窖子里爬了出来，男女老少成溜成串地往祠堂门口拥来，百般稀奇地来看听闻已久的解放军。

张敬亭佝偻着腰，却高高地昂着头，那只独眼闪烁着亮堂的光，重新显示出族长的威严。他一口气点出十几个乡人的名字，安排这些人快点儿回家去烧开水，然后又让乾礼领人去自家屋里开仓灌粮，把灌来的粮食分派到另外十几户人家去磨面、烙锅盔。乡人们得了老族长的安排，都欢天喜地地忙活去了。安排完这一切，张敬亭领着刘蛇儿找到年轻军官说："出我村的西城门，顺着小路先往西再往北，直下去就是乾州城，比走官道省一二十里路哩！"他指一指刘蛇儿又说："让他给队伍领路，保准闭着眼睛都不会走岔道。"

天刚擦黑的时候，解放军的大部队开进了字落坊村里。年轻军官热情地扶住刘蛇儿的胳膊，走在队伍最前面，引领着队伍出西城门往西去了。谁也说不清到底开来了多少人马，就见一排排的军人扛着长枪，抬着机枪和小炮，列着整齐的队伍，快步从村街上走过，走过一队又来一队，没完没了。乡人们早已把烧好的开水一桶桶担放在祠堂门口，用粗瓷大碗一碗碗将放温的水舀给脚不停步、汗流浃背的战士们喝，把烙好的锅盔馍塞到战士们手里，战士们都无一例外地报以微笑，还以军礼。

不断有战士拎着一堆水壶跑到祠堂门口来灌水，然后也都微笑着给乡人们敬个军礼，就又急匆匆地去追赶队伍。成群结队驮着弹药箱的骡马被战士们牵到涝池边去饮水，张敬亭又指派人用蚂蚱车推来几车草料供骡马嚼吃，牵着骡马的战士也是客气地还以军礼。乡人们从来没有见到过穿军装的人对自己有这样的礼遇，一个个慌得手足无措，越发兴奋卖力地跑前跑后。说不清过去了多少解放军，也说不清过了多久，一队接着一队的解放军不断从村街上走过，队伍急速行军的脚步声混合着骡马的嘶鸣声，让孛落坊村的每一个人都感到震撼。

一个戴眼镜的军人跑到祠堂门口打问谁是村长，乡人们说我们村没有村长，只有国民党的保长和甲长。军人又问开水和锅盔馍是谁让弄的，有人一指张敬亭说："是老族长安排的。"军人随即走过去，将几块银圆塞到张敬亭手里。张敬亭莫名其妙地问："你这是啥意思？"军人说："这是给老乡们的粮食和柴草料钱，你给大家伙儿分一分。"张敬亭将银圆塞了回去，说："你把我们村的人都当成啥人了？"军人再一次将银圆塞到他手里："这是解放军的纪律，不能白吃白拿老百姓的东西。"张敬亭还想推辞，军人敬了个军礼就转身追赶队伍去了。张敬亭看一看手里的银圆，抬起头给乡人们说："咱村几辈子人谁听过谁见过有这样的队伍？"乡人们七嘴八舌，都夸赞解放军是仁义之师。张敬亭感叹说："这天下一准儿是共产党的。"

午夜时分，几十里外的西北方向传来轰隆隆的炮声，孛落坊的男人女人都从炕上跳下来，一股脑儿地拥到西城门楼上居高观望。炮声不很密集但却接连不断，一片漆黑的旷野尽头，像闪电一样的亮光不断从空中划过，那是炮弹炸响时迸发出的光芒。乡人们议论纷纷，有人说："想当年清兵把乾州城围了三个月都没有打下来，解放军也不会那么快打下乾州。"也有乡人反驳说："那可不好说，兴许解放军十天半月就能拿下乾州，你没看解放军那些个机枪、大炮，那可都是些硬家伙。"后半夜的时候，炮声逐渐稀落下来。有实在困得撑不住的乡人回家睡觉去了，也有好事的乡人兴奋得像过年守岁一样守在西城门楼上。

火红的太阳渐渐从东边的田野里升腾起来，刘蛇儿迎着霞光从西边的小路上快步走回来。他看见西城门楼上人头攒动，离着老远就激动地挥手高喊："解放咧！乾州城打下来了！国民党被打跑了！解放咧！解放咧！"

多半年以后，在即将迎来乾州解放后第一个农历年的前夕，新成立的县人民政府开展了一场声势浩大的肃匪清特反霸运动。已改为区乡行政建制的薛王区，对本区内作恶多端民愤极大的首恶分子进行了惩办，赵书臣、杨狗娃以及其他村堡的十几个村匪恶霸被尽数逮捕。杨狗娃被逮捕之后的第二天，杨狗娃的老婆在本门子一个后生的引领下来到了县上。她哭哭啼啼地走进县府大院，走进了已经就任县武装部部长的二儿子杨前进的办公室里。

杨前进在到任后曾回家探望过一回。当他一身戎装徒步走进宇落坊村，走到自家门楼前站下时，心里就涌出"我回来了"的感叹。他满脸笑容地给站在村街上好奇观望的乡人们打招呼，热情大声地介绍自己："我是杨家二小子，就是那个离家出走的杨家老二，我现在叫杨前进！"乡人们面面相觑，流露出惊疑的神色。接着，他就热情爽朗地邀请大家到家里去坐，却没有一个人往前挪动一步。

杨前进走进自家庭院里，他大杨狗娃笑吟吟地迎出来，他妈跑过来抱住他就哭起来。他大已经掉光了头发，成了秃子，满脸的胡茬也已经变白，他妈花白的头发依然像过去一样盘在脑后，用发簪绾着。杨前进叫了一声"大！妈！"就流出了眼泪。杨狗娃却没有任何伤心的表情。他在得知二儿子已经荣任县武装部的部长后，高兴地拍着二儿子的肩膀说："好好好！我儿当了共产党的官就好，你大我心里就不虚了。"杨前进在家里住了几天，逐渐听到了一些他大杨狗娃在村里的所作所为，气愤地再一次扭头就走。从那时走了以后，他就再也没有回去过。

此时，杨前进看着他妈哭哭啼啼地哀求他，就从桌子上拿起厚厚的一沓材料，满腔愤慨地说："我大的材料我看过了，你知道他都做了些啥伤天害理的事情？现在已经查清楚被他害死的人命就有三条，这还不算被掐死在炕上的杨云英媳妇，不过已经有人指证这件事情就是他干的。如果查清楚了，那他手上就有四条人命，连我大哥都是被他连累得被人杀了，他应该受到这样的审判。"他妈吓得一下子扑倒在地上，抱住他的腿苦苦哀求："他再不好也是你的亲大，你咋能睁着眼连你的亲大都不认了？"杨前进毫不松口地说："新政府不瞅人情面子，我也没有权力这样做。像他这样罪大恶极的坏人该判就判，该枪毙就要枪毙，否则我们共产党就对不起十几万乾州人民！"他妈失望地坐在地上号啕大哭。杨前进把他妈扶起来坐在椅子上，扑通跪倒说："妈，你也要怪我，就算我是个不孝的儿吧！今后你跟着我，我给你养老送终。"

薛王区审判村匪恶霸的公审大会选定在了薛录镇北边薛录寺前的空场地上召开。早在几天之前，乾县人民政府就在薛王区的各村各堡都张贴了布告，每一个村堡的乡人们都掐算着日子，迫不及待地等待着这一天的到来。终于到了召开公审大会的这一天，薛录寺前的空场地上黑压压地站满了人。手握长枪维持秩序的民兵们在人群前面走来走去，把那些扭七趔八往前拥挤的男人女人都推到划定的白线后面。当一队全副武装的解放军战士押着村匪恶霸们登上临时搭建的主席台时，整个会场立时就沸腾起来，积压在人们心底的怨气和仇恨瞬间都爆发了出来。有人蹦跳起来，喊着村匪恶霸的名字大声叫骂；也有人在看见昔日把自己坑害得家破人亡的仇人被五花大绑地押上来时，马上就失声痛哭起来。石头、瓦块不断被扔飞到台上，砸在那些村匪恶霸的身上。愤怒的人们疯狂地往前拥挤，哭喊声混合着叫骂声，会场秩序顿时就失去了控制。

区乡政府的干部都从主席台上跳下来，跟着民兵们一起向后推搡往前拥挤的人潮，区长站在主席台上都快喊破了喉咙。人们仇恨的情绪得到暂时的发泄后，会场秩序才逐渐地稳定下来。区长擦去一头的汗水，用已经嘶哑的嗓子发表了讲话，接着是各村各堡指定的群众代表挨个走上台进行控诉发言，最后由法院的人宣读了村匪恶霸们所犯下的罪行，并当场宣布判处死刑立即执行。杨狗娃在被押赴刑场枪决的时候，疯疯癫癫语无伦次地不断喊叫："我够咧！我也快活咧！我不亏，我还有个争气的后人哩！"

在随后不久的土改划成分的运动中，杨成业被划定为地主，他也是在那个时候得上了一紧张就尿裤子的毛病。民兵在清点杨成业家的财产时，除了他主动拿出来上交的一部分银圆以外，又在他家的炕洞里和树坑里，还有后院的马

423

号里,搜挖出成堆成堆的银圆,银圆像瓦渣片一样被堆成一座小山堆放在庭院里。围看的乡人们谁也没有想到,从杨成业家里搜出来的银圆竟然比从杨狗娃家里搜出来的还要多,杨成业竟然是孛落坊村头一号的有钱人。

有人想起自己曾被杨成业逼着还高利贷的事情,立时就气愤地喊起来:"原来这就是剥削呀!都以为他胆小,原来他也是个黑了心肠的东西!"乡人们想起这些年的苦难遭遇,想起杨成业屡屡在人危难时强逼索债,逼着乡人低价出卖自家的土地,就都愤慨难当乱哄哄地谩骂起来。有人脱了鞋冲出人群,要用鞋底抽杨成业的嘴巴,却被民兵推了回去。那人气愤地跳起来高喊:"把杨成业也拉去枪毙,他跟杨狗娃都是一路货!"

杨成业低着头浑身发抖地站在庭院当中,满耳朵灌进来的都是乡人们混乱的控诉声、叫骂声。他听见有人喊叫要枪毙他,脑海里就浮现出杨狗娃在刑场上被打得脑浆迸流的场景。他脑子里的弦绷紧到了极致,浑身颤抖得更加厉害,双腿软得几乎要跪倒。他忽然感到一阵眩晕,接着就听见看押他的民兵嬉笑的声音:"这狗日的咋尿裤子咧!"杨成业的裤裆湿了一大片,尿水顺着裤筒流下来灌进鞋袜里,又流到脚下的地面上,乡人们停止了谩骂,都嘻嘻哈哈地嘲笑起他来。从那以后,杨成业一见到拿枪的民兵或是在人多的场合,他就紧张得浑身打战,再有人大声问他话时,他就会不由自主地尿裤子。

张敬亭也被划定为地主成分,他家里除了囤积着大量的粮食之外,并没有搜出来多少现银,家具摆设和衣服被褥也只是比普通人家多一点儿好一点儿罢了。他没有遭遇到像杨成业那样被乡人们围观谩骂的境遇,甚至连前去看热闹的人都没有一个。只有村干部领着几个民兵在他手指的地方翻出一些银圆后,又到后院清点了囤积的粮食,登记完贴了封条,就客客气气地走了。后来张敬亭也没有像杨成业那样被反复几次地叫去开会批斗,而且凡是来他家里跟他谈话的村干部,或是来分财产拉粮食的民兵和乡人,都对他客客气气礼敬有加。

张敬亭分析这一定是因为侄儿张文博当了咸阳地委副书记的缘故,他起初很不愿意村上给他这样的待遇,总觉得村上没有像批斗杨成业那样批斗他,好像是他亏欠了谁占了谁的便宜一样,心里很是不安。他觉得事情该咋样就咋样,他一辈子从来没有借过谁的光、占过谁的便宜。有好几次他拄着拐棍一瘸一拐地要主动到会场去接受批斗，可是都被村上的干部劝了回去。村干部说大家都知道他从没有欺负过村里的人，也没有干过祸害乡党的事情，没有什么要问要审的。这无疑是一种特殊的地位，从某种角度上讲甚至是一种荣光。可是张敬亭却不这样认为，他凡事反倒畏首畏尾，越发地谨慎和小心。他一再告诫全家人："越是这样，咱屋人越是要夹着尾巴做人。政府说咋弄就咋弄，谁也不许跟政府犟着来、对着干。道理嘛就一句话，要让乾礼他大好做人才好。"

没有过多久，两道土墙将张敬亭家的宅院一分为三，张敬亭全家人还住在前面的庭院里。二堂的院子以及马号被分割开来，原先他妈张宁氏居住的屋子被分给了两户贫农居住。马号和大黑骡子，还有白马、黄牛，也都分给了其他几户贫农。他家的几百亩土地除了给他全家留下一部分自种以外，其余的全都分给了村上的人。刘蛇儿也被辞了工，彻底离开了张敬亭家。

刘蛇儿刚被辞工时很不情愿，平生第一次以耍赖的方式赖着不走。他的不情愿不是针对张敬亭，而是对村上的干部极为不满。村干部三番五次找他谈话给他做工作，一再申明他是被压迫的阶级，是被地主剥削的人，现在他翻身了不用再受压迫了，可以回家给自家种地了。可是刘蛇儿却并不领情，每一回谈话时，他都是圪蹴着抽烟一言不发，待到村干部说完说尽了该说的话，说到不知再说什么才好的时候，刘蛇儿连招呼都不打，站起来拧身就走。村干部生气地在他身后喊他说："你干啥去呀？你还没有表态呢！"刘蛇儿头都不回地说："我要回去喂牛呀！"

村干部说不通刘蛇儿就换了村长。村长给他谈话时，他依然一言不发。村长急了拍了桌子说："你再不下工，我就让人把你抬回你村去！"刘蛇儿收了烟锅站起来，在鞋底子上磕一磕烟灰，一脸倔强地说："打今儿个起，我不要东家再给我算工钱了，那我就不算是长工了。我也没有受谁压迫，我在这里干活儿全是我自己心甘情愿。"村长看着他弓着腰背着手转身离去的背影哭笑不得，也只能由他去了。刘蛇儿继续睡在他的马号里，这个本分、勤劳、憨厚的长工依然像往常一样每天都早早起来，在东家还没有起来时，他就已经喂完了牲口，担完了水。

直到张敬亭家的宅院被一分为三，马号和大黑骡子还有白马黄牛都不再属于张敬亭的时候，刘蛇儿才不得不收拾了东西彻底下工了。临走的时候，张敬亭拄着拐棍出来送他。刘蛇儿流着眼泪给张敬亭说："我应承过凤儿娃她妈，要好好照看你，可而今我算是个失信的人了。"

刘蛇儿走后，张敬亭越发显得老态龙钟了。他干啥都动作迟缓，耳朵也背了许多，晚上睡一会儿就醒，白天却不管坐到哪里都会打瞌睡。他给乾礼说他耳朵里老是嗡嗡作响，还老是听见已经故去的人说话的声音。乾礼笑了笑说："爷，你怕是丢盹打瞌睡做梦哩！"有一回，张敬亭从外面闲转回来将将坐在他爷十老爷常坐的那把太师椅上，忽然就听见好似十老爷说话的声音。他噌的一下站起来满屋里瞅一瞅，一个人也没有。他大声喊叫乾礼，乾礼进来时他问乾礼："你看见谁没有？"乾礼往屋里瞅一眼说："爷，你又做梦哩！"张敬亭嘀咕："我刚才明明听见了。"不一会儿，他就又坐在太师椅上打起了瞌睡。

侄儿张文博给张敬亭从咸阳买回来一副黄铜腿儿的石头镜，张敬亭让侄孙媳妇麦花给眼镜腿上拴了一根细绳儿，戴的时候把绳子套在脖项后面，以防止眼镜掉下来摔坏。茶色的镜片保护着左边的好眼，也遮掩住了右边的瞎眼，那只瞎眼已经萎缩凹陷下去，成为一个让人看见就会觉着害怕的肉坑。张敬亭经常戴着石头镜，走过村街，走出村口，走到麦地边，眺望散发着泥土气息的田野和在田里劳作的庄稼人的身影。有时他会顺着大路一直朝南走，佝偻着腰，缓慢而坚定地朝着马嵬坡的方向走。实在走不动的时候，他就在路边的塄坎上坐下来，静静地凝望马嵬坡的方向。

张敬亭经常会在大路上撞见挎着粪笼拾粪的杨成业，大路上那一道道被车轮碾轧深陷下去的车辙印里，常常留有拉车的牛马骡子走过时拉下的一坨坨粪便。杨成业圪蹴在地上，用一只小铁铲小心翼翼地将牛粪马粪铲起来放进粪笼里。他的裤腿上粘着不小心蹭上去的黄色粪便，裂开了口子的布鞋鞋面上全是灰土，满头白发乱糟糟地盖住了耳朵，遮住了后脖项，两只手干瘦得像是鸡爪子。张敬亭看见他就在他身旁伫立。杨成业抬起头，龇着牙笑一笑，叫一声："敬亭哥！"就又低下头去铲牛粪马粪。张敬亭叫他一起往回走。杨成业头都不抬地说："我把这不拾完，一会儿就被旁人拾走咧！"

刘军长在解放后终于脱去一身戎装回到了乾州老家。他在去东北后没有多久就打了败仗，当了俘虏，解放军陕西籍的几位将领接见了他。一见面刘军长劈头就说："在战场上没有杀身成仁，我已是羞愧难当，请各位乡党现在就给我一枪。"几位将军哈哈一笑安抚了他一番，对他在中条山抗日的功劳赞不绝口，然后就热情地邀请他参加新政府的工作，可是刘军长却固执己见婉言拒绝。有位将军诚恳地劝他说："你要是觉得这几个乡党分量不够，那我们就领你去见林总，让林总给你说。"刘军长却顽固不化地说："败军之将哪还有脸再见人？你们还是把我送到我该去的地方吧！"

刘军长最终被送去了他该去的地方，在那里接受新政府对战俘的改造和教育。刘军长起初很是消极，他撇开学习材料整日躺在铺上看闲书。不久，战俘们被组织外出参观。他们走进城市的街道，走进新建的工厂，走进有着琅琅读书声的学校，走进呈现着一派丰收景象的乡村。战俘们被新景象、新风气深深地震撼到了，百废俱兴，到处都充满朝气，一个欣欣向荣的新的中国展现在他们眼前。刘军长如梦方醒，由衷地感叹："戎马一生，不就是为了这样的太平盛世吗？"

两年之后，刘军长被提前释放。他回到乾州，下了车却并没有回家，而是折身出城，走上了城外旷野里的一条小路。他走过绿油油长满庄稼的土地，走到了他大他妈的坟头前，他屈膝跪倒在他大他妈的墓碑底下时，已是泪如泉涌。

20 世纪 50 年代末，乾县人民政府发起了增收增产大积肥运动。围绕着孛落坊村一圈儿用夯土打起来的寨墙全部被推倒挖平，西城门楼也被彻底拆除。陈年夯土除了用来填平寨墙外的壕沟以外，剩下的全都被拉去沤粪积肥了。起初乡人们很不习惯，整个村子一下子失去了屏障，突然变得四通八达，从任何方向都可以随意地进出，这让乡人们很不放心。尤其是住在村边的人家，更是担心得晚上连觉都睡不好。有几户人家一起到村长家里去提意见，村长不得已就派出民兵在每一个路口都安排了岗哨，再往后这些岗哨也逐渐地撤去了，孛落坊村彻底成为一个完全开放的村庄。

在 20 世纪 60 年代"破四旧"的时候，孛落坊村的祠堂被改建成了一所小学，那时张敬亭已经故去六七年了。但是祠堂改建并不是一帆风顺，几个坚决反对最为顽固的老汉一起堵在祠堂门口，连推带骂地把前来出工干活儿的儿子或孙子赶了回去。村里年纪最大的老汉甚至还威胁村长说："谁要是胆敢毁掉祖宗牌位，我就一头撞死在祠堂门口！"可是一切阻挠都无济于事，祠堂最终还是被改建成了村小学。神龛被扒倒拆除，祖宗牌位被烧为灰烬，唯独牛皮族谱不知所终。

又过了五六年，村上的娃娃们都去了乡上更好的学校上学，孛落坊村小学闲置下来。后来随着村里人口增加，被改建为小学的祠堂终于被彻底拆除，地皮被当作宅基地分给社员，盖了宅院。唯有当年张敬亭打井时挖出来的那座石碑依然立在那里，只是已经没有人能说得清磨平了文字的石碑到底是一座什么碑了。祠堂前的涝池还在，依旧是一池绿水。

张文博在"四清"运动中被撤职，下放到陕北的一个农场进行劳动改造。原因除了他出身地主的阶级成分以外，更为主要的是在临解放前，国民党撤退时曾对关押的共产党和政治犯进行了一次疯狂的大屠杀，但是张文博却活了下来，他对自己被释放的原因和过程无法自证清白。相关部门也多次查找了国民党遗留下来的档案文件，可是既找不到张文博任何投敌变节的证据，也找不到他为何被释放的材料。张文博写了足足有数万言他与国民党中统陕室主任杨念南之间历史纠葛的申诉材料，但是却没有任何一个人能为他证明那份材料的真实性。

组织部门从为同志负责的角度出发，专门去南张村和孛落坊村调查了这段历史，遗憾的是没有任何一个人能说得清楚。后来张文博又写材料说魏老师能证明他是清白的，可是不巧的是，材料转到已是省委主要领导的魏老师那里时，魏老师已经重病缠身奄奄一息，不久就去世了。所幸的是魏老师在临去世前看到了张文博的材料，他挣扎着在一张纸上歪歪扭扭地写下了"我相信张文博同志对党是忠诚的"这句话，也正是因为这句话，组织部门才重新对张文博做出了评判和决定。可惜的是张文博在恢复工作后不久，也因病去世了。

20世纪80年代改革开放以后，一位年近花甲的台商来到槐里县。按照这位台商提供的信息和要求，县政府的工作人员领着这位台商找到了南张村杨念北的家里。杨念北早已去世很多年，他的儿子也因病故去了，接待这位台商的是杨念北的孙子。令人遗憾的是，杨念北的孙子并不知道自己的爷爷还有一个叫杨念南的哥哥，更不知道自己的大爷曾经是国民党的高官，在新中国成立前跑去了台湾。

　　这位台商按照父亲杨念南生前写下的家族名单，又逐家拜望了父亲的二叔和三叔家的后人，他吃惊地发现这些人对杨姓先人的过去几乎都是一无所知，甚至根本就没有听到过杨宣奇和杨楼娃这样的名字。人们还是在听到这位台商的讲述后，才惊讶地知道了南张村杨姓家族的根是在乾县孛落坊村。但是这一切对现在南张村姓杨的人来说，都已经无足轻重了。

　　台商回到南张村的愿望是把父亲的骨灰安葬在杨家先人的坟墓旁边，那是父亲在还活着时就多次叮嘱，在临死前又一再叮嘱的遗愿。可是这样的遗愿已经无法完成，南张村没有人知道杨宣奇和杨楼娃的坟墓在哪里。骨灰最终被安葬在了南张村的公共墓地里，台商站在父亲的坟头前不断地叹息，满怀遗憾，但是不管怎么样，父亲总算魂归故里了。

2018 年 5 月起笔

2021 年 9 月初成

2023 年 5 月完成